文春文庫

村上龍対談集

存在の耐えがたきサルサ

村上　龍

文藝春秋

存在の耐えがたきサルサ　目次

村上龍対談集

存在の耐えがたきサルサ

中上健次

存在の耐えがたきサルサ

なかがみ・けんじ
1946年和歌山県生まれ。新宮高校卒業。「文芸首都」同人となり、小説を志す。「十九歳の地図」「浄徳寺ツアー」等の作品を発表。76年、故郷熊野の風土を背景に、自らの複雑な家族関係、血の葛藤を描いた『岬』で芥川賞を受賞。著書に『水の女』『枯木灘』『鳳仙花』『千年の愉楽』『奇蹟』『日輪の翼』『讃歌』『軽蔑』など。92年8月逝去。

まずクラシックから

村上　中上さん、ブランデンブルク協奏曲みたいな小説を書きたいってどこかでおっしゃってなかったですか。そういうブランデンブルクみたいな感じで書きたいというのは何となくわかるんだけど、わからない人もいると思うんです。

中上　ちょっと説明すると、たぶん村上龍なんかにもあると思うんだけど、最初に自分がどんな形の音楽で傷を受けたかみたいな、それが原因しているんだと思うね。こういう俺だけど、子供のとき、最初から浪花節とか演歌というぐあいに見えてるけど、ほんとはガキの頃からクラシックがすごく好きだった。

村上　あ、そう。

中上　熱狂しててさ。その兆候は小学校のあたりから始まったけど、すごくきれいな音楽だと思って熱狂して。で、中学なんかになると、たまたまその中学は、歌のうまいやつだけピックアップしたり、音楽的に勘のいいやつだけピックアップしたりして合唱部なんかつくらされて、そこに入れられたってことがあるし。

村上 合唱部に入ったんですか（笑）。

中上 うん。特に新宮なんていう俺の田舎は、古いんだよ。

村上 知ってますよ。

中上 行ったよな。

村上 行きました。

中上 そこで昔の旧制中学とか、ああいう時代の教育があったんですけどね。中学のときなんか、ものすごく古い音楽をかけて勉強したりしてきた。それで俺は中学、高校というのはほとんどクラシック、オペラ、それから教会音楽とか、そういうものに熱狂してたわけね。

村上 へえーッ。

中上 で、中学のときに、中学校の音楽の先生が運搬車みたいな自転車で俺のところに来てくれて、「この子は音楽の才能があるから、東京の音楽高校へ入れろ」と言われた。そうやって一所懸命来てくれたんだけど、おふくろは土建屋の女房でしょ。それまでも、俺がラジオ——ラジオしかないけどさ——でオペラとかクラシックを聴いていると、ブツッと切るんだ、親が。いつも切られる。「聴くな、こんな音楽は」って。

村上　どういうんだろ。軟弱になるということ？

中上　というより、変態だと思ってる（笑）。だから、わけわからない音楽をやっているということ。

村上　怖いのかな。

中上　だから恐らく、子供が自分の理解から全然違うところに行っちゃう、それで怖い、まさに変態だという、そういうイメージで、「だめだ」とプッツと切っちゃう。

おふくろは文盲だから字の読み書きができない。だから本を読んでいると、読むと死んじゃう、ノイローゼになって、何か考えて死んじゃうからやめろって。「本を読むな」「音楽を聴くな」と。だから、いまの情操教育とか、そういうことを考えているお母さん方と全然違う教育を受けた。俺は苦しんでたよね。おふくろは学校の先生にそう言われて、「冗談じゃない。とっとと帰れ」って、塩を撒きかねない勢いで帰したんだよね。

だけど、普通の高校に入って、それでも音楽はやっていたんだけどさ。コーラス、クラシック、オペラ、教会音楽、そういうことと関わったんだけどね。学校では聴いたりするけど、家では全然聴けないわけ。それをどこかで隠して抑え込むしかない。

そういうものが最初に傷みたいにあるから、「何か物を書きたいな」って、人間の感受性の一等原初の部分とか、優しい部分というのを文章に入れて書きたいと思うと、そういうふうに音楽というのは出てくるんだよね。だから俺は登場人物を形づくる上で、どうしてもそんなふうな音楽は要るなと思って、それをフィッとあそこで出した。

村上 あ、そうか。そういうクラシックとの関わり合いみたいなものは、教養じゃないものね。むしろ秘密の貝みたいなもの。

中上 秘密なんだね。で、君はどうだったの。クラシックというのはあった？

村上 佐世保は都会じゃないですけど、家はいわゆる教育者の家庭で、「本を読め」っていうほうだったから。

中上 逆だね（笑）。

村上 たとえばクラシックはもちろん学校でも聴くし、僕もきれいだなと思いましたよ。シューマンとかさ。でも、やっぱり子供っていうのは禁じられたものをやりたがるじゃないですか。そうするとどうしてもポップスとかね。やっぱり米兵も多かったし。僕が一番ドキッとして、鳥肌立ったような感じのやつというのは、やっぱりビートルズです。小学校六年のときに、「プリーズ・プリーズ・ミー」を聴いて、何か子供心に違うと思うんですよね。

ビートルズと中上さんのクラシックとは違うけど、直接的に聴いたわけじゃないし、これを聴くと豊かになるとかじゃないけど、子供がそういうのに入るというのは非常に大事な気がする。そういうときに自分の中で起こったわけのわからない、「これは何だろう」っていうのはやっぱり書くときに文学になっていくような気がするんですよ。そこで全部わかっていっちゃう人というのは、書かなくてもいいわけでしょ。これは何かすごいんだけど、整理がつかなくて何だろうという、中上さんは「傷」と言ったけど、僕なんかは刻みつけられたような気がしたんですよ。それがビートルズで、その後はずっとロックを聴いていましたけど。

中上　君と対談したとき、君が二十四歳で、俺が三十歳かそのあたりで、何しろ僕の一回後に芥川賞をもらったんだ。それで、もらう前だったよねえ、僕らが会ったのは。

村上　最初に寿司食ったのは「群像」のときです。

中上　そうだよね。それで齢下の作家が出てきたって、ものすごくうれしかったんだけど、ただやっぱり、「俺と違うなあ」っていうことをいっぱい感じたんだけどさ。

ということは、俺は最初にクラシック体験があって、君の場合はロックがポンといきなりくるじゃない。僕はむしろ村上龍に会ってからビートルズを聴いたんだ。それまでは、「ビートルズなんて……」っていうあれで、恐らくその最初の対談のとき、君はビートルズとか言ってて、俺は鼻で笑っているような感じだったんだけど、その後、俺はビートルズを聴いたんだよ。三十幾つになってビートルズを聴いたんだけど、「ああ、確かにこれは大したもんだ」と。

僕らからいうと、要するに、ビートルズをクラシックの目で見るとか、そういう意識で和音をどう使っているかとか、コードをどんなふうに使っているかとかいうのを見て、「あ、これは大したもんだ」って。だから聴いてて、「あ、村上龍はこれで『すごい』と言ったのか。それはそうだろう。これだけきちっとしたクラシックの教養を持っているやつなんていうのはそういないなあ」と、俺は後で納得したんだけどさ。

時代だね。君と僕との六つの差は、僕が中学一年のときには君は小学一年生というぐらいだね。俺と姉の距離がそうだもんな。この時代の六歳の時代差というのは、最初に出っくわす風景が全然違うんだよね。

僕の場合、音楽でいうと、最初に出っくわしたのがヨーロッパで、君のはアメリカでダイレクトにあって、そういうものと日本の土壌みたいなものをどうしても意識せざるを得ないというか、それがぶつかったというね。その時代も面白かったし、村上龍が出てきて、最初の『限りなく透明に近いブルー』の場合、「ああ、新しい世代が本当に始まったんだな」と思ったもん。それは自分を含めて。

僕はなんでそう思ったかというと、自分は音楽家になりたかったということなんだね。君の『限りなく透明に近いブルー』を読んで、村上龍という人間に会って、「あ、そうか」という、いろいろな発見があったんだけどさ。ということは、前の世代は、イメージを形づくるのに、絵画的に全部形づくるんだよね。それは僕はだいぶ前の対談でも言ったね。

たとえば白樺派なんていうのはみんな絵を描く人だよ。みんな暇なときには絵を描いて、絵に対して造詣が深いとか、そういうものが条件だと思うんだけどさ。ところが、われわれはむしろ音楽だよね。で、六歳違えば持っているものは違うんだけど、たとえばクラシックだったり、あるいはクラシックとジャズだったりするんだけど、君はロックとジャズだとか、そういう違いになるんだけど。

村上　僕もクラシックは結構好きですよ。

中上　あ、そう。

村上　ええ。僕はいい意味で言ってもらっている〝野蛮〟だから、教養的には絶対何もできないですからね。それは中上さんも僕と同じじゃないですか（笑）。だれかに言われましたよ、「僕はこうですが……」「いや、中上も同じだ」って。そういうのって、一種の才能ですよね。教養的には聴かないというので。

僕はね、不思議に中上さんと何かが違うとは思わなかったですよ、お会いしてからもずっと。いまでも思わないけど。中上さんが最初に切り開いたものを俺が継承していると思っているけど。いま何だかんだといって文学をくろうとしている人のことはどうだっていいんだけど、僕が最後みたいに思われているんだよね。古井さんがいてね……。

中上　その前は、俺が最後だよ（笑）。

村上　そうか、そうか。そういえばそうですね。中上さんは最後と言われてたもんね

（笑）。

中上　われわれはこういうぐあいに言い換えたらいいよ、つまり「才能があるやつはそうざらにいない」と。俺は自分で自分を才能があると思うよ。才能があるというのは、同時に、一人で煩悶するというか、悶え苦しむみたいな、何もなくても自分で創り出すみたいなさ。君だってそうじゃない。君だってどこに行ったってやっぱり悶え苦しんでやっているみたいなさ。風景が何もなくたって面白くするし、プリンシプル持って悶えながら風景を見てるとか、そういうのがあるじゃない。才能ってそういうことだと思うんだよ。そういうやつというのはやっぱり……。

村上　ざらにはいない。

中上　そのことを言ってると思うんだよ。

ジャズと快楽幻想

村上　ジャズを聴き出したのはいつ頃なんですか。

中上　僕がジャズを聴いたのは、東京に出て来てからだね。それまでジャズというのは知ってたけど、コーラス部の連中とかいうのは……。

村上　ほんとにコーラス部にいたの？

中上　うん（笑）。俺らの新宮高校のコーラス部というのはものすごく特殊で、いつも無伴奏。つまり、ピアノがガタガタだから、ピアノで伴奏なんかしているとだめだ、こんなの信用できないと。だから音叉で音をとって、声を出して、そして積み重ねていくという。だからピアノよりきちっと音程をやっていく、そういうコーラスなの。だから教会音楽だとみんなその歌ばっかり歌っていた。

ところが先生がもうヨボヨボで、棺桶に足突っ込んでいるような七十歳ぐらいのじいさんで、高校の音楽の担当をやっていて、それでコーラスをやっているという、そういう学校なんですよ。いってみれば大学みたいなイメージなんですよ。徹底的にそのことばっかりやっていた。そしたら突然その先生が、「リズムが面白いから黒人霊歌をやろうじゃないか」とやるわけ。それでジャズの大もとのゴスペルソングをやるわけ。そういうことで、ジャズの大もとみたいなものがそんなにクラシックと遠くないということは、そこで教え込まれていた。

僕は、東京に出て来て初めの日にもうジャズ聴いたよ。それから「面白い音楽だなあ」と思って病みつきになったんだけどね。

村上　最初の頃の作品に、ジャズ喫茶みたいな、そういうところが結構ありますものね。

中上　モダンジャズ喫茶店が俺の生活の場みたいなさ。

村上　でも、やっぱり何か異質なものに魅かれていくみたいなものがあるでしょ、中上さんの場合。

中上　あるある、もちろん。

村上　あと先考えずに、面白いとか、気持ちがいいとかっていうのは……。

中上　快楽幻想に添ってずうっといくというやつ。その快楽幻想というのは、単なる末梢神経だけの痙攣とか、そういうものじゃなくて、自分の脳髄も痙攣する、つまり苦しむ、煩悶する、そういうことも俺には快楽幻想で、そういうところにずうっと添っていくみたいな、そういうのがあるね。それは君だってそうじゃない。

村上　僕だってそうですよ。僕はそこまでこないけどね。あとキツイですから（笑）。

中上　龍には子供時代からポップスがあったよね。特に、土地が佐世保というすごく接近しやすい場所で、東京に出てきて福生にいたし、いつもそこに音楽があるな。

村上　ええ、あるんです。福生で黒人たちとつき合っているとき、あいつらは聴く音楽が微妙に違うんですね。たとえばロックでいうと、シカゴは聴くけどブラッドスウェット・ティアーズは聴かないとか、サンタナは聴くけど何とかは聴かないみたいなね。それは彼らにとっての一種のノリなんですね。

佐世保でも大体わかってたけど、ヒップとスクエアというか、予定調和とそうじゃないものとか、そういうのは言葉じゃなくて、自然と自分の中にあって、それは小説書くときも、要するに自分の中での予定調和というか、自分がこれはこうだとわかっているものは書きたくないというかさ。

チャーリー・パーカーなんか、ビリー・ホリデーもそうだけど、結局彼らは民族的に飽きっぽいかもしれないけど、要するに「手慣れたものはやりたくない」というような気概があるじゃないですか。

そういうのを黒人兵から教えられた。そんなものは本を読んでもわかんないでしょ。彼らが聴くもんで、俺が持って行って、「何だ、これは」とか言われたり、「これはいいんだよ」って名前も知らないやつを聴かせられたりして、それは僕自身の中にもまた刻まれたというか、そういうものがありますけどね。

中上　龍の音楽に対するテイストというのは、ずうっと黒人っぽいな、みんな。

村上　そうなんですよ。

中上　その後、俺が知っている限りで言うと、ラテン系の音楽。

村上　サルサとか、あれはたまんないですものね。

中上　サルサとか、ボサノバとか。ボサノバはもっと昔のあれだけど、サルサなんていうのはね……。

村上　ええ。ちっちゃい頃なんですけど、これは『69』に書いちゃったんだけど、三つぐらいのときに親父が俺を盆踊りに連れて行ったんだって。僕覚えていないんですけど、ハッと気づいたら、太鼓のほうに歩き出して、太鼓をジーッと見て、震えてたんだって。「こいつ何なのか」って親父が思ってたね。やっぱりドラムが好きでドラムをやったり、要するにビートみたいのが好きなんです。

ビートというと、ジャズとかロックというけど、モーツァルトにもありますからね、フッとした瞬間とか。もちろんバッハにもある。だから極端に言うと、メロディも、リズムのあり方もビートから追っていく、そういうのが昔からあったんですよ。

中上 だから、音楽をメロディラインで追うんじゃなくて、リズムで追っていくという感じだな。

村上 そうです。坂本からいつもバカにされるんだけども、メロディは甘ったるいのが好きなんですよ、ほんとにもう感傷的なやつがね(笑)。

中上 坂本龍一に関しては、もうちょっと後で言いたいね。

俺はクラシックとジャズという、しかもクラシックの一番古いものとジャズがぶつかった、そしてもう一つ俺の背景として、紀州の土俗的な世界とぶつかったというところがあるんだけどね。日本の作家の場合、龍でリズムというのがはっきり出てきたんじゃないのかな。リズムということをすごく気にしているよね。気にしているというか、それが音楽の第一主義みたいなさ。ロックっていうのはまさにそうだよね。

村上 ええ。

中上 ロックのメロディラインなんてバカみたいだよ。ロックのリズムは若くなくちゃできないようなあれだろ。

村上　絶対そうですね。

中上　絶対そうだよな。年取ったらあんなのは……。

村上　心臓が丈夫でなきゃね。

中上　そうだよな。ジャズは違うけど、ロックなんてさ。それをもって表現したというのは、君が初めてだからさ。

村上　そうですかね。

中上　うん。それはやっぱり地殻変動を起こしたよね。それは俺にもないとこだったよ。俺はものすごく面白いと思った。

村上　それはあれとは違うのかな。中上さんから最初に言われた、「君、これラリって書いたの？」とか、「これはリアリズムからズレているんだ」って。あれとは違うんですか。

中上　あれとは違う。

村上　俺、いまでも気になるんだよね。リアリズム好きだから。映画でも小説でもリアリズムが好きなんですよ。

中上　それと違うよ。俺、対談を読み直したら、「これラリって書いたの？」と訊いたら、「中上さん、ヌーヴェル・ヴァーグの画面あるでしょ。こっち側があって、向こうがあって、全く等価に見えるみたいのがあるじゃないですか」って、君はちゃんと切り返しているよ。
村上　ちゃんと言ってますか。
中上　言ってるよ。あれは二十五歳ぐらいか。
村上　まだ二十四歳かもしれないですよ。
中上　それが悪いなんて言ってないぜ。君の小説はこうだって一応措定する、君はこういう書き方している、村上龍という新しい作家はこういう書き方している、つまり俺にはこう見えるということを言う。それはいいか悪いかとは別なんだよ。俺はそういうことで言ったんだけどさ。ちゃんと答えている。
村上　言われたから言うわけじゃないけど、ああいうところはあんまり自分でも好きじゃないんです。たとえばあるところを描写するときに、きれいな映画のパンというのはきちんとビーンといくんですね。ダメなやつというのは、変に凝って、ホッと止めて、またいったり、スッとズームしたりするの。小説の描写でも、そういうのってあんまり好きじゃないの。
中上　ゴダールなんていうのはきれいに撮れるのをもう十分知ってて、つまりアップしたままパンをして、全部平面的に並べて撮るとか、そういうことをやったわけじゃない。
村上　ゴダールは知ってたんですか。
中上　知ってるよ。そう考えなきゃ面白くないもの。

村上　そうですね。

中上　そうだよ。

村上　でも案外映画ってハードに拠るところが多いというか、状況に左右されるから、たとえばジム・ジャームッシュなんかでも、フィックスが多いったって、フィックスしかできないです、全部ロケ撮影だから。そういう中で、ゴダールにとって、あれしかなかったんじゃないかな。

中上　そうだとしても、新鮮だった。それは言ってみれば機械の力だよ。ハードがソフトに影響を与え、どうしても新手法を発見させてしまうみたいな、そういうあれだからさ。

村上　あ、そうか。

中上　それはひとつもマイナスじゃない。

村上　でも、部分のときはまだそれはいいんだけど、俺ね、かえってダメなときって、すぐそういうことしちゃうんだ。

中上　いいじゃない。

村上　いいんですか。

中上　行き着くところへ行っちゃうんだから（笑）。

村上　俺、わかんないからさ。

中上　だけど、俺が君に会った年なんて、君がいまもう越えているんだからさ。
村上　でも、それだって同じ年取るんだから、永遠に。
中上　全然違うよ。俺なんか年上に、「いいですか」なんて言わないもん（笑）。
村上　でも、中上さんはいろいろものを知ってるからさ。俺は知らないもの、何にも。今日聞こうと思ってたんだよね。
中上　そんなことないよ。君は知らんふりをして、俺は知ってるふりをしてるっていう……。
村上　いや、俺、本当に知らないですよ（笑）。でも、中上さんも自分の興味のあること以外は知らないですものね。
中上　今度の「新潮」十二月号（一九八九年）の島田雅彦と柄谷行人の対談（「文学のふるさと」）、つまんないだろ。大体、柄谷行人のような攻撃型の人間は下のやつに攻撃されると思っていて、あまりみっともない、ジタバタしないでおこうと思ってるから、攻撃が下手だったら、つまんない対談になる。
村上　でも、島田は柄谷さんの攻撃はできない。

「野蛮」について

中上　いや、できないから……。俺は不思議なんだけど、村上龍が一作書くごとに、いつもそうで、ひと言言いたいんだ。ムズムズするんだ。いい悪いとか、いろんなこと含めて、いつも何か言及しているよ。何か必ず言う。俺、言わなくちゃいかんと思ってるからさ。そういうことってのは、そうないと思うんだよね。それは、自分の後から出てきたやつに対する責務とか、そんな生意気なことじゃなくて、ある表現として、「こんだけ野蛮な人間に対して、ひと言言えよ」っていう、そういうのでね。「野蛮」というのは、さっきも言ったように、思わず何かやってしまうという、それを指して「野蛮」と言うのであって、単に熊のように暴れているとか、そういうことじゃないんだから（笑）。

村上　ほんとに怖い人というのは、その人が怖いんじゃなくて、その人が自分の中で傀儡（かいらい）じゃないものが怖いんだものね。チンピラがナイフを持って怖いというのは、そのチンピラが自分の中の理性をコントロールできない部分が怖いわけでしょ。

中上　そう。だから、こういう今回の特集（「音楽と文学」）にあるような、近代文学者をずらっと並べて作家たちをみて、この流れの中に入らないようなものが自分の中にあるだろう。ギラギラ光ってるみたいな、それがどうしても野蛮に見えるんだよ。それがものすごく面白いんだ。それが君の作品の中の六割、七割ぐらいの力を占めるみたいな、俺はそういう認識があるね。

村上　「野蛮」「野蛮」と言われると、それはもちろん嬉しいですけど、中上さんもそういう部分があるじゃないですか。

中上　いや、俺もそうだよ。

村上　野蛮じゃない人って、やっぱり絶対教養とかそういうとこへ入って行くんですよね。

中上　いや、それは教養がないんだ。野蛮じゃないやつは、教養がないんだよ。野蛮の量と同じぐらい教養の量があるんであってね。

村上　あ、「野蛮の量と同じぐらいの教養がある」、そうだよね、そうしないと出せないものね。

中上　そりゃそうだよ。そうじゃないと弱いよな。

村上　ヨーロッパには、もう行かないですか。

中上　いや、行くけど。

村上　俺、最近、アメリカよりヨーロッパが好きになっちゃって。あのいやらしいスノビズムっていうか。でも、いやらしくて貴族文化みたいだけど、やっぱりヨーロッパに行くと、否応なく本物だなと思っちゃうんですよね。たとえば、シャンペンとキャビアとかいうと、「バカか、お前」って思うけど、俺は好きだけどね。

でも、モナコに行って、F1をヨットから見る連中って、要するに、俺なんかがイカの塩辛でお茶漬けを食うみたいな感じでキャビア食ってるじゃないですか。そうすると、それは本物だから、その中にやっぱり頽廃があるんですよ。憧れてやってる連中には頽廃はないけど、それに倦み飽きている連中というのは頽廃がある。そういうのをいままで僕は知らなかったから、結構ものすごく新鮮で、たとえばスコットランドのゴルフ場とか、そういうところに行くと、そういう妙なパワーを感じるんですね。そういうことも今日聞きたかったんだけど。「中上さん、それは何でですか」って。

中上 それは当たり前だよ。それは、龍が非常にいい感受性をしてるってことだ。世界の流れの中でヨーロッパ、つまり西欧、東欧含めて面白いというふうになってるし、それだけ日本は力を持ちつつあるし、アメリカの相対的な力の低下というのがあるしね。そのヨーロッパは面白いよ、とりあえずね。そのキャビアとシャンペンというのは、酒と塩辛とか、焼酎と塩辛とか、それに対応する。

村上 まさにそうなんだ。

中上 それを勿体ぶって、キャビアとシャンペンはこうなんじゃないかと言う中間項は、全部カスみたいな連中なんだよ(笑)。

村上 でも、そういうのって結構多いですもんね。話題にもしたくないけどね。

中上 でも、そういうものはこれから十年ぐらいのうちに消えるでしょ。日本もそんな時代じゃない。

村上 俺、思うんだけど、ヨーロッパが自分にとって魅力的なのは、ヨーロッパが持っているものってそんなに変わってないからだと思う。やっぱり新しいことが起こってないんですかね、世界に。

中上　根本的にはそんなに起こってないでしょうね。恐らくその大もとというと、敗戦処理がうまくなかったというか、世界中を含めて、戦争の問題を突き詰めて考えられなかったという、そういういろいろな大きなことがあると思うな。全部そういうところに絡んでいる。

村上　ドイツなんかもそうなのかなあ。

中上　だと思うね、特に。

村上　彼らが分断された分だけ、やっぱり考える機会が多いんじゃないですか。そうでもないですか。たとえば「敗戦処理がうまくなかった」ってことさえ考えてない人が多いでしょ。分断されてると、もういまではそれは既成事実になったかもしれないけど、分かれてるってことで、いつも第二次大戦終結のことを思い出すんじゃないですかね。いま、何かおかしいのがあったとしても、「それは何なんだろう」ということを思い起こさせるものが少ないんじゃないかと思って。

中上　その分断ということで言えば、俺、韓国に六カ月いたんだけどすっげえ面白かった。面白かった、と言うのは、考えさせられた、衝撃を受けたとか、為になった、ということなんだけどね。手にかかえきれないもの、その六カ月にもらった感じがあるね。

村上　韓国の音楽もすごかったなあ。ショックだったな、あれ。金属の打楽器みたいなの。

中上　サムルノリじゃなくて？

村上　だと思うんですけどね。サムルノリって詳しく知らないんですけど。シンバルみたいなものとか、要するに金属みたいな打楽器ですよ。チャカチャカチャカチャカとかって。

中上　四人のグループ？

村上　そうです。

中上　じゃたぶんそうだと思うよ。どこでやったの？

村上　何かパーティの……。

中上　いわゆるプライベートのパーティに来てくれたの？

村上　いや、違うんです。わりかしスノッブなパーティでしたけど、そこで演奏したんです。

中上　韓国の有名人では誰がいたの。政府高官の名前でもいいけど。どんなグループだったの？

村上　日本と韓国のデビスカップ。

中上　現代（ヒョンデ）か何かの社長か……。

村上　そうですね。

中上　じゃ恐らくサムルノリクラスを呼んでるよ。
村上　中上さん、全部知ってるの？
中上　だいたい知ってる。俺六カ月いて、あらゆるところに全部行ったんだから。上下左右、全部。
村上　そういうの面白いね。
中上　そりゃ、面白いですよ。それは何年前かな、だいぶ前だね。
村上　結構、いい思いしてるんだね、やっぱり。
中上　そりゃそうですよ。でも日本人だってことで、いきなり殴られたりもしたけどね。
村上　でも、迷惑かけないものね。
中上　そりゃ一応配慮するけどね。上下左右、いちいちしゃべったらきりがない。そういうことをこうだと言わないから、そのことで左翼のやつにバーッと石を投げられるとかあるけど、それはどうでもいいんだよ。つき合いはつき合いだから。
村上　あれは最高だった。大島渚が「バカヤロー」と言ったときに、中上さんの椅子が壊れたんだ。あの連絡船の中で、中上健次がパイプ椅子を壊したというのは、やっぱり「すごい」と思った（笑）。「さすが中上さんだ」と思った。
中上　違うんだよ。大島渚が「バカヤロー」って言うのを俺がなんで黙っていたかというと、太っているから、その体重で俺の椅子がミシミシミシっていって、俺は沈み始めたんで「おかしいな」って思って（笑）。

村上　そう。テレビで見てたら、ブギッって中上さんの椅子が壊れたんだよ。「バカヤロー」なんて言うのは簡単で、椅子を壊したほうが珍しいんだ（笑）。

中上　でも、なさけないよね（笑）。

村上　俺はあのとき書いたけどね。「大島渚の『バカヤロー』より、中上健次が椅子を壊したほうがすごい」って（笑）。

中上　意図してではなく、椅子が自然に潰れたんだよ（笑）。

村上　あのとき、陽気に怒られてたものね。

中上　そうだよ。みんな騒いでいるけど、俺は椅子を壊して、羞しくって……。

村上　あれはすごかったよなあ。

中上　しかし俺から言うと、年下の人間がすごくうれしいんだ。変なんだけど、尊敬するんだよね、俺。

村上　またァ。

中上　本当だよ。あんまり変な気持ち持たないな。新人でも認めないやつはいっぱいいるし、俺ほどきついヤツいないと思うけど、龍のやってることは面白いよ。龍の音楽意識みたいなもので、「國文學」がこういう「音楽と文学」とかいうテーマで項目を立てるということは、やっぱり龍みたいな作家がいるから立てられると思うんだ。つまりへソみたいなものだよね。龍イコール全部音楽という……。

レゲエとサルサ

村上　坂本龍一が、ビートルズ特集か何かだったけど、「ビートルズは解散して、ロックの魂は死んで、でもビートは残っているんだよね」って言っていたけど、でも俺、その言い方がすっごくわかる。坂本は、いわゆるロックの門外漢で言ってるというのもよくわかるし、あいつは非常に頭がいいからわかるんですけどね。ビートルズはもういないし、ローリング・ストーンズのやっていることはフランク・シナトラと同じだし、ロックの魂もない。でもビートってまだ残っているんです。

中上　残っているね。

村上　ビートってのは無名性のものだからね。固有名詞なんかないから。

中上　俺は、今日は真面目人間だから、おまえとの話の中でと思って、これはノートに書いてきたんだ。「龍一は音楽の不可能性を体現した」、「ノイズに対する注目」というふうに、つまり龍一なんかのやっていることは、不可能性の音楽みたいな、あいつはいま苦しい戦いをやっているんだけど、つまり不可能性という部分にいま一九八〇年代、九〇年代直面しているということだけど。

俺、ロックなんていきなり言われると、昔は面白かったけど、いまは全然面白くないな。

村上　いまロックとか言っているやつは、みんなバカですよ。『ラッフルズホテル』のときも、藤谷（美和子）君が柄谷行人的な人だったから、聞く・話すじゃなくて、要するに他者である、外部であるというような人でわかんないですよ。だって自分で言うんだもの。「理解するの嫌です。誤解されるの嫌です」って。「あ、柄谷行人だ」と思って、これはすごいと思ってね。そんなとき、くたくたになるんですよ。スタジオでスタッフは「監督早くやってくれよ」みたいな感じで見てるし、藤谷はやんないしさ。その疲れたとき、やっぱり聞くのはナツメロなんだよね。ドアーズとか、ジミー・ヘンドリックスとか、サンタナとかさ。やっぱりいまのロックなんか聴けないですよ。優しさがないからだと思うんだ。

中上　優しさか……。

村上　傷とかいうとキザだけど、いまのロックって優しさがないもん。俺、プリンスとか、どこがいいのかほんとわかんない。絶対良くないと思う。ルー・リードとベルベットとか、ジャクソン・ブラウンのほうがまだいいですよ。やっぱりブルースっていうの……。

中上　君は大体、ロックはどのあたりまでなんだ。

村上　どのあたりだろうなあ。やっぱりサンタナとか、ドアーズとかさ。

中上　だから、黒人っぽいものがまだ尾を引いているというか、そういうあれだよな。

村上　ジミー・ヘンドリックスとかはブルースだから、基本的にブルースでのめり込んでいて、薬物で死ぬとか。ブルースがないために、ブルースに近づけなくて死んじゃうとか――ジャニス・ジョプリンみたいに――そういうところなんだよね。やっぱりそのあたりが一番最後なのかな。そのあとのセックス・ピストルズみたいのは、やっぱりちょっと聴けなかった。

中上　俺さ、今日もう一つ明らかにしたかったのは、たとえばレゲエに関してはおまえ言ってないよな。サルサってプエルトリコの音楽の場合は言っているんだけど、レゲエに関しては言ってない。

村上　ここで正直に告白すると、俺、レゲエよりサルサのほうが好きなんだ。

中上　それは何なの。

村上　わかんない。

中上　ちょっと言ってくれよ。龍の考えや感覚でいうとどうなんだよ。宗教が絡むからレゲエが嫌なのか。

村上　宗教じゃなくて、中上さんが言うように、俺、レゲエよりサルサなんだ。

中上　おまえはサルサで、俺はレゲエにパッと行った。俺はレゲエは面白いと言ったし、おまえはサルサって。俺はおまえがレゲエに関して何か言ったことは覚えてない。おまえは「サルサ」のことは言っている。

村上　何でだろう。俺もわかんない。サルサはほんとに好きなんだ。ペレス・プラードみたいなのが好きだもの、俺。「タンタンタカタカタン、ウッ」とかってのが好きなんだけど、何だろう、気性なのかな。

中上　それはわかっているよ。その気性がどこから出てくるか、それは昔の十年ぐらい前の対談で、おまえはどっかの田舎のお坊っちゃんで、俺は紀州の出身というところに落ちついたけど、いまは違うんだよ。サルサとレゲエと何で分かれるのか。俺はレゲエは面白いと思うんだよ。ボブ・マウリーでも、俺はジャズ以降のすげえやつだと思うし、世界の趨勢をいっても、「サルサでなければ世界は救われない」なんていう、そういうビッグなものはないだろう。

村上　ない、全然。

中上　だけど、レゲエは……。

村上　レゲエは何かを変えたよね。

中上　もちろん、変えた。

村上　サルサは何も変えてないものね。

中上　変えてない。ただ存在するだけで。

村上　サルサはエンターテインメントなんだよ。

中上　それに行く感受性というのは何なのだ、というところを俺は言いたい。

村上　俺もいまそういうこと初めて気づかされた。

中上　つまり、俺も快楽幻想に添っていくんだけど、おまえはもっと享楽というか、後に何にも残んないような快楽幻想をずうっと追っていくという。

村上　何なんだろう。確かにニューヨークに行っても、レゲエをやっているようなちっちゃいディスコより、やっぱりサルサのコンサートに行くものね。俺、シンコペーションが好きなんだ。音楽にはそれほど詳しくないから嘘言ってるかもしれないけど、レゲエってシンコペーションないでしょ。裏ノリとか、「ンチャカ、ンチャカ」ってあるけど、サルサというのは「カカカカカカッ」とかいうシンコペーションがある。「カカカカッ」とか、「ンカンカ」とか、単純なあれが好きなんだけど、じゃそれは何かというと、たぶんあれだと思うんだ。「國文學」でこういうのを言うのも気が引けるけど、ガンジアじゃなくて、コークとかさ。

中上　ガンジアっていうのは、つまりマリファナのでっかいやつ。「國文學」の読者のために言うと、マリファナを、葉巻みたいにまいているのをガンジアっていう。コークというのはコカの葉からとった麻薬コカインのことだよね。

村上　だから俺、ドレッド・ヘアの人より、メキシカンで、いかにもきのう国境を越えましたっていうようなやつで、そいつらがフーッってやりながらこうやるのが好きなんだよ、たぶん。それが何かっていうのはまだわかんないけど、「カンカンカカッ」というのが好きなんだ。何なんだろう。

中上　その違いはなんだろうと思うんだ。

村上　俺、サルサはいっぱい持っているけど、レゲエは持ってない。

中上　ジャズもロックも、いうならアフリカの音楽が西欧とぶつかっているよな。アメリカ型でぶつかるか、ヨーロッパ型でぶつかるかといろいろあるんだけど、ぶつかって、それをどう展開するかというような、二またに分かれるような方向。島の中でジャマイカでぶつかった音楽がレゲエになって、プエルトリコでぶつかったのがサルサになった。聴いて同じようにくるんだけど、俺はレゲエを採るよな。大体同じぐらいに日本に紹介されて入っているし、われわれは見ているよな。俺はレゲエを選んだし、彼はサルサを選んでる、そういう違いだな。

村上　それは、今回のこの対談の白眉だと思うよ。

中上　自分で言うことはないよ（笑）。

村上　中上さんて、そういうことを平気で言うから、ほんとそうだと思うよ。すごい何かあるんだよね。俺、言えないから、中上さん言ってよ。

中上　わからないんだ。だから聞いてんだよ。

村上　俺もシンコペーションが好きだぐらいしか言えないけどね。

中上　それはヒントはあるよね。シンコペーションというのは、たとえば……。

村上　俺、いまパッと浮かんだんだけど、レゲエって一種の永遠性があるじゃないですか、波の寄せる音みたいな。俺、ああいうのは嫌いなんだと思うよ、たぶん。何かが永遠に続くというのは耐えられない。

中上　たとえば賭事でも、これをシンコペーションでいうと、闘鶏に賭けるか、闘牛に賭けるかみたいな違いだな。闘牛と闘鶏が島でも入り組んでいるんだ。

村上　どこ？　ジャマイカ？

中上　ジャマイカじゃなくて、たとえばアジアで、闘鶏が賭事の中心でみんなワーッとなってやっている。たとえばバリ島なんかそうだしね。

村上　面白いね、それ。フィリピンもやるよね。

中上　フィリピンもそう。逆に闘牛って、牛でポーンとやって、それでトトカルチョをやるという島もある。その違いみたいなのはあるんだよ。何でかわかんないんだよ。それは何なのかというさ……。

村上　俺、レゲエの「ひょっとしたら永遠にこの曲は終わらないんじゃないか」というのがたぶん嫌なんだと思うよ。サルサって、絶対終わりあると思うの。そんな意味じゃないかと思うな。

　俺はレゲエよりもサルサ。ニューヨークなんかに行っても、同時にやっているっていえば、サルサのほうに行くね。

中上　たぶん、サルサで同志結合とかは難しいと思うんだよ。レゲエでいうと、すぐパッと集まっちゃうという、そういうのがあるんだよ。俺は、横のつながり、言ってみればブラザーフッド、あるいはインターナショナリズムで結構助けてもらったっていうのがあるしね。

たとえば俺だったら、ボブ・マウリーと対談したことあるんだけど、ジャマイカのキングストンでもニューヨークでも俺自体が神様と対談したというので、まわりの奴の待遇が全然違うんだよ。目の色が違っちゃう。ボブ・マウリーのことを知っているというだけで、それぐらいになる。

村上　俺なんか、チィト・プエンテと会ったって、「サルサはうまいけど、何だこのおじさん、うるさいな」とか思っちゃうんじゃない（笑）。

それはやっぱり無理にこじつけて言うと、『水の女』と『トパーズ』の違いかもしれないですね。『水の女』と『トパーズ』は、唯一、男性作家が女性のことを書けた文学だからね。

坂本龍一

中上　「音楽と文学」というと、われわれの使っている言葉の範疇は近代文学だよな。そうするだけどそんなに近代というふうに文学をくらなくてもいいと思うんだよね。

と、「文学」という言葉をもっと自由に、物語の時代まで、あるいはもっと太古の時代まで飛ばすと、つまり音楽的要素、音楽、音、そういうものがすぐそばにいつもあったという問題、それと一緒に感受性は訓練されてきたという問題が出てくるよね。

だから村上龍が登場したとき、そういうやつが久々に本道から出てきたと思ったね。近代文学の狭い土壺のそういうところじゃなくて、久々に伸び伸びした、広ーい原野から野性児が出てきたと、そう思ったんだけどさ。「久々とレゲエ」っていま言いそうになったんだけど（笑）。

村上 中上健次がカリフォルニアに行くときに、僕はギターを弾いて「カリフォルニア・ドリーミング」を歌ったんです。そしたら寺田博さんが、そのことを俺に繰り返し言うんだけど、「中上健次がカリフォルニアに行く。その下の村上龍がそれを祝って、『カリフォルニア・ドリーミング』を歌う。僕は、何かガラガラガラッときた」って寺田さんが言うんだ。なんか俺わかるんだよ。

中上 わかるね。

村上 すっごいわかる。それも「うまかった」って言うんだよ（笑）。

中上 龍の「カリフォルニア・ドリーミング」はすごい良かったよ。俺は記憶しているし、その後、パパス&ママスを俺も覚えた。俺は全然知らなかった。

村上 俺は歌い込んだんだ、あれ。その場で、中上さんがカリフォルニアに行くから

「カリフォルニア・ドリーミング」を歌ったんじゃなくて、歌い込んだ歌だった。

中上　ああいうのが自然に出てくるっていうのは、やっぱりその……。

村上　寺田さんぐらいの人がそう思ったっていうんだから、俺はすごい変に嬉しかったけどね。寺田さんはあのことしか俺に言わないんだ。でも、坂本は頑張ってるよね。

中上　うん。

村上　でもやっぱり、お互い友達だっていうせいもあるけど、「音楽と文学」というと坂本が浮かぶというのがありますよね。

中上　龍一は面白いね。

村上　面白いよ。飲んでいて気遣わなくて済んで、後でも全然疲れないというのはそんなにいないんだけど、中上さんとか、坂本とかは全然疲れないもの。

中上　あいつ傷受けてるよな、ものすごく。何なのかな、あの傷というのは。彼はやっぱり真面目に考えてるよ。それは評価するね。

村上　あいつはスターだから、みんなからわかられているようで……。芸能人のあれだから。

中上　あんなレベルで言うものじゃない。あんなものでやると全部間違っちゃう。みんなつまんない、チンケな人間になっちゃう。そんなんじゃない。

村上　でも、坂本はわかられているようで、わかられていないでしょ。

中上　うん。

村上　中上さん、坂本龍一の「孤独の戦い」について何か言ってくださいよ。

中上　やっぱり唯一わかっているやつだと思うよ。ほかのやつと違って、知恵が一回り、二回りするっていうやつで、それは同時に野蛮だってこと。

村上　野蛮だよね、あいつも。

中上　その野蛮と、思想とか、熟考とか、教養とかってのは、全然矛盾しない。野蛮というのは、人の力みたいなもので、たとえば病気になっても絶対死なないとか（笑）、そういうものであって、あいつはそれを持ってるよね。あいつは絶対あるし、それは彼のすごい魅力だよ。

　彼は、いっぺん音楽の解体とか、そういうものを通ってるよ。解体しつつあるとかいうのではなしに、死滅を通って何かを見つけようという、そういうあれだから、俺の文学のそういう意識と全く変わらないね。俺は龍一にいつも言っているんだ。「おまえ、小説書けよ」って。「小説書いてもいいですよ。小説家としてデビューしても」って。デビューってのは、要するに小説家としても俺は認知してる。

村上　小説家だもんね。

中上　そうだよ。俺らは音楽家だよ。ほんとそういう意味では、俺は全然一歩も引いてないよ。

村上　あ、カッコいい、やっぱり。

中上　俺はおまえと違うことは——ちょっとだけ言わせて——。俺は映画撮らないよ。だけど映画監督だよ。俺はいつも現場の真っただ中にいる。音楽をしゃべると、音楽の真っただ中にいる。俺は中間項は嫌なんだ。

村上　中上さんはいつも言ってるもんね。

中上　みんなそうやっていくんだからさ。そういうもんだと思うよ。

村上　絶対そうだよ。

中上　龍一は、つまり、いつ文芸雑誌に来ても全然不思議じゃない。君は映画に行っても不思議じゃないし、音楽に行っても不思議じゃない、中途半端な入門編をやるわけじゃない、ダイレクトに真っただ中に行って戦うという、そういうものだからさ。

村上　そういうことを言われると、パッと思ったんだけど、たとえば坂本がいま彼自身は楽しく表現しているつもりかもしれないけど、彼の困難な戦いというのは、音楽という領域が自由だというか、定型化ということに関しては、バッハまで戻らないとなかなか定型化できないことがあります。小説というのは、とりあえず文章になってないと嫌味でしょう。

映画ってのは、イマジナリーラインとかがつながらないと見えない。もちろんアヴァンギャルドがあるけど。商品として見る場合に、いわゆる映画の持っている文体とか、カメラの持っている文体に従わないといけない。小説でも、言葉だから、日常こうやってしゃべることに合わせなければいけない。わけのわからないものを書いてもそれは商品にならない。そうすると音楽っていうのは、定型がないもんね、そういう意味で。

彼があれほどの才能を持ってるのに、みんなからものすごい才能があるとわかられてないのは、あいつは芸術家だから照れるんだよね。何かを定型化すると照れるわけじゃない。そうすると、音楽にもし定型があってバッハ以外には音楽と認めないというのがあったら、坂本は世界に冠たる映画音楽を十曲以上書いたと思う。

でも、彼にとって定型はないんだ。あいつロックもできないし、現代音楽もできないし、モーツァルトもできない。要するに、彼は何か自分の新しいものを求めているんだけど、それはＹＭＯとかロックの姿を借りたり、映画音楽の姿を借りたり、既成があったほうがやりやすい。文学とか映画には既成はそのままあるからね。音楽ってないんだ。

俺は、あいつがもしそれをやり了えたら、すごいことやると思う。『コインロッカー・ベイビーズ』とか、『枯木灘』を飛び越えて、世界にパーンと行くやつをやると思う。それはすっごい大変だと思うの。だって、大島渚だろうが、『ラストエンペラー』だろうが、やっちゃうんだから。定型さえ与えられればやっちゃうんだから。

中上　『ラストエンペラー』の前に、あれは俺との動きがあったんだよ。知ってる？

村上　知ってる。「やりたい」と言ってた。

中上　「やる」と言ってて、俺のほうは、フランスの『パリ、テキサス』をやった何とかというプロデューサーが、俺とヴィム・ヴェンダースを組み合わせようと思ったんだ。で、俺の原作・脚本で、そのヴィム・ヴェンダースでやるという意向を受けて、俺は龍一に、「音楽をやらないか、出ないか」と言ってたんだ。そしたらあいつは、「俺はヴェンダースよりもベルトルッチがいい。俺持って行くから」と言ってたの。「俺、プロデューースする」って逆に言ったんだ。その話を持って行って、ベルトルッチが、「いま『ラストエンペラー』を考えてる」「おまえ、その前にそれをやれよ」と言って、それであいつがやっちゃったんだ。

村上　それはヴェンダースよりもベルトルッチが絶対いいよ。

中上　じゃ、俺がベルトルッチをどのくらい評価しているかという問題もあるだろう。

村上　でも映画はテクニックだから。

中上　そうだけどさ。

村上　ヴェンダースよりもベルトルッチのほうがうまく撮ると思うよ。

中上　ヴェンダースは知れてるけどさ。確かにヴェンダースと比較するとベルトルッチのほうがいいけど。

村上　ベルトルッチというのは、自分のイデオロギーを抜きにして撮るといいんだよ。

中上　ベルトルッチの何がいいんだ？

村上 俺、結構好きなんですよ。だめですか（笑）。
中上 だめじゃないけど、批評はあるね。
村上 でも、先のよりいいと思う。
中上 俺、『ラストエンペラー』でも、そんなに映画として評価しないよ。いいと思う？ おまえ、ちゃんと言えよ。
村上 いや、ひどい映画じゃないからね。
中上 ひどい映画じゃないけどさ。
村上 美術とかきれいだったしね。
中上 そりゃそうだけど、そういう映画にしかすぎないじゃない。だけど、あれはものすごいいろいろな問題をはらんでいて、龍をそそのかして、「龍、おまえ『ラストエンペラーII』を監督しろよ」と言いたいぐらいだよ。
あれは日本側から言うと、ああいうやり方はかなわんよ。あれは日本叩きの映画みたいに見えちゃう。いや、日本を叩いてもいいけど、まず平等に、資料をちゃんとして叩かないとだめだよ。それを日本側から、満州帝国なんていうのはあの部分は龍が監督するとかしないと……。
村上 坂本が出るシーンは冷静に見られなかったもの。
中上 俺も見られない。

村上　間違いない、間違いないとかと思ってさ（笑）。まあ、間違ってないところをOKにしているんだから大丈夫なんだけど、「大丈夫か、大丈夫か」って感じでさ。やっぱりそういうのはあるでしょ。あれベルトルッチの限界じゃないですか。

中上　まあ、そうだな。

村上　だって、中国の持っている痛さとか、頽廃とかない。

中上　全然ないね。

村上　だって中国なんて、ヨーロッパがいくら貴族文化なんて言ったって、はるかに及ばないぐらいのものを持っているじゃないですか。そういうものがないもん。

中上　最後に出てくるコオロギ一発じゃ弱いな。

村上　うん。俺、思ったけど、マレーシアのジャングルとかに行くでしょ。そうすると、豊かなんだ。とにかく豊かなんだ。木は太いし、雨の粒はこのぐらいあるし、太陽は強いしさ。そういうところは、本当に思ったんだけど、近代化なんてする必要ないですよ。もちろん遠近法も必要ないし、意味も必要ないし。だって豊かなんだ。その日その日が豊かで、気持ちいいんだ、みんな。中国ってそこの中で文化を築いたものだから、そうなるとヨーロッパよりははるかに偉いんだ。ベルトルッチは全然そういう認識じゃなかった。だからそれはヨーロッパ人には無理ですよ。

中上　その問題でいうと、『ラストエンペラー』は、俺は非常に不満なんだけどさ。そういう経過で龍一をベルトルッチに取られたということもあるんだけど、俺は龍一がそうやって世界の人気者になればいいと思っている。当然なるやつだと思うし、才能があるやつだから当然だけど、ああいう形でやるのはちょっと不満なんだ、俺は。

村上　俺も本当そうなんだ。でもね、音楽家ってのはパトロンに一番弱い。音楽家は何かがないとできない。

中上　そりゃそうだな。

村上　だから、俺なんか死んでも大島渚とは一緒にやらないし、脚本なんか書かないけど。

中上　おまえと龍一は、年はどう違うの。

村上　全く同じなの。あいつ一月で、俺そのすぐあとの二月だから。

文学のつじつま合わせじゃないけど、主語があって述語があるとかっていうのは、書いてて嫌なときあるでしょ。「俺は」って書いて、「何とかした」って、これを変えられないかって。これは変えられないでしょ。そのときに、変えられないから書いて、とりあえず「これは素晴らしい」とかさ。でも本当は違うんだ、俺が思っているのは。本当なら崩したいじゃないですか。でも、なかなか壊せないわけでしょ。ところが、音楽ってどこまでも壊せるんだもん。

中上　簡単だものね。

村上　芸術家じゃないやつは、「ほうー」とか言っていればいいんですよ。ロックやってればいいんだから。坂本は芸術家だから、どこまでも壊しちゃうんだ。だから、あいつがコンピューターが好きなのは、インプットするときには、やっぱりある種の必然性があるからね。でもそれは、坂本にオリジナリティがないんじゃなくて、俺は音楽の本質だと思うんだ。

中上　音楽にオリジナリティなんてないんだよ。クラシックだってジャズだって、そこで苦闘したし、いまもしている。

村上　なんもないものね。でもそういうときに、文学とか映画みたいにある種規制が強いジャンルだと、そこの中に出てくるものって、オリジナリティがあるとかって言われることがあるじゃないですか。

中上　嘘だよ。

村上　嘘なんだけどさ。そういうものって音楽にないですもの。

音と言葉

村上　中上さんに会うと、なんでこんなにハイになるんだろう。

中上　俺もハイになるよ。

村上　尊敬はしているんだけど、気遣わないんだよね（笑）。中上さんに会うと、酔っぱってくると、「バカヤロー、おまえ」とか言われるんだけど、でも別れた後全然疲れないの。
中上 いや、互いに認めているからだよ。
村上 あ、そうか。気遣わなくて済むんだ。
中上 そういうもんだよ。文学者ってそういうもんだよ。人に気を遣うというのは、売れてる作家だとか思ったり、自分より本が売れてるとかさ（笑）、それが気にくわないんだろ。
村上 全然、そんなことない。
中上 大変だよな。俺なんかそんなにいっぱい売ろうなんて昔から思ってない。龍は思ってるだろう。「最低十万部以上売れなきゃいかん」とかさ。
村上 そんなこと思ってないよ。
中上 俺は全然思ってない。普通、俺の本ってのは小説だったら最低二万部売れるよな。それで十分だよ。
村上 そりゃ、十分だよ。
中上 そう。俺みたいな難しい本を読むのは。
村上 高級なものを書いてるんだからさ。
中上 むしろ、読者を選ぶってことだからさ。

村上　俺だってそうだよ。

中上　おまえ、選んでないじゃないか。

村上　俺、選んでるよ。頭のいいやつしか読んでほしくないもの（笑）。醜いやつに読んでほしくないもの。

中上　じゃ、『ラッフルズホテル』なんかはどうするんだよ。

村上　『ラッフルズホテル』は結構いいですよ（笑）。難しい小説だよ、あれ。バカにはわかんないよ、絶対（笑）。俺、そんなもの書けないよ、やっぱり。

中上　あれは三十万部ぐらいいってるだろ。

村上　うん、三十万部はいってる。

中上　だけど、人のことでもそういうのを聞くのはうれしいんだ、俺。

村上　でも、『トパーズ』が三十万部売れたっていうのはすごかった。

中上　いいね。

村上　いま『水の女』が出れば、売れるよ。

中上　俺だから売れない？

村上　いや、売れるよ。「赫い髪は美しい。」っていう、あの最後のフレーズの素晴らしさはわかるよ。いまの人はわかるよ。結局、評論家はわかんないんだよ。

中上　俺さ、クラシックのピアノにすごいコンプレックスがあって、いまでも音楽家を憎んでいる。絶対音楽家に普通の死に方をさせないと思ったんだけどさ。俺の女房の親父がピアノの調律師なんだよ。スタンウェーのピアノの調律専門でずっとやっていて、本当にその人しかいないという人で、もう引退したけど。俺の家にピアノを置くじゃない。どんなピアノでもいいわけよ。日本で技術は一番いいという素晴らしさで、二束三文のピアノでもすぐパッとなっちゃうわけ。ガキがピアノやるっていうと、ムカーッと来て、俺はどのぐらい音楽を禁じられたか——。「禁じられた遊び」だったんだから、俺は。頭にきてさ。俺はそのままいくと音楽家になっているんだから。

村上 ナム・ジュン・パイクになったかもしれないね（笑）。

中上 あのレベルだと思わないでくれよ（笑）。パイクよりもっといいぞ。

村上 グレン・グールドみたいになるかもしれないね。

中上 言わないでくれよ、もうそのことは（笑）。

村上 でもなんかそういうのはわかるな。ピアノってものに対する何かあるよね。

中上 楽器、管楽とか管弦楽みたいな、そういうものにもあるね。言葉というのは、近代になってくると、音と言葉が遠く離れちゃった。これは近代の意味だよな。つまり音楽をする人間と言葉を専門とする人間と、専門家に分かれちゃった。ほんとは違う。こんなのは入り混じっているんだ。だから言葉を操る人間は、つまり歌の上手は、管弦も上手だったはずだよ。

村上　絶対、そうだよ。

中上　俺はそういう話をしているんだ。ひょっとすると俺は、大昔の、日本が平和な時代というか、なだらかな時代に一瞬現れた子供たちというか、ガキなんじゃないかという気がするんだ、龍と話しているとな。

村上　だって最初の物語作家というのは、たぶんみんなに言ってたんだ。夜が怖いから寝れないってときに、火を焚いてみんなに物語を話したんだ。そうするとやっぱり、声が悪かったりリズム感がなかったりしたら、そんなのは絶対できない。当たり前だよ。音楽家だったんだ。

中上　それよりもう少し下がって、たとえば王朝の時代、シーザーの時代でも、やっぱり管弦というのはすぐそばにあって、管弦を無視しては何もできなかったという時代があった。

音楽も言葉も、みんな同時に一緒にあるみたいな、そういうもんだよ。そういう瞬間を俺は生きちゃう。俺も偶然生きたし、龍も偶然生きたし、たぶん龍一も偶然生きてる。要するに、音と言葉が遠くない時代がかつてあった。いま偶然何かできちゃったってことはあるんだよ。

村上　いい話だ、それ。絶対そうですよ。

中上　何人しかいないんだ。

村上　そういうやつって、何か気が安まるんだよね。

中上　龍が龍一に対して関心を持つのは、それは本能だよ。何人しかいないんだから。そういう音と言葉が一緒だとか、快楽幻想でずっと生きるとかさ。龍の言ったことはすごい面白いと思ったよ。俺の考えていることと一緒だから、すごい面白いと思った。要するに、龍一はロックの不可能性みたいなところに結局いっちゃってる。いまにあいつはどっかへ行くでしょ。どっかへ出るでしょ。

村上　ロックっていうことなんか、あいつ軽蔑している。

中上　そりゃそうだよ。

村上　だから好きなんだ、俺。

中上　昔、ロックって龍に十三年前言われて、俺は反発したよ。反発したけど、同じこと言ってるよな。いまロックに関して言っていることは、恐らくその人間は想像力を持たん人だと思うんですよ。僕らは持ってるよ。管弦の、たとえば昔の楽器の琴のどれがいいとか、誰のつくった笛がいいとか、あるいはこっちのリズムがいいとかという、その話と同じことなんですよ。つまり、西洋音楽だからっていう、西洋と日本だとか、そんなのはあまり考えないほうがいいと思う。だって聴くのは日本人の耳だし、日本で聴いているんだし、僕はそういう考えですね。

龍に関して言うと、彼ほど日本文学の伝統的なやつはいないとずうっと思っているの。

僕と彼との差異でいうと、彼はやっぱり、たとえば谷崎なら谷崎のほうにスーッと行くやつだと思うし、そう行ってほしいし、行くべきだと思うんだ。

村上 僕ね、女の人の足が好きだったのね。『トパーズ』の足の話したけど。すっごいコンプレックスがあったの。中学校の頃に、親父が絵を教えていたから、画塾に大人の女の人が四、五人来ていて、その人が靴を脱ぐ瞬間にドキッとしたりしてね、俺、これは変態だと思ってた。だめだと思ってた。こういう人間は世の中に生きられないと思った。そうしたら高校で谷崎を読んだんです。

フレームの外

中上 そろそろまとめということだけど。現代作家がやっていることは、やっぱり同じことをやっているんだけど、僕が言いたいのは、近代文学の連中はある意味で新しがって、過去にこういうものはないだろうと言ったんだけど、それはどっこいそうじゃなかったということが、これだけ熟し過ぎている社会でごく自然なことに見える。

僕たちがいましゃべっていること、つまり龍とビートルズがどうのこうのと話しているということ。これは千年前にも同じことをやっているよ。物書き同士、言葉の人間同士は、音に関していつもものすごい関心があった。絵に関しては、これは日本文学の不思議な絵に関してはないですよ、単純に言うと。

ところだね。絵に関して、つまりあの絵がいい、この人の肖像がいいとか何とかということはないんですよ。つまり、音に関してはあるし、人物に対してはあるという、そういうことで。

村上 明治の文人たちとかはなぜ絵に興味を示したの？ フレーミングというのが好きだったのかな。

中上 それもあるだろうし、何だろうね……。やっぱり江戸時代から続いている、知識人というのは音なんて怖くてしょうがない、そういうのがあるだろう。

村上 うん、うん。

中上 音は暴力的な要素があるし、野蛮だよな。絵なんてのは何べん見ても変わるわけじゃない。音なんて瞬間に変わっちゃう。

村上 ある種、音で怖くない部分をフレーミングしたんだね。

中上 そうだね。

村上 フレーミングできるものって怖くないよね。ある中に、当然矛盾ってあるけどさ、本当の土壇場いくと怖くて、ウワーッとかって思うんだけど、フレーミングできると怖くないものね。

中上 恐らく、音が新人作家たちでいっぱい使われ始めたっていうのは、つまり、もうここで近代がデッド・エンドになったよっていう、そのサインなんでしょうね。

村上　でも俺、フレーミングのことよく考えないものね。中上さんは『旅芸人の記録』というのは嫌いですか。

中上　好きだよ。

村上　僕も好きなんだけど、アンゲロプロスと対談したんだけど、彼は音を利用して、映画は絵と同じでフレーミングの世界だから、映画を見て違う映像を想像するってのは本当はあり得ないんだけど、『旅芸人の記録』では、旅芸人の長女が強姦されるところなんかで、カメラだけグワーッって回して動かなくなって、あいつら入っていって、音で「ガシャガシャガシャン、ウワーッ」とか何とか言うんだけど、このフレーミングの外の世界を創造しているのね。俺はやっぱり感受性だと思った。

中上　アンゲロプロスっていいおっちゃんでさ。「そう、私は音を利用して、映画というのはイメージそのもので、映像喚起力はないけど、それにあえて映像喚起力を持たせるようにしました」とかって言ったの。あれはいいよね。

村上　面白い。

中上　だから音楽とか言葉っていうのは映像喚起力があるから、フレーミングというのは無縁なんですよね。でも、映画とか絵というのはフレーミングの世界だから、その中でいかにフレームを……。

村上　自分の作品を朗読したことない？

村上 ない。この前、集英社に頼まれてヘミングウェイのをやったけど。

中上 いや、人のじゃなくて自分のを。俺、一ぺんやったことあるんだ。音楽というか、すごく面白かった。朗読してすごく面白かったの。

プランBという実験的なことをやるところで、セシル・テーラーという、昔のジャズピアニストの結構メジャーなやつと一緒にやったの。

村上 セシル・テーラーとやったの？

中上 そう。ジャムセッションをやったんだ。

村上 知ってるよ。羨ましいな。

中上 彼も自分で詩を書いてきて、朗読した。それはジャズなんだよ。テーマが声みたいな、そういうので、二人で掛け合いでバンバンやって、面白かったね。

村上龍とこう話してるスピードをもっと上げているようなやつ。でも、体験としての音楽というのはどういうことなんだろう。

村上 体験としての音楽……。

中上 ロック。

村上 何だろうな。俺、女性的になっちゃうけど、小学校の頃、ピアノ弾ける女の子って、結構いいとこのお嬢さんだったじゃない。田舎だったから。そうすると、そういう子が音楽室に残って練習しているんだよね。授業が終わって、学校で遊んで家に帰るときに、パッと聞こえてくるんだ。そういうのって、いいロックとか、いいサルサとか、いいジャズとかと似ているんだけど、歩いているときに、風景と自分の間にすごい距離感ができるというのは、標準レンズで見ているんだけど、そんなときにピアノがパラララーッて聞こえたらパーッと広角レンズになっちゃうとかさ。

俺の音楽に関する体験というのはそれとか、あと、赤ん坊の頃に子守歌が好きだったの。子守歌が好きだった自分というのを覚えている。そうすると、ほかのことは何も覚えてないけど、ガラガラが回っても不安で、でも何かのときに、うちの親父はオルゴールが好きでオルゴールを聴かせてくれたんだけど、それを聴くとファーッと眠れるとか、そういう抽象的な、言葉にならない気持ちよさとかがあった。風景が急にレンズが変わったようになる、わりかしそういうのがあって、だからいいロックとか、ジャズとか、ジャンルに限らず、そういう鳥肌立つ瞬間というのは音楽しかなくて、いい小説を読んでも、そういうときっていうのは、やっぱり音楽的にくるみたいね、視覚的じゃなくて。その文章を読んで、何か絵が浮かんで、その絵に感動するんじゃなくて、その文章が流れるリズム感とか、それが喚起するイメージの流れのモンタージュみたいので、それを音楽的にモーツァルトみたいだと思うと、フーッとくるんだよね。

中上　あるね。

龍はこの五、六年いい仕事してるよ。

村上　そうですか。
中上　してる。いま三十幾つ？
村上　三十七歳です。
中上　二、三年であと一本書けよ。四十歳になるまでに一本、「これは俺だ」というのを。
村上　それは僕も少し考えています。
中上　そういうあれでね。一本あればいいから。杭を立てるというやつ。そういうもんだよ。日本の作家はいっぱい書き過ぎだから、一本あれば大丈夫だから。失敗してもいいんだよ。そんなのは全然恐れることないからさ。ただ、ヤル気があってちゃんとやったみたいな、批評家じゃなくて、人が言うんじゃなくて、自分が「書いた」と自分で言えるような。『コインロッカー・ベイビーズ』で言えるけど。
村上　ええ、『コインロッカー・ベイビーズ』で言えます。
中上　いや、長いだけが能じゃないんだよ。五百枚でもいいし、六百枚でもいいんだ。『コインロッカー・ベイビーズ』みたいに二冊本にしなくていいんだから。まあ、してもいいんだけどさ。
村上　なんで長い物書きたいんだろう。僕、長い物書きたいよ。
中上　不思議だね。俺なんかもそうだね。

村上　長くなければ書けないというものを書きたい。二千枚とかさ。『旅芸人の記録』。抒情はもういやだよ。叙事っていうのか日本民族の、黒船が来てからの叙事詩って、まだ誰も書いてないよ。

中上　そんな、日本民族なんか簡単にいかないよ。俺は行きたくない。おまえは簡単にいくんだよな。

村上　野蛮だからな（笑）。

中上　違う、違う。危ないとこだよ。それはファシズムとか何とかというのはスーッと行くかもしれない。龍の感受性だよな。

村上　俺は行けないって昔も言ってたね。

中上　人は俺に対して、「危ないファシスト」って言うけど、違うよ。

村上　違う。

中上　それは俺もわかる。俺はいつも下のことに関してこうやってウロウロしているだけだよな。

村上　でも、要するにそれは上も知っていることだよね。

中上　これだけ才能があったら、俺は自分とこだったらパーッと取るね。だけどそれが一番危ないんだよ。それは変化した宮廷の文化人みたいになっちゃうけど、俺はそうなりたくないという、もっと野心がある、もっとちゃんとした……。

村上　でも、俺は大体快楽主義者だから大丈夫だと思っているね。

中上　君のほうが、つまり〝作家〟なんだよ。

村上　中上さんと全く同じことを外人のインタヴュアーが言ったの。そのとき俺、円のことを言った。円が二百円切ったときに、日本は変わったと思っている。それはバカみたいに本を読んだということだけじゃなくて、敏感に感じるようになって、結局経済というのが強いから、もちろん傍流というのはいろいろあるんだけど、すべてのことに、日本が近代化するときに、円を強くするという一種の思想があったわけでしょ。それは思想だと思うんだけどさ。

中上　昔な。

村上　要するに、円が二百円を切ったときに、太平洋戦争が終わった気がするんだ。石原慎太郎という人は、円が二百円切る前の俺みたいな感じがするよ。そうなったら、たぶん参議院に出たかもしれない。いまは何のメリットも感じないけどさ。

中上　俺にとってはそれは同じことだと思うんだけど。慎ちゃんが参議院に出て、彼が総理大臣になって、ああ、そうですか、面白い社会がくるんじゃないかと、それは大歓迎する。するけど、それは龍がテレビに出ているとかと全く同じことだと思うんだ。慎ちゃんも文学者だと思うし、龍も文学者だと思うんだ。俺は二人を認めているよ。

村上　昔、中上さんが何かに、「俺は映画監督だ。映像に関する飢えというのは絶対必要なんだ」って書いてあった。俺、ものすごくわかるんだ。好奇心が強いかもしれないけども、その「飢え」って何だろう。

中上　サルサとレゲエの違いだ。

村上　その違いなのかな。中上さんが大臣になったたっていう感じがするじゃない。

中上　いや、違う。レゲエって、いつも志なんだよ。あんな世界は絶対こない。あんなメチャクチャな世界。ドレッド・ヘアというのはボブ・マウリーのパラドックスだよ。

村上　でも、あれだけのリズム感があったら、あの間にはほんとはシンコペーションを入れたいんだろうね。でも、やらないんだろうね。それやっちゃうやつはやっぱりパーなんじゃないかと思う。

中上　でもそれが新しい。それがいいんだよ。シンコペーションの問題は「存在の耐えがたき軽さ」なんだから。軽いから、間をとれないで、シンコペーション一つ入れて先駆けしちゃう。

村上　「存在の耐えがたきサルサ」。

中上　オチがついたようで……（笑）。

柄谷行人

キューバ　エイズ　六〇年代　映画　文芸雑誌

からたに・こうじん

1941年兵庫県生まれ。批評家。近畿大学大学院文芸学研究科特任教授。69年「意識と自然――漱石試論」で群像新人賞受賞。以降、固定観念を排した独自の思考を展開して新しい批評の世界を切り開く。78年「マルクスその可能性の中心」で亀井勝一郎賞受賞。著書に『終焉をめぐって』『探究Ⅰ』『探究Ⅱ』など。

柄谷　僕は「國文學」の中上健次特集（平成三年十二月号）のとき対談を頼まれたんですけど、何となく「対談」というかたちをとりたくなくて、僕がインタヴューするというかたちにしたんです。今日もインタヴューでやろうかと思ったけど、そんなことをすると君が死んでしまうかもしれない（笑）からやめました。とにかく僕は、ことあるごとに中上のことを思い出してしまうんですよ。今日も村上龍と話すと思うと、また中上のことをあれこれ考えてしまった。

村上　僕は「國文學」という雑誌が前から好きだったんです。なぜかって言うと、また中上さんのことになって悲しくなっちゃうけど、「國文學」の「音楽と文学」特集（平成二年二月号）で、中上さんと対談してすごく楽しかったからなんです。

でも中上さんのことを考えるとなんか変な感じなんです。死んだ人で僕が一番親しい人間は、まだ両親は生きているから、まあ祖父母なんですけど、その祖父母が死んだときよりも、中上さんが死んだときのほうが悲しかったかもしれない。死というものがより恐怖としてあって、じつは今も冷静に考えられないんですよね。

柄谷　僕は、昔親が死んだときは別としても、それ以後誰が死んでもほとんど動揺しなかったのですが、中上だけは違っていましたね。今もほとんど毎日中上のことを思いますね。自分でも意外です。

村上　やっぱり、中上さんが死ぬとき何を考えたかなと、こういうとまた泣きそうになっちゃうのだけど、もっと書きたかっただろうなあと思ったんです。

柄谷　そうですね。

村上　もっともっと書きたかっただろうなあと思って、それを思うとほんとうに泣きそうになっちゃうんだけど。中上さんのことでそういうふうに考えると、妙な追悼文なんて書く気にならないし、いつも中上さんが監視しているような、見張っているような感じで、へたなことはできないと。弱っているときとか、もっと書きたかっただろう。そういう人が書けなかったんだから、僕の場合はなんだかんだ言っても書けるわけで、そんなときに嘘書いたりなんかしちゃいけないと思うんです。

柄谷　うーん、そうか。あなたの中ではそういう形で残っているけれど、それはむしろ例外的ですね。僕が最近感じるのは、一つの重石が取れたというふうにみんなが思っているんじゃないかということです。中上の場合と意味は違うけれど、例えば三島由紀夫が死んだとき、やっぱりみんなだらけましたね。どんな形であれ三島がいることで、物書きは緊張していた。フランスでも、フーコーが死ぬと完全にだらけてしまった。中上が死んでも自分を見張っていると思っている人はわずかじゃないですか。

村上　そういえばそうかもしれない。

柄谷　ええ、中上がいるのといないのとえらい違うんですよ。

村上　いろんな意味で怖かったですもん。

柄谷　死んでもなお怖いっていうのはわずかでしょう。ほとんどがこれで——、

村上　一つうっとうしいものが消えたみたいなところがある。

柄谷　最近は皆テクストがどうのこうのというけど、今、僕は反対に、個人がすべてだと思っている。ある人間が生きているか否かは決定的なことですよ。自分も年をとってしまったというせいもあるかもしれないけど、中上が死んでも文学が続いているということが不思議なんです。もちろん今後も続くだろうけれども、そんなものは続いてるとは言えないんじゃないのという気持ちがある。

村上　なんかそこまで言われると淋しいね。

柄谷　それは僕の思いだけであって、また誰かが出てくれば違ってくるでしょうけれど、今の実感としてはそうですね。具体的にいえば、僕は最近新人賞の選考会に出たとき、選考委員たちがだらけていることに愕然としましたね。その結果、僕は怒鳴りまくることになった。ほんとは、どうでもいいんですよ。目の前にいるから我慢できないだけで。

そのときも、中上のことを思ったんです。ある意味で、僕は、そういう意識なしに、中上と役割を分担してきたんだな、と。例えば、僕は、文壇のことなど考える必要もなかったんですけど、それは中上がいたからだな、と思った。怒鳴りまくるなんてことは、あいつにやらせておけばよかったのに、自分がやってしまう（笑）。

村上　そう言われて思い出したんですけど、デビューしたときに中上さんから言われたんです。「俺は、村上が出てきてから、あるぶん楽になった」って。「村上がやることは明確にあるから、俺がやることも発見したから」と。僕の場合、そう言った中上さんがもういないわけなんです。

柄谷　君が中上の役割をやんなきゃいけないな。

村上　いや、僕ははっきり言ってできない。最近僕も四十になって少しずつわかってきたんですけれど、要するに無頼とかそういうのじゃないと思うんです。フランスの暗黒映画に登場するみたいなある種のピュアなものってあるじゃないですか。絶対自分に嘘をつかなかったら、最終的には精神的に不幸になっちゃうということがある。僕なんかどっちかっていうと小市民で、基地の町に生まれたから嘘を見抜く目を持てたんだけど、僕でも絶対できないピュアなものが中上さんにあったと思うんです。

柄谷　「四十になって」と今言ったけど、そういうふうにいろいろ思いますか。

村上　年じゃなくて、最近ちょっと体力がガクッと落ちたんです。今年は長い旅が三つあったんですけど、結構つらかったんです。「年とったなあ」と、この体力の衰えをきちんと自分でイメージしないとよくないと思った。

柄谷　中上も以前そういうことを言ってましたよ。

村上　ああ、そうですか。でも中上さんは口ではそう言っても、全然注意しないじゃないですか（笑）。

柄谷　全然しない。口では「俺はもうこれから長生きする」「もう一切危ないことはしない、朝は早く起きて」とか言ってました（笑）。だけど、そう思っていたことは事実ですよ。実は、去年（平成四年）の正月、禁煙までやったことがある。一日で挫折したらしいけど（笑）。

村上　でも中上さんの作品から受ける、そういうピュアなものの代わりに、中上さんはもう毒を全部引き受けていたんで、ああなりましたが、僕はそういうことはないと思う。

柄谷　君と最初に会ったのはだいぶ前だけど、たぶん中上と一緒でしたね。はっきり記憶があるのは、中上と一緒に御茶の水かなんかで講演会をやったことですね。それから、一九八四年に講談社の「IN★POCKET」という雑誌で、坂本龍一と三人で座談会したことがありました。『EV.Café―超進化論』とかいうタイトルで本になっていますけど。そのとき、僕は四十三になる手前だったんです。

村上　ああ、そうですか。

柄谷　あのとき僕は禁煙していたんですよ。それまで二年間何も書いてないし、書けなかった。せめて何かましなことをしようと思って、禁煙して七ケ月続けた。中上は僕が禁煙して苦しんでいるのを嘲笑っていましたけどね。実は君らに会ったときは、精神的にかなり回復していたんです。ところが、今度は逆に、禁煙しているために一行も書けないという状態だった。それで、君らと座談会が終わってまもなく吸いだした。そして、それから『探究』を書きだしたんですよ。僕は、四十に入ってからの二、三年は、すごく落ち込んでいたんです。ただ、そのころそんなことを言っても、中上にせよ君にしてもわかるわけがないから言わなかった。しかし、今はだんだんわかってきたでしょう。

村上　わかります。結局ほんとうは昔もそうだったのかもしれないけど、なんとなくごまかしているところがあって、まあ快楽といっても欲望といってもいいんだけど、そういうイメージに絶対身体がついていかないとわかった。それは淋しいことですよ。

柄谷　そう。僕は医者にも言われましたよ。結局それはナルシシズムの挫折だと。自分の自我理想に対して、全然追い付かないところから来る鬱病だと言われました。できると思ったものができない。だからそれとの折り合いをどうつけていくのかが問題です。

村上　でもそれはものすごく俗っぽくいうと、ものすごくわがままなわけでしょう。自分のレベルを高く設定しすぎている。だから常日頃そこにいないと我慢できない。

柄谷　その通りです。

村上　必ずそうです。ゴッホなんかもそうでしょう。

柄谷　坂口安吾もそうです。彼はアドルムかなんかの中毒で入院したんじゃない。鬱病だったからです。あの座談会のとき僕は薬の話をしたでしょう。あなたも前に鬱病で薬飲んだって言ってたけど、薬を飲むと一時的には元気が出る。坂口安吾は鬱病だからヒロポンをやったんです。その結果眠れなくなったから、睡眠薬をやった。しかし、原因は鬱病だったのです。彼が四十一か二のときですね。まあ、あのとき僕が思ったのは、一時的な回復をはかるとだめだってことです。

村上　一時的というか、化学的に興奮物質を出すってことでしょう。あのとき、内面のない人間は薬が好きだとか、柄谷さんは言ってましたね。

柄谷　そうですね。神秘主義も結局はケミカルな問題にすぎない、と言った覚えがある。最近はもうほとんど完全にわかっているじゃないですか。修行といったって、脳内物質を変えるということでしかない。

村上　ドラッグやるのと同じですもんね。

柄谷　根本的に同じですよ。だから、大事なのは認識のほうです。俗に厄年といわれているのは、ほんとは認識上の危機にかかわるのだと思う。だから、それには正面から向かわないといけない。僕は中上は結局逃げたと思う。死ぬ方向に行った。三島もそうだった。

村上　柄谷さん、どうしてそうはっきりと言えるんですか。いつも感心するけど、僕らはそうやって言葉でズバッと言えないですよ。

柄谷　いやそんなことないでしょう。

村上　ふつうそう言えないですよ。「死ぬ方向に行った」なんて、うすうすそう思っていても、なかなか言えないです。

柄谷　もちろん、ガンは自分の意志で選んだものではないですよ。でも、それを避けることはある程度できたでしょうからね。厄年というのは、やっぱりあるんじゃないかなと思いますね。アメリカ人の友人もそういってましたから。ユングなんかは、別の言い方でいっていますけどね。厄年のない人もいるけど、それは却って危険ですね。

村上　中上さんは何回も僕に「厄年に気をつけろ」と言いましたよ。

柄谷　彼は僕にそう言われていたんだよ（笑）。あいつは僕がそう言ったときは笑っていましたよ。しかし、中上は四十四歳のとき、もう自分は厄年の危機は超えたと突然言いましたね。やっぱり気にしていたんですね。三島由紀夫のこともあったけど。「俺はこれからは谷崎みたいに長生きするんだ」と言い出した。実際は、その逆のことをやりだしたけどね。

村上　ダイエットはしてましたね。「食った分運動するんだ」とか言ってました。

柄谷　でもあまりにも体力があって、ちょっと治療すると病気が治ってしまう。前に肝炎になったときも、普通だったらB型肝炎はそう簡単に治らないんですけど、紀州へ帰って一ケ月くらいで治した。その自信がものすごくあった。僕もアメリカにいて、中上が手術した話を聞いたとき、中上のことだからガンも治すだろうと希望的に思った。しかし、抗癌剤を使ったんじゃ、おしまいです。そばにいたら、反対できたんですけどね。

村上　肝炎に中上さんがなって治しているときに、偶然ホテルで会ったんです。今では笑い話みたいなんですけど、「中上さん」って言ったら、「おお、お前元気か」とか言われて、「肝炎大丈夫ですか」と聞いたら、「いや肝炎というのは、セックスと麻薬で……」なんて言うから、「セックスで治るんですか」と言ったら「バカッ、かかるんだよ」と（笑）。でも中上さんが言うとなんか治りそうな気がした。

柄谷　あのときは治った。しかし、あれは完治するものではないし、免疫力を弱める。ガンになったのは、結局それが原因でしょう。

村上　中上さんにとって、性の問題は、もう市民革命以前の、いわば個体性としての女を性の対象にするという次元じゃなくて、もっと大きいものの中でとらえていたから、歯止めが効かないんじゃないですか。

柄谷　それはそうだね。そうすると、中上は広い意味で「性」のために死んだことになる。もっとも、どんな個体の死もそういうことになるだろうけど。

キューバ

村上　中上さんが韓国に入れ込んでいた時期があったでしょう。僕は今キューバに入れ込んでいるのです。キューバはどこか空気が違うんですよ。だから中上さんにキューバを見せたかったな。

柄谷　キューバに入れ込むのはなぜですか。

村上　僕が基地の町の生まれで、もの心ついた頃に、大人たちがみんなアメリカにペコペコしてたっていう状況があった。アメリカはやっぱり僕の目の前にいたものだから、実際キューバに行ってみて、もちろん南北でいえば南の国だから貧しいのですけれど、例えばスラムがないとか、それから子供の物乞いがいないとか、賄賂を要求する警官や税吏がいないとか、その点ではとても気持ちがいい。もちろん僕は何やかや言ってもツーリストだから、民衆の奥の奥までわからないけれども、少なくとも今キューバに残っている人たちは、政権を支持しているし、イデオロギーやある種の精神性で社会主義を買っているのではなく、ただのシステムとしてすんなりと受け入れ応用しているような気がするのです。はじめ僕はキューバに対しては音楽から入ったのですけれど、ふつうロックでもジャズでも、ドラムスとかピアノとかベースなどを導入した段階で、ある色に染まってしまう。例えばアフリカの音楽でもそうです。でもキューバは、ピアノという楽器、ドラムスという楽器を自分たちの音楽に流用するのです。だから乱暴な意見だけど、ひょっとしたらそんな感じで社会主義というシステムを流用したんじゃないか。

柄谷　昔、七〇年代にアメリカで、プエルトリコの革命家に会ったことがあるんですよ。その人は、自分たちの国を独立させて、日本のようにしたいと言うんです。すでに、キューバをモデルにしていなかった。日本をモデルにしていた。しかし、僕はキューバを知らないけど、キューバは、ラテン・アメリカ全体の中でいちばん日本に近いのじゃないかと思う。例えば、フロリダに行ったキューバ人は優秀で、マイアミの経済のほとんどを握っている。

村上　勤勉なんですよ。

柄谷　そうですね。本国を知らなくても、亡命者・難民を見ると、その国のポテンシャルがわかるんじゃないか、と思う。ベトナム難民も優秀です。キューバ革命は僕が高校三年くらいのときにおこった。そのときの記憶では、カストロ派は、共産党とはまったく無関係で、革命はアメリカ人に大歓迎された。

村上　ええ、カストロもアメリカに行ったりした。

柄谷　ところが、カストロが農地解放をやりだすと、アメリカはキューバを敵視し始めた。僕は一つ気になることがあるんです。それは、キューバに最も敵対したのが、ケネディだということです。ケネディは、革命キューバをつぶそうとするアメリカの軍部に殺されたということになっていますけど、必ずしもそうではないんじゃないか。ケネディは、カストロに嫉妬したんじゃないのか。

村上 ああそうか、嫉妬ですね。

柄谷 あんなふうに見事に革命をやられたら、アメリカ大陸の理念を代表するのは、ケネディではなくてカストロになってしまう。あのときにアメリカがキューバを援助しないまでも、経済封鎖をしなければ、キューバはものすごく経済的発展を遂げていたはずです。ソ連にくっつくはずがない。

村上 キューバ人は勤勉で性格的にも日本人と似ている。今の日本は、あたかもオープンにしているようだけど、クローズしているでしょう。キューバも外因的な状況でクローズになっているから、メンタリティがやはり似ているんです。圧倒的に違うのは身体的な能力で、それはオリンピックを見てもわかりますね。だいたいガソリンがほとんどないから流通が駄目で、食物が都市部にはないんです。配給制のような形になっている。そんな中でディスコにバンドが来ればみんなで踊りまくるし、オリンピックだって金メダルの数は世界で五番目でしょう。ラテン・アメリカの中では、サッカーよりも野球が盛んな国はほとんどないでしょう。

柄谷 サッカーは、言っては悪いけど、絶対に頭に悪い（笑）。人間の脳は手を使うことで進化したといわれるけど、サッカーは、その手を使わない上に、ヘディングで頭をたえずどついている（笑）。しかし、キューバ人がアメリカの国技ともいうべき野球をやっているというのは、面白いですね。

村上　野球とボクシングです。だからキューバ国民はほんとはアメリカ合衆国が好きなんだと思いますよ。

柄谷　そこが佐世保生まれの君の環境と似ているわけね。

村上　ええ。ただキューバは、アメリカに関して、アメリカが威嚇したり経済封鎖したりするたびに、それに対して、おのおの常に態度を決めていかなきゃいけないんです。それと、彼らは、どうしても外部としてアメリカが存在しているために、それに対しての態度を決定しなければならないし、個々人がたえず主体性を持たされているから、僕はキューバに憧れてしまうんです。

柄谷　戦中の日本でも「欲しがりません、勝つまでは」というようなスローガンがあったけど、あれは上からの強制であった。キューバにはそういう感じはないということですか。

村上　ええ。キューバは有史以来何千年の歴史があるわけじゃなくて、コロンブスがきたから出来たような国です。だからルーツなんていうのはない。ある例があって、キューバに有名なバンドがあって、ちょうどメキシコ公演中に革命が起こって、バンドの方針として亡命しようということになった。でも二、三人は帰ってきたらしい。その人たちになぜ帰ったんだと聞くと、「私はキューバ人だからだ」と言うんです。キューバはつい最近生まれた国だから、そういうナショナリズムは根本のところではまったく曖昧なわけでしょう。そういうときにアメリカ合衆国という巨大なものがあるから、自分の中にそういうものを設定しなきゃいけなかった。すごくわかりやすいというか、見てて気持ちがいいんです。

柄谷　僕は以前に、村上龍はどこに行こうと、ベース（根拠）としてのベース（基地）を見いだすと書いたことがあったけど、君がキューバに対して入れ込んでいるということも、そういうことなのかな。いわゆるラテン・アメリカへの興味ということではない。キューバの特異性は、やはり大陸のそばにある島国ということと関係があるんじゃないか。

村上　絶対あると思います。

柄谷　キューバ革命は、世界史の中でもちょっと類例がないわけでしょう。簡単に一般化できない。ゲバラはそれがわかっていなかったのかも知れない。日本の明治維新だって類例がないんです。ゲバラはいわば満州浪人のようなものです。まあラテン・アメリカとして一般的に論じられないものが、キューバにはあるんじゃないかな。

村上　キューバはラテン・アメリカの中ではいちばん独立が遅かったらしいです。

柄谷　メキシコなんかよりもずっと後ですね。

村上　坂本龍一と話をしていたことですが、ちょっと不気味な話ですけど、例えば彼らの運動能力のすごさと音楽能力のすごさということを考えていくと、ルーツ探しになりますが、カリブ海には他にもいくつか島があるんですけれど、キューバにはインディオがいない。スペインがあそこを中南米征服の要衝にしたので、早い時期にインディオが絶滅したからです。スペインのどこの地方かわからないんですが、ガイエゴとかいう、エル・シドとかムーア人と戦った戦闘的な民族がいるらしいのです。彼らがキューバの反乱に送り込まれて、今のキューバの三分の二か四分の三はそういう人種なのです。面白いことに、フランコもカストロもそのエル・シドのほうの民族らしい。

柄谷　武士団の子孫。

村上　そうなんです。戦闘が好きな民族です。アフリカの今でいうアンゴラとナイジェリアですね。キューバ黒人はアンゴラと旧コンゴのあたりから奴隷として来た連中です。ナイジェリアという国は、オリンピックを見ても、百メートル決勝に二人くらい残っていた。今世界で最も治安が悪い国といわれて、この二十年間に十回くらい内乱があった。でもよく聞いてみるとナイジェリアだけは、政府の主導部に白人の指導団がいないらしい。考えてみたら、今のアフリカで治安がいいっていう言い方自体何か変です。例えばコートジボアールはすごく治安がよくて経済が発展しているといわれるけど、実際国へ行ってみると、全然ダメで弱い。ナイジェリアなんかは、インフレーションで、空港に着いて税関出るまでに、七回くらい賄賂を要求されて、払わなかったらブチ込まれるとか、ものすごく怖いと言われているのだけど、そういう白人や日本人の旅行者から賄賂を強奪するというのは、強い黒人じゃないかと思います。そういう連中がキューバのルーツです。反面、インディオはやさしい感じがします。

柄谷　ルーツといえば、アレックス・ヘイリーの『ルーツ』でも、アフリカに先祖を訪ねて行ったときに見いだすのは、戦士ですね。事実がどうであろうと、独立心の根拠になるのは、戦闘者のイメージです。キューバにかんしていえば、たぶん事実かどうかはべつにして、アフリカにおいてもスペインにおいても、そういう戦士をルーツとして想定することがむしろキューバ人の性格を作っているんでしょうかね。

村上　キューバのあちこちへ観光旅行するでしょう、そのような観光地に、昔お城だった跡に、ここに奴隷が寝ていたというような場所があるのです。真夏なんかはもう日中四十度くらいまで上がって、しかも鉄格子がある。こんなところにいたら絶対死んでしまうと思われる。

ひるがえって、素朴に考えるに、今キューバにいる黒人は、そういう状況を結構生き延びてきた人たちでしょう。どう考えても、そういう強い戦闘民族の中でも淘汰されてさらに強いのが残ったのじゃないかと思われる。だからアメリカの宣伝ではカストロの独裁だとそればっかりが言われてますけど、たしかに権力は集中しているかもしれないけれど、ああいう国民がはたして単純に独裁を許すだろうか。音楽のコンサートに行くと肌で感じますよ。

柄谷　そもそもアメリカ政府がいうような「民主主義」はいかがわしい。例えば、ペルーのフジモリ大統領が議会を停止したので独裁者だとか言われて非難されていますが、議会があれば民主主義であるとはいえない。ペルーの議会なんか、封建領主の連合のようなものでしょう。だいたい西洋でも、こういう貴族連中を制圧するために、絶対君主が出てきて、そのあとに絶対君主を倒したのがブルジョア革命です。ラテン・アメリカのような地域は、一方で現代資本主義に属しているけど、やはりそうした過程を一挙に飛び越えることはできないと思います。アメリカ政府がフジモリに反対しているのは、日本の資本がアメリカ大陸に入ってくるからでしょう。

村上　ただ、ペルーの状況はひどいらしいですね。僕が親しくしているキューバのダンサーを抱えている会社があるのですけれど、そのペルー公演は「どうだった」と聞いたら、「あんなひどいところはない」って言う。キューバも結構ひどいから、「どう、ひどいのか」と聞いたら、赤痢が流行っていて水も飲めない。あたりは臭いがひどくって、乞食や子供たちがワァッと来て囲まれるそうです。キューバにはそういうのがほとんどないのです。

柄谷　キューバの人が南米に行ってそう言うのは、日本人が東南アジアに行ったときの感じと似ているかもしれないね。外からみれば、同じラテン・アメリカ、同じアジアなんだけれども、中では違う。そういうことですか。

村上 僕はパラグアイとブラジルとボリビアしか行ったことはないけれど、明らかに空気が違う。僕はキューバが好きで、だいぶえこひいきしているのかもしれないですが。

エイズ

村上 今日はぜひエイズのことを話そうと思ってやってきたのですが、僕が撮ろうとしている次の映画にエイズが出てくるから、ニューヨークでエイズの団体に取材をしたりしているのです。柄谷さんが前に言っておられたように、エイズも不思議なことに日本では文物として入ってきているんですね。またまえに「天声人語」を読んでいてそのことにハッと気がついたのですが、エイズがこうこうこういうもので、エイズに対する教育も充実してきて、まず何よりもエイズに関する「知識と情報」を得ることが大事だと書いてあった。

キューバはほとんどエイズはないしドラッグもない、例えばどこかの旅行者がエイズとわかると、まだ生きているのにビニールみたいなものをかぶせて飛行機に乗せて、バッと国外に出してしまう。キューバでエイズだとわかると殺されるんじゃないかと思うくらい。キューバの場合は、やはりアメリカ合衆国が近いせいかもしれないけれど、どう考えても文物ではないですね。日本でエイズ教育なんかを見ていると、文物ですもの。嫌い方は同じなんですけど。

柄谷　しかし、キューバも経済封鎖が解除されれば、どっと入ってくるでしょうね。

村上　そうでしょうね。ジーパンとかハンバーガーとか。もちろん若い人はやっぱりアメリカのロックみたいなものを聞きたがっている。でも日本人はご飯を主食として、お米を捨てなかったでしょう。キューバに、スペイン語でサブロッソという言葉があるんですが、それはデリシャスという意味で、おいしいってことなんです。どんなに主体性のない国民でも一回おいしいものを食べると、もうまずいものを食べるのは嫌じゃないですか。キューバの音楽のテイストはすごく濃くてデリシャスなんです。ハンバーグもまたうまいんです。ほんとうに挽肉使って炭火で焼くから。今度のクリントンはどう対応するかわかりませんけれど、アメリカが政策を変えてキューバにパンと援助なんかしても、案外いいところだけとって、アメリカが思っているようにはいかないかもしれない。援助さえすればアメリカナイズすると単純に思っている人は結構いますけどね。革命前みたいになることはないと思います。

柄谷　なるほど。逆に、アメリカがキューバを恐れるのは、ほかのラテン・アメリカのようにはいかないと思うからでしょう。キューバを甘くみたら、日本みたいになる、というのがあるんじゃない。

村上　ああ、そうか（笑）。

柄谷　経済的にどんどん発展してしまうと困る。さっきも言ったけど、亡命キューバ人もすごいですから。

村上　マイアミはすごいらしいですね。もう六割がキューバ系の市民で、マイアミ市長もそうです。暗黒街から政界、それから医者も弁護士も、ほとんどがキューバ系。

柄谷　しかも、彼らはキューバ人としてのアイデンティティを保持している。アメリカでは、アジア系の移民が優秀すぎて問題がおこっているけど、ラテン・アメリカからの移民でそういう問題をおこすのはキューバ人だけでしょう。あれは何なのかと思う。アジア系の場合、儒教のようなものが背景にあるといえるけど。

村上　最近は本を読んだりしているからわかってきたけれど、最初は音楽にびっくりしたんですよ。坂本もびっくりしていたけれど、例えば小節ごとに区切られていないんです。もちろんフラメンコもそういうところがあるし、アフリカの音楽もそうなんだけれど、こう、彼方へいってピタッと合うような感じで、坂本は「リズムが抽象的だ」と言ってました。だからサンバとかカリプソとかレゲエとかと違って、どっちかと言うとクラシックに近いんです。

昔の、仏教やキリスト教やマルクス主義が文物で入ってきたのはまだわかるんですけれど、これだけ国際化とか情報化と言われているのに、エイズまでも文物として入ってくるというのは、昔は政略的な意味があり影響があったんだけれど、今になっても基本的にそういうシステムがずうっと残っているということなんですかね。まあこれがほんとうなのかもしれないけれど、なんか変でしょう、エイズの日本における対応は。

柄谷　日本の対応のどういうところで、変だと思うのですか。

村上　これだけ情報とか、エイズ特集とか氾濫しても、たんに文物でしかない。こういうのは永遠に続いちゃうんですかね、エイズまでもそうやって文物として扱われるのは。

柄谷　そうですね。日本人がエイズのことで真剣になりだしたのは、ごく最近でしょう。僕がそういうことを気にしていた時期は、十年ぐらい前ですね。

村上　ええ、たしかそうでしたね。

柄谷　それは、やはり僕がアメリカにいたからですね。つまり、身近にエイズの問題があったからです。数年前に日本で、ゲイの小説が新人賞を取って評判になったとき、僕はびっくりした。エイズの意識がまったく入っていないんで。ただ、この十年間にはっきり違ってきたことがある。最近は、エイズは、完全に「南北問題」だという気がしているんです。二十年後にエイズ患者が十億人になるとして、その大多数は第三世界です。アメリカのエイズ患者も、いわばアメリカのなかの第三世界です。キューバがエイズを徹底的に排除するのは、その意味で理解できる。とにかく、最近の日本におけるエイズの議論は、まだ十年前の段階にあると思います。

六〇年代

柄谷　村上龍ということになるのだけれど、君が昔ちらっと書いていて印象に残っているのは、「僕は六〇年代というのはいかがわしくて嫌いだ」というような言葉でした。自分にとっては、本質的なものは五〇年代である、と。年齢が違うにもかかわらず、その感じは、僕と同じです。僕も六〇年代は嫌なのです。六〇年代はいかがわしい、と思っている。僕の記憶では、プレスリーにしても誰にしても、アメリカの黄金時代は五〇年代で、それは、僕が中学・高校のときでした。五〇年代のポップ・カルチャーは、六〇年代のサブカルチャーと違うような気がする。それは何かサブカルチャーというべきものじゃなかったです。

村上　そう、僕もそう思うんですよ。

柄谷　むしろ、メインカルチャーです。

村上　そう思うんです。こんな話をして気分が悪くなっては困るんですけど、キューバに革命博物館があるんです。それで、カストロとかゲバラがメキシコから乗ってきたヨットとか、でっかいガラスの中にきちんと磨いて保存してあるんですよ。それは博物館の外で、その後中に入って、キューバの建国からずっと見るんですけど、僕がそこでいちばんびっくりしたのは、キューバの国民そのものが、くどいというか、テイストが濃いから、これでもかこれでもかと展示してありましてね、例えばカストロがハバナ大学の法科の学生と一緒にモンカダの兵舎を襲撃した日が、キューバでは一応革命記念日になっているんです。そのときハバナ大学の法科の学生だから、ブルジョアですけれど、みんな失敗して捕まったから、目玉をくり抜かれたやつがいっぱいいる。それで、その写真をこんなに大きく引き伸ばして、「彼は目玉をくり抜かれた」とか書いて、貼ってある。

それから、今度はバチスタ政権の拷問器具とか陳列しているんです。それが、もう驚いたんだけど、爪剝がし器というのがあって、鉄板が手形にくり抜かれていて、そこに手を置いて、こういう器具があって、爪を挟んでハンドルを回すと、爪がバッと剝がれる仕組みになっている器械、それが展示してあって、それをやられている人の写真もある。

その説明に反体制分子が多くて、いちいちペンチで剝がすのは間にあわなかったと書いてある。下衆な言い方すると、こんな感じでやったんだなと思うと、その爪剝がし器を作るやつもやつで、それをつくるような秘密警察がいて、それでもやめずに革命を起こしちゃったというのが、僕は高校のとき全共闘をかっこいいなと思って好きになったから、キューバ革命のほうがかっこいいなって思っちゃうんですよね。

柄谷　キューバに関していうと、カストロは五〇年代で、ゲバラは六〇年代のイメージなんですね。日本でも、五〇年代までは、国際的な関係がもっと現実的に感じられていたと思う。たとえば、大江健三郎の初期の作品は、ほとんど、日本がアメリカの植民地であるという認識に立っている。六〇年安保闘争だって、厳密に外交問題でした。ところが六〇年代になってから、それがだんだん消えていく。七〇年安保なんて、何の現実性も政治性もないんです。六〇年代は、いわば、想像的な世界です。「想像力の革命」というようなスローガンがあったけど。

キューバに関するイメージも、ちょうどこういう変化に対応しているんじゃないか。カストロが米ソ対立構造に締めつけられてソ連陣営に入ったのに対して、それを拒否して、第三の道、永久革命を志向してボリビアで死んだゲバラが英雄視された。君のキューバへの関心も、案外、日本の「六〇年代」の問題とつながっていますね。

村上　そうです。

柄谷　たとえば、君と坂本龍一が議論していて、君が佐世保の基地でコカ・コーラを初めて飲んだときのことを語ると、坂本が、いやコカ・コーラなんて別になんとも思わなかったといっている。しかし、それは坂本がコカ・コーラを飲んだときは六〇年代だからですよ。僕らが子供のときは、コカ・コーラは特殊な物でした。いっぺん飲んでみたいと思いましたね。あのころは、コカ・コーラにはほんとうにコカが入っていると思っていたから（笑）。しかも、僕の実感では、あれは今のコカ・コーラと絶対違うんです。

今のものは砂糖水でしかない。

村上　その五〇年代のコカ・コーラの違いということに関しては、こういうことも言えるかもしれない。日本が最初に、ほんとうの意味で国際化というと変ですが、言ってみれば外国とまじわったのは、ほんとうに真剣に外のこと考えたのはあの戦争しかないから、その外国もアジアだけかもしれないけれど、それが六〇年代に入っていくと失せていく、それも少しあるんですかね。

柄谷　大いにあるでしょうね。あなたは、吉本隆明はポップがわかっていないと書いたことがあるけど、実際、七〇年代以後にポップについて言い出すのはおかしい。たとえば、戦争中に、有名な「近代の超克」の座談会がありました。その中に一人異質な人が混じっていた。津村秀夫という映画評論家です。ほかの連中が、近代ヨーロッパを対象にしているのに、彼だけがアメリカについて語っている。それはやはり彼が映画をやっていたからでしょうね。映画というのは、ある意味ではポスト・モダンなわけです。それはヨーロッパ近代からみれば、むしろいかがわしいものです。津村は、映画そのものが近代を超えているものではないかと言う。彼は世界で今いちばん強いのは、映画に象徴されるアメリカニズムだと言う。もちろん、彼は反アメリカなんですよ。しかし、それが最も手ごわいことを警告している。ほかの連中は、ヨーロッパの深さなんてことばかりいっていますから、津村のいうことを無視している。津村も変なことをいうんですけど、今から見ると面白い。ナチスが映画を利用していることを指摘しているし、また、今最高の映画はドイツの記録映画であると言う。つまりリーフェンシュタールとか――、

村上　『民族の祭典』ですね。

柄谷　要するに、物質的なものと見えるけれども、それこそがアメリカの思想なんだといっている。僕は昔君と話していて、コカ・コーラは思想だといったことがあるけれど、津村が同じようなことを書いているのに注目しました。いちばんアメリカニズムに警戒しなければいけないにもかかわらず、これは警戒のしようがない、というんです。

村上　それがポップなんですね。

柄谷　そうです。戦後だけでなく、震災以後の日本の大衆文化は、全部アメリカのものであって、戦争中はそれをむりやり排除してきただけです。インテリはアメリカ嫌いでした。戦前も戦後もヨーロッパ志向なんです。「近代の超克」に関して、いろんな論文があるけど、誰も津村のことに言及していない。あの中では、津村がいちばん急所をついていたのかも知れないのに。津村自身もヨーロッパ志向なんですが、どうもそれではやれないのは、彼が映画をやっていたからでしょうね。

映画

村上　坂本君がそれに似たようなことを言っていました。例えば日本近代文学史とか日

本近代音楽史とかあるけれど、映画はやはり他と違っていていかがわしいから、日本近代映画史というのはあまりない、それはポジショニングのせいではなくて、映画というのは未だにやばいものを持っているからだ。だからおまえが映画を撮ったらいつもけなされるんだよと言ってました。

最近小説を書いていて、気になって仕方がないのは、例えばまず描写というか、地の文があるでしょう、それに鉤括弧で会話を書きますよね。映画の場合は当然のように俳優が台詞を言っているときでもその情景を表現できるんだけど、小説の場合はセパレートされている。例えば「村上が柄谷に会った」とか情景描写があって、急に鉤括弧でバーッと会話があって、まあその間も「そう言いながらも村上はこれを考えていた」と言えるんです。それが、うまく言葉にできないんですけど、僕が映画を撮っているせいなのかもしれないけど、何か形式というか、それはある了解事項、それもすごく狭い日本だけのものがあって、その中でやっているような気がして、自分で書いていて嘘くさいんですよ。それで最近、かっこつけて「話し言葉に興味がある」とか言っているんですけど。だから短篇の『トパーズ』なんかでは、わりかし女の子が普段使っている支離滅裂なまとまりのないような言葉で、自分の中の矛盾を、ほんの一パーセントぐらいですけど、明らかにしたような気がするんです。

例えば今いい小説と言われている小説の外形と形式をみても、日本語で書かれたものでも、英語のものでも同じですが、地の文と会話が、なんか嘘くさくてしょうがないんです。

柄谷 しかし、その問題は、君が初めて考えたことじゃないと思う。つまり二十世紀の小説は、映画と最初に且つ全面的に対決したのだと思うんです。たとえば、スタンダールの『赤と黒』だったら、望遠レンズでとるように町を描写して、ようやく主人公が出てくる。それは映画と同じ手法です。しかし、映画が出てくると、こういうことは小説ではやれなくなる。僕は、二十世紀の前衛的文学は、ジョイスでも誰でも、映画が生みだしたと思う。小説は映画にできないことをやってやろうということになったと思いますね。

村上 そういわれるのを聞くと、胸のつかえがおりたような気がします。

柄谷 ポスト・モダニズムの議論のなかでは、ジョイスのような連中は、ハイ・モダニズムと呼ばれています。それは、ポスト・モダニズムで超えられるようなものではない。

村上 絶対できないですよね。やっつけられないです。

柄谷 彼らのほうがいまだに新しいから。

村上 だから僕にとっては、日本語のリズムを崩すとか、前衛的に書くとかという意識は、まったくないんです。例えば高橋源一郎とか筒井康隆とかはぜんぜん違う。基本的に僕はオーソドックスでいたいんですよ。でもそうは言ってもこう書いていると、窮屈とかいうんじゃなくて、もう嘘じゃないかと思ってしまう。

言葉というのを使っていてそれを感じたのは、去年ゴダールに会ったときです。僕は昔から、例えば小説書いた後に、「この作品で何を言いたかったんですか」と問われて、そんなものないんですと答えつづけてきたのだけれど、でもみんな一応聞くでしょう。何か変だなと思っていたんですよね。そしたらゴダールが「私は何も言っていない」と言うんです。「言っていない」「何もしていない」と。「何かあなたが感じることがあれば、それはコダックのフィルムのせいだ」(笑)。「例えばベートーヴェンでもモーツァルトでも、何も作っていないんだ。ほんとうに何か作ったやつはドレミファソラシドという音階を作ったやつで、ベートーヴェンもモーツァルトも音階を使って組み合わせただけで、僕もそうであって、コダックが開発したフィルムを使って、何かと何かを単に組み合わせているだけだ」と言うんです。それが面白かった。

僕も、言いたいことがあって何かやっているんじゃなくて、自分の中に情報があって、僕が言葉を発明したわけじゃないんだから、それをみんなが使う言葉の組み合わせで、組み合わせ方は厳密で抑制されてなければいけないけれど、その情報をより正直に伝えようとしているだけだって、ハッと気づいたんです。

そのときに、今の日本の、オーソドックスとされている小説の形式――地の文があって会話があるというときに、正確さというようなことじゃなくて、ある種の日本における小説の地位とか約束事みたいなことがすごく強く作用しているような気がした。中上さんの遺志じゃないけど、それが嘘っぽくて、すごく嫌なんです。それは一時のシュールレアリズムみたいに、ただ壊せばいいとかいうのとは違うし、またいま筒井さんとか高橋源一郎さんが試みていることとはまったく違うんですけどね。

柄谷　彼らはポスト・モダンの意識があるからね。たとえて言えば、コンピュータ・ゲームみたいなものですね。それに比べると、映画はモダンですよ。つまり、テクノロジーとしては古風ですから。その意味で、村上君はモダンの人だと、僕は思う。小説も映画も輝きを持つのは、農村的な社会から近代に移る過程で、その矛盾が集約的に露出するときではないか、と思います。日本はたぶん一九七〇年ぐらいにその移行が終わっているはずです。僕の印象では、村上龍は、ほんとうはその終わりを象徴する作家だったんです。でも今から思えば、まだずうっと前の人だった（笑）。基地というのは、矛盾というか差異の源泉みたいなものじゃないですか。

村上　実は、佐世保にも、もう基地はないんです。

柄谷　中上で言えば、路地の消滅だな。

村上　ええ、基地の消滅、ですよ（笑）。

柄谷　中上にしたって、作家としては七〇年代以降の作家ですけど、そのポテンシャル・エネルギーはそれ以前の時代にある。それが残っているから、彼は作家なのです。想像してください。たんに七〇年以降の日本の現実しか知らない人間がものを書くということがどういうことなのか。

村上　しかし、中上さんが路地から見たものとか僕が基地から見たものというのは、エイズの例を出してもわかるように、日本により強く作用してます。柄谷さんが昔から言っていることが、エイズに関してだって、より強くなっているじゃないですか。

柄谷　そうですね。

村上　みんなはそう思ってない。もっともっとそういう矛盾とか嘘が消えて、なんとなく日本は独自の道を歩んでいるみたいなふうに思っているんじゃないですか。

柄谷　そういう錯覚が「六〇年代」からはじまったと思う。

文芸雑誌

村上　実は、柄谷さんと二人で話すのは、初めてなんですよね。

柄谷　そういえば、そうですね。

村上　三人ならやったことがありましたが。四十歳になって、やっと柄谷さんとサシで話せるようになった（笑）。昔は正直なところ、柄谷さんが何を言っているのかまったくわからなかったです。三人いたからなんとなくごまかしていたんですけど。それがキューバへ行って柄谷さんの言っていることがなんとなく少しずつ、言葉が体の中に入ってきた。例えば柄谷さんが言う交通とかわかったし、またそれまで「物語」というのが全然わからなかったのがわかるような気がしてきた。例えば今自分がキューバで思っていることを、どうやって日本じゃなくて彼らに伝えられるかというときに、エッセイ書いても伝わらないいんです。

『コインロッカー・ベイビーズ』を書いたときもほんとうはそうだったんだけど、それがわからなかっただけで、小さいコラムとかエッセイでは絶対に相手に伝わらないから、物語の形を借りるというか、たんに女を出したり、みんなが納得するような恋愛とかセックスというのをだしたりというだけのことです。柄谷さんと中上さんの話とは違うかもしれないけど、物語というのが自分の中で言葉としてはっきり、「ああ、物語ってこういうものなんだな」ってわかったんです。

柄谷　そうですか。僕からいうと、君は非常に誤解されている人だということがわかってきた。君自身が誤解されるようにふるまっているからね。例えば、変だと思うのは、君の作品が英語にもフランス語にもたくさん、他の誰よりも訳されているのに、日本人がそれを知らないことですね。考えてみると、君自身がそのことを少しも言わない。なぜ言わないかというと、たぶん、自慢できるほど売れていないからでしょう。要するに、君はたんに謙虚だと思う。村上春樹と龍の決定的違いは、そこにもある（笑）。

もう一ついえば、君は文芸雑誌は嫌だと言って書かないでしょう。しかし、村上春樹は、否定するポーズをとりながら、実は文芸雑誌に依拠しているんです。君はそうではない。ただ、それを承知した上で、言いたいことがある。僕は文芸雑誌でやろうとするんですよ。これは奇妙なことなんです。例えば、僕は以前に『探究』を文芸雑誌に連載しましたが、全然合いませんよ。

村上　ええ、異質ですよね。

柄谷　でも、あえて文芸雑誌でやってやろうという気持ちがあるんです。僕は昔君に、「君はもともと文芸雑誌から出ているんだから、たまにはちゃんとやれ」とか言ったことがあるでしょう。

村上　ええ、覚えています。でも柄谷さんぐらい異質だと、文芸雑誌に書いてもいいけど、僕は、まあ取り込まれることはないけど、なんか嫌なんですよ。

柄谷　それはよくわかる。僕もそうなんだからね。ただ、例えば新人賞の選考委員を引き受けているのですが、そのときだけは、僕は自分が批評家を役割としてやらなければならないと思うんだ。それは、書き手がかわいそうに思えてくるからです。でも、それはそのときだけで、全然続きませんけどね。その点で、中上は愛情が深かった。

村上　坂本と一緒のときの座談会でも、柄谷さんがそうやって文芸賞の審査員をやるとか、日本の小説について考えるとか書くとかっていうのは、僕はなぜかわからないと言ったでしょう。柄谷さんに対して、「なんでそんなに日本文学に興味があるのか」と言ったら、「俺もわからない」って言ったじゃないですか。でも、未だにわからないでしょう？

柄谷　うん。

村上　それが変な言い方だけど、日本のいいところみたいな気がしませんか。柄谷さんがもしアメリカでやるとしたら、絶対そんなことはしないでしょう。

柄谷　しないし、そもそもそんな環境がアメリカにはない。ずっと前に、日本の文芸雑誌のバック・ナンバーをアメリカの図書館で見たことがある。もちろん、誰一人読んだ形跡がない。しかし、その中に、例えば村上龍の作品も載っていて、それが意外な人たちと並んでいるわけです。そういうのを見ると、変に感動を覚えた。

村上　うん、そういうニュアンスはわかりますね。

柄谷　「こんなことをやっている国が、他にあるだろうか」と思いますね。

村上　ないでしょう。

柄谷　これが日本文化だなと思った。僕がこういうことを言っても、いやらしいと思わないだろう。

村上　ええ、思わないですよ（笑）。僕が文芸誌を嫌だというのは、それを信じている人が嫌なだけで。

柄谷　それは僕も同じです。しかし、君が『愛と幻想のファシズム』を書いたときに、文芸雑誌と週刊誌のどっちでやるか迷ったあげく週刊誌でやったら、途中から「早く終わってくれ」と言われたとか。

村上　ええ、そうです（笑）。

柄谷　文芸雑誌にはそれはない。君が一方で映画を作って、他方で映画でできないことをやるというなら、文芸雑誌でやればいい。僕は別に純文学とかそういう意識で言っていない。人助けだと思っている（笑）。

村上　でも説得力がありますよ。人助けするには、やはり自分に余裕がないとできないですから、僕よりも柄谷さんの方が遥かに余裕があるんじゃないですか。だから文芸雑誌も、基本的に余裕がないとできないでしょう。高橋源一郎さんなんかはよく書くけれど、彼は余裕があって書いているんじゃないですものね。

僕がほんとうに小説のことを真剣に考えて書くときは、お金のことも含めて、ものすごく余裕がないとできないです。例えばファーストクラスで旅行し、ホテルのスイートルームに泊まっていても、書けないときというのはやはり貧乏なんです。別にたいしたことを考えているわけじゃないのですけど、けっこう小説に集中している時間はものすごく余裕があるときです。

柄谷　それはわかります。僕はやはり日本にいると貧乏になるのです。いろいろ仕事を引き受けてしまうからです。そうすると、すごく貧しい気がしてくる。この前も『漱石論集成』というのを出したとき、僕の本を翻訳したアメリカ人に送ったのですが、その人から礼状がきて、その中に、あなたが本をプロデュースするレートに驚いたと書いてある。僕は本を出すのはわりあい少ない方なんですけどね（笑）。しかし、アメリカの批評家に比べると、むちゃくちゃ多い。

だから、アメリカへ行くと、僕はものすごくのんびりしてしまう。今年もアメリカに五ケ月いたときに、『隠喩としての建築』がアメリカで出版されるので、それを改稿して『探究Ⅰ』まで含むように組み換えたんです。授業のかたわら、それを毎日やっていましたけれど、あんなことは日本では絶対できなかったと思う。そのとき、自分がすごく豊かな気がした。雪のなかに閉じこめられて毎日それをやっているだけで、退屈な生活ですけれど、日本にいるときより気持ちは贅沢なのです。

村上　時間だけじゃなく、いろんなものに色気が動くというのも、結局は貧しいからなんです。僕はまだすべての時間を小説に費やすのに慣れていないから、映画は撮りたいし、いろんな誘惑がある。その誘惑にのってしまううちは貧しいのでしょうか。その精神というのは、文芸雑誌の精神とははるかに遠いですもんね。

柄谷　僕はアメリカへ行くと年齢を感じない。日本に帰ってくると「ああ、俺は五十一歳だ、先がない」とか（笑）、そんなふうになる。アメリカでは、誰も年齢のことを言わないし、それに時間が無制限にあるような気がしてくる。経済状況にかかわらず、彼らのほうが豊かだと感じるのです。

村上　いや、それは向こうの方が完全に豊かですよ。

柄谷　ただ、さっきも言ったように、日本の文芸雑誌も毎月毎年忙しそうにやっているけれども、遠くからみると、実にのんびりとやっているように見える。ほかの雑誌と違います。これは案外豊かなものですよ。現に書いている人や編集者たちはそう思っていないけど。

村上　ええ。しかし、柄谷さんが村上龍に文芸誌に書けと言っている構図を見たら、みんな誤解するでしょうね（笑）。変に喜ぶ人がいるんじゃないですかね。

柄谷　僕は正直そう思っているよ。中上も死んだし、僕だって今度『探究Ⅲ』を始めるんだから。

小山鉄郎

『五分後の世界』をめぐって

日本は〝本土決戦〟をすべきだった

こやま・てつろう
1949年群馬県生まれ。一橋大学経済学部卒業。73年共同通信社入社。川崎、横浜支局、社会部を経て、84年文化部に。文芸、生活欄などを担当する。現在、同大阪支社文化部長。著書に『文学者追跡』がある。

〈私は近い将来戦争小説を書こうと思っている〉。「私の戦争論」という通しタイトルのついたある年の新聞の特集連続企画に寄せたエッセイの最後を村上龍さんがそんな言葉で結んでみせたことがある。それは〈近い将来〉には実現せず、その言葉からは十年以上の時間が流れたが、その一つの形が、今ようやく実現したようだ。

角川書店を辞した見城徹氏らが興した幻冬舎の第一回刊行のために書き下ろした『五分後の世界』がそれだ。現実の社会とは五分だけ時間が進んだ、もう一つの日本に戦後の歴史をパラレル・ワールドとして描いてみせたシミュレート小説で、その世界では日本が無条件降伏せず、本土決戦して敗北、アメリカ、イギリス、中国、ソ連などに分割、占領されている。しかし生き残った二十六万人の日本人たちは「アンダーグラウンド」と呼ばれる地下に住み、高度な軍事力をもって国連軍とゲリラ戦を続ける一方で、世界的に優れた音楽家も生み出すという社会を構築している。

『五分後の世界』はそんな仮想の世界から放った矢で現在の日本社会の心臓を射抜こ

うとした小説である。

基地の町・佐世保で育った村上龍さんにとって、やはり米軍の横田基地周辺にたむろする若者たちの姿を描いたデビュー作『限りなく透明に近いブルー』以来、戦争への思いには特別なものがあるのだろう。『五分後の世界』のこと、日本社会のことなどを村上龍さんに聞いた。

「戦争」を書くということ

村上　この小説は日本なんだけれども、未だに戦闘をゲリラ的に継続している、別の国家を書きたかったんです。その国家のことを読者にリアリティを持って受け入れてもらうために戦闘は絶対に必要だったんです。その世界に紛れ込んでいった主人公小田桐が戦闘に巻き込まれる「五分後の世界」という世界を書きたかったのが最初にあって、そのために戦闘シーンの描写が不可欠だったんです。戦闘とか戦争そのものを書きたかったわけじゃないんですよ。

小山　その戦闘のシーンは二回ありますね。国連軍との派手で生々しい戦闘と非国民村での緊張に満ちた不意打ちに合うような戦闘と。

村上　ええ、最初のはなぐり合いのケンカみたいなもので、あとのは競合地域における特殊部隊同士の戦いです。アメリカの特殊部隊とベトコンが遭遇するみたいなものです。

書く前は戦争に関連した本をたくさん読んで、戦争オタクみたいになっちゃいましたよ。日本の具体的な戦記って、ニューギニアなんかの悲惨な状態などはよく分かるんですが、この「国民ゲリラ兵士」というものを肉付けして形作っていく時に、過去の日本の軍人のノウハウが全く役に立たない。自衛隊のマニュアルなんかも役に立たなかった。役立ったのは、あとがきでも書いた柘植久慶と毛利元貞の両氏の書いた本です。これは後になって考えてみると、この二人が傭兵だったということがキーポイントだと思う。傭兵というのはきちんと海外とかかわってますからね。あの二人とも、アフリカとか東南アジアとか砂漠とか、具体的な海外にかかわって自分のノウハウを得てきているわけで、彼ら二人が書いたものはとても参考になったのです。それはイデオロギーと全く関係ないんです。具体的な、たとえばラストに出てくる眼球が飛び出た場合にどう治療するかというようなことなんですけどね、そういうのがすごく面白かったんです。

小山　「洗いたての乾いた靴がこれほど快適なものだ」と主人公が初めて知る場面があるのですが、こういうところは驚くほどリアルに感じましたが……。

村上　それも二人のマニュアルに書いてあります。清潔にしておけと。必ず清潔にしてないと戦う意欲がなくなるって。

小山　戦争が題材となった日本の小説も読みましたか。たしか『コインロッカー・ベイビーズ』を書き上げたころに、日本の戦後の小説が、父に対する子のような視点で書かれていることへの違和をエッセイの中で述べたこともありましたが、その思いは変わりませんか。

村上　第一次戦後派の作品を今回も読み直してみたんだけど、ほとんどは自我が戦場という所でどう変わっていったかということしか書かれていないんです。僕が唯一いいなと思ったのは大岡昇平さんのもので、『野火』とかはよかった。だけどそれは戦争小説じゃなくて、一種教養小説というか、人間の自我を描いているものとしてよかった。ほとんどが自意識とか自我の問題なんです。だから戦争小説じゃないと思うんですよ。たとえば僕が昔読んだ『裸者と死者』（N・メイラー）は戦争が書いてあると思った。『巨大な部屋』（E・E・カミングズ）とかね。ただ戦争とか戦闘はむずかしいけれども作家にとって魅力ある素材で、やってみたいというか気合いが入るという面はありますね。

小山　でも戦争を書くというのは作家にとっては、一方で危険な面もあるでしょう。

村上　すごく危険でしょうね。戦争にしろ戦争中に起こったことにしろ、読者の興味を引きつけるという意味でイージーですからね。極端なことが起こるわけだから、何でもありの世界ですから。それに実際の戦争はイヤですよ。早起きとかしなきゃいけないし、実際やると怖いしね。マグナムで撃たれて、当たってパッと死んでしまうならまだいいけれど、貫通して死なないとすごく痛いよ。（村上）春樹さんの『ねじまき鳥クロニクル』を、出てすぐ読んだんです。僕の本より売れそうだし、読んでおこうと思って

（笑）。その中でノモンハン事件が起こった前年のことという設定でモンゴルと満洲の国境地帯にパトロールに行って、捕虜になって拷問されるシーンが出てくるんです。生きながら皮をはがれるとか。物語の設定上、それはしようがなかったのかもしれないけど、それが語り言葉で書かれているんです。間宮中尉という実際にそれを目撃した人の語り言葉で書かれているんです。語り言葉というのはある極端な状況とか何かを描写するときにワンクッション置くわけです。語り言葉にすると楽だと思うんです。どんなことを語る場合でも。逆に、語り言葉にして、途中でたとえば「おわかりでしょうか」とか「さっきも言いましたが」という言葉が入ることによって、読者はそのつどさめていくんです。この人がしゃべっているんだというのでさめていって、妙な形で納得させられて、逆に生々しい残酷なシーンとか戦闘における極端な人間性みたいなものが印象に残っちゃうんです。

そうじゃなくて語り言葉じゃなくて、ダイレクトに散文で書いていくと、読者が中に入っちゃうような感じになるんです。それは映画にすれば同じなんですよね。誰かが話し始めて、画面がボヤボヤとなってそのシーンになるというふうになるんだけれども、小説の場合は語り言葉と散文というのはすごく違っててね。旧軍部の思い上がりと無知を示す典型だから、僕もノモンハンのことはいくつか読んだりしたけど、春樹さんも、自意識の震えだけを描くことの限界に気づいているんだな、と思った。でもそれを語り言葉にしてしまったために、逆に歴史や意味が自意識の震えを描くための道具になってしまった、ということです。

小山　話し言葉にしないで地の文で書いていった方が、読者がその中に入れて、かえって残酷性とかいう面が残らず、小説がストレートに読者に伝わるということですか。

村上　それは正確に書けばね。でもたとえば戦闘と同じように大群衆とか大災害とか、大規模なコンサートって書くのがすごく難しいんです。そういうときに語り手がいるとすごく楽なんです。こんなにも彼のコンサートはすごかったんだということを語らせればすごく楽なのね。そのかわりに、ワンクッション置くことによって膜が一枚張られちゃうから、ダイレクトにその中に入っていかないでビデオでダビングしていくみたいな感じになっちゃう。語り言葉が有効なときというのは、その語り自体がある種の論理性を超えていく場合だけで、たとえば子供の話とか精神障害者の話とか、常識を持ってない若い風俗嬢とかね。まあ、自分のことばっかり言ってるみたいだけど（笑）。

書くときは無自覚に書いてるんですけど書き終わってからそういうことを考えるんですよね。語り言葉で抽象化するのは本当に難しくて、さっき言ったようにロジックを超えたものにするための語り手の設定にして、その語りそのものが変質していくみたいなことがあると抽象化も可能なんですけど、普通にしゃべってる分には抽象化されないから生々しくてね、その状況が美しく見えてこないんです。じゃあお前は散文で戦闘をきちんと捉えたのか？　と言われると、努力した、というしかないんだけど。こんなものは本当の戦争じゃない、なんていう人が必ず出てくると思うし、例によって、「劇画的である」みたいな、バカの一つ憶えのようなポイントの批評ね。そういう人には、言わせておくしかない。自我の怯えみたいなものが出てさえいればそこで文学が成立する、というような人は、この国では死滅しないと思う。そんな人は、相手にするだけ時間のムダだと僕は思うから。

小山　地の文で書くことで引き受ける、いわば「責任」のような思いは『五分後の世界』を通して逆照射しようとした、いまの日本的共同体に対する強い否の気持ちにも深くつながっているんでしょうか。作中、繰り返される「シンプル」という言葉にも同じような気持ちが表われていると思いますが。

村上　日本の場合、たとえば会合に遅れた場合に「どうもすいません」ということがものすごく必要でね。それは普段は気づかないんです。僕、これを書く前に何回もキューバに行ったんですけど、キューバって日本の「すみません」に当たる言葉がないんですよ。「コンペルミソ」というのが「エクスキューズ・ミー」とか「アイム・ソーリー」に当たるんですけど、みんな言わないよ。たとえば僕の付き合ってるバンドのメンバーが練習するとするじゃないですか。そうすると遅れてくるやつがいるんだけど、「ごめん」と言わない。レコーディングが間違っても「ごめん」と言わない。考えてみれば、べっに「ごめん」と言ってもしようがないですよね。遅れてきた分はそれからの仕事で取り返せばいいわけだし、レコーディングでミスした場合には、「ごめん」と言うよりも次にミスしないようにした方がいいわけでしょう。それはわかりきってるんだけど、日本では「すいません」という言葉が必要なんです。絶対に必要な言葉なんです。

それは用件とか自分の仕事上に必要なことを言うだけでは何かギスギスするような印象がこの国にはあって、何なんだろうって僕はいつも考えるんだけれども、それは一種の共同体の力とか日本的スノビズムだと思うんです。人間関係だけじゃなくて、目に見えない規範みたいなものがあって、その規範が二人の関係にそういうものの見方を強要してくるみたいなね。

あのね、世界には、「すみません」という意味の言葉を禁句にしている部族とか、原始宗教がかなりあるんですよ。

キューバに行ってキューバ人を見ているとほんとにわかりやすいんです。だから、なんで日本はこんなにまどろっこしい国なんだろう、というのが見えてきたんです。それは言葉だけじゃなくて、いろんなことがね。日本でコンサートをするときに、僕がバンドを紹介するでしょう。その前に局アナみたいなアナウンサーが来て、「非常口はこちらでございます」とか、火災の場合にはどうのこうのと言わなきゃいけないというんです。ところがそれは条令にはないというのね。何だといったら、何かあった場合に、こっちはちゃんと言いました、という責任の回避なわけですよ。本当に人のことを考えてないんです。常に責任の回避と、うちのサークルはそのミスに関与してないということね。そういうことでイライラして、日本にいるだけで「バカじゃないか」と思うんですよね。

シンプルな人間関係というのは個人でリスクとかリスポンシビリティを負わなきゃいけないということですからね。「すいません」と言っておけば、ミスしても何となくみんなが許してくれるという人間関係ではない。謝らなかったら「なんだ、こいつ」と思われるんだけど、次にピタッとやるとオーケーになる。その方がすがすがしくていいじゃないですか。でも結局ね、みんな個人の能力に注目しないから、個人と個人をつなぐ大小さまざまな階層の共同体がうまくいくことが大前提になってるんです。それが個人に強要してくるからものすごく話が込み入ってくる。

小山　もう一つ「生きのびる」という言葉も何度か繰り返されますね。

村上　『ラッフルズホテル』を書くときに戦場カメラマンの本をいっぱい読んだんです。あるカメラマンが戦場に取材に行って、そして帰ってきて飲むビールがやたらうまかったらしいんです。それに似たようなことは僕らにもあって、たとえばパリ・ダカールで砂漠に行ってて、それは戦争でも何でもなくてただの砂漠を横断するだけですけど、セネガルのダカールでいろんなことがあって、パリに帰ってくるとほんとにホッとするのね。カフェでビールを飲んでも、普通では味わえないような感じでホッとするんです。それはホッとするというより、ある種のドラッグみたいな脳内物質の何かが出ているのじゃないか。すごくホッとしたり充実したりするようなものが。

本当は「きょうも生きのびた」というだけで人間は勝利なのに、この国ではそのほかにいろいろ要るんですよ、生きがいとか恋愛とか、老後の保障とかね。それも何かおかしいと思うんです。生理的にそういうのが嫌いだったんです。「じゃ、おまえは戦場に行くか」と言われると、行きたくないですよ。べつに戦場に行かなくても、何かから生還してきたという思いを持てるということが一番快楽なんじゃないかと思って。

小山　以前『愛と幻想のファシズム』でインタヴューしたときにも、老後のことなど考えずに冒険するという生き方ができにくい世の中で、今の若い人たちのストレスや社会からのプレッシャーについて語ったこともありましたね。

村上　『愛と幻想のファシズム』を書くときにはハンターを取材したんです。そのとき聞いたんですけど、熊って、山の上から水を飲みに降りていくのに一日費やすらしいんです。どんどん降りてきて、水を飲んで、また山の上に帰っていく。それで一日終わるんだけど、たぶん充実してると思うんだよね（笑）。いろいろ景色を見たり、途中でハチミツをなめたりさ、いたらシャケを捕ったりして。結局余分なものがないということじゃないかと思うんです。要するにその一日なり、一週間なり、ひと月なり、一年をサバイブすることが本当はすごく大事なことで、それがなかなかわからない。たとえば今のサラエボの人たちは、生きがいとか、そんなことは誰も考えてないでしょう。「生きがい」とか「生きる目的は？」というのを考えるのは悪いことじゃないんです。ただ、〝生還〟みたいなことが全くない社会の場合には、生きがいというのが今度は個人に強要してくるの。生きがいを持たなければいけないとか、生涯学習とか、いつも青春とか。感動も強要してくるんですよね。これに感動しなさい、みたいに。

それは不健康だと思ってたんです。それが不健康だというのをいくらエッセイに書いたり物語にしたりしても、それは非常にわかりにくいことだからね。たとえば海外に行った日本人の話を書いても、日本人は多く行けば海外でも日本人の社会を作る。数が少なければただの孤独な人というだけで、そこで日本人としての自意識の震えとか書いちゃって、どこへ行っても日本のことしか書けないんです。そうすると何を書いても、どんなに批判しても日本的スノビズムの円環にとじ込められて、結局何も指摘できないというジレンマが僕にもあって、そのときにパラレル・ワールドというのを思いついたんです。全く別の空間を形づくってしまえば、そしてそこにあるものを、あえてよく書けば少しはわかりやすいかなということはあったんです。日頃おかしい、と思ってることをそんな具合に書けば。

小山 村上龍さんはいくつかのエッセイの中で「戦争は悪だ」と記した後で、「しかし、その悪は現在にも形を変えて充ちている」と書いたり、「誤解を恐れずに言うと」と記してから、「『戦争は楽しいに違いない』と断言した映画作家F・コッポラを、私は支持する」と述べたりしています。言及すること自体が難しい戦争について何度も接近を試みるのはなぜですか。

村上 僕は、作家としてももちろん戦争をドライブしていく力とか戦争の中で起こることには興味があるけれど、本当に興味があるのは、戦争そのものじゃなくて、戦争とか戦闘が露呈するものに興味があるんだと思うんです。結局戦争とか戦闘とか、それからSMとかセックスとか、あるいはキューバ音楽とかに通じるものがあると思うんです。それは自意識から自由になるということだと思うんだけど。SMの場合は、自由になろうと思って変なことをやって、戦争は、周りの圧倒的なエネルギーで自由にならざるを得ないというような。

『五分後の世界』の設計図

小山 少し今度の『五分後の世界』について具体的なことをお聞きします。「五分後」というのはどんなところから出てきたんですか。

村上 もともと夢みたいなものがモチーフになっているんです。夢の中で、戦争してて、何かの拍子にフーッと風が吹いて、僕がそこへ行っちゃったんです。「なんだ、ここ

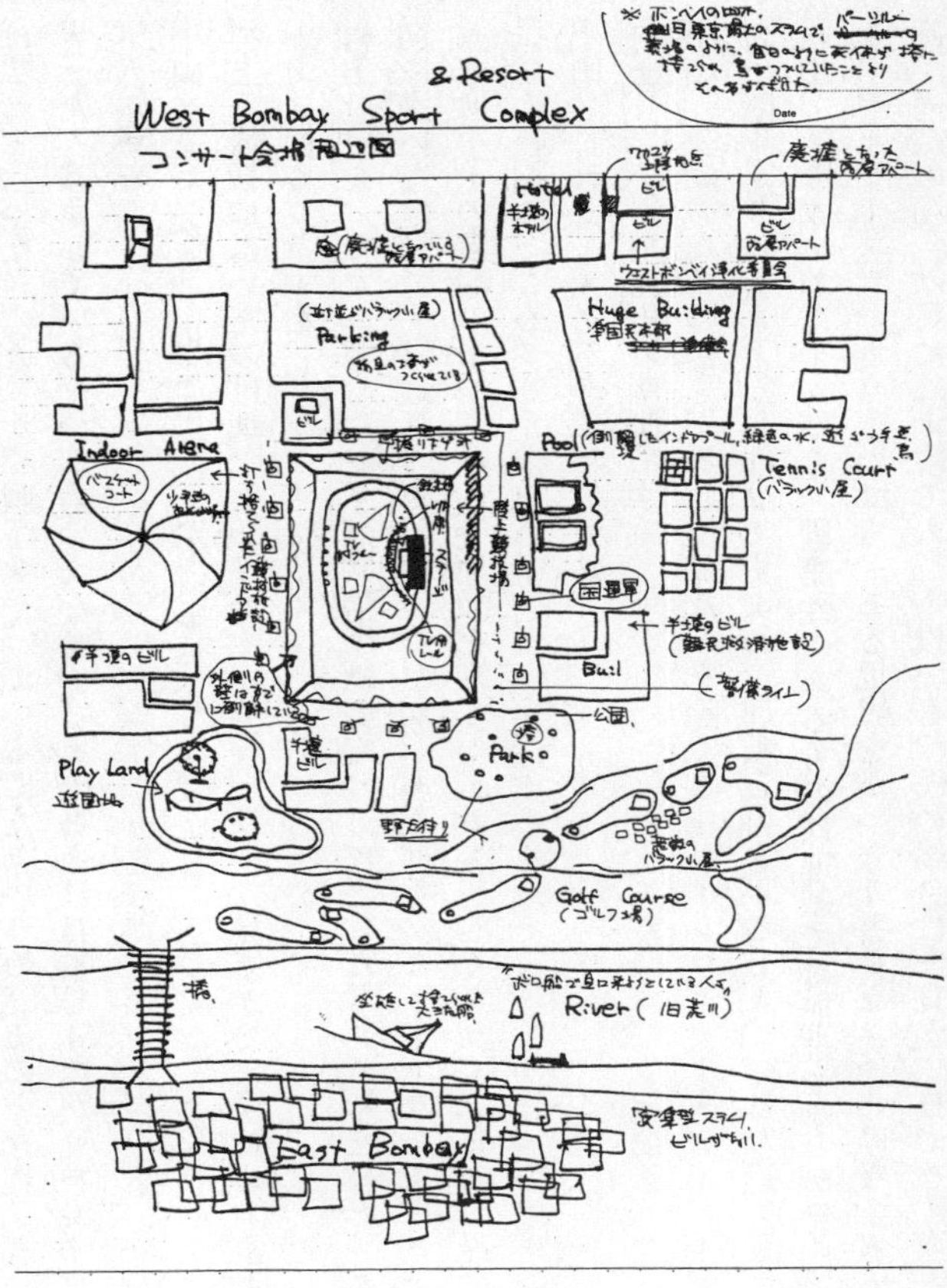

『五分後の世界』設計図　ウエスト・ボンベイのコンサート会場周辺

は?」と言ったら、とにかく戦争をやっているんだというの。そのときに「五分後の世界」だと戦争しているやつが言ったんです。そのときは日本じゃなかったですけれどね。外人がいた。

小山 「あとがき」によると、設計図を持って書いたということですが。

村上 最初に書いたのは地図とかメモとかそういうの。見ます? すごいおもしろいよ。

小山 初めてですか。

村上 いえ、たまに書くんです。原稿用紙の端っこに書いたりするんだけど。これが最初に書いた地図です。これ、かわいいでしょ。あとはみんなノートなんだけど。これはコンサートの会場のやつ。これで地図を書くのがおもしろくなって。ここが最後の非国民村の戦闘のところ。

小山 これはモデルがあるんですか。

村上 だいたい富士の南側です。

小山 映画のための書き下ろし作品などを除くと『コインロッカー・ベイビーズ』以来の十四年ぶりの書き下ろし作品ですよね。連載と書き下ろしと、やはり違いますか。

村上 ありますね、やっぱり。構築性のあるものは連載では無理です。『コインロッカー・ベイビーズ』でも今度のでも、ある世界をかっちり書かなきゃいけないというものは。連載の場合は月に二十枚でも三十枚でも、僕の場合は一日か二日でバーッとやっち

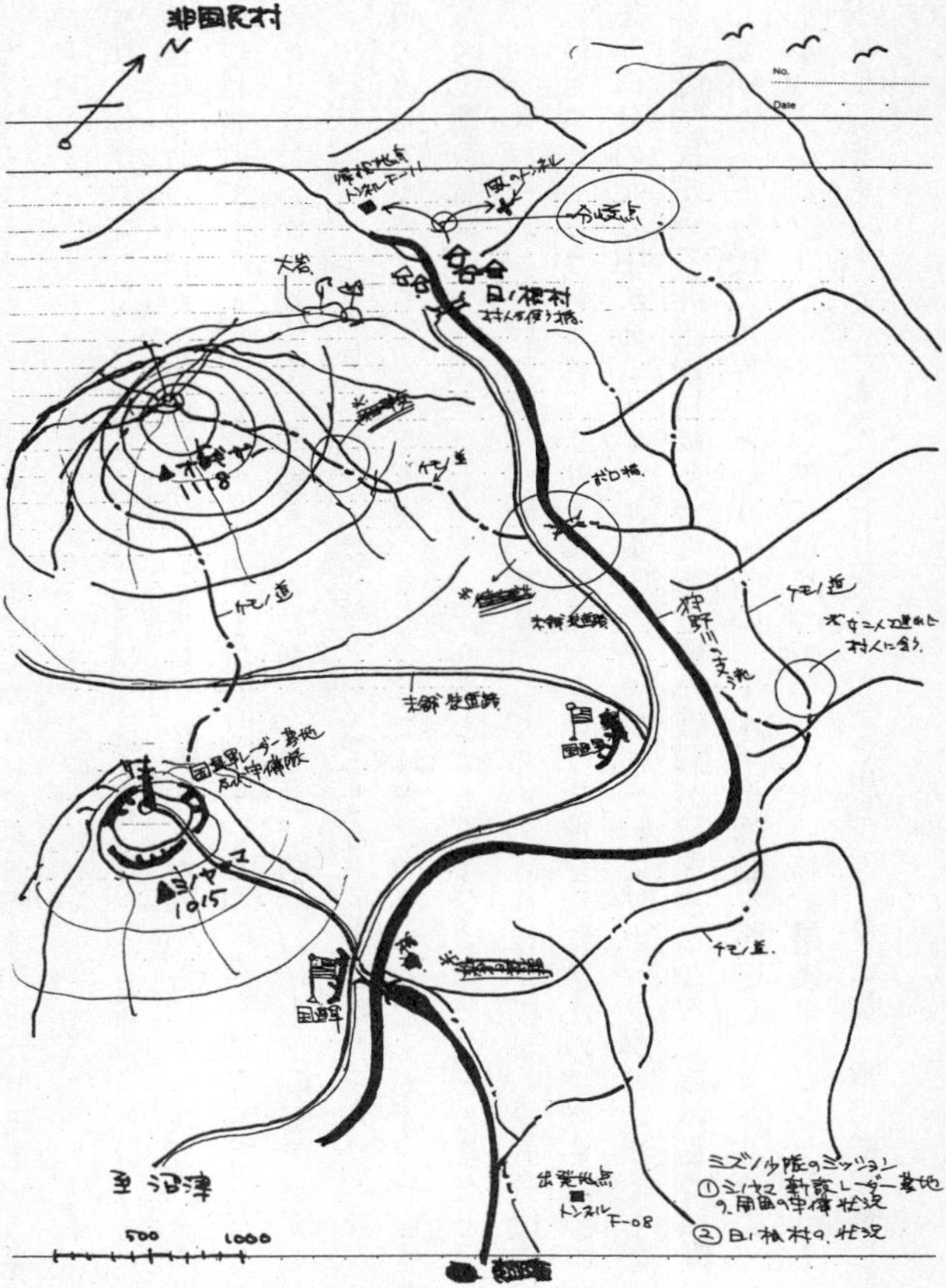

『五分後の世界』設計図　非国民村の周辺

ゃう。そうするとどうしても『イビサ』とか『エクスタシー』とか、ああいう系統のものになっちゃう。

小山　『愛と幻想のファシズム』のときはどうでした。

村上　あれはとにかく最後までどうしていいかわからなかった。でも『五分後の世界』だけは特殊でした。「あとがき」に書いた設計図というのは僕も初めてだったんだけど、そのときはわかんなくていま考えるとわかるんです。結局ね。小田桐がアンダーグラウンドへ行って、「五分後の世界」の全貌を知るところまでしか決めてなかったんですが、その後はどうにでも動かせると思ってたの、これだけ構築してしまえば。そして中に出てくる教科書の部分を書き終わって、だからちょうど半分くらいのところだと思うんですけどね。それからマツザワ少尉の家に行くぐらいのときに、構築した五分後の世界というものが「こういうストーリーにしろ」という要求をしてきたの。今まで書いた材料と、自分の頭の中にある、オールドトウキョウに行ってワカマツがコンサートをするとか、非国民がいる非国民村に行ってある種の戦闘が起きるところくらいまでに僕が構築していた「五分後の世界」という一つのワールドが物語を設定してきたんです。パシャパシャとジグソーパズルが自然にはまっていくみたいに、最後までビシッと行くストーリーが見えちゃった。「わあ、これはすごい」と思って、ひと晩、本当に興奮したんです。

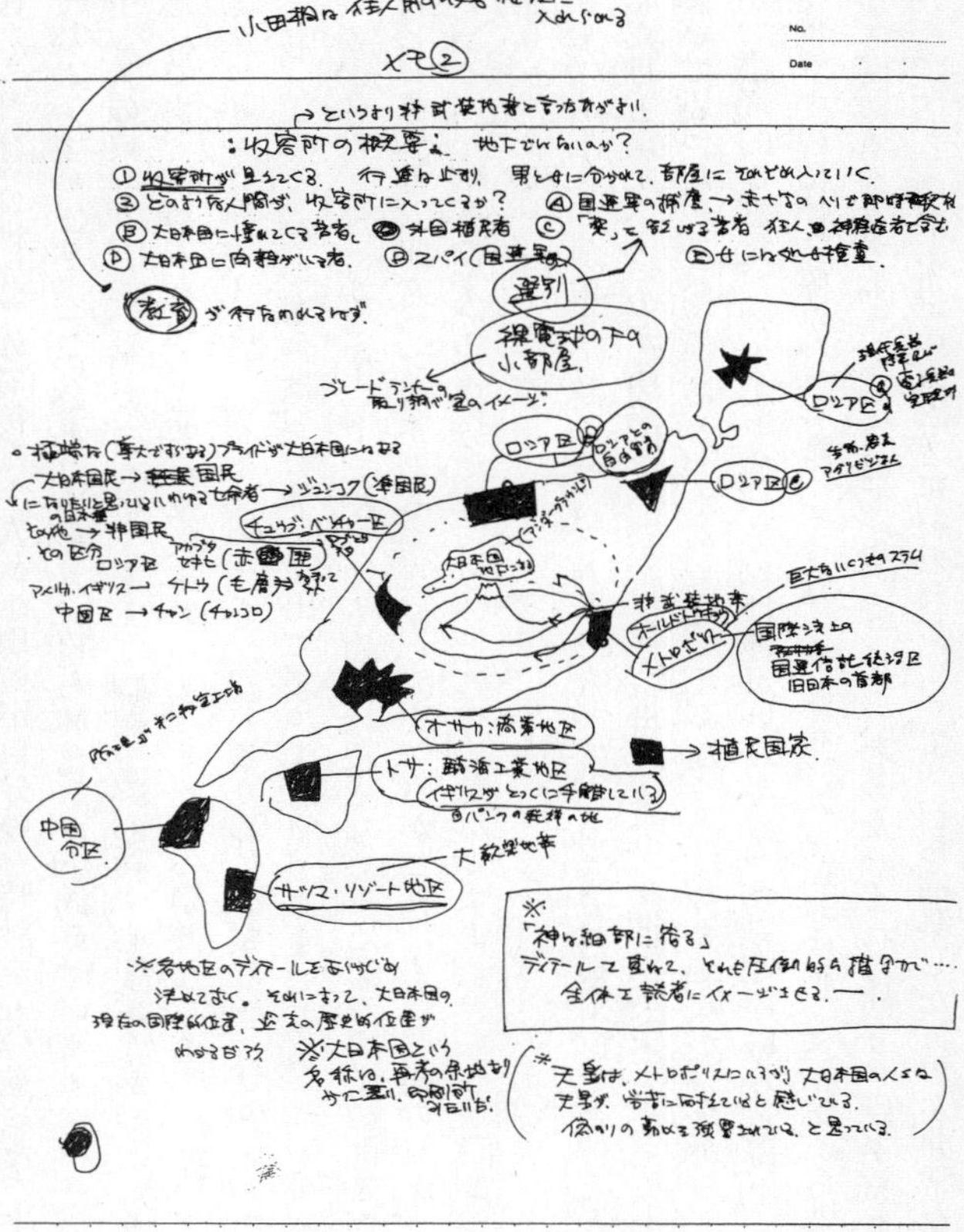

『五分後の世界』設計図　連合軍に占領された日本列島

小山　『五分後の世界』の最後は主人公小田桐が自分の「時計を五分進めた」という言葉で終わっています。この終わり方にも、自ら興奮したと聞いていますが。

村上　その終わり方に、ではなくて、あえて物語を終わらす必要がなかったことに興奮したんです。終わるための必要な枚数があって、それは『限りなく透明に近いブルー』でも『コインロッカー・ベイビーズ』でも、終わるために必要なチャプターがあるんですよね。『ブルー』の場合は、錯乱から出てブルーに気づくまでとか、『コインロッカー』の場合は、ハシがダチュラをやっても自分は殺さないぞと思うまでの間とか、終わるために必要なシークェンスがあるんだけど、ところがこれはそれが要らなかったの。ずーっと同じ密度で来て、自分でもいろいろ考えてたんですよね、もう一回こっち側の世界に戻すとか。

自分でも最後の最後まで終わり方がわからなくて、さっきは設計図とか偉そうに言ったんだけど（笑）、自分が構築した「五分後の世界」という世界が要求するストーリーで書いていったらスパッと終わったんです。そんなことは今までなかったから、何というか、宗教的な感覚だったんです。それは神がいるんじゃなくて、自分と書いてる構築した世界との信頼関係が、「ああ、そうだったのね」みたいな感じで、「だから僕にこうやって苦労させたのね」という感じでスパッと終わった。それは残り一枚半くらいで見えたんです、「時計を進めたときに終われる」って。自ら構築した世界が非常な強さを持って、僕の予測をある意味で超えてたっていうことだと思う。

小山　真ん中はともかくとして、終わり方はこういうふうにしようかと書きながら考えるほうですか。

村上　これで終わりになれるというエピソードなり何なりの組み合わせは考えて書くんです。『愛と幻想のファシズム』だけは終わらなかったけれど、それ以外は、うまくいかないと終わるためのチャプターが長くなってしまうだけで、僕は終わらないということってないんです。

小山　それが全然違うところでスッと終われる。

村上　うん。こんなのは初めてだったですからね。宗教的な体験だったんだよ、ほんとに。

小山　ずーっと当事者ではなかった主人公の小田桐があの瞬間に当事者になるわけですね。

村上　僕のニュアンスで言うと、あれで小田桐が兵士になったわけでも何でもなくて、小田桐はずーっと余計者だったんだけど、はじめてアンダーグラウンドの人間に対して何かをなし得る人間になったわけでしょう。たまたま二十二時にミヤシタと待ち合わせてるわけだから、そのときにこんがらがっちゃいけないと思ってプラグマティックにね、自分の時計をちゃんと合わせなきゃおかしいと思って合わせるんですけどね。

小山　ある意味では非常にプラグマティックで、でもプラグマティックなだけじゃないものが残る終わり方で、この終わり方はいいですねえ。

村上　体操の選手の着地がピタッと決まったというような感じだったんです。ものすごい快感があった。もうどうなってもいいみたいな。でも文芸雑誌のインタヴューで、最後に「いや、すごい快感だった」なんて（笑）。でも、あんなに気持ちよかったのははじめてですよ、ものを書き始めてから。最後の一枚くらいを書いてるときはその辺がもう見えてきたから、「わーっ」とか思ったらほんとに興奮したものね。

小山　その『五分後の世界』では、日本が無条件降伏せず、本土決戦して、敗北。分割占領されたうえ、生き残った日本人たちは「アンダーグラウンド」と呼ばれる地下に住んで、国連軍とゲリラ戦を続けている。そして天皇はスイスにいるんですよね。

村上　天皇を出すとイデオロギー的にどうのこうのというのではなくて逆に必ず見えなくなってくる問題があるんです。それでスイスあたりに行きそうだなと思ったんですね。

小山　「アンダーグラウンド」は戦いの一方で、世界的に優れた音楽家も生み出すという社会を作っているわけですが、そこに生き残れる日本人の数は二十六万人になっています。これは村上龍さんの平均的な読者の数ですか？

村上　そんなにはいない（笑）。それは佐世保の人口なんです。政治とか経済などがうまく機能して、かつ、そこだけでも何とかやっていけて、子供ができて、彼らもその共同体に寄与できるというためには二十万人以上要るんじゃないかな。

小山 今回の小説には占領の結果、当然なのでしょうが、たくさんの混血の人が出てくる。佐世保という米軍基地がある現実の中で育ったということは今回の小説でも大きいですか。混血の女性作業員も出てくるし……。

村上 大きいでしょうね。自分じゃあんまりわからないけれども。

小山 そういえば、デビュー作の『限りなく透明に近いブルー』にもレイ子というハーフの女が出てきますね。

村上 あれは沖縄ですけどね。

小山 現実の日本で、ハーフはどんどん増えるだろうという認識ですか。いいとか悪いとかじゃないですが。

村上 実際的には増えないと思いますけどね。

小山 そんなに日本人は他人を受け入れないですか。それじゃ世界とこれだけ関係している時代に生き残っていけないですね。

村上 うん。

小山 主人公の小田桐がトロッコに一緒に乗り合わせる混血の女性作業員、その「アンダーグラウンド」の中で、出会ったマツザワという女性将校をはじめ、それらがみな一期一会であることも、この作品の大きな特徴ですね。

村上　そうしないと、ズルしちゃうというかイージーなことになっちゃってね。それはすごく楽なんですよ。一回出会った人間というのは、その人間のことを知ってるわけだから読者も心配するからね。リップジェリーを塗ってやった混血の女の子が戦闘でどうなるんだろうか、とかね。みんなそうやって書いていくんですよ、彼女は死んでしまったとかね。本能的にそれをやらなかったんですけれど。後の方で小田桐がなんでミズノ少尉を助けるか、なぜ死なせたくないと思うかというのは、普通の小説の場合は、兵士たちが集まってきて飯を食いながら「ああそう、君も長崎なのか」とかね。何らかの共通項があって、その人間のことを好きになったりすることっていっぱいあると思うんですよね。それがいまの世の中、ほとんどでしょう。バックグラウンドを知ったりすると、それだけで応援しちゃうわけね。それが僕は嫌いで、実は僕は人一倍そういうのに弱いから嫌いなんだと思うんです。

結局小田桐がミズノ少尉を助けようと思ったのは、人間としてミズノが優秀だからなんです。こいつが死ぬのは宇宙の損失みたいな。ミズノ少尉と小田桐とはほとんどしゃべらないですからね。ただ彼は英語がうまくて、交渉能力もあって、頭もよくて、最高の戦士だということがあって、そして小田桐は最後にはじめて自分が何かできるわけじゃないですか。ずーっとお荷物だったわけだからさ、最初の一ページから。はじめて自分がその連中から必要とされて、それで助けるんです。そういう人間関係みたいなものを書きたかったんです。そういうのってすごく書きにくいんですよね。むずかしいよ。バックグラウンドを話すこと、つまりある暗黙の了解事項のつみ重ねで、人間がお互いにわかり合っていく、というのが、普通のほとんどの小説のやり方だからね。

「アンダーグラウンド」と社会主義キューバ

小山 日本人たちが住む地下の「アンダーグラウンド」の世界は村上龍さんがよく行く、キューバとイメージが重なるんですか。

村上 ええ、キューバからすごくモチーフは借りました。キューバはすごいと思うんだけどね。だって、これだけ戦争したり、完全に国家として機能しなくなったりしてるわけでしょう、旧東側の国は。世襲制がどうのって、北朝鮮でも言ってるのに、キューバでは土・日になるとみんな踊ってますからね。たしかに食い物なんかはないんだけど。それは強いとしか言いようがないですからね。そのダンスとか音楽が必要だったんです、守るべきものとして。だからわかりやすいですよ。

小山 「アンダーグラウンド」の世界で少女のダンサーのダンスを見て「世界中が理解できる方法と言語と表現で、われわれの勇気とプライドを示しつづけること」という「五分後の世界」の小学六年社会の教科書の中の言葉を主人公が思い出す場面がありますす。キューバでそんなプライドと勇気に接したということですか。

村上　うん。革命革命と簡単に言うけど、ニカラグアをべつにすれば、南北アメリカでやったのはあそこしかないわけだからね。だからやっぱりすごいんじゃないですか、プライドという面では。だからお仕着せ憲法が日本人のいいところをだめにしているというのは違うと思う。あれは単純に本土決戦しなかったからなんです。本土決戦をしていれば、何を守るべきかというのはみんなわかるはずだからね。守るべきものが言語なのか、天皇制なのか、あるいは能なのか歌舞伎とかなのか。要するに目の前に敵が来て、これで自分たちは死ぬけどあっちのやつらは生きてるわけだから何を伝えようかというときに、最優先的に伝えるものがあるわけだからね。ところが本土に一兵も来ないうちに「まいりました」と言ったわけだから、何を守っていいかわからないんですよ。

小山　キューバはもちろんダンスもうまい。

村上　キューバはダンスとか音楽はすごいですからね。実際にダンスの学校でも音楽の芸術学校でも無料ですからね、才能のある人間はそこでうまくなっていくんです。ハンガリーとかチェコからクラシックの教授をいっぱい呼んで、ただでクラシックの音楽を学習する機会を与えたので、子供たちはビートの感覚とクラシックの技術を持ってるから、天下無敵です。

小山　社会主義はどうなんですか。

村上　それもイデオロギーとしてじゃなくてシステムとして利用するということでは、

たぶん機能してるのはキューバだけじゃないかと思うんだけど。

小山 システムとして利用してるという感じですか。

村上 ええ。レーニンもマルクスも知らない人ばっかりですよ。マルクスもレーニンも、銅像なんかどこにもないですもの。カストロの絵もいっさいないですよ。たまにどこかでペコッとポスターがあったりしますけどね。

小山 カストロの像もないですか。

村上 ないです。独裁というイメージはないですね。

小山 キューバはファシズムとか全体主義国家という感じがしないんですか。

村上 秘密警察とか共産党青年同盟とかで主催コンサートをやるんですよね。何かきょうの観衆はかたいなと思うと、「きょうは秘密警察のコンサートですから」って。「これ、全部秘密警察員？」「そうです」って、秘密でも何でもないじゃない（笑）。

小山 『五分後の世界』の最後に非国民村で行われる能舞台を破壊する場面が出てくるし、土間に正座したまま顔を上げない女も出てきます。また「アンダーグラウンド」が生んだ世界的な音楽家ワカマツのオールドトウキョウでのコンサートでは子供たちが同じ場所で垂直にジャンプを繰り返して踊るシーンが描かれています。ほんとうに対照的ですね。これもキューバの影響ですか。

村上 能は生で見たことはないんです。ただイヤだなあといつも思ってて。たぶんすごくうまい人のを見ると、それなりにいいと思うんでしょうけどね。能は嫌いだった。それよりもピョンピョンはねるほうがいいと思って。なるべく地面とか重力とかから自由になることで解放感を得るほうが自然なんじゃないかな。足が高く上がるとかね。マイケル・ジョーダンなんかがフリースローラインのこっち側からピューッと飛んでダンク決めると子供でもわかるものね。だれだってわかるでしょう、あれはすごい、カッコい い、きれいだとかというのは。能はむずかしいんじゃないですか。古い言葉だけど、共同幻想が不可欠なんでしょうね、能を見る場合には。

小山 日本人だけが持つ精神性のよい部分を述べる言葉などナショナリズムとも受け取られかねないものもありますが、目指すところは全くそうではないわけですね。

村上 もちろん、そこにいいことも悪いこともあるわけだからね。個人がきわだってないから、ジェントルといえばジェントルなんですよね。特に海外から帰ってくると、すごく楽なものを感じるもの。そば屋に行くのにいちいち身構えなくていいみたいな。でも、作家が日本人のいいところを探してもしようがないですからね。悪いところをアラ探しするという意味じゃなくてね。

小山 日本の良さを求めて歴史をさかのぼるという意識はないわけですね。

村上 僕が奇妙だなと思うことの一つに、歴史上のノウハウはいまの日本の問題には何の役にも立たないということがあってね。サラリーマンはみんな織田信長とか『竜馬がゆく』とか読んでるけど、結局全部国内問題なんですよね、歴史上の問題というのは。同じ民族で同じ言葉をしゃべる連中の中の内紛なんです。そんなものを読んだっていまは全く役に立たない。僕が思ってるような問題に関しては全く役に立たないと思うんだ。たとえば海外でホンダの何とか工場をつくる場合に問題が起きて、そのときにアメリカの上院議員に会わなきゃいけなかったとして「日本ではこうです」というときに役に立たないんですよ。そういう意味での連続性が戦後は絶たれているんです。それは結局それまで海外と交わってないということだと思うんだけど。ボスニアの明石代表にとって、絶対に「坂本竜馬」なんか参考にならないわけでしょ？

小山　考え方を根本的に転換すれば、今ある日本の中に、数は少ないが次世代になり、新しい者に受け継がれるべきものがあると考えているわけですか。

村上　まずね、追い詰められないと、人間というのは何がいいものかわかんないと思うんですよ。非常な危機に陥った場合に、それは精神的な危機でもいいんですけれども、何かがきっかけで立ち直ったとすると、人間はそれを好きになったりするじゃないですか。それは宗教だったり、変な場合には地域社会だったりボランティアだったりするわけでしょう。あるいはお金だったり音楽だったり。それを大事にしていくと思うんです。それと同じで、ある共同体も、危機に陥ると自分たちのプライドを保ってくれて、かつ生きのびていくのに力を与えてくれるものを大事にすると思うんです。相撲は、僕は曙が好きだからべつにいいんだけど。正直な話、能とか狂言とか、この世から消滅しても全然かまわないと思ってる人が九割九分くらいいるんじゃないですか。それが文化的に高いものだという前提と、日本固有のものだということで、何となく強制的にやってるだけでね。おれは、能で自分が救われたとか、能によって生きていく勇気を得たなんてことはないもの。キューバ音楽と能といったら、おれは絶対キューバ音楽のほうがいいもんね。

キューバなんかは、経済封鎖で国が消滅するかもしれない、世界の孤児になるかもしれないという状態が続いたわけですよね、旧ソ連からも離れているわけだから。そうするとね、明日も生きようという勇気を与えてくれるものに一所懸命になるんですよ。それでみんなが音楽を大事にするし、音楽家は尊敬されて、だから才能のある人間は音楽家になろうと思うし、音楽を広めているんですよね。それは絶対に必要なものだからなんです。みんなが必要とするから、それは美しくて強いものにならなきゃいけないし聞きやすいものでなきゃいけないわけね。日本の歌謡曲だって、昔は妙な力があったんですよ。それが本当に必要だった時代の歌って、美空ひばりに代表されるような磁力みたいなものがあるじゃないですか。精神性の高さは危機感がないと絶対に生じないし、それは優越感で簡単に消えちゃうものなんですよね。ある共同体に優越感があれば、そこで何か表現する必要って基本的にないですから。

小山 能なんかを見ている人たちは、村上龍さんから見ると「非国民村」に住んでいる、ということですか。

村上 うん。能は封じ込めるものだと思うんです。考えてみると、みんな封じ込めよう封じ込めようとするんですよね。盆栽にしても、お茶にしても、懐石料理にしても。封じ込めれば封じ込めるほど、それは老人のためのものになっていくわけじゃないですか。日本の文化と言われるものは子供には喜ばれないものばかりでしょう。「非国民」という言い方はあまりよくないけれど、何かを信じちゃっている人たち、もう間違いないと思っている人たちがいるじゃないですか。音楽の方で言うとヒップホップはもう大丈夫とかさ、この黒人音楽が素晴らしいとか、これを素晴らしいと言っていれば自分はいいんだとか。映画でいうとジム・ジャームッシュがどうだとか。そういう人たちはすごく楽だと思う。そういう「非国民」をロケットでブワーッとぶっ飛ばしたいという気持ちはありましたね。

もう一つ、書いていて思ったのは、ベルリンの壁の崩壊は、政治的な冷戦の終わりというだけではなくて、文化的に、「ヨーロッパのアカデミズム」と「アメリカン・ポップ」という対立の終わりだ、ということです。「これはヨーロピアン・クラシックだから」とか、逆に「これはアメリカン・ポップスだから」といったエクスキューズが、もうできない。例えば、アメリカ映画で、エンディングなどで非常にヨーロッパの映画みたいなものが増えているし、フランスやイタリアの映画が、撮影技法や編集、音楽などで、アメリカっぽくなっているのがある。

文化的な価値観が一つになる、というより、多様性の示し方が、より厳密でなければならなくなると思う。

今のところ、その新しい地平で、すごいと思うのは、カリフォルニアの「オーパスワン」というワインと、キューバの音楽です。二つとも、新世界でしかできないものだけど、ヨーロッパの伝統を、システムとして利用している。

本土決戦をしなかった日本に欠けたもの

小山　この日本の「五分後」のパラレル・ワールドでは第二次世界大戦で日本が無条件降伏せずに、本土決戦をして敗れ、分割占領されていますが、村上龍さんが嫌悪しているのは、この本土決戦のような切実な危機感をもたない今の日本社会ということですね。
村上　この国に欠けているものは危機感と想像力です。たとえばＰＫＯ問題のときに、カンボジアに行って死ぬのは自分とは違う人間だという前提でみんな話し合いのテープルにつくんです。「朝まで生テレビ！」だってそうなんですよ。どういう価値観で行くのかというんじゃなくて自分の息子だったり父親だったり恋人だったりする人間がＰＫＯでカンボジアに行って、死ぬに値するコンセプトなりポリシーがあるかということを議論しなきゃいけないよね。

ドイツは、ヒトラーが隠れている上までソ連兵が来て降伏したんですよね。なんで日本は一兵も上陸してないのに降伏したんだろうという疑問がずーっとあったんです。おかしいんじゃないかと思って。想像するになんで降伏したかというと、怖かったから。何回もだれかに占領された国民って、絶対に降伏しない。どうやったら勝てるかを考えるからね。一回も自分たちの国がほかの民族に占領されたことがないという国民だからイメージできないし、怖いものだから降伏したんですよ。たとえば実際にヤクザとケンカしたことがない連中は、ヤクザをすごい怖がるんだよ。それと同じだよ。経験があれば、どうすべきか考えるからさ。たとえば男子全員が去勢されるとかね。それで降伏したとか。それがいかにもヒューマニスティックにずっと語られてきたんだから、沖縄の人間は我慢できないと思うよ。特攻隊員もそうだけど。死んでこい、と言われたんだよ。二十歳前後のやつが「死んでこい」と。彼らが死んだあとに、一兵も上陸してないのに降伏するんだからさ、何だったんだろうって。何だったんだあれは。僕は本当にそういうことには腹が立つ。教師が生徒に命令するのと同じだよ。命令する側は何のリスクも負わない。特攻なんて、フセインだってホメイニだってカダフィだってヒトラーだってやってないよ。そんな非科学的でヒステリックな戦法は。本土を守る最後のトリデとして、沖縄は焼け野原だよ。民間人もいっぱい死んでさ。そしてその後、本土に一兵も上陸してないのに降伏したんだよ。沖縄の人は穏やかだからこうやって本土との関係もってるんだけど、おれだったら絶対許さないよ。だから、「沖縄を犠牲にして」というのを必ず入れたの。

小山　「アンダーグラウンド」の日本人で世界的なミュージシャンであるワカマツを最初に作中で紹介するときのエピソードに、彼の演奏するドビュッシーの「版画」を使ってますが、ドビュッシーと村上龍さんのイメージは少し合わないのではないですか。

村上　クラシックは昔から一部は好きだったけど、キューバ音楽が好きになってから圧倒的にクラシックが好きになった。キューバ音楽はクラシックに近いんです。即興性とか信じてないからバンドも楽譜がなきゃいけないし、緻密なんです。即興なんてことは絶対に許されないんです。アンサンブルを重視してるから、個人のインプロヴィゼーションなんかはだれも喜ばない。そういう人がいくらうまく弾いたって、だれも喜ばないんです。拍手もしないの。それよりアンサンブルで三管とか四管でプワーとやるとみんな乗ってくるみたいな。だから聞く人があって初めて成立するような音楽なんです。それはすごくクラシックに似てるのね。違うのはビートがあるなしの問題だけで。

ピアノ曲に関して、最近気づいたんだけれども、モーツァルトとかベートーヴェン、シューマン、ショパンというのは名演奏家っていると思うんです。モーツァルトだと、ピアノコンチェルトは僕はバレンボイムが好きなんです。ショパンやシューマンだとポリーニとかホロヴィッツとか、これは正しいかどうかわからないけど、ドビュッシーはこれ、というか、完全にドビュッシーが意図するものとかドビュッシーがイメージしたものをきちんと弾く人がまだいないんじゃないか。たとえばアルトゥーロ・ベネデッティ＝ミケランジェリっているじゃないですか。あれはドビュッシーを聞いてるんじゃなくてミケランジェリを聞いてるような気になっちゃうのね。高橋悠治にしても、聞こえてくるのは高橋悠治の音でね。ところが案外地味な人のを聞くと、「あっ、これはドビュッシーかな」みたいなね。ワイセンベルクとか、ああいう地味なおじさんが弾くとね。結局テクストとしてだれもきちんとそれをできてないみたいな思いがあったんです。そそれで、たぶんワカマツだったら弾くんじゃないかとかね。

小山　少し一般的になりますが、書くという行為についてどういう思いを持っていますか。

村上　今回分かったことがあるんです。官能性、エロティシズムというものが、どこで発生するかということ。自分が構築したいと思うような世界に対しては魅入られたんです、魔力みたいに。それをつくるためにはすごく数学的に書くんですよね。そういう作品だけが官能性を得られると思うんだ。僕はものすごくもどかしいの。これを一分でも一秒でも早く提出したいと思ってるわけ、宿題を済ませるみたいに。一分でも早く書き終わりたいと思っていて、そのための手段だったら何でもいいんです、映画でも何でも。

とりあえずいま僕には技術として小説と映画しかないからそれをやってるんだけれども。
まず書くのが好きという人は書く場合にもどかしさがないのだろう。でも、もどかしさがないような作品って、本当はあり得ないと思う。だって、一秒でも早くこれを形にしたいと思うわけだから。だから、小田桐がワカマツに対して思うことがあるんだけど、「こいつは未だ形のないものに形を与えようという意志があるんだ」って。もどかしさがない場合、その意志がまず発生しないでしょう。意志がある場合には絶対にもどかしいんだから。そうすると、もどかしい場合には、自分のイメージよりも書いていく速度とか映画をつくっていく速度が遅いから、行為そのものは絶対に嫌いになっちゃうんです。僕は、何かを形づくっていくことは好きだけれども、書く行為そのものはほんとに嫌いだもの。それを好きという人は絶対に問題があって、もどかしさを感じない人だと思うんです。

小山　音楽や映画でも同じように感じますか。

村上　基本的なことを順序立てて言うと、自分が魅入られて、これに形を与えようというコンセプトなりポリシーなり世界というか、情報ですよね、というのは、絶対的に自分より上のものなんです。自分の現実よりもはるかにそれは振幅が激しいというか。それはたとえば恐怖でも快楽でも、可能性とか希望でも何でもいいんだけど、それはいまの自分よりもはるかに上のものなんです。それに形を与えるという場合には、逆にそっちから要求があるから、人為的な企みは成立しないの。そのかわり、要求してくるものに対して忠実でなきゃいけないから、数学的な計算はあるんですよ。それは小手先の技術とかアイディアが全く通用しない世界でね、アイディアはもちろん使うわけだけど、自分のアイディアの中で伝えるべき情報が要求してくるものしか使えない。だから、それを読むときは、それはすごくスムーズだと思うの。サーッと行ってしまう。結局スーッと行くとかいうのが一種のリズムだったりビートだったり快感だったりするのね。だから、それがものすごくうまくいった作品は、モーツァルトとか、僕が思うに、その人がつくったという感じがしない。どこかにあって探してきたという感じがする。つくったというのはどうしてもギクシャクするでしょう。ギクシャクして、その人がつくったんだなとわかるかわりに、企みが見える。その人自身、とか、その人の精神性が見えて、でもすごく不自然なの。だれかがつくったんだなと思うわけ。でも、本当にすごい作品は、作者が見えないかわりに、最初からあったような感じがする。

小山　どこかドビュッシーの話とつながりますね。

村上　僕が映画で嫌いなのは、チャップリンとかウディ・アレンなんです。彼らはつまらないことを題材にするのね。それを作品にしているわけだけど、彼らは絶対に自分が描く作品の対象を愛してない。魅入られていない。ヒューマニズムとか持ち出して、自分より下に登場人物を配置する。ベルトルッチとかデヴィッド・リーンとかフェリーニとかヴィスコンティといった連中は、自分が描く対象を尊敬もしているし愛しているし、魅入られているの。そうすると魅入られているから引きずられるように作品をつくるんだけど、つくるときにはものすごく厳密につくっていくんです。

チャップリンとかウディ・アレンは映画自体をコントロールしようとしている。コントロールできる、という傲慢さが見えてしまう。結局作品は、彼らがつくったなというのがわかるんだけど、企みとか技術が目につく。だから技術を勉強する場合は、チャップリンなんかのほうがいいんです。映画をつくろうとする青年が映画を勉強するときに、フェリーニとかベルトルッチとかデヴィッド・リーンはいっさい参考にならないと思う。たとえば小説の勉強をしようとして、『五分後の世界』を読んでも何も参考にもならないよ。小説の勉強する奴なんて、いるかどうか知らないけど。

小山　対象に魅入られる。そこに早く行き着きたいというもどかしさ。そのとき、作家の中で「スピード」というのはどう意識されているのですか。

村上　要するにすべてが組み合わせなんだよ。何とかと何とかと何とかが組み合わさってこれができるというものなんだよ。そのときに、何とかと何とかはできるだけ早く組み合わさったほうがいいんだよ、ベストのものは。それともう一つは、これとこれを組み合わせればいいという判断はできるだけ早いほうがいいの。スピードというのは何かを成すための必須条件であり十分条件だから、みんなスピードが好きなの。Ｆ１とか、ダウンヒルスキーとかね。

小山 小説ならば、そのとき早く組み合わされていく言葉というのはどんなところから生まれてくると思っているのですか。

村上 ポール・カリヤという日系のアイスホッケーの選手はうどんは好きだったらしいけれど、日本語はしゃべれない。日系人だけじゃないですか、二世三世が日本語をしゃべれないのは。日本語はしゃべれないですからね。中国人とか、韓国人は、アメリカでも二世三世に結構、言葉を教えるらしいですからね。日本人の場合は三世になったら絶対に日本語しゃべれないですからね。それは日本って消えかけたことがないからじゃないかと思うんです。日本語という言葉が、これで破壊されてしまうという危機感を持ったことが一回もないわけでしょ。

僕、思うんだけど、フランシス・フクヤマにしても「歴史の終わり」とか言って、じゃ歴史の始めは何だろうというと、それははっきりしていて言葉の発生ですよね。だから歴史の始まりは哲学とか宗教とか法律とかで、それは言葉ですよ。言葉の問題でおれが最近思うのは言葉の組み合わせとか、ある言葉が発生するとかいうのは、危機感がないと発生しないのね。たとえば女子高生が言葉を発明するでしょう。たとえばポケベルにおける暗号とかさ。あれは一番危機感を持ってるやつが発明するの。虐げてるやつの方には絶対に言葉が発生しないの。だから歴史の始まりである言葉がなんで発生したかと言うと、危機感なんだよ。

毎日が楽しくてしようがないって人は、言葉なんて要らない。ハミングかなんかしてればいいわけだからね。ただし、楽しくても、それをだれかに伝えようと決めたとたんに言葉が必要になる。伝達の必要性というのは既に一種の危機感なわけだからさ。

＊　＊　＊

インタヴューを終えて、私の心に強く残ったものは、村上龍さんの中で、さらに深まっている日本社会への嫌悪と、村上龍さんの抱くその危機感の大きさだった。

冒頭に紹介した「語られぬ『時間』」という〈私の戦争論〉を収録した、文庫本『村上龍全エッセイ１９８２―１９８６』（一九九一年刊）のあとがきで、村上龍さんは『愛と幻想のファシズム』について「世界から切り離されている」という焦りに似た思いがこの作品を書かせたことを述べた後、「今年の湾岸戦争におけるこの国の表現者の焦燥感は、よりそのことが露わになったことを示している」と記した。

その湾岸戦争の年、『トパーズ』の映画化についてインタヴューした際、村上龍さんは「日本を嫌っているように聞こえるかもしれないが、違うんですよ。日本をある意味で好きで、興味があるからこんなことを考えているんですよ。そうしないと日本は生き残れないと思っているからなんです」と語った。だが今回はそのような発言はついに村上龍さんの口から漏れることはなかった。ともすると「そういう批判的な意見も大切です」という具合に吸収し、無化してしまう日本社会の在り方が嫌でたまらないからなのだろう。

村上龍さんはその焦燥感と危機感、日本社会への嫌悪の中で、伝統にも回帰せず、日本の中に在る世界に通じる何かを探すという困難な道を歩こうとしているようだ。

浅田　彰

映画とモダニズム

あさだ・あきら
1957年兵庫県生まれ。京都大学経済研究所助教授。経済、社会思想史学者。79年京都大学経済学部卒業。83年に第一作『構造と力』を出版、学術書としては異例のベストセラーになる。第二作『逃走論』でも注目を集め、〝スキゾ〟〝パラノ〟などの流行語を生み出した。その後、思想雑誌『ＧＳ』の責任編集、坂本龍一らとのジョイント・パフォーマンスなど、様々なメディアで幅広く活躍している。

『KYOKO』と世界のマイノリティ

浅田　今ちょうど『KYOKO』の試写を見てきたんだけど、よかったですよ。

村上　ありがとうございます。

浅田　小説を読んで、すごくいいと思った。ただ、あれは一種のフェアリー・テールで、現実には存在し得ないほど強く美しく純粋な女の子が主人公だから、映画ではどうするのかなと思って、内心やや不安だったわけ。でも、できあがった映画を見ると、高岡早紀が、いい意味で日本的なナイーヴさをもって、小説とはまた別の角度から主人公を体現してて、なかなかいい感じになってる。安心しました（笑）。

村上　浅田君に見てもらうのがすごく怖かったんですよ。浅田君がこの前の朝日新聞の夕刊のインタヴューで、ジョイスとゴダールとフォーサイスがあればもういいんだって言ってて、おれは本当にカクッときたんですよ（笑）。ニュアンスがわかるから、たぶんおれも同じことを考えてるからだと思うんだ。もちろん不要な文学とか映画とか音楽はいっぱいある。ただ、僕は何とかしてフォーサイスやジョイスの方へ一歩でもと努力してるから、露骨にいわれると、結構二、三日落ち込んだんです。

でも、それは同感だったからだと思うんだ。あまりにも下らないものが多いからね。

浅田　それで思い出すのは坂本龍一との往復書簡集の『友よ、また逢おう』ってやつ。村上さんが例えばゴダールに会って打ちのめされるじゃない？　打ちのめされるのは知性の証しなんだよ。バカは「ゴダールなんて今どき世界で一万人しか見ないんだろう」で終わりだもの。だけど、一万人しか見ないゴダールの映画こそ現在唯一の映画だというこどがわかって打ちのめされる。そこはやっぱりすごい。でも、もっとすごいと思うのは、次の月になると復活してるんだよ、「やっぱりおれも頑張ろうと思う」とかいって（笑）。

村上　うん、きっとそういうのは子供と同じ心理メカニズムなんでしょうね。

浅田　偉大なモダニズムは終わったということは事実なんだからしようがないんだけど、そうかといって、そこで我々の世代はシニカルに斜に構えるしかないともいってられない。

村上　全くそうです。

浅田　次の月には復活して、何でもいいから書いてみようとか、撮ってみようとかいう、そのエネルギーには感動するんだ。

村上 浅田君が解説を書いてくれた坂本龍一との往復書簡集の角川文庫版（一九九三年）が出たころに、実は一番元気がなかったんです。最初予定してた『トパーズ』の主演女優に、この映画『KYOKO』から逃げられちゃった。それは結果的にはもちろんよかったんです。彼女がキョウコではなかったということなんですよ。でも、どうしたらいいんだろうというぐらい、資金は集まらない、脚本もできない、主演女優がいないという状態のときに、おれ、本当に涙がにじんだもの。今でも覚えてるよ、「才能というのは、子供っぽい欲望を保ち続け、それを貫き通すためにはあらゆる妥協を排していかなるコストもリスクも引き受けてみせる意志だ」と。本当に元気が出るすばらしい解説だったな。

浅田 それは、僕にそういう才能がないから、あこがれを含めて書いてるわけよ。

村上 それは欲望が少ないというよりも、浅田君は頭がよ過ぎるから、本当は何かが見えちゃうからでしょう。

浅田 批評家にならざるを得ない人って、そういうところがあるじゃない？　早くわかった気になっちゃって、早くあきらめちゃう。

ところが、わかったような気もするけど、まだ何かあるんじゃないか、どうしてもあきらめきれないから、もうちょっと頑張ってみよう、と、そういう欲望をやっぱり才能と呼ぶんだと思うよ。それで、ある時点ではバカみたいに見えるようなものを作っちゃっても、後からみると、あれはああいう意味があって、今こういう形に展開してるんだな、とわかるようになってる。

そういう意味で、こんどの映画にも多少の不安を持ってたんだけど、単純によかったと思います。

村上 よかったです。もう、怖くて怖くて。何せゴダールとフォーサイスという人だから。でも、キューバの踊りも、例えばフォーサイスの視点から見ても、ベジャールみたいな嫌らしさもないし、アメリカのジャズ・ダンスが持ってるような傲慢さもなし、ダンスというものに対してすごく謙虚な踊りだと思うんですよ。

浅田 村上さんもいろんなところでいってるように、一方で、大地に根ざした表現とかなんとかいうような、鈍重なシンボリズムにとらわれたダンスがあって、それは、土着のものにせよ、マーサ・グレアムからモーリス・ベジャールに至るものにせよ、大体ダサいわけですよ。

村上 つまらないです。

浅田 それに対して、モダニズムは、そういうものを全部切り捨てて、形式的に構築しようとする。フォーサイスはその最先端にあるし、だからすごいと思うわけ。でも、別の角度から見れば、あの人は、ブルックリンに生まれて、ドイツに行って、いわばクラシック・バレエやモダン・ダンスをその最先端でブレイク・ダンス化してるようなものじゃない？　そのブレイク・ダンスの一番いい部分は、キューバの踊りにもつながる部分があるよね。全身の関節、とくに肩なんかを脱臼したように自由に動かしたり。

村上　どのレヴェルでやられてるかを別にすれば、フォーサイスもキューバのダンスも一種微分化されたものの組み合わせですからね、それも厳密な。

今回、キョウコがバーで踊るシーンを編集してて、向こうではコンピュータで編集するのが主流になってるから、データを全部入れといて、それを画面に出してやるんです。そのときに、例えばキョウコがターンするときに、それじゃなくて足を上げるという動きに、コンピュータで上手につなげられるんです。

フォーサイスはひょっとしたらこういう感じでやってるのかなと思った。そうじゃないと、あんなのはできないもんな。フォーサイスは、浅田君がずっと昔からいってるとおり、今の芸術でいえば、一種の驚異ですよ。奇跡だと思う。

浅田　彼は、たぶんそうやってコンピュータで一回ばらしてつくり直したものを、あれだけの手兵がいるわけだから、「おまえら、これやってみろ」っていって、舞台にかけてる感じだね。偶然性まで含んだプログラムをダンサーたちに身体化させる。まあ、あれだけのダンサーが揃ってるんだから、ずるいといえばずるいわけよ。

村上　でも、やっぱり厳密だから許せるんですよ。あとは、確かにダンサーがすごいから。ダンサーにとってはすごく苛酷だと思う。

浅田　でも、逆に、自分がダンサーだったら、ああいうメソッドを持った人のところに行きたいでしょう。

村上　もちろんそうですね。

浅田　自由になるためには、メソッドというかディシプリンが要る。単に自由に踊ってみろといったら、人間は大体似たような動きしかできないんだから。すごいディシプリンでぎりぎりまで追い詰められたときに、そこからどう逃れるかというので自由が発生する。そういう意味では、モダニズムが突き詰められたところで自由に挑んでるゴダールとかフォーサイスはすごいと思う。でも、みんながみんなそうなる必要ないし、よくも悪くもナイーヴにやる自由もあるわけでしょう。

例えば、いわゆる近代文学のディシプリンから見ると、『KYOKO』なんてのは単なるフェアリー・テールで、こんな都合のいい女なんかいるわけないってことになる。それはその通りなんだけれども、この小説は、そういう近代文学の約束はもういいというところから始まってるわけじゃない？　キョウコという透明なレンズが空間的に移動していく中で、いろんな人間がそのレンズに映って、そこにリアリティが発生すればいいわけでしょう。

村上　そうです。

浅田　キョウコというレンズ自体は、別に生身の女としてのリアリティなんて持たなくていい。僕は、いわゆる近代文学的な視点からの誤解もあるだろうと思うけれど、若い読者はそこをすうっと読んじゃうと思うし、それでいいんじゃないかなと思うな。

村上　そういう誤解は、僕はこれから一切気にしなくていいんじゃないかと思って。映像にしろ文学にしろ、よく想像力といわれるけれども、それは日本において失われたという意味でなくて、最初からほとんどなくて、谷崎とかそういう本当に少数の人が持っていたにすぎない。エッジに立つということがこれほど難しい国はありませんからね。女性であるとか、被差別部落の人とか、朝鮮人とかね、可能性としては非常に少ない。今はもっと少なくなっている。

僕もそういう萌芽みたいなものは自分で意識していて、今までは無自覚にやってきたけれども、『限りなく透明に近いブルー』から二十年を経て『KYOKO』を書いたということは、すごくシンプルで、ある意味では単純過ぎるかもしれないけれども、世界のマイノリティというか、世界の現実と、僕はキューバと『KYOKO』という映画を通して、ちょっと触れ合ったような気がしたんです。

それにちょっと触れ合ったということは、「この一歩は小さいが」みたいなもので、ある種の控え目な自信というか、例えば今旧ユーゴスラビアのドキュメンタリーをやっていて、それを見ても、何かがわかるということじゃないんですが、クロアチア人の難民にしろ、セルビア人の難民にしろ、必死になれば彼らのことを書けるかもしれない。その視点こそが想像力だと思うんです。

映画という媒体があって、ニューヨークのインディペンデントの連中と一緒に、三ヶ月間、居心地の悪い思いをしながら撮ったことで、差別とか、エイズの問題とか、そういうことが言葉でなくて、彼らの肉体とかを通して、やっぱりジューイッシュというのはこういうふうに本当に細かいんだなとか、でも細か過ぎると大きいところでミスを犯すんだなということがわかってきたら、それが自分に想像できるから書ける。

だから、日本のことだけじゃなくても、もちろん日本人だから、日本人の持っているメンタリティとかポリシーを絡ませない手はないから、それは小さい小さい、かわいらしい出発点だけれども、『ＫＹＯＫＯ』は僕にとって、これからの作品でも、すごく大きかったんですよ。

エロスとタナトスの極北を突き詰める

浅田　最初、たしか福生で幼いころのキョウコがＧＩのホセから彼の故郷のキューバの踊りを習うという設定になってて、それを座間に移したわけだけど、大きくなったキョウコが昔ホセにもらった住所を頼りにアメリカに行って、しかも、エイズで死にかけてるホセを連れてニューヨークからマイアミまで行く、あの軌跡がそういう世界のリアリティを非常にうまくひっかける装置になってると思う。

結局、去年は戦後五十年とかいうけれど、例の少女暴行事件でわかったことは、単純に沖縄はほとんどアメリカの占領状態のままだってことじゃない？ 日本人は、とりあえず五十年間そういう現実を見ないことにしてきた。でも、沖縄の人たちにとっては、それは隠しようのない現実だった。

村上さんは、いい意味でも悪い意味でも特権的に、たまたま佐世保に生まれ、若いころ福生にいて、そういう現実に触れ合ってたわけで、柄谷行人のいったように、そういう基地（ベース）の問題を小説の根拠（ベース）にして出発したわけでしょう。今もういちどそこに戻り、しかも、座間からアメリカの中枢を経てキューバに到る「逃走の線」を描くことで、グローバルな力の構造のリアリティを、その中に畳み込まれてるマイノリティを含めて、すごくうまく映し出してると思うんです。

村上 そういわれるとうれしいです。

浅田 ただ、読者としていうと、何でこうなったのかなという気もする。最近の作品だと、『トパーズ』をはじめ、『イビサ』とか、『エクスタシー』とか、ドラッグとＳＭで加速されたエロスの極限で自己破壊に至るという話があり、それから、今ちょうど続篇の執筆中らしいけれども、『五分後の世界』みたいに、サヴァイヴァルのために徹底的に戦うという話もあって、いずれにせよものすごく過激な方に行ってたでしょう。

そこから突然、二十年前を思い出すような、ピュアなフェアリー・テールみたいなものに戻ったってのは、どういうことだったの。ある種のリズム？

村上　違いますよ。一つは体力の限界（笑）。それはもちろん自分がドラッグをやったとかでなくて。書く上での体力はまだあります。ただ、快楽でブレーク・スルーするということを考え続ける体力というか……。そうすると、どうしても目が行くのは世界の現実とか歴史ですね。たぶん自分ではそれを全く無自覚にやったんだけれども、セックスとかＳＭとかドラッグを書くのが、突然ばかばかしくなったんですよ。ばかばかしくなったというと乱暴ですけれども……。

浅田　単に飽きたんじゃない？　かなり書き尽くしたという感じもするし。

村上　あります。というか、いわれたように、子供のような欲望からすると、それを書くのが本当に「ああ、つまらない」みたいな。

今「ユーゴスラビアの崩壊」をＢＳ１でやってるんだけど、あれの方が僕にとってははるかにモチベーションをかき立てられるんですよ。挑戦しがいがある。

浅田　冷戦末期、日本が日本で閉じてるときに、その最深部のアンダーグラウンドの世界で、ドラッグやＳＭで自己破壊ぎりぎりのところまで行っちゃうっていうのは、一つのブレーク・スルーの道だったわけでしょう。あれはすごいリアリティがあった。でも、今はもっとリアルな道が見えてきたってことかもしれないね。

ただ、僕は、ああいうドラッグやＳＭの世界を書けるのはやっぱり村上龍しかいないと思うし、飽きたといわれると残念な気もする。『イビサ』とか『エクスタシー』とか、すごくパワフルだし。

村上　今の浅田君の言葉をかりると、そういう閉じられた日本を裏とか風俗から突き抜けるという方法論は、なぜかわからないけれども、もう通用しないんじゃないかと思ったところもあるんですよ。

通用しないっていうか、オウムとか見てると、僕が想像したブレーク・スルーが非常に退屈な形で現実化しちゃったっていうかね。オウムとかいじめの問題があって、今思い知らされてるところだと思うんです。もちろん可能性は非常に少ないけれども、開いていく可能性は何だろう、そこにどういうことが必要なんだろうと、無自覚のうちに考えたんではないかと思う。

その意味で、今東京でドラッグやＳＭに狂った女の子を見たり、話したりしても、おもしろくないんですよ。それより、普通に生きてても、何かファースト・プライオリティを探してるサラリーマンでもいいし、その辺の飲み屋のおねえちゃんでもいいけれども、そっちの方に感情移入したいみたいなことに、自分でなってきたんじゃないかと思うんです。

浅田　別に世界の構造変化と意識的に同期してるわけでもないけれども、八九年以後、よくも悪くも安定して閉ざされてた構造がばらけちゃって、それこそ東欧であろうがどこであろうがぐちゃぐちゃになってるわけだから、実際そうやって動いてるところに飛び込んでいった方がいいんだという感じだね。『五分後の世界』もそっちの方だと思う。だけど、一度は、エロスとタナトスの極北を突き詰めるというようなことを、一種へンリー・ミラー的な、エネルギーがうねうねと波動して続いていくような文体で書いちゃうことが、その次に、ピュアで身軽な運動に向かっていくためには、絶対必要だったという気がするの。

村上　それはわかります。

浅田　作家としては、「あんなの、もういいんだ」と思うかもしれない。でも、はたから見てると、『トパーズ』から、今も「タナトス」へと続いてるような、ああいうラインは、僕はすごく大きいと思う。

村上　自分で『トパーズ』でも『イビサ』でも読み返してみて、間違ってたというか、何か足りないなとは思わないですね。ただ飽きたとしかいいようがないんです。

ハードな事実と直面すること

浅田　他方、『五分後の世界』とか、今書かれてる続篇は、日本も閉ざされた中で豊かな社会とかいってるけれども、実際は、それこそ米軍基地に見られる通り、ヴァーチュアルには戦争状態にあるわけだから、この際アクチュアルな戦争状態として書いちゃえということだと思うんです。あれは、自然発生的にうねっていくものではなくて、がっちりした世界モデルを構築してやろうということでしょう。

村上 そうです。

浅田 あのときも、一種の心境の変化みたいなものがあったんですか。

村上 あれは、あの時期にもう一回『コインロッカー・ベイビーズ』みたいなきちっとした構築物みたいなものを、日本的な平面性でなくて、三次元的な構築物から導かれる物語を書いておかないと、自分で何かだめになるような気がしたんです。だから、すごく厳密にやろうと思った。そのときに考えたのは、戦闘とか戦争という局面でしか成立しない人間関係。大ざっぱにいっちゃうと、「ああ、そう。あんたも長崎なの」ということで、一瞬にして知り合えると誤解する日本的なコミュニケーションがとことん嫌になってたから、枚数にして七十ページとか百ページに及ぶような戦闘の中で、初めて何かが通じ合うような関係性も示したかったし、やっぱり基地の町の生まれということで、自分が見てきたもの、あるいはキューバ、要するに、アメリカに本当に「ノー」といってる国で自分が見たこと、感動したことをきちんと残しておきたいなと思ったというような意味があったと思うんです。『五分後の世界』に書くときには、僕は短く書くけれども。

浅田　続篇もそんな感じで展開するんですか。

村上　もう戦闘は書いちゃったから、続篇はウイルスにしようと思って。だから、今ウイルスと免疫を勉強してて、最初は多田富雄の本なんかに驚いてたんだけれども、やっぱりあの人は文化の側に寄り過ぎてるから、もっともっと複雑な分子細胞生物学にはまっちゃってる。途中なので何ともいえないんですけれども。

浅田　それはおもしろいな。今、テクノサイエンスが、したがって戦争をはじめとする現実そのものが、ハードなものからソフトなものへ変わってきて、ウイルス的なものが焦点になってきてるんですね。

ひとつには電子情報網ってことがあって、今インターネットが話題になってるけれど、あれはそもそも、アメリカの国防総省が、センターを核攻撃されても生き残れるように、いわばバケツ・リレー方式の分散システムにした結果、アメリカを含むどの国家も全体をコントロールできなくなって、事実上リゾームみたいになっちゃったわけね。そこへ、コンピュータ・ウイルスを含むウイルス的な情報が行き来してるわけでしょう。

実は、それと同じことが生命の世界では太古の昔から続いてて、ちょっとした情報の鎖としてのウイルスが、レトロウイルスみたいに宿主をのっとって自分の複製をつくらせて宿主を殺しちゃうとか、そういうことがいろいろあるわけね。ＨＩＶもまさにそういうレトロウイルスで、しかも免疫系をだめにしちゃうわけだから、これはもう情報戦争そのものでしょう。

だから、僕はやっぱりバロウズは天才的なところがあると思うけれども、昔から、未来はウイルス的なものになるだろうといってる、それは情報科学のレヴェルでも生命科学のレヴェルでも当たってると思うんです。

そういう意味で、『五分後の世界』がハードな戦闘を描いたとして、続篇がウイルス的なものに行くというのは、すごくアクチュアルなんじゃないか。

村上　もちろんウイルスが流行っているということもあるんですけれども、今浅田君がいったみたいに、世界全体で表現とかがすべて微分的になってきているということですよね。それはしようがないし、もちろん嫌いじゃないんです。

一つ、僕が具体的に嫌だったのは、『パラサイト・イヴ』という小説があって……。

浅田　あれは最低だね。

村上　アニミズムだからね。

浅田　何でミトコンドリアごときに人格があるの。あれは人格がないからすごいんだよ。

村上　全くそうなんですよ。そういう学問の場所にいながら、アニミズムになっちゃう。要するに人間には約六十兆の細胞があって、赤血球とか特別なものを除けばその細胞の中にはすべて核酸とミトコンドリアがあるわけです。どのミトコンドリアが反乱するのか。そういうことを彼は全く無視して書くわけじゃないですか。ＤＮＡを臓器的に捉えるというレヴェルは単に無知ということで済むかも知れない。だが、細胞器官や遺伝子に意志や言葉を与えることは、危険で許せない退行です。それを、けっこう名のある選考委員が、バンザイで迎える。お前らはバカだで済まされるもんじゃない。無邪気なバカではなく、危険なバカが増えつつあるんです。その精神の退化が、オウムが起こった年とパラレルになっていると思うんです。決して無縁じゃないと思う。

浅田 アルチュセールがおもしろいことをいってる。科学者は最悪の哲学を選びがちである、と（笑）。細かい実験をやってて、そこではすごくハードな事実に触れてるのに、それを大きなヴィジョンとして語り出すと、突然すごく恥ずかしい観念論になっちゃうことがあるわけ。それこそアニミズムとかね。

『パラサイト・イヴ』ほど売れなかったけど、やっぱり医学者らしい別唐晶司の『メタリック』ってのもひどかった。体がぼろぼろになった医学者が、意識と記憶をコンピュータに移植するんだけど、やっぱり閉じた回路の中で暴走が起こって自我が崩壊するとか、よくある恥ずかしい紋切型なんだよ。だいたい、体の弱い男が強力無比な思考機械と化そうとするなんて、メタリックどころか、ウェットな怨恨に満ち満ちた恥ずかしい話。医学部で研究してるような人が、そんなものを書いてていいのか。もっとハードな細かい事実の一個一個に驚きがあるわけじゃない？

村上 もちろんそうです。

浅田　そういうところでウイルス的なものにつなげていくとしたら、ものすごくおもしろいと思うけど。

村上　日本人はやっぱり体力がないなと思うのは、多田富雄さんでも、中村桂子さんでも、突然人間性とかいい出すんですよ。ああいうのが僕はすごく不満で、分子のレヴェルから生物や文学のレヴェルまで、もっと厳密にきちんと語れる文脈があると思うんです。もちろんそれは非常に難しいけれども、それを飛び越えて一挙に免疫の問題が自己と非自己の問題になったりして、本当はもっとすごくフィジカルな問題じゃないですか。

浅田　多田富雄の『免疫の意味論』は非常に優れてると思うけれども、最終的には、意味論じゃなくて、無意味論であるべきなんだよ。

村上　絶対そうです。無意味論であるべきです。

浅田　無意味な分子のメカニズムが、なぜか知らないけれども、内と外のバウンダリーをつくり出して、高度な有機体をつくり出して、云々というところがおもしろいわけでしょう。

村上　そこがスリリングなんです。

浅田　このあいだ死んだドゥルーズがガタリと書いた本で「分子的な機械」っていう概念を出してる。機械が勝手に作動して、いろんなものに結合したり、それを内部に取り込んだり、外部に排出したり、そういう全く無意味な運動の中から新しい意味が生成されるんですね。意味といっても、ほとんど無意味というに等しいんで、いわゆる意味論じゃない。

村上　全くそうです。こうやってしゃべっていることでも、実際DNAがコードしているたんぱく質が影響している、酵素が影響していることがすごくおもしろいのに、それがアニミズムに逆行しちゃうんです。そういう風潮って、僕は一番嫌いなんです。アドレナリンがバーッと出て我慢できない。

だから、今度はウイルスをテーマにして、本当に厳密に分子レヴェルで語ると退屈になっちゃうけれども、そこをうまくやりながら、エイズとエボラと合わせたようなウイルスをつくっちゃおうと思って。

浅田　アニミズムが我慢ならない、人間化が我慢ならないというのは、モダニズムの基本なんで、その意味では村上龍はやっぱりモダニストであり唯物論者であると思うな。何にでも人間的な意味を与えて象徴的な物語にまとめようとすると、大体パターンは決まってて、そのうちのどれかにはまるだけでしょ。そうでなくて、もっとハードな事実と直面して、既成のパターンを壊さなきゃいけない。その点では一貫してると思うよ。

特権的に危機感を持つ強者

浅田　ただ、そうはいいながら進化という大きな物語にずっとこだわってるでしょ。一見セックスをぐじゃぐじゃ書いてるだけのように見える『イビサ』なんかでも、ある種の意志が進化に向かっていくんだというようなモチーフが出てくるし、もちろん『五分後の世界』でも、絶対にサヴァイヴするという鉄の意志を持った本当に優秀な人間だけが地下の日本をつくってるわけだし。

その一方で、『五分後の世界』の主人公は、学校のクラスに、成績も優秀で、スポーツも万能で、しかも、傷ついてないから人格的にもいい子ってのが必ずいる、そういう連中だけが集まってエリートみたいなものをつくられちゃたまんないな、というようなことを考えるでしょう。

そうやって、機能主義的に進化に向かって選ばれていく強さと、それに対するある種の反発と、そのバランスってのはどうなのかしら。

村上　僕は、実はやばいなと思いながら書いてるんですよ。

浅田　適者生存の方だけだと、ほとんどファシズムでしょう。

村上　下手するとファシズムだし、誤解を生むかなとも思う。

ただ、例えばキューバで、トップのグループが、高校とか大学に演奏会に行くんです。それはキューバ全土から選ばれた優秀な連中を収容している学校や大学で、エルネスト・チェ・ゲバラ高校とかあるんです。

浅田　いいねえ（笑）。

村上 サンタ・クララにチェ・ゲバラ高校があって、そこにそのバンドが慰問に行くんです。すると、みんな頭よさそうな子なの。黒人ももちろんいるんですが、そこの生徒会長みたいなのが出てきて、「きょうはこんなトップ・バンドが来てくれてうれしいです」とかいって、先生も生徒もみんなおへそ丸出しで踊るんですよ。僕は、すがすがしい、美しい光景だなと思っちゃったの。でも、だめなやつもいっぱいいるんだろうなと思った。優秀なやつはこうやって踊れるし、バンドの演奏も聞ける。それはそれとして小説に書くんですけれども、キューバは必然的に日本みたいな余剰なお金がないから、福祉国家ではないし。

浅田 ただ、抽象的な話でいうと、ニーチェのいった強者と弱者というのはすごく誤解されてきたと思う。ニーチェは強者を弱者どもの攻撃から守らなければならないっていうけど、そのときにいってる強者ってのは、普通の意味の強者とは全然ちがうんだよ。

村上 肉体的な強者ではない。

浅田 そう。マイノリティで、マジョリティに迫害されながらも、それをルサンチマンに変えずに逃走し続ける人、例えば、キューバみたいなところに閉じ込められながら明るく踊ってる人とか、あるいは、エイズになって、免疫系全開で外部に曝されながらも、創造的に生き続けてる人とか、それが強者だと思うの。

他方、弱者というのは、強者に対するルサンチマンによって団結して既得権にしがみたナチスなんていうのは、その意味ではまさに弱者そのものなんだよね。その辺をクリアにしておかないと。

ついてるマジョリティで、実際にはものすごく強力なんだよ。ユダヤ人を恐れて迫害し

村上　だから、強者というのは特権的に危機感を持ってる人間ということだと思うんですよ。特権的に危機感を持てないと進化もしない。

進化の意志なんて本当はなくて、すべて無自覚で、特権的な危機感だけがある。例えば海の中にずっといても襲われなかった強い魚は魚のままで、これはやばいと思った弱い連中が進化して、つまり突然変異が偶然、プラスに働いて両生類になったわけでしょう。たかだか進化ってそんなものだと思うんだ。

浅田　たまたま干上がって、泥の中で何とか生きてかなきゃいけないとか。

村上　何となく生きられるから、ここにいようみたいな。そういう特権的な危機感がもちろん想像力につながるわけだし、そこでサヴァイヴしてる連中が強者なんです。決して身体剛健で、知能テストもよくてみたいな人でなくて、特権的に危機感を持っている連中が『五分後の世界』のアンダーグラウンドには集結してるわけで、そこにはもちろんアメリカ人もいるし、沖縄の人もいるし、朝鮮人もいる、中国人もいるんだという設定にして、結局、危機感の塊みたいな国家をつくったつもりです。

浅田　あらゆる意味でエッジに置かれたマージナルな存在、その意味でのマイノリティ

が、一番危機感を持つ。それこそが特権なんだね。中心にいて権力を持ってるマジョリティには、そういう特権がないわけだ。

村上 ＷＡＳＰにはないんですよ。

浅田 そう、鈍いんだよね。本当の意味でニーチェ的な強者ってのは、一番マイナーで、外に曝されてて、けれども、曝されてる中で何とかいろんなものをピック・アップして組み合わせて新しいものをつくり出していく、そういう存在なんだということは重要だ。

村上 絶対重要ですよ。というか、そこしかないと思うんです。

ゴダール、フォーサイスの謙虚さ

浅田 ダンスだって、普通、健全で美しい身体が一糸乱れず動くんだから、そこには潜在的ファシズムがあるわけ。逆にいうと、潜在的ファシズムのないダンスはつまらない。やっぱり、鍛え抜かれた身体が……。

村上 強くてエレガントです。

浅田 そう、力とエレガンスを兼ね備えた美しい身体がバーッと来たときに、「おっ、これはすごい」と思うわけで、そこにはやっぱり潜在的ファシズムがあるわけ。だけど、その身体がぎりぎりのところで崩れるとか、これは追い詰められたものの動きなんだということを感じさせるとか、そういうときに位相の転換が起こるんだと思うの。

例えば、僕はシルヴィ・ギエムはすごいと思うけど、それがなぜ僕を感動させないかというと、できすぎるからなんだ。あれはほとんどナディア・コマネチみたいなもので、十点満点なんだけれども、十点満点のバレエはやっぱりつまらない。いや、もちろんいろいろと段階があって……。

村上 もちろんハイ・レヴェルの話ですね。

浅田 一般のレヴェルから見れば、ほとんど信じられないくらいすばらしい。しかし、彼女は最近ベジャールの「ボレロ」なんか踊るんだけど、僕は全く向いてないと思うわけ。あれは、例えばジョルジュ・ドンみたいにエイズで死ぬかもしれないという人があやって瀕死で踊ってたから、その崩れかけたところがよかったんだよ——僕自身はああいう生と死の物語は嫌いだけれども。それを彼女が踊ると、すべて完璧にできてしまって、楽々とクリアされていくから、オリンピックの体操を見てるような感じがするわけ。

その点、フォーサイスは、ぎりぎりのところで崩れる、バランスが壊れる、落下する、地面に横たわってしまうとか、とことんできる人にそういうことをやらせるから、すごいと思う。シルヴィ・ギエムだってフォーサイスの「イン・ザ・ミドル・サムワット・エレヴェイテッド」のときはよかったからね——フォーサイスに言わせるとそれですらできすぎだってことだけど。

村上 シルヴィ・ギエムのビデオを見たら、爪が全部割れちゃってて、テープを巻きながらやってたので、僕も体操選手みたいだと思ったけれども、一応褒めることにはしてるんです。レヴェル高いですからね。

ただ、僕がキューバのダンスが好きなのは、結局、人間の身体を使って、バランスがよくて、きれいな動きとかステップ、バレエでいうパみたいなものは、そんなにたくさんはないんです。組み合わせにしかすぎないと思うんですよ。それを自覚していないものすごくたくさんのコレオグラファーがいるわけでしょう。

キューバのダンスはコレオグラファーはいないんです。キューバのダンスでもモダンは全然つまらない。踊り手はすばらしいけれども。それは振付を考えちゃうから。そうでなくて、キューバの民衆が二百年かかって、だれかが思いついて、これは気持ちいいっていうのが淘汰されたものがずっと全部伝わってるんですよ。それはすばらしいんです。

ステップを自分で考えられるという傲慢さが振付側にあった瞬間に、僕はダンスは堕落すると思う。フォーサイスも新しいステップは考えてないんですもの。それは組み合わせなんです。

ゴダールが、私の映画がすばらしいとすれば、それはコダックのフィルムのせいだ、私は組み合わせているだけだという、本当は傲慢なんだけれども、映画というものに対するゴダールのあの謙虚さに圧倒されるんですよ。

ステップは一晩で思いつくものではない。そのフォーサイスの謙虚さに圧倒される。

その謙虚さが厳密さを生むわけで、それに比べると、ベジャールこそファシズムで、ステップなんて考えられると思っているんですよ。単純にインドの踊りをクラシック・バレエに持ってきて、くっつけちゃって、僕はあれはもっともっと攻撃されてしかるべきだと思う。

浅田　あれは最低のシンボリズムだもんね。安っぽい生と死のシンボリズムに基づいて、すべてを勝手に形作って、さあどうだ、というようなもんじゃない？

それはリーフェンシュタールの映画みたいなものでしょう。巨大なマス・ゲームで、もちろんそれなりにスペクタキュラーなんだけれども、それはファシスト的にスペクタキュラーなのであって、村上さんの言葉でいうと謙虚でも厳密でもない、むしろ傲慢で安易だと思う。

リーフェンシュタールがアフリカにヌバを撮りに行く。ヒットラーはアーリア人がすばらしいといったけれども、いわばヌバはアーリア人よりもアーリア的だといってるようなもんだよ。すごく背が高くて、強くて、しなやかで、エレガントで、実際、踊りもうまい。だけど、それが崩れる瞬間なんかは撮らないし、病人なり老人なりは撮らないわけでしょう。

ああいう形でエスニック化されたり複雑化されたりして残ってるファシズムの美学は、やっぱり嫌だ。それをとことんできる人が崩しているときに、ゴダールでもフォーサイスでも、やっぱりすごいと思う。また、そういう観点から見ても、キューバはおもしろいなと思うな。

伝統を抽象化しつつ再構成する

村上　僕は、アフリカのダンスは一切嫌いなんです。それが新世界に奴隷として渡っていって、失われたものとして彼らが再生しようというときに、一種モダニズムの洗礼を浴びるというか、抽象化が行われる。そういう中で、かつ民衆レヴェルで本当にぽつっぽつっと生まれたリズムが残っている。
　キューバですごいのは、決まり切ったステップはキューバでは全く人気がないんです。決まり切ったステップというのは、早紀ちゃんが踊ったマンボです。マンボはキューバで生まれたんだけれども、全然人気がなかったんです。キューバで人気があるのはソンとかチャチャチャで、チャチャチャは基本的なステップが「チャチャチャ、ワンツー」が決まってるだけで、あとは全部踊り手の自由なんです。

浅田　もともとあって、放っておいても残るような伝統だったら、それはただの「伝統芸能」になっちゃうわけでしょう。そういう根を切られて別の世界に連れてこられたときに、不可能と知りながら伝統を抽象化しつつ再構成するっていう意識的な課題が出てくる。別に偉大な芸術家がいなくても、みんながそれをやっていれば、一層すばらしいわけじゃない？　そういうものとしてのキューバに魅かれるというのは、とてもよくわかる気がするな。

村上　フィジカルに奴隷として連れてこられるわけでしょう。ルンバのもとの踊りがアフリカにあるんですよ。それを奴隷が再生復元しようとする場合に、すごく露骨で、鎖があったから、その鎖の長さだけの範囲でしか動けない。それで回る動きのルンバが生まれたんです。そういうのが僕はすごく好きなんです。フィジカルな制限があって、かつ、故郷からも遠く離れたところで発生したもので、しかも、民衆レヴェルで、というのがはまり過ぎみたいな感じで。

浅田　しかも、スペインの影響も入ってるでしょう。ただ、スペインも、スペインでフラメンコを昔からやっておりますといわれたって、そんなに感動もしない。それが新世界へ来て、アフリカから来た何かと、不可能なところでまじり合ったときに、すごくおもしろいものが出てくる。

村上　かつ、アメリカ合衆国の文化圏なんです。中南米では、アメリカ文化圏ではないところはサッカーが盛んだけれども、キューバはサッカーは全く盛んではなくて、野球とバスケットボールです。アメリカの情報もどんどん入ってきてるから、アメリカの文化圏の中で、かつ、政治的にアメリカに「ノー」といってる国でこういうものができるということは、基地の町の生まれとしては、本当に夢の国みたいで（笑）、経済状態は全く無視して通ったんです。

浅田　ちなみに、これはキューバでもハイ・カルチャーのほうだけど、アレホ・カルペンティエールが『バロック協奏曲』っていう短篇を書いてるのは知ってます？

村上　それは読んだことないです。

浅田　あれは結構おもしろい。十八世紀に、新大陸で銀鉱山かなんかで当てた男が、黒人奴隷を連れてヨーロッパに行くんだけど、かえって古ぼけてみすぼらしく見えるわけよ。その黒人は、楽器がないから、銅なべとかたたいて、今でいうスチール・ドラムみたいなもので音楽をやるんだけど、ヴェネチアへ行って、そいつがヘンデルやスカルラッティやヴィヴァルディと一緒にジャム・セッションをやるわけ。そこからワーッと時間が加速して、そのまま十九世紀を通って二十世紀まで行っちゃって、サッチモがサン・マルコ大聖堂でトランペットを吹くところで終わる。その加速感と解放感はすばらしいよ。

村上　でも、今の話、刺激的ですね。

浅田　ラテン・アメリカ文学と一口にいっても、いろいろでしょう。ガルシア・マルケスなんかはそんなにいいと思わないんだな。

村上　最初、僕は驚いたんですけれども、だんだん読むにつれて、驚いた自分に腹が立つ。僕はやっぱりプイグが一番好きです。

浅田　プイグはすばらしい。あと、キューバでいえば、アレナス。それに比べて、カルペンティエールはブッキッシュな人だけど、キューバ音楽史も書いてるし、モダニズムの最先端で小説を書いてるし、しかもその最大のテーマはまさに時間ですからね。

徹底的にクールなエクスタシー

村上 今の話で思い出したんですけれども、キューバのミュージシャンも、結局アフロの血を持った人がいっぱいいるわけじゃないですか。あとはスペインの血。僕は革命後の音楽が圧倒的に好きなんだけれども、国がフリーの芸術学校をつくったんです。それは特権的に二十人選んで、フリーだから、おまえは才能がないからやめろ、と落とせるんです。日本の私大みたいに自分のお金で入学してくると、お金を払うから下手くそでも落とせない。

彼らは十年間、クラシックを学ぶんです。キューバ音楽をやりたいといってもだめといわれて、十年間ずっとクラシックを学ぶ。その後、出てジャズをやったり、サルサをやったりするんですけれども、彼らのテクニックはすごいですよ。血がアフロで、それこそストラヴィンスキーも全部やるわけだから。

浅田 社会主義は一種の帝国主義だったわけだし、帝国の文化的洗練ってのはすごいよね。ソ連末期のアイス・ダンスでも、モイセーワ=ミネンコフのペアなんて、ほんとにすごいと思った。

村上　旧ソ連のすごさはアイス・ダンスに一番あらわれてますね。

浅田　ロシアになって、完全に一世紀ぐらいおくれちゃったね。「民主化」したのは結構なことだけど、社会主義といっしょにモダニズムまで清算しちゃって、ロシアの大地に帰ったりなんかすると、目もあてられない。

ただ、社会主義という名の帝国主義の文化そのものがいいっていうんじゃないんで、やっぱりそれ自体は鈍重なものだしね。それがキューバみたいなマイナーな状況で作用したときに、向こう側まで軽々と突き抜けちゃうようなことが可能になったりするのかもしれない。

もう一つ思うのは、ある種のクールさね。アフリカでもヨーロッパでもアメリカでも、結構本気でのっちゃうでしょう。もちろんキューバでものってるんだけれども、同時にすごくクールで、足は踊ってるけれども頭は別のことを計算できる、すごく複雑なポリリズムの上で意識はドリフトできる、ああいうところがいいと思うんです。

村上さんの小説は一般にそれがよく書けてると思う。エクスタシーというと、人間がブワッーとひとつに溶けていくようなイメージがあるけど、僕はそれは違うと思うの。ドゥルーズのカント論を読み直してたんだけどね。カントは、人間にはいろいろの能力があるけれども、それはばらばらのものだといってる。悟性は勝手に計算するし、感性は勝手に感じる。それをとりあえず調和させることで自我の統一を維持してるんだ、と。

そこで、諸能力をまとめるのをやめてしまえってことになると、ヘルダーリンからランボー、アルトーに至るような「すべての感覚の錯乱」が現れて、頭はとことん計算してるし、口はとことんしゃべってるし、足はとことんステップを踏んでる、全体に恍惚として踊ってるんだけれども、よく見ると、それぞれの能力が勝手に最高度に活動してて、徹底的にクールであるってことになる。あの感じはすごくよく出てると思うな。

村上　ああ、そういってもらえるとうれしいな。恍惚と覚醒が同時にあるという状態がすごく好きなんです。

浅田　世間でいう村上龍のイメージは、ぐじゃっとカオス的に融合するイメージが支配的じゃない？　それは全然違うと思う。あらゆる能力が勝手に動いてて、そのことが全体にクールでエクスタティックだということでしょう。

村上　逆にアメリカの文化は、ジャズにしても、インプロヴィゼーション神話というか、うそみたいな、大嫌いですけれども、恍惚としてフレーズを吹くといったって、あれはただの繰り返し、コピーですからね。そうでなくて、クラシックの中にもっと自由な演奏もある。そういうアメリカの文化のうそが、僕もキューバを直接知って、やっとわかったというのもあるんです。

キューバ人は本当にインプロヴィゼーションをやらないんです。全部アンサンブルだし、インプロヴィゼーションをやっても、今ちょっと半音外れたからやり直せという。

これじゃアドリブじゃないじゃないかと思った。完璧なフレーズを吹くだけだから、ジャズをやらせても全くおもしろくない場合があります。

浅田 でも、逆にそういうことを知った上でもう一回ジャズを聴くと、一番いいジャズって、その意味でやっぱりクールだよ。最盛期のマイルス・デイヴィスとか、白人だけどビル・エヴァンスとか、あれは、率直にいってコークをやってなかったらできなかっただろうと思うくらい、リズムから、ハーモニーから、すべてのレヴェルが明晰にコントロールされてて、完全にのってるんだけれどもすごく醒めきってるって感じ。あれがジャズなんですよ。もちろん黒人音楽がベースにあるんだけど、それが抽象化されてる。僕は、そういうふうに再発見すべきだと思うな。

村上 僕は全否定しているわけじゃないですよ。

浅田 ロックだってそう。

村上 わずかな部分にありますよ。

浅田 確かに、日本に限らず、どこでも、システムから外れて情念のカオスみたいなところへ自滅的にのめり込んでいくのが本物だという間違った思い込みがあって、実際にそれでやっちゃうミュージシャンもいるわけじゃない？　それは全然違うと思う。

村上 でもそういうふうにいっちゃう人はかわいそうですね、よく死ぬけれども。間章さんとか、彼は批評家だけど、やっぱり間違っていると思うな。

浅田　阿部薫でも間違ってると思うよ。ニルヴァーナのカート・コバーンでも、いまどき何を間違ったのか、かわいそうだと思う。

村上　かわいそうという感じですね。

浅田　もうちょっと情報と技術があれば、ほかの逃げ方があるのに。

その意味でも、キューバから逃げ方を教えられた、アメリカから自由になったという話は、すごくおもしろいと思うね。アメリカの影の下、基地の町で自由を求めて自滅していったりする連中もいる。ところが、同じような、あるいはもっと困難な状況にありながら全く勝手にやってる快楽的な国がある。その驚きはすごくよく伝わってくる。

村上　結局、キョウコがジャズ・ダンスを習ったり、ブルースを習ったりして、ニューオリンズに行く話だったら、おもしろくも何ともない。すごく平面的なんですよ。ただ、アメリカに散らばるヒスパニックのマイノリティをスルーして、キューバという一種のパラダイスに向かっていく旅だから、僕にとっても、逆にアメリカの本当にいいところとか、寂しさが見えてきたという面でも……。

浅田　アメリカから自由になることで、アメリカを許せるというか、アメリカのいいところを発見できるというか。実際、あれはアメリカ人にとってすごくうれしい映画だよ。アメリカのＧＩも、世界中で女の子をレイプするだけじゃなく、ダンスを教えたりもしてるんだ、と。

村上　それは、僕の基地の町生まれの経験だった。戦争だけしてたわけじゃない。僕はいろんな情報を得たと思っているから。

浅田　その結果、アメリカ人にとって、身につまされるけど、心温まる映画にもなってると思うね。

村上　それはよかった。

浅田　本当をいうと、ラストはキューバまで行かなくてもいいのではないかと思ったけど。

村上　でも、キューバの町は写してないし、ダンスということだけで象徴的に撮ったので、勘弁してもらいたいんですけどね。

浅田　まあ、最後にキョウコがキューバの男の子と踊らなければ、起承転結にならないからね。

エイズを啓蒙することの難しさ

村上　あと、考えなければならなかったのはエイズのことです。ただ、どうやってもエイズを啓蒙できるわけがないし。キョウコはＨＩＶという言葉さえ知らない、エイズの人に会うのは初めてだ、でも、腕を組んで歩いてもうつらないことと、エイズ患者に点滴した針をすぐに折らないと、ひょっとして針刺し事故があると何パーセントかはエイズにかかるという二つのことを彼女は知る。これだけでも映画で示せれば、それでいいんじゃないかと思った。

エイズに対するポリシーとか哲学でなくても、具体的な事実、触れてもうつらない、抱きしめてもうつらない、ただ、注射針ではうつる可能性がある、と。

浅田　それは、むしろその方がいいと思う。社会的教育の役割を映画に押しつけられても困るし。

村上　ただ、エイズは、ものをつくる人間にとって、やっぱりそういうプレッシャーはあるんです。

浅田　でも僕はすごく自然に撮られていると思う。例えばラルフという黒人の運転手は、すごくいいやつなんだけれども、やっぱりエイズが怖い。実際、みんな怖いわけだよ。あるいは、ディープ・サウスまで行くと、ほとんど賤民みたいに嫌がって排除するやつらもいる。その意味では、日本と変わらない。だけど、アメリカじゃ、それを隠して、きれいごとの表現に逃げることが多いでしょ。その辺、この映画はすごく率直だと思う。

とにかく、村上さんのいう通り、ベーシックな情報だけ与えればいいんじゃない？　血液と精液が血管に入らない限りはうつらない。だから、抱き合ってもいいけれど、針は危ない。

村上　よかったです。シンプルでいいじゃないですか。

浅田　よかったですって、僕は全然そんなことを判断する立場にはないよ（笑）。

村上　いや判断する立場っていうか、エイズについて本当に考えている人って少ないですからね。でもやっぱりエイズというのは大きいテーマなんですよ。きのううれしかったのは、エイズのボランティアをやってた日本人が、エイズが映画に出てきて、しかも、あの人がエイズだったということを、見た後に感じない映画、エイズが前面に出てこない映画は、余りないんじゃないですかといった。

僕は『フィラデルフィア』は好きなんだけれども、やっぱりアメリカではああいう映画しか撮れないんですね。例えばラルフがエイズ患者の病室から出たあとガラガラペッというのは、日本人だから撮れたけれども、アメリカでは絶対タブーです。

浅田　絶対無理。完全に「ポリティカリー・インコレクト」だよ。

村上　アメリカ人に全部見せたけれども、日本人だから、しようがないや、と。

浅田　でも、本当はアメリカ人も怖いと思ってるんだから、そのレヴェルに立たないと、本当の情報は伝わらないんじゃないかな。しかも、ラルフはそういうふうに思っちゃった自分を恥じるわけだから、そこに本当の情報が伝わる素地が生まれるわけでしょう。その辺、アメリカは、「ポリティカル・コレクトネス」で偽善的に隠してるよね。

村上　あれだけ多かったらしようがないかもしれないですけれども。

浅田　確かに、必要な偽善ってのもあるからね。ただ、それこそゴダールの後ではヤケクソB級フィルムで行くしかないってんで、「完全にポリティカリー・インコレクトな映画」ってのを撮ってるグレッグ・アラキみたいなやつのほうがおもしろいけど。

アメリカの多様性、日本へのエキゾチシズム

浅田　ともあれ、ラルフと別れて、エイズで死にそうなホセをマイアミの家族のもとに連れていくために、南をめざす。そのなかで、ジョージアの富豪の家に立ち寄るエピソードはすごくおもしろいと思うし、マイアミのちょっと手前で襲われてホセが死ぬところも、その亡骸をマイアミの家に届けるところも、なかなか泣かせると思う。ただ、余談だけど、マイアミまで行く前、フロリダの北部のオーランドの辺りが、アメリカの終わりだと思うの。あそこは、東にケープ・ケネディがあり、西にディズニー・ワールドがあって、しかも、IMAXムーヴィーで、一方はスペース・シャトルの打ち上げ、一方はマイケル・ジャクソンの「キャプテンEO」をやってるわけでしょう。

村上　その先は中南米？（笑）

浅田　そう、中南米なんだよ。フロリダ北部でアメリカン・ドリームは宇宙に向かって勝手に舞い上がってる。その舞い上がり方はすごいと思うし、僕もシャトルの打ち上げは一度見たいと思うぐらいアメリカ的じゃない？

村上　確かにそうかもしれない。オーランドでアメリカは終わり。

浅田　マイアミはもう「マイアミ・ヴァイス」の世界だからね。
村上　事実、六割キューバ人ですからね。
浅田　ディズニー・ワールドなんて、とにかく白人しかいないでしょ。
村上　黒人がいると目立ちますね。
浅田　アメリカでこんなに黒人がいないところがあっていいのか、と。しかも、非生産的な年齢、六十以上と十六以下ぐらいだけじゃない？　あれはちょっとすごいね。
村上　結構デブが多いしね。
浅田　宇宙に飛び立っていく一方で、アメリカン・ドリームにマッサージされてポーッとしてる。あそこが今アメリカの最果てという感じはするね。
村上　アメリカというのは本当にわかりやすい国だけにおもしろい。僕は、警官にとめられたときクルマの中でわざとカントリー・ソングを鳴らしてるみたいなのは、本当は嫌いなんですよ。撮影でどうしようかなと思ってたんだけれども、実際にその町に行って、レコード屋さんに行ったら、全部カントリーなの。裏側にラップが五枚。これはやっぱり使おう、正しいんだと思った。ああいう警官が本当にいるんです。
浅田　テキサスとかあの辺はほんとにそう。カウボーイのころからほとんどメンタリティが変わってない。
村上　全然変わってない。バーに行ったら、プレー・オフのバスケットボールをやってたんです。ニューヨークの連中はみんなニックスを応援してたから、見に行ったんだけれども、応援の仕方、しゃべり方は、西部劇を見てるのと全く同じですね。

浅田 あの映画は、そういう意味でのアメリカの多様性や包容力も肯定的に描かれてて、アメリカ人は救われるんじゃないかと思う。

でも、難しいところは、『トパーズ』――海外タイトルでいえば『東京デカダンス』は、つくり手の意図は別として、欧米の受け手の側では、今まで見たことのない日本のアンダーグラウンドを見たというエキゾチシズムまじりの怖いもの見たさで受けちゃったわけでしょう。

村上 あとは、洗練によって生じる日本の風土ですよ。ああいうデリバリーのプロスティテュートが来ることは日本でしか考えられない。みんな殺されちゃうから。しかも、変態のところに女の子が行く。そういうのがすごいとみんないってましたよ。日本は平和なんだなと。

浅田 確かにそうなんで、恐るべきことをやってる変な国だ、と。

それに対して、今度はある意味でまっとうなアメリカの映画だから、欧米やほかの世界の人たちが見たときにどう反応するか、難しいところだとは思う。でも、正攻法でやったんだからいいんじゃない？　妙なエキゾチシズムで、日本ってそんな変な国なのかと思われてもてはやされるより、正攻法でやったものが、数は少なくてもちゃんと受けとめられるとすれば、その方が意味がある。

村上　僕もそう思います。

考え抜くことと撮影現場での直観

浅田　それにしても、これだけ映画をつくり続けるエネルギーは、どこから出てくるんですか。

村上　撮影が単純におもしろいんですよ。何がおもしろいかというと、直観と考え抜くことの関係性がこれほど明確になるメディアはない。撮影の現場では必ずアクシデントが起きるから、それに対処するのは直観です。その直観は、よくいわれているように、ひらめきなんかではなくて、事前にどれだけ考え抜いたかによって直観がためされる。そういう現場に身を置くことが好きみたいなんです。

浅田　作家って、書いてるときは孤独な作業だしね。

村上　今でも、今度はいつ撮れるだろうと思いながら書いています。

浅田　懲りない人だな（笑）。でも、そういう作家って本当に珍しいと思う。僕は、初期は、こんなことをいうと本当に失礼なんだけれども、この人は映画で失敗し続けることにおいて、小説家として存在し続けているのではないかと思った。

村上　共同体に対抗するエネルギーを得ている（笑）。

浅田　そう思ったぐらいなんだけれども、今度のはちゃんとした映画だし、逆に、こんなにちゃんと映画を撮れるようになったら、小説家ではなくなるのではないか、と。そんなことはない？

村上　そんなことはないですよ。撮り終わった後の小説家としての情報量の変化、例えばコンピュータでいうと、ビット数がブワッと桁が違った感じがあって。

今日本でサラリーマンをやってたって情報なんて得られないじゃないですか。結果的に、自分が撮りたい映画を撮るとそれがブワーッと情報量のアップにつながる、『トパーズ』のときもそうだったけれども、それが魅力の一つではありますね。

浅田　書くのと映画を撮るのをフィード・バックし合って、それぞれ新しいエネルギーと情報を得て展開していくとすれば、理想的な形ではある。でも、疲れるでしょう。

村上　結構フレッシュな感じはしますよ。肉体的には疲れるけれども、免疫系は強くなるみたいな感じで。

あと、さっき浅田君がいったこともあるの。映画を撮り続けたときに、共同体から攻撃されたわけですよ。おまえはここにいろということで芥川賞をいただいたわけじゃないですか。それに、「放っといてくれ」とかいって映画を撮るから一斉に……。

浅田　ただ、映画版の『限りなく透明に近いブルー』だって、いいところはあるよ。大体あれは三田村邦彦をデビューさせた作品だということを世の人は全く忘れてる。

村上　基地の町の生まれで、共同体とは割合敵対していたはずなのに、共同体から受け入れられたわけですよ。映画を撮ることによってたたかれた。そのときにやっぱりずっと敵意みたいなものをキープできたことはあると思うんです。
　たぶんその敵意は『ＫＹＯＫＯ』で大幅に薄まるとは思うけれども、そのときには逆に、映画を撮ることによって、世界の現実と情報のやりとりができればいいなと……。
浅田　ある意味で、中上健次なんかもそういうことがやりたかったんだろうな。彼が嫉妬しそうな話ではある。しかし、あの人には映画以上に多層的なああいうエクリチュールがあったわけだから、あれでいいんだけれども。
村上　僕もそう思う。
浅田　村上さんは、中上健次のように、「おれは谷崎の後、唯一の物書きだ」という必要もないわけよ。単に必要な情報を必要な形で書いてるだけで、映画も撮れるし、音楽のプロデュースもできる。それはすごくうらやましい位置だと思うね。

ヨーロッパのプロデュース能力

浅田　もうひとつ、アメリカを相対化するってことになると、ヨーロッパってのは出てこないのかな。
村上　ヨーロッパに関しては、僕も一つ用意してて、結局、『ニューヨーク・シティ・

マラソン』の中の「パリのアメリカ人」という短篇を膨らまそうと思ってるんだけれども、それはアメリカのデイヴィッド・リンチ的な、すごく病的に人を殺し続けたやつがいて、彼がパリへ行って、あるいは日本に来て、具体的にパリに住んでいる亡命ロシア人の作家の絵とか、日本の鐘の音に単純に救われるという話を書こうと思ってるんです。図式的にいうと、アメリカの病理が伝統に救われる。それはずるいんだけれども、徹底的にやってみようかと思っている。

浅田 そうね、アメリカもおもしろいけれども、ヨーロッパも捨てたもんじゃないよ。

村上 ヨーロッパとアメリカが、もちろん日本もキューバもそうだけれども、交錯するときに、スパークして物語が生まれるような気がするんです。

浅田 去年（平成七年）の末にハイナー・ミュラーが死んだ。あれはブレヒトの後、ドイツ最大の劇作家だったから、前大統領のヴァイツゼッカー以下、主な文化人がみんな葬式に来て、バレンボイムがシューベルトを弾いて、ほとんど今世紀のドイツ文化の終わりを嘆くかのような儀式だったわけ。

ところが、ハイナー・ゲッベルスが、そのハイナー・ミュラーの複雑怪奇なドイツ語のテクストを、いわばピジン・クレオル化するようなことをやってるの。たとえば、英訳したテクストをボストンの路上で通行人に片っ端から読ませて、そのサンプルを精密に組み合わせてCDにしちゃうとかね。「『私の祖父はボイオチアの白痴だった』？とんでもない、おれはじいさんが大好きなんだ」とか、「2ドルくれたら読んでやるぜ」っていうやつがいてそこからラップみたいな調子になっちゃうとか、そういうのが全部入ってて、笑っちゃうよ。最高密度のヨーロッパ文化の結晶みたいなものを、そうやって解体した上で再構成するわけ。

村上 すごくおもしろい。

浅田 そういうふうにして、文化がウイルス的に伝播して違う環境下で再活性化するのはおもしろいよね。

他方、ドイツのほうだって、フォーサイスみたいな若いアメリカ人に、フランクフルト・バレエ団を全面的に任せた。アメリカの一番フレッシュな部分を引っぱってきて、自分たちの伝統の最先端を任せたわけでしょ。その一方で、ピナ・バウシュなんかが、ヨーロッパの伝統が腐れ果てていく、その甘美にして残酷な自由みたいなものを延々と演じ続けてる。その辺のプロデュース能力ってのはすごいね。

フランスだって、外国人でもってるようなものでしょう。そもそもゴダールだってスイス人なんだから。

村上 それは、パリが亡命ロシア人の画家を大量にニースに住まわせるというのと同じですね。シャガールとか。

浅田 でも、最初の話に戻るけど、僕はゴダールの最近のものはほんとにすごいと思うな。思想的に深いとか、とりあえずそんなの全然関係ない。映画は予告篇でいつもワクワクするでしょ。ストーリーに関係なく、バッバッと一番いいところだけ続く。ゴダールの映画は、すごく簡単にいうと、全部予告篇だけでできてるわけよ。しかも、最近は全体が上映時間五十何分とかになってきて、超高速で情報が流れていく。それは、思想的にどうのこうのいう以前に、格好いいよ。ちなみに、村上さんの小説も、長篇を構成するとかいうより、掌篇がバーッと並んでるようなのが、すごくいいと思うけど。

村上　僕は、はっきりいって、最近のゴダールの方が圧倒的に好きですよ。ゴダール・フリークには結構評判が悪かったけれども、『ヌーヴェルヴァーグ』でも、飛行場のシーンはハーッというような、奇跡みたいな映像でした。

浅田　それを見て打ちのめされて、しかし、翌日また復活しているというところが村上龍のパワーであるというのが、やはり結論だね（笑）。

奥村　康

ウイルスと文学

おくむら・こう

1942年島根県生まれ。免疫学者。千葉大学大学院博士課程修了。スタンフォード大学研究員、東京大学講師などを経て、現在は順天堂大学医学部教授。88年免疫系細胞・キラーT細胞が異物に向けて発射するタンパク質・パフォーリンをつくる遺伝子を世界で初めて単離するなど、世界的レベルでの研究を続けている。著書に『免疫のはなし』『免疫——生体防御のメカニズム』など。

ウイルスをイメージする

奥村　『ヒュウガ・ウイルス』拝読しました。免疫の専門家として読んでも、よく勉強されていると思いました。僕はあまり小説を読む方じゃないので、小説の読み手としてはいい読者ではないかもしれませんが、結構一気に読みました。忙しい小説ですね。映画にしたら、最初から最後まで息がつけないんじゃないですか。後半で人間の免疫のことを軍隊の装備に譬えて説明しているところや、アナフィラキシーショックの仕組みとか、ミツイという兵士がインターロイキン（IL）を放出して死地から脱するところ、そのときIL―1が出て発熱するところなど、ほんとによく免疫やウイルスについて勉強されてるなと思いました。村上さんがそもそもウイルスの世界を小説のテーマにしようとしたのは、どういう動機だったんですか？

村上　実は昔から生物学に興味があったんですが、このところエボラ出血熱とかエイズとか、ウイルスや免疫のことが注目されてますよね。それでウイルスというのは普段はひどく毛嫌いされて忌み嫌われている、人間にとっての異物なわけじゃないですか。ウイルスはものすごく小さいのに、サバイバルして子孫を残すという意味においては人間と何ら変わらない。ウイルスは人類の敵であるという、決まりきった視点で描くのではなく、一つの哲学を示す小説として書けるのではないかと思ったんです。

奥村　ずいぶん本を読んだでしょう。

村上　そうですね。たしかにいろんな種類の本を読みました。でも、日本の入門書というのは、免疫学でもウイルス学でも遺伝子学でも、ほとんど使い物にならないんですよ。たとえば古い本ですけれど、渡辺格さんの『生物学のすすめ』（筑摩書房）では、「はじめに」のところでＤＮＡ工学のこれからの可能性に触れつつ、生物学の若き学徒だけでなく一般の人や学生諸君、あるいは高校生にも読んでほしいと書いてあるわけです。その言葉にちょっと感動して読み進めると、いきなり第二章に葉緑体の説明がある。植物はどうやってエネルギーを使っているかが、一ページをほぼ埋め尽くす化学式で説明されている。そうすると、僕みたいに小説のために頑張って読もうと思っている者でさえ、めげてしまう、教科書じゃないですからね、「すすめ」なのにね。「バカヤロー、もう、いい」とか思ってね（笑）。

　ところがアメリカで高校の高学年が細胞生物学に興味を持つために書かれた『細胞の

世界を旅する』上・下（C・ド・デューブ著　八杉貞雄他訳・東京化学同人）の場合は、人間がグゥーッと小さくなって細胞に入っていくところから始まるんですね。それで細胞に入るためには、リソソームなどの攻撃に負けないよう、ウイルスの衣をまとうという話が出てくる。結構、難しいことなんだけど興味を持って読めるようになっています。専門知識を、平易に説明するのもやっぱり一種の翻訳で、そういうの、日本人は不得手だなと思いましたね。

実際に『ヒュウガ・ウイルス』を書きはじめるきっかけを与えてくれたのは『分子細胞生物学』（J・ダーネル他著　野田春彦他訳・東京化学同人）です。これは上下二巻の厚い本ですけれど、最初に見て、この本は読まなきゃいけないという直観があったんです。でも読み始めると、外国語を読んでいるようで、ほとんど内容が理解できない。それでも二カ月かけてとにかく読みました。

奥村　そりゃ、すごい。

村上　そしてひとつだけ身に沁みて分かったことがあったんです。奥村さんには当たり前に聞こえるかもしれませんが、ウイルスや、免疫系の細胞が、とてつもなく小さいということです。その小ささのイメージは、訓練しないと普通の人には持てないでしょう。そのイメージができて、これで書けるかなと思ったんです。

それと同時に分かったのは、普段の僕たちが自分の体に持っているイメージはすごく

「臓器的」だということです。たぶん解剖学が発展し始めた頃は、まだ人間の体は一体だと思われていて、身体をバラバラにすると、犯罪者も王侯貴族も同じような心臓を持っているとは誰も考えなかった。それが近代解剖学と教育の力によって、数百年をかけて、今のように我々はヒトの胃や心臓をイメージできるようになった。でも今、リンパ球や、ウイルスやDNAをイメージしろといわれてもまだまだ難しい。DNAの模型の形はみな知っていても、たとえば染色体とDNAの違いを知っている人はごく少ないでしょう。NK（ナチュラルキラー）細胞やマクロファージやT細胞やB細胞という微小なものが、ものすごくたくさん、体の中を動き回っている。そしてその動きを活性化したり抑制したりするいろんな物質が内分泌系や神経系からも出ているらしいということは、頭では分かっても、それが臓器という形ではなく体の中にあることをイメージできるようになるまで、時間がかかりました。

奥村　専門家からするとそういう見方は新鮮で面白いですね。医学の現場でも、イメージを持つことは大切なんです。明確なイメージを持つ人間の方が絶対にいい仕事をします。ちょっと話は飛びますが、私の勤める順天堂大学では、受験の際に面接があるんです。そこで「あなたは、なぜ医学部を受けたんですか」と必ず聞きます。順天堂の場合、予備校などに配付されてる学校の宣伝パンフレットがありまして、その中の免疫学教室の説明には僕の写真まで出ていました。そうしますと受験生は、ゴマをすって「免疫学が盛んだからこの大学受けました」とか言うんですよ。僕は学長に、そういう学生は全部落としましょうと進言してます。結果としてはご存じのように実にいい学生が集まるんですね。

村上　よく、わかります。でもこの対談はきっと受験生が利用しますね。

奥村　脳外科の権威の学長さんも「精神科をやりたい」という受験生も注意しろと言っておられた。これは僕の独断かも知れませんが、高等学校のときに免疫に本当に興味を持つような人間は、どこか最初からおかしいんです。精神科に興味を持つのは多少分からないでもないですが、免疫学なんて実体がないんですよ。おっしゃる通り免疫をつかさどる特定の臓器が、目に見える形であるわけではない。その実体がないものに興味を持つということは少しヘンなんです。少し突っ込んでなぜ免疫やりたいか、と訊いてみたら全く答えられない。むしろ「病気で苦しんでる患者を助けたい」とか「手術をして癌を取りたい」とか、「看護婦さんと手術室で手術している姿がカッコいい」という関心の持ち方のほうが極めて自然なわけです。だからそういう学生は合格です（笑）。

村上　正確なイメージを持てないとき人間はそれについて、何もわかってないんです。わかった気になるのが一番よくないですからね。

奥村　触って実体のないものに興味を持つ若者には、危険なところがあります。いちばん危険なのは宗教ですね。ご存じのように大変なことになる場合が少なくない。単純な欲望を自然に持っている学生は先へ行っても落ちこぼれないんです。免疫学をやろうとか精神科へ進もうとか、若いうちからわけのわからないものに興味を持つ学生は、ほとんどが途中で落ちこぼれて駄目になってしまいますね。

村上　そうでしょうね。

「発生」する他者性

奥村　それなら、僕はなぜ基礎医学の免疫学を続けているかということになるわけですけれど、これは簡単な理由で、どんなに小さな発見でも、自分がいちばん最初だと、動物的な快感があるからです。僕自身、この分野でやってきて世界でいちばん最初の発見を幾つかすることができました。一度そのエクスタシーを知ってしまうと、研究者は放っておいても研究をやります。基礎医学は、はたから見ると、教科書を読んでもつまらなくて、ほとんどのお医者さんは、卒業するため、あるいは国家試験のためだけに勉強してサヨナラする。でも実は基礎医学の研究にも、臨床医が手術で癌を切り取るのに成功してニッコリ笑うときと同様の、えも言われぬエクスタシーがあるんです。金のために医学をやっている医師はほとんどいません。金のためになんかばかばかしくてやってられない。

村上　金は快楽的ではありませんね。

奥村　だから僕のところの研究室には研究者が七十人位集まってますが、「研究をやりなさい」なんて言ったことないですよ。それでも、夜中の一時でも二時でも三時でも研究室にやって来て実験やってますよ、みんな青い顔して。あれは、コレやっていると同じなんです（手を動かす）。

村上　あ、オナニーですね。

奥村　最初に一回、擦り方や出し方をちょいと教えてやれば、後はもう自動的にやるんです（笑）。要するに、楽しいわけですよ。研究者ってのはエゴイスティックで、自分のために研究をやるんですから、せんずりと同じことです。そういうことを本に書いたりもしました。

村上　奥村先生のお書きになった『免疫のはなし』（東京図書）はもともと、臨床医向けの雑誌に連載されたものですね。

奥村　ええ、そうです。開業医向けですね。

村上　先生の本は、『生物学のすすめ』にあるような、勉学とは辛抱である、というような態度がなくて、すごく面白かった。抗原を手に入れるために大学の近くの屠場から豚の内臓をバケツ一杯貰ってくる話に始まって、急に専門的な免疫の話になるんですね。

奥村　毎日やっていることを書いているだけです。

村上　奥村先生の師にあたる多田富雄先生の書かれた『免疫の意味論』（青土社）ですが、僕は初めてあの本を読んだとき、初心者に免疫のおおまかな仕組みを分からせるには素晴らしい本だと思いました。ただやっぱり、多田富雄先生は流行の知的アカデミズムにも非常に詳しく、おまけに能なんかやられて日本的だから「自己とは何か？」なんて余計なことまで言われています。『分子細胞生物学』などをまめに読んだ後だと、その部分が余計に思えてしまいました。免疫はスーパーシステムかどうかなんて、どうでもいいことだと僕は思うんですけれど……。

奥村　まあ、多田先生は「中央公論」みたいなもので、僕は「フォーカス」とか「フライデー」に近いですから。

村上　またそんな比喩を使って（笑）。

奥村　「フォーカス」「フライデー」は簡単にパッと写真を撮って載せるだけですから（笑）。

スーパーシステムと呼ぶか呼ばないかはともかく、免疫系の働きも、ホルモンの分泌も、神経系の働きも、目で見ては分からないわけですね。そういう目に見えない体の中の裏舞台を学生や一般の人に説明するときに、リンパ球を一人の人間と考えて、家族や社会になぞらえて説明すると分かりやすいことが多いんです。多田先生も含めて世界的な免疫学者がよくそうするんですね。『ヒュウガ・ウイルス』の中にもそういう文章が何回か出てきますね。

村上　免疫系を軍隊に譬えたりしました。

奥村　そうそう。あれは実に分かりやすい。例えば「抗原」、つまりウイルスだとかバイ菌だとかが、外部から侵入してきて、それに体が反応するわけですね。そのときに、リンパ球がウイルスやバイ菌そのものと直接反応するかというと、決して反応しない。ウイルスやバイ菌がマクロファージに食べられ消化されて表面にその一部が出たとき、つまり自分の一部になったときに初めて反応するんです。

それを別の表現でいいますと、親と娘の免疫細胞がいると想定します。親は娘がずうっと育ってゆくのを見ているわけです。娘が毎日毎日学校から帰ってきて普通に生活しているときは親は何も反応しないけれど、娘が中学校の三年生ぐらいでマニキュアをすると、親はこれは何かあったんじゃないかと、すごく気にして反応する。「お前、どないしたんや、マニキュアして」って。そのマニキュアというのがバイ菌の一部や、ウイルスの一部に当たるんです。要するに、娘がちょっと変わった姿をすると、すぐ気にする。それは自分の娘が「自己」すなわち身内だからです。ところが、隣の娘がマニキュアしようが、パーマかけようが全然知ったこっちゃない。それは隣の娘は「非自己」だからです。自分の娘は、細かいところまでよく見える。要するに、みんな自分自身を見ているわけです。こういうふうに、親と子とか、軍隊の機構に結びつけると、分かりやすいことがあるんです。

村上　今、先生がおっしゃったことは、免疫細胞の抗原認識のメカニズムですよね。でも僕は、免疫系から、個あるいは社会的な人間を見て何が「自己」で何が「非自己」かを議論すること自体には意味はないと思っています。

免疫学的にも哲学的にも大事なことは、外部から侵入した異物、たとえばウイルスにリンパ球が反応するときに、ウイルスそのものは識別できなくて「自己」とウイルスの複合体に対してだけ反応する、というところだと思います。そこがすごく面白い。他者と出会うとはなにか、という問題につながってくる。要するに、他者とか、自己とか、また外部とか主体性とかというのは、「発生する」ものなんですね。前提的に存在して、自分は自己で、自己以外のものは他者だ、と自動的に固定しているものではない。

恋愛を考えても、恋する相手の中に自分を発見したり、自分のことを好きになってくれる相手を好きになったりする。この場合他者性はどこかで「発生」しているんです。

そういうことを、免疫細胞はプラグマティックに、合理的に見分けている。だから免疫系が優れたシステムだというのは、当たり前だと僕は思います。それを仰々しく人間や社会にあてはめて、「自己」と「非自己」はこんなにも曖昧だと言われても、困るんですよね。

免疫系は「気合い」で強くなる

奥村 免疫系というのは、軍隊とおなじで、いちばん最前線の部隊から始まって、第二線、第三線とあるわけです。最前線の部隊がウイルスに感染した細胞と戦っているときには、人間はほとんど症状を起こさない。例えば電車に乗っていて、隣の人の風邪ウイルスに感染したとします。その感染した細胞を見つけてすぐやっつける最前線の細胞がＮＫ細胞です。そのときにはまだ熱も出ないから本人は気がつかない。ところがその最前線が突破されますと、免疫の主役であるＴ細胞だのＢ細胞だのが動きます。そのときはじめて、発熱とか痛いとか痒いといった反応がある。そうなると医者へ行くことになる。

大事なことは、我々の体に何も症状が出ないときは、ウイルス感染細胞を攻撃しているＮＫ細胞が活躍しているということです。この細胞は癌細胞にも対応しているんです。人間の体は、一日に約10^{12}個の新しい細胞を作るんですが、そのうち何千個かは作るのに失敗して癌細胞になっている。それを全部朝から晩まで潰して歩いているのがＮＫ細胞なんですね。だから生体からＮＫ細胞を取ってしまいますと、発癌率はグッと上がりますし、ウイルス感染で簡単に死んでしまうようになる。

ことほどさように、ＮＫ細胞というのは、第一線の細胞なんですが、実は、精神・神経系の影響を強く受けているんです。大ざっぱに言えば、気合いが入ればＮＫ細胞は強くなる。そのことは村上さんの小説のクライマックスにも出てきますけれども、そういうことを踏まえて読むと面白い。例えばシャキッとした人とたるんだ人を比べると、脳から出るいろんなものの影響を受けてＮＫ細胞というのは強くもなるし弱くもなる。それが同じ人間でも、一日のうちで朝の九時ぐらいが活性が高くて、夕方の五時から六時も高い。ところが夜の九時から十時になると、活性はグッと低くなり、寝るとうんと低くなる。だから風邪を引くのはたいがい寝ているときで、昼の三時に風邪を引くなんてあり得ないんです。強烈なストレス下の阪神で地震に被災した方のＮＫ活性が低いことも最近阪大から発表されましたね。

村上　分かりやすいですね。

奥村　それから、その活性は年齢の影響を強く受けるんです。七十歳と二十歳の人のＮＫ細胞の活性を調べると、七十歳の人は弱い。だから癌にもなりやすいしウイルス感染もしやすい。では、老人のＮＫ活性を上げるにはどうしたらよいか。関西の大学の先生の研究によりますと、八十歳代の人を採血してＮＫ細胞の活性を調べておいて、寄席に連れて行って落語を聴かせて二時間ぐらいゲラゲラ笑わせたそうです。その後再び採血してＮＫ細胞を調べると、グッと活性が高くなっていたという。

反対に、活性を低くするにはどうすればいいか。六十歳を超えた会社の重役に、早く死んでいただきたいときにいちばん簡単なのは、時差の負荷をかけることです。夜起こしたり朝寝かしたり無茶苦茶をさせる。いちばんいいのはヨーロッパへ出張させて、昼間一生懸命あちこちで仕事させて、帰ってきたらすぐアメリカへ行かせたり、世界中をぐるぐる回らせるんです。そうすると、ウイルス感染をはじめとして、免疫系が落ちて簡単に死にます（笑）。
　日本航空の方に伺いましたが、五十歳代になったパイロットを、なお国際線を飛ばさせていると、早死にする確率が高いそうなんです。最近はそれを知っているから、時差のない路線や地上勤務に配置転換するそうで、昔は日本航空のパイロットの寿命は五十歳以下だったという話も聞きました。パイロット一人養成するのに二億四千万円かかるそうですから、長生きしてもらわないとね。それもＮＫ活性で説明できますけれど、逆に神経系、内分泌系に変調をきたすということもあるでしょう。

村上　時差が免疫によくないというのは、そういうことなんですかね。それはＮＫ細胞が出たり引っ込んだりするサイクルが狂ってしまうわけですか。癌なんかでも、そうなんですか。

奥村　癌は、証拠はないんですけれど、明るい人はＮＫ活性が高いから癌にならない、暗い奴は癌になるとか、気が滅入ると癌になるとか、ＮＫ細胞との関係で、一般にそういうふうに推測されています。
　村上さんの小説のクライマックスで、ヒュウガ・ウイルスに感染した兵士の体内に、インターロイキン1（ＩＬ―1）やインターロイキン14（ＩＬ―14）が放出されて助かるという場面がありましたが、インターロイキンというのは、ある種のホルモンで、それが体内に放出されることによって、ＮＫ細胞もＴ細胞もＢ細胞も活性化されるという、いってみれば料理に振りかける味の素のようなものなんですね。
　例えばカール・ルイスの百メートル競走では、スタート前の緊張しているときにＩＬ—１はたくさん出て、走り終わると下がってしまう。しかも百メートルで十秒切るときのＩＬ—１の量と十秒切らないときのＩＬ—１の量を採血して後で定量すると、十秒切るときのほうが圧倒的に高い、そんなことが推測されます。

村上　ただの集中だけではだめなんですね。それを自覚的に高めていかないとだめなんだ。

奥村　ゴルフでもドライバーを打つ時、気合いを入れていくとＩＬ—１はどんどん出てくる。逆に「お前、ニッコリ笑って打ってみろ」と言われたって絶対飛ばない。相撲の仕切りと同じです。片方の力士に仕切りさせないで、もう一方に仕切りをさせたら、仕切りしたほうが絶対に勝ちますよ。

村上　その出方はかなり瞬間的なものなんですか。

奥村　そうなんです。だから、男の射精を考えれば分かるように、瞬間的に出てきて、すぐストンと下がるんです。いったん途端にストンと落ちる。

村上　ロングアイアンの弾道に似てますよね。

奥村　ストンと落ちて、十分ぐらいたつと、またやりたくなる。ちょっと散歩してくると、またやりたくなる。ああいうものです。そういう秒単位で動く物質の中にはずいぶん大事なものがあるわけです。それとは別に、ホルモンの中にはインシュリンや、副腎皮質ホルモンのように、何日単位とか何時間単位の長いタームで動くホルモンもあって、それらと秒単位で動くホルモンの働きが重なってくることによって、我々がこうやって笑ったり怒ったり、「このヤロー」って言いながら生活することができるわけなんです。

村上　そういう一連の代謝物質の仕組みは、ほとんど解明されていないに等しいんですよね。

奥村　分かってないですね。確実に分かっているのは、エンドルフィンとか、まあモルヒネに近いようなものは、物として合成できるというところまでは分かっていますけれど、その程度ですね。ＩＬ―１というのは、注射することもできます。でもそうやって体内のＩＬ―１を上げっ放しにすると、免疫の活性が上がり過ぎて、発熱して本人はすごく苦しい。必要なときだけ出れば十分なわけで、それが出放しになると大変なことになってしまいます。

村上　ＨＩＶのキャリアでも、ずっと発病しない場合があると聞きます。

奥村　ロングターム・サバイバー、つまり、キャリアでありながら長生きしている人は、それこそＩＬ―16の活性により、結果として感染して発病するのを防いでいるんです。

村上　えっ、もうインターロイキン16があるんですか。

奥村　あるんです。小説のあとがきを訂正した方がいいでしょうね。小説の中でのインターロイキンの描きかたには何の問題もないですし、執筆した時点では13までで結構なんですけれど、今は16まで確認されているんです。

村上　そうですか。わずか半年あまりの間にどんどん新しい研究成果が出ているんですね。

奥村　ＩＬ—16がＣＤ８というリンパ球を出すんですけれど、それがエイズの発症を止めている分子の一つなんです。エイズウイルスの研究者たちは十七、八年前から、エイズに感染していても発病しないで、子孫を繋いでいける人たちの集団がいるに違いないとも考えていました。エイズウイルスはレトロウイルスで、我々の体内にエイズウイルス以外のレトロウイルスを探し出そうと思えば、幾らでもあります。けれども我々は死なない。ということはウイルスと共存しているわけです。エイズウイルスに対しても、そういう人たちがいるに違いないんです。宿主があまり劇的に死んじゃうと、ウイルス自身が生き残れませんからね。

百貨店のような免疫システム

村上　僕は人間の体に免疫系や神経系といった様々な系ができた背景に、神のような誰かの意思はもちろんのこと、特別な意味はないと思うんです。生物が進化の過程で免疫というシステムを取り入れたのも、原則的には偶然だと思うし、意味はないでしょう。

今の人間や哺乳類といった高等生物が、免疫系以外で侵入物に対抗する手段にはどういうものがあるんですか。

奥村 いっぱいありますよ。

村上 いっぱいあるんですか？

奥村 例えば唾液の中にも、いろいろ植物的な成分がいっぱい入っています。

村上 免疫系を持っていない動物はどうしてるんですか。

奥村 ナメクジは自分の体の中にある液性の成分でバイ菌を殺しています。ミミズや、ナメクジや、ウジムシには免疫はありません。リンパ球を持っていないんです。でも彼らは汚いところでいくらでも平気で生きている。免疫系のない動物が次々と子孫を残して繁栄しているということは一体どういうことなんだと学生に聞かれたら、まずほとんどの教授が答えられない。「リンパ球がない動物でもいくらでも繁栄しているんだから、免疫なんてないほうがいいんじゃないか」と言われたら、おしまいですね。だから学生を教えるときには免疫が偶然にできたと言うわけにはいかない。

村上 そういえば、そうですね（笑）。

奥村 実はナメクジの体を構成している細胞の種類というのは、せいぜい百種類か二百種類しかないわけです。ところが免疫系を持った最初の動物とされるメクラウナギになりますと、目はないけれど、耳はあるし、肝臓や腎臓など、いろんな臓器があるわけです。ナメクジとメクラウナギでは細胞の種類の数が圧倒的に違う。そうしたときにそれらの臓器を統御する内側を向いたシステムとして、免疫系が出来たのだ、という教え方をもっともらしい説明としてするんです。

村上　なるほど。

奥村　譬えて言うとこういうことになります。新宿の駅前のラーメン屋と伊勢丹百貨店を比べてみる。ラーメン屋はナメクジなんです。主人が一人でラーメンを作って一人で会計して、後片付けして、しかも社長でもある。全部一人でやる。それがナメクジなんです。いったんラーメン屋に強盗が入ってくると、主人はなんとか一人で頑張って応戦する。

村上　なるほどね。伊勢丹だと、やっぱり、セコムと契約したりしてね（笑）。

奥村　伊勢丹になりますと、社内のシステムが複雑になってきます。売場に立つ店員のお姉さんたちは、肝臓や腎臓や胃や腸といった臓器です。ところが、おそらく伊勢丹には総務部もあるだろうし、外商部もあるだろうし、それを統御する取締役会もあるだろうし、社長もいるだろう。でもそういうシステムは表の売場には出てこない。表に出てくるのは店員のお姉さんたちだけで、裏側に統御システムみたいなものがある。その総務部や社長や取締役会に相当するのが、神経系と内分泌系と免疫系なんです。一人でやっていたラーメン屋の主人が、五人、十人と従業員を雇って、店が大きくなってくると、会計専門の従業員を雇わなければいけないし、警備会社と契約もしなければいけない。そういうときに、神経系、内分泌系、免疫系というのが発生してくる、と。免疫系とはそういう目には見えない裏側にある会社の支配システムみたいなものじゃないかと思うんです。

村上　それでも免疫系が必然的に出てきたという言い方ではなく、偶然できたものが免疫系として今、機能しているわけですよね。

奥村　そうだと思います。地下の食品売場ばっかりやたら大きくてもだめで、売れる売場と売れない売場をきちんとコントロールしないといけない。そういう売場構成をやるのが、統御システムです。それがバラバラになると、売上げが落ちて体調が悪くなったり、しまいには癌になったりする。

村上　そういう話を聞いていると、僕は、一対一対応で免疫系を考えていては、体の中で起こっていることの一部分しか捉えられないんではないかと思います。実際に体の中で起こっていることは、もっとダイナミックで、免疫系内、そして免疫系と内分泌系と神経系が組み合わさっていて、一対多とか、多対多とかの対応になってくる。そういう複雑な対応について考えるとき、知的アカデミズムに還元して免疫を利用するのは時間のムダだと思うんです。

奥村　そんな洒落たことを考えなくたっていいですよね。

根源的な欲望を肯定する

村上　もうひとついえば、僕たちは、進化というと、「原始スープ」の中に出来た最初の有機物が、ストレートに、必然的に人間に進化してきたようなイメージを持ってしまいがちですよね。僕らの人生はたかだか五十年くらいだし、人類全体で考えても、せいぜい数百万年です。生物全体が進化してきた何十億年の間に、想像を絶する多様なことが起きている。その中でたまたま生き残ってきたのが今こうしている僕らなんだけど、何十億年というイメージを持つのが難しくて、ストレートに人間に進化したんだと考えるから、利己的遺伝子なんてわけの分からないことを言う人にも耳を貸してしまったり、意思を持ったミトコンドリアが人を殺す話に疑問を持たなかったりしてしまうと思うんです。お読みになりましたか、R・ドーキンスの『利己的な遺伝子』(紀伊國屋書店)。

奥村　だいたい知ってはいますけれどね。

村上　あの本は、今言ったような人間中心主義的な進化のイメージを持っている人が読むとドキッとするらしいですけれど、僕なんかは、じゃあなぜ利己的な遺伝子はこんな人間みたいな複雑な入れ物が必要だったのかと考えてしまいますね。でも、その問いに答えはないんですよ。ある本に書いてありましたが、いちばんリーズナブルな生き物は、新しいタイプの原核生物らしいですね。遺伝子の乗り物として遺伝情報を後代に伝えてゆく道具としてならば、イントロン（DNA中の遺伝情報を持たない部分）がないという意味でもその原核生物がいちばん進化しているそうです。ところが僕らは、人間がいちばん偉いというイメージがある。要するに、たまたまそうなっただけだという、考えてみれば当たり前のことをつい忘れがちなんです。

結局、僕が『ヒュウガ・ウイルス』で書いたことは、そういうことです。あの小説は極端な設定だから、「圧倒的な危機感を日常的にエネルギーに変えるというテーマに挑んだ」などと取り上げられることが多いんですけれど、主たるテーマは、極端に言うと、ぞくぞくしたり、わくわくしながら生きることが、いかに人間にとって大事なことか、ということなんです。僕は、そういうことを昔から言ってきたし、小説にもしてきた。『ヒュウガ・ウイルス』を書いて分かったことは、今まで僕が文学の側からしてきたことが、生物学の中で今いちばんホットな免疫と神経系、内分泌系の相互作用ということから支持されそうだということです。

僕はここ数年、世の中なにかおかしいなと思ってきたんです。今、ニューヨークやロスに行くと、誰も煙草吸わないし酒も飲まない。昔は昼間からワイン飲んでるのがお洒落だったのに、今はエビアンを飲んでサラダ食べて、それで環境、環境、と言っている。もちろん健康は大切だし、排気ガスのない社会が実現できればそれに越したことはないし、アマゾンの密林は保護された方がいいと思う。けれども、地球の資源は有限だから大事にしようという主張や地球は老年期を迎えたという考え方が、一種のヒステリーになって、だから静かに生きた方がいいんだという、人間の生き方を非活性化するような方向につながるのはなにかおかしいと思っていたんです。

奥村　フィンランド症候群というのがありますね。フィンランドで数年前行われた研究から名づけられたのですが、まさに今おっしゃったような問題が含まれています。確か四十五歳から五十五歳で会社の部課長をしているフィンランドの男性を二つの集団に分けて調査をしたんです。一つは、煙草を吸わせない、酒も飲ませない、『養生訓』みたいな、コレステロールも血圧も正常値を守るという生活をさせた六百人。もう一つは、煙草は吸え、酒は飲め、何でも好きなようにやれ、コレステロールが増えても血圧が上がっても構わない、という生活をさせた六百人。それで、二つの集団のどちらがたくさん死ぬかを、十年間追跡調査したんです。フタを開けてみたら、節制組のほうが圧倒的にたくさん死んで、出鱈目な生き方の方がたくさん生きていた。調査担当者の想像では、出鱈目で、激しい刺激にさらされた、人間らしい生き方をしている方が免疫系が強くなるのだ、と。ところが、静かに、『養生訓』の貝原益軒みたいな生き方をしていると、免疫系が弱くなるというのです。まあ、免疫系だけでは説明つかないことかもしれませんが。

村上　フィンランド政府はその結果をしばらく秘密にしていたんですよね。あまりにショッキングな結果だから。

奥村　そうそう。それから、こういう話もあります。コレステロールには、異常な値というのはあるけれど、この範囲の値であれば長生きするという意味の、正常値は実はないんです。僕は常にコレステロールが330ぐらいですが、薬でコレステロールを下げたことがあります。そしたら憂鬱になって何にもする気がしなくなりました（笑）。やたらコレステロールを下げれば、自殺も多くなるでしょう。今、コレステロールを下げる薬がたくさん売れてますよね。とんでもない。そっちのほうが早く死んでしまうかもしれない。

　こういう研究もあります。七十歳を過ぎた男性で、周りに女性のいない環境の人と、娘でも恋人でも女性がいる環境の人と、どちらが長生きするか調べたんですね。すると女性がいる方が圧倒的に長生きする。息子と同居するより娘と同居した方がいいわけです。なぜなら男というのは周囲に女がいると格好つけて緊張する。それが刺激になって免疫系を強くして長生きにつながる、というんですね。

村上　それは、聞きようによっては、生涯、助平であった方が長生きするとも誤解されそうだけど、でもそういうことは大事ですよね（笑）。

奥村　そうそう。

村上　女性に対して、一種の憧れとか尊敬があるから、緊張したり、エッチになったりするわけです。それは根源的な欲望を肯定するということですよ。

奥村　欲望というのは生命力ですからね。

『ヒュウガ・ウイルス』のバックボーン

村上　今の健康ブームは、欲望の肯定とは反対に、なるべく静かに、細く長く生きようという価値観を反映しています。今は価値観の変動のない世の中だから、何歳で結婚して、子供は何人産んで、マンションを買って、会社では四十歳までに課長になってというような、いわゆる人生設計をして、定期預金をたくさん貯めるのが有効とされています。長生きが必要なんですよ。でも、長生きしなくてはいけないというコンセプトは、たとえば子供たちにとっては苦痛です。今どうすればいいかということは無視されているんです。

奥村　健康ブームや清潔好きということに関係あるかもしれませんが、今、日本の子供の間でアトピー性皮膚炎が急増していますね。世界中で日本だけが激増しています。日本人の皮膚は世界一表皮が薄い。しかもお母さんがきれい好きで子供をごしごし石鹼で洗いますね。でも、家の中はきれいそうですけれど、実はダニとかカビがいっぱいいるんです。私の考えでは風呂に入らないのがいちばんいい。石鹼も使わない方がいい。部屋でも自分の子だけ温度を一定にして育てている。結果的に、うまい具合にアトピー性皮膚炎をつくっているわけです。汚くてもいい、風呂に入らない、石鹼も使わないのがいちばんアトピーにかかりにくい。新宿のホームレスの人にはアトピー性皮膚炎はほとんどないでしょう。

村上　そういう状況になったのは、石油ショック後なんですね。アメリカが急に「地球の資源は有限である」と言い出した。もちろん僕も今の石油の使い方はおかしいと思うし、今のままでは南北問題は永久に解決しないし、危機感は持つべきだけど、地球の資源が有限だから退屈を受け入れろ、静かにしていろという主張を押しつけられるのはごめんだ。そういう考え方のせいで、いま世界に強い閉塞感が蔓延していると思う。そしてそれを打ち破るような思想がこれまでなかったんですね。

別に放蕩し尽くせと言うわけじゃないけれど、「青い地球を守ろう」と言うのは、人間のための地球を守ろうということにすぎないと思う。我々はずっと、地球の資源を消費し続けてきたわけで、それはもうしようがないんですよ。仮に消費し尽くして、二一五〇年に人類が全部滅びることになったとしても、それはしようがない。子孫に対しては、ゴメンね、というしかない、責任なんかとりようがない。でも、誰もそういうことは言わない。今のままの世の中が続いてほしいと思っている人が「地球を守ろう」と言っているんですよ。

奥村　現状のままを維持したいということですね。

村上　そうです。目に見えず日々続いている階級闘争に気付かず、何らかの特権があると幻想を持っている人々です。これまでそれに対抗する論理が全くなくて、イライラしてたんですけれど、奥村先生が今言っているような免疫系と内分泌系と神経系の現在の研究成果というのは、別の生き方の論理を裏付けるような気がします。それが『ヒュウガ・ウイルス』のバックボーンなんです。今さら昔に後戻りはできない。だから、今あるこの世の中でどうやったら日々自分を解放して生きていくことができるかということが重要なんですよね。

奥村　その通りですね。

村上　自分を解放して生きようとすると、逆にリアルな危機感みたいなものが出て来ます。今、あちこちでそういう小さな旗が振られているような気がしますね。例えば幼児虐待、つまりチャイルド・アビュースの人たちを集めてカウンセリングをしている人が言うのは、結局、解放的に生きろということなんです。敗者復活戦はいっぱいあるんだと。別に全員が七十歳まで生きるわけじゃないし、自分を解放して生きられるところまで生きることが大切なんだ、と。五十年後を考えて生きることは異常なことだと思うんですよ。

奥村　そうですね。

村上　どうやったら今日や明日を解放的に生きられるかというと、自分の中にモチベーションをかき立てるものをきちんと捜し続けないといけない。そしてファースト・プライオリティから実行していくしかないと思う。捜し続けてないとそういうものには出会えない。欲望を肯定しないと捜し続けるエネルギーは湧いてこない。それがない人間は、世間の教えに従って生きるしかない。それは、子供たちに「生きながら、精神を殺せ」と言うのと同じです。僕はずっとそういうテーマを小説にしてきたんですけれど、今回とても有効な論理的基盤に出会えた気がします。

野茂英雄と伊達公子の時代

奥村　小説の読まれ方は、どうなんですか。手応えのある読まれ方をしてると思いますか。

村上　弱者を攻撃していると言われるといちばん困るんですよ。今度の小説でも、ヒュウガ・ウイルスから生き残るジャン・モノーは少年ですし、しかも目の不自由な、言ってみれば弱者なんです。そういう人たちの中にも危機感を持って戦っている人がいる、少ないけれどいるんだということを描いているつもりなんです。心身壮健で頭も良くて選ばれた人間たちだけが生き残るのではない。いわば境界線上というか、エッジにいて、何とかしよう、それでも生きていかなくてはいけないと、欲望を総動員して自分を勇気づけている人間の姿を描きたかったんです。僕の小説や奥村先生の話というのは、野蛮さを推奨しているように誤解されがちですけれど、そんなことないんです。

奥村　それは、気をつけないといけないと思いますね。

村上　日本では共同体から与えられる喜びが非常に強い。酒の飲み方にしても酒そのものが好きなのではなくて仲間内で騒ぐのが好きなんですよ。サッカーや野球の応援にしても、スポーツを見るのではなくて応援団の中にいればいいんです。共同体の中に入ってその雰囲気を楽しむ、共同体から生きる喜びを保証して貰うということが、この国ほど徹底されている国はない。

でも、その共同体がいま、昔ほどは機能しなくなっているんですよね。養老孟司さんは、江戸時代にあった村落的な共同体が保証する社会的な個人というのが今切れている、と「型の喪失」という言葉を使って述べてますよね。その分析は正しいと思います。ただ、今の日本をもう一回古き良き日本に戻そうという試みは、たぶん有効じゃない。今の若い人の一部は、輸入される情報の渦の中にいて、日本的共同体が保証する社会的個がダサイということを見抜いています。野茂英雄や伊達公子はその典型だと思います。けれども日本の大人たちはいまだに日本の家庭、日本の社会、日本の学校、日本の企業という共同体の中に社会的個を規定しようとする。その間のギャップというのは、誰も気づいてないけれど、ものすごく大きい。だから、モチベーションはズタズタになってしまう。理系の世界はもうそういうことはないでしょう。日本社会の中での秩序というのは、もう取っ払われているじゃないですか。世界でトップの発見をしないと、それは発見ではないわけですからね。

奥村　ええ、それはそうです。とにかく個人の評価にはインターナショナルな基準がありますからね。僕らは一人ひとりに背番号が付いてまして、僕の打率は、出た論文と、それがどれだけインパクトを与えたかの係数で自動的に「奥村は何点」と出るんですね。どこの大学にいようが、研究者の実力は一人ひとり全部分かるようになっている。そういう意味では文系とは違います。文系の教授によってはたとえば法律の教科書をつくっているのは俺だ、自分自身が教科書であるといった自負があるでしょう。理系にはそれはないですね。その代わりに僕らは、いつ叩き落とされるか分からない戦闘機みたいなもんです。やっぱり毎日毎日外国を相手に戦っているわけです。

「向現」は漢方薬

村上　小説の中に「向現」という向精神薬を登場させたのですが、あれはどういうふうにお読みになりましたか？

奥村　あれは、読みながら思ったんですけれど、漢方薬的な薬品ですね。

村上　ええ。ただ、イメージとしてもっと鋭くて、強いですけれど。

奥村　薬の歴史というのは、メディチ家ぐらいまで遡(さかのぼ)るわけですね。メディチ家は世界中に船を出して、とにかく世界の土地土地で人々が薬と称しているものを鉦(かね)と太鼓を鳴らしてかき集めてきた。で、集めた薬の中で強い薬理作用があるもの、すなわち、服用した人が死んだり、瀕死の人が生き返ったりするような激しいものだけを選んでいった。

例えば心臓のジギタリスとか、テオフィリンとか、今、西洋医学の薬として使っているもののほとんどが、その時代に発見され、後にその成分が化学的に解析されて、逆に合成できるようになったものです。反対に強い作用がない、しかし、なぜか民間で薬として使われているものはメディチ家はみんな捨ててしまった。その捨てられた薬が漢方薬として残ったと言われている。西洋人が作れない「向現」というのは、漢方薬の方ですね。その中に強い作用のあるものがあったということですよね。

村上 自分で書いててリアリティがあるなと思ったのは、「向現」はなぜ日本人にしか作れないのかと聞かれたときにこう答えるんです。「二つ理由がある、日本国国民は非常に根気強い、そして非常に手先が器用だ」(笑)。

奥村 日本人は実験が上手いんですよね。私も駆け出しの頃マウスの尾に静脈注射するのがたまたま上手かったのでクビにならなかったようなものです(笑)。漢方薬の中でも、日本で販売が許可されているのは、木や葉などから取った植物性の薬だけなんです。しかし、強い作用を持つ漢方薬は、動物性で、例えばの話、七十歳の人をどうしても立たせたいときに使う漢方薬に動物由来のものが入っているそうです。日本では売っていませんが、それを老人に飲ませると、これがもう立ちっ放しになってしまいます。「いやァー、こんなに苦しいものはない。もういい」って言うぐらいらしい。漢方薬の中にもそんな激しいものがあるわけです。「向現」も、そういうものだと思えばいい。

精神・神経系への踏み込み

村上　先生の本の中にも出てきますけれど、総合病院レベルの病院でも医者が匙を投げるときに、「これは免疫系の病気です」とか、「ウイルス性です」とか、「遺伝病です」という言い方が、いちばん多いんですか。

奥村　そうですね。

村上　何で難病をその三つのせいにしちゃうんですか。

奥村　そこら辺がいちばん分からないから、みんな誤魔化すのに都合がいいんです。遺伝病というのは、わりと分かるようになりましたが。

僕らがやっているウイルスや、免疫や、DNAや、蛋白や、免疫反応分子という話は、ほとんど二次元の話なんです。X軸とY軸で作られた座標の上だけで展開する。けれども最近、Z軸もあるのではないかということに気づいて来たんです。Z軸というのは精神や神経系のことで、これがウイルスや免疫系にどんな影響を与えているかということは、これまでは分からなかった。Z軸の話をすると、「お前、気違いじゃないか」と、みんなから言われたものです。しかし、これこそこれから最も大事なところなんです。

村上　病気を治すのはお医者さんと薬だと言われてきましたが、ほんとうは、その薬にしても、代謝的に機能させて病気を治していたわけですね。でも、人間の体は、そのZ

軸も含めたかなり複雑なもので成り立っているわけで、もし、その仕組みがほんとうに解明されたら、病気に対する考え方も治療の方法も、全然違ってきますよね。

奥村 そうです。だから僕ら専門家も、X軸、Y軸とZ軸をどう関係させるかという問題を考える上で、小説という手段に興味があるわけですね。

村上 いま実際の研究現場では、Z軸、すなわち精神と神経系について踏み込んでいるんですか。

奥村 今は遺伝子レベルで共通のものがありますからね。もちろん今も踏み込んでますけれど、これからもっと展開すると思いますよ。

村上 今回、ヒュウガ・ウイルスをどうデザインするかということが、すごく難しかったんです。たとえば、不潔な環境にいる人間だけを襲うウイルスか、あるいは逆に、不潔な環境にいる人間だけはなかなかやられないウイルスだったら、デザインはすごく簡単だった。でもヒュウガ・ウイルスは、スラムにいる人も、最高のサナトリウムにいる人も、平等に襲うんです。しかも、感染した全員が死んでしまうのではなくて、ある種の人間だけはそこから生還できる。そんなウイルスをデザインするのは、すごく難しくて、前京都大学ウイルス研究所長の畑中正一先生に何度も確認を仰いでなんとか完成しました。実は風邪のウイルスでも細胞の癌化でも、病気にならない人は、毎日、ヒュウガ・ウイルスから生還するときと近いことをやっているんですよ。自分が気がつかないだけなんです。

奥村　そうです。ヒュウガ・ウイルスを体内で駆逐しているけれど、本人には何の自覚もないということもあり得るわけです。

村上　欲望を肯定して危機に挑む人間は、強いですよ。それをX軸、Y軸の知識なしに書いてしまうと、「ただの野蛮人だ、お前は」とバカにされて終わるのがオチだから、やはり僕は分子レベルの生物学を勉強することが必要でした。作家にとって、ウイルスや免疫が刺激的だというのは、たぶんその一点においてなんですよ。その上で、想像力を駆使できる、今もっともホットなZ軸を設定することによって、小説の世界はすごく幅が広がったと思うんです。

奥村　それがきょうの対談のいちばん大事な点だと思いますね。我々には絶対できないことです。僕が、『ヒュウガ・ウイルス』みたいなことを論文で書いたら、「お前、パーじゃないか」って言われます（笑）。

村上　そうですね。小説だけにしかできないでしょうね。

渡部直己

描写こそ国家的捕獲性から自由たりうる

わたなべ・なおみ

1952年東京生まれ。文芸評論家。早稲田大学非常勤講師などを経て、現在は近畿大学文芸学部助教授。78年「早稲田大学」に処女評論を発表。その後、「朝日ジャーナル」の文化欄、「すばる」誌の文芸時評などを担当する。著書に『リアリズムの構造』『中上健次論——愛しさについて』『〈電通〉文学にまみれて』『谷崎潤一郎』など。

村上　中上健次は路地の物語を書きながら、僕みたいな中産階級の息子からはとても発信できない場所から国家を撃ってたと思うんです。それは僕などが読んでも非常に手応えのある作業で、差別とか被差別とかいわないで、その問題をきちんととらえていた。非常に高級な作業をしていたように思うんです。だから僕は国家ときいて違和感とともに思い浮かべたのは、中上健次という作家と、レーニンですね。

だけど中上健次の作品を今読み返してみるとやっぱり短篇が好きで、その中でも『水の女』が一番好きなんですが、書いてあることは、そのへんの言葉を借りていえば土俗的に生きる逞しい女性ですね。でも、何かそういう美しい女性たちの向こうに、国家とか制度とか法律とか階級とかいうのを、ヒューマニズムをスルーしないで、かつ大きい何かが提示されていると思うんですね。

渡部　それはきっと、中上健次の描写の問題なんですよ。

「文學界」七月号（平成八年）の奥村康さんとの対談（「ウイルスと文学」）を非常に面

白く読みましたが、例えばそこで村上さんがいっている「わくわくぞくぞくしながら生きる力」というのは、無限定なものでしょう。あくまでもニヒリズムを欠いたアナーキーなその力をさまざまなかたちで捕獲し捕捉する装置として現れてくるのが国家的な抑圧だとすると、中上さんは、国家のことなど一言も書かずに性の過剰な描写を連ねることによって、そこからはみ出していく。そのことによって、それを捕捉したがる装置の所在を照らしだしてしまうということではないかと思うんです。

村上 みんな国家には属しているもので、無国籍とか国境を越えるとかわけのわからないことをいう人がいるけれどもそうでなくて、みんな何だかんだいっても制度の中にある。それをあえて取り上げることは、僕はあまり好きじゃない。逆に国家とかいわれて、例えば『吉里吉里人』(井上ひさし著)は違うんじゃないかと……。

渡部 あれはたんに陳腐ですよ。ドゥルーズの言い方をかりれば、そもそも、はじめから国家を前提としている者に、国家のことなど描けるわけないんだから。『吉里吉里人』とか、丸谷才一の『裏声で歌へ君が代』は既成の国家というイメージに寄りかかって書いているだけのものでしょう。そのイメージによってニヒリズムを欠いたアナーキーの力を統御しようとする国家官僚的な作品ですね。

考えてみると自然主義文学というのがその最初のモデルです。あれは国家のことなど関係ないようだけれど、ある意味で人と人との差異をみつけると同時に収奪していくということがある。で、結局みんな均質になってしまう。国木田独歩はその典型だけれど、あの人がいっている「山林海浜の小民」など、ほとんど非常民ですからね。瀬戸内の小島の島人とか、阿蘇山の馬子とかをみて同情しちゃうわけでしょう。ほんとは全く違う人間を、彼のいう同情とかポエジーという網の目で取り囲んで自分と彼が一緒のものだという感じになる。他人のほんとの差異を捕獲してしまって、みんな同じなんだというふうに感じさせる力ね。

その意味で、近代文学の、とりわけ自然主義の発想は国家的なモデルをそのまま拝借しているわけですよ。だからちゃんとものを書いている人間が、改めて「国家」をどう考えるかなどと問われて違和感があるのは当たり前ですね。何を書こうが、実力のある書き手はその描写の過剰さによって、自と他の差をなしくずしに均質化していくような「国家」装置に抵抗しているわけです。

テクストそのものが体である

渡部　僕の文学の定義は簡単で、読んだあとに元気が出るか出ないかなんですよ。読む前の自分と読み終わったあとの自分と、説明はできないけれどどこか変わっている。説明はできないけど、もっと元気になろう、もっと精緻になろうと誘う力をもっているものしか文学と呼びたくない。

例えば、村上春樹は変わらない自分を追認してくれるだけでしょう。それは、まさに日本国民なら当然こうであるという同一性の論理と似ている。そういう意味で、僕にとって、貴重な言葉の担い手というのは、言葉の真の意味で非国民なんです。あなたの作品も、当たりハズレはあるけれど（笑）、貴重な「非国民」性をもっています。で、今回の二つの作品『五分後の世界』『ヒュウガ・ウイルス』は、村上さんの作品世界の振幅がよく出ていると思って面白かったけど、とにかく村上さんの小説って、バランスを欠いているでしょう。

村上　あ、そうですか……。

渡部　ありうべきバランスを欠いている。自然主義的なモデルからいうと、ここで当然少し回想が入ってとか、ここで当然しんみりしてとかいう……。

村上　僕は『五分後の世界』で一番嬉しかったのが渡部さんの評なんですが、長い長い戦闘シーンがこの小説には必要なんだということだったと思うんです。それは、書いているのは戦闘シーンだけど、あれで読者もある関係性の中に引きずり込まれて、言葉ではない会話が行われている、読者がそこにドライブされていく、それは最後まで続くんだということをいってくれたんです。

渡部　村上さんの描写はたえず過剰なんだけども、例えばエクスタシー系列のものだと、どこかで解決が次々についちゃうでしょう。ところが、あの戦闘は基本的には終わらない。そういう内容レベルと、この戦闘は終わらないんだと説明してしまうと一行ですむところを、例えば二百行も三百行も書いている。これは量的な問題ではなくて、そこで質的に転換している。しかも、それを読ませてしまう。

先ほどバランスを欠いているといったのは、いい意味でいったんで、例えば普通の人ならばこのへんは五行ぐらいで描写はやめておこうと思う。ところが、『五分後の世界』では戦闘描写が延々と続く。テクストの空間をそれ自体が一種国家的な統制と配列管理の磁場とすると、バランスがめちゃくちゃに崩れているわけですね。だから描写の配分と、それを介して読者が巻き込まれていく力というのが、ある意味で極めて反国家的な、模範的な配分をもったテクストではない。だからあれが本当の意味でのコンバットなんだという感じがしました。

もともと村上さんの描写には興味があったんですが、その都度終わってしまうエクスタシーの、エスカレーションにしたがって言葉が長くなるという契機とは別の、終わらない、しかも逃げまどう、逃げることがイコール戦争であるというような描写を書いてしまったでしょう。そしてあの中で小田桐という人物がバブリーな感受性から、あるとき突然変わるわけですね。

村上　ええ。

渡部　その変わることとは、心理としてほとんど説明されていない。普通の作家なら、いっぱい説明するでしょう。それを、彼が巻き込まれた描写自身の渦の中で伝えていくというのがあって、非常に感銘を覚えた記憶があります。

村上　戦闘シーンを書くときは、無自覚に書いたんですよ。ただ、全体を書き終わってからは、僕も四十四歳だからいろいろと気付く。あの戦闘シーンはこういうために必要だったんだなというのが書き終わってわかったんです。描写ということでいうと、多分僕は大まかにしか理解していないと思うんですが、蓮實さんが、描写というのは非常に大事なんだと……。『ボヴァリー夫人』とか、いろいろな例をあげて、曖昧な会話とか説明ではなくて描写が語るということですね。例えばそこに花が咲いているとすると、その花の描写が散文ではすべてを語るというのを何かで読んで、正しいと思った。それを読んだ直後に書いてたのが『イビサ』だったので、クロームの鍋が沸騰する様子を描写してみようとか思って……。それで多分、『イビサ』の路線と『五分後の世界』が通底するところがあれば描写に尽きると思いますが、どこまで戦闘描写でできるだろうかというのがあったんです。

僕は最初に中上健次に会っていわれたことなんですけど、お前のはリアリズムからいくと文章がおかしいといわれたんです。彼も、多分いい意味でいってくれたと思うんです。

渡部　当然そうだと思います。

村上　中上健次が『限りなく透明に近いブルー』の最初のシークェンスのところは、主人公のリュウはラリってるのかというから、ラリってないといったんですよ。そしたら、じゃあおかしい、虫が飛んでいって、みると何かがあって、ワインのラベルに女が描いてある。そういうときに、リアリズムというのは普通は「目を凝らすと」とかいう語句を入れないとバランスが崩れる。でも、僕はそのときに、映画の影響があったのかと思ったんですけど、ズームレンズとパンニングとかできれば、そういう言葉が必要なくて、全部にピントが合っていくんですね。

そういうことをいった覚えがあるんです。だから僕も読み手としては、妙にバランスが変な文章とか小説、映画でもバランスがちょっと、圧縮とリリースのバランス、スピードとディテールのバランスだと思うんですが何か妙な力がないと刻印されないとかいうのがありますね。

渡部　今回のウイルスの話は、ウイルスのように人物が行動するレベルですね。ところが、あれは描写でもやれるんですよ。

つまり、叙述と虚構、書き方の面と書かれている内容の面との間の二重螺旋構造みたいなものを組織することも描写には可能です。例えば『ボヴァリー夫人』の最初に少年のシャルルが中学に転校してくる場面がある。ヘンな帽子を被ってるわけです。普通の作家ならば「その新入りの中学生は古びた帽子を被っていた。みんなの笑いものになった」の一行ですむのに、フローベルは何行も描写した。その描写が、帽子の一番下はこうなっていて、真ん中へんはこうなっていて、一番上はこうなっていると、叙述のレベルで下から上へと上がっていく。そうすると、次の場面でシャルルが声をかけられて立ち上がる。その瞬間に帽子が上から下へ落ちるんです。つまり、叙述の上に先んじて現れた動きを、書かれている内容が転写している。

村上さんは今回ウイルスのことを考えて、新しい視野がひらけたわけですよね。今度の続篇の場合はそれを物語のレベルでうつしているわけだけど、実はもっとやると、そういった無用な長い描写の中に起こっていることを、レトロウイルスのような動きが転写して、物語のほうが引きずられていき、逆にまた物語で起こっていることが書き方に転写されていくというような、そういう螺旋構造をもっと開発できる……。現にこういう実例はフランスでいうとヌーヴォー・ロマンなど、けっこうあるんですよ。

だから最初にあれだけ素晴らしい描写のバランスを欠いたところから始まって、今度は逆に過剰な物語の速さでしょう。今度もう一つあるとすれば、その描写にからめたさらなる展開まで考えさせられるということで、『五分後の世界』と『ヒュウガ・ウイルス』と相対で考えていくと、非常に大きなスケールがみえてくると思うんですよね。

ただ、今回の場合はそれが今いった描写の書き方と書かれた内容との間の、それこそウイルスの動きのような交錯はまだ出ていないけど、でもそれは恐らく本能的に気付かれたことなんだと思いました。ともかく、面白い動き方をしている。

村上　『ヒュウガ・ウイルス』は、分子生物学の成果みたいなものを物語の中に翻訳していくという作業が結構しんどかった。

渡部　そうでしょうね。

村上　もう一つは、僕のすべての小説にいえることなんだけど、実は読者に退屈されるのが一番怖いんですよ。こんなのかったるいと思って読むのをやめちゃうんじゃないかなという恐れが、常にある。ただ最近、もうちょっとスピードが落ちても読めるんだとわかったのは『メランコリア』を出したからで、あれは一種の私小説だからちょっと違うんですけどね。

で、僕と渡部さんの中では了解事項だけど、誤解されやすいのは日本的な物語の中で、文脈の中で、例えば山に雲がかかると主人公が不安であるみたいなのがあるじゃないですか。あれとは全く別のことなんですよね。例えばフローベルの帽子にしても、その帽子が何かを暗示しているわけではなくて、もっと直接的でダイレクトで、それがかつ心理描写というか説明にならないある種の……。

渡部　動きですね。

村上　効果じゃないんですよね。

渡部　テクストそのものが体だと考えればいいわけですよ。体の中でさまざまなウイルスが、さまざまな部分との絡み合いでやっていって、それ自体何も意味するわけではない。けれど、読んでいると非常に刺激があって面白いということですね。

ともかく、基本的にものを書くというのはアナーキーなことでしょう。ほんとは自由に、どんなふうに書いてもいいわけですよね。それをある半径の中に押し込めて、山に雲がかかっている、それをしんみり描写すると主人公は悲しいんだということですね。アナーキーな言葉の動きを、幾つかの半径の鋳型に繰り込んでいく装置みたいなのがあって、その装置の所在そのものはその文章がおかれている国家の性格ともけっこう絡んでくるでしょう。

村上 直訳に近いんじゃないでしょうか。だから今回僕が『ヒュウガ・ウイルス』を書いていて思ったのは、書く前にいろいろ勉強しますね。そうすると、今一番生物学でホットなポイントは免疫と内分泌系と脳神経系にフィードバック、相互作用なわけですね。そうするとある神経伝達物質が作用するときに、一対一じゃないんです。これが内分泌系というホルモンを送り出す装置と受容体といろいろな物質が、例えばドーパミンでもいいんですが、それが反応するときに一対多とか多対多になってくる。

で、僕が思うのは、山に雲がかかって、それが主人公の不安という情緒をあらわすというのは、一対一の、いわば直訳なんですよね。

渡部 そうですね。

村上　英語教育でも思うんですけど、日本の場合は翻訳というとある言葉を日本語に訳すというイメージがあるけど、英語というのはコアがあって、いろんな多様性を含んでいて、それをいろんな意味合いに変換できるという可能性というか……。だからほんとは翻訳そのものも一対一ではなくて多対多みたいな感じになってるんだけど、この国は、一対一の対応でしかいろんなことを判断しないし、見ないですよね。

で、多様性をもっているものでも、シチュエーションが変わると、すぐに、ある平面的な単体になってしまう。麻原彰晃でも、わけのわからない人だから一対一で対応するんですよ。ああいうふうに逮捕されてしまうと反省しろという声しかないわけで、彼が何を今考えているのかとか、何を考えてサリンをまいたかといったことは全く問われない。マスコミのレベルですけどね。

そういう一対一の対応ということでいうと、山に雲がかかるということを精神のメタファーにしてしまうというのは、この国だけだと思うんですけどね。

渡部　一方で一対一に即座には還元できない多様性を繊細にやるとするでしょう。ところが基本的には天皇というものがあって、みんなそこに吸い込まれてしまうわけですよ。

僕はこの頃盛んに喋ってるんですけど、そこに書かれた内容のレベルで天皇制云々というよりも、今この国でものを書いている特に若い書き手たちの書き方、文章を連ねるときのタッチのあり方をみていると、村上春樹の悪影響はすごく大きい。一見すると、一対一ではない多様なものを繊細に追っているように思える。ところが、その真ん中に皇居みたいな空虚な中心があって、大事なことはいわないでおくというのがある。突然ネコが消えるとか、妻が消えるとか、文章の技法では故意の言い落としというのですけど、修辞学では「黙説法」というんですが、肝心なことはいわないでおいて、その周囲の繊細化をはかる。空白の謎をめぐっていろんな出来事が細かに書かれていく。ところが一番肝心なところは触れようともしないし、触れたらとんでもないことになる。ほとんど皇居周辺的なあり方なんですよね。

そういう中で村上さんが頑張っていらっしゃるのをみると、絶対にそういった変な謎めかしには就かない。ある意味でものすごくストレートな部分と、ストレートなだけでは本能的にすくいとれないものが異様な変形作用をもつとかね。中上さんが『限りなく透明に近いブルー』についていったようなことですね。作家がマスコミに発言するレベルとは別に、実際にものを書いているときに、そこを横切ってしまう政治性というのがあるんですよ。今、それが取り立ててよくあらわれてきている。

僕は昔から島田雅彦には悪口ばっかりいってたけれど、心のどこかでずっとあの人を信用していたのは、そういった村上春樹的な天皇制に引っ張られないだけの不作法な力があるからです。その島田さんの先輩として一番最初に反＝皇居的な力を感じたのは、村上さんの存在なんです。

自意識と天皇制が象徴するもの

渡部　どこかでは山田詠美さんとお話しになっていたようですが、あの人は文学ではなく単純に物語の人で、『アニマル・ロジック』では要するにウイルスはどうでもいいんですよ。「新潮」はこれで百年の歴史が終わったと思うぐらいのものですけど……（笑）。

僕は批評家なのではっきりいいますけど、あれはまずい。つまり、物語を面白くしようとすることは簡単で、「変わったもの」を出せばいいわけでしょう。正確にいうと、ある種の稀少性を「特殊」視する世の俗情に媚びればいい。それこそハンデキャップスとか、被差別部落民とか、そうした存在を日本的なイメージの処理の仕方で「特殊」化して話を面白くするのと同じ線で、話のねたが尽きたからウイルスをもってくるというだけのことじゃないですか。ウイルスに擬人化して語らせてね。外国が舞台であるにもかかわらず、ああいうのを最悪の日本的文学趣味というんです。

ちゃんとものをみて認識する。認識というのは、それ自身においていろんなものに亀裂を走らせるものじゃないですか。山田さんの場合、少なくとも、その亀裂には忠実であろうという書き方では全然ない。あれをやっていると、一朝事あった暁に、例えば戦前の文学報国会みたいなのがあったでしょう、その東京本部の女性部長になりますよ、彼女は。そういう危険がある。

村上　僕は本質的な部分で山田詠美を信用しています。ただ、『アニマル・ロジック』では、差別者の悲しみ、寂しさ、被差別者の奇妙な居心地の良さやマゾヒスティックな快感が、社会性を帯びた時に醜悪なものとして露呈するという、もっとポリフォニックな方法も見せて欲しかった。それと、アニミズムに力があるのは、無知を正当化しないで済む、原初的なエネルギーがある時だけです。

さっきの話で面白いと思ったのは、日本には強烈な曖昧さがある。僕は天皇制にはあまり興味はないんだけど、天皇制がそれを象徴するかもしれませんが、強烈な曖昧性ですよね。それは強いから、あらゆるものを吸い込む力をもっている。春樹さんのことに関していうと、春樹さんは結局のところ自分の自意識を愛しているんだと思うんですよ。

渡部　あきらかにナルシストですね。

村上　自分の自意識を愛するということは僕はよくわからないし、だから僕も書いてないけど、中上さんも自意識に関して書いてないんです。中上さんはいろんな世界を書いてるけど、唯一書かなかったのは自意識ですね。

その自意識と天皇制が象徴するものが通底しているというのではないけど、曖昧だという点があって、それは無自覚でもいいから意志的に拒否しようという態度がないと、簡単にそこにいってしまうんですよね。

ＳＭを描こうが性を描こうが戦闘国家を描こうが、ある種のインテンシティというか、ほんとに強いものを自分の中に設定して書かないと、そこに引きずり込まれると思うんです。

国家ということでいうと、社会主義の文学より、僕が一番国家を感じるのは谷崎の小説なんですよ。それはなぜかというと、谷崎の小説がとりあえず国家から自由だから。彼はどうやって国家から自由であれたんだろうと思うと、谷崎の意志と、国家の輪郭が見えてきます。

渡部　ひとつにはおそらく、谷崎は、徹底的にすけべえだったからでしょうね（笑）。自分の頭、自意識を総動員していかにして官能的なことに費やすかということだけを考えた。そのときの最大の武器がまた描写なんです。簡単にいうと、小説の中で、描写って余計なものじゃないですか。小説の中で主人公がものをじっとみたり、何かをじっと考えたりするようにはわれわれは生きてないですよね。遠近法がはじめから狂ってる。その遠近法が狂う最大のポイントが描写であって、しかもそこに本能的に引きずり込まれてしまう人間というのは、はじめからそういうものを鋳型にくくりこもうとする国家装置的なテクストの形成力から自ずとはずれていく。

だから近代においては、優れた描写力をもつ作家は基本的に左翼になるというのが僕の持論なんですが、谷崎の好色はそれすら超えてしまう。ともかく、そこに何が書かれているかという問題ではなくて、書かれていることと書き方との共謀関係において国家的な捕獲性をのがれるような……。

村上　階級闘争ですもんね。

渡部　全くそうです。また、面白いことに、小説そのものに使われる要素にも、さまざまな階級がある。例えば、主題というのは一番大きなものとしてある。それから主題に導くための構成というものがある。その構成に対して細かな部分部分の枝葉のような下位要素があって、一種の階級制をつくっているわけです。

ところが、例えば一番つまらないと思える要素が肥大してしまったり、はじめにあったはずの構成やシノプシスが途中でその肥大をうけて狂ってしまったりする。その挙げ句、はじめに書こうとしていたものと全然違うものを書いてしまったりする。もっというと、先ほどいったように筆をとっていることそのものが、普通に生きていることと感覚が狂ってきたりする。テクスト内の階級闘争なんです。

客観的にいうと、いま小説はやばいと思うんですよ。しかし、それでもなおかつ小説なり文学なりにどうしても加担せざるを得ないというのは、言葉を使って一つの世界をかたちづくることの中に人類の歴史的な問題や、階級闘争的な問題や、それこそウイルスの知見や、さまざまな外部がよぎっていく。それを描くというより、描き方の中をよぎっていく。しかも、それは意図してできるものじゃないんですよ。ふいに出てしまう。

村上　意図してできるものではない。

渡部　村上さんは無意識を愛されていると思うけど、谷崎も同じですよ。意図はしないけど、ただ、ポリシーはある。谷崎だったら、自分の頭を全部淫らなことに使おうと決めてるわけですね。ポリシーはあるんだけど、そのポリシーにしたがってやっていっても、どんどん変わっていく。そんな勝手をされては国家は困るわけです。ところが、作家は書きながら勝手になってしまう。そういった意味で、文学の存在はとりわけて反近代国家的なんです。

そういう力を、今、どこに見出すか。特に、中上健次以降の世代に。幸いなことに、ここ一、二年よいものが出るようになって、僕としても元気が出てくるんですけどね。ただ、村上春樹のは元気が出ないでしょう。そこが問題なんですよ。

村上　ただ、春樹さんはうまいですよ。

渡部　非常にうまい、頭の良い作家だと思います。その能力が、たまたま彼の意図せざることか、あるいは時代の反動的な風潮にはまってしまったということもあるんだろうけれども、彼の意図をこえて、ある種のやばい風潮をつくっている。

村上　『ねじまき鳥クロニクル』で僕が思ったのは、彼も世界の歴史とか現実にリンクするような何かが、ある程度自分の自意識をこえるものとして小説化できるんじゃないかという思いがある。多分ノモンハンのあれがありますよね。

渡部　ありますね。

村上　僕の中にも、やはりどこかで世界の歴史とか現実とかとリンクしたいという思いはある。先ほどいわれたように僕は小説というメディアというのはエッジに立つことだと思うんですけど、エッジに立つことができるというよりも、立たざるを得ないような表現方法だと思うんですよ。

なぜかというと、映画や音楽はもっと規制が強い。映画のハード面の制約とか、音楽だと十二音階やリズムにしばられる。そうではない非常に曖昧なものを使うという中で、ハードの側の制約からちょっと自由である。自由であるということは、エッジに立たないと意味はないわけです。

その自由だということを際立たせるためにはエッジに立つというか、さっきおっしゃったような、書く前と書いているときと書いたあとの振幅なり、自分の書こうと思っているものが変わってしまうというようなエッジもあるし、いろいろな意味のエッジがある。それを僕はやっているわけですけど、そういうときに、今の日本の現実と世界の現実の質的な大きな違いというのはすごく大きい。

渡部　それはそうですね。

村上　そのときに、僕がどうやって『ヒュウガ・ウイルス』の方法を手に入れたかというと、『KYOKO』という映画をアメリカで撮ったからなんですよ。どうやって世界の現実を取り上げるかというと、こっちが非常に切実なものをもって外国人と出会わないと、外国人のことはわからない。たとえ恋愛をしようが、一週間議論しようが、自分の中に『ヒュウガ・ウイルス』的な非常な危機感がないと相手の危機感もわからない。その人間を規定するのは危機です。その人間が何に危機感をもっているかで、結局その人間のファースト・プライオリティも浮き出る。そういう中で、はじめての映画の撮影の中で、いろいろと少しわかったんです。

例えば、チーフ助監督がユダヤ系の人だったんですけど、彼はものすごく頭がまわる。僕がストーリーボードというか絵コンテを描いて渡すと、それをみてマックのコンピュータできょう撮っていくリストをばーっと作っていく。頭の回転というのはこういうことをいうんだなと思った。彼は大事なことをミスしたり、ミステークということに関して過剰に怖がるんです。だからアメリカでは、ファースト助監督は監督に絶対にならない。ファースト助監督はファースト助監督の仕事をする。まとめ役なんですよ。僕としても、この映画だけは失敗できないという思いで付き合っていると、彼個人ではなくて彼のバックグラウンドにあるジューイッシュというのも、昔いっぱい本で読んだけど、ジューイッシュのもっているメンタリティとはこういうことなのかなと思う。もちろん、それは一面ですけどね。映画の現場では風景が異化されて見えます。その中で気付くことは大切な情報なんです。

そういうことがわかると、例えば『ヒュウガ・ウイルス』の語り手をアメリカ人の女性にしようとかいうようなこともできるかもしれないなと思って始めたりするんです。僕は『ねじまき鳥クロニクル』の場合にはノモンハンのことを話し言葉にしてしまったというのは、まずいと思います。描写がないですから。

渡部 それは、あなたが実際に他者をみてしまったということだと思うんですよね、エッジで。日本の、とりわけこの国の文化風土では、他人がほんとの他者として迫ってこない。

この場合、本当は他者というのはわけのわからんものですよ。ところが、何となくわけがわかりあえるような、話せばわかるような、はじめに既に直線が引かれていて、その直線のそちら側とこちら側にいて、規定のコードに沿ってやっていれば何となく親しげになったりする気分であるでしょう。

ところが、それはほんとのコミュニケーションではない。むしろはじめから直線も何もないところで出会ってしまって、お互い全く非対称のところで何かが成立する。それも出来事として成立する。それがほんとのコミュニケーションでしょ。

村上 日本の場合には、わかるということが前提という人がいますからね。

渡部 日本の自然主義文学は、まずその了解性をつくったんですよ。特に、小説というのは新聞に必ず載るでしょう。そして言文一致、口語革命ですね。誰にもわかる言葉で文学語を捨てて書くことと、それが誰にでも読める媒体に載ること。商業資本と俗語革命というものが小説と結びついた。B・アンダーソン流にいえばその結びつきこそが「国民意識」をつくりだすわけです。

そのときに、その紙面を開きさえすれば、そこに描かれていることは自分とはかなり違った生活をしていたり、違った経験をしたり、違った事件にあったりするけれど、結局その主人公の気持ちはわかる。わかるはずだ、という前提がある。

それは、廃藩置県で全国を統一していった明治国家の国土領有化と同じことを、文学者が一番金のかからないかたちでやっているわけです。だからある面で近代の、とりわけ後発近代国家における文学の役割はすごく大きい。作家は何となく無前提に威張っていられた。今や、まさにそれが崩れているというのが一方にある。

ただ、その感受性は、文学のレベルではかなりいろいろな葛藤があって疑いをもたれているけれども、例えば高校の現代国語のレベルでは未だに自然主義でやっている。そうすると、結局のところ、あなたも日本人、私も日本人、わかるよね、という格好の了解性ばかりが蔓延する。そういう土壌をつくること自体の政治性があって、それに文学は非常に大きく加担しつづけているわけです。

だから、エッジにおいて他者と出会う、それが書く動機になるというのは、それ自身においてよい意味での非国民的な欲望なんですよ。村上さんはいつもそれを手放そうとしないから、非常に頼もしいと思ってるんですけどね。

プライドと他者性

村上　それはたぶん柄谷行人氏が指摘してくれているように、基地の町の生まれというのが大きいだろうと思います。だから『五分後の世界』でも、何でこいつらはこんなに喋らないんだろうと思いながら、いつも苦労して書くんですよ。無口というか、最優先事項に従って簡潔に行動する連中だから普通の日本的な社会で成立するような「あ、君は広島？　カープ好きでしょう？」みたいな了解事項が全く書けない。そうすると、描写するか本質的なことを書いていくしかなくて、書くほうは非常にしんどいんですけど、僕にとってはそういう世界が今小説でできる唯一のことかなと思ってやってるんですけどね。

渡部　その点、僕はある意味で「基地」内の出で、父親が自衛官でした。で、昔でいうと大本営参謀総長、現在の統合幕僚会議議長の位置にまでいってしまって、七、八年前に退官しましたが、これは中上さんと何度か話したことがあるんだけれども、小・中学の頃って、自衛官の息子もかなり差別されたんです。

村上　佐世保はそんなことなかったですけどね、自衛官が多かったから。

渡部　そうですか。ところが、「いわれなき差別」という紋切り型の言い方がありますが、自衛官差別は、「いわれ」があるわけです、憲法に書いてあるんだから（笑）。しかも、たまたま東京の進学校だったせいか、日共シンパの先生が多いんです。そうすると授業中から何から……。現に、子供心にも自衛隊が「違憲」であることは否定できない。他方、父親はどんどん兵隊の位を上げていくし。『五分後の世界』を父親に読ませてみたいと思いました。彼は陸軍士官学校を出た年に敗戦になり、仕方なく大学に入り直した途中で、警察予備隊ができて、これに加わり、そのまま自衛隊員になったわけですが、敗戦当初はさすがにマイったみたいで、秋幸じゃないけど、「違う」って感じでね。で、その後は、あそこに書かれている小田桐とか、今度のワタベとか（笑）、そうした兵士のような誇りを勝手にもつしかないわけでしょう。日本国の自衛隊の高官というのは、自分で誇りをつくらなければいけないんです。

中上さんのことを考えたり、村上さんの書かれているような誇りとか、他人とのほんとの他者的な交流を大事に思うのは、ひとつにはそうした父親をみていたからのような気がするんです。

村上　僕も息子がいますけど、父親のことって、よくみてるんですよね。

渡部　村上さんのご父君は……。

村上　僕の親父は日教組です（笑）。僕も『ヒュウガ・ウイルス』を書いていて、こういう人たちが今の日本にいたらどんなにいいだろうと思うことがあります。

ただ、あんなアンダーグラウンドみたいな生活って、大変なんですよね。

渡部　大変です。

村上　大変な生活だけど、彼らは自然なかたちで日本国民というプライドをもってるじゃないですか。そのプライドをもつのは簡単ではない。プライドなんかなくてへらへら生きたほうがはるかに楽ですよね。いつも僕は考えるんです。カンボジアとかベトナムの悲惨な歴史と、何となく能天気にしているフィリピンなどと比べると、どっちがと思うんですけど、勇気が出るのはプライドを絶対に捨てずに生きてる人たちのほうですよね。

例えば『五分後の世界』で書いたんですけど、この国はインパールやニューギニアやガダルカナルなどで戦った人の情報を全く生かしてないと思うんです。それは一対一の対応で靖国神社に行って、軍神になってしまう。要するに、海外の情報は何も生かされないということを考えたのは、キューバに行ってからなんです。

プライドにしろ主体性にしろ、発生するものじゃないですか。例えばキューバの国民はアメリカに対してプライドを発揮しているわけですからね。彼らは、ほんとはアメリカが大好きなんです。文化圏としてはアメリカ文化圏ですから、ほかの中南米の文化圏ではサッカーが盛んだけどキューバではボクシング、バスケットボール、野球ですからね。アメリカを最もよく認識しているのはキューバ人だと思います。ただアメリカが変なことをいってきた場合に、これだけは譲れないから「ノー」というしかないというかたちでの対立なんです。

渡部　でしょうね。

村上　大前提的にイデオロギーがあってアメリカに「ノー」といっているわけではない。それはバチスタの頃の嫌な暮らしがあって、それには戻りたくない。でもアメリカは、あれに戻れといっているから、それはできませんといっているだけでね。『五分後の世界』の兵士たちがもっているプライドは、日本の国土を蹂躙した国連軍に対してのものなんですね。だから外部というか、他者というか、それがないところにはプライドも主体性も存在するわけがない。

渡部　プライドというのも、いってみれば他者性の問題なんですよ。それから基本的には勇気でしょう。その出来事に直面して、もともと主体などというのはいろいろな線の束ですから、さまざまな線がたまたまそこにぶつかって幾つかの点を結んで平面ができて、それがとりあえず自我と呼ばれるものであって、その線の横断の仕方によってさまざまに変わっていくわけでしょう。

そのときに、変わっていることを前向きに受けとめられるかどうかですね。で、どういう方向に自分の生を掻き立てたら勇気が出るかということで、『五分後の世界』の連作はその契機に触れています。自分の生をこえて、はじめから日本国で生まれた、神国日本と思うんでなくて、その事件の中で生成する勇気、プライドですよね。

しかも、それは、ある場合には非常な卑屈さやみじめさとも共存できる。そういうひらかれた勇気が大切で、話をまた元に戻すと、単に内容レベルではなくて、ものを書いているテクストの構成要素としてのさまざまな出来事があるじゃないですか。

村上　ええ。

渡部　そのとき、作家の勇気というものがあって、先ほどいったテクスト内階級闘争ではないけど、いろいろな線がぶつかってテクストが生成するときに、その葛藤に進んで自分をひらいていくようなものですね。そうした場合、売れることは重要だけど、売れることに媚びないというような線を維持するのは至難の業だと思うんです。だから村上さんのような資質をもっていて、かつ売れるというのは、なかなかすごいことだとは思ってますけどね。

村上　デビュー作がミリオンセラーでしたからね。努力して書けば百万部売れる、という刷り込みがあったんです。今でも、どこかで、百万部売りたいと思ってるんでしょうね。

自意識への嫌悪感

渡部　ところで、僕らは同い年ですが、三、四歳上の「団塊の世代」の学生運動に対する嫌悪感ってありませんでした？　あの当時は村上さんはどうだったのか、僕はずっと東京なんで、高校時代の終わりから学生紛争があって、大学は七〇年入学の早稲田ですけど早稲田もさかんにやってたでしょう。自分ではノンポリというか、できなかったから後ろめたさは抱く。こいつらは真剣だなと思って、かなり尊重はしてたんです。でも、どうもおかしい、どうもおかしいと思って、その前にひとつ決定的だったのは、高校の学生運動のときに民青が入ってきて、新谷のり子とかいうのが「フランシーヌの場合」とか歌ったでしょう。

村上　知ってます。

渡部　こんな歌で救われる世界に俺は生きていたくない（笑）とか思ってね。それで、学生運動に対してずうっと違和感があったんです。だけども、中・高時代の三年先輩って、けっこう大人じゃないですか。彼らが真剣に生活を棒に振って、いい家のぼんぼんが家出したりして一所懸命やってる。そういうのをみてると、俺も何かやらなきゃいけないのかなと思いながら結局何もやらずに七〇年代を過ぎて、ふっと気がつくと、その連中がほとんどエコロジストになってる。お前ら、世界をブチこわせっていってたじゃないか（笑）、と。どうなってるんだと思いましたね。批評を書きはじめたときの最初の怒りみたいなものは、そんなものでしたね。

村上　それは、自衛官のご子息というのも大きいかもしれませんね。

渡部　ある程度、抑圧はありましたね。

村上　僕はもっと即物的で、エンタープライズ闘争があったんです。僕は三派系全学連に憧れてたんで、生で見られると思って毎日学校をさぼって見に行ったんですよ。中核派の二人が旗をもって基地内に入って行って〇・五秒で捕まったんですけど、それなども見てると、その向こう側にエンタープライズが停まってるんです、何の関係もなく。甲板では戦闘機がテストをやってる。グワーッという爆音が、すごいんですよ。

三派系全学連はかっこよかったけど、一体何やってるんだろうと思って、エンタープライズが悠々と停まってて、戦闘機は着艦テストとかやってて、かっこいいんですよ。べ平連とかが反戦歌をうたってるんだけど、きこえないんですよ。で、絶対にこっちのほうが強いと思って、これはもうだめだと思った。基地の町の子供は実質的ですから（笑）。

渡部　東京にきてからは、そういう運動には……。

村上　一回、デモに行ったんです。沖縄デーかな、黒ヘルか何かのところに入ってデモをしてたら、機動隊がきて、きょうはお前ら元気ねぇじゃねぇかみたいな感じで、だめだこれは、もう絶対やらないと思った（笑）。

ただ、同じような思いはあります。六〇年の終わりの運動は石油ショック前の世界の資本主義がここまでやっていいよみたいな線を築いていて、そこの中でみんなが遊んでいたみたいなね。石油ショック以後は世界の巨大資本がだめだといったから、もうだめなんですよ。ウッドストックもないし、何もない。ロックと政治運動、一切ない。石油ショック以後、世界の巨大企業が石油は有限である、だからガキを遊ばせる余裕なんかないんだ、といった瞬間に、政治運動だろうがロックだろうが、すべてだめになったんです。

渡部　そう思いますね。あの頃よくいわれたのは想像力の解放とか、情念の復権とかね。結局、ある構造の中での、プラスにマイナスを掛けたら輝かしいマイナスになるよというようなゲームだったじゃないですか。ところが、実は近代の枠組みはプラスにマイナスを掛けてマイナスにならずに、もっと強いプラスになってしまうような構造だった。それをマイナスの復権とかね。今でもいってる連中がいる。闇の力とか。

村上　ただ、ああいう情念がどうのこうのという言い方は、今の地球を守ろうというのと同じですね。

渡部　ちゃんと客観的に認識していないということなんですよ。基本的にセンチで、悪い意味でポエジーでしたね。

村上　自分の自意識に対する憎しみがないですね。

渡部　それは簡単にいえば散文精神の欠如だと思うんです。雑駁な話になるかもしれないけれども、天皇というのは、韻文の人ですよね。だから連合赤軍の坂口などがつかまって短歌をつくること自体が敗北です。内容の善し悪しではなくてね。そういうことに全く無自覚で、書くことの形式＝政治性というものを度外視して情念だとか何だとかごちゃごちゃいった連中が、結局のところはコーヒー屋でマスターをやって、どっかのミズナラを守ろうとか（笑）。

そうした連中が真っ先に村上春樹に慰められているというかっこうになるわけでしょう。最初に出てきたときに春樹氏にどっと飛びついたのはコーヒー屋のマスターですからね。そこを、あくまで殺伐として野蛮であって、その野蛮な認識力に基づいた散文を貫いて、いい意味でも悪い意味でも誰でも小説は書けるんだ、好きに書けというので出てきた村上さんの功績が大きいと思う。

実際に若い作家たちで、『限りなく透明に近いブルー』が出たので自分も書けると思った人はいっぱいいますからね。変な意味ではなく、こうやって書いてもいいんだとか。

村上　ただ、僕と渡部さんとは同世代だけど、僕らの下の世代はもっと自意識をキープすることへの嫌悪感があると思うんです。それは価値観がずうっと変わってないから、柄谷さん風に、そういう均質の洗練性に支えられた市民社会では文学は基盤を失うとかいわれると身も蓋もないんですけど、それもよくわかるんです。もっと自由でいいんだと思えない人たちが春樹さんの本にいくのはわかる。それは寂しいことではあるけど、だから元気はでないけど、悪いことではない。ただそこで、自意識に意味を持たそうとすると、中上さんが憎んだ定型といってもいいんだけど、自意識から天皇制までに通底する強い定型があることに気付いてないわけですよね。ちょっとずらせば簡単だと思うんですけどね。定型を憎んだり自意識をとばすということは、ある出会いで簡単にできると思うけど、むずかしいみたいですね。

渡部　小説というのはもともとそういうズレの場なんですよ。何でもありなんだから。はじめて文学ジャンルの中で市民社会の良質な部分と同時に小説が成立したということの本質的な意味は、みんなが思いどおりに好きにやって、あとはその人の主体を横切るさまざまな力に対してどこまで勇気をもってひらけるかということでしょう。簡単にいえば、何を書いてもいいわけですよ。そういった野蛮な力というのは、反転すればものすごい繊細なものになる。その野蛮さと繊細さの共存が絶えず行われている限りは、だいじょうぶなんですがね。

村上　言葉というのは、定型のほうに吸い寄せられていきやすいものでしょう。

渡部　一方で、その定型をくいやぶるものこそが言葉でもある。言葉というのはある種の肉体ですから、肉体の偶発性というのはまださまざまな出来事が起こるはずなんですよ。ひいては、それが国家の捕獲力より先にあった言葉の力をこの中で……。だからといって、ノスタルジックに昔がよかったというわけじゃない。古代人の雄叫びがどうこうという問題じゃない。そんなことをいうのは近代人なんだから。

村上　柄谷さんの『日本近代文学の起源』に、口語体のことを書いてましたよね。あれでそうかと思ったんですけど、僕らが使っている口語体のほうが過去の文語体よりも、一対一になる意味が強いと思うんですよ。文語体のある種の、ほんとは豊さではなくて一種の曖昧さだと思いますけど、その曖昧さというのは僕が非常に憎んでいる日本のお能の、芸術ではなくて客と演じ手との了解事項がないと成立しない演劇だと思ってるから了解事項という意味なんですけど、その意味でも文語体のほうが曖昧な部分があって、悪い曖昧だけど、一対多になる可能性がまだあったような気がする。読んでて想像力が掻き立てられるような小説が可能だったみたいな、何とか「なりけり」とか、「いとをかし」とかいうと、おかしいわけではなくて何か味わいがあるとかいうね。

渡部　高校の古文の授業を思い出しますね（笑）。

村上　そうそう、非常にバカバカしいんですけどね。そのときに、これは大変おかしかったと口語で書いてしまうと、おかしかったことでしかない。そういう口語のある種の自意識強調型というか、もっと定型に引き寄せられるような危険性を無自覚に考えたりしたけど。

ただ僕らは口語を使うしかないわけで、一対多とかは無理なんです。だから一対一の関係で正確に厳密にピンポイントでとらえて、それ以外は読み替えはできないというくらいの描写ができればね。非常にむずかしいんですけど、僕の場合にはそれしか方法はないと思ってるんです。正確な描写ですよ、厳密な。そういうことを思ったのは『ヒュウガ・ウイルス』がはじめてだったんですけどね。

渡部　『ピアッシング』というのはなかなか重要な作品で、あれは多分構成としては『羊たちの沈黙』というのがあったでしょう、カメラワークのスリル、あれを叙述をかえてずらしてやっていると思いました。恐らく意図的にやっているわけではないんだけど、今までと違うことをやろうと思ったときに、面白いと思うのは、さまざまな新しい物語にいくと同時に、本能的に違う技法にぶつかってしまう。

村上　そうです。

渡部　それはいつでもうまくいっているわけではないと思うけれども、何か新しいものをやろうと思ったときに、目の前にある最も即物的なテクストという環境の中で新しいものにぶつかってしまう。昔から、ずっとそうでしょう。

村上　全くそうです。

渡部　そこが物書きの最も尊重すべき無意識なんですね。

村上　だから、意図してないんですよね。意図じゃなくて全部できて、できあがったものを読んでから何か変わってるなと気付くだけで、変えようなんて思ってない。いつも同じように書こうと思ってるんですけど、そのときに書かなければいけないことが規制してくる。

『ピアッシング』の場合は実際に幼児虐待をうけた人間たちの記録とかを読んで、感情移入しちゃったんです。で、彼らの側に立とう、彼らの言葉を翻訳しようと思った。今までの僕の主人公たちみたいに非常に特殊で強い何かがあって現実をブレークスルーできない人たちですから、そのときに極端な過去をもった人間がこういうことをするといったことを読者に思わせてはいけない、普通の人間なんだ、普通の人間で幼児期に何か負った人間はこうなるんだということを、それは読んでいるあなたにも起こりうることだというふうに書かなければいけないんで、それで苦労した結果が、文体が変わったというだけなんですよ。

渡部　それこそ他者なんだよね。何か外部がふっと横断したときに、それを受けとめるという回路がいつもひらかれてるでしょう。

村上　そうです。

渡部　それは非常に頼もしいことだなと思ってみてるんだけれども、これを失うと、日本的半径の中でお稽古事で洗練していきましょうという格好になってしまう。だから外とテクストとの間にいつでもひらかれた媒体みたいにしてあって、あなたの意識の中では翻訳なんだけど、必ずしも狙ったとおりの翻訳ではない。しかも、今まで使わなかった技法なり文体なりがそこに招致されてしまうという。でも、これが実は小説の精神なんですよね。

小説というのは、はじめからめちゃくちゃなものなんだから。であるが故に、近代が生み出したものでありながら近代の国家的な半径をいつも食い破ってしまう力があるわけでしょう。そういう小説の書き手は、絶対長生きしないといけない。中上さんは、あまりに急ぎすぎた。

村上　ただ、やっぱり中上さんが死んだのはショックだったですよ。今もそうです。もちろん規範ではなかったし、真似したわけじゃないし、全く遠い存在なんですけど。ただ、『水の女』があったから『トパーズ』は違うものをという思いがあったわけですよ。そうすると『トパーズ』でも彼女たちがもっているある種の価値観の並列性みたいなもの、学校で習ったことも、道徳も、ショッピングしたいという思いも、性欲も、全部並列的に語っていくにはどうやったらいいだろうと思って無意識に、長い長い語り言葉を使ったわけです。

もう何年もたってるけど、どうすればいいんだろうという思いは、今でも残ってます。例えば『ヒュウガ・ウイルス』や『ピアッシング』を中上さんはどう読むだろうか？とよく考えます。ぽっかり穴があいたというか、空洞みたいなものがあって、それは決して埋まらないですね。とても孤独だし。

柄谷行人

国家・家族・身体

からたに・こうじん

1941年兵庫県生まれ。批評家。近畿大学大学院文芸学研究科特任教授。69年「意識と自然——漱石試論」で群像新人賞受賞。以降、固定観念を排した独自の思考を展開して新しい批評の世界を切り開く。78年「マルクスその可能性の中心」で亀井勝一郎賞受賞。著書に『終焉をめぐって』『探究Ⅰ』『探究Ⅱ』など。

村上　坂本龍一と連続対話をおやりになるんでしょ。坂本のインターネットのホーム・ページで。

柄谷　彼がそう言ってた？　この前、やってもいいとは言ったけど、すぐに、とは言わなかった（笑）。

村上　対談するって言ってましたよ。彼はやっぱり、編集者の血が少し入っているんですかね。僕は自分で発信できる装置を持っていても、人の作品をこう、熱心に載せようという気があんまりないんですよ。

柄谷　彼はバンドをやっていたから、わりとそういうネットワークは向いてるんじゃないの。ベタッとするのは嫌だけど、独立した人間とはネットワークを結びたいという気持ちがあるんじゃないですか。

村上　あ、そうですね。彼は常にいいスタッフを持っているし。僕も今度、有料のインターネットのページを作ろうと思って。そうしたら坂本が僕がやるとか言ってくれて。

柄谷　三人でやってもいいよ。

村上　アメリカで英語で翻訳して出版するのはすごく時間がかかるんですよね。だから、向こうの受け入れやすいような、女子高生の話とか、『トパーズ』とかを、インターネットのページに載せようかと。翻訳者は一人か二人、『コインロッカー・ベイビーズ』をやった人や『69』をやった人を個人的に知ってるので、その人にギャラを出せばやってくれるんですよ。写真とかちょこちょこっとつけて、英語で出そうかなと思っているんですよ。

柄谷　僕も実は、英語のホーム・ページがある。僕自身がやってるわけじゃないけど、ニューヨークで僕の翻訳をしている高祖岩三郎という人がやってくれてます。まだウェブに載っていないけど、近いうちに載るでしょう。

村上　それは、すごく意義がありますよね。

柄谷　一度雑誌などに英文で発表して、将来本に入れるつもりのない論文を次々に、ホーム・ページに載せていく。それからインタヴューや講演なども。そういうものを見つけるのは難しいでしょう。僕などは、雑誌に出た論文を探す能力がまったくないからね(笑)。だから、とりあえず、そうやって集めておけば、人が読めるじゃないですか。それに、学問的雑誌など売れないし、どこに何が載っているかわからない。そういえば、二年ほど前、アメリカでデリダなんかと会議をやったことがあって、その記録は雑誌ではなく、電子的に出版されたんですよ。それは多分、無料だと思うけど。しかし、インターネットで出版するのは、すごくラクだね。全部原稿が揃うのを待つ必要がないんですよ。少しずつ出版していけばいいし、著者もいつでも加筆できる。

村上　印刷所とか通さないでね。

日本のオーラみたいなものがまったく消えてしまった

村上　「國文學」で対談をやったのは五年くらい前ですかね？

柄谷　中上健次が死んで間もないころだった。

村上　そうですね。四年くらい前ですか。僕のなかでも、あの時こういうことを聞いておけばよかったなぁというのがあるので……。それから、その時に話したことが今はもっと、極端になってきているというか、はっきりしてきていることもあるから、話しておきたいなということが二、三あるんですよね。

これを言ってしまうと、今日のメイン・テーマになってしまうんですが、「國文學」の対談のなかで柄谷さんが、一九七〇年代以降の日本しか知らない人が文学を書くということがどういうことか、想像してみてごらん、みたいなことを言われたんですけど、あの時はそれほど僕も、それに関して危機意識はなかったので、まぁ、想像しただけだったんですが、最近の、例えば女子高生とかを取材すると、「いったい何でこんな人間が生まれたんだろう」って思っちゃうんですよね。彼女たちが生まれたのがちょうど一九八〇年くらいなので、そうすると何て言うか、内面がツルツルというか、「七〇年以降の日本の現実しか知らない人間」と柄谷さんは仰ったんですけれど、それよりもっとすごい人達が出てきてるんです。

今、この国は、インターネットも含めて、衛星放送とか、もちろん雑誌とか電話とか、航空機の発達とか、ものすごく国際的になったようなイメージがあるじゃないですか。「國文學」での対談の時も話しましたけど、五〇年代のほうがはるかに世界に飢えていたというか、今の、日本だけで充足しているような閉塞感というのが、僕なんかが見ていると、ほとんど極限状態に近づいてきてしまってるような気がするんです。昔、帰国子女が日本に帰ってくると非常に摩擦が多くて、いじめられたり、帰国子女自身がノイローゼになったりしたけれど、今は、海外に出る日本人が、海外で日本的な教育を日本人学校に要求したり、あるいは中学生だったら、子供だけ日本に帰して日本の学校に入れたりするから、帰国子女が日本の学校に入っても摩擦が起きないらしいんですよ。帰国子女の専門家みたいな人に言わせると、海外までも日本化しちゃったということになるようです。日本人社会があるところはね。

柄谷　インターネットによって余計閉鎖するわけです。日本の情報が全部入ってくるようになりますからね。昔は言うまでもなく、七〇年代でも、アメリカに行っていると日本のことは何もわかりませんよ。電話料金も高かったし、ファックスもなかったし。今は新聞でも即日というか、一日遅れかな。

村上　ほとんど半日くらいじゃないですか。

柄谷　テレビは見られるし、週刊誌なんかも早い。さらにインターネットで刻々とニュースが……。国際化するんじゃなくて、外国においてまで日本村化が完成している（笑）。

村上　そういうのって、良くないんじゃないですかね？

柄谷　良くないでしょうね。去年の秋にアメリカに行ったんですけど、二年くらい前に、同じくらい滞在した時と較べて、だいぶ違ったと思う点があった。それは、日本のことが話題にならないということですね。もともとあまり新聞とか読まないけれど、それでも数年前までは、新聞を開くと、必ずどこかの欄に日本のことがでかでかと出ているわけですよ。経済欄だけじゃなくてね。ところが、経済欄にすらも日本がほとんど出てこないんですね。もちろんこれは日本の経済的な沈下のせいですが、それが他のことにも全部関連している。

数年前まではアメリカ人は、日本の日常生活やサブカルチャーにまで非常に関心があったんですね。馬鹿みたいな神話もありましたよね。日本人は寿司を食うから頭が良い、とかね（笑）。戦後日本人もそう言ってましたけどね。パンとミルクとバターを食わないから戦争に負けたとかね。ビタミンが大事だとか、カロリーがどうだとか、何かにつけて、「だから日本は戦争に負けた」と言ってたけどね。やっぱり八〇年代にアメリカ人がだいたい似たようなことを言ってました、「だから経済戦争に負けた」と。だから、寿司を食おうというような感じでしたけどね。一応寿司は、日本と関係なく定着しましたが、だから、インド人がやっていたりして（笑）。ニューヨークで安い寿司を売ってるんだけど、食べてるとボロボロとこわれてくる（笑）。

とにかく、外から見れば、日本のオーラみたいなものがまったく消えてしまったという感じなんですけど、その印象はたぶんまちがっていない。実際、日本の中でも、大衆文化そのものにパワーがなくなっているんじゃないですか。今、日本のポップ・カルチャーは一九七〇年以前のものを取り返そうとしている感じでしょ、すべての領域において。音楽はむろん、アニメでさえ。

村上　あるいは、なぞってるというか。それはアメリカにとって、日本が一種の神秘ではなくなったというか、要するにポテンシャルが落ちてるんですけど、もう謎じゃないというか。あるいは、わかんないことはもう絶対わかんないんだから、これはもう知ろうとするのをやめようという感じがしますよね。

僕がそのことを最近強く感じたのは、日本のポップ・ミュージック・シーンなんですよ。僕の息子がもう十六で、彼はキューバ音楽とクラシックで育ったから、耳は確かなんですけど、でもやっぱり友達との話とかあるから、今の曲を聴きますよね。ひょっとしたら僕には理解できない何か新しいファクターなり技術なりあるのかなとたまに僕も聴いてみるんですけど、本当に見事なまでに何もないんですよ。例えば、僕は演歌は好きじゃないけど、何かあるというのはわかるじゃないですか。拒否するものもないというか、ゴミなんですよね、夢の島みたいな。

どうしてこういうことが起こっちゃったんだろうと、ずっと考えてもわからなかったんだけど、要するに今音楽を作っている連中というのは、サザンオールスターズとかユーミンとか聴いて育っているんですよね。で、ビートルズとかローリング・ストーンズとかは、こういうことに柄谷さんの言葉を使うと怒られるんだけど、彼らにとっては「文物」なんですよ。一種教養とか通過儀礼みたいなもので、「それは、まぁ、ビートルズやローリング・ストーンズはカッコイイですよ」みたいな言い方をして、彼らのなかにあるのは過去の日本のポップ・ミュージックなんですよ。そうすると彼らの前の世代の場合にはまだ、ビートルズとかっていうのをリアルタイムで聴いたものだから、何かあったんだけど、今の人達は本当に何もなくて、それがレコード屋さんの棚の六割か七割を占めているんですよね。僕はキューバ音楽を聴いて以来、日本人というのはあんまり音楽が好きじゃないとわかったんですけれど、それにしても異常だなぁと思って。

柄谷　編集しているだけじゃないかな、昔あったものを。

村上　ただ、普通は編集ぐらいはうまくやるものじゃないですか、いろんな情報が多ければ。そうでもないんですかね。

柄谷　創造ということを神秘化してはいけない、創造というのはある意味で編集作業の結果だから、と僕は思うけど、やっぱり編集にもいろいろありますよ。あちこちからいいところだけ取って合わせればというのが、小室哲哉らのやり方で——、何か創造しているという感じがしないですよね。

村上　そういうのってやっぱり、反動化ですよね。僕もあまりタッチしたくないことなんですけど、今の閉塞的状況とか、五〇年代のほうが世界に近かったというような言い回しからすると、すごくシンボリックなよい例なので、ひょっとしたら何かあるんじゃないかと思ってたまに聴くんですよ。ところが、やっぱり見事に何もない。

柄谷　六〇年代くらいからインテリを批判し純文学を批判して、その代わりにポップとかサブ・カルチャーを評価しておけばよいというような雰囲気が出てきたでしょう。実際、そこにエネルギーがあった。しかし、八〇年代にはその風潮が支配的になって、岩波や朝日というようなところまでそれに追随するようになった。現在は、ハイ・カルチャーがだめだとしても、ポップもだめだという状態ですね。僕から見たら、今やインテリは徹底的に知的問題をやるべきで、大衆など知るかと言うべきなんだけど、相変わらず、大衆文化におもねっている。だから、全部だめだ（笑）。

事実がなかったという人は訴訟を起こすべき

村上　確かに、柄谷さんがずっと前から仰ってた、アメリカの動物性みたいなものも、もうまったくないですね。まだ、坂本と三人で鼎談した時には、『地獄の黙示録』がアメリカ映画かヨーロッパ映画かという話ができましたけれど、そんなに全部観る訳じゃないけれど、今アメリカ映画って完全にもうひところのヨーロッパ映画みたいですもんね。たまにいいのもありますが。

柄谷　八〇年の初めくらいかな、アメリカ人が初めて、自分達は親より貧しくなった世代だと思い始めたんですね。アメリカという国では、それまでどんな奴でも親よりは豊かだったから。今、日本人もそういう時期に来ている。八〇年代が絶頂で、今から見れば、よくもまぁ、あんなことをしてやがったなというようなことをやっていた。これからは絶対にできない。それで言うと、やっぱりアメリカから十年遅れでやってるんじゃないかなという気がする。いろんなところでそうですね。僕はまったく読んでないんですけど、アメリカの友人によると、最近、小説が良くなっているらしいんですよ。もちろん、「アヴァン・ポップ」みたいな、ああいうものじゃないですよ。

村上　それは移民ですか？　それともアメリカ人ですか？

柄谷　いや、それは知らないけど。ただ、あまりにも衰退しきってしまったあと、最低のところから上がってきたという感じなんでしょう。そういうこともあるから、今の日本の状態は徹底的に落ちきるまで、落ちるほかないのではないか、と思う。経済的にも、アメリカは八〇年代に無茶苦茶なリストラをやったじゃないですか。切るだけ切りまくったでしょ。それでじわーっと回復してきたという感じですよね。日本人も一度残酷な目に遭う必要があるんじゃないですか。ただ、そこから日本では何が出てくるかわからない。ファシズムのほうが強くなるような気がする。

村上　昔、柄谷さんが、農村みたいなある種原始的な共同体から近代化に移る時の痛みが、一種、文学を生むと仰ったじゃないですか。僕は、それは今も変わっていないと思うんですよ。ある種、近代化の物質的恩恵だけを受けて、今度は物質的にだけ痛みが来たところで、何か、生まれるものですかね？　一回、栄華を極めたところから、新しいものってなかなか出てきてないですもんね。

柄谷　もっと没落するとファシズムになりますよ。

村上　ですよね。反動化しますよね。

柄谷　戦前のファシズムの基盤は、農民と中小企業および労働者でした。現在、そういう基盤がないから、ファシズムはないと言われていますけど、それは違うと思う。君がさっき言った「一九七〇年以後」というのに関連していうと、その時期から第一次産業が没落し、さらに、第二次産業（製造業）から第三次産業（サービス・情報産業）に移行しはじめたと言われている。それはその通りだと思うけど、農業や製造業に従事していた人たちが、今何をしているかというと、土建業ですね。日本では土建関係の仕事に六〇〇万人従事しているらしい。地方の産業は公共投資による土建業が中心でしょう。だから、土建業に関連する人口をいれれば、国民の三分の一が何らかの形でそこに入るのではないか。政治家も官僚もすべてそれに関係している。

ところが、この土木建築という産業は、ある意味で、土であり且つ製造業的でもある。つまり、第一次産業と第二次産業の代理なんですね。この連中は、もともと国家の公共投資に依存している。もしここで、これを切り捨てるということになったら、どういうことになるか。「土」とか「労働」という観念が、もう一度別の形で出てくるでしょう。日本の文化的同一性というような観念が、そこから出てくるでしょう。現にそういう傾向が非常に強まっている。もちろん、海外に生産を移した国際資本にとっても、日本人のアイデンティティを保持する必要はあるでしょうけど、海外に出れば、何もそんなことを言われなくても誰でも考えますからね。

むしろ、国際資本にとっては、例えば、歴史の教科書の改訂みたいなことは嫌だと思うんですよ。日本の戦争を肯定するようなことを言って欲しくないだろうと思う。実際、韓国や中国でビジネスをしている連中は、日本の政治家がその種の発言をするたびに迷惑している。だから、おそらく今の政府もそんなことをやる気はないですよ。ところが、最近、日本の戦争を肯定するためになんだかんだと言っている人達がいるでしょう。「自由主義史観」とか称していますけど、あんなものは自由主義となんの関係もないだけでなく、むしろ、あの背景にあるのは、市場的自由主義に対する反発でしょう。つまり、それによって追いつめられる土建業を中心とした政治—経済的複合の反発です。

村上 それをバックにしているわけですね。

柄谷 僕はこういうのが新たなファシズムの萌芽だと思う。フランスでもそうですね。

村上 僕もそう思います。特徴的に、非常に、閉じられているじゃないですか。僕がいちばんみっともないなと思うのは、従軍慰安婦の事実がないとか、あるいは南京大虐殺がないと言うことは、国際問題だから、例えば現実に、アメリカの司法省だと思うけど、入国禁止にしましたよね、七三一部隊と従軍慰安婦関連者を。そうするとやはり、それに対して訴訟を起こすべきだと思うんですよ、事実がなかったと言う人は。ただ、訴訟を起こした場合は、ものすごい金も手間もかかるわけで。そういうことをやるはずはないですけど、もしやって司法省相手に勝ったら、自動的に教科書は変わるわけじゃないですか。それを内へ向かってみんなで言い合っている状況というのは、僕も非常に不愉快なものを感じましたね。

柄谷 僕の考えでは、教科書は民営化すべきだと思う。そもそも僕が中学のときに、歴史の教科書はなかった。先生が勝手にやればいいじゃないですか。

村上　なかったんですか？（笑）

柄谷　なかったです。僕の出たのは私立の受験校ですが、そういうところでは、中学でも高校でも教科書を使っているはずがないよ。一応買わせるとしても。

村上　あ、そういう意味か。だったら、そうですね、使わないですよね。読んだことないですよね。

柄谷　さらに、受験校でないところでは、勉強しない（笑）。

村上　要するに、誰も読んでないと。

柄谷　まあ、そういうことです。実際、かつて公立校では、日教組の先生が教えていたから、教科書なんか関係なかったはずですけどね。問題は、文部省検定教科書などというものがあるために、国家の正史であるかのように見えてしまうことです。歴史に国家的検定などあってたまるもんですか。文部省検定の物理学というのと同じぐらい滑稽だ。全部やめてしまえばいいんですよ。文部省そのものを廃止してしまえばいい。しかし、慰安婦問題にしても教科書問題にしても、なんだかんだ偉そうに言っている奴らは、例えば韓国に行ってそれを言いなさい。

村上　まったくそうです。向こうに行って言うべきですよね。出来れば英語とかね、朝鮮語で言うべきですよね。

柄谷　日本語でもいいんですよ、いい通訳がいれば。

村上　絶対行きませんからね。

柄谷　僕は意見は違うけど、その点で、石原慎太郎は偉かったと思う。『NOと言える日本』が英語で出版されたとき、彼はアメリカに行って記者会見を何度もやってるんですよ。もう痛烈にやられたらしいんですけど、最後は拍手喝采なんですね。アメリカ人はそういうのが好きなんでしょうね、『真昼の決闘』みたいなもので。韓国人にカウボーイ的精神があるかどうか知りませんよ。しかし、やっぱり行ったほうがいい。少なくともはっきりものを言う日本人が来て反論したということは、日本の中でごちゃごちゃ言っているよりいいんじゃないですか。韓国人もそれなりに対応すると思います。

僕は日韓作家会議の時にそれに近いことをやったことがある。日本の帝国主義のおかげで我々がいかに悲惨な体験をしたかということを、二人の人がそれぞれ三〇分以上しゃべって我々を攻撃した。そのとき、僕は手を挙げて、特別に発言を許可してほしいといったんです。我々も細かいデータは別として、そのことは非常によくわかっているし、わかっているからこういうところには来たくなかったんだと（笑）。ここに来ている日本人で、そのようなことをまったく考えたことのない人間は一人もいない。しかも、我々は自費で来ている。そのような人間に向かって言う言葉か、とか言ったわけですよ。それで、もうこの会議はつぶれてしまったかなと思ったんだけど、会議のあとに、晩餐会がありますよね。そしたら、僕はすごい人気（笑）。彼らもああいう発言が嫌でしょうがなかったらしいんです。僕は、そういう発言の内容に反論したわけじゃないですよ。だけど、そういうことをいつも儀式的にやるというのは、やっぱりおかしいと思うんですね。しかし、手を挙げたときは、もうこの会議は潰れるかもしれないと思いましたよ。僕のせいでそうなるのは困るけど、このまま放置すれば、会議の意味がなくなると思って、決断した。

村上 すごく卑近な例で言っても、自分の悪口を陰である集団が言っているというのがいちばん嫌ですもんね。例えば訪ねて来てくれて、お前は何かおかしいと言われると、それは嬉しいですもんね、個人的なことで考えても。でも、そういうことって誰が考えてもわかりそうなことなのに、なんでこんなんなっちゃったのか。あ、そうか、力がなくなったからですね、貧乏になってるからですね。

柄谷 そうですね。だんだんと内向けにものを言うようになる。

村上 未来とか外じゃなくて、自分達の愚痴をね。

正直な本音というのは自己欺瞞的なものだ

村上 こういうのがある、こういうのがあると、今の日本の現象面ばかり言ってもしょうがないんですけど、辻仁成が芥川賞を獲った時に、「日本語を守りたい」と言ったんですよ。もう、びーっくりしましたね。彼は一応、ロックをやってたんですよ。それで、あの人の作品を読んだことないんですけど、「日本語を守りたい」って……。

柄谷　彼は本当にロックをやってたんですかね？

村上　ロックじゃないかもしれませんけどね（笑）、実際には。でもあの時は、びーっくりしましたね。結局、ここにきて、露骨に文壇アカデミズムに媚びを売る新人が出てきたというのと、とりあえずロックをやっていたという触れ込みでデビューした人が、日本語というのは日本そのものですからね、そうすると日本に彼が守るべきものが、とりあえずあると思っているということでしょ。ここまで反動化が進んだのかと思って僕は……、もうそういうことは疲れるから言うのやめようと思ったんですが、さすがに書きましたよ、エッセイに。許せないってやっぱり。二重に許せない。

柄谷　もっともふさわしくない奴が言ってるからね（笑）。確かに僕は、近代文学というのはあったと思うんですよ。日本語で書かれているという感じがする文学が七〇年まではあったような気がする。村上龍以後はない（笑）。しかし、日本語を求めるなら、そういうのを読めばいいわけです。それ以降のものにそれを求めるべきではない。そんなことより、最近思うのは、近代文学はネーションを作ってきたけれども、それが成立するには一定の規模の読者市場が必要だということです。アジアでいえば、日本語、韓国語、中国語、この三つしかマーケットとして自立していない。あとは、英語でやっている。ところが、現在のように、小説を読む人口が減ってくると、日本語も韓国語も市場としては成立しなくなる。日韓作家会議で、韓国で人気のある小説家が、将来的には英語で書くほかないと発言したことがありましたが、皆びっくりしていましたね。本当は、彼の言ったことは正しいと思う。

むしろ、エンターテインメントの作家が今その問題に直面していると思う。日本のマーケットではやれない状態にもう来ていると思うんですよ。確かに一億の人口はありますけど、本を読まないんだからね、今は。

村上 情報に飢えてないですよね。

柄谷 そうであれば、もっと言語的に広い市場に向けて書くべきでしょう。たとえば、フォーサイスが最近また書き出したけど、やっぱり売れるでしょう。彼はイギリスの作家ですけど、イギリスだけでは職業作家など成り立たない。英語だからでしょう。日本語では無理ですよ。そうすると、かえってエンターテインメント文学の普遍性が問われると思う。英語翻訳に値するものが少ない。たとえば、筒井康隆などはエンターテインメントとして質が悪い。そういう人は、だいたい純文学志向になるわけね。僕はエンターテインメントだろうが何だろうが、世界的に読めるような作家には敬意を払いますからね。

村上 それはいつかお書きになっていた、「漱石さえあればいいんだ」というのと矛盾しないですよね。筒井さんは、僕、あの断筆宣言は許せなかったですね。

柄谷　昔はよく税金対策であういうことを言った人がいましたよね。そのとき、税金対策とは言わないで、充電したいとか、長嶋みたいなこと言って。昔、女優がヌードになる時に、芸術的必然があるとかないとか言ったりしたけど、そういう……。

村上　決まり文句がありましたね。作家が言葉で制限を加えられるということは、本当は当たり前じゃないですか。もちろん今の差別用語狩りというのはおかしいに決まってるんだけど、でも、そんなことで執筆をやめるほど作家は偉くないと思うんですよね。

柄谷　筒井の執筆拒否は言論の自由のための闘争としてフランスから勲章をもらったりしたらしいけど、見当違いもはなはだしい。筒井がもたらした「自由」とは、いわゆる本音を言うということであって、フランスでなら「移民は汚い」という「本音」を言うルペンなどと同じですよ。筒井以後、どんどんそのような風潮が強まっていて、それが「自由主義」だと称されている。確かに、その「功績」は大きいですよ。しかし、正直な本音というのは、実際のところ、自己欺瞞的なものであって、正直どころではない。そのような正直さが虚偽にすぎないことを見抜くことがむしろ文学だろうと思う。

古い話になるけど、あの問題の発端は教科書でしょ。文学は悪であると主張するような人が、文部省検定教科書に自分の作品が載るべきだと思っていることがあほらしい。そんなものが偉いと思っているような俗物が「悪」などと言うなよ。それからSFとして徹底的にくだらないと思ったのは、自動車が空を飛んでるような時代に、癇癪が治らないというような設定があることです。自動車が空を飛ぶというようなことはおそらく二十二世紀でも無理だし、必要もないけど、もしそれがありえたとしたら、癇癪など病気として存在しない。今でも治せるんだから。あと五〇年で、ほとんどの病気は遺伝子的治療で治っているはずです。もっともヒュウガ・ウイルスみたいなものが出てくるかもしれないけど（笑）。こんなものを英訳したら、たんに笑われますよ。

村上　そうですね。それで、ちょうど中上さんが亡くなった頃と同じだったじゃないですか、執筆やめたのが。だからなおさら腹が立ったんですよ。じゃあ、四年間なら四年間、お前の命を中上さんにやってくれ、みたいな。交通事故とか、死んじゃったりして、いつ書けなくなるかわからないのに、何もないのにやめるというのは許せなかったですね。これはやっぱりきちんと言っておいたほうがいいと思って。本当はあの人のことはどうだっていいんだけど。

漱石で思い出したんですけど、漱石って作家という感じはあまりしないじゃないですか。大知識人という感じがしますよね。僕が好きというか、敬愛できる作家は、谷崎にしても、じゃあ他に何だと言われるとわからないけど、作家というイメージじゃなくて、非常に官能的なおじさんみたいな、いつまでたっても性欲がなくならなかった人というような。批評の世界でも、柄谷さんなんか、僕は会った時から言ってますけど、とにかく文芸評論家には絶対見えないですよね。批評家には。

柄谷　今、事実上文芸批評をやってないけどね。

村上　浅田君だって、あの人何なんだろうというとよくわからないですからね。

柄谷　最近は、すこし文芸批評の仕事をやっていますけど、彼は美術・音楽・建築、何をやっても、世界的に一流ですからね。その筋の人なら、誰でも知っていますよ。ただ、彼は僕のようにパラノイアックでないから、本を書かない。

村上　中上さんだって、終始肉体労働者だったでしょう、書いてても。そうすると、いちばん作家らしくない人が僕が好きな作家で、でもその人達の作品を読むと、その人達の批評とか小説を読むと、じゃあ、他のは何なんだろうと思っちゃうんですよね。本当にそういうのは島みたいに点在しているだけで……、もちろん流れなんかないし……。

柄谷　昔からそうだったかもしれないけども、僕は今のほうが、そういうことが目立つような気がする。

村上　そうですよね。

柄谷　急に衰弱してしまった。はっきり言うと、僕より年上の人で、まぁ、なんとか興味を持てるのは、二、三人しかいませんね。あとは、話すという気もしない。

村上　寄生しているわけですよね。あるカテゴリーとか、文学というジャンルに。

柄谷　みんな土木業と同じじゃないですか。日本には驚くほどたくさんの文学賞がある。全然本の売れてない人に何百万円の金を分配する。これは作家の社会福祉みたいなものですよ。出版社はエンターテインメントからの利益を分配し、さらに全国の都道府県や企業が金を出す。しかし、こんな社会福祉はないほうがいいと思う。飢え死にしろと思うわけ（笑）。そもそも物書きをやめて他のことをやればいいんだから。

村上　僕は最近、家族に興味があって、社会学的な視点からいろいろ女性が書いたりしているじゃないですか。それを読んでると、明治の民法とかが非常に重要な資料になりますよね。そういう意味で、僕が作家になっていちばん驚いたことというのは、作家になって文芸家協会に入った時に、国民健康保険がもらえたことですよね。あれは驚きましたね。その頃の友達はヒッピーだったから、日本の作家は組合に入れば健康保険がもらえるのかって、びっくりしてましたね。相互扶助というか……。

柄谷　今や文学をやっていくのに財政的補助がいるということは認めますよ。例えばドイツもそうで、多和田葉子が言ってたけど、作家は奨学金をもらって書くらしい。つまり小説を書くという申請を市に提出して奨学金をもらって書く。今まで実績がなくてもとりあえず奨学金はくれるらしいんです、外国人にまで。それで一年間働かずに小説を書く。それから朗読会を頻繁に催す。

村上　朗読会好きですよね（笑）。

柄谷　朗読しないと金が入らないから。多和田葉子が一九〇回くらいやったらしくて、もうほとんどドサ回りですとか言ってました。でも、僕はそういうのはまだいいと思う。

村上　うん。朗読会っていいじゃないですか。自分でパフォーマンスするんだから。

柄谷　労働してるじゃないですか。朗読と労働というのは、「く」と「う」くらいしか違わない（笑）。だけど、日本の文学賞のように、大体人間関係で互いに税金を分配しあうようなシステムはまったく意味がない。

村上　本当に、村興しみたいな感じでやるんですよね。映画祭もそうだけど。

柄谷　最初から奨学金を出せばいい。ハリウッドでも、商業的な一方で、年間数千本の映画に奨学金をやっている。だから、つぎつぎと才能が出てくるわけで、日本の映画祭など何の意味もないでしょ。

基本的にヨーロッパ人は日本に興味がない

柄谷　君に関していろいろなことを考えてきたけど、なんで君が映画をやるのかというと、映画なら外国人が見るという考えがあるのでしょう。

村上　それは大きいでしょうね。

柄谷　去年の秋、僕はコロンビア大学で教えていたんですが、たまたまポール・アンドラが学部学生向けに日本映画と、英訳された日本の小説・批評を読ませるというコースをやっていた。映画は夜にやるんです。大学のすぐ傍に住んでいましたから、毎週日本映画を観た。今まで観たことのないのもあったし、観たやつもあったけど、面白かったですね。

たとえば、川端康成がシナリオを書き衣笠貞之助が監督した『狂った一頁』という作品がありますね。これは川端や横光利一などが企画したものです。つまり新感覚派です。新感覚派というと映画的手法を取り入れたとかいうことになっているけど、彼らは映画そのものを作ったわけです。これがすごい。学生がみな驚嘆した。大島の『青春残酷物語』を見たときは、みんな嘲笑していたけどね（笑）。アンドラ教授がいうには、黒人の学生が、「これはエイゼンシュテインの影響か」と質問したんですね。それはエイゼンシュテインより早かったし、事実エイゼンシュテインのほうが衣笠に会いたいと言ってきて、会ったらしいんですよ。一九二六年に、そういう映画が作られた。芥川龍之介もそれに関係しているんです。新感覚派というと、我々は小説で考えてしまう。しかし、そんなものは日本人でも読まないし、横光の『上海』を英訳しても読まれるはずがない。しかし、映画となると別なんだね。この作品は世界映画史の古典だから。映画史では、日本は最初から先進国です。ほとんど初期の段階に出てきますから。西洋の影響とか、何たらかんたらいう必要がない。一九三〇年代に、小林秀雄が日本の映画を観て、現代映画は駄目だ、時代劇はいいとか言ってるんですね。日本の現代というものは映画にするとその軽薄さが露呈するが、時代劇のほうは逆にリアルだと言っています。小林は逆説的に言ったつもりだろうが、真実はもっと逆説的であって、明らかに現代劇のほうがいいんですよ。

村上　家族の本を読んでいてわかったんですけれど、映画ができたりトーキーができたりした頃の日本の脚本家とか監督というのは、ものすごく向こうの映画を観てますよね、ヨーロッパやアメリカの映画を。それで脚本を自分で本当に苦労して翻訳して、それを日本に置き換えて書いたりしているんですよ。何かは忘れましたけど、多分小津なんかもフランク・キャプラなんかを観て、それを日本に置き換えてやっていたんだと思うんですよ。基本的にそういう作業が生む力って一つあると思うんですけど、今の日本の映画人というのは、そういうことをまったくやらないですからね。日本の映画人のことは本当はどうでもいいんだけど。

僕は『KYOKO』という映画を作った時に、僕の知り合いのイタリア人から言われたんですよ、「いやぁ、『トパーズ』はすごく面白かったけど、『KYOKO』は全然つまんなかった」って。その時にいろいろ僕もわかったんだけど、基本的にヨーロッパ人というのは日本に興味がないというのと、そこにセクシャルなものが、あるいはオリエンタリズムがないと興味を引かないというのと、もう一つは、ヨーロッパ人は新大陸に興味がないんですよね、何があろうと。キューバの音楽がいいと言っても、「あ、そう、ふーん」と言うだけで。考えてみるとイタリアというのはトスカニーニとかヴェルディとか持ってるわけで、そうすると必要ないんですよね、キューバ音楽なんんか。

それと、ヨーロッパは対立が好きだというか、その話を坂本としたら、「そうだよね、ソナタでも対立だし」とか言うんです、アレグロ、アダージョ、アレグロっていうような対立概念が音楽のなかにもあって、それはすごく楽なんだけど、それをやってしまうと真似になっちゃうからと。そうすると『KYOKO』というのは、野谷文昭さんに「おそるべき葛藤の欠如」と言われたんですけど、対立概念がないんですよ。キューバとアメリカで日本人がいろんなことをやるわけだから、普通は喧嘩したりとか、対立が絶対あるはずなのに。僕はその時、キューバ音楽とかダンスの素晴らしさを伝えたいから、邪魔になるものを排除したんですけど、対立を扱うよりも、フュージョンというか、何かこういいところだけとったり、日本に場所を置き換えたり、寓話にしてしまって対立を除外したりする、一種の融合みたいなもののほうが日本人って得意なんじゃないかな。ファッションなんかで日本人が結構活躍しているじゃないですか。ファッションというのは対立じゃないですからね。とりあえず、ズボンとかスーツとかセーターといった必要品で、かつエスニックなものとか、ヨーロッパ的なものとか、日本的なものとかを、織り方とかでフュージョン出来るから、そうすると三宅一生にしたってコム・デ・ギャルソンにしたって活躍出来ますよね。

その点、映画というのは脚本の段階からすでにいろんな融合が前提として書かれていて、例えば、あの女優が出るからとか、このカメラマンだからということで、対立ばかりしていると出来ないんですよね。今の日本の現実を扱う小説で対立的なことをうまく融合していくというのは、イメージがつかめないんですけど。

柄谷 僕が日本の映画に関して一つ思うことがある。ここ二〇年くらいの日本の映画批評は、意味や主題を追放してきた。引用とか記憶とか、そんなことばかり言ってきた。これが日本映画を駄目にしたということです。例えば台湾映画の『悲情城市』はいい。しかし、あれは完全に「主題」をもった映画です。冒頭のシーンで、天皇の敗戦放送が聞こえる中で、赤ん坊が生まれる。それは私生児で、以後出てこないけど、これは台湾を意味するに決まってるじゃないですか。この映画では、台湾というネーションがいかにして成立したかが描かれている。そう思ってパンフレットを見たら、監督自身がそう言っている。ところが、日本人の解説を見ると、このアングルは小津の引用で、——というようなことばかり書いてある。しかし、そんな技術だけで、こういう映画は絶対に作れない。小津の映画にしても、例えば『生れてはみたけれど』なんかはもろプロレタリア映画の主題でやっていますよ。

村上 完全にそうですよね。

柄谷 プロレタリア文学が崩壊した後にこういう映画を作っている。しかし、この主題性がなかったら、何もない。現在の日本の映画に何が抜けているかといえば、その野蛮な主題性です。単なる主題ではできませんよ、しかし、切実な主題がなければ映画はできない。通ぶった批評家がほめてくれたってしょうがない。この前、浅田彰やなんかとこういう話をした。例えばスピルバーグの『シンドラーのリスト』に関して、批評する批評家が多いわけですよ。あれはアウシュヴィッツをわかっていないとか言って、それに対して、ランズマンの『ショア』を持ってくる。しかし、それは間違いだと思う。スピルバーグはいいじゃないの、というのが僕と浅田の意見。あの程度で上等だよと。あそこにアウシュヴィッツの本質とやらを観に行く奴が悪いんだ（笑）。映画はヒューマニズムでいいと思う。ゴチャゴチャ言うなと言うんですよね。そうでない映画がありましたか？　黒澤なんて恥ずかしいくらいヒューマニズムですよ、特に『生きる』なんか（笑）。しかし、今見ても面白い。

どうして映画は主題でいいのかというと、映画はもともと余計なものを映してしまうからです。小説と較べてみればわかりますけど、小説というのは群衆を書けないんですね。二葉亭四迷の『浮雲』なんかはその最初の試みですが、たとえば、たくさんの種類のヒゲをずらーっと列挙する。しかし、そんなのは映像にしたら一発です。たとえば、群衆のシーンには、小説で描くのと違って多種多様なものが映っている。撮（うつ）した時点ではたぶん何とも思われなかったものが、あとから見ると面白い。それは監督もコントロールできないと思う。

村上　できないですよ。そこが、映画の魅力といえば魅力なんですけど。例えば僕は今、読売新聞の連載をやっていて、ギャラが良かったんで、絵もやったんですよ。それで絵はすぐ出来ちゃうんですよ、コンピュータでとりこんで。フロッピーディスクにバックアップしてるんですけど、連載の原稿は多分三〇〇枚くらい入るんですよね、一・四メガのフロッピーに。ところが画像は、数枚で、いっぱいですと出るんです。そうすると単純な情報の……、点と考えた場合の情報の量が違うわけでしょ。そうじゃない何かの特質を求めると、やっぱり意味性になってくるんですよね。だから映画が持ってる情報量というのは圧倒的にすごいですよね。だからコントロール出来ない部分があるし。

柄谷 そうですね。映像は通信で送ったら大変ですから。

村上 絵だけでも大変なのに、それが動くわけですからね。僕もたいていの今のヨーロッパ映画よりは、スピルバーグのほうがいいと思いますよ。映画の起源を思い起こせばわかるんですけど、リュミエールは単に汽車がガーッと来るのを撮しただけですからね。それでみんな映画館から逃げ出したわけですからね。そうすると、恐竜とかがピョンピョン跳ぶのを作ってる人のほうが、やっぱりすごいんじゃないかと。

柄谷 『ジュラシック・パーク』はすごいですね。あそこでやられる議論は非常に凡庸です（笑）。凡庸なヒューマニズム、エコロジズム。

村上 確かに凡庸ですよね。

柄谷 だけど映画は面白い。僕は渋谷の道玄坂で観たんですけど、そのとき、道の向かい側の映画館に縫いぐるみの恐竜の看板があった、角川春樹の恐竜映画（笑）。これではとても観る気がしない。縫いぐるみだってわかるんだもんね。スピルバーグの方は本物のような恐竜が飛び回っている。圧倒的な敗北ですよ（笑）。あの程度のテクノロジーは日本にもあると思うんですけどね。

村上　きっと何かが足りないんだと思うんですよね、映画を作る時に。それはもう単純に、自分とは価値観や好みが違う人をどうやって喜ばせるかというサービス精神と、そのための努力じゃないかと思う。

柄谷　『ゴジラ』は良かったでしょう。

村上　『ゴジラ』は世界的ですからね。それも昔の『ゴジラ』なんですよね。

柄谷　大森一樹がゴジラを作ってますけど、結局、初期のゴジラがいいんですね。あれは円谷かな。あれは当時テクノロジーとしても先端的だったんじゃないの。日本の映画を世界商品にしたかったら、ハイテクでやるべしと、僕なら思うけど。

村上　あと、音楽を作っている人だとか、音を作っている人もすごいらしいですね。坂本も感心していましたけど、ゴジラの音楽を作っている人は現代音楽界でも有名な人ですよね、伊福部昭さん。ゴジラのあのグァーッという声もね、すごく才能がある人が作ってるんです。テクノロジーとしては、今のものとは較べものにならないくらい劣悪ですけど。

柄谷 十年くらい前のアメリカの高校生のアンケートで、日本人で世界的に貢献した人はという質問があって、一位ゴジラ（笑）、二位忍者とか。

村上 それ僕も聞いたことがあります。

柄谷 覚えてないけど、ヒロヒトが何位くらいかに出てきたような気がする。とにかく、ゴジラ以外は、皆日本的文化とつながっている。

村上 そのアンケートは有名な人がやってるんですよ。外務省から委託されて、アメリカ人が持っている日本のイメージを探れと言われた人がね。その人に僕、会ったんですよ。外務省から、アンケート結果によると、アメリカ人の日本人のイメージがあまりにもひどいから、なんとかしてくれと言われたんだけど、なんともしようがないと言って、僕と誰に会ったと言ってたかな……、そのときにやっぱり言ってましたよ。いちばん影響を受けた日本人といったときに、ブルース・リーとか言ったりね。日本人だと言ってるのに、ブルース・リー、ゴジラ、なんとかという感じで。

柄谷 しかし、ブルース・リーの映画は、もともと黒澤の『姿三四郎』の香港版らしいよ。戦後の香港にこの映画が残っていた。柔道をカンフーに変えれば、同じでしょ。カンフー映画の初期のテーマは師弟関係ですけど、これは中国の儒教から来ているというよりも、黒澤の『姿三四郎』がそもそもそうだったからね。

村上 『姿三四郎』とかの柔道のシーンってでたらめですよね。でも面白いんですけどね。両足揃えてポンポン跳んでますからね。

柄谷　昔は違うんだろうけど、僕が何度か見たフィルムでは、何をしゃべっているのか全然わからないし、映像が暗くて、三四郎が池のなかに入っていても、よくわからない。ほんとに暗い映画だった(笑)。

村上　レンズも暗いし、マイクの特性も悪いんですよね。

柄谷　しかし、あれが香港のカンフー映画の原点だということは面白い。黒澤の原点はジョン・フォードだけど、映画は小説みたいに模倣とか影響とかいう言葉があてはまらない。黒澤も小津もアメリカ映画のあちこちから取ったけど、向こうも黒澤や小津から取っている。

村上　でも映画って罪悪感なく取れるんですよね。あれはどうしてですかね。お金がかかってるからですかね。盗むわけじゃないけど、平気で借りてくるということが、小説だとちょっと恥ずかしいんだけど、ま、映画だからできるということなんでしょうか。

柄谷　オリジナルという観念がうまく成立してないんじゃないの。

村上　ああ、そうか、ないでしょうね、きっとね。

柄谷　小説も昔はなかったんですけどね。「作者」は著作権と同時期に成立している。映画の著作権というのはもともと難しいですよね。監督が作家主体とも言えないでしょ。

村上　能書きを言ってもワンカットも撮れないですからね。黒澤監督は天皇と言われて、

「あの木を切ってこい」というのが逸話になってるけど、黒澤さんほど映画は妥協の産物であるということを身に沁みて知っている人はいないと思うんですよね。

柄谷　彼らはやっぱりいいグループを作っていたですよね。大島渚はそれが駄目だね。

村上　そういう話をする度に、さっきの「閉鎖性」みたいなものに話はすぐ戻っちゃうんですけど……。最近、家族のことを考え過ぎてるせいかもしれませんが、例えば「批評」を考える時、ある集団をイメージして、その集団が一つの災難とか災害とかに遭遇するとしますよね。それは地震でもいいし、何でもいいんだけど、そのなかの一人が小説を書くと。そうした場合に、その集団内に批評は存在するかというと、絶対にしないですよね。とりあえず、まず小説を書いたことをみんな褒めるじゃないですか。自分達の苦労を書いてくれたと。で、ごく一部の人を除けば日本にある批評というのは、結局そんなものですよね。その時に、その災害に遭っていないまったく別の人が横から出てきて、「いや、それはあんた達は苦労したかもしれないけど、この小説はつまんないよ」って（笑）。それは、でも批評になってるじゃないですか。ヨーロッパだと、国とか言葉とか宗教とかデタラメなくらい入り組んでいて、すぐ隣の、今まで仲良しだと思っていたのが実は違う宗教だったり民族だったりして。そういうのをわかれば、例えばボスニア問題とかも違って見えるんだけど。批評というのは柄谷さんが昔から言ってたように、他者が突然横から出てきてね……。

例えば、ある種の共有した体験とか、歴史とか理念がない人が言うから、批評が可能だと思うんですよね。それが全部集団内で行われているから批評になり得ないという、そういう予感はしてたんですけど、その傾向も極まっている気がするんです。柄谷さんがまったく違うところから文芸に対して批評するというのは、それは批評だと思うんですよ。僕は好きじゃないけど、やっぱり江藤淳から言われる分にはわかるんです、それが間違っていようが、何しようが。僕は基地の街の生まれの人間で、彼はナショナリストだからね。それは批評になってるんだけど、そうじゃない、ポップ・ミュージックも同じですけど、膨大な仲間っていうのができちゃって、すべてが仲間うちで行われているから、仲間うちで行われていることって、やっぱり余興で趣味で、そこに何がないかと言えば、批評性がないですからね。これは、批評性が今ないというだけじゃなくて、批評性がなくなっちゃうと多分、そのカテゴリー、あるいはそのジャンル、その地域、その時代の表現というのは死ぬんじゃないかと思うんですよ。僕は、どうしてジャズが死んだんだろうとか、あるいはどうしてイタリア映画とフランス映画は活力を失ったのかとか、あれだけ興盛を極めたクラシック音楽が、どうしてドビュッシーとかシェーンベルク、バルトークくらいで終わったのかというのも、あるいはこれだけ物資が豊かだったり、世界が近くなったりしたのに、日本の文学がどうしてこうなっちゃったのかというのも、そういうことがイメージ出来なくなった時に、そのカテゴリーは終わっちゃうんじゃないかと思って。柄谷さんて、何を書いたってどこにも属していない感じがするじゃないですか。無根拠というか（笑）、それはもう昔からテーマになってましたけど。

日本の経験を普遍化したらもう外でやるほかない

柄谷　さっき日本の小説にはもうマーケットがないと言ったけど、それは批評とか理論とかいうところでも同じことでさ。僕自身はもうこの国で日本人に向けて書くことはほとんど意味がないという気がしている。もちろん、それは日本を捨てることではないけれども、日本の経験を普遍化したら、もう外でやるほかないんですよ。それは最初からそう考えていたのではなく、ものの順序としてこうなってきたわけです。僕は別にフランス批評とかドイツ哲学とかをやってきた人間じゃない。たんに、徐々にこうなってきただけだから。

村上　そういう人に限って日本国内で意味を語るんですよね。

柄谷　ほとんどみんな日本回帰していますね。外国に面白いものがなくなったということが一つあるけど、自分で外に通じるような仕事を何もやってこなかったからですよ。日本には外国のものが何でもかんでも紹介されてますけど、そのこと自体を、外国の連中が知らない。知らしめようともしない。

村上 うん。まったくそうですね。

柄谷 そのうち、外国のものが面白くなくなってきて、土着の思想みたいなことを言い出す。どっちみち土着的ではないんだけどね。ヘーゲルとかフッサールに勝手に依拠しておいて、土着の思想家と言っているのだから滑稽だ。もうとことん嫌になった。しかし、多分僕のほうが誰よりもナショナリストだと思うけどね。

村上 よくわかるんですよ。日本のことを日本のなかで普遍化したあとには、もう世界マーケットしかないというのは、よくわかりますよ。そういう話をされると、もう話すことがなくなっちゃって、じゃあ、お互い頑張りましょうということで終わっちゃうんですけど。でも、本当にいい加減にしたほうがいいんじゃないかというのがありますよね。

柄谷 みじめですけど、そのみじめさというのをこっちはよく知ってやってきているわけだから。僕も年をとって、これ以上はアホらしくてつきあっていられないという気がします。駄目で元々だから、人がやったことのないことをやってやろうという気になりますよ。

村上 でも、本当にそれしか選択肢はないのかもしれないと思います。例えば映画の『トパーズ』が事故みたいに、たまたま海外で評価されたとして、『ＫＹＯＫＯ』がまったく駄目だったとなると、僕はどうしてだろうと思うんですよ。どこが、ヨーロッパとかアメリカ人に合わなかったんだろうと。一つはやっぱり、オリエンタリズムとセックス以外で日本に興味がないとか、新大陸に興味がないということがわかってくるわけですよね。そうすると何なんだろうと思って、『ヨーロッパ中世史』とか読んだりするんですよ。それで、あ、これは駄目だったなと思うと、そうしたら今度、向こうがちょっとびっくりしてくれた『トパーズ』みたいな、セクシュアリティを入れて、かつ融合性みたいなものを保持しながら、またアメリカで映画を撮ってやろうとかね。そういうのはわかるんだけど、本当にね、日本国内で日本の普遍性なり、日本の特殊性なりというのに、まともに取り合ってる人って、まず世界との隔たりがわからないんですよね。ヨーロッパが日本をどう見てるかもわからないんですよね。

柄谷　僕は、オリエンタリズムは使っていいと思う。よくよく見ればオリエンタリズムの否定になっているようにすればいいわけで。まず客を惹きつける必要があるでしょ。

村上　あります。妙に恥を感じて、インターナショナルにしたりすると受けないですからね。

柄谷　逆におかしく見えるからね。ヨーロッパは特にひどいけど、アメリカでもアジアでも、やっぱり、彼らのもっている「日本的」イメージを期待する傾向があるでしょう。商品であれば、それを若干満たす必要があると思う。

村上　でもすごく簡単ですよね。世界のマーケットを意識した時に、日本のものを自分に聞いたんですよ、本当のことを言ってくれと。書かないし、胸にしまっておくから。日本に興味ないでしょって言ったら、ないって言うんですよ（笑）。こうやってインタヴューに来るけど、日本って本当はどう見られてるのかなぁと言うと、彼らがいちばん明確なイメージとして持っていて、ポスターなんかで使われるのは、芸者が携帯電話を持っていてボタンを押してるところだと。それ以外の日本に興味はない、と言ってましたよ。それは日本の文学とかを読んでる人ですよ、ジャーナリストで。

柄谷　でも、僕は昔、映画は小説と違ってごまかしがきかないと思っていたんですよ。映像で全部見えてしまうから。小説だと、日本人が西洋人と同じようなことをしゃべっていてもおかしくないけど、映画でそうするとおかしくなる、と。だから、小林秀雄も現代劇より時代劇のほうがいいと言ったんだと思う。しかし、実際はその逆ですよ。映画を観ていると、そういうことがほとんど気にならない。アフリカの映画であっても、インドの映画であっても、恋愛や議論でも、見ているうちに自然に納得してしまう。小説ならちょっと読む気がしないのに。

村上　それって柄谷さんが現実的に海外経験が長いからじゃないですか。僕もそうだったんですよ。『ヒュウガ・ウイルス』を書いたのは、『ＫＹＯＫＯ』の撮影でアメリカに三ヶ月くらい滞在した直後だったんですよ。あれはＣＮＮの記者をやってるコウリーというのが主人公なんですけど、コウリーって日本語が少ししゃべれるという設定なんですよね、そうすると、その時にコウリーがしゃべってるのが英語なのか日本語なのかというのを厳密に書きたくなっちゃうんですよ、小説で。僕は何回も書くと飽きる人だから、こんな今英語でしゃべってるのか、それとも日本語かなんて書いたって日本人はどうせ誰もわからないしとか思って、でもやっぱり、そういうのを厳密に書いていかないと、みたいなことは、結構小説のほうが気にしちゃいますね。

イタリアで結構、映画の『トパーズ』がヒットしたから、イタリアで配給したやつを観てくれと言われて観たんですよ。

柄谷 イタリアでのタイトルはどうなってるの?

村上 『TOKYO DECADENCE』です。それでラテン圏というのは全部吹き替えなんですよ。加納典明でも誰でも、イタリア語をしゃべってるんですよ(笑)。そうするとね、「いいなぁ」とか思ったりして(笑)。なんかああいうのって許せるんですよね。

柄谷 許せるんですよ。不思議ですね。

村上 不思議ですよね。

柄谷 いちばん合わないだろうと思っていたのが合うんですよ。小説のほうが、なんか嘘っぽい。さっき言った新感覚派の映画もそうで、小説のほうがなんか人工的な感じがする。

村上　宮本輝さんが、海外を舞台にして書いてるけど、どうしてこのガイドが日本語しゃべれるのかなと思っちゃうことありますよね。五木寛之とかも最初のやつとか、ロシア行って日本語をしゃべってるんですよ、みーんな（笑）。

柄谷　なんか滑稽ですね。

村上　なんか変ですよね。読んでて感情移入出来ないですよね。日本語はやっぱり、すごく特殊な言語だということが海外に行くとよくわかるから。そうすると例えば英語がしゃべれる主人公でも、どの程度しゃべれるかというのを、本当は設定して書かなきゃいけないと思うんですよね。それを今度はまた日本語に翻訳するわけだから、当然日本語も変わってなきゃいけないから、それが変わってない場合にやっぱり、感情移入できないですね。でもアメリカでの撮影はすごく刺激的でした。

幸福な家族のイメージはどこでできあがってきたんだろう

柄谷　話は変わるけれど、『ヒュウガ・ウイルス』の中で、ピアスどころか指を切ったりするのがあるけど、そういうのは今、実際にあるでしょう。

村上　イギリスでちょっと流行ってるって聞きました。

柄谷　去年の秋に「ニューヨーク・ポスト」というタブロイド新聞を読んでいたら、

tattoo/tabooという駄洒落の見出しのついた記事があって、アメリカで今流行している入れ墨のことを特集していた。親はみんな嫌がっているわけ。子供が何をやっても許すけど、入れ墨だけは困る。痕が残るからです。ところが、その中で、一人の女の子がこういうことを言っていた。親は簡単に離婚してしまうし、友達はすぐさよならで、残るものが何もない。しかし、入れ墨だけは残るからやるんだと言うんですよ。僕はなるほどな、と思った。これは攻撃衝動というか、死の欲動だと思うんですけど、僕が最近考えているのは、フロイトの言う死の欲動というのは、カントで言うと、永遠になろうというか不死に向かう衝動だと思うんだね。だから、「入れ墨だけは残るから」と言う、その女の子は非常に正確なことを言っていると思った。

村上　石原慎太郎はやっぱりいいなと思ったのはね、あの人はピアスをずっと攻撃していたんですよ、意味なく。ピアスをすると不妊になるとかね、わけのわからないことを言って（笑）。それで僕が「サンデー毎日」で対談した時に、「石原さん、ピアスしてる子はね、タトゥーも同じですけど、親を否定したいんだ」と言ったんですよ。親を否定したいがために、彼らは血縁とかある種の時間の流れを切りたいから、永遠に残るもので身体を加工したいんだと。そうしたら、あーっと感心して諺を言ったんですよ。僕は忘れましたけど。「ああ、それを否定したいわけか。わかった、それはわかった。だったらわかる」とか言ってね。

柄谷　「身体髪膚、これを父母に受く、あえて毀傷せざるは孝の始め也」でしょ。

村上　それです、それです。

柄谷　この言葉には、結構深い意味があるんだなと最近思ったんです。これはどういうことか昔はわかんなかったんですよ。

村上　逆にピアスとかタトゥーとかそういう人が出ないとわからないですね。

柄谷　そう。孔子は死の欲動に気づいていたのではないかと思う、ピアスやタトゥーの根源にあるものに。それをやめることが孝のはじまりだと言うわけですからね。

村上　うーん。すごい言葉ですね。

柄谷　石原慎太郎はその欲動が強いんじゃないの（笑）。

村上　むしろ、そっちのほうが強いんですよね、きっと。

僕がどうして家族のことを考えるかというと、今、書き下ろしをやろうと思って、二十一世紀の中頃のサイバーワールドというか、インターネットが世界を覆い尽くした時代をやろうと思ってるんですけどね。その時に、インターネットで簡単にヴァーチャル・リアリティというか、今は文字とか画像だけですけど、ある信号をパスワードで買って、人間にとって最も快適な情報を脳に直接、信号で送ってね、現実としてそれが見えるという状況になっていると仮定したんですよ。二〇三八年なんですけど、人間はその時に何を求めるだろうと思った時に、セックスじゃないと思ったんですよ。セックスというのはリスクがつきものだから、単純に、あまりやり過ぎると死んじゃうかもしれないとか、疲れちゃうとかっていうのがあって、ヴァーチャル・リアリティでいちばん高いお金を払わなきゃいけない項目は、きっと家族的な幸福じゃないかと思ったんですよ。

例えば僕らの小さい頃というのは、親父から殴られたり投げ飛ばされたりして、ガラスで首とか切って、出血多量で今にも死にそうになって病院に運ばれてという奴がいたんだけど、たまに飲んだりすると冗談として話すんですよ、笑い話として。「お前の親父はひどかったなーっ」とかって。で、「俺も鼓膜を破ったし」とか言うんですよ。今の子って、例えばSMクラブの子に取材で会って話を聞くでしょ。そうすると、そういうセクシュアルな風俗に就いている人というのは、何らかのトラウマがあるんですけど、必ず家族に関することなんですよね。そのトラウマっていろいろですけどね、ものすごい子もいるけど、その一方で、「小学校のころ、ある時、父親に話しかけたら無視された」という子もいるんですよ。それがトラウマになってる(笑)。人間というのは、生物学的な危機感と社会学的な危機感がありますよね。その時に社会学的な危機感が占める割合が圧倒的に増えてるわけだと思うんですけど、幸福な家族のイメージというのが、どこでできあがってきたんだろうと思って、そういった本の著者は大抵女性なので、いろいろ、女性が書いているものを読んでるんです。

柄谷 柳美里の小説は、野間新人賞の候補作(「フルハウス」)を読んだけど、在日韓国人と書かないで在日の親父のことを書いてるわけね。しかし、著者が在日韓国人だということは、暗黙に前提されている。そうじゃないと、その小説はちょっと理解できない。彼女は自分は在日問題にもたれたくないと言ってるんだけど、もたれまくっているわけだよ。フィクションにしてあるから私小説でないというんだけど、そのように読者が著者を知っているという前提に立つのが、いわゆる私小説なんですよ。第一、私小説家がありのままを書いたという場合、それがありのままかフィクションかどうか、その人を知らない人にはわからない。僕は知りたくもないから（笑）、書いてあることだけで判断する。

しかし、君が家族のことを言い出したということには、必然性があると思う。それは「ネーション・ステート」の衰退ということと関係があると思うんです。ネーションというのは、前近代の宗教が解体された後に成立した宗教ですね。マルクスが幻想の共同体といったのはそれです。ベネディクト・アンダーソンがそれを言い換えて「想像の共同体」と言ったけど、何よりも、それは死後の魂の永遠性ということにかかわると思う。それまでは、神のために、あるいは家族・部族のために死ぬことができた。その場合、神も家族・部族も同じことですけどね。中世の人が考える天国・極楽には、やはり自分の家族や村の人がいたはずですから。そういう共同体が解体し、宗教も解体すると、個々人の不死を保証するものとして、ネーション（民族）があらわれた。ネーションのために死ぬというのは、だから擬似的な宗教です。

そのネーション＝ステートが危うくなると、民族のために死ぬなんてことはできない。そうすると、神と家族があらためて出てくる。一方は原理主義のようなものになり、他方は、家族主義になる。中国の客家みたいな人達が一番いい例ですけどね。アメリカでも、新しい移民の人達の家族的結束はすごいもんね。

村上　アメリカのような、移民だからこそ家族的結束の強い国に限って離婚率が高いという問題も含めて、家族が崩壊したようなイメージがあったんですよ、日本で。『ピアッシング』の時とかに、いろんなＳＭクラブの子にインタヴューしたりする中でね。そうすると家族の崩壊というよりは、家族のイメージというか、規範の崩壊じゃないかという気がしてきて、じゃあ、その規範になるようなイメージというのは誰が作ったんだろうと思って。今はまだ完全にわかってはいないからあれなんですけど、そういう時にやっぱり、メディアとしての映像が果たしている役割って大きいですよね。例えばアメリカのホームドラマとか、アメリカ映画がメディアの映像のなかで果たした役割って、どのくらい大きいと思いますか、柄谷さん。戦後の日本の家族の規範とか、イメージ作りにとって。大したことないですかね？

柄谷　大きいでしょうね。僕が子供の時に「朝日新聞」のマンガでやってたのは、『ブロンディ』です。あれは占領軍の指令らしい。『サザエさん』の前が『ブロンディ』なんですよ。

村上 あ、そうですか。今でもアメリカのローカルの新聞には出てますよ。『ブロンディ』の古いやつ。旦那がものすごい分厚いサンドイッチを作るわけですよ。どうやって食うのかなという感じだけど。それが戦後教育なわけ。アメリカでは、それを新聞マンガを通してやったわけですよね。

柄谷 有名なアリエスの『〈子供〉の誕生』に、前近代の貴族のなかで、個室が生まれたためにプライバシーができたというような、乱暴に言うとそんな感じのことが書いてあって、ドキッとしたんですけれど。

女性が書いた家族に関する最近の論文のなかで、例えば、台所がいつ土間から床に上がったかということが書かれてるんですよ。「いつ」というのはもちろん戦後なんですけれど、土間から床と同じところに台所が上がったために、台所仕事が女中のものから奥様のものになったと書いてあるんですよ。それはわかるんだけど、誰が何によって台所を上げたんだろうと思って。そうするとアメリカの文化の影響以外にはなかなか考えられないんですよね。昔は台所が土間にあったじゃないですか。うちの祖母なんかはそこで作ってましたもんね。いつ台所が床まで上がってきたのかなと考えると、やっぱりアメリカの影響以外にないんじゃないかと思って。

村上 それしかないですね。

村上　ですよね。

柄谷　ただ、アメリカの影響を受けたというのは、皮相的なところでしょ。学校のシステムも戦後、アメリカ的になったと言うけど、全然なっていない。大学なんかまったく非アメリカ的です。それと同じで、見たところアメリカ的になっただけじゃない？

村上　家庭のキッチンの様子がね（笑）。でも、そういうのって日本人はうまいんじゃないですか。都合がいいところというか、ラクに出来るところだけ真似するのがうまいですよね。そういうのって数限りなく行われたんだろうなと思って。戦後アメリカが来た時に。

柄谷　僕は戦後すぐにものすごく影響を受けていると思います。アメリカにあこがれたことはないけど、嫌悪をもったことも一度もなかった。

村上　柄谷さんが、「ネーション・ステート」が機能しなくなって宗教と家族に両極化すると仰る、その時の家族のイメージというのは、近代になってからのもの、それとも中世のものですか？

柄谷　もちろん近代です。だから、昔と同じ言葉を使うとは思わないけど、やっぱり「孝」というような観念が復活するんじゃないか。中国人は毛沢東時代に「ネーション・ステート」を強調したけど、市場経済を導入してから、一方で儒教が強くなっているんじゃないかな。儒教は結局「孝」でしょう。子供のころ『三国志』を読んでいて、へえーっと思ったことがあった。戦争をしている時に母親が病気だから帰らせてくださいとか言ってさ（笑）。

村上　確かにそうですよね。そうするとみんな帰すんですよね。「それは帰れ」って、それが忠孝の士として残ったりするんですよね。

柄谷　中国では「孝」のほうが大事でしょ。「忠」は契約関係の問題だから、相互的ですね。主君がだめなら去ってよい。「孝」が大事なのは、親が威張るとかいうことではなくて、やはり魂の永遠にかかわるからですね。自分の死後祀ってくれる子孫がいないといけない。大衆にはそれしか永遠性の保証がない。

村上　うーん、そうですね。

柄谷　中国だけでなく、プラトンのなかにもそういうことが書いてあります。一つは創造的であることによってイデア的に永遠性を獲得すること。言いかえれば、歴史に名を残すことですね。これは少数の者しかできないから、もう一つは子孫をもつこと。ところが、『孝経』の言葉には、それを合わせたようなことが書いてある。さっき言った「身体髪膚……」のあとに、「身を立て道を行い、名を後世に挙げ、以て父母を顕すは孝の終り也」とある。

村上　でも、それすごいですよ。孔子ってすごいね。それに対比するような生物学的エネルギーがあるとわかってるから言ってるんですよね。

柄谷　さっきも言った、自己破壊衝動というのは昔からあったと思うんですね。身体髪膚をあえて傷つけるなというのは、昔読んだとき、事故で怪我したらどうするんだよと思ったりしたけど、そういうことじゃない。自己に向かう攻撃衝動の禁止ですね、入れ墨もふくめて。

村上　コンラート・ローレンツなんかよりもはるか昔に孔子が人間の攻撃性を、ね。あとセックスというのは、それを含んでないとできないでしょうしね。バタイユなんか見るまでもなく。もちろん宗教は今はもう細分化して崩壊しているわけだけど、家族が国家の機能を代替する時に出てくる規範というか、家族のイメージというのは、絶対反動的ですよね。

人間は苦痛を快楽にしてしまう奴らだ

柄谷　さっきの話に関連するけど、君はマゾヒズムはわかる？

村上　理解は出来ますよ。

柄谷　理解じゃなくて。

村上　僕は、わりかしその辺はうるさくて、自分ではやっぱりコミュニケーションとか関係性が変化するほうが好きなんですよ。自分によって何か変わるほうが好きなんです。多分柄谷さんも僕と同じだと思うけど、そうじゃなくて自分の欲動とかを誰かに全面的に依存したほうが、性的に気持ちいい人がいるというのは理解できますよ。

柄谷　アメリカの映画で『7月4日に生まれて』という、ベトナム戦争批判の映画があったでしょ。最近、あの映画のシーンで、一つ気になってきたことがあるんです。主人公はベトナム戦争でやられて下半身が不随なんですね。彼は七月四日に生まれたために、子供のときから親に愛国主義者に仕立て上げられて、ベトナム戦争に積極的に志願したんですが、その結果、下半身不随になって帰国してくる。みんなが英雄視はするけれども、実は冷たい。まず女に相手にされない。それで、絶望してメキシコかどこかに行くんですが、そこで売春宿に行くんです。女が、下半身が不随でもあなたにオーガズムを与えてやると言うんですよ。しかし、それは、どうやったのか、実際そうなったのか、映画ではよくわからなかったんですよ。最近思ったんですけど、それは絶対可能であると。近年の脳生理学でわかってきたことですけれど、快楽物質が出るでしょう。これは普通の快楽が禁じられるような状態じゃないと出ない。むしろ苦痛でないと出ない。ランナーズ・ハイというのがありますが、あれも一度苦しい状態を経ないとだめです。初めからあの状態にはなれない。そうすると通常の快楽ではないような快楽がでてくるには、通常の快楽を切断しなきゃいけない。したがって、苦痛や不快を通さないといけない。

カントが『判断力批判』のなかで、美と区別して「サブライム」(崇高)と言っているのも、それと同じだと思う。美が感覚的なものに根ざしているとしたら、サブライムは感覚的に不快なものを突き抜けたときにのみ感じられる。カントはそこにメタフィジカル（超感性的）な次元を見出したけど、僕はそれもフィジカルなものに根ざしていると思います。マゾヒズムがなぜ快楽か。それは普通の快楽を犠牲にすることによって快楽物質を獲得するからだと思う。宗教的な法悦とかいうけれども、メタフィジカルも結局はフィジカルではないのか。どう、この説明は説得力ある？

村上 ある！　あります。あ、マゾヒズムってそういうことか。もっと本質的な話だったんですね。僕はそういうのキライなんですけど（笑）。

柄谷 そういえば、僕は君に、神秘主義は化学物質の話だと、昔言ったことがあった。

村上 昔、ありましたね。坂本龍一との鼎談の時に（笑）。

柄谷 一九八四年です。僕はあの前に病気で、神秘主義にやられたことがあったからね。思えば、あの経験があったので、僕はあの手のものには強い。オウムを褒めている馬鹿がいるけど、オウムはまさに神秘主義を化学物質を使ってやってましたよ。もともとあの人達にとって大事なのは、プロセスだったはずなんですよね。達成そのものに意味はないのだと。

村上 過程ですよね、本当はね。滝にうたれるとかね。

柄谷 そういうわけで、僕はマゾヒズムに興味があるんですけどね。後期のフロイトももっぱらマゾヒズム論ですし。

村上　マゾヒズムってやっぱりキーワードですよ。国家を語るうえでも、家族を語るうえでも、トラウマを語るうえでも。

柄谷　人間が苦痛なことに快楽を見出すということを理解できないと、人間全体が理解できないんじゃないかなと思う。経済学でも何でも、特に近代経済学はそうだけど、人間は快楽を志向する、苦痛なこと、不利なことはしないと決めているんだけど、そんなことないよ。そういう仮説を立ててやっているから、経済現象までわからない。

村上　バブルの崩壊なんかわかりっこないですよね。

柄谷　人間は苦痛を快楽にしてしまう奴らだということをわかってないとまずいんじゃないかな。

村上　経済学者はわかってないかもしれないけど、よく銀行の頭取とかでマゾヒストは多いっていうから、そういう人はわかってるんじゃないですかね（笑）。

柄谷　そういう銀行員は有能なんじゃないの。

村上　絶対有能でしょうね。

柄谷　それとはちょっと違うけど、昔、東大の経済学部はほとんど宇野派のマルクス経済学だったわけですよ。法学部の学生もたいていそれをやっていた。宇野の考えは、産業資本主義は労働力商品に基づいているために致命的な困難をもっている、ただし、だからといって必然的に社会主義革命になるわけではないというものです。卒業してから、彼らは官僚になったり新日鉄のような大会社に行ったりするけれども、そういう認識をもっている連中の方が経営者としてはましなんじゃないですか、資本主義は危なっかしいと思ってやっている連中のほうが。僕は大分前に一度、住友銀行の重役と話したことがあるけど、資本主義の見通しに関してひどいことばっかり言ってましたね。しかし、有能だったと思う。

村上　今、その人はお幾つくらいですか？

柄谷　今なら七十を越えていると思います。宇野派だと言ってました。しかし、東大経済学部でも、ある時期からはみんな近経をやってるんですよ。資本主義バンザイで来ている。一方、長谷川慶太郎とか、元日共系で転向した連中にもそんな奴が多い。しかし、こんな奴らがやってるから、日本は経済的に駄目になったんですよ。バブルの時期に、彼らが何て言っていたか。みんな、今は素知らぬ顔をしてやがる。

村上　あれはやっぱり経済学そのものが駄目だったんでしょうね。バブルが予見出来なかったということとは。

柄谷　ポパーなどは科学は予見的でなければならない、ゆえに『資本論』は科学ではないと言ってますけど、それならいつも予見に失敗している近代経済学者は科学的なのか。次から次へと、情勢に合わせて、新理論家が出てきて、いつも科学的と称しているだけですよ。もうちょっと原理的に資本主義について考えるべきなんだ。そもそも常識的に考えても、株なんて上がれば下がるに決まっているでしょう。それに、普通の周期的景気循環と違った、長期的な景気循環（コンドラチェフの波）がある。それは経済政策ではどうにもならないんですよ。

話はちょっと違うけど、八〇年代に「現代思想」で岩井克人や浅田彰と資本主義をめぐる座談会をした時に、岩井君なんかでも、根本的に資本主義経済は変わったとか言っていた。カジノ資本主義で、大学生も株に投資しているとか言って。もうじき株は下がる、とその時僕は言ったけど、別に調べなくてもそんなことはわかりきっている。

村上　あれって近代経済学の限界なんですかね？　岩井さんなんかの言うこと……。僕は、岩井さんのデジタル・キャッシングに関する論文を見て、何かおかしいなと思って……。

柄谷　おかしいのは、要するにマルクスから逃げようとしているからです。ソ連が崩壊しようが、『資本論』とは関係ありませんよ。マルクスは社会主義のことなど一つも言っていない。

ま、それは別にして（笑）。村上君が今家族のことをやるのは唐突ではないと思う。例えば、僕は君の作品を全部読んだわけではないけど、読んだものでいうと、少なくとも『ピアッシング』がそうだし、『コインロッカー・ベイビーズ』もそうですが、なぜか家族的に不幸な子供からはじめていますからね。

村上　そうですね。図式からすると、映像でいうと〝母もの映画〟みたいな感じですよね（笑）。小津とか小市民映画とかホームドラマじゃなくて。母もの映画というのは崩壊した家族からはじまるんですよね。

柄谷　『ピアッシング』は、僕はマゾヒズムを予期して読んでいたら、ちょっと違いました。ヒューマニズムでしたね。

村上　ヒューマニズムですね、あれは。『ピアッシング』とか、女子高生の『ラブ&ポップ』とか、とりあえず翻訳したいんですよ。向こうの翻訳家も「リュウが思ってる以上に面白いよ」とか言ってくれて。

柄谷　『ピアッシング』は面白いよ。落語みたいな話ですけど（笑）。死にたい奴と殺したい奴が会った時にどうなるかというんだから。

村上　そうかもしれませんね（笑）。

柄谷　しかし、落語の中には恐ろしい話もあるよ。円朝の怪談も落語なんだからね。

村上　日本の落語は真面目にやると世界の人はわからないですから、あんまり。日本のことをよく知ってる人じゃないと。例えば女子高生の取材で何人かに会ったんですよ。もちろん普通の子が援助交際をやってるんですけど、体を売るということをやっている子は、援助交際をやってるなかでも一〇パーセントなんですよ。そういう子って、必ず、父親に問題があるんですよ。今度『TOKYO　DECADENCE』というホームページを作る時に、女の子を一般から募集したんですよ、オールヌードでって書いて。で、一見普通の子が来るんですよ。それでオーディションの時にいろいろ聞いていくと結構スリリングなんですけど、やっぱり家庭が壊れてるんですよね。SMクラブやSMバーで働いている子でタトゥーとかすごく入れてる子は、必ず父親とか家庭に問題があるんですよ。これは何なんだろうと思ったのが、家族に興味を持った最初なんですけど。そうすると女の子にしても、ある種マゾヒズムを通過するんですよ。マゾヒズムって非常に興味深いけど、基本的には柄谷さんも嫌いでしょ。

柄谷　うん。……いや、わからん（笑）。

村上　いやー、柄谷さんは絶対嫌いだと思いますよ。だって、イージーだもの。

柄谷　身体的には嫌いだけどね。身体的な苦痛には極度に弱い（笑）。しかし、精神的な苦痛は僕はわりと好きですね。つらい目に遭いたいという気持ちがあるんですね。

村上　それは、状況的なものではないでしょ？

柄谷　『ヒュウガ・ウイルス』にも書いてあったけど、何かエネルギーが出てくるわけですよ、そうすると。

村上　B型だからですかね。

柄谷　僕はAB型だよ。

村上　そうですか。僕は柄谷さんはB型だとずっと思ってましたよ（笑）。

坂本龍一

ヴァーチャルな恋愛と鎖国化のシステム

さかもと・りゅういち

1952年東京生まれ。東京芸術大学大学院音響研究科修士課程修了。スタジオ・ミュージシャンとして出発し、78年イエロー・マジック・オーケストラ（YMO）を結成。テクノポップのみならず、日本の軽音楽シーンの中心的なグループとなる。83年に〝散開〟その後、演奏、作曲だけでなく、「戦場のメリークリスマス」「ラストエンペラー」では俳優としても高く評価されるなど、映画、出版、広告など多くの分野で活躍している。

村上　このカメラは何枚撮れるの？

坂本　これは五十数枚撮れて、一回コンピュータに入れて、見たかったらカラーでプリントアウトすればいい。

村上　どういうかたちで「ユリイカ」編集部に送ればいいのかな？

坂本　コダックなんかでデジタル画像を処理してくれるのかな。

村上　中にフロッピーみたいな、カードみたいなものが入ってるの？　中の画像を何かに一回取り込めないかな？　フロッピーとかにさ。

坂本　それはもちろん出来るよ。一回コンピュータに取り込んでから。

村上　でも、カラーだとメモリーを結構喰っちゃうよね。フロッピーには入らないかもしれないな。

坂本　それほど大きくはないと思うけど、フロッピーに何枚かは入る。ただ、専用のソフトがコンピュータに入ってないと、これは開けないから。このデジタル画像を写真のまま作業する、ＤＴＰとかやってないのかな、「ユリイカ」って。やってないんだろうなぁ（笑）。

村上　やってないような気がするなぁ（笑）。実際、そういうシステムが環境としてきちんとある出版社ってないんじゃないの。

坂本　コダックにはブロウアップしてくれるサービスがあったような気がしたけど。

村上　日本人だと個人でやってる人っていないんじゃないの？　すごい好きで趣味でやってる人だったらいるかもしれないけれど。

坂本　最近デジカメばかり使っているから、普通の写真はあまり撮らないじゃない。困るのはおじいちゃんとかが、孫の写真を見る環境がないじゃない。紙に焼いた写真になっていないから。それもあって、母親は六十八歳なんだけど、去年から無理矢理インターネットをやらせはじめてさ。

村上　飲み込みはお母さんのほうがやっぱり早いのかな、お父さんより。

坂本　そうだね。自分の孫としょっちゅうメールをやり取りしていて、メールに画像を一枚くらいアタッチして送れるから、お母さんは見られるんだけど。

村上　お父さんの時代ってきっと、写真植字機もなかった頃だもんね。活版というか、組み込んでいくやつでしょ。やっぱり女性のほうがそういうのは早いのかなぁ。

坂本　そうだね。日本のインターネットは女性人口はまだ一割くらいだよね。日本の新聞とか見ると、主婦ネットワークとか書いてあるじゃない。老人介護のやり方とか、ネットワークを作りましたと。ネットワークって、ネットを使ってやってるんだと思ったら、ファックスとか、電話とか、文集とか(笑)、そんなんだったりして、未だに。いい加減にしてほしいよね。早く国が国民全員にアカウントをタダで配ってほしいよね。実際にそういう話はスイスとかマレーシアではある。

村上　この前、主婦の人からメールが来て、インターネット不倫ごっこというのが職場とかでも流行っていて、実際に付き合うのではなくて、メールで「好きよ」とか「愛してる」とか「したい」とか書くんだって。

坂本　メール上の不倫なの?

村上　そう。それにはまっちゃって、主婦が家事もやらなくなって、コンピュータの前にずーっといるようになって、それで神経を病んでしまったとかいうのが来たよ。半年前だとわからなかったけど、そういうコミュニケートに飢えるというのはわかるね。

坂本　今も流行っているかどうか知らないけど、多分、子供達も、電話で口もきけないから、ポケベルとかで会話するじゃない、記号で。あれって、会わなくっていいし、声も聞かなくていいし、触れることもないから安心なんだろうね。だから、「したい」とか「愛してる」とか、やっと言えるんだよね。

村上　「元気だよ」とかね。すごくシンプルなことでやりとりしてるんでしょ。

坂本　それだけ遮断しておかないと、ものが言えない。例のヴァーチャルものにしても、絶対流行るよね。とりあえず、ヴァーチャル・セックスは絶対流行ると思うんだけど、それで本題に……、ヴァーチャル・ファミリー、ファミリー的な幸せ、ヴァーチャル・ラヴ……。

村上　ヴァーチャルな家族愛だよね。それがいちばん高く取り引きされるんじゃないかなと思って。セックスってどうしても物語がないと、パターンってだいたい決まってくるじゃない。そういうヴァーチャルものの恋愛とか家族愛とかになってくると、子供の問題って大きいよね。子供を産むとか産まないとかさ。育てるとかさ。

坂本　「たまごっち」だね。「たまごっち」をアメリカでも売り出してさ。品切れなんだよ。商品名が英語で「TAMAGOTCHI」ていうんだよ。「ニューヨークタイムス」のサイバー欄でも「僕のたまごっち日記」みたいな、アメリカ人の記者が書いた記事が載ってたり。

むしろヴァーチャルというのはシンボリズムだから

村上　俺はもちろん見てないけど、インターネットのなかに「たまごっち」のお墓があるのね。墓地がね。自分の育てていた、死んだ「たまごっち」に戒名を付けて、そこにアクセスしてお参りをしたりして。

坂本　お墓っていえば、富士霊園とか土地を買うのも大変だし、土地もあまりないじゃない。だから最近、小さなボックスのマンションみたいなお墓がいっぱいあるじゃない。あれをもっとすすめるとインターネット上の「ヴァーチャルお墓」になる（笑）。もう真剣にやろうとしてるよ。絶対売れるんじゃないかということで。インターネット上のお墓のヴァーチャル・スペースを買う。

村上　それはもうあるんじゃないかな。テレビか何かで見たという人が……うん。それはまだペットのお墓かな。

坂本　人は冠婚葬祭には絶対にお金を使うじゃない。だからネット上の冠婚葬祭。

村上　結局、お墓とかいうのって生きてる人のためにやるんだもんね。死んだ人はどうだっていいんだよね。お参りすると気が済むわけでしょ。

坂本　そうなると結局死んだ人はどうでもいいということの極みというか、それは実際の骨とかどうでもいいということの極限だよね。

村上　でも、昔から埋葬とか、お墓とかいうものはシンボリズムだからね。

坂本　そこに言葉が書いてあるという、そのことが大事なわけでさ。戒名とかさ。蓮實さんじゃないけど、言葉の恐ろしさというのは、ネット環境とかヴァーチャル環境になればなるほど、言葉の、シンボリズムの怖さとか力がよけいに出てくる。

村上　僕は坂本とは違って、コンピュータを始めてまだ一年未満でしょ。フロッピーとかにコピーする時に、小説だと約五〇〇枚入るんだよね、一・四メガで。それが絵だとモノクロの四×五くらいのやつが、三枚くらいでいっぱいになってしまう。モノクロで解像度が一五〇くらいのピクセルで、もう三枚で終わりでさ。だから最初は、言葉って本当に情報として少ないのかなと思ってたんだけど、この前友達と話したんだけど、文字を図形として読み込んでまた文字にするOCRというソフトがあるじゃない、あれで俺がEタイピストというのを買ったんだよと言ったら、その友達に、「ああ、それはおもちゃですよ」とか言われて。おもちゃだからスキャナーの付録についてるのね。彼が買ってる何十万するようなOCRでも駄目なんだって。コンピュータは文字が読めない。考えたら、文字は情報量が少ないんじゃなくて、逆に多くて、俺達は頭で意味に変換しているわけだからね。

坂本 情報というのは記号の集まりではなくて、意味に変換される時に初めて情報となるわけだから、変換率という意味では言葉というのはものすごく高いわけでしょ。画像なんていうのは変換率が小さい、象徴度が弱いんだよ。情報量の多い方から言うと、テキスト、音、画像になるわけね。音も象徴度は結構高い。映画の話をすると、常にあるのは、映像というのは、イマジネイティヴじゃないじゃない。それはイメージそのものだから、イマジネーションを喚起する力はない。で、音にはある。言葉にはものすごくあるよね。

村上　その力がないと言葉にはならないからね。

坂本　ものすごく少ないビット数で、ものすごいイマジネーションを起こさせるという意味では、その力は恐ろしいほどあって、こういうネット環境のなかで、その力はますます強まっていくよね。言葉だけあればいいということになっちゃう。ヴァーチャルというのは多分、そっちに行くんだと思う。僕は、実は3Dやヴァーチャル画像、ヴァーチャル空間とか嫌いで、ネットと絡み合っていても、その辺にはあまり魅力を感じないんだけど、そういうものは多分あまり発展していかないだろうと思う。だって映像の情報量だったら現実の方が多いに決まっているから、アナログだったらどこまでも細分化出来ないほど情報は詰まってるわけじゃない。だから、どんなにコンピュータが、あと十年くらい発達しても、現実の映像の情報量に較べたら常に劣っているわけだから、3Dやヴァーチャル画像は発達しないような気がするのね。むしろヴァーチャルというのはシンボリズムだから、言葉、音、どちらかがどんどん強まっていくだろうと思う。

村上　サイバーワールドというものがこれだけ現実のものになっても、やはり基本的には言語だからね。

坂本　言語というのは意味と音が両方組み合わさったものじゃない。やっぱり音と意味だよね。

村上　この前、別の友人がコンピュータに喋らせてみたんですけどって聞かせてくれたんだけど、コンピュータからナレーションが聞こえてきたら、すごく新鮮だったね。

坂本　言葉って本当に、意味と音を持ってるわけじゃない。書くから、イメージも持ってるわけだけど、本来意味とイメージと音というのが、別々のジャンルなのに、その三つが組み合わさったものが言葉じゃない。その不思議をネット環境になって、もう一度再発見出来るわけですよね。だから言葉というものを、例えばウェブとかメールで、文字のかたちで見ていたわけだけど、それが音に変換されて聞こえてくるとすごく不思議な感じがするのね。もともと言葉が、音にもなるし目で見える文字列にもなるということ自体が、本来はすごく不思議なことだと思うんだよね。

村上　当たり前みたいな気がして気づかなかったのかもしれないね。

坂本　ソシュールは、それは恣意的な結びつきだと言ってるけど、多分すごく不思議なことで、それが再発見されるということですよね。以前龍と東京の夜で遊んだ時も、言葉のほうが強いんだと言ってたけど。女の子を口説くにも……。

村上　ハッハッハ。ただ、言葉を使う側からすると、よくあるじゃない、窓の外でセレナーデを弾くとかさ、昔から西洋でも女の子を口説く時にこう……。だから、女の子を口説く時には、言葉は音楽に負けるのかなと思ったけど、割合、底力はあるよね。

坂本　重力が強いというか……。

村上　特に、今の日本やアメリカみたいに、みんなが傷つきやすいというか、コミュニケーション不全の状態にある時には、言葉のほうが威力を発揮するような……。

坂本 ポケベルだよね。ポケベル会話だよね。

村上 コミュニケーション不全ではなくて、もっと危機的な状況で、例えば戦場とか、終戦直後とか、みんなが貧乏な時というのは、笛とか吹いてコロッといかせるというのもあるかもしれないけど。

坂本 「政治と文学」じゃなくてさ、「政治は文学」じゃない。だから歴史上、優秀な政治家というのは優秀な演説家だったわけでしょ。蓮實さんが橋本首相の演説のことを言っていたけど、もちろん文章力がないということは、当然いい脚本が書かれていないってことだから、いい演技ができるわけないいんだけど、今の政治家はもともと声の出し方も知らないし、人を扇動するようなパフォーマンスも魔力もないし、駄目に決まってるよね。

村上 戦略そのものがあの人のなかにないもんね。

坂本 ないね。そういう力を呼び起こすようなポリシー自体がないしね。

村上 何かマジックが必要なんだというポリシーがないから。

坂本 やっぱりカストロなんて老いたりと言えども、しゃべれば音の魔力、パフォーマンスの魔力をまだ十分持っていると思うし、チェコの大統領になった小説家を持ち出すまでもなく、ゴルバチョフだって一種、文学者でパフォーマーであるわけじゃない。それで二〇世紀の歴史に残る優れた政治家なわけじゃない。あんなアホなエリツィンだって、なかなかの声と喋り方をしてるじゃないですか。そういうのが日本では成り立たないじゃない。

村上 そういうのって日本には、昔はあったのかな？

坂本 少なくとも明治時代にはあったんじゃないかな。

村上 あと、あの頃あったと言われているよね。空海とかさ。あの頃、みんなお坊さんの声がいいから、言ってることがわからなくても、暇だったから、娯楽として行ったんだとかって言うけどね。

坂本 江戸時代の大塩平八郎の乱にしても、活版印刷はないから、木版印刷で檄文を刷って、号外みたいにして配るわけでしょ、町なかで。町民たちのなかで字の読める奴が立て看みたいなのを読んであげて、その文章の調子で、聴衆というのはメロディで、グーッと熱くなっちゃったりするんだよね。

表象能力を他人から問われない状態になると表現は死ぬ

村上 あとやっぱり、正確な言葉遣いというかさ。新しい言葉を作れるわけはないんだから、檄文で。

坂本 厳密な言葉の遣い方ね。

村上 うんうん。俺最近四十五になって、言葉をど忘れするんだよ。特に単語とか熟語とか。書いていて、ど忘れしちゃって、単純なことなんだよ、「環境」とか「設定」とか「結合」とか、ど忘れして、絶対にその言葉だから、それが浮かんでくるまで書かないよね。ハードディスクにはあるんだけど、まだ解凍されてないみたいなさ。なんなんだよ、と思って、疲れたから休もうと思ってコーヒーとかを飲んでると、本当、発見しましたという感じで、「検索」という感じでポコッと出てきてさ。その時、きちんとした言葉がパカッとはまったという快感があって、昔はそういうのはなかったんだけど、そういうのって上手なメタファーを考えつくよりも難しい、正確な文章を書くほうが。メタファーは結構、簡単と言えば簡単なのね。

坂本 言いたいことはわかる。

村上 メタファーって一種映像的というか。

坂本 だらしないよね。

村上 うん、なんかだらしないね。比喩がうまい作家はいい文章を書くとかいうのは、俺は違うと思うね。

坂本 音楽なんて単語の要素から言ったら、もうはるかに少ないわけじゃない。オクターヴのなかに十二個しかないんだから、それだけの組み合わせでしかないから。それでも厳密な音というのがあって、音楽の場合には縦に音が並ぶと和音で、横に並ぶとメロディになるわけだけど、横だろうが縦だろうが、この音でなければいけないというのがあるわけ。ところがそう考えなくても、誰でも音は並べられるんだよね。

村上 だから、僕は本当に不思議なのは、昔の名曲ってあるでしょ、何でもいいんだけど、「グリーンフィールズ」とか「スカボロ・フェア」とか。俺でも楽器で弾けるような曲じゃない。そうするといつでも作れそうな感じがするよね。でも、作れないんだよね。ポール・マッカートニーが「オール・マイ・ラヴィング」を二〇分で作ったとかいって、あの負けん気の強いジョン・レノンが参ったと言ったという話があってさ。そうするとポール・マッカートニーは二〇分で一曲だから、一日に一〇〇曲くらい作れるかといったら、作れないわけでしょ。ああいう音の組み合わせというのは、厳密ということだけなのかな。聴く人が気持ちいいとかさ。

坂本 うーん。でも、実は厳密に作っているんじゃなくて、どうしても浮かんじゃうんだよね。

村上 そういう、この音の組み合わせは気持ちいいとか、モーツァルトのピアノソナタをコンピュータに打ち込んで、コンピュータに作らせても、ちょっと違うんでしょ？

坂本 うん、違う。

村上 それってよく人間性とか言うけど、そうじゃないんだよね。

坂本 全然……。

村上 違うよね（笑）。人間性とか琴線に触れるとか言うじゃないですか。

坂本　まず、分析する人は、そういう才能のない人が分析するから(笑)、まず、いくらやっても駄目だよね。

村上　マッカートニーはビートルズ時代に五、六〇曲、いいのを作ってる、きれいなメロディを。スティーヴィー・ワンダーは一〇年間くらいで、まぁ、十五、六曲はいい曲があるんじゃないかと思う。ビリー・ジョエルは七〇年代に多分、二曲くらいはすごくいい曲を作ってる。それでピタッとなくなっちゃうんだよね。

坂本　だってバート・バカラックがあの名曲を量産したのってほんの二、三年なのね、びっくりしちゃう。

村上　そうなんだよね。

坂本　で、駄目だもん、あとは。

村上　どうして駄目になるのかな。

坂本　神が見放したんじゃないの(笑)。

村上　個人がそうやって駄目になってしまうというのは、例えば、イタリアン・ネオ・レアリズモが戦後興って、いつか消えるとか、ヌーヴェル・ヴァーグとか、もっと広いスパンでいうと印象派とか古典派とかロマン派とかと、やっぱりどこかでパラレルだよね。この前、思ったんだけど、小沢征爾のボストンとウィントン・マルサリスのビッグ・バンドで子供達のための音楽番組をやっていて、すごく良く出来てるのね。

坂本　観ました。

村上　良く出来ていて、ウィントン・マルサリスは才能あるなと思ったんだけど、俺が思ったのは、やっぱりジャズというのは、俺が昔ジャズを聴いた頃は、ジャズを聴くと不良になるとか言われてたじゃない。これを聴くと不良になるよという音楽がいい音楽というわけじゃないんだけど、うまく言えないんだけど、なにか、〝いけない〟というか、未分化なものがあって、そういうのに手を染めるのは良くないというところがあって、あれ観て、いい意味でもわるい意味でも今やジャズって本当にすごいステイタスを得たなと思ったの。でもクラシックと一緒にやるほどのものじゃないけどなと思ったけどさ。

坂本　僕が思うにはジャズは誰でも出来るね。アマチュアの音楽だね。そこが良さでもあるんだけど。ほら、アマチュアのスポーツマンでもプロくらいすごい奴もいるじゃない。でも、やっぱり華がないというか、プロになってしまうと駄目な奴っていっぱいいるじゃない。たまに成功する奴もいるけど。そんな感じがするな。だから、天才って言われている奴は、ジャズかどうかなんて関係ないものをやってる。ジャズとしてやってる奴は、みな駄目だ。

村上　俺は最近、ジャズでもロックでもコンボっていうの、トリオでも例えば、ビル・エヴァンス何とかというのは聴けるんだけど、コルトレーンのカルテットとか、マイルス・デイヴィスのクインテットとか、なぜかはわからないけど聴けなくなってきた。メールにも書いたアントニオ・カルロス・ジョビンとか、あとグレン・ミラーとかも聴くんだよ。別にビッグ・バンドが好きというわけじゃないんだけど、昔、ジャズっていいなぁと思った部分なんだけど、そこが今、なんかこう、スカスカでさ。聴けないよね、あれ、CD一枚、ジャズ。

坂本　聴けない。よっぽど耳が悪い人か……。

村上　酔っていて、ヴォリュームをものすごく小さくしてる時とかね。

坂本　怠惰な人とかね。そういう人は聴けると思うけど。

村上　僕が思ったのは、柄谷さんとも話したんだけど、ある集団が地震でも災害でも、いちばんいいのは、ペルーで人質になった二十数人の人質だよね、そのなかの一人がレポートとか或いは、あれをモチーフに小説とかを書いた場合に、一緒に人質になった二十数人のなかには基本的に批評性ってないわけじゃない。よくやったとか言われてさ。特に、その小説とかレポートをどこかに届ければ、この二十数人が救われるという時に、何か書いた人間というのは、それは表象能力は問われないでしょ。やったことが素晴らしいわけで。表象能力を他人から問われない状態になってしまうと、表現というのは死ぬような感じがするんですよ。

坂本　ジャズが死んだのはそうだし、ロックが死んだのもそうだし。

村上　別にあの音はヤバイとか、不良が聴くものだからやめなさいというものだから素晴らしいというわけではなくて、全然まわりに届いていなくてわかっていない他者ばかりとか、伝えるべきことがあって伝えなきゃいけないという状況の時に、ある種のモチベーションがあって、それがきれいな音楽を生むような……。それは小説でも何でも同じだけど、音楽がいちばんわかりやすいから言ってるんだけど。小説だってパタッて書かなくなる奴がいるからね。

うまく言葉で伝わらないからいろんなものが生まれた

坂本 まぁ、結局はそいつ個人の問題というかさ、伝えたいことがあるかどうかだよね。

村上 そう、だから、言うべきことじゃないんだよね。伝えたいことっていうかね。だとしたら坂本なんかは、全然終わらないじゃない。要するに、世界そのものがあるわけでさ。これをわかってもらえなきゃということではなくて、ずーっと、クラシックにもポップスにも、何にでもズレがあるわけでしょ。批評性がなくなる地平ってないもんね。それ、不思議だよね。

坂本 ただ、伝えたいことというのは、別に、自国民に、日本人に気づいて欲しいとか、そういう伝えたいことは、もともとないわけで、そういう意味では伝えたいことはないんだけどね。そうすると結構危険で、むしろ他国民、他民族に敵意を持ってるとか、或いはその裏返しで自国民に敵意を持ってるとか、日本人に対して非常にアンバランスな気持ちを持っているというのは、これは創作の動機としては結構強いよね。なにくそとか思えるわけね。例えば、非常にナショナリストの多いイタリアの田舎で、一家族だけ共産党の家族があったりすると、みんなに唾を吐きかけられたりして、なにくそって俺のほうが正しいと思えるということは、非常に強い動機になるんだけど、それも、だんだん日本に対して諦めが大きくなってきて、責任感もないから、どうでもいいやと思うと、その齟齬というか、フリクションもどんどんなくなっていて、そういうのも動機にならなくなってくるのも確かね。そういう意味では伝えたいことはもともとなかったんだろうなぁとは思いますね。

村上　ただ、ロックの場合には伝えたいというよりも、結構プレイというのは気持ちいいわけじゃないですか。その気持ちよさを自分だけがわかってるんじゃなくて、伝えるというのがすごくあると思うんだけど。そういう意味で、いい例か悪い例かわからないけれど、ＹＭＯという画期的なバンドがあの時代にあって、あのバンドを組んだ時点で、あの三人のモチベーションみたいなものは、割合、差はなかったと思うんだよね。ところが、他の二人は、もう伝えたいことはないわけ、やっぱり。俺は個人的に面識はないから別にいいんだけどさ、要するに、音楽的に伝えたいことがもうないと思うんだよね、きっと。でも、やっぱり坂本なんかは、常にどこかからズレているから、そうやって終わりようがないよね、ズレてると。

坂本　難しいよね。この話は何回もしていると思うけど、表現したいというのは、変な話、でもちっとも変じゃないんだけど、すごいくだらない動機から出て、俺はここにいるぞとか、俺はこの色が好きだとか、俺はこの女が好きだとか、そういうものじゃない。そんなことは、実は言わなくてもいいことかもしれなくて、ものすごい自意識過剰な行為だし、同じように思っていても、表現しないような……。

村上　俺は人間として一流だろ、みたいな感じでしょ。

坂本　一流かどうかはわからないけど、そっちがいいかどうかというのは、おいておいても。

村上　一流とかレベルが高いとかっていうのはわからないけど、幸せな人って感じがするよね、伝えるべきことがないっていう人は。表象能力があっても伝えようっていうモチベーションがない人は、なんか幸せな感じがする。

坂本　多分、二〇〇〇年に一人くらいしか、そういう人はいないんだろうけど。本当に表象能力があってもね。そういうステイタス欲とか、本当になくてさ……。

村上　ステイタスの欲求って、坂本は結構低いでしょ。

坂本　かなり低いよ。

村上　僕、すごい低いよ。ステイタスの欲求は。

坂本　でも表現しようというのは結局そういうことじゃない、言ってみれば。俺はここにいるぞ、みたいなことを声高に叫んでいるわけで。本当に表象能力があっても、そういう欲求がなくて、表象しないという人は、やっぱり二〇〇〇年に一人しかいないのかもしれないけど、本当にいないのかもしれない。

村上　そういうのより、うんとレベルが低いのはうちの奥さんみたいな人で、声楽もやっていてピアノもやっていて、勝手にピアノを買って、気が向いたら弾くんですよ。最近は邦楽に凝っちゃって、日本舞踊もやって、三味線買って、三味線を弾くんだけど、音感があるからうまいんだよ。三味線の音って悪くないなという感じで聴いてたりするんだけど。彼女全然コンペティティヴじゃないんだよね。誰かよりもいいものとか、誰かよりもいい演奏とか、自分のここがうまいと見せるとかいうのがまったくなくて。ああいう人は幸せだなと思うよ。

メールにちょっと書いたキューバのアレナスって作家は、徹底的な反カストロなんだよね。もともと最初はカストロの反乱軍に加わって、粛清が起こった時に、やっぱりゲイだから、やられちゃったからさ。でも、まぁ、何千人とセックスしまくるんだもん。彼のファンのフランス人がいて、キューバに来て彼の原稿をこっそり持って帰るわけ。で、キューバで発禁になっているものをフランスで出すから、キューバ政府は怒って目をつけるじゃない。そうすると書いた原稿を没収されちゃうんだよね。それをセメント袋とかゴミ袋に入れて、毎晩毎晩友達のところを回るんだよ、預かってくれといって。

やばいからみんなに嫌だと言われちゃうの。ハバナの街を夜、さまようんだけど、会った若者とセックスしたりするんだよ、物陰で。それで、しょっちゅう朗読会をやるのね、出版できないから。作家とかが集まって四、五人で朗読するの。俺、朗読って作家にとって嫌な行為だなと思ってたんだけど、でもしょうがないかなと思って……。

坂本　出版出来ないからね。それも、だから声高に俺はここにいるぞと世界に対して叫んでるわけじゃない。素晴らしいんだけど……。

村上　でもね、俺はここにいるぞという感じとちょっと違うんじゃないかと思うよ。うまく言葉で伝わらないからいろんなものが生まれたような気がするんだよね。物語とか音楽とか絵とかさ。すごい単純な例だけど、きれいな景色を見て、彼女に見せてやりたいなとか、うちの息子に見せてやりたいなとか思う時に、その見せてやりたいという対象が抽象的になっちゃうと、伝える手段も抽象的になって、寓話とか音楽とか絵画とかになって、それはすごく健康的な……、そういう時って自分はないわけじゃない。美しい夕日とか、きれいな景色とか、ちょっと聴いた鳥のさえずりとかを、なーんとかして複製というか、コピーして、本当、このデジタルカメラと同じだよ、ソフトみたいなものに圧縮して、それをまたソフトを使って、みんなに見せてやるというような、全然崇高でもなんでもないけど、好奇心が強くて……、そういう時って自分はないでしょ。俺はないのよ。極端な話、作品が人の名前で発表されても、それは悔しいかもしれないけど、その作品が読まれれば……。

坂本　ごめん。俺はここにいるぞ、という行為だという見方というのは、多分、社会の側から見ての言い方なんだけどね。実はやってる本人は、そう考えていないんだけど、それはよくわかってる。例えば『昆虫記』のファーブルがまったく社会的に認められていなくて、だけどわけもわからず昆虫が好きで、興味があって、子供の様に観察していて、自分が見たり知ったりしたことをどうしても書きたくて、書くって伝える行為だけど、たくさん論文が溜まったりするわけでしょ。そういうのってすごい原初的な表現かなと思うんだけどね。

村上　まったくそうだよね、きっとね。

坂本　音楽もそうで、昆虫を観察しているのと同じように、音と音を重ねたらこういう音がしたということが、うれしくてしょうがないというようなことなんだよね。だから、本人は伝えるとか、俺がとか、別に思ってはいないんだよね。

村上　伝えるためには、ソフトとか、圧縮の技術とか必要だから、それは訓練だよね。訓練がないと、それはやっぱり駄目だと思う。だから、坂本龍一の音楽には坂本龍一はいないじゃないですか。身勝手とかさ、いろいろあるじゃない、そういうのってないもん、別になぁーんにも。すごい抽象的だし。

坂本　実は、音の遊びのほうに入っちゃってるから、音のなかには俺が俺がというのはないんだけどね。

村上　社会的にはそう見られちゃうということだよね。こういう話をニューヨークのこういう気持ちいい場所でしてもしょうがないんだけど、俺、女子高生の小説書いたでしょ、『ラブ&ポップ』っていう。あのときに初めて、書きながら、どうして俺はこんなものを書いてるんだろうと思ったね。あれを書いた時、四十四だったんだよ。どうして四十四の俺が女子高生の話を……。

俺、自分でデビューした時のことを覚えてるんだけど、あの時期にあんな小説でデビューするというのは、恥ずかしいっていうところあるじゃない。恥ずかしいもんだよ。ああいう生活をしてる奴はいっぱいいたわけだから。ただこっちは食っていかなきゃいけないからさ。食っていく時に、社会に対して割り込んでいく時に、自分が持っている情報を使うのは恥ずかしくてしょうがないというところはあるでしょ。そういうふうにして新人作家って出てくるわけじゃない。新しい装いをまとっているというか、自分のテリトリーはここだみたいなさ。要するにドラッグとかセックスとかヒッピーのことは俺にしか書けない、ロックのことは俺にしか書けないみたいな。とりあえず自分の居場所を確保するわけでしょ。そういう感じで、俺は意識的に出てきたから、なんで四十四歳のおじさんが女子高生のことを書かなきゃいけないんだろうと思ってさ。最近の作家ってそういう意識はないんだよね。自分のフィールドをきちんと確保しなきゃという思いもないし、昔の人が確立したフォーマットがあって、そこに新しいルーズソックスの女の子とか、丹下左膳のところに暴走族とかを入れてるだけだからね。食い破って出てくるという意識はないんだもん。そういう意味では、日本近代文学ってとーっくに終わってるんだよね。

坂本　やっぱり、そうでしょうな。

村上　中上さんが最後だったと思う。

坂本　七〇年代に終わってますね。

村上　僕は近代文学じゃないもん。中上さんは、最初短篇で訓練して『枯木灘』を書いたというすごい正統よ。だから、伝えたいという本当に強力なモチベーションがあると訓練が必要だもん。

情報が鎖国の遮蔽物になっている

村上　僕この前、つまんないことを発見したんです。野球を見ていて、日本テレビだったかな、「ジャパニーズ・メジャーリーグ・ベースボール！」って言ってるの。マイナーリーグがないのに、どうしてメジャーリーグと言うんだろうと思ってさ。他の局は、プロフェッショナル・ベースボールと言ってるから、それはそれでいい、でもどうしてメジャーリーグ・ベースボールと言うのかなと思って、おかしいと言ったのね。「誰もそういうこと言わないんだよ。なんで？」とか言って。あと、新宿の南口に髙島屋が出来て、タイムズ・スクエアというので、俺は恥ずかしいと言ったの、タイムズ・スクエアなんて。外国人がおかしいと思うでしょって、例えばスイス人とかフランス人とか。インタヴューに来た奴に言うと、いや、最初はびっくりしたけど、東京都内におそらく五〇〇軒くらいマクドナルドがあると思うから、日本人ってそういうネーミングが好きなんじゃないかなって言われちゃうんだよね。

坂本 中国人と同じだよね。

村上 息子とこの前話していて、日本のポップス、ロックの歌詞に「今日、起きたら最高だぜ、RUN AWAY」とか（笑）、最後に英語が出てくるようになったのはいつ頃だっけと言うと、ま、サザンぐらいかなと。その前のグループ・サウンズ時代には、「ブルー・シャトウ」でも「夕陽が泣いている」でも英語は出てこなかったんだよね。

坂本 ユーミンも、初期にはああいう形では出てこないもんね。

村上 出てこないよね、最初のほうはね。英語の歌は、ブルーコメッツは英語で歌ってたの。「青い渚」とか、全部英語で歌っていたの。それから日本語。そうするとサザンくらいから、やっぱり恥ずかしさが消えたんだよ。タイムズ・スクエアってつけちゃうことの恥ずかしさが。

坂本 それもやっぱり「閉じた」と言えるでしょ。

村上　そう、「閉じた」の。日本化が始まったんですよ。それは。

坂本　だから、本当のタイムズ・スクエアはどうでもいいということなんだよ、それは。

村上　本家のタイムズ・スクエアを知っている人が来ることとか、見ることが恥ずかしいなんていっさい考えない。それはもう、ピークに達してると思うんだよ。閉塞化。日本だけですませるというかさ。

坂本　だから、イギリスやアメリカ、いろんな他の国の音楽を継ぎ接ぎして作っても、まったく恥ずかしさはないんだよね。七〇年代くらいまでは一応恥ずかしさがあって、コピーしてるとか、俺達はコピーバンドだという、なんかうしろめたい感じがあるわけじゃない。

村上　フォニーね。

坂本　ね、ブルースをさ、『映画小説集』じゃないけどさ、ブルースをコピーしていると、やっぱりシカゴブルースは本物であって、俺達は博多の……。

村上　俺、高校の時にブルースをやっててさ、外人バーで、練習してたの。で、黒人が入って来たら、やめるのね（笑）。

坂本　そう、恥ずかしいからね。今はその恥ずかしさがないということは、想像力が及ばない、俺達はここ（日本）でやってるから……。

村上　そう、関係ないんだよね。

坂本　完全に閉じている。

村上　でも、国際化って言われてるんだよね。そうやって、ぜんぜん、昔よりもはるかに閉じているのにさ。そういうのって、俺と柄谷さんが、もう六〇年代になったら日本化が始まったとか、日本がいちばん国際化していたのは、戦前、戦中だとかさ、同じだよな。

坂本　八〇年代の最初の頃に中上と話した時に、ちょっと挑戦的な意味も含めて、日本が国際的だったのは戦前と戦中であって、みたいなことを言ったのね、戦争というのはいちばん国際的なコミュニケーションだからね（笑）、でも、明治時代だって大正だって、中国の人達が、日本に留学生として来て、日本で革命運動を勉強して、中国に帰って、革命運動をやったわけですよね。すごく国際的だったわけですよ。

村上　でも、そういう海外に出て行った人達を上手に動かすよね。靖国神社がさ、何をやってきても、あそこで英霊になって終わりなんだもん。英霊になったら何も言えないもんな。あえて、例えばニューギニアとかで苦しんだ人達の情報というのを、靖国神社でスルーさせて、全部ゼロにしてるみたいなものだもん。

坂本　靖国ファイア・ウォール。

村上　でも、あの機能の仕方は見事だよ、あれは。あんなことは誰も考えつかないよ。

坂本　日本がはっきり鎖国化をし始めたと感じたのは、八五年くらいかな。昔を思い出して考えると、ＣＢＳ／ＳＯＮＹができたのが多分七〇年なので、あの辺からおかしくなってきたなと思ったんですよね。その時に、情報を遮断することで、まるで情報がたくさんあるかのように見せる、それによって情報が鎖国の遮蔽物になっている、壁になっている。情報がこれだけありますよということを、テレビとかメディアで見せることによって鎖国している。メディアと情報をばらまく電通的なもの、電通自体が悪いとかっていうことではなくて、そういうシステムが鎖国化を推進しているんだなというのは……。

村上　それは、戦略を持ってやっていないから余計怖いんだよね。必然が信条だからね。そう考えると、そうやってちょうど鎖国が本格化した頃に、坂本はもう行っちゃったわけじゃない。

坂本　ちょうど端境期ですよ。八〇年に外に出てきたでしょ。ちょうど逃げられる……。

村上　坂本はそうやって仕事で出ていったから、全然較べられないんだけど、僕もテニスを観に行ったり、F1を観に行ったり、やっぱり何か嫌なものを感じたんだろうと思うのね。情報を探すというのはエネルギーがいるじゃない。だから、探す人が極端に減ってるからね。こんなことは威張って言ってるわけでもなんでもないんだけど、輸入レコード屋さんに行って、ジョン・メイオールのなんとかを探そうとかって、半日くらいかけて探して、あったらうれしかったりさ、ソフト・マシーンの『サード』がどうだこうだといって、馬鹿らしいと言えば馬鹿らしいんだけど、そういうことがゼロだよね。俺、日本のポップスって自分が毛嫌いしているだけで、何かいいところがあるだろうと思って、この一年間くらい努力して聴いたのよ。まーったく何もなかったよ。

坂本 僕も努力するんですよ、たまに。

村上 昔、俺が憎んだ大人みたいに、わからない、嫌いだ嫌いだと思ってるだけじゃないか、これだけ売れるんだから、何かいいところがあるはずだと思ったんだけど、なーんにもないんだよ。

坂本 成田のCDショップで一〇枚とか二〇枚くらい、その時のヒットCDを買って来るんだけど、まず聴くことはほとんどなくて捨てちゃうんだけど、たまに聴くんですよ、本当に努力して、一年に一回くらい。本当に面白くないわけ。

村上 なぁーんもないでしょ。歌詞にもなんにも。

坂本 特に歌詞にない。

村上 頑張ってるなというのは、たまにね。頑張ってるなというか……。

坂本 勉強してるな、というだけだよね。

村上 一所懸命やってるんだなというのはわかる。

坂本 でも、そうやってお勉強をして、技術ばかりつけて、ま、小説家も同じだし、批評家もそうだと思うけど、言いたいことは何もないんだからさ、無駄だよ。昔の言葉で言うと、マンネリズムだよね。もう二〇年くらい続いてると思う。何も言いたいことはないんだけど、技術だけ身につけちゃって作ってるっていう状態だよね。

村上　その閉塞化の悪弊というのはすごいものがあると思うね。

坂本　怖いのは、そうやって量産される音楽を買う人間がいて、それは買う人間が悪いんだけど、それでなにがしかの快楽を得ているつもりになっているわけでしょ、実際にその子達にとっては快楽だったりするかもしれないということがさ。蓮實さんじゃないけど、やっぱりいいものというのは、オリジナルにしか出来ないのかもしれないんだな、本当にいいものを、子供の時から超一流の絵を観、超一流の音楽を聴いてなきゃ、一流の音楽は作れるわけないんだよ。全然、そんないいものを観たり聴いたりしていない奴が作ったものを聴いてる無教養な者達が一億人もいるわけだから、それは駄目に決まってるよね。

村上　それは俺も感じるよ。今、日本で音楽をやってる、二〇歳くらいの人達は、若い時にユーミンとか桑田君を聴いて育ってきたんだよ。ユーミンとか桑田君はとりあえずビートルズは聴いてるんだよね。

坂本　そんなのはまだいいほうでさ。YMOをコピーしていた、YMOを聴いて育った世代のBOOMとか、そのBOOMをさらにコピーしたバンド達がもう三〇だからね。BOOMは一応YMOを聴いて育っている。BOOMのもとのYMOすら聴いていないないで、BOOMをコピーして育ってきたような子がもう三〇。たまんないよ。

村上　そうだよね。世代的に赤ん坊が大人になる必要ないんだもんね。十二、三歳でね……。

坂本 そうそう。「たまごっち」ですよ。一時間で一歳くらいになっちゃう。共感するんじゃない、「たまごっち」を見て、そいつらは。

村上 今年会った時に、愛がない人のゲームとかという話をしたじゃない。癒しとかヒーリングとかトラウマとかいうのが、セラピーとか日本でもブームで……。

坂本 吉本ばなな的な？

村上 雑誌なんかでも、そういう特集が組まれたりさ。もう愛の欠落というの、個人と個人とが家族という単位で、一般的に結びつくというのは無理だね。

坂本 親が悪いんだよ、やっぱり。

村上 お父さんが自信を持てといったって、今、企業に勤めている人だって、日本の近代化は終わっているわけだから、モチベーションはないわけだから、お父さんは自信ないよね。近代化が終わった日本をどうすべきかという議論が大きくあってさ、個人のトラウマとかの問題になっていくのならまだいいんだけど。

坂本 だって全共闘世代がもう五〇代だから。全共闘世代は一〇年の幅があるとすれば、いちばん上の世代は五十五で定年だもん。まったく信じてないし、何も信じてないでしょ。もちろん日本も信じてないし、自分は自立しているかといったら、自立なんかしてないし、結局全共闘は潰されて終わったんだよなぁって酒を飲んでるような、で、ちょっと頭のいい奴は官僚になったり、企業に入るような、そんな親の子達だからさ……駄目だよ。

村上　暗いね。

坂本　暗いよね。

村上　坂本はそういうのは関係ないかもしれないけれど、俺は作家だからさ、わりかしそういうのって、モチーフになり得るからね。

坂本　だから、その、SMクラブの話。このあいだも浅田君が来た時に言ったんだけど、日本の崩壊のいちばん先鋭的なルポルタージュというのは、村上春樹の本より、村上龍のやってる、SMクラブの女の子の話であって、これ以上のルポルタージュは、今の日本のドキュメンタリーにはないだろうという話をしたんだけど。

村上　崩壊って本当に興味は尽きないよ。このアイスクリームはうまいね。これがうまいぞっていうことを絶対食えない人に教えてやりたいんだよね。だから優しいんだよ、すごく（笑）。これをそのまま持っていくんじゃなくってさ、表象でよ。

坂本　表象でね、これがうまいってことを、教えたいのね。

村上　そう。だから素直なんだよ、すごく。

坂本　愛にあふれているんだよ、実は。

蓮實重彦

残酷な視線を獲得するために

はすみ・しげひこ
1936年東京生まれ。批評家。フランス文学者。立教大学助教授、東京大学教授などを経て、97年東京大学総長に就任。デリダ、ドゥルーズなどフランス現代思想の紹介者として知られ、先鋭な批評活動を展開。著書に『反＝日本語論』『夏目漱石論』『物語批判序説』など。現代思想、文芸評論のほか、『映像の詩学』『トリュフォーそして映画』『映画はいかにして死ぬか』『映画からの解放』など映画論も多く発表している。

蓮實　僕は単独の「村上龍論」をまだ書いたことがありません。だから、今回の「村上龍特集」を機にぜひ書こうと思って『五分後の世界』シリーズまでをかなり丁寧に読んでいたのですが、つい最近突発事故が起きてどうもだめでした（笑）。

村上　でも、蓮實さんが東大総長というのは素晴らしいことじゃないかと思うんですけど……。

蓮實　何にとって素晴らしいことなのか、よくわからないので困ります（笑）。

村上　『KYOKO』という映画をロジャー・コーマンと一緒にやったんですけど、ロジャー・コーマンという人は、インディペンデントですから、ハリウッドじゃないので、大学というものを信じてるんですよ。彼のオフィスにはスタンフォードの学生がいっぱいいますし、イギリスで映画を撮る時はハーヴァードやケンブリッジに、映画のスタッフ募集という貼り紙を出すんですよね。もちろん、そういう欧米の映画のシステムと日本は歴史が違うかもしれないんですけれど。

蓮實さんお一人で大きく変わるということは難しいかもしれませんが、日本の大学のシステムがもっともっと、まともと言ったらおかしいですけれど、まともになると、いろいろやっていく時にすごく便利じゃないかなと、単純にそう思っただけなんですが、どうもおめでとうございます。

蓮實　村上さんにそう言っていただけると、ごく単純に勇気づけられます。

村上　それでいろいろ大学に関してお考えがあるんじゃないかと思うんですけど。

蓮實　まだ就任以前ですし、これといって考えはないんです。これまで二十何年過ごしてきた経験でいえば、女性にとって過ごしやすい環境としての大学を作らねばならないとか、研究業績至上主義の弊害をなんとか矯正して、教育という原点に戻るべきだとか、漠然と考えていたことはいろいろありますが、これから、何ができて何ができないかということをあれこれ勉強しなければなりません。

前総長の吉川弘之先生も言っておられたように、とにかく、総長というのはいかなるものであるかという定義がどこにもないんです。もちろん、法律的にははっきり決まっているのですが、管理運営に関して実際にどう振る舞うべきかという点などがきわめて曖昧なんです。学長のことを東大では総長と呼んでいますが、総長は身分的に東大教授ではないので、原則として教えたり研究したりしてはいけない。教育や研究ではなく、アドミニストレイションのためにお給料をいただくということのようです。だから、学生とは会えないし、研究費は貰えない。シンポジウムに呼ばれたり、学会出張などということで外国に行くのも結構厄介になる。向こうの総長と会って交流協定のことを論じるというようなことだと、比較的簡単に行けるんですね。そういうことがありますので、徹底した現場人間としての僕にはあまり向いてない地位なんです(笑)。

村上 学生との接触もないんですか?

蓮實 入学式の式辞が、学生に直接触れる唯一の機会のようです。東大教授である限り授業もできるし、指導教授として学生も持てる。また、留学生を引き受けることもできるのですが、それは、原則としてはもう無理なのです。一八歳で大学に入ってくる若い男女を授業で徹底的に鍛えるということを生きがいにしていた人間としては、いささか絶望的ですね。

村上 でも総長でなければ持てない、何らかの権力ってあるわけでしょ。決定権とか。

蓮實 決定権というのもまた問題で、何を決定できるかというと、大学というところで重要なのは、要するに人と金なのです。つまり、人事をどうするか、それから予算をどうするか、というようなことの大枠は法律や政令などで決まっている。また、それを具体的にどう処理するかということは、それぞれの学部や研究所の教授会の自治に委ねられている。だから総長は、まわってきた書類に判を捺すとか、そういうことでしかないみたいです。世の中で最近よく、やれ指導者はリーダーシップを発揮せよとか言うでしょう。しかし、教育と研究の場としての大学でリーダーシップを発揮せよといいながら、教育の現場もなく、研究の基盤もない。大学の予算は原則として教師と学生につきますから、唯物論的な意味で総長は手足をもがれているのです。唯物論的にリーダーシップを発揮出来ないとなると、あとは観念論ですよね（笑）。ある種の観念論に逃れると辛うじて何かができるかもしれない。しかし、僕は観念論がいちばん嫌いな人間なので……。

村上　曖昧な発言力みたいなものは増すんですかね？

蓮實　国立大学ならどこでもそうだと思うけど、大学の最高議決機関としては評議会というのがありまして、総長はその議長をつとめるだけです。だから、あとは雰囲気づくりというか、そこに出ている評議員に特殊な波長を送るとか、そんなことしかないわけです（笑）。

村上　もう一つ思ったのは、この一〇年くらいの映画の状況があまりよくないので、蓮實さんがお持ちの映画的情報に対応できる映画が非常に少なくなってきているから、その絶望感があったのかなと思っていたんですけれど、それはないんでしょうかね？

蓮實　いや、そんなこともなくて、結構世界にはいろんな面白い映画が出てるでしょう。圧倒的に面白いのは、どこか一つと言ったら、やっぱりイランが面白い。

村上　ああ、そうですか。

蓮實　アッバス・キアロスタミをはじめとしてね、イランが決定的に面白い。どうしてあんなに面白くなっちゃったのか、これはイスラム原理主義でも説明がつかないくらい面白い。それから、ロシアも面白い。

村上　ロシアの新しい映画ですか？

蓮實　ええ。アレクサンドル・ソクーロフなんて、十九世紀の芸術家みたいな格好をしている。今さら芸術家の顔をされたら鼻持ちならないでしょう。ところがそれが似合うんです。「芸術、それは魂を描くこと」みたいなことを言うんですよ。でも、それも彼の映画を観ると納得してしまう。台湾映画も未だに面白いですしね。

普通のブルジョアはもう出る幕がない

村上　僕は『アブラハム渓谷』を何もわからずにWOWOWで観ちゃったんですよ、途中から。あの主人公の女の人が着替えているところくらいからで、窓際でメイドがお花を直しているシーンなんですけど、あの光を見て、なんだこれはと思って、最後まで観たんです。それで、ポルトガル語ってよくわからなくて、なんかスペイン語に似てるな、フランスっぽいところもあるな、どこの映画だろうとWOWOWにすぐ問い合わせて、ビデオをイリーガルだけど送ってもらって（笑）、それでこれまでに五、六回観てるんですけど。その後なんですよ、蓮實さんがいろいろ紹介されたとか、ゴダールがオリヴェイラに会いにいったと知ったのは。僕はやっぱりあの映画を観て、すぐいやらしく、あのマリオ・バッロソというキャメラマンと何とか組めないだろうかと思ったんですけど（笑）。あの映画を観て、映画はまだ大丈夫だというか、素晴らしいジャンルだというのを、改めて思ったんですけれどね。

蓮實　ポルトガル映画も結構面白くて、パオロ・ブランコという半分フランス人みたいなプロデューサーが、いろいろ監督を育てている。いまおっしゃったマノエル・デ・オリヴェイラなんていう優雅で残酷なお爺さんは、今年八六歳ですか。初めて会ったのが九〇年代の初めのヴェネチア映画祭なんです。アポイントメントはリドのエクセルシオール・ホテルのプールでと言うので、当時すでに八〇歳を越えていたから、プールの脇にロッキング・チェアでも置いて、お酒でも飲んでるのかと思ったら、彼、水しぶきをあげて壮烈に泳いでいるわけです（笑）。そうして八十何歳の老人がさっと水しぶきをあげて出てきて、引き締まった身体に水をしたたらせながら「こんにちは」と握手する。これは只者ではないと思いました。その時はまだ『アブラハム渓谷』は撮っておらず、その年はたしか『神曲』という、これもすごい映画ですけれども、それを撮って持って来ていた。前々から今度紹介してやるなんて言ってる人がいたんだけれど、八十何歳の老人がプールから水しぶきを上げて出てくるというんで、これはポルトガルを驚くべきなのか、ポルトガルに生まれたあのお爺さんを驚くべきなのか、ちょっと年齢の感覚をあの時、乱されましたね。

その年は確か、たまたまゴダールの新作『新ドイツ零年』も出ていて、その二本を観たら、現在の世界の映画は、ヨーロッパの大ブルジョアの息子によって代表される、他に面白いものはいっぱいあるんですけれど、やっぱりプチブルやプロレタリアートは負けたと思いましたね。一方はポルトガルの大ブルジョアの息子で、工場か何かを持っていたお父さんの遺産を食いつぶしながら撮ってたわけでしょ。もう一方はスイスの銀行家の孫か何かで、ヨーロッパを睥睨しながら今はスイスに住んでいる。この二人によって映画は征服されてしまい、あとの普通のブルジョアはもう出る幕がないということにショックを受けました。大ブルジョアの息子でなければ映画は撮れないという、これはシニシズムでしょう。アメリカはどうなのかというと、さっきお話が出たけれども、実はロジャー・コーマンだって大変なブルジョアだし、じゃあ本当に大衆芸術としての映画を支えたいわゆる叩き上げの人がいるかというと、これは映画史を見てみるといないわけではないけれど、いまはやっぱり少ない。だから困っちゃうんです。ゴダールもオリヴェイラも、もう隠しませんよ、大ブルジョアの子弟だということを。そうするとどうします、こういう人達がいると？

村上　どうしますかねぇ。ただヨーロッパの大ブルジョアというと、日本では理解できないくらいのブルジョアですよね。ゴダールは僕も一回対談で会ったんですけれど、ああいう時って本当に、一週間くらいご飯食べられないくらい打ちのめされちゃうんですよ。印象が数学者みたいな人で……。

蓮實　それは当たってる。

村上　なんかこう明晰さだけが、その人のなかにあるみたいな。ほとんど自分が、差別語になるからむずかしいんですけれども、知恵足らずみたいな感じで、必死に応対するんですけど、一週間くらい落ち込んで、二週間目にすべてやめたほうがいいんじゃないかという思いにとらわれちゃうんです。自分に絶望するんですけれど、映画に対してまた尊敬の念を新たにするような感じなんですよね。なんか別のやり方もあるんじゃないかと自分をごまかしながら、やるしかないんですけれども。いつも絶望感はありますね。

蓮實　これは一昨年ですけれども、ゴダールの特集をロカルノ映画祭でやりまして、そのためのシンポジウムに出たことがあったんです。そうしたらゴダールは、やたらなことを話してもらいたくないという。本当に俺の映画の話をするなら、俺の『(複数の)映画史』を最良の条件で観た奴だけに限りたい。で、その最良の条件とは何かというと、彼の自分のアトリエで観ることなんです。それをしない限りそのシンポジウムに参加してはならない(笑)。それで、フランスからもアメリカからもみんなレマン湖のほとりの彼の家に行くわけですよ。ぼくも日本からはせ参じたわけです。

パリに着くと、ゴダールの事務所に電話せよというメッセージがあって、電話すると、ゴダールのアシスタントが、あなたは何日何時のジュネーヴ行きの飛行機に乗ってくださいという。航空券はゴダールが持ちますといわれたって、僕はもう東京から、パリ、チューリッヒ、それからロカルノに入るという切符を買ってたわけです。ところがゴダールがそれは「ならん」と言ってると（笑）。俺の映画の話をするなら俺の家に見に来い。そう聞いて、これはやっかいなことになったなぁと思って、ほとんど時間がなかったんだけれど、チケットの行き先を変更し、一日パリでゆっくり寝たいと思ったけれども、翌朝の早朝の便でジュネーヴに行くわけです。ゴダールは、ジュネーヴのタクシーの運転手にロールのゴダールと言えばそれで行くから、あとは黙って乗っていろと言う。本当に運ちゃんはよく知っていて、あれは三、四〇キロあるのかなぁ、ジュネーヴから。そこを高速道路でさーっと行くと、ゴダールが出てくるんですよ。よく来たと。ちょうど窓ぎわの壁の前にさほど大きくもないモニターがあって、モニターのまわりには赤とか、いろんな色の数字がチャカチャカ出るでしょ。あれを隠すための装置をゴダールが自分で作っていて、それを一つ一つ丁寧に置いていくわけです。それでその奥の窓の鎧戸をゆっくり閉めて、「俺は後ろで手紙を書くから観てくれ」とか言ってる。ゴダールは後ろで本当に手紙か何かを書いているんですよ（笑）。そんなところで映画を観られるのかと思いました。どうせこっちを観察してるわけだし。手紙じゃなくて、次の作品の構想か何かを書きつけてるのかもしれない。

ところが、その『(複数の) 映画史』の第二巻かな、『イタリア映画史』というのがある。これがゴダールにしては珍しく、泣きに泣かせるわけです。まずカンツォーネが響いて、「イタリア語はなんと美しい言葉だろうか、我々は美しいイタリア語を使って美しいイタリア映画を作ったんだ」という歌詞を延々聞かせながら、ロッセリーニはいうまでもなく、デシーカをはじめとしてイタリアの監督達の顔写真がパッパッパッパッと出てくる。作品の抜粋もあれこれあって、これにはジーンときましてね。そこには僕の家内と、もう一人フランスからそれに参加する批評家がいて、しかもゴダールが後ろから観察している。これはここで泣いちゃまずいぞと思ったら、隣のフランス人がポケットからハンカチを出してツーンなんて鼻をかみはじめる。見終わった時には三人ともよよとして泣いてるわけです(笑)。そうしたらゴダールがポケットから二〇〇スイスフランを取り出して、それを一緒に行ったフランス人の手に握らせて、これでローザンヌまで車で行って、お昼でも食べて、それからロカルノのほうへ行ってくれと言う。二〇〇フランてほぼ二万円くらいなんですよ。ゴダールはそういうものを親しい友人にポンとやっちゃう人なんだそうです。そうした散財を絶対にやらないのが、エリック・ロメールらしいんですけれども(笑)、ゴダールは、わざわざ来てくれてありがとうというしるしに、お金をくれるんです。それを計算してみると、往路のタクシー代まで入ってる。それからサンドイッチくらい食べられる金額も入っているということで、これはやはりやたらな人じゃないぞという感じがしましたね。

村上　それは冗談じゃなくて本当に観て欲しいんですね。

蓮實　そう、そうなんです。やはりドルビーですから、やたらな映画館のドルビーで観たりすると音が割れちゃう。画質も最高のものでした。あれはちょっとした体験でしたね。

村上　大胆ですけど、おそろしく繊細に作っているんですね、丁寧に。当たり前ですけど。

何かに対して飢えを感じてないとあんなカットは絶対に撮れない

蓮實　ところで、オリヴェイラの『アブラハム渓谷』ですが、ずるいと言いますか、よくやるよと思うのは、普通にわかる映画でしょ、物語が。それでいて、決してその水準には止まらないすごさがある。その後の『メフィストの誘い』というのはわからないんですよ、何も。カトリーヌ・ドヌーヴがどうしても出たいというので出してやろうということにしたらしいんですが、結局ドヌーヴはなんかウロウロしてるんだけど、何の役だかよくわからない。話はあるんですけどね。ある重要な書物を探して図書館に来るというのがあるんですけれども、突然、音楽が黛敏郎になったり、信じがたい映画なんですが、去年のベストテンには誰もあげてない。

村上　僕は、キャメラマンだけがすごいのかなと思ったりもしたんですが。もちろん、そんなことは映画ではありえないわけで。でもあの光の具合というのは、原理的にはわかるんですが、どうやって撮っているのかわからないんですよね。

蓮實　丘の上から川を見下ろしているだけで、なんかこう、ムズムズするというね。

村上　僕は『ダイ・ハード』とか『ジュラシック・パーク』は非常に好きなんですけれど、ああいうのを観ると本当になんかこう、さもしいものに思われて、あの映像を観る時の恍惚というか快楽に較べるとやっぱり……。いや、僕は恐竜が走ったりするのはすごく好きなんですよ。好きなんですけどやっぱり、人間はさもしいなぁという感じが……。ゴダールにしてもオリヴェイラにしても、さもしさみたいなものが本当にないですからね。

蓮實　本当にないですね。僕も、いわゆる通俗映画と言われているものは大好きで、『ジュラシック・パーク』もそれなりに面白い。『ダイ・ハード』だって、僕は『1』『2』『3』みんな好きというほどではないけれども、観に行きますよね、いそいそと。

しかし単純に言えることは、『ジュラシック・パーク』で女優の顔をまともに撮ってないでしょ。前のショットの照明の間違いを次のショットでは少しずつ修正しながらも、女優の顔を最も良い条件では撮ってない。やっぱりその点もあると思うんです。女優が出たら、村上さんだって最も美しく撮りたいと思うわけでしょう。ところが、スピルバーグはそれがまだできてないんですね。おそらく永遠に出来ないかもしれない、という気がする。

村上　あれハリウッドでやると、多少しょうがないんだと思うんですけど、例えばキャメラを二つ使ったり三つ使ったりすると、どうしてもフラットな照明にしかならないんですよね。二つか三つ使わないと、キャストのギャラが高いから、一日撮影が延びただけで五千万とか一億軽くいくんです。ああいう方式だと絶対無理ですね。それほどギャラが高くない人を使って、長く撮れるような態勢を組まない限りは、やっぱりフラットな映像になっちゃいますよね。なんとかそれをアーティスティックに見せようとする努力とかしてしまうから、と言ってもスモーク焚いたりとかその程度なんですけど、それをやるから、また奇妙になっちゃうんでしょうけど。

蓮實　実は、先日の総長選挙で選ばれてしまい、もう打ちひしがれ、家内もショックで寝込んでしまい、立ち直るのにどうしようと考えこんだんです。二人の結論は、やっぱりいい映画を観なけりゃいけないというものでした。では、立ち直るには何を観たらいいか。やはり、ムルナウの『サンライズ』にしようということになったんです。純朴な男が都会から来た女に騙されて、ふと自分の奥さんを殺そうとしたけれども、しかし二人一緒に都会まで行って、そこで二人がもう一度愛を確かめ合う。その男が自分の奥さんを湖水で殺そうとして、どうしても殺すことができず、奥さんが森のなかに逃げてゆく。そこに、森のなかですから市電というのは変なんだけど、チンチン電車がすーっとあらわれる。それにジャネット・ゲイナーの奥さんが飛び乗るとジョージ・オブライエンの夫が、許してくれ許してくれと言いながらすがりつく。ちょうど市電が進んで行く方向を車内からとらえたすごい移動撮影ね、森のなかから、不意に見知らぬ都会に二人が出たという感じが気味悪いほど生なましく出てまして、その森から都会への移行のシークェンスを見ることで、われわれ夫婦は病気にならずに済んだんです。二〇世紀末の東京に住む還暦近くになった夫婦は、こうしてムルナウに救われたんです（笑）。

そのキャメラなんか見てみると、今のハリウッドのキャメラは落ちてますよね。かなりの人が撮っても、明らかに落ちてると思います。そこを現代のハリウッドの人達がどう思っているのかというのはわからない。質が落ちてもいいと、画質などにこだわらずに撮ってしまおうと思って撮っているのか、それとも、ある時期にこれほどの域にまで達してしまったキャメラ技術というものを映画に対する冒瀆から忘れてしまって、この程度でいいやと思っているのか、それがよくわからないんです。それは、日本のキャメラマンについても言えることなのかもしれないですけどね。

村上　話は『アブラハム渓谷』に戻るんですけど、主人公の彼女が古い家に帰ってきた時、葡萄の剪定の妙な構図の画ではじまるんですよね。カチッカチッというあの音が入って、雨が降ってて、葡萄を切ってて。そのあと彼女は家のなかで着替えたあとに、外に出た時には、あの長い映画のなかで、たった二回目の移動撮影でオレンジがひゅーっと……、あれはちょっと倒れそうになりましたね。だから何かに対して強烈に飢えを感じてないと、あんなカットは絶対に撮れないですよね。

蓮實　飢えか、ある種の達観からもそれは有り得るのかなという気がするんですね。オリヴェイラって、もうあらゆることをやってしまった人でしょう。もちろん飢えというのなら、あの女優は好きですよね、あの老人。明らかに惚れて撮ってますよね。惚れて撮ってるんだけども、異性の他者に対する飢えとかいったものとは違った、何かこう、神様がくれたものを自分なりに処理すればもう大丈夫だ、それで映画は自然に撮れてしまうみたいな、そんな恩寵への確信みたいなものがあるのかなという気がするんですよ。

ところで、村上さんがキャメラマンを選ぶ時は、何で選ばれてます？　するとますます我々は何もできなくなっちゃいますけどね。

村上　まだ自分が使いたいというキャメラマンを選べるような力は僕にはないんですよ。だから本当にわからないんです。『KYOKO』の時は、一応、デモビデオがあって、キャメラマンの過去の作品が送られてくるんですけど、見てもわからないんですよね。もちろんピントは合ってるし、とりあえずはよく撮れてますから。あの映画は超低予算の映画だったので、ユニオンの人は使えなかったんです。それでも僕は、ニューヨークのインディペンデントのキャメラマンは日本のキャメラマンより、レベルは上だと思いましたけど、光に対する考え方なんかは。ビデオでものすごく自分の気に入ったような画があっても、果たして今度の『KYOKO』という作品で、彼とかまたは彼女がこの通りの光が撮れるかというと、そういうことはないですから、映画の場合は。だから監督というのは一回ものすごくいいキャメラマンと、偶然でもいいから組んでみないと、その後の基準にはならないんじゃないかという気がしますね、僕はまだ一回もそういう方と組んでないんで。

美しくないのは大胆じゃないからだ

村上 僕は今、ポルトガルのサッカーが好きなんですよ。非常に優秀な選手がいて、ものすごくイマジネーション豊かなサッカーをしますよね。来年のフランス・ワールドカップでは、マリオ・バッロソと一緒にポルトガルチームを応援できたらいいな、と。

蓮實 アウダイールというのはポルトガル？

村上 アウダイールはブラジルです。言葉はもちろんポルトガル語ですが。ルイ・コスタとパウロ・ソーザ。スペインでプレイしているフィーゴとか、フェルナンド・コートとか。素晴らしい選手がいるんです。

蓮實 どうしてあれで強くないんでしょうかね、あんなに良い選手がいて。

村上 やっぱり、まだ勝ち抜いていったという経験が少ないんじゃないかと思いますね。

あまりにも個人的というか……あのバラバラに見えるところがまた好きなんですけれど。

蓮實　僕は夜、WOWOWでつい観ちゃうんですよ。

村上　セリエAですか。

蓮實　最近はスペイン・リーグもね。やはりいろいろなスポーツがあるけれども、サッカーほど動きとして美しいものはない。

村上　ええ。サッカーはスポーツの良さをみんな持っている気がするんですね。僕はセリエAとか、スペイン・リーグを観ている時はいいんですけど、まぁ、観ないようにしているんですが、たまにJリーグを観るんですよ。そうするとうちの家内が観ないでくれというんですよ。機嫌が悪くなって夕食が台無しになるから。

蓮實　本当ですね。それはもう腹が立ってしょうがないんですけれど、「ドーハの悲劇」なんて言ってるでしょ。仮にあの時アジア予選で勝ってワールドカップに出てしまっていたら、あれはサッカーに対する侮辱ですよね。あの時のオールジャパンというのは、動きも醜く最悪だったでしょ。そりゃ点くらいは取ったって、点を取ればいいってもんじゃない。それに較べれば去年のオリンピックにでた日本チームのほうがまだ良かった。この前のワールドカップの時は最悪で、こんなに醜いものはない。

村上　うちの妻はサッカーとか、それほど詳しくはないんですけれど、セリエAとか、あるいはブラジルのナショナル・チームの試合とかは、観てて気持ちがいいと言うんですよ。やっぱり一本一本パスが正確で速いし、みんな足が速いし。誰もこんなことは言わないけど、Jリーグっていうのは美しくないんですよね。美しくないという話をすると、日本の悪口のオンパレードになりそうだから、それはちょっと止めておきますが。

蓮實　美しくないというのは、やっぱり大胆じゃないからだと思うんですよね。

村上　あとやっぱり、技術がないというのは……。

蓮實　それはいろいろ人は出てきましたけれど、それじゃあデルピエーロみたいな奴がいるかといったら、いないわけですよ。ある角度からだったら絶対にそらさないという右足を持ってるわけでしょ。日本のJリーグがつまらないのは、中距離シュートのすごいのが、ないんですよね。たしかにカズには一種天才的なところがあって、ゴール前でボールがこぼれると必ず入れますよね。

村上　絶対に入れますね。

蓮實　ところが彼も、中距離シュートになると入らない。あれはなんですかねぇ。

村上　単純ですけれど、トラッピングというかボールを止める技術がないですよね、速いパス出しがまずできないから。それでゲームが中断しますからね。本当にそれって何にでも僕は言えると思うんですよ。

蓮實　村上さんが小説家として面白いのは、やっぱりスポーツが好きだからです。スポーツが好きだと言ってる人はたくさんいますよ、世の中に。村上さんはもちろんテニスの小説も書いておられるんですけれど、それとは違って、やはりこの人は観ることが絶対好きだなというのがわかる。しょうがないから我々は、テレビでセリエAなんか観ますけれども、現場に行って観ると全然違うでしょう。

村上 全然違いますね。

蓮實 つまんないアトランタくらいのチームがやっているのを観たって、絶対現場では面白い。これは日本の作家で非常に少ないんですね。やりたいとか、渡部直己がピッチャーがうまいとか、いろいろあるんですけれど(笑)、それはちょっと違うんですよね。スポーツじゃないけど、僕が駄目だと思うのは闘牛です。僕は見たことないんですけれども、闘牛は多分駄目だろうと。それからプロレスは観ますか？

村上 いや、プロレスはあまり観ないですね。

蓮實 僕も駄目なんですね。

村上 闘牛は僕、駄目でした。見たんですけれど。かわいそうですよ、牛が(笑)。スペイン人って嫌な人種だなと思いましたね。何にも変わってないですね、昔から。フランコが死んでも。牛に対する視線とか。何かを売りに来る子供がいるんですけど、ジュースとか言って、そいつらを呼ぶ時とか、おつりをやる時の態度とか、すっごい嫌なんじなんです。多分、そこは料金の高い、いい席だと思うんですよ。金持ち風の白いスーツ着たお爺さんが……。どうも嫌だなーと。

蓮實　あれはスポーツじゃない。スペクタクルなんですね。

うまい人を使わないと映画でのダンスは成立しない

蓮實　ところで、『KYOKO』はダンスの映画ですよね。ただし、ダンスを踊ってない場面も非常に多い。その踊ってない瞬間から踊る瞬間への移行は、どう想定しておられました？

村上　マンボのところは踊りを教えるシーンなので、いけると思っていたんですけど、ニューヨークのバーで踊るところは、どうやって踊り出すかというのが、結局わからなかったんですよ、自分で。高岡早紀もわかんないとか言って。それで、いろんな踊り出すきっかけみたいなものを、脚本で書き直したんですけど、どうやっても駄目で、撮影の時も駄目だったんです。編集の時に踊り出すところを見せないようにしようと思って、みんなが「うん？」「うん？」という顔だけをつないで、もうその次には踊ってるというふうにしたんですね。そうしたら、あの編集の時に僕は初めて、全部撮さなくてもいいんだということが（笑）、四十四歳にしてわかったというか。こういうのは、もっとはるかにすごいことを、きっとゴダール達はずっとやっているんですね。僕はヒッチコックってあんまり好きじゃないんですよ。ヒッチコックの〝ほのめかし〟とかとは違って、確実に、ピンポイントみたいなかたちで観る人に、何かを想像させるようなショットの積み重ねというのが高級な技術なんだなというのを、あの時少しだけわかりかけたんです。

蓮實　『KYOKO』の場合は、まあB級ですよね。B級という言い方は、これは後で話してもいいんだけれども、まず低予算である。それからほとんどロケセットで撮ってる。そういう意味でのB級なんだけど、例えば、踊り出す瞬間を撮らないというのはかつてのアメリカの優れたB級映画ではみんなやってた方法なんですね。いざという瞬間は見せない。ところが、あれは踊りの映画なので、やっぱり僕は観たいわけですよ、どうやって踊りはじめたのか。これをどう処理するのかと思ったら、やっぱり僕の正直な印象としては、村上さんは逃げたという印象を持ちました。

大変なお金をかけたMGMの大作で、『バンド・ワゴン』というのがありますよね。フレッド・アステアとシド・チャリシーの、あれは観られました？

村上　観ました。

蓮實　あれは踊り出す瞬間まで、踊りたくて踊りたくてウズウズしている男女がゆっくりと歩いていくんですが、そこで感心したのは、公園の花だか葉っぱだかをシド・チャリシーがふっと取って、しばらくもてあそんでいて、ポンと投げた瞬間に踊りはじめるんですね。あれはもちろんヴィンセント・ミネリの演出ですから、もう大変なベテランであることは間違いないんですけど、彼も苦しんでいたなと思う。「ダンシング・イン

・ザ・ダーク」のシークェンスですけれども、ここで小さな花、葉っぱかもしれないけれど、それを取って、投げる瞬間にスーッとダンスに移行するというのは、やはりそう簡単にできることじゃないと思います。昔のハリウッドの監督はこれが出来たんだなと感慨にふけりますよね。今のミュージカル、それこそ『ショーガール』なんかを含めて、そういう瞬間がない。その瞬間を工夫してもいないで、いきなり踊りはじめる。撮っておられる監督自身にこんなことを言っちゃいけないと思うけど、『KYOKO』はすでに踊っているところをみせるというかたちで解決しておられる。だからいいんだけれど、これは倫理の問題のような気がする。いかにして踊っていない瞬間から、踊る瞬間に移行するかということを、自分のなかでとにかく説明をつける。その説明がうまくいったかどうかというのは、これは別問題として、それをやる前に撮っちゃいけないんじゃないか。

ところが、一つの例としてダンスを如何に撮るかというとき、日常の時間から非日常的な時間への移行をどう撮るかが問題になりますが、その移行の瞬間に起きるべきすべての可能性を把握する前に、映画を撮ってしまってるケースが非常に多い。ずるいのは、やはりオリヴェイラですよ。全部、理由がわかるように撮っている。ゴダールの場合はむしろ、そういうものを排除して、事態は知らぬ間に進行しているというふうになるんですけれど、我々が普通に観ている映画でも、何か異質なものに移行する瞬間をどう映画的に表現するかということに関して、それを見つけないで撮っている作品は、映画的な倫理にもとるんじゃないかと感じてしまう。例えば『男はつらいよ』なんか、移行を考慮することなしでやってる。僕はあれは非倫理的映画だと思うんです。寅さんがふと来て、みんながそこに集まってきて何かをするという時に、寅さんが何か奇妙なことをするきっかけを映画的に作ってないんです。だから、ロングショットからバストショットへの移行がリズムを刻まない。

もう一つ、撮ってる対象に監督が惚れてるかどうかという問題もあるのですが、村上さんは、高岡早紀の存在そのものに結構惚れましたね？（笑）

村上　結構惚れましたね。

蓮實　これはすごく良く出ていたと思う。

村上　ただ一つだけ弁解するとですね、アステアという人はヌレエフに匹敵すると僕は思うんですよ。それは、ヌレエフ自身も言ってますし、マーゴ・フォンテーンの回想記にもありますけれど、アメリカでいちばんすごいのは、アルヴィン・エイリーとか、マース・カニングハムやトワイラ・サープじゃなくて、アステアだと思うんです。『バンド・ワゴン』のあのシーンはアステアのアイディアじゃないかという気もするんですよ。

蓮實　それはありますね。大いにあると思いますよ。

村上　映画っていうのは不思議なもので、モンタージュが出来るから、踊りはそこそこヘタでもいいかというと、とんでもないことで、目の前で踊った場合と映像にした場合では、迫力とか現実感がやっぱり失われるから、ものすごくうまい人を使わないと、本当は映画でのダンスというのは成立しないと思うんですよね。そういう意味で、素晴らしいダンサーがやっぱり減ってるんじゃないかという気が少しするんですけどね。

蓮實　やはり、三〇年代から五〇年代にかけてのアステアは、アメリカが持った最も奇跡に満ちた存在ですよね。僕は必ずしも彼が好きというわけではない。ただし、見てると駄目なんですね。その魅力にやられちゃう。

村上　アステアが好きって何か言いにくいですよね。

蓮實　ええ、好きじゃないんですよね。好きな人はいろいろいるんですけれど、あの人はやっぱり稀有な人ですね。

村上　カラヤンとかと同じで、よく聴いたりはするんですけど、好きって言いにくいところがありますよね。でも、移行の瞬間が撮れないっていうのは、象徴的な話ですよね。

蓮實　それを壊しちゃったのが、『ウエスト・サイド・ストーリー』。あれは移行の瞬間なしに、全部モンタージュでやってしまっている。あの映画は好きじゃないけれども、それはそれであり得るとは思うんですけどね。

村上　『ウエスト・サイド・ストーリー』の存在は大きいかもしれませんね。新しいとか言われましたからね。

蓮實　そうなんです。あれが壊してしまったところから、いまだにアメリカ映画は立ち直ってないんです。それはダンス映画だけじゃないと思いますね。キスシーン一つとっても、男女が向かいあってしゃべっている状態からキスへと移行する瞬間に、キャメラがどう息づくか。それをあまり本気で考えてない監督が多いですね。これも好きな役者じゃないんですが、やっぱりゲーリー・クーパーほど自然にキスへの移行を体現していた人はいないんですね（笑）。あれほどの人はその後出ていない。それはまぁ、キスそのものが稀少価値であった時代が明らかにあるわけですけれど。誰もあれほどの快さとともに、異性の唇に唇を触れ合わせることはやってない。

村上　蓮實さんが仰っていることは、非常に個人の才能に負うところが大きいんじゃないかという気もするんですけど。

蓮實　才能というより、これは一種の「天恵」だと思うんです。ところがその天恵を使える時代と使えない時代というのがあるわけで、三〇年代から四〇年代のなかばまでのアメリカ映画には、その天恵に見合った天恵の持ち主がいたんです。今は、うまい役者はたくさんいる。ただし、どうもそれが、画面から匂い立つように立ち上がってこない。映画はそういうものではなくなったといえば、それまでだし、それとは違った映画、例えば、ジョン・カサヴェテスの映画に出てくる女優や男優は、それとは違った意味ですごい。存在がそこにあって、画面を切ると血が流れるような感じの人達がいるんですからね。

村上　確かに、この前、坂本龍一と三人で話した時にも、どうして役者の顔が駄目になったかという話をしたような気がするんですけど、その傾向は深まってますよね。僕は日本では単純に、例えば銀行のコマーシャルをしている役者が、映画の銀行強盗の役はできないと思ってるんですけど、アメリカではそういうことはないんで、他にもきっと原因があるんだろうなと思うんですが。やっぱり神秘性が失われてますよね。情報が流れすぎているということもあるんでしょうかね。

蓮實　もう一つ、賭けの精神が失われたような気がする。賭けって何かというと、それは以前の計算が成立しない場に自分がどう飛び込むかということですね。ただし、それは単なる僥倖を期待しての振る舞いではなく、やっぱり賭けには賭けの才能というものがあるわけです。今の日本映画の監督で、賭けができるのは北野武しかいないという気がしますね。どこかであれ、計算を超えちゃったようなことをするでしょ。

村上　無謀ですよね、ある種ね。

蓮實　その無謀さが、デタラメさではないところに納まるから……。

村上　たけしさんは、すっごく計算してるんですよ。僕は、たけしさんの映画を観ていつも思うのは、小説家とコメディアンというジャンルの違いで、例えば小説家はヘタすると、ある情報をものにするのに一年とか五年とかかかったりするわけですけれど、コメディアンの場合には、特に彼は浅草の寄席なんかでやっていたわけで、自分のアイディアがひらめいた時に、それを表現してレスポンスが返ってくるまでに五秒とか、○・一秒みたいな世界に生きていたわけですからね。それは多分、綿密な計算をしたうえでのジャンプだと思うんですよ。たけしさんの映画を観て、いつも僕がうらやましいのは、やっぱりそのジャンプですよね。ある程度まで計算しながら、「もう、これで」と確信して飛ぶような、あれはちょっと真似出来ないなと思いますね。

蓮實　でも、寄席の芸人のようにヴィヴィッドなレスポンスをいつも受けていたからという理由で、あれができるんですかね？

村上　僕は、映画を撮る時に少しずつわかってきたんですけど、例えば、必死に考えなければいけないんですが、映画というジャンルに対する、妙な憧れとか尊敬とかを持っていては、制度に飲み込まれてしまうというか、簡単に言うと、テイストが出せない。たけしさんという人は映画というジャンルをそれほど愛してないんじゃないかという気がするんですよ。非常にニヒリズムを感じるんですよ。それで彼は映画の制約から、ま、映画というのは制約の固まりですけれど、それからたけしさんは本当に自由な人だなぁという気はしましたね。それも結構大きいんだと思います。

蓮實　僕は、ある種の残酷さがあると思いますね。映画が好きなだけの人が撮った映画の限界というのはもう見えますよね。

村上　ええ、見えます。

蓮實　マーチン・スコセッシだって、それでしかないと思います。不幸なことに、マーチン・スコセッシは一所懸命に勉強してるし、彼の観た映画もたくさんあるだろう、それも本格的に観方も考えてるんだろうけれども、一つの画面をポンと較べてみた場合、これは北野武のほうがすごい。そこのところを、勉強なんかしたって駄目なんだよと言ってもしょうがないんだけれども、最低限スコセッシくらいに自分の国の映画も知ってほしいし、外国の映画も知ってほしいと思うんだけれども、しかし映画というものは残酷で、スコセッシはやはり傑作は撮れない。北野武は傑作であるかどうかはわからないんだけれども、もうこれしかないという画を撮っちゃう。そうするとまた、さっきの話で、天から与えられた何かがないと駄目だという話になっちゃいそうなんですが。

村上　それは僕は、さっき残酷さと仰ったので、その通りだと思うんですけれども、その種の残酷さというのはやっぱり、ゴダールにもオリヴェイラにもありますよね。ということはやっぱり、映画に対してある種残酷な取り組み方を、映画というのが容器だとしたら、それに何かを入れる時に、その容器が悲鳴を上げるようなことを、観る側を恍惚とさせてくれる監督はやってますよね。そういうのは少しずつわかってきたので、そのためにはどうしたらいいか、僕の場合は多分、脚本を練りに練ることだと思うんですよ、考えに考え抜いて。そしてそれをオーソドックスに撮っていくということしか、僕は自分ではよくわからないんですけど。その残酷な視線をというか、取り組み方、態度を持てるかということじゃないかなと思うんですよ。それからずり落ちた瞬間にもう映画はルーティーンになってしまうので。そういう形で駄目になった作家の人っていっぱいいますからね。

蓮實　その残酷さは、どこかでスポーツに通じていると思う。

村上　僕は、それを小説では少しずつ手に入れてるような気がするんですよ。これでやっと小説の話になったんですけれど（笑）。

村上龍は本当の残酷さで小説に向かいあっている

村上　今日蓮實さんに、言おうと思ったのは、フロベールか何かについて書かれたご本で、いわゆる描写の力っていうのを書いておられましたが、僕は多分、半分くらいしかわかってないと思うんですが、正しいと思ったんです。あれを読んでからですね、とにかく描写しようと思ったんですよ（笑）。当時は描写をするような作品はなかったので、『イビサ』という連載の時に、主人公がちょっと精神をおかしくして、クローム鍋で水を沸かすところを描写したんですけれども、その時に、「彼女は不安とともにクローム鍋を見た」と書けば簡単なんだけど、クローム鍋のなかの水が沸騰する様子を彼女の視線で……、実際にクローム鍋を見ても駄目なんですね、沸騰する様子を記憶として再生して、自分でも、ちょっと俺、おかしいんじゃないかと思うくらい偏執狂的な感じで描写していくと、普段だと一行で済むところが、例えば、その描写だけで原稿用紙二枚とか三枚になってくるわけです。そうすると「彼女は不安と恐怖とともにクローム鍋を見ていた」という一行が不必要になってくるんですよね。今まで自分は、「不安とともに」「恐怖とともに」とかっていう言葉で表現して来たけど、本当は何かを描写すればそれが伝わるということを、あの時は無自覚に一つ手に入れたような気がするんですよ。

その四年くらいあとに『五分後の世界』というのを書く時に、主人公が、すごくシンプルに生きているアンダーグラウンドの日本人達に感動して、感情移入していくところをどうやって描こうかと思ったら、それは例えば「小田桐はアンダーグラウンドの兵士達に畏敬の念を持ったのだった」と書けば済むんですけれど、これじゃあちょっというのがあって、それで彼を長い長い戦闘シーンに遭遇させようと。そういう戦闘シーンなり、暴動のシーンとか、アンダーグラウンド兵士が、如何にシンプルな原則に従って生きているかということを描写で伝えようと思ったんですよ。あれを書くのはきつかったんですけど、書いた後に渡部直己さんが、読者もあの長い戦闘シーンを体験することで、ある何かを得るみたいなことを書いてくれて、あの時は嬉しかったですね。

蓮實　僕もそういうかたちで小説のほうに話を移そうと思っていたんですが、まず一つ、描写してると何が起こるか。過不足ない言葉をやはりある程度は、重ねていきますよね。

描写すべき対象にそぐわない言葉は排しながら、ある種の過不足のなさに近づいていきながら、描写を重ねているうちに、その過不足のなさが不意に消えるんですね。例えばミシェル・フーコーが「図書館の幻想」ということを言っていて、図書館というのはあらゆる知が過不足なくあるところなんだけれども、それに必死に、というかほとんど偏執狂的にその過不足のなさにグイグイ入りこんでいくと、ある種の「幻想」に至る。正当な言葉遣いに徹していると、ふとその正当さが超えられてしまうということが描写の原理じゃないかと思います。どこかで描写されている対象とは違ったものになっちゃう。おそらく渡部直己君が言ったのもそういうことだと思うんですよね。これだけの言葉を連ねれば、これだけのことがわかるはずだという、これをどこかで超えてしまう。

実は、『五分後の世界』と、その続篇と言ったらいいんでしょうか、『ヒュウガ・ウイルス』はとても面白かった。それはもちろん描写という点もあると思うんですけれど、変な意味でいらない人が出てくるんですよね。『五分後の世界』では小田桐がアンダーグラウンドに行って、女性に会いますよね。彼女は後で出てくるわけじゃなくて途中で死んでしまう。つまり彼女はあそこの瞬間しか描写されていないわけですよね。今までの書き方をなさっていたら、彼女は生かしますよね。次に使うというのがあるでしょう。そういった手法がすごく面白かった。『ヒュウガ・ウイルス』にもそういうかたちはずいぶんあると思ったけど、しかし、彼女がどんな着物を着ているかとか、サカグチという老人たちと彼女とのやりとりそのものは、物語の次の発展におそらくなんら有効ではない。にもかかわらず、その場ではすごく活きているという感じで面白かったですね。例えば戦争がたくさん出てくるとか、未だに軍隊がいるとかいうことで、村上さんはマッチョってよく言われるでしょう?

村上　言われます。

蓮實　しかし、マッチョは絶対描写しないんですよ。僕は、あの描写で、村上さんはマッチョじゃないと思った。

ヘミングウェイって、それほど描写しないんですね。非常に少ない言葉で、あれはある種の古典主義的な言葉の節約だと思うんですけど、あれはマッチョになり得るんですね。老人が出てきても、マッチョになり得る。それに対して『五分後の世界』は、どうせまたマッチョだろうなんてみんな言ってるけど、それはあの小説の言葉を読んでいないんです。確かに戦闘はあるし、人は死ぬし、内臓はとび出てくるし、といったことがあるんですが、まったく違った書き方をしたと村上さんが確かあとがきで書いておられたと思うんですが、僕もそう思います。何かの象徴になり得るようなある種のイメージを、初期はよく書いておられましたね。それはそれで非常に好きなんですけれども、それとは違った書き方がはじまった。それとほとんど同時に読んだのが村上春樹氏のもので、これは本当に駄目でしたね。

村上　『ねじまき鳥クロニクル』ですか？

蓮實　この人は、小説は今後書けないんじゃないかという気がしますね。

村上　僕も一種、薄ら寒いものを感じましたけど。

蓮實　僕は、はじめから村上春樹は小説家ではないという理由のない確信がある。何か違うことをしたいと思っているのに、この人はこれをやってるというね。だから『ねじまき鳥』を読んで、自分は間違ってなかったという感じがしたんですね。何をやりたいんでしょうね、あの人は。

村上　春樹さんのことはちょっと置いておくとして、さっき仰ったことがすごく嬉しかったんですけれど、例の『五分後の世界』で女の子が出てきて、それが戦闘で簡単に死んでしまうというのは、意識してやったんですよ、だから嬉しかったんですけど。

僕は、ノーマン・メイラーってあまり好きじゃないんですけど、やっぱり『裸者と死者』というのはすごく、妙にインパクトのある作品で、原稿用紙にして多分、何百枚を費やして書いた中尉みたいなのが一行で死ぬんですよ。戦争というのはこういうものだというのが、一行でその人物が消えてしまうというのでわかってしまう。例えばあの女の子がまた後半に出てきて、ある役割を果たすとか、彼らがワカマツのコンサートでオールドトウキョウに入っていく時に、廃墟のところで、灰色の瞳の少年に出会いますよね、その少年も印象的なんですけど後半に出てこないんです。あれがもう一度出てきちゃうと、お互いに共通体験を持った人がもう一回会うということで、君も長崎の出身かみたいなことで、読む人にある種の予定調和が生まれて、書くほうは本当にそれが書き易いんですけど、なにかやっぱり、これは絶対使えないなと思ったんですよね。

蓮實　いいキャラクターだから。あの女の子は、とにかく。

村上　その女の子が必死になって塹壕でこうやってるという設定はラクなんですけれど、それをやると違ったものになってしまうと思ったんですよね。

蓮實　僕がさっきから言っている言葉で言えば、「村上龍は本当の残酷さで小説に向かいあっている」という感じがしたんです。妥協を排するとか、いろんな言い方はあると思うんですけれど、ごく普通に考えても二度使っちゃ駄目ですよね。ただし、みなさん必ず二度使うんですから、あの女性を。また春樹さんの悪口になってあれだけれど、彼は全部、それをどこで使おうかということを考えて書いてる。だから小説から遠く離れちゃうんですよ。

人間の肉体は絶対に快楽についていけない

村上　さっき仰ったマッチョってことで言うと、最もマッチョな作家って吉川英治ですよね（笑）。あの人の『三国志』とか『宮本武蔵』とかって、巌流島の決闘なんかでも三行くらいで終わっちゃうんですよね、勝負が。あとはずっと教理問答みたいなのが続いて。『三国志』でも関羽か何かが、ばぁーっと長刀を振るって一閃した、で、戦闘は三行で終わっちゃうんですよ。

蓮實　吉川英治ってやっぱり最後まで貧しかったんですね。これは別に春樹さんでなくてもいいんですが、多分、今の小説家の多くが、やっぱり貧しいんですよね。僕は「村上龍論」を書いていないんで、そんなことを言うのは無責任に思われかねないのですが、貧しくないですね、村上さんは。これは何だろうと思うんですよね。

村上　たけしさんも貧しくないですよね。

蓮實　貧しくない。それから『ピアッシング』では死にたい人というのが出てくる。本当は死にたい人って、文学で書くと駄目になるでしょ。まず、心の問題になってしまうから。あるいは十九世紀の小説の引き写しになるかどうかして、おしまいになっちゃうと思うんです。村上さんはそれを超えられた。僕は、あれはずいぶんな大仕事だったと思います。状況は非常にシンプルです。それがあそこまで行ったというこの力は、貧しい人にはできない。表紙を見るといかにも現代風で、ピアスをした乳房か何かが見えるんだけれども、あれは騙しましたね。

村上　いや、売ろうと思ったんですけどね、表紙で。

蓮實　だけど、中は、そういうものではないでしょう。

村上　ええ、違います。誤解を受けそうですけれども、その貧しさと関連していると思うんですが、残酷さとかね、ある種、あきらめでもないんですけれど、僕がある時期、人間の肉体というのは絶対に快楽についていけないというのがわかった時期があるんです。その時に、何か非常に憂鬱な感じがして、それ以来小説を書く時にちょっと違ったんですよね。

それまでは、小説を書くということは、それでお金を稼いだり、俗っぽく言えば、名誉を得たり、自分のアイデンティティを確保するためのもので、他にもっと面白い遊びというのがあって、その遊びをする時間やお金を確保するために、小説を書いてるような感じがあったんです。肉体は絶対快楽についていけない、快楽を追ってると肉体は死んじゃうというのがわかった時に、小説に向かう態度が変わって、非常に憂鬱だけども、ひょっとしたらこれしかないなというような思いになった時に、小説というカテゴリーに対して妙な敵意でもないですが、もちろん無茶苦茶にやるというのではなくて、小説という容器が悲鳴を上げるようなことをやってみたいという気になったんですよ。

それで最初に書いたのが『五分後の世界』で、それからずっと『ピアッシング』、『ヒュウガ・ウイルス』と来ているんです。それ以来まったく変わってしまったんですよ。それは小説に対する敵意でもないし、もっと真摯なものなんですけれども。自分の実人生における一つのあきらめみたいなものというか、言葉が少し足りないんですが、なんて言ったらいいのか、絶望感でもないんですけれど……。

蓮實 多分『愛と幻想のファシズム』を書いておられた頃は、小説は書けるものだと思って書いておられたと思う。取材すればいいし、勉強すればいいし、小説にふさわしい題材もあるぞっていうことですよね。それは別に、過信してそう思っておられたというよりも、ある時期の年齢にふさわしい作品だと思って、僕はあれはあれで好きなんですけど、今の言葉と同じかどうかわからないけれども、ジャンルに対して、それほど畏れてなかったですね。あれは「週刊現代」の連載でしたね。そのことも意識して読み直してみると、あれは週刊誌の連載小説という感じがまったくしない。あれは不思議ですね。書き下ろしみたいな感じがしますね。あれは何故ですかね。

村上 僕は自分のなかで『愛と幻想のファシズム』というのは、ある理由であまり好きじゃないんです。というのは最近思ったことですけど、最近僕は手書きからパソコンにしたんですが、どうやって自分で書いているかということが、パソコンにしたことで少しわかったんですね。というのは、一つのテーマなりストーリーを考えて、それに肉付けして、ちゃんと言葉を添えていったら、例えば四〇〇枚になりましたとか、あるいは五〇〇枚になったとか、ちょっとのびて六〇〇枚とかいうようなことって僕の場合ないんですよ。

例えば『五分後の世界』というタイトル、テーマがあって、シチュエーションと物語があったら、その時にもう約五〇〇枚と自分のなかでは決まっているんですよね。五〇〇枚の小説だというのが頭のなかにあって、それをなにかこう、記憶を辿りながら五〇〇枚を埋めてるだけのような気がするんです、今の僕は。『ピアッシング』の場合にはきっと二五〇枚だろうと思って、その小説が頭のなかにまざまざとあって、それにかたちを与えてあげてるだけみたいな、そこからはずれると、そのテーマにお叱りを受けるという感じで書いているんですけど、『愛と幻想のファシズム』はのびたんですよね、ストーリーが。もちろん五〇〇枚なら五〇〇枚書くということを、コントロールするという意味じゃないんです。自分のしっかりしたイメージにかたちを与えるということなんですよね。『愛と幻想のファシズム』はそれができなかったという思いがあるので、自分ではあまり読み返したくない作品なんですけれども。

蓮實 今のお話を伺って思ったんですが、枚数って大事ですよね。ぼくも、学生たちの論文を指導するときに、これは何枚になる題材かということをしつこくたずねます。題材と方法の選択は必ず枚数で正当化されるものだからです。

これは、ぼくのB級映画への偏愛からきているのかもしれませんが、『五分後の世界』以降の三部作、というか今のところ出ている二作ですが、あれは最良の意味でのB級映画ですね。B級映画の定義というのは非常に今、日本でも乱れていて、A級が一流作品でB級が二流、三流作品のように思われているけれども、そうではなくて、アメリカの撮影所にBロットというのがあった。で、それにふさわしいプロデューサーがいたわけです。厳密な流れ作業で行けば、そちらのほうが儲かるんです。だからBロットの撮影所長からAロットの撮影所長に行けと言われると、逡巡するようなことすらあった。確かにそちらでは比較的短い、七五分で撮れというような制約がある。そうするとすぐれたB級作家というのは本当に七五分でしか撮れなくなっちゃうのですが、この上映時間の制約は決定的だと思う。そこで話が絶対に拡散しない方向に行く。まぁ、三つか四つエピソードがあれば十分だということで、しかも、舞台装置はこの前のと同じのを使える。しかし、同じ人物が出てくるわけではなくて、まったく違う視点からの新しいアプローチが、『ヒュウガ・ウイルス』の場合と同じように出てくる。というような具合に、アメリカ映画のもっとも有効に機能していた時期のB級に、非常に似ているんです。そのB級は優れた監督じゃないと撮れないんですよ。エド・ウッドなんかが最近もてはやされてるけど、あれはB級ではなくて、B級はもっとうまい人がいっぱいいるわけです。ドン・シーゲルの『殺し屋ネルソン』とかですね。これは決して駄目な俳優達を使っているわけではなくて、かつての優れたスターが安くなったから使うとか、適材適所なんです。特に二部作を両方読んで、こんなことを今まで小説でやった人はいないと。ある小説の続きを書く人はいくらでもいるんですよ。ところがあれは、ある意味ではじめからやり直すわけでしょ。

村上　そうです。

蓮實　舞台設定は同じかもしれないけど、はじめから全部やり直してる。ただし、一方はまったく違って、日本人とかつて一緒に住んだことがある外国人の女性が出てきて、しかもそれが状況としてはアンダーグラウンドをなんとかキャメラにおさめたいという。そういうハリウッドの撮影所のあるところに作ってしまったセットをそのまま使うけれども、全然違う映画になるというね。言葉の最良の意味でのB級作品というものを小説ではじめてやったなという点で驚きましたね、正直言って。あれは表紙に「五分後の世界続き」と書いてありましたっけ。

村上　「五分後の世界2」かな。

蓮實　ところが『ダイ・ハード2』より絶対面白いんですよ（笑）、これは、残念ながら。残念ながらというのは、僕は映画が好きなのでそういいますけどね。『ダイ・ハード2』だって健闘しているわけでしょ。ただし、同じやつが出てきて、状況も前回の観客はここに乗ってくれたから今度はそれを少し変えてこっちに持ってこようというやり方ですね。結局、僕は、変な意味でさほど儲かってないと思う、お金使った割には。確かに当たってはいるわけですけど。

それに較べて村上龍作品は、売れた売れないという意味ではなくて、作品として、この両方を書いた作家は儲けたなと思う。儲けたというのは非常にいい意味ですね。そういう感じがしたんですね。何かああいうものってあります？　状況は同じで舞台装置は同じでしかも違う人が出て、続きと言えば続きなんだけれども、両方は別に交差していないというものって。なぜあんな考えが出てきたんですか？

村上　「五分後の世界2」というのがいいなと思ったんです。ただ、〝五分後の世界〟の人は主人公にできないんですよね。シンプルな生存原則で生きている人を主人公なんかにしたって小説書けないですから。ま、小田桐というのは、五分後の世界を、あの連中を際立たせるのに非常にいいキャラクターだったんですけど、〝五分後の世界〟の住人は主人公にできないわけだから、じゃあ、もう外国人しかいないと思って。『KYOKO』のキャメラマンがコウリーって名前の女性だったんで、それを借りたんですけど。そうしないと、〝五分後の世界〟の連中を描写できないですよね。〝五分後の世界〟の人を主人公にしてしまうと、小説は存在できません。そういう感じで必然的にあいうかたちになってしまったんですが。

蓮實　でも、『五分後の世界』のアンダーグラウンドの戦士たちは描写できない存在ですよね。描写したいんだけれども、実はどこにいるのかわからない。ヒタヒタと迫って来て、知らない間に横を通り過ぎて、そこにいる。あの出現ぶりは、僕は小説を読んでいて、最近久方ぶりに興奮しましたね。しかも予告されてるんです。もうじきUGの兵士達が来るぞ来るぞと予告されていて、で、ふと気がついてみるとまわりにいっぱいいると。あれはいいですね。

村上　あれはちょっと気合い入れて書いたというか……。

蓮實　さっき言った踊りへの移行に似た感覚だと思うのですが、それを村上さんは見事にやっている。つまり不在から現存へと移行しながら、しかもその不意の現存が妙に象徴的にたるまないで、サッサッと音だけで通り過ぎていく。

村上　ところで、最初のコウリーがB－4という、収容所の暴動にいて、どうやってUG兵士がスッと現れるかというのは、文章ではできるんですけれど、映画のモンタージュでどうしようかと考えた時に、やっぱりなかなかうまくいかないんですよね。もちろん文章では理想的なかたちで人物を登場させることが出来るんですけれども。それが映画の魅力でもあるんですが、映画の場合には、本当にキャメラマンのちょっとしたフレーミングとか、パンのスピードとか、役者の存在感としか言いようがないんですけれども、やっぱり役者の顔ですよね。そういうものに依存することが多いので。だって、もしアステアがここにいたら僕らは死ぬかもしれませんからね（笑）。あまりの自由な感じに。体重がないみたいに出てきますからね、画面に。

蓮實　そう、重力なしにですよね。それでいて、アクロバティックなことをやるわけでもないし。

村上　すごくオーソドックスなんですよね。

職業監督として演出に徹してみません、一度？

蓮實　今回は最新作を読む余裕がなくて申し訳ないのですが、『ヒュウガ・ウイルス』まで読み、村上龍は小説家だなと正直に思いました。小説家たりうる才能は、もちろん『コインロッカー・ベイビーズ』にもあったし、それから僕は『海の向こうで戦争が始まる』が妙に好きなんですけれども、不思議なことに、潜在的に才能のある人がついにその才能を現実に発揮したというようなかたちではない展望をこの数年、村上さんが生きてしまったという感じがする。そのとき、映画作家村上龍をどう扱うかというのが、僕にとっては非常に深刻な問題となります。その問題を解決するための簡単な方法は一つある。小説家村上龍は映画が好きで、自分でも映画を撮ってるというふうに言っておけば、世間もそれで納得するんだと思う。しかし、これからも小説家としてではなく、映画作家として映画を撮るおつもりでしょう、絶対に。

村上　撮りたいです。

蓮實　映画作家としての村上さんは、これからもまた撮りたいと思うし、絶対に撮る。しかし、今の状況下で僕が見ていると、このままでは、小説家村上が傑作小説を書いたようには絶対に映画の傑作は撮らないだろうという実感を否定できません。ただ、いつかはわからないけれど、映画作家村上は何かで大きく変わるだろう。変わらなければならないし、また変わった時には、決定的な何かが起こるだろう。ご自分でも多分、何というか、失敗作みたいなものを撮ってるんじゃないだろうかという意識はありません？失敗作というか、製作条件をも含めて、完全ではないと感じておられるんじゃないかと思うんです。

イタリア人は『トパーズ』は本当に好きですね。僕は彼らが好きだということはすごく嬉しい。嬉しいんですが、しかし、そう簡単に好きだと思われちゃ困るよ、くらいのことは映画作家村上龍は意識しているんじゃないか。そこでどうするか、ですよね。僕は思うのですが、例えば、職業監督として演出に徹してみません、一度？　というのは誰かの脚本を無理に撮らされてるというかたちで。

村上　僕、それはよく考えるんですよ。

蓮實　一つはそれかなという気がしている。余計なお世話なんですけれど、僕には変なプロデューサー的な発想があって、村上龍を活かすのは、職業的な監督としてのみ扱わせて、脚本を含めて、他のところに自分の神経はまったく使わなくていいという立場を与えてしまうことではないかという気がしています。

村上　それは本当によくわかるんですけれども、今の日本の脚本界を見ると駄目なんですよね。レベルの酷さは言語を絶してますからね。僕が簡単な原案を書いて、誰かアメリカの若い脚本家に書いてもらうとかというのはあると思うんですけれど。それはなんとなくわかります。映画に対して、一種、僕自身無謀になれるようなスタンスが欲しいなというのはありますね。

蓮實　あえて、名作の映画化なんてどうですか。この発想の責任は原作者と脚本家がとってくれという態度に徹して、俺はこういう画にするぞということだけを主張する。ハリウッドのかつての大作家は、ほとんど自分の脚本を撮ってはいない。オリヴェイラの『アブラハム渓谷』の場合も、確かにあれは自分で脚本にしているんだけれども、その前に一篇の小説をわざわざあの作品のために書かせている。もちろんその小説は、『ボヴァリー夫人』で、それをかなりの女流作家に適当にまとめろという話ですけど。

村上　乱暴といえば乱暴ですよね。

蓮實　図々しいですよ。しかも、その図々しさがすごい映画を撮らせちゃうのです。ちょうどその頃、クロード・シャブロルの『ボヴァリー夫人』が日本で封切られていますが、これはもう観るに耐えない。オリヴェイラの『アブラハム渓谷』の方が圧倒的に凄いのです。それから、ロシアのアレクサンドル・ソクーロフも『ボヴァリー夫人』をかなり面白い映画にしている。つまり、翻案というか、原作からのアダプテーションで成功しているのです。それを村上さんも一度やってみないかなというのが、プロデューサーとしての僕の夢なんです。

村上　確かに、自分で原案と脚本と監督とやると、何かが閉じられているような感じはしますね、いつも。円環が閉じられているというか。何かこう、映画として突出できるものを、無謀にチョイスできないんですよね。

蓮實　あとは、女優に今後何人惚れられるかです。それにふさわしい女優が日本に何人いるかということでしょうね。女優でなくても女性でいいんですが。最近の日本映画は女優が圧倒的に弱い。北野武さんの映画は、とにかくあまり女優が出てこないでしょ。青山真治の『Helpless』というやつはご覧になりました？

村上　観てないですね。

蓮實　これは結構いいんです。最近の新人のものでは最も面白いと思うんですけれども、やはり女優が一つ弱い。一つというか二つくらい弱い。あの宝塚やめた人は……。

村上　天海祐希ですね。

蓮實　あそこら辺は女優としてやっていけるんでしょうかねぇ。

村上　うーん。頭は悪そうですね。

蓮實　役者って頭が悪いと駄目でしょう。

村上　駄目です。ただなんて言うのかなぁ、芸能界にはいなくて、例えば、風俗嬢を今やってるとかいうような感じで、二階堂ミホみたいな女優もいいんじゃないかなとは思うんですけど、逆に、この頽廃した日本の芸能界にいるんじゃないかという気も同時にするんですよね。多分女性に関してはそれほど絶望はしていないんですよ。どっかにいるような気はいつもしている。それは多分、『トパーズ』で二階堂ミホが来たからだと思うんですけど。ああいう娘が変なプロダクションにいて、ヌードモデルとかやってたわけなんで。ハル・ハートリーとくっついちゃって。

蓮實　ハル・ハートリーは才能ないと思うんですが、どうですか？

村上　僕も何となく、そういう感じがします。僕は『アマチュア』というのしか観てないんですけど、あまり好きな映画じゃない。

蓮實　その前に『シンプルメン』という映画がありましたね。これも観てて出たくなりましたけど、あのくらいで、国際的にある程度、将来性のある監督と見られてしまう時代なんです。インディペンデントということもあるし、そりゃまぁ、ある程度は面白いけれども、どうってことはないですよね。そうしたら、村上龍も、そこら辺のものを蹴散らす作品を撮って欲しいんです。

村上　一つ、僕が妙だなと思うのは、今、つまらないなぁと思う作品というのは、アメリカ映画で、非常にヨーロッパふうの味付けをしている映画と、あとはヨーロッパの映画で、非常にハリウッドのテイストを盗んで作っている映画があって、それらはちょっと嘆かわしいなという気が。

蓮實　まったく同感です。それからヨーロッパのヨーロッパ共同体的な映画もつまらないですよね。

村上　僕はオリヴァー・ストーンは最近好きになってしまいましたけれど、『プラトーン』と『ドアーズ』でもう、あったらトマトかなんか投げてやろうかと思ったんですけど。

蓮實　『ナチュラル・ボーン・キラーズ』で、納得はしないんですけれども、この人はやっぱり根性あるなと思い直しました。

村上　僕も素直にですけれど、『JFK』でケヴィン・コスナーの長いセリフを、長回しで撮っていて、最後に声が嗄れてくるんですよね。あれはちょっと、こいつはやっぱり簡単に切り捨てちゃいかんと思いました。

蓮實　根性ありますよ。

村上　いちばん大きかったのが、『コインロッカー・ベイビーズ』の英訳本に、オリヴァー・ストーンが、『TOKYO DECADENCE』と『コインロッカー・ベイビーズ』が好きで、推薦文を書いてくれたんですよ。それで「村上さん、オリヴァー・ストーンという監督は知ってますか?」と言われて、当時まだ認めてなかったから、「ああ、最低の監督だ」と言ったら、「どうしようかなぁ、『コインロッカー』のゲラを読んで面白かったから、推薦文を書きたいと言ってるんですけど」と言うから、他に有名人がいなかったので、「あぁ、じゃあ、書いてもらってください」とか言って（笑）。僕も卑怯だなと思ったんですけど。

蓮實　僕も最初は駄目で、『7月4日に生まれて』とか、あそこら辺はまったく駄目だったんですけれども、最近は、やっぱり大好きな監督ではないですけれども、根性あるということだけはわかりました。いらないことを一所懸命やったり、映画的な優等生であるスコセッシなんかより面白いと思うんです。あれはどうですか？『レザボア・ドッグス』の人は？

村上　クェンティン・タランティーノですね。うーん。『パルプ・フィクション』は脚本は素晴らしいと思って、『レザボア・ドッグス』も脚本は面白いと思うんですけど、映像的にはあまり感じないですね。

蓮實　それこそ十数年前の日本映画の結構面白い、深作欣二なんかがやっていた時のもののほうがずっといいですね。あの人は演出の才能ないと思います。

村上　演出家ではないと思います。映画に関して何かの才能があるというのは認めますけど、監督じゃないような気がします。

厳密に書かないと絶対に他人には伝わらない

村上　最近『ヒュウガ・ウイルス』の時に、遺伝学とか免疫学というものを、これは半端じゃなくやる必要があると思って、こんな分厚い、『分子細胞生物学』（J・ダーネル他著・東京化学同人刊　上・下）というのを買ったんですよ。そうすると最初はほとんど、暗号を読んでるみたいで、でもこれは読まなきゃだめだと思って、わからなくてもいいから、ずーっと読んでたんですよね。生物学事典とか免疫学事典とかいろんなものを見ながら全文読んだんですけども、二カ月くらいかかったんですよ、読むのに。大事なところはノートして。そうして何がわかったかというと、一点だけ、もちろん生化学の難しいことはわからないんですけど、遺伝子とかウイルスとかっていうのが、どのくらい小さいかというのがイメージとしてわかったんですよ。イメージとしてわかった時に、書けるような気がしたんです。

その時に僕が思ったのは、生物学の成果とか、それを平易に解説する本とかだと、アメリカのものがやっぱり圧倒的にいいんですよね。日本の入門書というのは、全然どうしようもなくて。

蓮實　大学の話に戻るんですが、やってることは東大にしても大阪大学にしても外国の大学とさして違わないんです。同じようなことをやってるんですが、それを出していく出し方が違う。

例えば、簡単に言ってしまうと国際学会での発表の仕方とか、そういうことにもなるんだけども、ある意味で、やはり日本はまだ「至らない国」なんですよね。その「至らない国」はどの部分かと言うと、表象能力だと思う。すぐれた分子生物学者がすぐれた本を書くとは限らないけれども、最低限の何かが必要なわけですよ。例えば、今度の多田富雄さんの『生命の意味論』というのは読まれました？　彼は生命を「超システム」と呼ぶんです。僕はこれでもう負けてると思う。「超システム」というのは説明であって、表象しつつある記号じゃないわけですよ。言うことはすぐわかるんですけれどね。例えばそのようなことを、ドゥルーズやガタリだったらまったく別の言葉を使って言っただろうと。もちろん、リゾームなんていうことを考えだすしね。その表象能力が日本の化学者達に決定的に欠けてますね。書いてあることは多田富雄さんだって、それなりのことは書いてあるんだけれど、絶対感動しないですよ、あの本を読んで。ところが今、言われたように、あの教科書を読むと感動するでしょ。

村上　多田富雄の本は『ヒュウガ・ウイルス』には、まったく役に立ちませんでした。

蓮實　書かれたものにおいて、それはおそらく世界の最先端を行く研究ではない単なる啓蒙書であるかもしれない。ただし啓蒙書がここまで出来るということに対する感動を、日本の理系の人達があまり持ってないみたいですね。いいことを考えて、いいことを書いて発表すればそれで済むと思っているんですが、いくらいいことを考えついても、それにふさわしい、あるいはそれを超えた表象能力がともなわないと駄目なんです。研究というのはそこまでいかないと駄目だ、ということが日本の大学の研究者に欠けている。そういう表象能力を評価する機構が、日本では欠けているというより、どこにもないんですよね。

例えば、このあいだ、株が暴落しましたね。暴落というほどでもないけど目に見えて下落した。あれは、橋本首相の施政方針演説のせいなんです。例えばあの演説草稿を僕らに書かせてもらったら、絶対株を上げるという自信がある。あれと同じ材料を使ってね。株は上がらないまでも、暴落は絶対させない。もちろん、そんな暇ありませんから書くことはありませんけれど、あれと同じ内容で、あれほど網羅的でなく、ある部分をやや拡大し、そして未来を夢見させる言葉を使って書けば、あんなことにはならなかったはずです。あれは未来を自ら記号として消してる言葉です。全部は読んではいないんだけれども、新聞でちょっと読んで、これでは駄目だと思いました。だから、それは必ずしも理系の問題ということだけではなく、政治家も官僚も本気に考えてくれないと、日本の将来が危ないことになりますね。日本が危なくても、ぼくは一向にかまわないのですけど、ごく簡単に改良できることをやらないのを見ていると、いらいらさせられます。

村上　結局、多田富雄にしても橋本首相にしても、自分が言いたいことは必ず相手に伝わるものだと思っているんですよね。

多田富雄さんというのは、象徴的ですけれど、能がお好きらしいんですよ。僕は、能はそれほど詳しくはないですけれど、あれは演じるほうと観るほうに、ある程度の日本的な共通の約束事というか、一種の「間」を共有して、知識も共有していないとわからない演芸じゃないかと思うんですね。それをやっぱり多田富雄は好きなわけですよ。僕は『ヒュウガ・ウイルス』を書くときに、免疫学の人に会わなきゃいけないと思ったんで、免疫学の本をいっぱい読んだんですが、多田富雄だけは絶対会いたくないと思ったんです。「超システム」とか言われると本当に困るんですよ。曖昧なんですよ。日本のそういう偉くなった学者、現役を引退した人というのはすぐ文化のほうにすりよっていって、その……青土社かなんかに書くんですよね（笑）。

同じ青土社から出ているものでも、翻訳の『ウイルスの反乱』という本は非常に面白かったですけど。厳密に書かないと絶対他人には伝わらないという想いが、アメリカ人、ヨーロッパ人にはあって、日本の生物学の入門書をざっと見たんですけれど、生物学を嫌いになるように仕向けて書かれてるみたいな感じなんですよ。分子式が羅列してあったり。どんなに生物学に興味がある子供でも、これを読んだらやめちゃうというような。だから、その表象能力というのは、日本人に三次元のものをイメージする力がないと言われてますけれど、それは、そもそも力がないわけじゃなくて、そういうことが必要でなかっただけなんじゃないか。例えば車のデザインとかキャメラのデザインがみんな同じだとヨーロッパの人が、それはゴダールも言ってたんですけれど、「なんだ、あの日本車は！　どの日本車も全部同じじゃないか」と。なんで僕が言われるんだろうと思いながら聞いていたんですが。すべてそれは同じで、今まで必要なかったから、それをやってこないから、その能力がなかった。でも、これからは絶対に必要だと思いますね。日本人の考えを世界の人に伝えるだけじゃなくて、日本人の考えを日本人に伝える場合にも、厳密な言葉の使い方というのが必要になってくると思いますね。

蓮實 そこまでいかないと、考えたことにならないと思う。いいことを考えればそれでいい、という発想では駄目ですね。それにはやはり、言葉に対する畏れが足りないと思います。例えば、橋本首相のあの演説をもっとうまく書けるぞというのは、言葉を駆使できる人間の思い上がりではなくて、言葉は恐ろしいものだし、それに意識的であれば、もっと怖いことも出来るということなんですね。それは、さっき言った賭けの精神にもつながってきますが、その精神がないんです。僕がしばしば出なければいけない公式の会合での、いろいろな偉い人達の演説のつまらなさは、ちょっと想像を越えている。与えられた材料を、与えられた条件の中で最高度の言語を駆使するということが、はなから意識されていないんです。これは、人間の表象能力に対する侮り以外のなにものでもない。いま、表象能力の開発は絶対に必要だということを、誰が言ってるかというと、誰もいない。それは一種の技術論になるから、文芸評論家だって恥ずかしくって言えません。

昔、武田泰淳の『政治家の文章』という岩波新書がありましたね。そこで何を書いているかというと、みんなヘタだということなんですよ。どうすればうまくものが言えるかという技術論はくだらないんだけれども、これは、やらなきゃ絶対駄目なんですね。それを誰がやるかというと、答は一つあって、本来なら新聞がその役をはたすべきですよね。しかし、日本の新聞記事はあまりにつまらない。彼らは、表象能力なしで新聞は書けると思ってる。

村上　シンプルにとか言いますよね。平準に簡明にとか。

蓮實　そうしたらつまんないことしか書けない。

村上　でもそれはむずかしいですね。日本人にそういうことを言うと、例えば、「いや、そうじゃなくて飾らない文章がいいんだ」とか、わけのわからない答えが返ってきそうな感じがしますもんね。

不思議なんですけど、例えば、キューバの音楽は素晴らしい、何故か、音楽的な技術がすごいからと言うと、だとしたら冷たい音楽になっちゃいませんか？　と言われたりするんですよ。その技術とか表象能力というのを、単なる小手先の技術とか、あるいは、飾ることというふうに勘違いされるんですね。メタファーにしても本当にいいメタファーって一つしかないわけで、それをどう厳密に探すかということを小説の場合考えるんですけれど。

僕が以前、『旅芸人の記録』のアンゲロプロスと対談した時に、映画にとっていちばん大事なことって何ですかと聞いたんですよ。脚本だというだろうと思ってたんですけれど、アンゲロプロスは考え抜くことだと言ったんですよ。僕は泣きそうになっちゃって（笑）、感動して。あるテーマが自分のなかに生まれてそれを脚本に書く前に、何回も何回も考えることだ。そうしているうちに脚本は精神性を帯びると。それを撮っている時にも考え抜くことだと言ったんですよ。もう、これしかないんじゃないか。考え抜くってやっぱり大変ですけれども、それだけのモチベーションを持てるようなことを考えればいいわけで。

蓮實 ところで、あの『向現』という言葉はどこから出たんですか？

村上 いろいろ考えたんですよ。かなり必死に考えました。

蓮實 考えたでしょう、やっぱり。あれは最高だと思います。あの二つの小説の成功は、なかば『向現』という言葉があるからだとさえいえるほどです。多分いろいろ考えられただろうけれども、まず最初に出たときは何かと思うし、それから、そのことを知って読む時に、それがどうなるかと思うんですが、あれは二重カギカッコでしょう、これでもう決まりです。「超システム」「スーパーシステム」なんか比じゃない。『向現』はそれだけじゃ何だかわからないけれども、「スーパーシステム」ってわかっちゃうから駄目なんです。説明なんですよね、あれは。

村上 『向現』とかを考えつく時って、もうピンポイントでいい言葉を考えなきゃいけないんで、そういう場合は本当は考えて浮かぶものではなくて、まず浮かぶんですよ。

まず浮かんだものが、本当にいいかどうかを検証するというだけなんですけれど……。

蓮實　あれはもう『向現』の成功なんですね。これは小説家なんですよ。もう「決まり!」といって動かさないですもん。だから小説家って言葉の見事な使い手だとか、そういうものじゃない。

村上　でも、表象能力というのを、うまい言葉を使うことだというふうに思われないように……、ただ、ほとんどの人はそう思っちゃうでしょうね。

蓮實　それは、日本人はスポーツが嫌いなように、言葉が嫌いなんですよ。

性器そのものを駆使しない性というものがあるはず

村上　今、僕、家族のことを考えているんですけれど。二十一世紀のサイバーワールドというのを設定して、ウイルスとか他の病原菌の感染症が世界を覆った時に、インターネットが大活躍すると。人類は地下に潜ってるという設定で。その時に、インターネットが脳に直接ヴァーチャル・リアリティを有料で提供するんですが、人気のあるヴァーチャル・リアリティのステーションが、セックスじゃなくて家族イメージだというのを、今考えているんです。

蓮實　それはなんでしょうね。家族というと、一種の環境としての家族というのと、突き詰めれば全部セックスにいってしまう家族というのがあるわけでしょ。例えば、ある種の家族制度は、ヨーロッパでは未だに持ちこたえている。それは、一つには宗教があるからかなぁという気がしてるんですけれども、もう一方で家族というのはセックスの醜さというか、やりきれなさみたいなものを、しかし直面しなければならないセックスを拡散させてくれるというか、そのものズバリとして見せてくれない最良の箱みたいなものでしょう。そこでやっぱり、村上さんの場合は、セックスは消えちゃうわけですか？

村上　僕が考えたのは、単純に人間にとって何がいちばん快楽かということを考えた時に、それはセックスがいつも絡むんですけど、セックスの快楽というのは、例えばヴァーチャルにした場合でも、肉体がついていかないというか、ものすごく俗っぽく言うと、男性が一回射精したあとは、性欲は持てないということがあって、その時に、永遠に続くイメージとしての幸福感というのをヴァーチャルでやった場合に、きっと架空の思い出としての家族じゃないかと思っただけなんですけれどね。ヨーロッパの場合、一つ大きいのは、やっぱり階級があるからじゃないかというのが……、例えば貴族というのは、今でも暗黙のうちにありますよね。彼らは単に、君臨したり搾取したりするだけではなくて、モデルとして機能するところもあるんじゃないかなと思うんです。

蓮實　ですから偽貴族も有り得るわけです。

村上　ええ、そうですね。ヨーロッパというのは、僕はあまりそういう事情はわからないんですが、家族というのは機能しているわけですよね。それだけに家族が壊れちゃった時には、より悲惨なことになる。

蓮實　日本よりははるかに機能しています。ところが日本の場合は、みんななんとなく、照れからか、家族を避けますよね。

これは僕自身の階級的な限界なのかも知れないけれども、やはりセックスというものに対して、まだ自分はその快楽のすべてを知ってはいないという意識があるんです。もちろん、ある年齢まで達すれば、性器を駆使することによって得られる快楽というのもどこまでかというのも見えてしまいます。ところが、セックスというものは、何も第一次性徴に限られたものではないはずです。性器そのものを駆使しない性というものがあるはずなんですが、これが日本では非常に早く消えちゃうような気がするんです。

精神分析が成立するのは、性器を駆使した性とは違うところにセクシュアリティというのがあるということを前提にしていますね。ですから、我々が性とは意識しないところに性がいつでも露呈する、というところで精神分析が成立しているけれど、日本でなかなか精神分析が成立しがたいというのは、性器以外のところでの性的な関係というものが、非常に稀薄なんじゃないかという気がする。であるが故に、性器としての性の問題を処理すれば物事が解決すると思われて、簡単に性が商品化されてしまう。

村上　それは例えば、社会的な階級であるとか、差別とかというものも関係していますか？　階級や差別が、この国ではある種の洗練によって、変質してしまっているとか。

蓮實　それはわからないですけれども、例えば、これはもう絵に描いたような習慣ですけれど、男性と女性がどのように口を利きはじめるかという時に、女性のほうから物を落としたりしますよね。そしてそれを拾ってというのも、まさに戯画化された、男性と女性との関係のはじまりなんだけれども、日本ってそれがまったくないんじゃないかという気がする。その時に落とす物はハンカチーフかもしれないし、扇かもしれない、ただし、その時に、ハンカチーフなり扇なりは単なるきっかけではなくて、ある運動とともに象徴的な性の対象になり得る。そこのもう一つの水準というのが、どうも非常に希薄で、ごく単純に女性の下着ばかりが問題になってしまう。それが今の日本の社会なのかなぁ。つまり女学生がいれば、それを、性器を駆使する快楽の対象にしないと気がすまないという……。

村上　それもやっぱり、一種の表象能力の欠如ですよね。

蓮實　僕はそう思うんですよね。

村上　あの『アブラハム渓谷』の主人公が、おばさんに案内されて離れか何かで、ここでうちの主人は浮気をしていたって言われますよね。ベッドがちょっと高いでしょ、だから階段をつけたのよという、あのエッチな感じですね（笑）。

僕が信じられないのが、若い人がよくやる合コンってやつですけど（笑）。知らない人達が会って話す時に、そこにどういうエロティシズムがあるだろうと思って。会うまでの経緯とか、会うまでの物語というのが一つのエロティシズムであったり、キス一つにしても非常な感動を生むはずなのに、待ち合わせて居酒屋で会ったりするんですよね。

蓮實　日本でエッチという時には、要するに行為をするかしないかということになっちゃう。だからエロティシズムも非常に短絡的な対象に限定されてしまう。そこで、そういうことに対しては僕は……僕は六〇ですよ、今年。でも、還暦を迎えてもまだ、開示されない快楽があると信じているのです。

黒沼克史

女子高生と文学の危機
なぜ「援助交際」を小説にしたか

くろぬま・かつし

1955年北海道生まれ。ノンフィクションライター。筑波大学第一学群社会学類卒業。出版社勤務後、「週刊文春」記者として、芸能から社会問題まで幅広い分野を取材。87年よりフリーに。不登校、いじめ自殺など十代の問題を中心に執筆している。著書に『逆立ちする〈有名人〉』『ゆ・ら・ぎ』『援助交際』など。

まともな女子高生たち

黒沼　村上さんが『ラブ＆ポップ』を書くための取材で女子高生と会ったときの最初の印象はどうでしたか？

村上　あれほどまともな子たちだとは思っていなかったですね。

黒沼　まともというのは？

村上　ちゃんとした学校教育を受けて、言葉づかいや、礼儀など、他人の立場や考え方を尊重するというような、人間が生きてゆく上でのまっとうな原則を身につけた子たちだったことです。

黒沼　僕が『援助交際』（文春文庫）の取材を始めた二、三年前は、茶髪のコギャルが流行していた頃でした。渋谷でボディコン二人組によるテレクラ強盗があって、オヤジたちが襲撃される現代を取材してみようということが始まりだったのですが、深く取材をしていくと、援助交際の裾野はもっと広くて、外見でそれと峻別できる子たちだけではなくて、偏差値の高い低いに関係なく、まったく普通の女子中高生にまで浸透しているということが分かってきたんです。

村上　不良少女というのは僕たちが若い頃から常に一定の割合でいたわけです。でも今回、僕が取材で会った延べ十四、五人の女の子たちは、以前の不良少女とはちがってとても洗練されていました。

黒沼　僕の取材でもそうでした。

村上　若い男の子やオジサンが、社会との関わりの中で知識を詰め込んだり処世術を身につけたりしていくうちに磨滅させていってしまうものが、女子高生の中にははっきりと残っている。その部分が魅力なんですけどね。女性の場合も、女子大生になって就職活動をしたり、ＯＬになってお茶汲みしたり、「まあこんな程度か」と思って結婚して子育てしたりするうちに、磨滅していってしまうものってあるじゃないですか。

黒沼　ありますね。

村上　彼女たちはそれをまだ失っていない。しかもただの無垢とか世間知らずな女の子でなくて、シャープな子は、いまの日本に蔓延しているウソをきちんと見抜いていました。思わず「この娘たちがいたら日本も大丈夫だ」なんて考えてしまうくらい。でも、ああいう子たちがオジサンと食事したり、カラオケしたり、中には売春したりして、お金をもらっているということを考えると、なにか釈然としないものがあって、そういう状況はたしかに異様なんだけど、それを異様に感じられないことがいちばん異様というか、僕にとって憂鬱なことでした。

黒沼　それを大人たちが性のモラルの崩壊あるいは性の低年齢化と簡単にとらえてるのは、ものごとをちゃんと見ていませんね。この件で取材を受けて、「いやァー、いまの女子高生は乱れてますなあ」なんて言われると、わかってないなあと思うんです。いまだに援助交際というと茶髪のコギャルという、識別可能な安易なイメージをみんな持ちたがり、それで分かったと思ってしまうんですね。

村上　自分たちが理解できない異物をカテゴライズして、自分とは関係のない範疇へ入れて安心を得ようとするのは、日本的共同体がずっと持っている自浄作用なんですよ。

黒沼　という意味でも『ラブ&ポップ』に出てくる主人公の裕美をはじめとする女子高生たちは、僕にとってはすごくリアリティがあって、的確にいまの女子高生を描いていると思いました。ただ、一方でいままでの村上さんの小説の中に出てくる女性たちとは何かが違うという感想も持ったのですが。

村上　それは十分に意図してのことです。裕美を書くときにいちばん気を使ったことは、裕美の一つ一つの反応なんですね。最初に罠に陥りそうになったのは、彼女が朝ごはんを食べながらテレビを見ていると、O－157のニュースをやっていたという場面です。

裕美は「これは大変なニュースだ。これからO－157はどうなっていくのだろう」と真剣に考えるような優等生であるわけはない。かといって、テレビを「あ、つまんないや」と思って消す女の子では、ありきたりなんですよ。「裕美は『ウザい、関係ない』と言ってテレビを消した。そして、JUDY AND MARYの曲を聴いていた」なんて書くと、その瞬間に、読者は「あ、やっぱりコギャルはニュースなんか見ないよな」と思ってしまう。O－157のニュースに対する裕美の反応には、ピンポイントの正確さを要求されるわけです。

だからあそこは、小説の中にあるように「これからO－157がどうなるかわからないけど、半年後か一年後か二年後には事件は忘れられてるんだろうな、と裕美は思った。レタスの商売がダメになった人達やO－157で死んだ人の家族以外はみんな忘れるだろうな、と思った」となるんです。これが、いまの女子高生のものすごく自然な感想だと思う。

黒沼　たとえば、そういう裕美という女の子は、これまでの村上さんの描いた女性たちとどう違うんでしょうか。

村上　この小説は『トパーズⅡ』として構想していたもので、最初は題名もそう考えていたんです。『トパーズ』は、日本の若い女の子が誰かに出会うということがテーマでした。風俗産業で生きる女の子たちが、そのなかで他者に出会うということをいくつかの短いストーリーにしたものでした。『トパーズ』の後にも、SMをテーマにした長篇小説をいくつか書きました。

黒沼　『エクスタシー』とか。

村上　ええ、『エクスタシー』にしても『イビサ』にしても、『コックサッカーブルース』にしても。それらの小説と今度の小説を比べてみると、僕の中で明らかにある変化があったと思うんです。

黒沼　それはどんな変化ですか。

村上　今まではどちらかというと、いわば不良少女の側から、セックスとかSMとかクスリとかいった、いろんなものをファクターにしながら、現実をブレークスルーすることをモチーフにして書いてきた気がするんです。どの作品にも、異常なエネルギーを持った人間とか、極端な人間を登場させてきました。それはさかのぼればデビュー作の『限りなく透明に近いブルー』以来の僕の一貫したモチーフといえるかもしれない。ここ四、五年は、『KYOKO　キョウコ』という映画を撮るために、ずっと目がキューバやアメリカにばかり向いてたんですが、撮影前に主演女優のオーディションをやったとき、僕はその募集要項にこう書いたんです。

〈……彼女は日本人でありながら、最初から最後まで「世界」と切り離されることがありません。日本的ななまぬるい仲間意識や、心のふれあい、傷のいやしといった嘘の人

間関係を、ダンスという言語によって自然と拒否して生きる新しい日本女性の映画をつくりたいのです……〉

それで、実際にオーディションに集まった女の子たちをみると、驚いたことに、きれいで、頭がよくて、危機感を持って生きてる女の子たちだった。『トパーズ』の取材のときに漠然と予感していた、女の子たちが必死になにかを探し求めているという感じが、いよいよ現実化してきたような気がして、とても気分が良かったんです。あれが九三年の暮れのことでしたね。

それで、九五年に『KYOKO』を撮り終わり、それから一年ほどはずっと日本にいるんですよね。そうすると、これまでうっとうしいから考えたり書いたりするのを避けてきた日本の現実に、どうしても直面せざるをえなくなったんです。

普通の人々の抱えている寂しさ

黒沼　オウム真理教の事件とか。

村上　ええ。それで考えたことは、これほど日本人が寂しそうに見える時代は歴史上ないんじゃないかということなんです。すごく簡単な言葉で言えば、とにかくみんなつまんなそうなんですよね。最近読んだ本に、上原隆さんの『友がみな我よりえらく見える日は』（学陽書房）というノンフィクションがあるんです。生まれてから一度も恋愛経験のない四十六歳の一人暮らしの女性とか、ビデオの発達でフィルム編集の仕事がなくなったネガ編集のおばさん、ゼネコンに勤めていたホームレスの男や、あるいは様々な理由で離婚した男たちの家事の様子とかをルポして書いてるんですけど、それがものすごく面白かった。普通、ルポというと、偉大なことにしろ、凶悪なことにしろなにか極端なことをした人や、重大な事件のことばかりがテーマになりがちですけれど、上原さんの本は、ほんとうに普通の人のことを書いていて、その人たちの寂しさがひしひしと伝わってくるんですよ。訪ねて行くと、玄関のコップの中に二匹のちっちゃい熱帯魚がいて、「ノブちゃん」と「めいちゃん」という名前を付けて飼っていたり。そういうところがすごくリアルなんですよ。離婚して寂しいから、パーティを自分で開いて料理をつくるのが生きがいになった男の話や、ものすごくモテない女が団体旅行に行った時に旅行代理店の添乗員を好きになって、その男とやっとデートにこぎつけた時に緊張のあまり粉チーズをミルクと間違えて紅茶に入れたという話なんかがあって、その二つのエピソードは今度の小説の中で使わせてもらってます。「文學界」の誌面を借りて上原隆さんにお礼を言っておきたいですね。

で、さっきの僕の中の変化という話にもどると、こういう時代に、何か極端なことを起こす人間を主人公に小説を書いても、きっと「それは一部の人間だけだ」と片づけられてしまうと思ったんです。いま厖大な人たちが生きていてつまらないとか寂しいとか、自分は誰か他者と十分にコミュニケートできていないんじゃないか、という思いを持っているということを書こうとしても、レア・ケースをとりあげたのでは十分に伝わらないんじゃないかと。小説にするならより一般性のある人間を描くことがいまの日本の現実を描くには有効ではないかと思ったのです。

黒沼　『五分後の世界』や『ヒュウガ・ウイルス』では危機感とか、ファースト・プライオリティとかをテーマにしていたようですが。

村上　パラレル・ワールドを描くときは、特殊な人間が異常なエネルギーを発揮して現実をブレークスルーするという構図はいまでも有効だと思います。しかし『ピアッシング』という幼児虐待を扱った小説を書いた時が最初だったんですが、心理治療の現場を取材するうちに、この小説の主人公は「普通の人」でなければならないと痛切に思ったのです。自殺願望や殺人願望を持った登場人物は自分たちとは違う特別な存在である、と読者や世間が感じたらもう駄目で、どんな人間でも、幼児虐待を受ければ、こういう性格になりうるように書かなくてはいけないと思った。まあ古い言葉ですけど、登場人物にある種の普遍性を出したかった。

ですから当然、女子高生の援助交際を小説に書くときにも、そのことは適用されるべきだと思いました。例えばいま、コカインやスピードもばんばんやるし、体も売るし、暴力団とも付き合うという女子高生を主人公にして——そういう子も中にはもちろんいるんでしょう――いわば「女子高生が地獄めぐりの果てにある救いを得る」というような小説を書いたら、それこそ「特別な人」の物語になっちゃうんですよ。そういう特別な女の子を登場させても、一種の殉教者のように扱われるだけで、読者にほんとうに響くものにはならないのではないかと思ったんです。

黒沼　主人公の裕美が『KYOKO』や『トパーズ』の登場人物と違う印象を受けるのは、だからなんですね。

村上　ただキョウコと裕美には共通しているものはありますけど、それはまた別の問題です。

黒沼　村上さんが、そういう寂しい思いをしている普通の人に強い関心を抱くというのを聞いて、僕もずっと同じ気持ちでノンフィクションの取材をしてきましたから、心強く思いました。オウム事件は、村上さんにとっても大きかったですか。

村上　すごく大きかった。あれは事件そのものもそうですけれど、マスメディアにおける言及のされ方と忘れられ方もやっぱり僕はショックだったですね。

援助交際の問題でも、僕は「朝まで生テレビ」がスタジオに女子高生を呼んで取りあげたときに観ていて、不愉快ですぐに消しました。親が悪い、教育が悪い、政治が悪い、教師は何してるんだ、なんてことばかり話している。

黒沼　僕も見ましたけれど、まったくピンとこなかった。

村上　言及の仕方がまったく他人事なんですね。援助交際をやるような女の子の親は特別なケースだと思っているわけですよ。コメンテーターが自分とは切り離して喋っている。でもね、僕はたまに外国人のジャーナリストからインタヴューされるんですけど、「貧しいアジアとかラテン・アメリカの少女が体を売るのは、悲しいけれど、事実としては分かる。でも、こんなに豊かな日本の女子高生がなぜ体を売る必要があるんだ」と訊かれると、答えられないんですよ。「いや、それは親が悪いんですよ」とか、「教育が悪いんですよ」「政治が悪いんですよ」「教師が悪いんですよ」と答えたって、「だって、あなたの国の話ですよ」と突っ込まれたらおしまいです。外国人には恥ずかしくてそんなこと言えない。下手すると、「いや、私たちの国は、歴史ができて二千年以来侵略がなくて」とか、そういう話から始めなければいけなくなる。

黒沼　ハハハハ。

村上　オウム真理教の問題でも同じです。「あんな無差別なテロをやるようなカルト宗教にあれほど高学歴の若者が入ったのはなぜですか」と訊かれると、答えられない。ところが不思議なことに、援助交際にしてもオウム真理教にしても、何となく日本人同士はもう分かったような気になって話題にしている。オウムの反社会性ばかりが言及されたり、女子高生の問題だと、女子高生は未来を担ってるような言い方をする擁護派もいたりする。僕は、どちらも的外れだと思います。若い人たちがオウムに入った理由を、日本人はみんなが何となく分かっているんです。みんなも、信者と同じものを少しずつ共有していますからね。それはなにも難しいことではない。単に人生がつまらないってことなんですよ。

女子高生と文学の危機

黒沼　あとがきに、女子高生の取材を始めてから、「『文学の有効性』を疑ってしまった」と書かれていましたが……。

村上　彼女たちがあまりに洗練されていたんで、これはこれでいいんじゃないか、と思った（笑）。何ていうのかな……、こういう満ち足りた日々を送っている人には小説は必要ないのではないかと思ったんですよ。

黒沼　エッ？

村上　たとえば、彼女たちの購買行動を取材するために、「ばっちり買いましょう」みたいな感じで「三万円渡すから好きなもの買っていいよ」「えー、ほんとですか」って。

黒沼　ハハハハ。

村上　渋谷へ行きましたよ。なんか「文學界」のインタヴューじゃないみたいだな（笑）。

まず一万二千円ぐらいのスニーカーを一足買いましたね。それから109の中の「ミー・ジェーン」というブランドショップに行ったら、もう客は全部女子高生で、僕は、店の前で待っていて「どれにしたの?」とか聞いたりして。援助交際そのものですよ。

黒沼 まさにそうですよね、それ(笑)。

村上 ええ。彼女たちはブランド品ではなくて、ちょっとそれに準ずるようなセンスのいい物を買うんですね。お買物上手なんですよ。「きみたち、ブランド品は買わないの?」って言ったら、「だって高くて意味ない」なんて。

黒沼 僕が取材した女の子も「化粧品は資生堂の方が機能性がいい。シャネルはジコマン(自己満足)に過ぎない」と分析していました(笑)。

村上 四千円ぐらいのワンピースを買って、それからコロンを買ってね。「どの匂いがいいのか、分かんないんですよ」「当たり前だ。若いのに、分かるわけないじゃないか。社会に出て、みんなから、その匂いいいねとか言われたら、それをつけるようになるんだよ」「あ、そうか」とかなんとか言いながら(笑)。それで「もうしようがないから」って、ルーズソックスを三足買っていた。「あ、実用品買ったんだね」「だって」とか言って。まだ一万円ぐらい余ってたのに、「あのー」「なに?」「もういいです。疲れたし」とかなんとか言って。一万円返してくれたんです。

黒沼 へーえ。

村上 いまのはほんの一例ですけれど、オジサンとカラオケに行ったり食事をしたりして貰った五千円ぐらいのお金を、そうやって自分なりに上手に使って楽しんでいる。いろんな人に訊いてみたら、クスリも、オールナイトでクラブに行くことも、売春も精力的にやるというのは、二、三年前の一部のブームで、最近はもっと洗練されているらしい。極端な行動に走る先輩たちを見ているから、もっともっと上手になってるんですよね。欲望を適度にコントロールして、確信犯的に身の安全を図りながら、きちんとお金は得て、どうしても何かが欲しいというようなことはない。マスメディアの情報は利用するけれど、信用はしない。マニュアル通りにするのではなくて、自分なりの情報源を持っている子も多い。洗練されていて、中庸で、無理がない。べつにシャネルをほしいとか、外国へ行きたいとか、理想の男を手に入れるとか、憧れもないし、飢えてもいない。自分たちは高校三年になったら受験勉強するんだって決めているしね。

黒沼　飢餓感がないんですよね。

村上　いわば渋谷から一歩も出ないままどんどん洗練されていっている。田中康夫の『なんとなく、クリスタル』あたりからそういう傾向は出てきたと思うし、それは日本固有の出口のないものだとは思うんだけれど、洗練は洗練です。『なんとなく、クリスタル』は「いつかシャネルの似合う大人の女になりたい」という今となってはギャグにもならないような終わり方だったと記憶していますが、日本的洗練の末路というのはそういうものです。世界との距離感を国内のマーケットで微分的に表現するだけだから、すぐに古びてしまって十年も経つとギャグにもならなくなる。キョウコには、共同体が与えてくれる安心よりも価値のあるダンスという最優先事項があった。でも女子高生たちに、「ファースト・プライオリティを探しなよ」といっても分からない。そういうものを探す必要もなく生きている女子高生がマジョリティになっているんですね。そうやってみんなが自足して生きていけるなら、誰のものであれ小説を読む必要なんかないですよ。このままでは日本文学は死滅するしかない。これは、僕が小説家になって初めて実感した「文学の危機」でした。

援助交際には他者との出会いがある

黒沼　ファースト・プライオリティを求めないのに援助交際をするというのはなんなのでしょうか。

村上　そのことは今度の小説を書く上で、すごく大事な点なんです。ファースト・プライオリティがない、必要ではないと仮定すると、『ラブ&ポップ』で主人公の裕美がトパーズの指輪を強烈に欲しがるという設定も、おかしいのではないかと思ったこともありました。でも同時に、人間というのはそれほど過不足なく生きてゆけるものじゃないという思いもあって、とにかく僕が会った中で一番シャープだなと思った子と、ごはんを食べながらゆっくり話したんです。そしたら「そういうことは起こり得ると思う」と言う。「自分たちにはまだ起こってないだけで」。そして「実際、わたしはダンスの勉強とかやってるし、何々ちゃんはボイストレーニングやってるし」なんて言う。ということは、彼女たちも何か社会との取っかかりを欲しがっている、それも学校の勉強ではなく、個的に生きていけるための技術を身につけたいと欲しているなと感じたんです。

黒沼　いまの生活を全肯定して、完全に満足しきっているわけではないんですね。

村上　ええ。僕がつづけて「ほんとうにお金が欲しいとか、ブランド品が欲しいだけなら盗めばいいことで、援助交際までする必要はない。援助交際をするのはそこに出会いがあるからじゃないのかな。誰かと、何かと出会いたいという欲求が、自分では気づいてないんだけど、どっかにあるんじゃないの？」と訊いたら、「あ、それはどっかにありますよ」とすごく簡単に言われちゃった（笑）。

黒沼　女子高生は他者との出会いを欲している、と。

村上　だったら、これは小説にする価値があると思えたんです。僕らが高校生の時もそうだったけれど、自分たちが起こすアクションのモチベーションは自分では説明できないですよね。で、「それってこういうことでしょ」と他者から言われると、あ、そういえばっていうようなことが、あるじゃないですか。

黒沼　「欲望を持った他者と会うのはスリルがある」という台詞が出てきましたが、僕はどちらかというと女子高生は援助交際を性的行為ではなくて経済行為としてやっているような印象を持っていたので、村上さんの解釈はとても小説家的で、面白かったです。

村上　経済行為と性的行為は「他者」を設定すると、同義語といってもいいくらい驚くほど似ているんです。女子高生の中にも、学校と家を往復しているだけで、関わる他者は教師と親だけという子もいると思うんですよ。でもそういう子は共同体の価値観に自分を同化させようと必死になっているわけで、そういう子にくらべたら、援助交際している子の方が可能性があるな、とは思うんですよ。

黒沼　僕は、取材のときは、一人で女子高生を買う側の男としてアプローチして行ったから、どういう子が来て、おれは一体どういう態度を取るんだろうと考えると、毎回毎回女の子に会うことが、ものすごく怖くもあり憂鬱なことでもありました。他者との出会いってすごくエネルギーのいることですよね。

村上　今はね。昔は他者っていなかったし。

女子高生を書く文章

黒沼　この小説の文章は、すごく湿度が低いというか、今までの村上さんの小説にあったネバネバした感じが少なかったと思ったんですが、どうでしょうか。

村上　女子高生って、そういう存在なんですよ。あるトラウマがあって援助交際を始める人間は描いてもしようがないわけです。そうすると、さっき言ったように一般性がなくなってしまいます。ネバネバというのは現実との一種の葛藤を意味していますよね。その葛藤が自意識の中で物や人間に対するこだわりになってくるわけでしょう。でも女子高生にはそれがないんです。

黒沼　親や学校や大人への反抗とか復讐のつもりで援助交際をしている子は、まずいないですからね。

村上　現実を拒否するわけでもないし、現実に対してボランティアみたいにコミットするわけでもない普通の女子高生を設定すると、どうしてもネバネバしない書き方にしか、なりようがないんですよ。

黒沼　もうひとつ、カラオケのシーンでは歌詞を長く引用するとか、ハチ公前での人々の会話を延々と書くとか、レンタルビデオ屋が出てくるとビデオのタイトル名をズラリと書くとか、そういう書き方がかなり目立ったのですが、あれはどういう効果を狙ったものなんでしょうか。

村上　あれは、アンディ・ウォーホルが、倉庫にあればなんでもない缶入りスープを、シルクスクリーンで刷ってソーホーの画廊に飾れば芸術になるんだ、と言ったのと同じやり方のつもりなんですけどね。ウォーホルという名前が浮かんできたんです。女子高生を取材している時に。

黒沼　「キャンベル・スープ」ですね。

村上　レンタルビデオのタイトルを並べたところだって、レンタルビデオ屋の棚の前に立つと、タイトルだけ読んでいて何にも考えていない時があると思うんですよね。古い言葉だけど、心ここにあらずというか。そういう状態で渋谷のハチ公前にいれば、機械的に周りの人の言葉が入ってくる。耳から自然に聞こえてくるけれどそれに対する自分のリアクションはない。ただ聞こえてくる。ボーッとしてファーストフードの店にいれば、ただ単に店員の会話が聞こえてくる、そういう状態を書くときには、あの方法が最も有効だった。

コミュニケーションの困難さ

黒沼　それから裕美についてですけれども、ペッペッと唾を吐く男、ウエハラやキャプテンＥＯに対して、彼女は妙に優しいというか義理堅い。例えばウエハラに「帰ってもいいよ、なんかどうでもよくなっちゃった」と言われて、そのまま帰れば二分間で五万円の稼ぎになったのに、腕を組んだり、射精するところまで付き合ってあげたりする。キャプテンＥＯに対しては、彼の大切にしているぬいぐるみの尻尾のほころびを縫ってあげたり。

村上　取材で会った女子高生には、そういう子が多かったんですよ。例えばオヤジとカラオケに行ったり、しゃぶしゃぶを食べて三万円貰ったら、「やっぱり、なんかサービから」(笑)。

家庭を持ってて、何の問題もなく生きてるんだって言う。そうすると、『そうですよ、カッコいいですもんねえ』とか、つい言っちゃうんですよ。お金貰って悪いなあと思う

ジサンは、妙に威張る人が多くて、おれは偉いぞ、モテるぞとか。おれはすごく幸福な

スしなきゃ悪い」とか言う。だから、オヤジの話もきちんと聞いてあげるんですよ。オ

黒沼　親にお金をねだるのが悪いから援助交際をするという子は多かったですね。一方のお金を出す男たちの側なんですけれども、これもやっぱり普通の男たちなんだけど、僕の目にはすごく醜く映ったんです。

村上　援助交際をやることを自分の人生の中の当たり前の出来事のように思い、何の疚しさも恥ずかしさも感じていない男達は最低ですね。ほんとはこういう男たちがいちばん多いんです。彼らは世の中のメインストリームにいて、職場や家庭では、「しっかりしたお父さん」や、「仕事ができるやつ」で通っている。自分の人生に疑いも危機感も持っていない。でも彼らが小説に登場してくると、小説が安定してしまうというか、裕美の側に一種の過剰なものとか、欠損が起きないので、書かなかったんです。

女子高生はとても魅力的で僕もクラクラッてくることがありましたよ。でも、彼女達のある輝きを、性的な衝動の対象にする大人はやはり醜いし、僕にはできない。つまり、性衝動に必要なアタック(攻撃)の本能が働かないんです。でも、彼女らをアタックで

きる大人はいる。性的欲求が初めから肯定されていて、十三、四歳の娼婦がいるラテン・アメリカだったら、少し状況は違うかも知れませんけど。

逆に、ウエハラにしてもキャプテンEOにしても、コミュニケーション不全というか、黒沼さんもお書きになっていましたけど、いわゆる「ボーダーライン・パーソナリティ・ディスオーダー（境界性人格障害）」というやつなんですね。

黒沼　神経症と精神病の中間に位置するような。

村上　そういう人たちは、コミュニケーションがとても難しいということを、意識的にも無意識的にも知っているわけですね。あるいは、コミュニケーションは自明なことであるとみなして危機感を持ってない連中に対する、憎悪もあるんです。裕美は、主人公だから僕の分身でもあるんだけれど、傲慢な男性性をいまだに保持する男よりも、コミュニケーションの難しさを歪んだ形にしろ知ってる人間のほうが信頼に値すると、本能的に分かっているんですよ。ウエハラにしてもキャプテンEOにしても、駄目な奴なんだけれど、危機感を持ってる分、可能性があるとはいえる。

黒沼　スタンガンをちらつかせて「殺しちゃうぞ」って言ってるキャプテンEOでないと、逆に「お前がそうやって裸でいる時に、どこかで誰かが死ぬほど悲しい思いをしてるんだよ」と、裕美に言ってあげることも出来なかったということですか。

村上　僕はきちっとキャプテンEOの少年史みたいなものを持って書いていたんですよ。

両親が離婚している、ファズボールに名前を付けてくれたのは父親である。離婚後、母と暮らした。母はよく家を空けて、彼は一人で留守番をしていた。何年か後に、母が自分の新しい男を紹介した。そのとき、「自分が寂しい思いをしていた時に、お母さんはこの男とセックスしてたのかな」と思ったのかもしれない。キャプテンEOが、「どこかで誰かが死ぬほど悲しい思いをしてるんだよ」って言ったときには、一般論を語っているわけではなくて、自分の経験を語っているのです。

自己評価が不可能な時代

黒沼　一つ間違うと「援助交際なんかしていると知ったら親が泣くぞ」というオヤジの説教と同じに聞こえませんか。

村上　いや、それは違う。あれは大人が言うような、「そんなことしてると親が心配するだろう」というニュアンスとは全然違います。「親が泣くぞ」というのは、世間体というものを設定したモノの言い方です。キャプテンEOの台詞をよく読んで下さい。彼は世間というものをバックにして話してはいません。個人として、話しています。そういう意味では、キャプテンEOは、世間のモラルではなく個のモラルを代表しているといっていいかも知れません。それに、親の態度ということで言うと、ウチの娘には普段から会話をして言い聞かせているから援助交際をするはずありません、と言っても駄目なんです。もしかしたらうちの娘も援助交際してるかもしれないという危機感を持って、もしそうした場合どうするべきかという戦略を平素から立てているべきです。でないと、娘が援助交際をしているとわかっても泣くことすらできない。オロオロするだけです。

黒沼　なるほど（笑）。そういう親は多いでしょうね。

村上　あそこで言いたかったのは、自己評価つまり「自分には価値があると思う」という気持ちを、いまの女の子がなかなか持てないということなんですね。コミュニケーションが簡単に成立すると思っている人間から見れば、自己評価を持てないのは、その女の子のせいだと思えるんだけど、ところがそういう人が想定してる自己評価というのは、実はすべて共同体から与えられるものなんです。「あなたは東大に入ったから価値があります」とか「あなたは会社でこれだけ成績を挙げたから価値があります」とか。要するに女の子の方からすれば、そんなものちっとも本物の「自己評価」ではないんです。

黒沼　僕が会った女の子二十人の七、八割は中学受験経験者でした。で、東大合格者をたくさん出している中・高一貫校へ通っている子もいましたが、「わたし別に、高校ぐらい出とけば、それでいい」と言う子が多かった。男の子の中・高一貫六年間というのは、勉強だけなんですけれど、女の子のほうが、東大目指して六年間勉強することのアホらしさに、よく気がついていましたね。

村上　共同体が与えてくれる評価のウソに女子高生は本能的に気づいているから、自己評価を自分で手に入れなければいけないと思っている。そういう人がいま大勢いると思って、小説を書きました。そういう子たちは、他者と出会い、他者とのしんどいコミュニケーションを通して、そこに到達しなければいけない。親や、教師や、マスメディアが、「自分の体を大事にしろ」だの、「きみの体に価値があると思う人が今もいるし、将来出てくるかもしれないんだよ」と言っても、女子高生はなかなかそうは思えない。言葉でそう言っても、誰もそういう生き方をしていないから。裕美にとってキャプテンEOのあの言葉が力を持っているのは、それが彼女自身が自分で援助交際を決意して、他者との関わりを通して獲得した言葉だからです。簡単にいえば、こわい経験をして思い知った言葉だからです。

黒沼　そういう状況に女子高生が置かれているというのは、時代的な必然性もあるんでしょうね。

村上　女の子たちに僕はこういうことを言いました。一九七八年に円は対ドルで二百円をきった、それは何を意味するかというと、近代化以降の日本の大目標の終了を意味する。円という通貨が国際的になって強くなるためには、国力も充実しなければいけないし、すべての面でレベルアップが必要なわけで、それは近代日本の目標だったわけですね。戦争も、究極的には円を強くするのが目的で起こった。戦争には負けたけれど、目標はずっと続いてきた。だから日本人は立ち直ることができた。それが七八年で終わったんだよって言った。そうしたら目を輝かして聞いているんです。「もう大目標は終わっちゃったから、オジサンに限らず若い男の子でも、働いても働いても充実感はないし、誰からも褒められない。だからすごく寂しくて、きみたちを買うんだよ」と言ったら、「へー、そうだったんですか」という感じでピーンときたのが分かりました。女子高生は、もうこの時代には目標がなにもないってことに無自覚に気づいている。それは別に女子高生だけではなくて、若い子は気づいているんですよ。その時に、いま若い男の子はアクションを起こすの難しいから、女子高生が起こしているんです。でも、いまだにこの国のすべてのメディアとジャーナリズムは、大目標があるっていう設定で動いている。日本の国家的な目標が終わったというのは、大問題ですよ。でも、誰も言わないでしょう。終わったんだよ、ということは。文学にしても何にしても、全部変わらなければいけないんですよ。

黒沼　なるほど。

村上　それなのに、文学の批評の文脈とか基準は、何にも変わらない。一部のシャープな人は変わってきています。でも、文学の批評の原点みたいなものはほとんど変わらない。全部がガタガタになってるのに、誰もそんなことを言わないんですよ。

黒沼　最近の純文学と呼ばれるジャンルは、僕のようなノンフィクションライターはなかなか読む気が起こらないんですけれど、やけに寓話的になったり、何も起こらない日常を物語性を少なくして淡々と書いているのが多いように見えますが。

村上　あ、僕は他人の作品には興味がないのでほとんど読まないんです。

援助交際と危機感の消滅

黒沼　村上さんにお会いすると、どうしてもじゃあ援助交際はいいんですか、悪いんですか、あるいはどういう意味で悪いんですかと、聞きたくなってしまうんですが、村上さんは、その答えを保留されているわけですよね。

村上　そうです。

黒沼　「ひとに迷惑をかけないで援助交際をして、なんでいけないの？」という論理にどうやって対抗するのか。僕は女子高生にありふれた法律やモラルの話をしても、もうだれも耳を貸さないだろうなと思って、彼女たちと話しながら、なぜウリが悪いのか、あるいはいいのか、別に悪くなくなったのか、一緒に考えてみようという姿勢でずっといたんですけれども、答えには辿り着かなかった。

村上　それはやっぱり、答えが簡単ではないからでしょう。女子高生が「援助交際して何が悪いんだ」というときには、もう悪いことだっていう外圧を感じてるわけだから。

黒沼　そうですよね。

村上　では、いいことかっていうと、どう考えてもいいことではないんですよね。いや、むしろいいとか、悪いとか、そういう単純な論理ではだめだと、僕は思うんです。「じゃあ、何で悪いんですか」って女の子に言われたら、そんな会話は実際にはしてないんですけれど、「いや、悪いかどうか分かんないけど、とりあえず恥ずかしいことだし、悲しいことだ。恥ずかしいことや、悲しいことをやってる他人を見るのは、人間は嫌なんだ」と、答えようと。

黒沼　反応どうでした、それ？

村上　言ってないです。今、考えたんで。

黒沼　その反応見たかったたですねえ。

村上　でも「こうやって縁があって知り合えたわけだから言うけど、僕は、もし自分の娘がやってたら、止めろって言うよ」とは言いました。それはやっぱり危険だからですよ。この国には、危機感が消滅してる。『ヒュウガ・ウイルス』の時も、危機感、危機感と、まるでお題目みたいに唱えて疲れたんですよ。最近やっと分かりましたが、危機感を持ってない人に、危機感を持てというのは無駄なことでした。危機感という概念がない以上、危機感を持っていない状態、危機感とはそもそもどういうことか、わからない。見ず知らずの人間とホテルの一室に二人きりになって何が起こりうるかということを想定できないのは、人類の一員としてよくないことです。アメリカの女子高生は誰も援助交際はやらない。それは一つには、危険だと分かっているからです。いつレイプされるか分からないからピルを飲んでいる子もいるくらいだから。

黒沼　僕が、話を聞いた中で一番ひどい目に遭った子は、やくざの事務所に連れていかれて五、六人に輪姦されてスピードを打たれたそうです。それに懲りてもうやめたと言っていましたが、似たような状況になったけれど最後まではやられなかった女の子たちはその後もまた援助交際やってるんですよね。どうしてこんなに危機感がないのか。自分の生命の危機として。

村上　危機感を持った生き方を実践している大人がどこにもいないから、わかんないですよ。彼女たちには。

黒沼　僕は七〇年安保に遅れてきた世代なんですけれど、僕の頃には雰囲気としては、世の中にまだ反体制というか、漠然と大人たちを嫌悪するというムードがあったと思うんですけれど、それがいまいったいどうなってしまったのかなと、取材をしながら感じたんです。

村上　黒沼さんの『援助交際』の中で女子高生と会った後に、昔の同級生の女性に電話をかけるところがありましたよね。彼女は「(わたしたちの若い頃は大人を相手に)ぜったいにやれないわよ、気持ち悪くて」と言ったというところ、面白かったです。

黒沼　大人たちと金が近似値で、金と大人イコール汚いという観念が、僕らには漠然とあって、だから大人から金を貰うなんて醜いことだ、金に支配されるなんてイヤだという思いが、多少ともその頃の女の子にはあったと思うんですよ。

村上 それは一種のモラリティですよね。

黒沼 でも、女子中高生にはそれがもう全然ない。敵から塩を貰うという発想もない。確かに、「じゃあきみたちは、金に支配されてる人生についてはどう思うの？」と聞いても、「え、別にィー」となるわけです。もうそういうことを言っても、まるで分からないものなんでしょうか。

村上 いま、黒沼さんが言ったようなことは、多分、女子高生の誰にも通じないでしょうね。

黒沼 やっぱり（笑）。

村上 僕は昔の反体制の人々が大嫌いです。みんな偽者だったから。キューバに行くとわかりますよ。だって、あそこは本当に革命を成功させたわけで、革命が成功するということはどういうことか、日常レベルでわかりますからね。ただ、大人と、大人と子供の中間層が、「甘々」の一環として切断されていたということはこの国にもある。それで、女子高生達は、反体制的な理念を持って行動する人間がこの世の中にはいるということを知らない、まず。

黒沼 あ、そうか、そうか（笑）。

村上 そんな人間は誰も見たことがない。そんな人間に充実感があるんだということを誰も伝えてない。要するに、子どもたちは、何か言わないと分からないんですよ。かつてこういうことがあった、いまこういうことがある、こういうことをやると楽しい、こういうことをやっては駄目だ、きみのことを好きなんだ、きみの体のことが大事なんだ、と言わないと、子どもは分からない。日本人は何となく分かるんじゃないかと思って、言わない。

言うだけではなくて、大人が身をもって示さねばならないんですよ。生きて、みせなければいけない。僕が『ラブ&ポップ』を書いたり、黒沼さんが『援助交際』というルポを書いたのは、女子高生達がね、意識せずに何かムーブメントを起こしているんですよ。大袈裟に言うと、日本人は、これでいいのか、ボーッとしてるあんたらも少しは考えてくれよ、というようなムーブメントを起こしてるわけじゃないですか。

黒沼　いやー、そう言われると、そうかもしれません。では最後に、一九七八年に日本の近代の目標が終わったとして、なおかつもう戻ることがないとすれば、この後、村上さんは、どうされるのか。

村上　次に準備している小説は、二十一世紀半ばのサイバーワールドの話なんですけれど、それと中世ヨーロッパとを絡めて書くつもりです。昔風の、偽物の葛藤はとっくに終わっているけど、誰かが他者との出会いを求めるという可能性は常に続いていくわけですからね。小説のモチーフが尽きるなんてことは本当はないものです。

庵野秀明

何処にも行けない

あんの・ひであき

1960年山口県生まれ。大阪芸術大学在学中にアマチュアフィルム製作を始める。宮崎駿監督の「風の谷のナウシカ」などに参加した後、映画仲間とガイナックスを設立。95年からテレビ放映されたアニメ「新世紀エヴァンゲリオン」は、デザインされた画質の高さとともに、緊迫した内面描写が支持され大ヒットとなり、97年には映画化された。同年、女子高生の援助交際をテーマにした「ラブ＆ポップ」で実写映画を初監督。他に「トップをねらえ！」「彼氏彼女の事情」などの作品を手がけている。

夢の象徴、裕美

村上　昨日の『ラブ&ポップ』の完成披露試写会で、観たのは二度目なんだけれど、やっぱりいい映画だと思った。女子高生の援助交際がテーマで、原作が村上龍で、『新世紀エヴァンゲリオン』を作った庵野さんが監督で、という理由だけで見に来た人は驚くでしょうね。

庵野　ありがとうございます。最初に原作を読んだときに、直観的に、これは実写で撮りたいと思ったんです。村上さんの小説の中では、珍しい作品だと思ったので。たとえば『愛と幻想のファシズム』や『五分後の世界』は、読んでいると明確なイメージが浮かんできて、それ以外のヴィジュアルは考えられないんですけれど、『ラブ&ポップ』には曖昧な部分がある。それが女子高生というものだと思うんですけど。曖昧ということは、誰もがバラバラのイメージを当てはめられるけれど、どれも唯一絶対のイメージにはならない。だから、どんな映像を持ってきてもオーケーだと感じたんです。

村上 特に主役の女の子ですね。

庵野 ええ。裕美という子は、どこにでもいそうでどこにもいないという、夢の象徴みたいなものですから。誰かを持ってくれば、そのイメージが裕美として固定される。女子高生四人に、裕美という主人公をどう思うかと尋ねたら、友達にいそうだけどいない、と言うんです。それを聞いて、やはりいけるなと思ったわけです。

村上 裕美には、ある種の普遍性をもたせたかった。こういう女子高生は特別な存在だと思われたらアウトですから。誰でも援助交際をする可能性があるという、シンボリックな存在として書かれなければならなかった。

庵野 読んですぐ、周りに「映画化したい」と言い触らしていたんです。原作者がすごく堅いから、絶対に他人には渡さないという噂があって（笑）、なかば諦めていました。まさか出版社の方が、向こうからネギを背負ってきてくれるとは思わなかったですね。

村上 庵野さんの提案には具体性があった。最初に会ったとき、デジタルビデオで撮影するという話を聞いて、あ、これは『ラブ&ポップ』に合っているなと思いました。今までも映画化はたくさん申し込まれましたけれども、みんな思い入ればかり言うんです。「この作品には愛があります」とか「愛を表現したいんです」とか。「愛があります」と言われてもねえ。こっちは、そんなものはないと思って小説を書いてるんですから。

庵野　内容に関してはひと言も褒めませんでしたね（笑）。デジカメで撮りたいとか、オールロケで低予算でできますとか、そんなことばかりで。依頼に行く以上、面白く思っているのは前提ですから。

村上　そういえば、どこがいいとは何も言わなかったね。だから、かえって作品を渡してもいいやと信頼できた。

厳密さと妥協の間

村上　小説作りも映画作りも同じだと思うけど、すごく地味な作業の繰り返しですよね。

庵野　地味です。爆発も何もないです。

村上　でも、地味な作業の繰り返しを、いかに厳密に積み重ねていくかで出来が決まってしまう。観る側は中に込められたメッセージにではなくて、厳密さに反応すると思うんです。

庵野　メッセージってよく聞かれるんですが、あんまり考えてないです。それは受け取る人それぞれなので、こちらが考えても仕方ない。

村上　大切なのは、手持ちの情報や素材の範疇で、自己嫌悪に陥らないよう完成度を高めていく作業ですよ。庵野さんは今度の映画でも『エヴァンゲリオン』でも、それに誠実に取り組んでいると思う。でも厳密にといっても、一方では妥協しないと、小説も書けないし、映画も撮れない。ベストはありえないけれど、できるだけベターなものを組み合わせて作っていくしかないんです。だから、僕は小説を書いていても、クリエイティブな仕事という感じはあまりしない。

庵野 映画も基本的に妥協の産物ですよ。特に監督は、いちばんこだわっているように見えて、実はいちばん妥協していると思います。

村上 ただ、映画って面白いなと思うのは、地味な積み重ねを超える出会いがあるんですよね。もし主役の三輪明日美さんが存在しなかったら、これだけの成功はなかったでしょう。あんな女の子がよく見つかりましたよね。

庵野 六百人の候補者から書類選考で六十人に絞って、そのなかから、この企画にいちばん合っている子を選んだだけなんですけどね……。

村上 裕美がはじめて一人で援助交際をしようと決意して、タクシーに乗ると、知らない男から携帯電話がかかってくるでしょう。あの会話なんか、僕が原作を書いていたときに、頭の中にイメージしていた主人公がそこにいる感じがしたもの。うれしいというより、ヘンな気持ちでしたね。彼女はセリフを理解して喋っていると思うよ。そうでしょう?

庵野 理解……。どうでしょうかね、わからないです。

村上 頭で考えた理解じゃなくて、彼女の直観みたいなものでつかんでいるんじゃないですか。

庵野　本人はあんまりお芝居をしていないと思いますけど。

村上　いや、あれは意識していますよ。

庵野　じゃあ、お芝居というより、カメラが回っているのをあんまり意識していないんですね。たしかにそれは、いちばん狙っていたところなんです。

　僕が最初に原作を読んだときの裕美の印象は、「猫背」なんです。うつむいて体を丸くして携帯かけてる女子高生のイメージが浮かんだ。オーディションでも携帯電話をかけるときのポーズにこだわりました。タクシーの中のシーンも、最初のテイクでは猫背でおとなしく喋ってたんですよ。あのシーンは、カメラは回しっぱなしにして、運転手の他は誰もいない状況で、実際に携帯に電話をかけて撮ったんです。するとトンネルに入る度に携帯が切れちゃって、何度もテイクを重ねちゃったんですね。本人も飽きたのか慣れたのか、ラストテイクでは頰に手を当てて、胸をそらせて生意気なポーズをとっていた。僕のイメージより、そっちの方が素の女子高生に近いと感じて、そのテイクを使うことにしました。

村上　小説を書くときは主人公の顔まではイメージはしてないんです。あのシーンで、三輪明日美が僕の中で裕美になっちゃいました。でも不思議なのは、役者がシナリオを読んでいるシーンの方が、アドリブの部分よりも女子高生っぽく見えたんですよ。

庵野　ああ、そうですね。アドリブのところは女子高生というよりは動物に近いですからね。

村上　動物ね（笑）。

庵野　動物です。

キャプテンEOの思い

村上　映画の終盤で重要な役割をするキャプテンEOという男をどうするかも問題でした。ディズニーは版権に敏感だから、キャプテンEOや、ファズボールなんてキャラクター名は出せないだろうと思っていたら……。

庵野　伏せ字処理してしまいました。「ピー」って音入れて。その問題には三つ選択があって、黙って使ってしまうか、伏せ字処理にするか、版権が自由になるキャラクターに変えてしまうか。で、調べたら、一番目はディズニー相手だと勝てないだろうと。三番目は東映がもっている版権オッケーのキャラクターは、あんまりいいのがなくて。星雲仮面マシンマンとか、デンジマンとか、そんなふうに名乗る男には女子高生はついていかないだろうな、と（笑）。洋モノでないとリアリティがないですね。結局、伏せ字処理がベストなんです。

村上　キャプテンEOとファズボールを選ぶのは、原作でも難しかったですよ。僕のニユースソースから、ぬいぐるみを持ってテレクラで女子高生を買ったり、SMクラブに来る男が大勢いるとは聞いていたんです。ぬいぐるみに対してしか話せないんですって。それに、心理療法士がぬいぐるみを使って子供と対話するという話も聞いた。なにかトラウマのある子は、直に話すと怖がったりするから。

だから小説でもぬいぐるみをもたせようとしたんだけど、熊のプーさんとかスヌーピーだと、女の子が心を寄せにくいんですね。ファズボールとキャプテンEOなら、そんなにメジャーすぎないし、離婚した父親にフロリダのディズニー・ワールドで買ってもらったという設定も、まあ使える。僕としてもギリギリで選んだキャラクターだから、あれに替わるものはないという確信がありました。

庵野　ええ、「デンジマン」じゃダメですね。誰もそんな伝言にメッセージ入れないっス。

村上　キャプテンEO役の浅野忠信さんが、ラブホテルのバスルームで裸の裕美に向かって、「お前がこうしているときに、どこかで誰かが死ぬほど悲しい思いをしているんだ」というシーン、これは、ある意味で原作以上によかったですね。原作を発表したとき、このセリフについて、村上龍が一般的な倫理を言っていると批判されたんですよ。一でもそれは、日本的なバカな批判だと思ったね。少し考えれば、ああいう状況では、一般論ではなく、その人個人の歴史に基づいて話していると分かるはずです。犯罪を犯して、かつその犯罪が自分の生い立ちに関係している人間の場合には、一般論なんか言えるわけがない。それを、モラルをとなえていると批判するのはすごく日本的だと思う。先生が生徒に向かって話すこと、首相が国民に向かって話すことが、コミュニケーションになりうると思っている人の批評なんです。

でも映画では、浅野さんが個人の思いとしてあのセリフを言っているのが、小説よりも明確だったので、すごく強いシーンになっていると思ったんです。役者というのは肉体を持った個人だから、演技するには内面化するしかないのかもしれないけれど。

庵野　浅野さんには、キャプテンEOはこういう生い立ちで、だからこういう行為をしているんだと思います、という僕なりに考えた人物の説明だけしました。あとは台本のなかで、必ず言って欲しい記号的なセリフだけ伝えて、それ以外は自分の好きなように言ってください、とお願いしました。台本の棒読みにならないように、浅野さんという個人の中で一度消化して、自分の言葉に直してください、と。それから撮影は、密室で主人公にカメラを取り付けて、役者二人きりでやっているんです。主人公の女の子はマジに泣いてますから。まあ、泣かせちゃってくださいって僕が頼んではいますけど。

自分の武器の性能

村上　僕の自選小説集に「読む者に確固たるヴィジュアルイメージを強要させる、これはすごい」という推薦文を寄せてくれたことがありましたね。

庵野　そうですね。イメージというか、頭の中に出てくるヴィジュアルがはっきりしているんです。

小説は、イメージを明確にしないでも勝負できるというか、曖昧にしておくことで映像に勝つ部分があると思うんです。あと、音楽を流さなくても音楽を感じさせられるし、時間軸も本人の好きに感じる事ができる。そういうところが、小説の武器であり、文字媒体の武器であると思うんです。

村上さんの小説は、その文字媒体の有利な部分を放棄して、よりヴィジュアルに挑戦しているのがカッコイイなあと思います。『五分後の世界』なんて、世界がハッキリと書かれています。あのアンダーグラウンドに、今の若い日本人が一人へニャッと立っているだけで小説のリアリティ全てが壊れてしまうくらい、ヴィジュアルが強いんです。戦闘描写を実写にしても、人を倒す描写が的確に書かれているから、それを忠実に再現しない限り、小説の持っている世界観そのものが全部ダメになってしまう。読んでいる人の中の、いちばんいいイメージを引きずり出させて、それ以外のヴィジュアルは持てなくさせています。一種、強要してますね。映像よりも映像的なんです。

村上　そう言われて思いだしたんですが、今から十八年前、『コインロッカー・ベイビーズ』を書いたときは、後半のアクションシーンがすごく書きづらかった。今にして思えば明確に映像を意識していなかったんですね。

『五分後の世界』の戦闘シーンは、あえて映像を強く意識したんです。そのとき参考にしたのは、コミックスでしたね。戦争オタクみたいなコミックスは多いんですけれど、小林源文という人のが、細密で面白かったですよ。M16とカラシニコフでは、人の腹に銃弾が当たったときどう違うかなんてことが、延々と描写してある。

ですから、読む人の想像力をアクティブにさせないでパッシブにさせて描写を連ねていく書き方は、実は映画から遠いんですよね。

柄谷行人さんが言っていたけれど、十九世紀の小説では、たとえばスタンダールが書き出しでパリの街を俯瞰で描写したりしたけれど、それは映画のなかった時代だからこそ効果的だった。でも映画が登場したら、人間の顔からカメラをずーっと引きながら上昇させて、パリ全部を撮すことも可能になる。すると小説は正攻法の描写ではかなわないから、ジョイスやプルーストの「意識の流れ」みたいな、それまでのリアリズムとは異なる描写を試みるようになったんです。

結局、他ジャンルの表現の特異性やデメリットを把握しておかないと、書けないんですよ。別に明文化して把握しなくてもいいけれど、この方法ではコミックスに負けちゃうとか、こういう話だったら映画に向いているなとか、音楽の方が有効だなとか、それをどこかで考えていない表現は、傲慢だと思う。

庵野　実写とアニメで違いがありますか、とよく質問されますけれど、方法論の違いにすぎないんです。実写ではアニメのいいところが使えないので残念だとか、その程度の差です。でも、その方法論の違いを知っていないと、何も作れないですね。

村上　ある方法ではこの表現は許される、ここでは許されないということを、意識しながらやっていくということですよね。

庵野　それは、言い方を変えれば、自分が今持っている武器の性能は把握しておかないと、何もできないってことですよね。射程距離がどれくらいで、照準スコープにどの程度の誤差があるのか、そんなことを事前にインプットしておくのは前提です。いざ使うときにいちいち頭の中で反芻していたら、実際には何の役にも立たないから、体で覚えていくしかない。さっき龍さんがおっしゃっていたように、明文化して把握するというより、パッと直観的に出てくるものだと思います。『ラブ&ポップ』を最初に読んだ瞬間に、これはいける、と思ったのもそういうことです。

村上　直観は、ひらめきなんかではなく、それまでに厳密に考え抜いたことから発生するんですよ。監督とは、それを最も試される仕事だと思いますね。

欠落感をキープするのは難しい

村上　裕美が、『アンネの日記』のドキュメンタリーを観て「良かったね」と泣くシーンがあったでしょう。それをテレビのブラウン管の側から、透かすようにして撮っている。あそこがすごく好きなんですよ。なんでかな。

庵野　「翌日になると心がツルンとして、自分の中で、何かが済んだ、ような気持ちになっているのが不思議で、イヤだった」というナレーションが入るところですね。

村上　そのセリフは、女子高生から聞いたわけではなくて、僕自身がいつも考えていたことなんです。『KYOKO』という映画の準備段階で、おカネは集まらないし、女優に逃げられるし、脚本ができないという時期があった。そういうときに日本にいると、テレビや新聞や雑誌から、「そんなにシャカリキにならなくても、あんたは小説家なんだし、別に映画なんていいじゃない」という声が聞こえるんです。それはもう神経がおかしくなるくらいに、繰り返しアナウンスされている。要するに日本は、「俺はこれがやりたい」と思っている人に「そんなことべつにいいじゃないか。それよりもっと楽しいことがあるよ」と寄ってたかって言う国なんですよ。楽しいことなんて本当はないのに。その中で孤立して、あるモチベーションや意思を維持するのは、すごく難しい。そう思って、あの言葉を書いたんです。

庵野　脚本の薩川昭夫さんと、原作からハズさないよう確認したポイントが二つあるんです。まず、裕美がトパーズの指輪を今日中に手に入れようと決心したときの、「やりたいことや欲しいものは、そう思ったその時に始めたり手にいれようと努力しないと必ずいつの間にか自分から消えてなくなる」というところ。もう一つは、全てが終わって自分の部屋に戻って、「何かが欲しい、という思いをキープするのは、その何かが今の自分にはないという無力感をキープすることで、それはとても難しい」というセリフでした。

村上　実際に渦中にいる人には、その大事さは分からないんですよね。でも女子高生からのファンレターには、「そのとおりだと思う」って書いてありました。

庵野　このセリフは、僕もいちばん重要な部分かなと思って。僕もあの、欠落感をキープする感じはよくわかるんです。

死人のような女子高生

村上　原作は一九九六年の夏が舞台で、映画は九七年夏ですが、その一年の間にも変化が起きているらしいです。最近、インターネットに『ラブ&ポップ』の英訳を発表する準備をしていて、女子高生のインタヴューも載せようと思って、十何人かに会ったんです。そしたら、援助交際はもう下火らしいです。でもね、援助交際もしない、何となくまじめなグループに入っている女子高生と三十分くらい話したんですけど、なんだか死人みたいなんですよ。昨日この映画を観たら、援助交際している女の子たちが三十年前の女子高生みたいに生き生きして見えたもの。これはもはや、女子高生がまだ少し輝いていた頃のドキュメントになると思いましたね。

庵野　輝いてたんですかねえ。

村上　だって話していると、生気を吸い取られるみたいに疲れるんですよ。「音楽は好き？」と聞くと、「華原朋美とか、小室哲哉は聞く」と答えるんです。「あとは？　ビートルズは？」「昔ちょっとお父さんが聞いていたけど、聞かない」とか言うのね。僕は、音楽の世界が両手いっぱいの幅だとすると、小室哲哉は指先くらいのほんの小さな部分で、その広い中から、他に何があるのか自分で探していくのが音楽の好きな人なんだとは言ったんですけれど。それから、もちろん小説はまったく読まないし、テレビは見るけど好きなアイドルがいるわけじゃない。「食べ物は？」と聞くと「お寿司が大好き」と言うんですよ。「じゃあお寿司食べに行くときはワクワクするの？」と聞いたら、父親が会社の帰りに折り詰めを買ってくるらしいんです。寿司屋に行くんじゃなくて。唯一ワクワクするのが、父親が折り詰めの寿司を買ってくるときなんですよ。ブランド品もそんなに欲しくないと言うしね。

いちばん楽しいのは、友達とワイワイ喋っているときだけで、何を話したかは覚えていない。将来どんなライフスタイルをイメージしているか聞くと、「楽な感じで、自分の時間があって、友達とおしゃべりができるのがいい」なんて言われて、年寄りと話しているみたいでゾーッとして、思わず後で酒を飲んじゃいましたよ。

庵野　何もすることがないから、暇をつぶすしかないんでしょうね。

村上　何かが自分に欠けているとか、何かを探そうとか、そういう気持ちのかけらもないんですよ。ワクワクするという概念が、既にないんだもの。まあ、死人ですよ。

庵野　基本的に今の日本は、暇つぶしの文化ですから。高校生が今日一日をどう生きようかというのは、どう暇をつぶそうかということで。だったら家でゴロゴロしていればいいんですけど、それにも飽きて、テレビを見ようとか、ゲームをしようとか、楽して時間を過ごす方法を考えるんですね。テレビでも映画でも、そのニーズを補完する商品が求められているんです。結局、大衆文化は暇つぶしの文化ですから、暇つぶしのわりには面白かったという程度が歓迎される。でも、そういうのは僕はイヤなんです。単なる暇つぶしじゃすまないものを作りたいなあ、と思うんですけれど。

村上　暇つぶし文化ではもうやっていけなくなっていると思いますね。

庵野　ええ、かなりツケがたまってきてますよ。そのうちドンと来ますね。

村上　そういう「なにもない感覚」は、暇つぶしの極致に向かって加速度的に突き進んでいますよ。ただ、今の女子高生を昔の「新人類」みたいなおおざっぱなくだらない言葉で括って、理解したつもりになるのは間違いであって……。

庵野　差別用語ですからね、新人類って。

村上　僕が会った、死人のような女子高生は、明治以降の日本の近代化の自然な帰結として登場したと思うんですよ。国家の近代化が完了した後に、個人の価値が見つけられないことの象徴みたいなものでしょう。

テレビしかなかった世代

庵野　でも、所詮僕もテレビで育っているんです。テレビというのは本当に貧弱なメディアだけれど、僕らにはそれしかない。正直言って、前の世代の人たちは羨ましいなあと思います。僕らは、依代(よりしろ)とするものが既に貧弱なんですから。モチベーションなんてのも持ちにくい。

表現というのは、村上さんもおっしゃってましたが、穴を埋める作業だと思うんですね。表現という言葉も最近キライなんですけれど、そういう作業を続けなければならない自分の欠落部分は大きいんだろうなと思ってます。

村上　表現のモチベーションはコミュニケーションの不全感を自覚するところから生まれると思うんです。だから、庵野さんがそう感じるのは正しいと思う。

庵野　さっきの話と同じで、自分の性能を客観的に把握しないと何もできない。なんで僕らはこうなんだろうと考えないと、何も前に進まないと思うんです。かといって、僕にはいまの女子高生を云々する余裕もないですね。自分の幸せを求めていくので精一杯ですから。それでも今に比べれば、僕らの子供時代にはまだ変化があったんですよ。貧弱なメディアのテレビにしても、テレビが我が家にやって来る、魔法の箱が来た、という体験があった。途中で、白黒からカラーに変わりましたし。

村上　だいたい七〇年代の前半ですよね。

庵野　ええ、「万博をカラーで見よう」というのが流行って、親としては相当無理をしてカラーテレビを買ったと思います。カラーの有り難みは身に沁みて覚えてますよ。「サンダーバードってこんな色だったんだ」とか「ウルトラマンって赤と銀だったんだ」って、雑誌でしか知らなかった色が、目の前に映っているのには感動した。そのころは、まだ新聞のテレビ欄に「カラー」と書いてある時代でしたから。「カラー見たいなあ」と思って、お金持ちの友達の家に遊びにいって、夕飯まで御馳走になってカラーテレビを見ました。それから時代が進むにつれて、テレビが日常化されて、価値がどんどん落ちていく様も知っているんです。

村上　なるほど。

庵野　でも、いまの高校生ぐらいになると、カラーテレビもビデオも生まれたときからあって当たり前で、なにも変化がないんですよ。だから、どんどん行き詰まっていくしかない。僕らはその前を知っているだけ、マシかもしれない。その上、ゲームが普及してきたから、家から出なくても十二分に暇がつぶせるんです。だから今後さらに閉塞していくと思います。

村上　それは、本当はテレビやカラーテレビが象徴する「ギャップ」が重要なんだと思うな。世界との差異、この国の共同体の中の差異や差別ですが、それが、どんどん隠蔽されていってるわけで、平準化がいきつくところまでいった、みたいな。

庵野　パソコン通信にも、問題があると思いますね。自分の部屋にいながら世界中とつながっている、という擬似感覚はかなり怖いことです。リスクをわかって使うならいいけど、自分の世界が広がっていると錯覚する人もいる。まあ使う人それぞれの問題なんでしょうけれど。

村上　物理的世界で、日常のコミュニケーションが正常にできている人が、ツールとしてインターネットや電子メールを使うぶんには便利なものだけれどね。

庵野　僕は、インターネットというのは、要するに新聞みたいなものだと思うんです。新聞は、宅配でわざわざ置いていってくれるでしょう。我が家にいながら世界中の情報がとりあえず分かる。インターネットは、その廉価版という程度の情報量にすぎないんじゃないかと。

村上　でも、メールとかチャットとか双方向の通信は、現実に充実感のない人ははまるでしょうね。人間の充実感の大部分は、コミュニケーションの充実感ですから。そのうえ、純粋な文字情報だけが自分に届けられる。「あなたは間違っていない」「みんな寂しいんですよ」なんて面と向かって言われたら、あんたに言われたくないとか思うけれど、メールなら純粋に言葉として受け取ることができる。宗教の教えにすがるのと一緒で、かなり熱中するでしょうね。

庵野　それは、わかります。相手の顔が見えないというのは怖いですよ。落とし穴ですね。

村上　実は、コミュニケーション上の重大な問題を含んでいますよ。本当にいるんだよね、インターネットで世界に繋がっていると思っている人が。そういう人が、自分のホーム・ページに日記を載せていたりするんですけど、醜悪だと思いますね。

庵野　自分の体が大きくなったイメージを持つんでしょうね。でもそれは違うと思うんです。

村上　メーリングリストにしてもフォーラムにしても、一瞬にして仲間モードになってしまう。まず言葉遣いがちょっと変わって、ムラのリーダーができて、ルール違反をした奴は寄ってたかって排除しようとして……物理社会といっしょで、ずっとしますね。結局、お互いの間に他者性を設定できないんですよ。仲間になっちゃうんです。仲間になって甘えあうんですよ。

「甘え」と「ヤケ」の国民

村上　最近、土居健郎さんの『「甘え」の構造』（弘文堂）を読み直しているんです。六〇年代や七〇年代の社会学や心理学の本を読むと、今の日本を正確に言い当てていて面白いですね。土居さんによると、「甘え」とは要するに一体感を楽しむことです。自分の属する集団と一つになる感じを楽しむのが、日本人の精神性の象徴で、それは社会生活を円滑にするという美点も持っているけれど、集団的エゴイズムにもつながる。いちいち批判しても仕方がないくらい、日本の中に満ちあふれていると思います。

庵野　そのうちに行き詰まる時が来ると思いますけどね。

村上　もう、金融市場から来てますね。やっぱり、経済というものはすごい。市場は善意も悪意もなく、ただダメなものを淘汰して、調整するんですよ。だから、内側だけでコンセンサスを作って、世界に理解されるような努力をしてこなかった日本の甘えたやり方が、世界で相手にされなくなりつつある。

山一證券の社長が、廃業の記者会見で泣いたでしょう。あの涙は外国人には理解されないと思いますよ。CNNでも、日本政府はこの社長にハラキリでも命じたのかと言ってたもの。とりあえず謝る、泣く、反抗して怒るというのは幼児の態度なんです。彼は幼児としてパブリックな場に対峙している。そこには甘えがあるわけで、本当はすごく変なことなんだけど、誰も異様だと言わない。情けないとかではなくて、異常なんです。ほとんど狂気の世界ですよ。

庵野　甘えは、十二分に感じますね。もちろん、僕の中にもあります。依存心が強くて、人に甘えて何とかしようという気持ちって。

村上　つまり、全体が甘えの中にあるから、誰も批判はできないんです。日本人で日本の中にいる限り、甘えていない人はいない。もはや、甘えが許されない世界へ行ってみるか、そちら側から日本を見るイメージを持つ、という図式しかない。山一の社長はバカだと言う資格は誰にもない。自分も含めて日本全体がその中にいるんだから。だからといって自足していると腐ってくるから、どこでその構造から自由になれる自分を発見していくか、ということです。

でも、ものすごく好意的に言うと、援助交際は、内側だけで甘えあっているところから、なんとか外に出ようという試みかもしれないんですね。誰かに出会いたくて、援助交際したという子も多いですから。他者との出会いに飢えているうちは、可能性があるかなあと思った。少なくとも、日本のシステムに安住しているおじさんよりは真剣に生きていますよ。だから女子高生が援助交際もしなくなったらおしまいだ……なんて言うと宮台真司みたいですけれど。

庵野　でも援助交際は、新鮮な甘える相手を探しているだけだと思いますけど。おじさんの方も寂しいんでしょうね。まあ、こういうのって、ガタッと来ると思うんですよね。

村上　いっぺんにガタッと来ればまだいいけれど、実際にはジワジワ来る気がする。結局、何か大きなショックで皆が覚醒するなんてありえないんじゃないか、という風にぼくは思うんだけど。

庵野　来る可能性があるとしたら、やっぱり外国からですかね。黒船が来るしかない。

村上　それはもう、来ていると思う。ただし、特定の国家からではなく、地球規模で。今度の金融不安もそうでしょう。だからといって、国家的目標をもう一度創り出して皆を目覚めさせるために、戦争だ世界征服だというのは、不可能だと思うんです。そうすると、ある意味で普遍的な「人類」に加わるしか選択肢はないと思うんだよね。

庵野　でも日本人って世界でも珍しく、ヤケになれる国民性があるじゃないですか。相手を殺して自分も死ぬ、「死なばもろとも」というのは日本人特有ですよね。

村上　そういう日本的なヒステリーはいずれ消えると思うんですよね。何百年かすると。

庵野　あと一、二世紀戦争をしないとなくなるかもしれませんけど、まだ残ってますよ。ほんの半世紀前までは、実際やっていたわけですから。

村上　ヒステリックにね。

庵野　神風特別攻撃隊なんて思想は、ほかの国には、僕の知る限りないです。あのドイツですら、特攻兵器はありますけど、生きて帰る脱出装置がついてましたからね。特攻隊ができる国民性ってスゴイと思います。もうだいぶ薄れてますが、まだそっちに帰るかもしれない。

村上　『宇宙戦艦ヤマト』なんて、神風日本的なメンタリティがあったんじゃない。

庵野　あれは、戦争の生き残りの人たちがつくってますから。船と運命を共にして沈んでいこうなんて、いまの高校生ぐらいにはまるで通じないんでしょうね。だからいま僕は『宇宙戦艦ヤマト』をやっても意味がないと思います。いまは、日本とアメリカが戦争したのもマジに知らない世代がいるんじゃないですか。「どっちが勝ったの？」とか聞くと思いますよ。

村上　日本とアメリカが味方だったと思ってますよ。

庵野　日米連合軍でドイツと戦ったのかな、とかですね。でもまだ日本人はヤケになれると思いますよ。A型の国民性ですから。僕はホントは、ヤケになった人間を見るのは好きなんです。追い詰められた人間が何をするかを見たい、と思っているところがある。

村上　少しファナティックな登場人物がいないと、ストーリーをつくりにくいしね。

庵野　ええ。ヤケになった人間って、何かいいものがあるような気がするんです。いま世の中が戦争しないで平和な状況なので、そういう人を見てると楽しいですよ。

村上　『エヴァンゲリオン』でも、無茶な人が出てきてるんじゃないですか。

庵野　あの人たちは無茶ですね。まあ、あれはマンガだからできることです。単に、敵もマンガだから、作戦もマンガだというだけの話で。

村上　でも、ヤケになった行動は、その人の精神状態の一つの象徴になり得るんだけど、最近起こっていることは、その段階を逸脱している気がするんですよ。たとえば、自転車でヒューッと現れて、歩いてる女をカナヅチでドコドコドコと殴ってまた去ってゆく奴がいるでしょう。

庵野　あれはヤケじゃないですね。

村上　ただムシャクシャしたからと言って殴る、そういう行動を小説にするのは難しいんですよ。今、そういう小説を書いていて、面白いんだけれど、なにか手応えがない。たとえば精神病理学でいうと、幼年期の体験がトラウマになって、それが成長後の逸脱した行動に顕れる、というふうに説明するでしょう。でも通り魔や、猫を殺したり首を切ったりする人は、そういうのとは少し違うんですよ。

『イン　ザ・ミソスープ』のフランクも、トラウマを持った人にはしなかったんです。トラウマを持つ人間が大量殺戮者になる、と読まれるのは避けたかったですからね。想像力が、ある瞬間に急激に歪められたり圧縮されたり、違うかたちで解放されると、人間は何をするかわからないということを書きたかった。でも、通り魔は、それとも違う気がする。

庵野　通り魔も寂しいんでしょうかね。

村上　もちろん誰もが寂しいんだけれど、自分が寂しさを抱えていることを自覚しているかどうか、そこが違いかもしれない。ストーカーや通り魔にそういう自覚はないですよ。根本にあるのは甘えとヒステリーでしょうね。

『エヴァンゲリオン』と内面吐露

村上　庵野さん自身は、なぜ『エヴァンゲリオン』があんなに大ブームになったと考えてますか。

庵野　うーん……。

村上　初めて会ったときに、『エヴァンゲリオン』がこんなにブームになるのは異常な世の中だ、とおっしゃってましたよね。

庵野　ええ。病気の人が多いなあ、日本はこんなにも病んでいるのか、と思いました。『エヴァンゲリオン』は本来サブカルチャーにしかならないと思うんです。基本的に登場人物たちの独白は愚痴みたいなものですから、そんなに面白いはずがない。それに共感する人がこんなに多いのか、そこまで行き詰まっている感覚をみんなが持っているのか、と驚きましたね。

村上　告白小説みたいな感じですよね。

庵野　一種の触媒になったんだと思います。内面吐露している人がいると、「ああ、こういうふうに言えばいいんだ」と気がつくでしょう。それまで漠然としていた感情に言葉が与えられて、それに自分を照らし合わせてやたらみんな内面を告白し始める。フロイトの心理分析みたいな道具は昔からあったけれど、普通なかなか手にとらないから、言葉が身近なところにないじゃないですか。『エヴァンゲリオン』はアニメーションという記号的でポピュラリティのある媒体だったんで、みんな利用しやすかったんだろうし、どんな話か人に説明しやすかったんだと思うんです。

村上 確かに実写で「ここにいてもいいの?」とか言い合っていたら、違ったものになったかもしれないですね。

庵野 実写だったら誰も見てくれないですよ。あれは、アニメにもかかわらず勝手に内面描写をしている点で、価値を見いだされたんです。表現として差別されているのを逆に利用してもいたんですよ。だから基本的には、ブームになるほど面白いものじゃないはずなんですけどね、個人の心理的描写なんて。

村上 一種の集団ヒステリーみたいな感じだったのかな。

庵野 ええ。ヒステリーに近いものを、何となく感じました。

村上 でも、最近、自分が本当に言いたいことを友達にも親にも言えないという話をよく聞くんですよ。自分が本気になってやりたい夢を持ったとしても、そういうリアルな自分の思いを伝える人が周りにいない。

それで、どういうときに人間は話し始めるのかなと考えたんだよね。典型的なのは、刑事が犯人に手錠をかけて護送する映画ですよ。最初はケンカしてるんだけど、何か共通の危機を体験して、夜になる。これが必ず夜なんだけど。焚き火を見ながら「刑事さん、実は私は……」とか告白しだして、刑事も「いや、おれも誤って人を殺したことがある」とか突然深刻な話を始める。そういう映画がありますよね。

結局、人間は本当のことを話すほうが不自然で、今だけという瞬間性とか、新しい局面に出会わないと、なかなか自分の思いを話せない。だけど今は、自分を支えていた構造が崩れるような非日常的な瞬間が、全くないんじゃないかな。だってファミレスで仲間とお喋りしていても、本当のことなんて話せないでしょう。だから『エヴァンゲリオン』みたいな心情吐露が必要とされて、ウケたんじゃないかと思うんです。……僕もそういう小説を書こうかな（笑）。しかし、僕の小説だと、どうしても仲間モードでの心情吐露を攻撃するから無理でしょうね。でも「それでいいんだよ」という小説を書いちゃおうかな。

庵野　いや、うっとうしいだけですよ。あれはアニメの、セル画だからできるんです。記号化した絵で情報量をセーブしているから、なんとか見られるというだけです。

あの素晴らしい愛をもう一度

村上　今回、映画はすごいと改めて思ったのは、家庭が、十六、七歳の子供の人格に対して何もできない、関与できないという虚しさが怖いぐらい出ていたことです。映画を観ている間も見終わっても、親のことは全く印象に残らなかった。それでしばらくしてから、これは恐ろしいことなんじゃないかなと思って。お父さんとお母さん、死人みたいでした。

庵野 あの擬似家族ですか？　両親の登場する分量は、原作とそれほど変わらないんですが。

村上 でも、すごく不思議でしたよ。お父さん役の森本レオは、「男のロマン」とか言いながら鉄道模型に熱中しているし、岡田奈々のお母さんも「水泳大会できょう頑張ったのよ」なんて言う。その寒々しい感じがすごくリアルだった。二人とも知的レベルが高くて娘に理解があるように見えるし、娘と会話もする。ところがコミュニケーションが全くないんだもの。あれを外国人がみたら驚くよ。日本はこんなになっちゃってるのかって。

庵野 なっちゃってるんでしょうね。

村上 なっちゃってるから仕方がないんですよね。恐ろしいなあ。高校生の娘を持っている人が見ると、背筋がぞっとするでしょうね。もう、娘との会話を増やしても、一緒に旅行に行っても、解決できるレベルではないのがわかるから。

庵野 どうも「話せばわかる」というのが日本にはあるみたいですね。

村上 いまだに「おたく会話がありますか」なんて言ってる人もいますから。会話すればコミュニケーションできていると本気で思ってるんだよ、大人は。信じられないけれど。

庵野　しかも、「話せばわかる」のあとに「問答無用」がくる。

村上　あなた、そういうのが好きなんだね（笑）。「問答無用」とか「死なばもろとも」とか。

庵野　ええ、時代がかったセリフは確かに好きです。「肉を切らせて骨を断つ」とか。

村上　肉を切らせるのは一つのコミュニケーションですね。

それにしても、九七年は、神戸の小学生連続殺傷事件もあって「寂しい国の殺人」（「文藝春秋」平成九年九月号）みたいな、エッセイやインタヴューの依頼が多かったんです。でも、全体的な構造について話すと、とにかく消耗するんですよ。日本の批判を、甘えの構造の要素であるマスコミの中でやるから、いくら批判してもその構造を支える装置にならざるを得ない。

庵野　そうですね。

村上　ただ、映画や小説には、その構造から少しだけ自由になれる要素があると思うんです。それは、物語というものがあるから。でも、まだ近代文学が続いていると思っている作家たちは、近代化途上の悲しみやある種の差異を、どうしても小説のなかに求めてしまう。それが文学だという常識も結構まだ蔓延しているし、そこに引き戻そうという動きがあるのも事実だけれど、もうそれでは何も書けないですよ。

リースマンが書いた『ザ・ロンリー・クラウド』という本がありますね。あれは『孤独な群衆』（みすず書房）と訳されたけれども、僕は、語感としては「寂しい群衆」のほうが近い気がします。すでに六〇年代で、アメリカの社会学者は「寂しい」という感覚を捉えていたんじゃないかな。日本では僕の「寂しい国の殺人」が初めてだと思うけれど、もう誰も悲しみなんかないと思う。みんな寂しいだけで。

庵野　戦争に行った人たちには、寂しさってあまりなかったんでしょうね。悲しみはあったでしょうけど。

村上　戦争は、痛かったり哀しかったりするから寂しくないんです。近代化途上には多くの悲しみがありますよ。戦争はその典型だし、戦後の高度成長期に自己を殺して企業や国に尽くす、そのときに家族を犠牲にするのも悲しい。それらは、近代文学の大きなテーマだったけれど、今や終わっているんです。何度も書いたけれど、今の日本は、円が対ドル二〇〇円をきって、近代化の国家的目標が終わったのに、それに代わるものが見つけられない。そういう、近代化の果てに突き当たった寂しさを書こうとしても、持っている武器が近代文学のままでは、手に負えないですよ。

庵野　『ラブ&ポップ』に出てくる人も全員寂しいだけなんですよね。

村上　四人の女子高生だって、行き場はないでしょう。高校をやめてダンサーを目指す子もいたけど、あくまで日本のレベルでのダンサーでしかない。ブロードウェイに行くというなら、また別の話だけれど。僕は最近、これまでみたいに発言しないほうがいいと思うようにもなったんです。可能性とか、他者性とか、愛とか言うのは罪つくりだったかもしれない。そんなものはどこにもないって、みんなで言い合っていたほうがいい。個人で可能性を探すといっても、何もないもの。もう、寂しさの中から外へ出ようとすること自体、基本的に無理なんだよね。サッカー日本代表の中田選手ならば、たぶんイタリアのセリエAに行けるけれどさ。ああ、何だか切ないね、そういう話は。

　映画のラストシーンは、どこにも行けないという不可能性を象徴していたと思う。「あの素晴らしい愛をもう一度」というテーマソングが流れて、渋谷川の中を歩く長い長いショット。見てて気持ちいいけど切ないシーンですよ。

庵野　ラストは、最初はもっと解放的に、嘘っぽく映画的終わり方をやってみようと思ったんですけれど、いろいろあって無理だったんです。で、渋谷川に降りたときに、いい絵になるなあと思ったんですよ。ドブ川でウンコが流れていて、蚊柱がワンワンたって、異様な臭いがしてマスクなしではちょっと歩けないかな、という感じ。妙に狭くて、片側だけビルが建っているようなロケーションがまた不思議でよかった。でも、ウンコが流れているところを女の子四人に歩かせるのはどんなもんかと、勇気がなくて（笑）。幸いそれができる状況にどんどん変わって、ああ、映画の神様がここにしろと言っているんだなと思いました。

村上　そのうえ、そこに流れる歌が「あの素晴らしい愛をもう一度」でしょう。主題歌に使うと聞いたとき僕驚いたんですよ。今からでも遅くないからやめろ、と言おうかと悩んだ。そうしたら三輪さんが、高音が出ない声で下手くそに歌っていたから安心しました。

庵野　まあシンキくさい歌ですね。歌詞が虚しくていいんですよね。救いようがないじゃないですか。

村上　「広い荒野にぽつんといるよで　涙が知らずにあふれてくるのさ」ですもんね。庵野さんのアイディアですよね？

庵野　ええ、いろいろ考えて、七〇年代の歌だけど歌詞が今の気分にいちばん近いと思ったんで。オリジナルで聞いていた世代は、あの時代を思い出すから、それで相対性がうまれて、おじさんには受けると思うんですけどね。

村上　そういうのはかなり効果的なんですよね。『トパーズ』でも、女の子二人が部屋で会うときに、女王様の子に「恋のバカンス」を歌わせたんです。そうすると、その曲がヒットした時代の幼稚なのどかさが、閉塞化とか甘えの構造が強固に進んでいる今の切なさとマッチするんですよ。

庵野　四人バラバラがいいですよね。全然そろってない。

村上　ずいぶん長まわしでしたよね。

庵野　カメラは可能な限りギリギリまで引きましたから。あの先は、滝みたいになっていて引けないんです。

村上　女子高生の行く手には滝しかないんだ。

庵野　あの先は落ちるだけなんです。

村上　でも、なにか勇気の出てくるようなラストシーンでしたね。

河合隼雄

心の闇と戦争の夢

かわい・はやお

1928年兵庫県生まれ。国際日本文化研究センター所長。京都大学名誉教授。京都大学理学部数学科卒業。高校教師となるが、問題児対策に強い関心を持ち、京都大学大学院で臨床心理学を学ぶ。その後、チューリヒのユング研究所で学び、65年日本人として初のユング派分析家の正式資格を取得する。日本の臨床心理学・心理療法の第一人者。著書に『コンプレックス』『心理療法序説』『日本人の心のゆくえ』など。

国の変革と個人の変革

村上　河合さんは中央教育審議会や行財政改革会議の委員をなさってましたね。端から見ていると、いろんなことがお好きなんだなあと思います。

河合　いや面白がり屋なんで、呼ばれると行ってしまうんです。大学院の学生からは、「先生はおだてられたら殺人以外のことはだいたいやりますね」なんて言われてます。実は人殺しもやってるかもしれませんが（笑）。

村上　どちらも日本のシステムの改革について話し合うところですよね。実際におやりになってどうでしたか。

河合　すごく面白かったですね。ふだん政治や経済に全然縁がないですから、全く違う考え方の人の話を聞くのは勉強になりました。

村上　ぼくは河合さんを委員に選んだ人はセンスがあるなと思いましたよ。小説の取材で最近文部省の官僚に会ったりしてるんですが、不思議なことに、優秀な人もたくさんいるんですよね。

河合 最近の政府の委員会では、必ず女性を一人と、専門家以外から一人を委員にするという慣例みたいなのがあるようです。その「専門家以外」というところになぜかぼくが挙げられるんです。なんでしょうかね、あんまり意見を言わんと黙っているからだと思いますが（笑）。

村上 いやいや、フロイトやユングが活躍した時代は、イギリスを中心に始まった近代産業が人間の精神にすごい変化を与えていたじゃないですか。いまの日本も、経済も人間の精神も変革と開放を迫られていて、心理学と経済学の交流が必要だと政府も考えているんじゃないですか。

河合 経済のことはまったくの素人ですが、心理学と経済学の共同研究ができたら面白いですね。どちらも先のことは全然予見できないというところが似ていますし……。

村上 「金融ビッグバンで日本はこうなる」なんて予言をしてる人たちはぜんぜん信用できませんね。誰もバブルの崩壊を予感さえできなかったじゃないですか。

河合 そうです。でもコトが終わってから説明するのがむちゃくちゃうまいところも似ています（笑）。経済学も心理学もいわゆる後知恵学問なんです。まあぼくは遊び半分でやっているから、よくお声がかかるんじゃないですか。

村上　ぼくは、経済と精神ということに興味があるんですけど、精神の持ちようも非常にお金に左右されると思っているんですね。

　ぼくは二十二年前、二十四歳のときに芥川賞をとって、その本が百万部のベストセラーになったんです。受賞の三ヵ月前までは、当時のお金で月五万円の仕送りで、西武線沿線のすごく汚いアパートで暮らしていたんです。仕送りですよ。それが最初の振込通知のピラピラ長い紙が来たのを見ると、二十万部分入っていたんです。金額にして、千五百万円くらい。

　その金額を見てぼくは「これで自由だ！」と思ったんです。天に舞うような自由な感じは、二十四年間生きてきて初めて味わいました。それをきっかけにぼくの精神は劇的に変わっていまに至るわけです。だから国の経済が劇的に変わると、人間の精神もまったく違ってくると思うんです。

河合　そうですね。ひとつの国が変わるということは、一人の人間が変わることとひじょうに似ているんだなということを感じました。なかなか簡単に変わるものじゃないということまで含めてですが。

　委員になると、各省庁の人が説明に来られるんです。私はうれしがり屋なのでそういうのも全部聞きました。面白かったですよ。人によって、ダイレクトにものを言う人もいれば、非常に遠回しな言い方をする人もいました。共通しているのは、みんなものすごく説明が上手なんです。

村上　来るのは官僚ですよね。

河合　そうです。あの説明をホーッ、なるほどと聞いとったら、結論はみんな官僚の思い通りになりますよ（笑）。

村上　でもそんなに完璧に説明がうまいということは、精神分析の立場からいうと異常なことですよね。

河合　それは異常です（笑）。それだけきれいに説明できるということは、ほんとは説明するべき何かを捨てているからです。物事は全部入れると説明不能になるんですね。何かを捨てると、説明はきれいにつくんです。それは人間もいっしょです。

村上　意識と無意識が人間にあるとすると、そうやって整然と説明することができる人は、意識がカバーできる範囲だけで生きているような人なのではないでしょうか。ぼくの小説では意識が無意識を制御しきれない人がよく登場することが多いのですが、官僚はその対極にいる人種という気がします。

河合　いや、そうでもないです。官僚も上の方にいくとなかなかにいろいろ抱えた面白い人がおりますよ。

村上　なにかを犠牲にして仕事をしているからには、そのつけがどこかで出てくるわけですね。そういえば、ＳＭクラブのお客の中にも、かなり病的なプレーが好きな官僚の人がいるそうです。

河合　それはみんな人間ですからね。上手に自分でガス抜きしていかないと。みんなでノーパンしゃぶしゃぶで接待されるというのは下手な生き方ではないでしょうか。

思春期の危機

村上　ナイフを持つ少年たちのことが少し前に問題になりましたが、彼らがキレずにガス抜きするには、どうしたらいいとお考えですか。

河合　ぼくはよく「『ロミオとジュリエット』のジュリエットは十四歳。ジュリエットみたいのがいまおってみぃ、大変なことになるぞ」というんです。

つまり思春期というのは、それまで子供なりに完成していた人間がいちど根本から作り直される時なんですね。いわば毛虫と成虫の間のさなぎの時期で、さなぎの中で大変革がおこっている。だから思春期を迎えると普通の子でも無口になったりします。そして、その内部の大変動が時として外にまで噴出して暴力になったりするんですが、そういうものも昔からいくらでもあったわけです。

ただ昔は、世界中各文化ごとに年齢に応じたガス抜きのシステムをそれなりに持っていたんですが、いま急激になくなっていってるのが問題です。例えば若衆宿みたいなところで、無礼講のような無茶を体験し、性とパワーを解放し、また家に帰っていったのですが、そういう装置が機能しなくなった。社会の側が、思春期の子供を守る装置を全部やめてしまったんです。

村上 それは戦後のことですか。

河合 ひとつには、高度経済成長以降日本が豊かになってきたことですね。日本が豊かになって、お金持ちになって、みんな便利でスムーズに事が運ぶことにお金を使ったんです。それで、地域社会の人間関係がとても表層化してしまったんですよ。昔だったら、もの一つ買うのにしても愛想を言ったり駆け引きが必要だったのが、スーパーに行くとほとんど人間関係なしに好きなものが買える。対人関係のわずらわしさを避けるように工夫した結果、地域社会が機能しなくなった。

もう一つはそれと並行して進んだ核家族化ですね。子供の数が減り、親にも経済的な余裕ができて、エネルギーと金が子供に向かうようになった。そこに間違った自然科学精神が結びついて、こういうふうに育てれば「よい子」ができると思い込んでしまったんです。みんな金があるものだから、自分の子をよい子にしようとして、ずーっと型にはめていくわけです。小さいときに馬鹿な失敗を繰り返しながら生きる知恵を獲得するチャンスがないまま、「よい子」が思春期を迎えたとき、自分の中の抑えがたいものをどう処理したらいいかわからなくて爆発するような子が出てきたわけでしょう。まあ、思春期にそういう状態になることは普通なことなんです。でも親もどうしたらいいかわからない。それでますます悪化する。学校も勉強ができるかできないかという価値観でしか子供をみることができなくて、思春期の難しさをわかっていないんです。子供への圧力が昔にくらべ非常に強くなっているんです。

村上　でも仕事の現場ではもはや東大卒なんて肩書は関係なくなっています。「いい大学を出て、いい会社に入る」という価値観は幻想に過ぎないのに、誰もそういうことを言わず、教育産業は巨大化しています。

河合　「お前は勉強なんかしなくても、そのうちなんか自分に合った面白いことを見つけるやろ」と言ってくれる大人が学校にも家の周りにもいないんですね。

村上　各文化が持っていたガス抜きの装置が消えつつあるというのは、世界的にそうなんですか。

河合　近代化の進んだ国はそうですね。近代化は効率を第一に考えるでしょう。ところが、子供を効率良く育てるのは不可能なんです。効率なんか考えないで、放っておいた方が育つんです。子供には草が生えて掘っ建て小屋があるような空き地でも与えておくのがいちばんいいんですけど、先進国では、土地利用の仕方としては効率が悪いから買い占めてビルを建てちゃうんですね。だから近代化している国ではどこも子供の問題で困っているわけです。アメリカなんか日本よりずっとひどい状況ですね。逆に東南アジアの国などへいくとホッとしますよ。

村上　アメリカは確かにひどいですね。でも、いったん近代化してしまうと、もう昔には戻れないんですよね。

河合　ええ。

村上　いまさらビルを壊して空き地を作ってもダメで、そういう方法ではなくてどうすればいいかを考えるべきなんでしょうね。

河合　そうなんです。

日本人の後ろめたさ

村上　少年の事件が起こると、どうしてこんなにヒステリックに大騒ぎするんだろうと思ってしまうんですね。「いったいこの国の教育はどうなってしまったんでしょう」とニュースで識者がコメントしたりしますが、そこには「誰かがなんとかしなければいけない」という他人事のようなニュアンスを感じます。

そして議論の焦点はいつの間にか子供とは直接関係のない、人権の話題に移っていて、急に「子供に人権はない」とか安易な一般論を言いだしているんですね。

そういうのを見てて思うのは、大人たちがみんな漠然とした負い目とか後ろめたさを持っているようなんですね。それで変に社会全体に責任があるというふうな議論になって、子供が事件を起こすと、「自分が悪い」と大人が思ってるように見えるんです。この後ろめたさはどう考えたらいいのでしょう。

河合　西洋の場合だとキリスト教に原罪という考え方がありますね。原罪をみんなで共有して生きている文化があったわけです。キリスト教文化が日本に入ってきたときに、日本はそれらを全部取り入れたような顔をしているけど、根本的なところはみんな捨てていて、間違っても原罪なんてことは考えていなかったですね。では日本人は悪とか罪とかに対してどう考えてきたかというと、なにも考えてこなかったんじゃないでしょうか。それで何かコトが起こったときに、責任の所在は明確にしないで、みんなが「私が悪いんです」と口々にいうことになるんじゃないでしょうか。私は敗戦直後の「一億総懺悔」を思い出しますね。

村上　よく「日本人と甘え」という言い方で、日本人は共同体との一体感を非常に大事にすると言われますよね。スポーツでも「チーム一丸となってフランス行きの切符を手にした」なんて言い方が好きじゃないですか。それも関係していると思うけど、日本人は、世間とか共同体に対して簡単に負い目や後ろめたさを感じやすいと思うんです。

たとえば一月に、神戸の地震から三年たちましたというテレビのレポートを、仮設住宅の前からやってましたが、あたかもその住宅に住んでいるお年寄りが、日本人すべてを代表して仮設住宅に住んでいるかのようなレポートの仕方なんですね。レポーターもなんとなく後ろめたそうで、このお年寄りたちの中には自殺もあれば孤独死もある。でも自分はテレビ局に勤めて高給をもらっていて、それでいいのかなあ、というような感じを受けるんですよ。

河合 アメリカのニュースはもっと淡々としていますね。

村上 共同体意識が強いといえばそれまでだけど、生活がよくなった分、精神も変わるべきなのに、自分がお金持ちになったことに対してプライドが持てないようなんですね。

河合 それは、我々の共同体意識とか心のつながりというものは、物がないということを前提にやってきたからです。日本の倫理観とか宗教観は、全部貧しさということを前提にしてきたんです。それが、いま金持ちになっちゃうと、支えがいっぺんになくなってしまったんですね。それがいま言っておられる「後ろめたさ」につながるのでしょうね。

村上 なるほど。

河合 そのくせ、やっぱりお金は欲しいんです。ぜいたくもしたい。でも堂々とできないんですよ。「儲かりませんわ」とか言いながら金儲けに励んでいる。西洋はそうではありませんね。キリスト教では物と心がはっきり区別されてます。神と被造物を明確に区別し、神の似姿である人間と他の被造物を明確に区別する思想では、人間が神の意志を体して物に操作を加えることによって、物が豊かになっていくことは、いいことなんですね。物が豊かになって心が貧しくなったという考え方はしないんです。

ところがそれとは別の思想で生きてきた我々は、いま金持ちになって困っているんです。どうしたらいいかわからないんですね。

村上　外国の例だと、ヘッジ・ファンドの神様と呼ばれたジョージ・ソロスはもともと哲学者で、哲学に絶望して金融の世界に入ってきた男だから、彼がアジア経済を目茶苦茶にして金融危機を招いたと非難されても、「そんなことはない」と自分なりの哲学で反論するんですよ。日本にはそういうのがない気がする。ぼくは昭和二十七年生まれですけど、日本人ってほんとうに一所懸命働いてきたと思うんですよ。でもこうやってお金を儲けて豊かになることは正当なんだというアナウンスが誰からもなかった気がします。自信に満ちた価値観がないんです。

河合　それはなかったですよ。おっしゃる通り、金持ちになったときにどうしようかということは考えて来なかったのです。西洋では公共性のあることへの寄付や、文化を育成するパトロンをしている立派な金持ちがたくさんいます。でも日本人はお金の使い道がわからない。それで自分の子供を「いい子」にすることばかりにお金を使うようになった。それでみんな失敗したんです。

村上　なぜ堂々と「日本という国は金持ちになると決めたんだから外国からとやかくいわれる筋合いはない」と世界に向かって言ったりしなかったんでしょうか。

河合　日本は昔からそういうプリンシプルなどない国なんです。ぼくの言葉では、日本というのは中空構造をした母性社会で、真ん中は「空」なんですね。中心的な哲学は持たず、構成員を包み込むことを本質とし、全体のバランスを取ることでものすごく上手に生きてきた国です。包み込まれた人間に対してはものすごく優しい。自分の外にあるものに対しては冷淡です。指導者でも、原理を明確に打ち出した人はだいたい日本では嫌われるのです。反対に「いやいや、私は何もしりません」なんて言うとる方が評判がよろしい。日蓮にしても信長にしても珍しく哲学を打ち出した人ですが、結局はやられてしまう。言ってみればバランスがイデオロギーであり、哲学なんです。それでやってきた。

村上 全体のバランスを考えて、ある程度、許容範囲というか「空」を作っておいて、そのうえでうまくネゴシエートしていくというやりかたですね。

河合 そうそう。

村上 徳川家康はそうやって三百年におよぶ政権の基礎を作ったんだろうけど、その時代は中国や韓国や東南アジアとの交流はあっても、基本的に国内だけが世界ですよね。いまは世界が相手ですから、バランスだけで日本がやっていけるかというと疑問です。

河合 それはいま日本人にとって大変な課題だと思います。日本はマラソンでいえば先頭の選手にくっついて走るのがものすごくうまい。ところがフッと気がついて自分が一番になったら、道が全然わからなくなってしまった。それがいまの状況だと思うんです。

村上　ぼくが大事だと思うのは、自分にとっての外部・他者を意識的に設定することだと思うんです。境界と言ってもいいですが。それが見つかれば、フワフワした感じはなくなると思うんです。

ぼくがここ数年仕事をしていていちばん充実感をおぼえるのは、キューバでレコーディングをしたときや、ニューヨークで映画を作ったときなんです。日本に戻ってくると、閉塞感や異常なことをたくさん見聞きしていやになりますが、外にポジションを設定することで、自分を確認できるんです。外国に限らず、ここ数年の小説のテーマにしてきた女子高生とか分子生物学とかサイバーワールドもぼくにとっては一つの外部なんです。外部を知るためには努力が必要です。河合さんの場合は、若いころのユングとの格闘があったから、心理療法というお立場での自分のポジションが見えているんじゃないでしょうか。

河合　そうです。そういうことが日本人にとっていまいちばん大切ではないでしょうか。外の人と対面して、格闘するという経験ですね。日本人の関係はみんな身内どうしなんです。身内はいつもひっついていて、外へ行ったら「旅の恥はかきすて」でステテコで歩いても関係ない。帰ってきたときには身内に向かって「ああおもしろかった」と言っていればいいわけです。

私は実際にユング研究所で格闘してきたし、いまも外国の講演などがあると出かけます。正直いってこの歳で英語で話をするのは面倒くさいんです。関西弁以外はしゃべりとうない。それにあちらだと、話の途中でも必ず質問してくる。こちらも「コンチクショー」とか思いながら、ない知恵を絞って格闘する。その中で、自分が当たり前に感じていることが他の文化では必ずしも一般的でないことを知ったり、それを他の文化の人に説明する過程でもういちど角度を変えて見直すことができたんですね。たとえば、高度成長期前の日本人が普通にもっていた「もったいない」という感覚を英語で説明しようとしたら、すごく難しかったんです。土居健郎さんが『「甘え」の構造』を書くきっかけになったのも、英語で「甘え」を表現しようがないことに気がついたことからなんです。

村上 日本でインタヴューを受けたり、打ち合わせをしたりすると、すごく疲れるし、仕事をした気がしないんです。これが終わったら飲みにいこうとか考えてしまう。

ところがニューヨークで仕事をアメリカ人たちとやりますね。ぼくはそんなに英語が堪能じゃないから、自分の考えを伝えるのに苦労するんですけれど、終わると、確実に仕事をしたなという充実感があるんです。それは仕事が効率よくはかどったからではなく、コミュニケーションだと思うんです。相手の言うことがわかって自分の言いたいことも通じたみたいな。コミュニケーションというのは必死にやらないと成立しないけれども、成立した瞬間は快楽や快感があるということが、日本にいるとわからないんですね。学校でも教えていないでしょう。この国ではコミュニケーションは自明のものだから。

河合　そう。「なあなあ」と言うたらわかるんですから。

村上　楽ですけどね。

河合　楽だけど、共通のコードを持っていない者は中に入れてもらえない。ところがあちらはしがらみ抜きのコミュニケーションでしょう。あの爽快感は私も好きです。

村上　ぼくの新しい本が出たときなど記者がインタヴューに来るんですが、男の記者の中には、「村上龍はこの作品でこういうことが言いたかったんだろう」と決めて来る人がいるんです。なぜか新聞記者に多いのですが（笑）。「村上さんはこの作品で戦後日本に警鐘を鳴らしたかったんですね」なんてこっちの言う答えまで用意して来てるんですね。そのとき「いいえ違います」と答えると、そこでもう関係が崩れるんです。向こうはどうしていいかわからなくなる。相手が用意してきたようにこちらが言わないとコミュニケーションが成立しないというのは、すごく疲れちゃうんです。

河合　まず「はい」と言わないとコミュニケーションが成立しないんですね。「はい、しかし」というのが日本ではいいんです。

会話が書けない

村上　十年くらい前から、ぼくの小説の中ではカギ括弧の会話が減ってきてるんです。たとえば、

「最近なにやってるんだよ」
「会社辞めちゃってさ」
「じゃあ転職するの？」

というような会話は世の中ではあるんでしょうけど、書きたくないんですね。日本語で行われる会話やコミュニケーションの自明性を信用できなくなっているんだと思います。

河合　ほほう、それは面白いですねえ。

村上　それから、日常生活の中で、特に最近の風俗嬢なんかの会話は、自分はこういうことを伝えたいんだけど、声に出すと伝えたいことが言葉にならないで上すべりした内容になっちゃったり、あるいは対面してしゃべる緊張感がすごくつらくて、わざと自分が考えていることと違うことをしゃべったりする場合もあるんです。不本意に同意したり、笑ったりします。それはカギ括弧の会話だけでは書けなくて、モノローグの手法をとることが多くなってますね。

河合　ダイアローグが書けないとは面白いですね。日本でカラオケが流行るのも、会話

を避けるためだとぼくは思っているんです。接待でも、会話するのが億劫なときにいいんですね。「お上手ですねえ」と拍手して「楽しかったです」と言って帰れば、ほとんど何も話さないでもいっしょに時間を過ごしたつもりになれる。

村上　ただカギ括弧の会話を避けて書くと、その分地の文が多くなって大変だし、時間もかかるんです。

河合　なかなか原稿の枚数が稼げませんしね（笑）。

村上　近代文学では大前提的に会話が機能します。それは近代文学が、ほとんど個人とシステムの間の軋轢（あつれき）・葛藤を書いたものだからです。そこにはしばしばシステムに属する人間と外れた人間の会話が出てきます。あるいは外れた人間どうしの会話とか。読む方にも共通の理解があるから、書く方も楽な部分があります。島崎藤村は被差別部落の人とそうでない人の会話を書いたし、夏目漱石の小説には立身出世に邁進してる人と、それに対応できなくて高等遊民をしている人の会話が出てきます。でも、その方法は大前提的に有効ではなくなっている。「　」つきの会話を二、三行書くと嘘に思えてきちゃうんです。

映画の世界でも、小津安二郎の映画はほとんど会話ばかりと言ってもいいくらいだけど、北野武さんの映画は非常に会話が少ない。たぶん北野武も、いまの日本人の会話を信用していないんじゃないかと思いますね。

河合　おっしゃるとおりですね。

村上　だから会話が成立しないという社会状況を生きる子供というのは、それは混乱するだろうなあと思うんです。

河合　つまり会話も一種の身内コミュニケーションで、日本が身内コミュニケーションだけで成り立った時代にはそれでよかったのでしょうけれど、外との会話が大切な時代になると、リアリティがなくなってくるんでしょうね。

日本の学校では昔も今も、先生に会話を仕掛ける生徒は嫌われますね。先生の想定していないことを尋ねると、「そんなこと聞くな」と怒られるでしょう。反対にふだんから素直で、当てられると先生が思っている通りに答える生徒は褒められるわけです。でも、そんなのほんとうの会話じゃないんです。相手の思っていることを先取りして言っているだけですから。

村上　それと、「話せばわかる」とか「努力すれば通じる」という嘘の横行ですね。「金八先生」の悪影響ってすごいものがあると思うんです（笑）。「必死にやればわかってもらえるんだ」という、コミュニケーションを自明のものとしたメッセージが、テレビドラマにも漫画にも多過ぎると思うんですよ。火事でヤケドしながら命を救ったり、雨の中をカサをささずに立ち続けて人を待ったり、最低ですよね。でも外に目をむければ、理解できないことがたくさんあるのであって……。

最近ぼくは三月末（一九九八年）にアーカンソーの中学校で銃を乱射し五人を殺した

十三歳と十一歳の二人の少年のことをよく考えるんです。ふられたからという理由で、ライフルと短銃で重武装して、火災報知機を鳴らしてみんなを校庭におびき出してから射殺するというアメリカの心の闇は巨大ですよね。筋金入りですね。

河合　そうですよ。ほんとうに筋金入りで、言い方を変えるとある種の自然現象のようになっていますよ。少年二人は地震みたいなもので、地震がいい人も悪い人も区別することなく襲うように、アーカンソーの彼らもただ無差別に撃っているだけでしょう。

村上　逮捕された後におばあちゃんの膝に乗りたいと言って留置場で泣いたり、夕食のチキンをピザに換えてくれと言ったとかいう報道も印象に残っています。すごい国だなと思いました。あの少年たちは一種のモンスターですね。

河合　村上さんの『イン　ザ・ミソスープ』を読んでぼくは感激したんですが、フランクというのはアメリカ人ですよね。彼が東京というミソスープの中に来ると、安定していたミソスープがとたんに沸騰して爆発してしまうわけでしょう。しかもうまくすればそのまま痕跡を残さずに消えることもできるわけでしょう。いまの日本の状況がそうですよ。ほとんどの人はミソスープの中で安泰していて、泣いて命乞いすればわかってもらえると思っている。でもフランクにはそんなことは通用しないですものね。

村上　しませんね。

河合　フランクもモンスターですね。ああいう人の心理とか精神を必ず理解できるという前提に立つことはできない。わからないということを認めなければいけない場合もあると思います。

村上　河合さんは、わからないことははっきりと「わからない」とおっしゃるから、人気があるんですよ。

河合　確かにぼくはものすごくはっきりと「わからない」と言いますね（笑）。

村上　でも、「わからない」と言うと不安になる人がいますね。教科書みたいになにか言ってくれなきゃいやだと。

河合　ええ。去年（平成九年）の神戸の事件でも、ぼくは本質はわからないと言うて来たんです。これからの時代、わからないということに耐えられる人間でないとだめですね。それをみんなわかったようなことを言いたがるんです。わかったふりをしたがるんです。だから失敗するんです。

でもわからないから何もできないということではなくて、わからないなりにやらなきゃいけないことはある。それはやらなくてはいけない。

モデルのない時代

村上　日本人は江戸時代は藩や村、戦前は国家、軍隊、戦後は企業、官庁というように、いつもある共同体に属してきて、だから日本人に個人の確立は無理だという人もいますが、ぼくはそうは思わないんです。個人の精神が先にあって、「よし、今日から個人で生きよう」と決意して個人になるのではないと思うんです。ぼくの場合、第一にお金を個人で稼いでいるから個人なんですね。そう考えると、終身雇用と年功序列と企業内組合といういまの企業社会を支えている三つの柱が崩れると、誰でも当たり前に個人として生きていかなければならなくなると思うんです。ぼくはあっという間にそういう社会になると思うんですけどね。

河合　そうはいってもおいそれとは変わらないと思いますよ。いまおっしゃったような自覚をそもそも持っている人がまだ少ない。

日本では個人はいまだにすごく脆弱（ぜいじゃく）ですよ。だからみんな家の傘の中に入っているんですね。ぼくも長いこと大学の傘に入って月給をもらってきました。小説を書いている人でも、「文壇」という家の中でやっている人もおるわけです。昔の文士といわれる人はひとりでいるようでいてたいていどこかの家に属していたんじゃないか。だから日本人はよほど頑張ってもどこかの家に属していたと思うんですね。

村上さんのような方は非常に特別な存在だと思います。もう一つの問題は、欧米の個人主義もいまは危なくなっている。だからあれをお手本にすればいいというものではないんです。個人で生きるんだけど、欧米の個人主義でもない生き方を探すのが、ぼくにとっていまいちばん大きな課題なんです。もうモデルはないんです。モデルを探してそれに自分の生き方をあてはめようというのは間違っていると思います。これまでは西洋の個人主義がひとつのモデル、日本の場所中心の家主義が一つのモデル、韓国の血縁中心のファミリー主義もひとつのモデルとしてあった。その中から自分に合ったものを選べばいいという時代は終わった。この三つを統合すればいいという都合のいい話でもない。モデルなしに、自分がゆっくり個人を作り上げていく時代ではないかと思うんです。

村上　ところで、中教審の中間答申では、暴れている生徒への対症療法的意味で、学校と警察の連絡を密にしようとか、場合によっては来校してもらおうということを提案していましたが、あれは一種の大英断だと思うんですよね。

河合　生徒に対して先生だけで対処するのはもはや不可能だという意識はだいぶ強くなっていると思います。だから開かれた学校と言うようになって、何に対して開くかという場合に警察にも開こうと。

でも学校に警察を入れるというのはひとつの方法であって、それで騒ぎが治まったらそこから教育が始まるんです。警察力に頼ったということは、自分たちの教師としての権威を一度放棄したということです。放棄したものを長い時間かけて再建していかなければいけません。大学紛争のときも警察が入ってきて終息したんですが、ほとんどの先生は「ああ、治まった」で終わりなんですね。もしこれから日本の中学や高校へ警察を入れるとしたら、そのあとに何を始めるかということを、先生方が考えられなかったら、それはもう先生を辞めなきゃアカンですよ。

村上　ぼくもそれはなんとなくわかるんです。ただ日本人は先生は先生たちだけのまとまり、警察は警察だけのまとまりがなんとなくできてますよね。警察を呼ぶ呼ばないのガイドラインを作るのは大変だろうし、呼ぶ決断をするのも苦手だろうと思うんです。

河合　そうですね。その決断をしなくちゃいけない場面が出てくる。これは逆にいえば面白いですね。日本人はだいたい決断なんかしないのです。「もうこうなりましたので」と言うて、自分では決断しない。なってしまったから仕方がないというやり方ではなくて、これからは校長なり教育委員長の決断を、ある程度明らかにしなければならない事態になるでしょう。これはある意味ではいいことではないでしょうか。

村上　決断しなければならない人は、きっとモデルを求めたがるでしょうね。

河合　そこでモデルを求めちゃいけないと思うんです。「私の責任でこうやりました」というのでないと。学生さんが暴れたときに、ぼくは面白いからよく相手をしていたんです。学生にワーッと詰め寄られて、「なぜ河合はこういうことをしたのか」と怒る。そのときに「強いて言えば私の決断であります。何も理由はないのです」と言うんです（笑）。学生は「バカヤロー」とまた怒るんですけど、「私はバカを言うために月給をいただいております」と返す。そうやって怒鳴り合いをしているうちに学生は満足するんです。それを、これこれこういう事情でやむを得ずこうなったなんてゆっくり説明していると、最後には殴られるわけです（笑）。

決断の主体を明確にしないといけないのに、自分を消して、状況の方を前面に出して警察を入れたら、生徒はますます暴れますよ。結局、非常に残念なんだけど、三十年前の大学紛争の経験がほとんど活かされていないんです。

村上　見事に何も残っていないですね。

河合　だから大学紛争はもっと研究すべきだと思うんです。三十年前に学生が言っていたことが、高校、中学、小学校と降りてきたと思うんです。ナイフ持った中学生が訴えているのは、どうも日本の教育は変えなければならないということでしょう。

村上　言葉を持っていないから、アクションを起こすことでしか訴えられないんですね。

河合　それを変えるのはたいへんなことです。下手すると日本的な解決でお茶を濁しておしまいになってしまう。コストもかかります。中学の先生に「頑張って下さい」という人がいますけど、ぼくはそんなことを言うならまず中学校の先生の月給を二倍にしてくれというんです。

村上　システムを変えるときには、ものすごくお金がかかると思うんですよ。でもみんなお金がかかるという認識が薄いみたいですね。少年の犯罪を本気で防ごうと思ったら、職業訓練所やスポーツ施設を増やしたり、クラスの人数を半分にしたり、カウンセラーを学校に置いたり、たいへんな金がかかりますよ。麻薬対策だけでもすごい金です。それをお金をかけずに意識の持ちようで何とかなると思っているんですね。不思議なことに。

河合　そうです。勉強以外のことにも価値を見いだせる世の中にするために、もっと金を使うべきです。あとのことを考えたら安いもんです。

村上　お金がないわけじゃないですものね。相変わらずダムとか橋とか造っているし。

消費と祝祭

村上　現在の不況はデフレ・スパイラルに結びつきかねない深刻なものです。いま日本人にいちばん求められているのは消費なんですね。バブルが崩壊してからみんな消費しなくなって、いま日本の個人金融資産が千二百兆円、国民一人あたり八百万円にもなる。それがぜんぜん市場に流れない。いくら減税しても国民がお金を使わないので、もっと経済が危機に瀕しているアジア諸国から輸入して助けることもできないし、金利も上げられない。

ビッグバンなどとことさらに言わなくても、これまでのシステムが崩壊しつつあるのをみんな気づき始めているんだと思います。何にお金を使おうか考えあぐねて、橋本首相の顔を見て、「どうも信用できないからやっぱり使うのはやめておこうかな」という気になっているんでしょう。

河合　日本人はにわか成金ですからね。お金の使い方も下手だし貯め方も下手だと思います。いまお金を使わずに貯めている人は、ほとんど趣味で貯めているようなものでしょう。そういう人からは趣味税を取ったらいいんです。貯金の多い奴には利子なんかつけずに税金を払ってもらうようにすると、金を使い出すんじゃないですか。

電気製品や車といった耐久消費財は日本は飽和状態になりましたね。また文化に金を使うのがすごく下手です。でかいホールや美術館は作るけど、新進の画家のパトロンになってみようとか、そういうのはないですね。もっとみんな文化的に面白い金の使い方をすればいいのに。

村上　今まで買っていたものは結局ブランド品ですね。大昭和製紙の名誉会長が百何十億のゴッホやルノワールを買ったとか、安田火災がゴッホの「ひまわり」を買ったとか。

河合　みんなモノなんですね。たとえば、十億円貯まったから「祭りをやるぞ」と言って、十億円をボワーッと燃やしてみるとか、そういうことはしない。むちゃくちゃ面白い金の使い方だと思うんですけどねえ（笑）。

村上　みんなが、「それには価値があるよ」と認めているものしか買わないんですよ。でもそういうやり方はすごく貧乏臭いと思います。ブランドというのは記号です。ユングの言う象徴と記号でいえば、象徴には神話的なものがあるけれど、記号にはない。モノに象徴的意味を見いだして自分がお金を出してかかわるということにはリスクも伴いますが、そのことがまた非常な喜びにもつながると思うんです。

河合　その通りです。記号を買っている人は個性は全然生きていないわけです。

村上　お祭りでお金を燃やしちゃうのは、象徴的ですよね。

河合　「ザマ見ろ。こんなこと俺しかやってないぞ」ということをほんとうに楽しんでいる人は少ないでしょうね。残念なのは、若者までみんなブランド志向でしょう。援助交際している女の子もそうでしょう。ブランド品を身につけていないと、仲間に入れない。

村上　『ラブ&ポップ』という小説を書いた前後に女子高生何十人かと会いましたが、彼女たちは記号みたいなものしか見ていないんです。神話的な世界に対する漠然とした飢えはありますが、でも社会の側に彼女たちのそういう部分に訴えるものがなくて、テレビコマーシャルとかトレンディドラマとかカタログ雑誌みたいなものしかないので、どうしたらいいかわからないんですね。河合さんはテレビはごらんになりますか。

河合　スポーツとか音楽は見ます。ニュースは見ません。

村上　たまにスポーツ中継などでしょうがなく民放を見るんですけど、コマーシャルを見ているのがものすごく苦痛なんです。神経症になるんじゃないかというくらいイライラするんです。ユングが、人間の無意識の中にコマーシャルや看板が入りこんでくると書いてあるのを読んだことがありますが、いまはユングの時代の何万倍何億倍にも膨れ上がってますすね。

河合　テレビの影響力はすごいですね。下手すると、生まれたときからペンキを塗られて武装しているから、心の地の肌が自分でもわからなくなっているという感じですね。ところで援助交際をしている子たちに会ったときはどんな感じでしたか。

村上　当たり前ですが、一人ひとり違うんです。でも共通しているのは、「絶望」ですね。コミュニケーションとか、システムに対して絶望が制服を着ているようでした。さわやかなくらいの絶望が目の前にある、というような。ただ若いからタフですけどね。彼女たちと話していると、「普通の子は」とか「マジメな子は」という言い方をするんです。自分たちとは違うと思っているようなんですね。そこで普通の子はどんな子だと聞くと、先生の言うことは聞く、親のいうことは聞く、ピアスはしない、髪は染めない、渋谷にも行かないなどと言うんですが、ぼくは聞いていてむしろそちらの方が心配になりました。援助交際している子は、「普通の子はロボットみたいだよね」と言うんです。

河合　なるほどね。

村上　人間の精神の働きにも、消費しているときと貯蓄しているときがあるとすると、援助交際をやっている子の方はまだ、何かを探しているという感じはするんです。何もしていないほとんどの普通の子は、ほんとうに何もしていないんです。ほんとうはそういう子が多いのだと思います。

河合　そうですか。

村上　女子高生はすごく友達を大事にするんですね。でもよく聞いてみると、なんでもかんでも話せる信頼できる友達を持っているのは、援助交際をしているような子の方で、普通の子たちの言っている「友達」というのは、大人のいう飲み仲間みたいなものなんですね。自分が孤立していなくて何か集団に属しているという意識がもてるだけなんですね。

河合　ああ、女子高生のための傘なんですね。

酒鬼薔薇・オウムと心の闇

村上　この五年くらいで一番大きな事件は、阪神大震災は別として、オウム真理教と神戸の小学生殺害事件だと思うんです。考えてみると、ぼくはわりと単独で犯罪を行うような人のことを小説に書くんです。村上春樹は、オウム真理教のノンフィクションをやってますね。どっちがどうというわけではありませんけど、自分でも面白いなと思うんです。

河合　そういえばそうですね。

村上　神戸の事件の酒鬼薔薇君は、自分で自分の心の中の闇や恐怖を消費しているという感じを受けるんですね。消費の方法を間違えてしまったわけです。それに対して、オウム真理教に入った人たちは、最後になって集団テロをはたらきましたが、どちらかというと自分のなかの闇の部分を見えなくするためにあの教団に入って、心の闇を貯蓄していったんじゃないかと思うんですね。無意識の恐怖を貯蓄していったというか。そういう違いがあると思うんです。

河合　人間は本当はみんなすごい心の闇を抱えて生きているんだけれど、幸か不幸か気づかずに生きて死んでいく人が多いわけです。しかしそれにハッど気がついたときにどうするか。非常に深い不安に襲われます。これは大変なことなんですね。

オウム真理教が心の闇の貯蓄だというのは非常にうまい言い方で、教団に入る限りでは、ちゃんと組織の中で役割を与えられて「私はりっぱに生きています」という格好にしてもらえるんですね。そうやっているうちは自分の闇に向き合わずに生きていられるんです。ところが閉じたいはどんどん大きくなっているんですね。それで教祖が突っ走りだすと、全体としてはあんなバカなことをせざるを得なくなったわけです。

酒鬼薔薇のように単独であありことをやる人は、なにかが「起こった」としかいいようがないのですね。生じたというか。

村上　噴火みたいなものですか。

河合　そうですね。さっきも言いましたが、自然現象に近いものかもしれない。いま日本人全体がすごい帯電状況の中にいて、時々どこかに雷がダーンと落ちなければいけない。そういう帯電が続いているということを自覚することが大事ですよと。事件そのものはあまりにも異常で考えてみたところでわからない。

冒頭にも言ったようにいまの日本でうまく放電させる避雷針というか方法があまりに

もなくなっているんです。私が小さいころはまだ祭りがあって、神輿が町でいちばんケチな家へ飛び込んだりしていた。それは半分は故意で半分は偶然の、説明できるようで半分は説明できない現象だったんです。いまは日常生活では全部説明できることしか起こせない。だからその反対に全く説明のつかないことが起きてバランスをとろうとするのかもしれません。……でも祭りを復活させましょうといっても昔に戻るわけにはいきませんから、個人で祭りをするより仕方ないんじゃないでしょうか。各人がどれだけ上手に自分の祭りをやっているかが重要ですね。

村上　祭りというのは莫大な消費ですからね。しかも近代的な効率の面でいうとムダな消費ですよね。

河合　ムダなことをなくする努力をしすぎたために結局、途方もない馬鹿なことが起きるのです。

村上　ぼくは去年（平成九年）「文藝春秋」九月号に例の十四歳について「寂しい国の殺人」というエッセイを書いて、その末尾に「（彼に）会うことがあったら、聞いてみたいことがある。警察へのあの挑戦状を書いているときも、自分を『透明』だと思ったか、ということである」と書いたんです。でもその意味はほとんどの人には理解されなかったみたいです。

小説を書いているくらいだから、彼が持っていた異常な想像力とか、葛藤をぼくも子供の頃から持っていたんですね。なぜ自分はあんなことをしなかったのかとずっと考えたんです。ぼくは自分の想像が恐ろしくてたまらなかったんです。無意識のうちにそれを自分から逃がそう逃がそうとしてたような気がします。ものを書くのは自分の心の闇を外に逃がすいい方法だったんです。いまでも異常な想像力の残骸はぼくのなかにあって、書くというのはそれをシミュレートすることでもあるし、集中して向き合うことでもあるんです。

河合 書くことは、個人的な祝祭の一つですね。

村上 書いている間は、自分の恐ろしい無意識から自由でいられるんですよ。たぶん彼は書くだけにすればよかったんです。挑戦文を書いているときにはすごい充実感があったと思うんです。ぼくが「挑戦文を書いている間も自分を『透明』だと思ったか」というのは、「書いているときは透明じゃなくて、充実していただろう」ということを言いたかったんです。

思春期の子供は知能の発達と情報量の増加が著しいわりに社会との接点が限られていますから、そういう想像力が暴走する子はいるし、どちらかと言えばシャープで優秀な子が多いですね。そういう子たちにある表現の可能性を、書くことに限らず社会の側で用意して上げないと、ガス抜きに失敗して爆発する子が増えるでしょうね。

河合 ぼくは甲子園で野球ばかりやらずに、カネを使って中学高校生全国演劇コンクールをやれと言うとるんです。高校生ともなればすごい表現が出てくるんじゃないですか。その中では殺人も放火もセックスもすべて許容されます。

村上　もともと、ギリシア悲劇や神話にしても、歌でも絵画でも彫刻でも、想像力を消費するわけです。すごく怖い経験をしたとか、すごいものを見てしまったとかで、どうしていいかわからなくて、歌うとか舞うとか書くことを人間は始めたんじゃないかと思うんです。

河合　その通りですね。近代というのはそれをなくすようになくすようにしたんです。そしてその仕返しをいま受けているんです。

村上　すべてシステマティックでプラグマティックなものに還元されてしまいましたものね。

河合　そうです。テクノロジーの発達は操作的な思考を生み出し、モノばかりか人間の心までも操作可能であるかのような考えが蔓延しています。ところが人間である限り、自分でもどうしようもない心の闇とか、簡単には抑えられない強烈な衝動は残っているわけです。そのことを忘れてはならないでしょう。

父親は必要か

村上　もうひとつ、乱暴な質問ですが、人間にとって父親というのはやはり必要なんですか。

河合　動物には父親は必要なかったんです。父親は人間が出現してはじめて、それも近代化とともに生まれてきたものだと思います。近代以前はいまみたいな家族で暮らしていたわけではなくて、共同体の長老とかが父親の代わりをしていたわけです。それが近代になって個人主義になって、個人個人が家族を持つことになると、一家に一人父性を持った人が要るようになったんです。父親というのは、キリスト教文化の中では唯一の天なる父の代理であって、善と悪であるとか、世の中のルールを子供に教えることを担当することになったんですね。

村上　代理妻ならぬ「代理父」なんですね。

河合　日本は個人よりも家とか会社といった「場」を大事にする母性原理でやってきたんですね。明治時代に社会の仕組みとして父親を偉く扱ったことはありましたが、父親個人はむしろ日本国全体に奉仕する存在だった。日本で核家族が増えたのは戦後になってからですね。それまでは大家族で、おじいちゃんとかおばあちゃんが父親の代わりをしていた。日本には父権というものはもともとなかったんじゃないかと私は考えてます。

村上　ぼくもそう思うんです。もともとなかった。いま盛んに父性の復権とか言っている人たちのことは無視して話しましょう。

河合　はい。

村上　ぼくは父親がいない子はこれからもっともっと増えると思います。女性はどんどん社会に進出していくべきです。いっぽう男は共同体的なモチベーションを持ちにくくなっている。そうすると、「この男と結婚したけどつまんないから離婚して子供は育てる」とか「子供は産むけど一生独身でいく」という女性は増えていくと思うんです。きっとこれまでのようには家族は機能しなくなっていくと思うんですね。

　ぼくの友達には父親がいない人も多くて、彼らは「いいなあ、お前にはおやじがいて」とか言うんです。彼らに父親がいないコンプレックスについて聞くと、第一には差別されたということなんです。母子家庭に育ったことで社会から傷つけられた経験をたいてい持っている。もうひとつは、どうも父親というのはいるのが当たり前だと思っているみたいなんですね。

河合　そうですか。

村上　でもそれは、他人とくらべられた時の差別や、父親はいるべきだという幻想にとらわれて、自分の存在についての不安がそこに集約しているからそう思うことであって、少し乱暴ですが、いちどくらい「父親はいらない」と言っちゃった方がいいのではないでしょうか。

河合　高度成長期もいまもそうですが、日本の家庭は父親をみんな企業に取られてきたわけです。企業戦士で父親の役割を果たしている人はほとんどいなかったと思いますよ。

日本は父親なしでもうまくいくように、ちゃんとシステムが出来上がってきたわけです。父性というのは、人間が個として生きる力を身につけるうえでは必要です。とくに自分の意見をはっきり持ったりそれを述べたりするのは父性の力によるところが強いです。それは必ずしもバイオロジカルな父親である必要はないのです。これからの家族はいろんな組み合わせが出てくると思います。いまの核家族がスタンダードだということはないのです。

村上　母親と息子の間には、ひじょうに自然な、ほぼ完璧な人間関係ができていると思うんですよ。父親は、家庭においては余計者ですよね。

河合　そうです。そして余計者こそ、文化というやつですよ（笑）。

村上　父親の役割は、母親と子供が作っているある種の完璧な空間を壊すことなんですね。世の中には、過剰なものとかだらしないものがあって、「かくあるべきだ」ということだけで整然と成立しているのではないというのを示すのが父性ですよね。母子の関係にひびを入れるというか。人生は混沌である、しかし面白い、みたいな。

河合　いちばん完璧な人間関係に母娘関係。美空ひばりとそのお母さんなんかいい例ですが、母娘というより「一つ」といってもいいくらいですね。その母娘関係を壊すために父というのがいるんですね。ほんまに父というのはわけのわからん変てこな存在なんです。

近代以前は、そういう父の機能を社会全体がしてくれたから、べつにいまのような核家族でなくてもよかったんです。日本の大家族もすごくうまく機能していたんです。

村上　あれはうまく機能していたんですね。

河合　そうです。ただね、うまくいっている蔭には必ず泣いている人がいたのですよ。それがお嫁さんだったんです。お嫁さんが泣いていることにはみんな知らん顔をしていた。いまはそれをやめて、父親というものはしょうもないもんだったということも忘れて……。

村上　釣りしたり空手ができる父親を求めている（笑）。

河合　そうなんですね。父親と息子の対話なんていうけれども、「どうだ、学校は」とか「元気にやってるか」では全然対話になっていないわけです。父と息子の対話というのは、夜息子が勉強しているところに酔っぱらって帰ってきて、怒鳴っている方がほんまの対話になっているのですね。そういうことにみんな気がついていない。

村上　昔はそれで済んでいたんですよね。でもいまはそれだけだとだめじゃないんですか。

河合　そうですね、だんだんむずかしくなっていますね。

村上　父親の代わりになる父性のシステムを見つけるのは時間がかかりますね。

河合　そうですね。いろいろ面白い育ち方をして、非常に個性的な生き方をしている人たちがどんどん出てきて発言してほしいですね。スタンダードを決めるのがいちばんだめですね。

戦争の夢

村上 河合さんにお聞きしたかったんですが、ぼくは夢を見るのがすごく好きなんです。ここ一年半くらい夢の日記をつけているんです。

河合 ほほう。それは面白いですね。

村上 決まって見る夢があるんです。まずね、戦争の夢が多いんですよ。

河合 相手は文藝春秋やったりして(笑)。

村上 映画みたいな華々しい戦闘シーンではなくて、必ずぼくは弱い方にいるんです。たとえば圧倒的に包囲されてしまった旧日本軍の兵士になるとか、急にヨーロッパ戦線でパルチザンになっているとか。そしてきまって残虐な拷問とか殺戮のシーンがあるんです。ぼくはある時期まで、夢の中では、拷問されたり殺されたりしそうになると、敵方に寝返るのも平気な人間だったんです。ところがある時期から、殺すなら殺せと、夢の中で耐えることができるようになったんですね。それから、誰でもそうなのかもしれませんが、必ず逃げているんです。敵方が圧倒的に優勢な中を逃げているんです。

もうひとつの夢は、ものすごくパノラマチックな景色が出てきて、断崖の上に建っている別荘からこの世のものとは思えないきれいな海を見ているとか、美しい夕焼けの中をＵＦＯが飛来して攻撃をはじめるとか。あるいは第三次世界大戦がはじまって自分は地球の外側にいて、地球からキノコ雲が湧き出してくるのを見ているとか、恐ろしくなるくらい巨大なイメージの中に自分がいる夢なんです。

河合　なるほど。

村上　もうひとつ印象的なのは、空を飛ぶんです。昔はよく両腕を前に伸ばしてヒューッと飛んだのですけど、いまは道具を使うんです。小型のヘリコプターとか、ホッピングのようなものとか、ありとあらゆるものに乗って空を飛びますね。

河合　ウーン、あんまり一般論は言えないんです。そういうことをポンポン判断する人もいますけれども。こういうのは二人きりで、じっくり時間をかけて、どういう状況のときに見た夢で、夢からどんなことを連想したかというようなことをひとつひとつ確認しながら話さないとね。

村上　そうでしょうね。

河合　そうやってゆっくり話しても結局何のことかわからんということもよくありますよ。ところがいまの効率第一の世の中でこんなに贅沢なことはないとぼくは言うんです。

村上　たしかにそれは贅沢なひとときですね（笑）。

河合　夢を見るということは、「おれはなぜ逃げるんだろう」ということが宿題みたいに頭の中にあるんです。また夢で見たことによって、イザとなったら自分は人を裏切ってでも生き延びようとする人間だという自覚ができたと思います。しかも夢で経験したことは、頭で考えたこととは違って体感を伴いますね。

実は村上さんの話を聞きながらすごく共感したのですが、私も少年の頃戦争の夢をよく見たんです。お国のために死ぬのは当たり前という時代に、ぼくは死ぬのはイヤだなあといつも思っている少年でした。そのせいか、夢の中ではなんとかずるいことをしてでも生き延びようとしていました。夢の中で身に沁みた、自分はそういう人間なんだという自覚がぼくをここまで支えてきた気がします。

村上 河合さんもそうだったんですか(笑)。

河合 自分が夢で経験したことは、自分が頭で考えたことより切実なんですね。夢には体感が伴います。自分も生きていくうちにそうなる可能性もあるということを示しています。夢は体と心に分けて考えられない領域、いわば「たましい」の領域に属するものだとぼくは考えています。だから自分が夢の中で経験したことと同じことを経験した相談者の人が来ると、共感の度合いが全然違うんです。「たましい」のレベルまで下りて話し合えるんです。

村上 それは非常にわかります。

河合 殺されるときに正々堂々としているのは、夢の中でもたいへんに難しいことで、きっと村上さんの中でその時期に相当な変化があったんじゃないかと思います。おそらくものを書かれる姿勢まで変わられたのではないでしょうか。

村上　ウーン、そうかなあ。とにかくこの数年なんです。何かをあきらめたということかも知れないですね。

河合　それから、見た夢の意味がすぐにわからなくても、大事に覚えていれば、一年後に「ああこのことだったのか」と納得することもありますよ。

村上　見た夢は脚色せずに記録するんです。小説はある筋道を追って書かなきゃいけないので面倒くさいんですけど、夢は、あの奇妙な感じをそのまま書くのがすごく楽しいです。迷路を行って、二人の女の子に会って、その女の子とバスに乗って、それは誰だかわからなくて、そのとき自分はこう感じていたとか……。

ずいぶん前に鬱病になったことがあるんですが、そのときの先生に「夢が恐いんです」と訴えたら、「夢なのにどうして恐いんですか」と言われたんです。それから、あ、そうかと思って楽しむようにしているんです。

河合　夢を見て楽しめるようになると人生を二倍生きていることになるだろうとぼくも思います。殺人もできるし、死ぬこともできる。あんまり夢の方にばかり気を取られるとこちらの現実に戻れなくなる恐れもありますが。死ぬことは夢の中でも難しいんだけれども。『日本霊異記』を書いた景戒は、夢の中で自分が死んで焼かれているところへ魂が出てきて、うまいこと焼けるように死体を動かしてくれたという夢を見たそうです。

村上　最近は夢を正確に記述できるようになったと思うんです。そうなるまでは難しいですね。

河合　どうしても脚色が入りますものね。

村上　ぼくは脚色のプロですからついそうなりがちだったんです。でも正確な記述をすると、自分の劣等感や優越感がいかに夢の中に入り込んでくるかがよくわかるんです。ぼくは夢でことあるごとに、「おれは作家だ」とか「売れてる有名な作家だ」とか言ったりしてるんです（笑）。「どうやら自分はそのときに、自分は芥川賞作家で有名ですごく売れているということが言いたかったらしい」などと日記に書くのは楽しいんです。

河合　分かります（笑）。

村上　だから臓器提供のドナー登録するのも、ぼくはぜんぜん厭わないんですが、もし自分が夢を見ている最中に臓器を摘出されちゃうんだったら、いやだなとは思うんです。

河合　お医者さんはきっと脳死状態の人は夢は見ていないというでしょうが、ほんとうにそう言い切れるかどうかはわかりません。心と体を完全に分離できるとする考えからすると、脳死は人の死なんでしょうが、そのとき「たましい」はどうなるのかという方を、ぼくは考えます。

夢というのは個人的な祝祭かもしれませんね。夢で祭りが可能なんです。お祭りというのはどこかぶち壊したり誰か殺したりしたりしないとほんとうはおもしろくないわけですが、現実ではやれないことも夢では可能なんです。だから夢を上手に見ている人は、祝祭ができているんですね。いまの社会でなんとか祭と名のつくものは全部にせものです。結婚式とか葬式とか、儀礼や儀式もそうですね。

村上　なんだか企業の運動会みたいなものばっかりですものね。

河合　社会からそれらを消すのが近代だったわけです。

村上　近代化を果たした現在、もう一回祭りをやれとシステムに要求するのではなく、個人で祝祭を何とか準備しなければいけないんですね。さもなきゃキレるしかないんですね。

河合　それをいまいちばんできるのは夢です。

村上　いまほど人間の精神が変わることが要求されている時代はないと思うんです。さっきの普通の女子高生じゃないですけど、トラウマも何もなくて、ロボットみたいに自分をコントロールして一生を大過なく生きていくことはどんどんむずかしくなっていると思うんです。

河合　一生の間に一回か二回は誰にでも危機が来ますね。それがなくて一生幸せにいく人もまれにいますが、その人のために周りがどんなに苦労するか。そうでない限りは、どこかで危機は来ますよ。

村上　ぼくはいまはいくらでも小説が書ける時代だと思うんです。これだけ精神がプレッシャーを受けて多くの人がコミュニケーションの不可能性に気づき始めている。ただ日本近代文学の方法ではもう書けないですけどね。

河合　逆にそれだけむずかしいとも言えますよ。下手をすると現実が小説の先を行ってしまいますから。

村上　さっき言ったように、会話が機能しないというようなこともある。でも、言葉を持っていない人がこれだけいろんなサインを送ってきていますからね。それを小説家が翻訳して物語に織り込む作業というものがこれほど必要とされているときもないんじゃないかと思うこともあります。もちろん簡単ではありませんが。だからここ五年間くらい、むちゃくちゃ書いているんです。

河合　小説を一人で読むというのは祝祭空間ですよね。

村上　そうです。書く方は外科の手術みたいに書いてますけど。

河合　村上さんの小説を読むことはそういうことなんですね。自分を解放して、読んでる間は自分がフランクになったりすることもできるわけですからね。

妙木浩之

日本崩壊

みょうき・ひろゆき
東京生まれ。佐賀医科大学助教授。臨床心理学・精神分析学専攻。フロイトの研究を出発点に、幅広い視野から現代社会の病理を分析。これまでの日本の社会のシステムを「庇護社会」と呼び、「すべての心理的現象は経済的である」とする「心理経済学」を提唱し、確かな支持層を拡げている。著編書に『夢の分析』『精神分析の現在』『心理経済学のすすめ』『父親崩壊』など。

負債感覚

村上　現在の不況や金融不安、あるいは子供たちの学校の問題、それから、鬱病になったり自殺する中高年が増えている傾向、さらに毒物混入事件と、いま発生していることは日本人がこれまで自明のものにしてきた社会、経済、文化的な文脈では語れないことばかりだと思うんです。

妙木　そうですね。従来のものの考え方とか認識の仕方ではついていけないことが、いまたくさん起きていますね。

村上　何かがものすごく大きく変わっちゃったとか、変わりつつあるという実感だけが肩に乗っかっていて、それが何なのか、わからない感じですよね。

妙木　ええ、わかりにくいですね。ただ確かなことは、これまで前提としてきた社会経済システム全体が疑わしいと感じられていることだと思うんです。不安に支配されてます。そして「このままでは日本はだめだ、と考えていてもだめだ、と考えていてもだめだ……」と堂々巡りになり、神経症的な悪循環が起きています。国や社会と個人の信頼関係が失われて、「負債感覚」だけが残ってる状態といえるでしょう。

村上　妙木さんが書かれた『父親崩壊』（新書館）を読ませていただきましたが、とてもスリリングでした。「すべての心理的な現象は経済的である」という心理経済学の考え方は新鮮でしたし、これまでの日本のシステムを「庇護社会」という用語で的確に言い表していると思います。

妙木　これまで、経済現象、たとえば消費行動などを心理学の用語で解説しようとする分野はありましたが、その逆のことを言いだしたのはたぶん初めてだと思うんです。専門の精神分析の仕事をするうちに、心のことを理解するのに経済の考え方を使えるんじゃないかと感じたんです。

村上　もともとご専門は精神分析ですよね。

妙木　日本では精神医学は保険診療が多いんですが、ぼくのしているような精神分析は自費診療が多いんです。自費診療と保険診療では全然違います。自費診療だと、患者さん自身が身銭を切りますから、「お金を払った分治る」という感覚が生まれるんです。治療においてこの感覚はとても重要です。

村上　そういうのは精神分析の根幹にかかわる問題で、かつ経済問題を含んでいるわけですね。

妙木　ヘンな例ですが、自己啓発セミナーというのがありますよね。あれはすごく高いお金を取るらしいんですけど、お金を使う分だけみんなすごく心理的に高揚しているんです。経済主体になるということは治療にいい影響を与えるんです。

村上　一種のプラシーボ効果というか、これだけのお金を自分は払ったんだ、という感覚がすでに治癒を含むんですね。元をとろうという気持ちではなくて。お金を払うことは一種のコミュニケーションだから。

妙木　確かにお金やもののやりとりはコミュニケーションです。「やりとり感覚」は人間のコミュニケーションの上でとても重要ですね。そんなことから興味を持って、フロイトにはじまり、経済の動きと心の動きが似ているんじゃないかと考えた人たちの文献を集めたり、経済学の世界でも心の動きに注目した人たちがいて、その人たちの仕事を参考にしたりして、総じて「心理経済学」と呼んでいいんじゃないかと思ったんです。

村上　ぼくの経験では、アメリカに行った時、友達の家のパーティで会って話しただけのアメリカ人と、映画を撮るためにスタッフとして契約したアメリカ人ではコミュニケーションの質がぜんぜん違うんですね。お金の関係ができて一緒に仕事をすることによって、初めてアフリカン・アメリカンとかジューイッシュの考え方が見えてきたという実感があります。経済活動を通したコミュニケーションというのは、違いますよね。お金が間にはさまると、外部と出会っている感じがするんでしょうか。

妙木　たとえばいま対談をしていますが、ここで使われる言葉は、貨幣に近いですね。明確な意味をもたらしてくれると思います。言葉には貨幣に近い一面があります。ただ普段家の中などで使っている言葉にはそれ以外の要素がたくさん入っています。

バックグラウンドが崩れて

村上　ご本の中で、ヒステリーについて、十八世紀に近代特有の女性の病として登場したけれど、十九世紀末に女性が職業を持って社会に進出するようになるとなくなったという意味のことが書かれていて、そういうことは初めて読んでコロンブスの卵みたいだなと思ったんです。

でも経済学が確立されたから人間は経済活動をしているわけじゃなくて、狩猟採集社会で獲物を狩りにいって分配していたころから経済はもちろん始まっていたわけです。経済は人間固有の一種のコミュニケーションであって、人間と動物を分けるくらい重要なものですよね。人間の精神と経済活動とは、本来は密接につながっているものなのに、これまで結びつきを軽視してきました。それはなぜだとお考えですか。

妙木　十九世紀はじめから一世紀以上にわたって、背景にあった社会経済的な枠組み、つまり金本位制が比較的安定していたからです。経済秩序が安定していたということは、人間関係の枠組みが非常に安定していたということです。ジョン・ジョゼフ・グーという最近のフランス系の経済学者によれば、金本位制の時代はリアリズムの時代だったんです。そして父親を中心にした父権だとか権威の時代だった。あるいはペニスを中心とした男根主義の時代だった。

村上 ヨーロッパで近代文学が成立したのもその時代ですね。

妙木 もちろんその時代にはその時代なりの問題があったのですが、経済と精神のことでバックグラウンドを問わなくてもよかったと思うんです。貧困といっても、せいぜい階級だとか精神だとか構造だとか言っていれば済んでいた。ところが十九～二十世紀に入って急激にインフレ主導の経済が進行していってちょっと曲がり角を迎えたときに、フロイトやマルクスやニーチェら天才が現れたわけですね。

村上 彼らがほとんど同時代に人類にとってものすごい業績を残したのはスリリングですね。

妙木 背景にあるのはマネー経済の大変動です。第一次世界大戦から大恐慌にかけて金本位制は崩壊して世界は戦争になりました。その後固定ドル制が続いて、ニクソン・ショック以降アメリカは一方的に固定相場制を放棄しました。

村上 ぼくは七〇年代の終わりに『コインロッカー・ベイビーズ』を書いたんですけれども、コインロッカーに嬰児を捨てるとか、家庭内暴力とか校内暴力の増加が七〇年代に起こっているんです。いっぽう七一年にニクソン・ショックがあって、円がフロートに移行したんですけれども、これは偶然なわけがあり得ないとずっと考えていたんです。妙木さんの説明を聞いて得心しました。

妙木　現在グローバルマネーはさらに肥大化し、複雑化して、ヘッジ・ファンドなども現れカジノ資本主義の様相を呈しています。むちゃくちゃ複雑なことになっているんです。ここでは情報心理戦が不可欠で、リスク・マネジメントによって信用や安心を維持する世界です。

村上　日本はいまのところいいようにやられているわけですね。

妙木　今の日本人には、負債感覚だけがある感じです。世界のバックグラウンドがこれだけ変化しているのに、日本の社会経済システムは変化に追いついていけていない。でもこれは昔から日本が繰り返しているパターンの一つですが。

お金は外部から来る

村上　日本の社会では、経済イコールお金儲けと考えられていて、それは間違いではないと思うんですが、非常に皮相に、証券や株と言うと一種いかがわしいものだと考えがちです。経済というのは潔いものじゃなくていかがわしいもので、人間の精神とか文学とか、そういう高尚とされるものとは違うんだ、という伝統ができてしまったような気がするんですけれども。

妙木　日本には良い意味でも悪い意味でも「共同体」意識が強く残っています。島国という地政学的なポジションも影響しているのでしょうが、そういう共同体の中では、お金は汚いという感覚を持ちやすい。ヨーロッパでもある時期には、お金は汚いものだと考えてきたようです。フロイトも「お金はウンチだ」と言っていました。そういう認識はあったんです。かなり普遍的に「お金は汚い」と感じる体験をどうもするらしいのです。お金が「もの」として汚い部分を引き受けやすい。確かに、人間関係を清算する時にお金は重要な役割をになっています。離婚の慰謝料なんかがその典型です。コミュニケーションの中で汚い部分は必要なんです。そういうものの受け皿としてお金はあると思います。ところが現代になってアメリカですごいお金の変動が起きて発展したとき、アングロ・サクソンは変わったんです。ヨーロッパでも汚いものだけどお金は重要だと言うようになった。そういう変化が起きたのでしょう。

村上　ぼくは通貨のやりとりの問題ってほとんど人間のコミュニケーションの問題と重なっていると思います。生きていくために必要だけど高尚じゃないものという認識が一般にあるんですね。

妙木　こんどの本に書いたんですけど、思考実験してみると、純粋な共同体の中で貨幣が必要になることって基本的にないんですよ。

村上　あ、そうなんですか（笑）。なんだか目から鱗が落ちたみたいです。それはどんなフィールドワークでわかったんですか。

妙木　文化人類学でお金のことを調べてみると、お金は外部から発生するんです。沈黙交易とか昔から外部との接点で行われる交換についての報告がありますが、異質なものとの接点が貿易の出発点にある。貨幣そのものは共同体内での祭祀とか呪詛とか宗教的なかたちで使われることはあるんですすけれども、交易という市場に結びつくマネー経済というのは基本的に外部とのつきあいのときに発生して、共同体と外部の境界領域で共通語としての貨幣が発生するんです。だから、「お金は汚い」と感じるのは、汚いというよりも異物感なんです。

村上　いやー、なんだかすごく面白いですね。

妙木　共同体にはじめにマネー経済が入ってくるときには、境界領域に異物が出現したようなものでしょう。妖怪と言い換えてもいい。ヘッジ・ファンドなどその最たるものです。アメリカでも「悪いやつらだ」とか「アメリカ経済の救世主だ」とか非常にアンビヴァレントな評価でしたが、最近はもう「みんなこのやり方でいくしかない」と思われている。というのは、アメリカ全体がヘッジ・ファンド的傾向になっていますからね。

村上　ここ十年くらいでゴールドマン・サックスとかチェース・マンハッタンとかの固有名詞が格好よく感じられるようになりましたね。クォンタムファンドとか言われると、コンピュータを駆使してすごくカッコいいことをやっているというイメージが出来ちゃいましたね。そういうイメージってメディアのアナウンスがなくても自然に出来ちゃうんですかね。

妙木　日本の社会も、いくら異物感を覚えても、妖怪の出現を拒むことはできません。あと戻りはできないから、なんとかうまくやっていかないといけないんです。

ジョージ・ソロス

村上　ぼくはヘッジ・ファンドはすごく面白いと思うんです。彼らはある意味で二十世紀を代表していると思うんです。中でもジョージ・ソロスには文学的に興味があります。妙木さんはソロスについてどうお考えですか。

妙木　彼の言っている「再帰性 reflexivity」は非常におもしろい概念だと思います。心の世界では均衡によって成り立っているという発想だけでは成り立たないことがけっこうあるんです。完全な均衡というのは、むしろ病的な場合、心の病の場合が多い。やさしくいえば、試しに「自分はだめだ」といつも頭の中で考えていると、そんなことを考えている自分もだめだ、だめだ、と悪循環がスパイラル状におきて「はまる」。ここで一種の均衡が生じます。再帰性という概念を使うとこの現象は説明しやすいのです。

村上　ソロスは若いころ哲学をかじったんですよね。

妙木　ポパーやハイエクの影響を受けていますね。ただポパーの方は彼の言っていることはどうも分からなかったようです。ソロスの言っていることは本当かどうかわからないんですけど、心理学的だろうとは思いました。金融のメカニズムを語っていながら心のメカニズムを語っているように見えたんです。「心ではこうだよ」と言いたいように。「開かれた社会が重要なんだ」と言う場合にも、彼は、精神を開くのが重要なんだと言ってるように思えるんです。彼みたいな人がお金持ちになってから慈善事業に行くのも、気持ちとしてとてもよくわかるんです。精神のメカニズムと経済のメカニズムを彼はほぼ同じに語っているんです。そういう意味ではとても面白い。

村上　市場の神様といわれている人が「市場というのは本来混乱しているものだ」と言うのがまずすごく新鮮でした。いろんな経済学派があるけれども、結局市場というのは非常に合理的な動きをするという感じにとらえられてきたはずなんです。でもソロスみたいに「投資する人の思惑が市場を形成している、だから思惑が間違っていると市場も間違うんだ」というのは、言われてみると当たり前なんだけれども、新鮮だったです。

妙木　そうですね。

村上　アメリカのジャーナリストが書いたソロスのルポを読むと、ソロスのお父さんがまたおもしろいんですね。お父さんはハンガリーの人で、第一次世界大戦に従軍して、捕虜になって、とんでもない思いをしながら母国へ戻った。そして事業がちょっと成功したら今度はナチスが入ってくるんですね。そのとき幼いソロスにユダヤ人を狩り集めるようなことをやらせてナチスから逃れるんです。そして息子に「人生においてリスクを負うというのは大事なことだ、でも絶対に全部は賭けるな」と言ったんですって。いいこと言うなあ、このお父さん。ソロスはそのあとロンドンのカール・ポパーのところへ行ったけれども、結局哲学者にはなれなかった。生い立ちから何から、二十世紀後半を代表する人間のひとりといってもいいと思うんです。

妙木　まだ評価はアンビヴァレントですけどね。

村上　そうなんですよ。だからぼくは面白いと思うんです。ソロスの哲学は、ぼくは死んでないと思うんです。今年（平成十年）のロシアの金融危機以降、ヘッジ・ファンドはもうだめだと言われているけど、大損した人もいれば儲かった人もいるんだから。いまは静かにしているだけで、ものすごい力をいまだに持っていると思う。

庇護社会

村上　ソロスみたいな人は日本にはいないし、カラ売りひとつみても日本は外国人投資家にいいようにやられてますよね。

妙木　それは変動相場制導入以降、これだけは守るという基準がなくなってしまい、変項であるお金がお金の基準になるという、複雑なことになってしまったのに、日本は昔どおりの社会経済的システムを変えないから、いまみたいになってしまったと思います。相場師というのは昔から日本にいますし、紀伊国屋文左衛門や大もうけする商人の伝統というのはありますが、日本の社会というのは、私は「庇護社会」と呼ぶんですが、外部に対して昔ながらの「共同体」意識を維持させやすい。だからお金でお金をもうける人を「汚い」と異物感を持ちやすいんです。

村上　妙木さんの「庇護社会」という用語は本当に実感できるんです。「庇護社会」というのが根底にあって、たとえば土居健郎さんがいう『「甘え」の構造』があると思うんです。甘えというのがまずあるわけじゃなくて、庇護社会があって、甘えというのは「私は庇護されている」「庇護している」という関係性を確認する行為ですよね。

妙木　「庇護社会」は日本が一九四〇年代からずっと保ってきた社会経済システムを指しています。当時の革新官僚たちが作った共産主義の管理福祉国家に近い計画経済システムでした。それがそのまま終戦後も生き永らえてきたんです。

庇護社会は、政府（お上）、企業、家庭からなる同心円の構造をしています。ここにも日本が昔から持っている反復がある程度ありますが軍国主義化の中でこの構造は強化されたんです。そして「お上」は企業を、企業は労働者とその家族を庇護します。お上は公共投資や護送船団方式で企業を守ります。企業は家庭の父親を戦闘員として同化するいっぽう、終身雇用制度と福利厚生で家族を庇護します。どこを切っても金太郎さん構造なんです。でも軍事体制なので危機状態には国をあげて対応できる。それで戦後の日本はとても強かったんです。つい最近まで戦争に負けて経済に勝ったって言われてきました。

庇護社会では、平等な分配を求める傾向が生まれ、累進課税などの仕組みで飛び抜けた大金持ちが生まれないようにしています。ただ企業は、ベンチャーや投機、あるいはマネーゲームに参加しなくても、お上がどうにかしてくれるという庇護感覚が強いので、現代のような複雑な金融システムの上に成り立っている経済にとても疎いのが特徴です。現代の金融の世界は個人が情報に基づいて行うマネーゲームの上に成り立っています。庇護社会はこの情報戦にとても弱い。だからデリバティブの世界では失敗するし、国際情報戦では敗退するし、バブルがはじけるとあたかも自分の失敗ではなく国の責任であるように感じたり、天命としてあきらめたりします。だから経済思考は育ちにくいといえます。さらには自立の感覚がなく、国の安全保障についてもアメリカに任せきりの態度をとります。これらすべてを「甘え」と呼んでいいと思います。

戦後日本を誇れないわけ

村上　戦後の日本の高度経済成長に関しては、ぼくは、胸を張っていい部分もいっぱいあると思うんです。それをなんでコソコソとして、アメリカにペコペコと頭を下げているだけなんでしょうね。ぼくはべつに、アメリカが悪いとかユダヤ資本の陰謀というふうには思ってないんです。それから日本の高度経済成長がすべてすばらしいとも思ってないんです。環境問題とか教育問題とか負の部分はいろいろ残ってますよ。ただ、すばらしかった部分もあるはずなんです。それが何だったかという検証はされてないし、すべてが悪かったのか、すべてがよかったのかという、二者択一的な、思考方法が最近は目立つような気がするんです。

妙木　プラザ合意はある意味ではアメリカのわがままが通ったってことですよね。だから日本もプラザ合意のあとの日米通商交渉のときにアメリカに対してわがままを言ってみるとかしているんですが、それまでにも、日本のチャンスは幾つかあったんです。でも日本という国全体に、自分たちはアメリカの「庇護」のもとにあるという感覚が強かった。そこで成功していればいまのように負債感覚だけが残るということはなかったと思います。

村上　シンプルな話でいえば、明治時代に円は一ドル一円から出発して、関東大震災ごろに四円ぐらいになって、太平洋戦争が始まるころは十円ちょっとだったんです。それが終戦直後には三百六十円まで落ちて、日本は戦後をスタートしたわけですね。それから、一丸となって働いて、製造業を育てて、とりあえず街に飢えた子供がいないとか、みんなが住む家があるということを達成したということはもっと堂々と言えばいいんじゃないかと思うんです。でもなにか後ろめたさがありますよね。それはなんなんでしょう。

妙木 外部に弱いんですよ。庇護される社会は昔ながらの共同体意識が残りやすい。戦争が起きたきっかけも外部のマネーだと思うんです。大恐慌後に世界中が金本位制をやめたときに、日本は金解禁をするでしょう。あれは目茶苦茶ですよ、いまの金融ビッグバンと似ているんです。金利が〇・数パーセントであるにもかかわらずビッグバンしたら、お金はどんどん海外に逃げていくじゃないですか。単純な原理なんだけれども、そういうことをよくやるんですね。心理経済学的には「態度と関係は、個人のなかでも、世代を超えて社会のなかでも、反復されやすい」というんですが、日本は外圧に弱くて、外圧を利用して構造改革をすることを反復しているんですね。いまもそういう時期だと思います。混乱は避けがたいんです。

村上 八五年のプラザ合意の前に、邦銀は莫大な余剰資金を持って、その使い途がわからなくて海外に投資したり海外に支店をたくさん出したりしましたよね。あのころって、日本金融界にとっては〝我が世の春〟でしたよね。あのときも、日本はこんなに偉いんだということを言わなかったですね。

妙木 言えなかったんじゃないですか。

村上 なんで言えなかったんですか。

妙木 よくわかってなかったんだと思います。「外」で何が起きているか。プラザ合意とは何かというと、アメリカが「破産しそうだよ」と言ってきたわけです。ところが日本にはその意味がわからなかったのだと思うんです。プラザ合意はアメリカ経済復活のきっかけとなり、日本国内はバブル経済と崩壊後の不況に喘ぐことになりました。今ではアメリカの戦略的勝利と日本の情報戦の敗北が明らかになりました。これから何が起ころうとしているのか、よくわからなかったんじゃないですか。

村上　じゃあ、すごく乱暴に言うと、無知だったということですか。

妙木　いや、やっていたことは正しいことが多かったと思うんです。製造業を育てるのだって正しいし、ソニーやトヨタのような多国籍企業を作ったわけだし、やっていたことは全部正しかったと思うんです。

でも金融のマネーの世界は確かに言葉の世界なんです。異文化との、外部とのやりとりなんです。情報の世界なんです。そういうことを実感するには日本は経験が少なすぎた。「甘え」がキーワードになる世界ですから。実際に海外でリスク・マネジメントと資産の運用を何年かやってみなければわからないことが多すぎる。そういうことを体験する社会経済体制ではなかったんですね。

庇護社会の崩壊

村上　今まで日本では、誰もがより良い庇護を求めるように受験勉強や就職活動にはげんできたんですね。共同体に庇護されているというある種のやすらぎの感覚が日本人の精神をつくってきたわけですね。

妙木　そうですね。ところがこの不況と金融危機で庇護感覚が失われつつあるんです。

村上　いま中高年の鬱病とか自殺が増えているのはあたりまえのことなんですね。

妙木　そうですね。

村上　「本当は自信に満ちていなきゃいけない人達がなぜだ」なんてマスコミはいいますけど、そういう人たちに自信なんかあるわけないですものね。

妙木　負債感覚だけが残って、それは重苦しい雰囲気と鬱状態につながっています。

村上　小説というのは人間の精神とかコミュニケーションを扱うものですが、ぼくは小説のモチーフとして、庇護社会に対して「ノー」と言う人間や、共同体からの庇護とは別の個人の価値を見つけようとする人たちをずっと書いてきたような気がします。だから庇護社会と言われたときに、実感としてわかるんです。ところが、共同体から庇護されることで自分のやすらぎや充実感を得てきた人は、自分が得たのが人間と人間のコミュニケーションではなくて、共同体を媒介としたコミュニケーションだったということが、わからないと思うんですよね。

妙木　〝ノイラートの船〟と言いますけど、船に乗ってる人たちには、外から見た船の速度はわからないですからね。庇護社会によって利益を得てきた人には、庇護社会という認識そのものがないでしょうね。

村上　でも、庇護社会は現在はもはや機能しなくなってきているわけですね。

妙木　と思います。それでも、うまく機能していると言う人たちはいますけれど。

村上　いますね。これまで、共同体からすばらしいとされている学校とか、すばらしいとされている企業とか官庁に入りなさいという、一種の強制と純化が教育を通してずっと行われていたわけですね。ところが、拓銀とか山一証券が破綻したとか、経済的、社会的な情報を子供たちも浴びますから、はっきりと言葉にならなくとも、「それって違うんじゃないの」という感覚は持っているんじゃないでしょうか。

コンビニの前でうんこ座りして煙草吸ってる中学生や高校生がときどき「やってらんねえよ」と言うんですよ。ぼくはそれ、正しいと思うんですよね（笑）。ほんとにやってられないんじゃないか。とっくに壊れちゃった価値基準を日々言われ続けるって、苦痛じゃないかと思うんです。

妙木　その通りですね。

村上　そういう大きな枠組みがこわれちゃった中で、教育が悪いとか、もっと個性的な教育をとか、クラスの人数を半分にしましょうとか言ったってだめじゃないかと思うんですけどね、どうですか。

妙木　ぼくは「だめ」と言い切る立場じゃないので（笑）。もちろん、クラスの人数を半分にして解決するなら、直したほうがいいなとは思いますけどね。

多次元的決定

村上 いま日本の子供たちが持っている漠然とした不安感とか、家族が崩壊するといった現象は、庇護社会を成り立たせていた、共通理解の基盤が崩れてきた証左だと思うんですが。

妙木 つまりコンセンサスがつくりにくくなっている、それは事実だと思います。

村上 なぜそうなったんでしょうか。

妙木 それは幾つかの要因があると思います。何でもそうなんですが、「悲惨だと言われている結果は一つの原因では起きない」んです。これは原則なんですが。

村上 いい言葉ですね（笑）。

妙木 ええ、絶対に一つの原因ではないんです。これを多次元決定というんです。

村上 多次元決定ですか、面白いなあ。

妙木 人間には認識の限界があって、一度に七つのことしか短期的には認識できないんです。心理学で「マジカルナンバーセブン」といって、古典的な実験があるんですが、人間が一度に処理できる要素は七つまでなんです。

だからたとえば「なぜ銀行の不良債権がこんなに増えたんだ」という問いを立てても、

バブルが悪いとか、総量規制が悪いとか、借り手が悪いとか要因は三つぐらいしか挙がらないんです。けれども現実はわれわれの認識をはるかにこえて複雑で、原因は三つや四つじゃないんです。「子供がなぜナイフを持つか」という問いの答えも三つ四つじゃないんです。村上さんの小説作りがそうであるようにたくさん章を立てて、複合的に結論が出るような現象なので、原因は何かと聞かれたら……どうやって答えたらいいんでしょうかね。

村上　いや、いまの答えが一番いいと思います（笑）。でも世の中では子供の問題に関しても評論家とか現場の先生がいろいろいいますね。

妙木　三つぐらいの要因でね（笑）。学校が悪いとか、家庭が悪いとか、社会が悪いとか。

村上　それは全部そうなんだけど全部違うような気がいつもするんです。

妙木　あるいは父親が悪い、父親がこうあるべきだとか、だいたいストーリーが決まっているんです。

「こうあるべき」論

村上　『父親崩壊』の中に、「父親らしい父親のイメージ」がいくつも書いてありましたが、とても面白かったです。引用すると、

〈・いろいろな父親がいる。厳しかったり、やさしかったり、情けない。

・彼らは個性的で、自分に満足している。
・「～ねばならない」「いけない」という言葉は少ないし、悪いことには厳しくても、失敗には寛容である。
・ときどき、論理的、知的だったり、情緒的だったりする。
・働くお父さんであり、自分の社会での位置づけに満足している。
・お母さんに怒られることもあるが、夫婦仲は基本的に悪くないようだ〉といくつも書いてあるのですが、最後に〈こうある「べき」だと言っているのではありません〉と但し書きがあるんですね。

妙木　それは、父親らしい父親というのは結果的にそんな風に見えるだろうということなんですね。

村上　よく「こうあるべきだ」とか「こうあるべきではない」とか、考えがちですよね。そういったものが、神経症的な悪循環につながるんですか。

妙木　村上さんのように物語を書いてる人は、いつも複合的にものごとを捉える作業をしているから、仕事に関して悪循環に陥ることは少ないと思います。でもある問題について考え、煮詰まっている人が、「こうあるべきだ」と考え出すと、「はまる」危険性がありますね。

村上　あんまりまじめじゃいけないんですね。いい父親って、いまの日本ではまじめな父親という感じがしちゃうじゃないですか。卑近な例で言うと、オウム真理教に入った人なんかは非常にまじめな感じがするんです。たとえば、だれも見てないからここでおしっこしてもわからない。でも、おしっこしてはいけないと言われているんだから立ち小便なんか絶対にできないというような境目があって、そこで「わかりゃしねえよ」とか、そういった不謹慎というか不まじめなことっていかに人間を楽にするか。そういうことも大事ですよね。

妙木 大事です。健全な不安定さとでも言いますか。

村上 そういうのってだれもかれもが子供に伝えられるわけじゃないですものね。

妙木 はい。

村上 いま、父親の尊厳とか、父性の復権とか、「子供と会話してますか?」みたいなことが言われてますね。そういうのも、限界がありますよね。

妙木 限界があります。

村上 そういうときにみんなアドバイスを求めますよね。「じゃあ父親はどうすればいいんですか」と。妙木さんは育児評論家じゃないのでもちろん専門外でしょうが、『こうあるべきだ』という考え方をするのがよくないんです」という答えでいいんですか。

妙木 心理経済学では、語ることは消費、語らないことが貯蓄という考え方があります。一人で悩んでいる状態は、感情のストックが増えて、フローが少ない状態です。ですからなるべく外のだれかに話すなり、第三者が介入するなりという構造をつくったほうがいいですね。それによってフローを増やしていく。家族だったら家族会議をしてみる。昔だったら町に相談役のおばさんがいたものですが、今はカウンセラーが市場の中でその役目をすることが多いですね。つまり規制緩和をして、自分や家族を解放していくのがいいと思います。

村上　これから片親の子供はどんどん増えていくと思います。生物学的な父親が必ず必要だということではないですよね。

妙木　母子家庭のほうがフローがあったりするんです。母子家庭の人は結構外の人とつきあいがあって、第三者が介入してきたりするし、結構フローがあるから、母子密着はおこりにくい。母子家庭は必ずしも悪いとは限らないんです。

村上　ぼくもそう思います。両親がそろってなきゃいけないという考えは限界を生みますよね。

妙木　ええ。

村上　女子高生の援助交際も、やっぱり第三者というか外部が欲しいというか、フローを求めているといえませんか。

妙木　援助交際はなかなかむずかしいんですけど、村上さんはどう思いますか？

村上　ぼくは『ラブ&ポップ』を書いたときにいろんな女子高生と会って聞いたんです

が、「他者と出会いたい気持ちはありますよ」と彼女たちに言われて、もちろんいろんなファクターがかみ合っているんでしょうけど、フローを求めている部分が大きいと思いました。

妙木 それは賛成です。ただ、援助交際をしている子たちの中には、確かに病気の人もいます。でも援助交際をしていない人たちの中にも、病気の人はいます。『ラブ&ポップ』に出てくる女の子たちは非常に軽やかですよね。援助交際している子供たちの持っている能力はけっこう高い。庇護社会の船に乗りくんでいる人たちより、はるかにいまの子供たちのほうがメディアを通じて情報をたくさん持っています。情報空間の中でのフットワークは非常に軽いんです。メディアは庇護社会の中で公でも私でもない力として子供のもとに届きます。心理経済学的にいうと、情報化社会では、「情報を持っている人が強い」んです。他人とのコミュニケーションを求める方法だとか、貨幣を求める方法とか、お金の流れ方もよく知ってるわけです。心理学の人たちが言う「他者の不在」という問題を解消するための方法のひとつだろうと思います。

やり方次第で大儲けできるという認識

村上 いま自信を失っている中高年の人達に、社会やメディアから、庇護社会と決別せよ、人間は、共同体から自立した個人として、他者性を探し求めることが重要なんだ、ということをアナウンスする必要がぼくはあるんじゃないかと思うんです。中高年の人はもう可能性が低いかもしれないけど。

妙木　そうなんです。これは政府の問題だとか国民の問題だとか言うべきことじゃないかもしれませんけど、庇護社会システムを変えて世界の中で生き残りを目指していくのは痛みを伴うんです。わかっていることなんです。リストラも必要だし、リストラすればいやな思いをする人も出るんです。でも、「これから痛いよ。あなた方が鬱病になるのも当然なんだ」と言ってあげる人が必要だと思います。「痛まないんだよ」と言っているから問題だと思うんです。

村上　そのときにメディアはすごく大きな役目があると思うんですけれども、メディアのトップも今起きている変動に気づかない人が座っているみたいなので、アナウンスが足りないんだと思うんです。

妙木　「いまこんなに政府はひどいことをしているんだぞ」という他者非難のモデルは、メディアは昔から持っているし、今もよくあるんです。でも、「社会がこういう構造変化をするとこれだけの痛みを伴いますよ」という算出や、「リスクに対してはこれだけ痛む。でも、そのかわりリスク・マネジメントをやっていけばこれだけ儲かるんだよ」と、やり方次第では儲かるという認識をみんなが持つことが、負債感覚から抜け出すには不可欠なんです。そういうアナウンスをすることがとても重要なんですが、非常に少ないですね。

村上　小渕内閣とメディアは全く同質で、庇護社会の中の価値観を忠実に踏襲している。メディアは、たとえば宮沢喜一に対して、大蔵大臣になる前は期待感をこめて書いたりしたんです。ところが彼が大蔵大臣就任を受けた瞬間に「バブルをつくった張本人だ」と書いた。それはお互いに甘え合っていると思うんです。それから週刊誌の目次には「さあやってくるぞ、アメリカ発の大恐慌」なんていう見出しがある。さあ来るって、どこに来るんだろう。実はここに来るんじゃないか。それだったら来ないほうがいいに決まっている。メディアは大恐慌を回避するための重大任務を担っているのに、「さあ来るぞ」って他人事みたいに書くんですよね。それはやっぱり庇護社会の中にいるからできるんですよ。日本のメディアは異様ですよ。

妙木　そうですね。庇護社会は共同体に近いので、すぐに外が悪いんだという発想を持ちやすいんです。

村上　なるほどね。中で固まっているからね。

妙木　外は妖怪だという発想はとりやすいし、そういう書き方が受けることも知っているし。

村上　庇護社会の内側は合従連衡を繰り返し組み合わさりながら何種類もあるんですね。だから小渕を攻撃するときにはことここが手を結ぶとか、アメリカを批判するときはここが連合するとか、固まって攻撃することがすごく上手ですよね。でもそんなことしているうちに本当にだめになっちゃわないですか。

妙木 だめになっちゃわないようにしたほうがいいと思いますけどね。

村上 ぼくもそう思います。

妙木 新しい変動相場制の世界もいい面は確かにありますからね。うまくやってる国は豊かになってますしね。

村上 過去に痛みを伴って何かやって成果が出たということを知ってる感じがしますね。

妙木 そうですね。

村上 日本には人口が一億二千万人くらいいますね。ですから今から江戸時代にもどって、自給自足して、漆塗りとか作って生きていくことはできませんよね。だから世界とダイナミックに関わって、それだけの人間を養っていかなければならない。そのときに世界とのコミュニケーションが絶対に必要で、その根幹は経済ですよね。やはりどんどん外国に出ていくしかないんじゃないですか。そこでデリバティブでも何でも手を出して、大儲けすればいいことでしょう。ヘッジ・ファンドを脅かすくらいに大儲けすれば。

妙木 とにかく外でやってみる。外に出て失敗する人もいるかもしれないけど大儲けする人も出てくる。そんな経験を重ねていくことです。

村上 突然ですがぼく、イスラムって何となく好きなんです。タリバーンとか、好きなんです。

妙木　はあ。

村上　価値観がはっきりしてるからでしょうかね。

妙木　なるほど。

村上　グローバル・スタンダードという森の中で、ほんとうに必要な果実の部分と、必要ない毒の部分を分ける作業って、これからやらなくちゃいけないじゃないですか。できるかどうかわからないけど。それをイスラムは、アメリカがサウジに駐在したからテロをかけるとか、手っとりばやくて、何か憧れちゃうんですよね。

妙木　憧れちゃうんですか（笑）。なるほど。

村上　テロにではなくて、はっきりしていることに憧れるんだと思うんです。イスラムはアメリカのグローバリズムが嫌いなんだもの。はっきり「だめだ」と言うんですもの。

妙木　今日のグローバリズムはアメリカニズムですから。イスラムの態度はテロが正しいとは思いませんがそれなりにはっきりとした主張にはなっていますからね。アメリカには憎まれるだろうけど、日本のようにいつまでもアメリカの庇護の下にあるという幻想を抱いているよりは、強いという感じがします。

村上　日本がグローバル・スタンダードを受け入れるときは、二者択一ではなくて、ここことここは受け入れても大丈夫だけど、ここは日本のやり方を絶対に守るべきだということをだれかが整理したほうがいいと思うんです。日本経済の大きなヴィジョンやこれからの経済活動の指針があればできるわけですよ。グローバル・スタンダードの本当の特徴は、マネーゲームにおける効率とか、製造業におけるコスト・アンド・ベネフィットの関係を全部決めていくわけでしょう。そうすると、日本の稲作のような高コストの産業になっていく運命なんですよ。でもコメは好きだから、しかもうまいコメ、コシヒカリが好きだから、世界で標準となるようなおコメよりも二十何倍高いけれども日本人はコシヒカリだけは生かしていきます、みたいな選択は必要じゃないですか。

妙木 そう思います。グッチのバッグとコメが等価だとか、そういうことは必要だと思います。

村上 フェラーリのようなコシヒカリとかね。ものすごくむだなんだけど、いいんだよね(笑)。

妙木 戦略があるかないかで違います。もちろんやり方次第でしょうけど。

田口ランディ

引きこもりと狂気

たぐち・ランディ

東京生まれ。広告代理店、編集プロダクションを経て、ネットコラムニストとして注目される。現在、インターネット上で6万人以上の読者を持つコラムマガジンを配信中。著書に『癒しの森——ひかりのあめふるしま屋久島』『もう消費すら快楽じゃない彼女へ』『できればムカつかずに生きたい』長篇小説『コンセント』『アンテナ』など。

コミュニケーション幻想

村上　きょう田口さんに対談の相手をお願いしたのは、『共生虫』（講談社刊）は久しぶりに「群像」に連載したものだったので、慣例として対談するんですが（笑）、その相手が、既成の作家とか評論家に本当にいなかった、全然思い浮かばなかったからなんです。

田口　こういうテーマでということですか。

村上　このテーマだからということではなくて、結局、立っているところが全然違うのかなと思って。

僕は、以前からMSN（マイクロソフトネットワーク）での田口さんのコラムマガジンをよく読んでいたのですが、ちょうど対談相手を探しているときに、田口さんが、引きこもりをして亡くなったお兄さんのことを書かれたエッセイが載った。それには二重の意味で驚いたんですけれども、一つは、そのことをメールマガジンで書けるということに、まず驚いた。もう一つは、そのエッセイの見事さで、あれだけシリアスな事実から距離を置いて、しかも愛情を持って書くというのは、ちょっと信じられないぐらい見事な文章だったので、この人と話したいと思った。

その後に幻冬舎の人から、今そのことを小説にお書きになっていると聞いて、その『コンセント』（幻冬舎刊）という作品のゲラを田口さんの了解を得て読ませてもらえるように頼みました。読んでみて、あのエッセイが書けたのは、小説を書いて少し自由になったからなのかなとは思ったんですけれども、というようなことがあって、今こうやって顔を合わせているわけです。

田口 最初はびっくりしました。どうして私なのかなと。余りにも格が違い過ぎて、これは困ったと。

村上 そんなことはない。ただ長くやっているだけですよ。というより、僕は小説とか文学の格とかいうのがとにかく嫌いなのね。

田口 それじゃ、ちょっと緊張を解いて。

村上 「群像」という雑誌はいい雑誌だけれども、そういう文壇の格みたいなものに結構敏感だったりするんだよ（笑）。『コンセント』は書きおろしですか。

田口 はい。編集者の方がやっぱりメールマガジンを読んでくださって、去年の夏に突然うちにいらして、いきなり「長篇小説を書きませんか」といわれて本当にびっくりしました。

そういうわけで初めて書いたんですけれども、書いていたらすごく楽しかったんです。フィクションを書くのってこんなにおもしろいのかと思って。

ずっとノンフィクションばかり書いてきたので、ノンフィクションはいろんなことに気を使うんですね。この人の素性をわからないようにしなきゃとか、この人が傷つくようなことはやめておこうとか。それが一切ないので、やりたい放題。わーっ、すげーェ、暴れちゃうぜみたいな感じだった。

村上　エッセイを書いていて、やっぱり鍛えられたんじゃないですか。

田口　それはよくわからないんです。私は、十数年前にパソコン通信のニフティ・サーブが始まったときから、その中にすぐにフォーラムを自分で持ったり、会議室をつくったりということをやって、ネットワーク社会に住んでいる時間がとても長かったんです。

その中で、いかにしたらネット社会の中でいじめられずにものを読ませ続けることができるかということを、十年くらいかけて研究した。そうすると、いちばんいいのは、とにかくすべてのとげを自分に向ければ、だれも傷つけることなく、自分のこととして受けとめてくれるということなんです。「私」というものから離れた途端に、ネットではだれのことも読ませることができなくなるということを割と体験的に知っていたものですから、インターネットが始まってコラムを書くときでも、それが身についている。それでああいう形で。

そうすると、どんどん自分の内側に向かって書きながら、客観視していくという方法論をとるしかないんです。そういう意味では、ネットで鍛えられたかもしれませんね。

村上 確かにネットの会議室とか、掲示板とか、メーリングリストでコミュニケーションをとっていこうというのは難しいですね。

田口 ネット上でのコミュニケーションは基本的にとらないんです。私は、インターネットでもそうですが、コミュニケーションをしようという気はないですね。

村上 最初から？

田口 最初はありました。一生懸命やったのが五年ぐらいあって、あるときから、これはコミュニケーションではないと思い始めて、ネット上でのコミュニケーションて何だろうということを一回考え直したんです。

そのときに、自分がつくってきたものは全てコミュニケーションではない、コミュニケーションをここでやると、コミュニケーションでなくなる性質を持っているから、コミュニケーションしちゃいけないんだということを自分の中で決めて、コミュニケーションしないことにして、ネットとかかわり出したんです。その結果として、ネットの人脈は非常に変わったんですけれども、それをやってよかった。だから、今もコミュニケーションは基本的にしません。

村上　ただ、「締め切りは今日ですよ」というメールが来て、「了解」というのも広い意味でのコミュニケーションじゃないですか。今田口さんがいっているのは、そういった広義のコミュニケーションじゃないでしょう。

田口　そう。『共生虫』にもある、人格崩壊しちゃう人を出すようなコミュニケーションですね。

村上　心の問題に深く入り込んでいく。

田口　仲よしになることを前提にした。

村上　理解し合うとかそういうこと。何か共通したものを持つとか、何かを共有するということでしょう。

田口　そうです。それはしない。

村上　でも、そういうことを求めている人がインターネットにはいっぱいいますね。

田口　インターネットのいいところというと、すぐにコミュニケーションの可能性とか……。

村上　効率性とか。

田口　そういうことをいうメディアがほとんどですけれども、私は全然そうは思っていなくて。

村上　僕がよくコミュニケーションの効率性がインターネットにあるというのは、さっきいった「締め切りは今日ですよ」ということなんです。一方で、田口さんがいったみたいに、お互いに理解し合うとか、理解していない部分を補うとかというのには全く向いていないと思いますね。

田口　本当にそう思います。やっちゃいけないと思いますし。長くやっているので、それで人格崩壊したり、仕事を失ったり、家庭を失ったりしてきた人を山のように見てきたものですから、いつかそういうことも何かの機会に書きたいなとは思っています。その人のライフヒストリーを追うくらい長いスパンでつき合わないとわからないことなので、これを指摘する人は非常に少ないんですけれども。

村上　僕は、あるとき僕のファンがつくったサイトの掲示板に、書き込みしちゃったんですよ。

田口　そこに村上さんが自分で？

村上　うん。みんなやっぱり喜んでくれて、三ヵ月間ぐらいかな、そういう蜜月期間があって、あとはグシャグシャになった（笑）。わかるでしょう。

田口　わかるわかる。

村上　そこに参加していた人たちは本当にいろんな人がいて、そういうことが『共生虫』のウエハラがつき合うインターバイオに反映されているんです。

よく、顔が見えないし、名前もわからないで何でもいえるから、学級崩壊とか不登校に代表されるような小学生の心のコミュニケーションに、インターネットは非常に有効だとかいうのを聞くと、そのノーテンキさに、ぞっとする。文部省とか教師は正しいことを余りいわないので、適当に聞いてはいるんだけれども、余りにも現実と乖離していますね。

田口　コミュニケーションというものが何なのかを考えている人が余りいないんですね。だから、ネットワークの、人間と人間をつなぐものとしての特性をだれもきちんと分析できていない。

村上　コミュニケーションを真剣に考えなくてもよかった時代が、ずっと続いたから。

田口　そうかもしれない。

村上　これはコミュニケーションだなと思っていたことが、実はそうじゃなかった。

田口　『共生虫』を読んでいて、メーリングリストでみんながぐじゃぐじゃになっていく感じが、本当に手にとるようにわかっておかしかった。私、メーリングリストというものが本当に嫌いで、怖くて。

村上　たとえば映画をつくったり、ミュージカルや、オペラや、番組をつくるときに、事務的な用件だけをみんなに伝える。メーリングリストはそれに限るべきですね。

田口　ある目的のもとに集まって、終わったらすぐ解散するという明確な意図がないのに、人をごちゃごちゃ集めて、その世界を閉じると、その中で妄想がどんどん肥大して、恐ろしいことになっちゃう。

村上 メーリングリストの中でだれかを批判するのは、衆目の前で名指しで批判するのと同じでしょう。そういう単純なことも、わかっていない人が多いんですね。

田口 それに、閉じられた空間の中で、文字というものを媒介にしてしか話し合ってないじゃないですか。そうすると、自分のことじゃない人を非難した文字を、自分の画面の中で読んだ人間は、それがたとえ自分のことじゃないと思っていても、自分に来たように感じてしまうんですね。

村上 それは掲示板でも同じだね。

田口 そこにクッションがないので、文字として書かれて私のメールボックスに入っていたものは、全部私へのメッセージなんだと、そういうふうに人は感じてしまう。

村上 今はハッキングとか、あるいはネット上での麻薬とか毒物とか武器の売買ばかり話題になって、ネットにおけるコミュニケーションの問題そのものが問われることは余りないですね。

田口 これから、そういう問題はどんどん出てきますよ。

村上 ただ、もともと日常のコミュニケーションの問題を扱うのも苦手じゃないですか。

田口 そうですね。

村上　何かヒエラルキーがあって、その中でトップダウンで伝わったと思い込むのだけが続いていた。そうすると、ネットはもっと効率性が高まるわけだから、そこでお互いを理解していくのは難しいと思うんですね。

田口　だから、私もそういうものにはなるべくかかわらないようにしているんです。インターネットは本当に事務的な用事と自分が情報発信する以外は、極力使わないようにしている。

私は「インターネットから出てきた書き手」といわれているので、インターネットのことをよく質問されるんです。インターネットにはまり切っている女みたいに思われていて、大変心外なんだけれども。

村上　でも、長くインターネットをやっている人は、すごく大事な用事は個人あてに手紙で書くとか、会って話すという人が、最近ふえているでしょう。

田口　当然の傾向だと思いますよ。目の前に人がいないコミュニケーションは、瞬間的な視覚としてフィードバックできないから、誤解をどんどん増長させる。大変妄想的なメディアだと思う。

村上　たしかにメールは、別れ話とかには向いていないですね（笑）。涙とか、かみそりを手首に当てるとか、そういうリアクションがないと。僕もメールで何かが大分鍛えられたという感じがします。

田口　メールというメディアは、これからもっともっとストーカーをたくさん生むような気がする。そういう要素というか才能を持っている人がメールにはまると、その部分を鍛えられてしまうような、うまくいえないんだけれども。

引きこもりの普遍性

田口　この小説のウエハラという主人公の引きこもりの様子は、引きこもりそのものというか（笑）、なかなか引きこもっているなという感じでリアルです。

村上　僕は、引きこもりに関するものは一切読まなかったんです。それはあえてというのもあるし、僕が怠惰だからというのもあるんですが、読まなかった。

引きこもりというのを最初に知ったのは、九四年かな、『ＫＹＯＫＯ』という映画をつくったときに、女優のオーディションをするのに、作文を書いてもらったんです。そうしたらある二十歳ぐらいの子が作文で、私の兄はもう十二年間、家の部屋から出ていないというんですよ。私にいつも何かいいたいことがあるというんだけれども、まだ話してくれない。いつかいいたいことを話してくれるだろうと思っていたら、ついに兄が「実は」と話し始めましたというところで、「つづく」と書いてあって、その作文が終わっていた。

つづきは来なかったんですが、お兄さんは何といったのかなと思って、すごく気になった。こっちから手紙を出すわけにいかないんで、もちろんほうっておいたんですけれども、それが、そういう人がこの世の中にはいるんだというのを初めて知ったときだったんです。

今、引きこもりは大きな問題になって、メディアも取り上げているけれども、二年前に連載を始めるときに、どうして引きこもりを主人公にしようと思ったかは、書き終わった今、ちょっと思い出せない。だから、田口さんのお兄さんに関するエッセイを読んで、実は怖かった。こういうことを実際に知っている人がいる。自分がリアリティーがないことを書いていたらすぐばれると思って怖くて、ドキドキしながら読んだんです。

ただ、読んで、そう大きくは間違っていないと思った。僕は、引きこもりの実態とかレポートも読まずに、自分の小学校や幼稚園のころを思い出して書いたんですよ。僕はそのころ基本的にはすごく元気がよかったし、引きこもりというのは今でもまだ特別な例だとは思いますが、それでも想像力で引きこもるときの感情とか、引きこもるきっかけとか、危機、本当の危機なんかわかるわけないんだけれども、引きこもった後のその人の行動を想像できたということは、結局は、男の子だけかもしれないけれども、引きこもりにはやっぱり普遍的なものがあるんじゃないかなということなんです。

田口　私は読んで最初に、このウエハラという主人公が、亡くなった兄ではなくて、自分に似ていると思ったんですよ。彼にすごいシンパシーを感じた。自分の中にこういう部分はあるんですね。多分兄にもあった。私、兄が死んだときに、『共生虫』ではないですけれども、兄は私の中に入ってきたという感じをすごく持った。

読みながらずっとこの虫の正体は何だろうと考えていて、これは私の解釈なんですけれども、「死」という人間にとっての異物ではないかと思いました。少年だったウエハラに「共生虫」が入ってくるときも、おじいちゃんの死に臨んだときですよね。人間は死という違和をとにかく体に入れないことには、「私」になれないんじゃないかなということをよく感じていて、多分ウエハラも、死を共生虫という形で、ある異物として自分の中に入れたんだなと思いました。

そして次に自分をその異物と戦わせて、自分を特化していくために、みんないったん引きこもるんですよ。自分というものの中でアレルギーを起こしながら、異物と戦ったあげくに、「私」というものが何となくできてくる。そういう限りない違和の取り込みの過程があって、人は生きていく、その最大の違和が死だな、そんなふうに思って読みました。

コラムでもよく書くんですが、今は若い子たちに覇気がないとか、いろいわれるじゃないですか。でも、私には覇気がないというふうには見えない。ただ、割と早い時期に、死というものを自分の中に内包している人が結構いるなということを感じるときがあって、それがもしかしたらウエハラみたいな子たちなのかなと、考えたりしたんです。

村上　死という最も大きな違和を受け入れるということは、コミュニケーションとももちろん関係するわけでしょう。

田口　そう思います。異物が体に入ったときは、人間は必ずアレルギーを起こす。私は心の反応と体の反応は、相似形だと思っています。人間の体も食物という異物を取り込んで、エネルギーにして生きているわけでしょう。心も同じようなものじゃないか。死というのは異物としてはかなりゲテモノです。食いがたいもの飲み込みがたいものだから、それを飲み込んだとき、人は必ず何らかのアレルギー症状を起こすし、そういうときに人は生きるためにあえて引きこもりという行動に出ることもあるだろうと。だから、私はそれ自体は悪いことじゃないと思っているんですよ。

村上　大前提的にね。

田口　人間にとって必要で、それは多分創作とか自己創造の原点みたいなところに深くかかわっている。ただ、この状況を長く続けると、脳の活動が鈍るとか、生理学的なマイナス面が出てくるのが問題なんじゃないでしょうか。

かぎ括弧への疑い

村上　田口さんは、今約五分ぐらいの間にすごい大事なことを二十個ぐらいいったから(笑)、どれにリアクションしていいかわからないけれども、今おっしゃったことは、案外ビルドゥングスロマン、昔のヘルマン・ヘッセみたいなものにもちょっと似ていますね。

田口　ファンなんです（笑）。

村上　おそらくそれはギリシャ悲劇やシェークスピアにも書いてある。何かがあって、引きこもりとか、一種のコンフュージョンとかコンフリクションが自分の中で起こって、それをこれから生きていくときの自分自身をドライブするものに、どこかで変えていくわけですね。

悲劇には七つのフェーズがあるといわれているから、一つの原因で引きこもりが起こるわけはないんだけれども、その違和感があるものがぐっと入り込んできて、それをある一定期間、自分の中でためることによって、いろいろな葛藤とか起こった末に、生きていくために自分をドライブしていく力に変える、エネルギーに変換するということがもしあるとすると、引きこもりの人はそこがどこかうまくいっていないんでしょうね。

田口　ずっと引きこもっていってしまう状況は、多分かつてはあり得なかった。つまり、引きこもっても、外的な状況がそれを許さずに、どうしても引きずり出されてしまう。社会と自分と自分の人生とのある微妙な関係性の中で、人ははい出てきたんだと思うんですよ。

ところが今、そうじゃない状況になってしまって、いつまででもそれが許されちゃう。

これはとても悲しいことなんですけれども。

村上　僕は一九五二年の生まれなんですが、今、近く放映される「NHKスペシャル」を作っている関係で、自分が育った高度成長時代のことを調べているんです。それで、当時の映像を見ていると、とても不思議で、当時は当たり前だったのかもしれないですが、四畳半に八人ぐらい暮らしている。

田口　うちなんかもそんな感じでしたよ。

村上　そういうのを「文化住宅」だと（笑）。どうやって寝るんだろうと思った。インタビューに答えたおじさんが、ふとんを敷いても、足が伸ばせないというんです。うちの女房も足を伸ばして寝たことがないんだ。それで女房は工夫して、テレビを部屋の真ん中に持ってきた。テレビの下にすき間があるから、そこに足を入れて寝るんだとおじさんはいうんです（笑）。

四畳半に八人寝る家庭にテレビがあるというのが、まずすごく不思議なんですが、あいうところで育って、高校を出たりすると出ていかざるを得ないでしょう。その中で父親が病気になったりすれば、頼むから家にお金を入れてくれとかいうことになって、出ていかざるを得ないような感じになる。

よくわからないけれども、欧米ではきっと宗教とか文化的なもので、出ていかざるを得ないような形にしているんだと思うんですよ。もちろん第三世界では、貧しいから、出ていかざるを得ないような状況がある。

そうすると、日本は、そういった宗教的な規範もないし、子供が自立したら押し出していくような文化的な力もないから、今の時代に引きこもりが顕在化するのは必然的な感じがしてくるんです。

ただ、こういうことは、小説を書き始める前には余り考えないようにしているので、無自覚に引きこもりを主人公にしたのかなとは思うんですが。

もう一つ、引きこもりを主人公にしたのは、二十年ぐらい小説を書いてきて、小説における会話にずっと疑いを持ち続けてきたこともあります。田口さんは初めて小説を書いたから、書くことがいっぱいあって楽しかったかもしれないけれども、僕はずっと書いているんで、そんなに楽しくないんです（笑）。

私はこうしたとか、彼とセックスしたとか、地の文があって、突然会話が始まるでしょう。映画だと、しゃべっている間も情景が映るわけだけれども、小説は会話のところは会話だけなんですね。微妙な時間のずれがあって、「と村上はコーヒーを飲みながらいった」とか、それを説明する地の文があったり。そうすると、これはコーヒーを飲みながらいったんだなと。ただ、コーヒーを飲んでいるんだけれども、ひょっとしたらほかに何か考えたかもしれないし、しゃべっているときに何か考えたかもしれない。小説は絶対同時に書けない。

そういった小説そのものが持つ制限というか限界と、無反省に地の文があってかぎ括弧があってという小説のフォームを踏襲することにすごくいら立ちがあって、会話を使わない小説を一回書いてみようと、あるとき思ったんですよ。

それを『トパーズ』という小説や『ワイン一杯だけの真実』という短篇集でも試したんですが、『共生虫』は、引きこもりが主人公だからほとんどだれともしゃべらないというのがあって、徹底して始めてみたんです。そしたら、書くのが大変で。

田口 そうでしたか。読んでいて格好いいなと思った。私も何が嫌かといって、かぎ括弧でくくって会話を書くのが間抜けで間抜けで、情けなくて。

村上 初めて書いても、やっぱりそういうのがピンとくるでしょう。

田口 何でこんな古くさいことをして、括弧でくくらなきゃいけないんだろう、ああ、間抜けだなって。まず字面が嫌ですね。

それで、一度外してダーッと書いてみたんです。そうしたら、怒られちゃって（笑）、やめてくださいって。

村上 単純に読みにくいとか、わかりにくいとかあったんでしょうね。

田口 「だって、かぎ括弧が入っていたら間抜けじゃん」といったら、「いや、そういうのはアヴァンギャルドとしてはいいかもしれないけど」とかいわれちゃって。

村上 やっぱり何か不自然さみたいなのを感じますか。

田口　感じますよ。

村上　でも、何も感じずに書いている作家はいっぱいいるよ。地の文とかぎ括弧があるのは当然だみたいな感じで。

田口　特に自分でがっかりするぐらい嫌なのは、「と何とかは笑った」とか書いたとき、恥ずかしくてのたうち回っちゃうんですよ。

村上　そこだけ見るとね。

田口　でも、かぎ括弧の後にはそんなのが入らないと、何となく落ち着かない。

村上　だから、そういう制度としても確立したフォームを使うのだったら、近未来の話とか、よっぽどそれを書く価値があると自分で納得できるものでないと書けない。

田口　それは本当にすごくよくわかる。

村上　僕もデビューしたときから、やっぱり嫌で、ただ、かぎ括弧にくると、とりあえず読むほうは注目するんだよね、かぎ括弧がついているから。だから、それを逆に利用したりもしましたね。バーッと書いてきて、かぎ括弧で終わるとか。そういうのもだんだん飽きてくるというか、恥ずかしくなってくる。

予定調和に敏い若者たち

村上　でも、河合隼雄さんにこの話をしたら、すごく興味を持ってくれた。小説の中でかぎ括弧を使うのが嫌になった。人間というのは、話しているときに何か考えているわけだし、それはかぎ括弧というフォームではまずできないと。

もう一つ話したのは、今の若い子たちは、親しければ親しいほどシリアスな話をしないということで、居酒屋とかカラオケでは絶対シリアスな話はしないですね。シリアスな話は何かふっとした拍子に、初めて会った人間とか行きずりの人にしたりするんだけれども、今ある小説を読んでいると、若い人がすごい大事な話を簡単に始めたりするんですよ。だから、これはちょっと変だといったら、河合さんが「それはおもしろいですな」と。それしかいわなかったけど（笑）。何か感じるものがあったんじゃないですか。田口さんは、そういう傾向は感じないですか。

田口　先週の土曜日に、「少年少女プロジェクト」というＮＨＫの生番組があって、十代の女の子、男の子を三十人集めて、そこで討論させるという番組に、私、コメンテーターとして出たんですよ。

久しぶりに十代の子たちを見た。私は三歳児を持っているものだから、三歳児はよく見るんだけれども、十代とはほとんど会わない。ＮＨＫ側では、茶髪の子とか、学校をやめちゃって働いている子とか、そういう子たちも集めて、教育テレビとしては画期的な素材というか、ちょっと不良を集めたんですよみたいな感じだったんですけれども、彼らはものすごく予定調和的なんです。人が何を考えて、何をここの場所で欲しているか、瞬時に読み取れる。そういう意味でいえば、超コミュニケーターなんですよ。

今ここで必要とされていることを、みんな瞬間的に察知しているという感じで、とても不思議な感じを受けました。

村上　それはもちろんまわりの人が考えていることがシャーマンみたいにわかるわけじゃなくて、その場の関係性、支配・被支配の関係とか、上下関係とか、どれだけ自分がここで緊張すればいいのかとか、そういうことでしょう。

田口　しかも、ここでこの程度の反論をいうべきとか、そういうところまで含めて、全体をイメージしているんですよ。だから、もしかしたら、この社会が彼らのイメージ以上のものを与えられない社会になっちゃっている。要するに、彼らの頭で把握できる程度のものしか、私たちはつくり出していないんだな、大人はなめられたなとすごく思いましたね。じゃ、私がここで裸で踊り出したらどうなるんだろうという気分にさせられた。

村上　高度成長のことを調べていておもしろいのは、その始まりと終わりでは、ほとんど江戸時代といっていいライフスタイルから近代工業国家のライフスタイルへ変貌しちゃった。二十年とか二十五年の間に、日本は変わっちゃったんですよ。

高度成長が終わったときに、もちろん公害とかいろんな問題が噴出したので、ゼロックスが「モーレツからビューティフルへ」という有名なキャッチコピーをつくって、もっとゆとりある生活をしましょうってことになった。

通産省の産業構造審議会というのがあって、天谷直弘という有名な人が六九年の終わりごろに「七〇年代ビジョン」を書いたんです。そこには既に規格品の大量生産から知的集約型産業への移行が唱われていて、今後の期待できる生産品としてロボットとかコンピューター。今までの大量生産を可能にした日本的なシステムをどんどん改革していかなきゃいけないと書いてあるんです。

そのころから、教育改革とか、受験戦争や通勤地獄をなくすとか、狭い住宅でなくもっと広いものを提供していくとか、いろんなことがいわれていたんだけれども、ひとつも直っていないの。

その時代から今までに変わったのは、主なものだと週休二日制と水洗トイレで、それ以外はほとんど改変されていない。ものすごい変化が起こっているようにメディアは伝えてきたけれども、実は日本はその当時から、基本的な考え方の枠組みも、価値観も、インフラも変わっていなくて、変わったのは通信のスピードだけなんです。

そういった価値観の変化がない時代に小説が書けるだろうかといったのが、柄谷行人です。一種の階級闘争が露骨に行われる、近代化が強烈に進んでいくときには、国家と個人が生きるドライブの違いとかコンフリクションを小説に書いて、それが近代文学なんだけれども、それはもうないという感じは、僕自身もするんです。

そういったときに、そのスタジオの子供たちが何でもわかっているような顔をしているのは、生意気でも何でもなくて当たり前で、彼らは高度成長を体験してきた大人よりもはるかにアンテナが敏感で、社会はずっと変わっていないわけだから、たかだか十年とか、十五年の人生でも、今リストラされて中央線のホームから飛びおりようかなと思っているおじさんよりも、ひょっとするとこの世の中のことをわかっているかもしれない。

田口　わかっているというか、感じていると思う。だから、シリアスな会話ができないというのは友達同士でもそうだし、彼らにとってすべてが予定調和で、予定調和の中でシリアスなことは絶対に生まれてこないんですね。

知らない人、行きずりの人と会うとそういう話ができるというのは、行きずりの人は異物だから。人間というのは、外からの異物を感じたときに、初めて予定調和が崩れて、「私」というものを出したくなるものじゃないですか。それが余りにもない。こんな予定調和をつくり上げたこともすごいなと思うけれども。

エロチックなものの力

村上　僕も引きこもりの人のことをイメージできるぐらい、もちろんそういう部分を持っている。だから、それはきっと人間にとって普遍的なものかもしれない。でも、僕は高校三年のときに、家を出たくて出たくてしようがなくて、長崎の佐世保という町から東京に出てくる夜汽車に乗ったんです（笑）。ああ、家を出られると、あれに乗ったときの高揚感をすごくよく覚えている。

田口　ウエハラが部屋に閉じこもっていて、お母さんなしで初めて外出をするのは、サカガミヨシコという女性との接触がきっかけになっているじゃないですか。接触といっても、すごくバーチャルな接触なんだけれども、やっぱり彼にとってサカガミヨシコはある異性だったわけですね。だから、人を外に出すには、一つ、エロス的な力というか異性の力が絶対に必要なんです。

村上　やっぱりそう思いますか。

田口　エロチックなものを失っているから、引きこもったまま、エロスに導かれなくなっちゃって、エッチじゃなくなっているんですよ。

村上　やっぱりそうか。僕も今話題の『パラサイト・シングルの時代』という山田昌弘さんの本を読んで、それへのリアクションをメールメディアに書いているときに、何でおれはあのころ家を出たかったんだろうと、割合突き詰めて考えたの。結論は、セックスがしたかったたから。

田口　そうでしょう、心おきなく異性とねちねち、これでもかというほどセックスしたいから家を出る。そうじゃないですか。私はそうだったんですけれども（笑）。

村上　その本には、パラサイト・シングルのライフスタイルは豊かだと書いてある。親と一緒にいればごはんも炊いてくれるし、車や家電や、いろんなものも共有できると。ただ、セックスする場所がないと僕は思った。そのデメリットは……。

田口　何ものにもかえがたいでしょう。

村上　経済効率でははかれない。

田口　でも、それがないんですよ。みんなエッチじゃない、なぜなんだろう。

だから、ウエハラ君は結構まともだと思う。ちゃんとエッチな衝動を持って、それを引き金にして外に出ているから、私から見ると真っ当な引きこもり青年（笑）。もちろん殺人衝動とかそういうものをおまえは肯定するのかといわれたら、別に否定も肯定もしませんという感じなんだけれども、とりあえず行動としてはよく理解できる。

それでコンビニに行って、また別の女性と接触する。異性と接触することで、彼はどんどん外に出ていく。しかも、自分の中に「共生虫」という死を内包して、自分の足で立って生きているから、ラストシーンでほかのやつらがみんなばかに見えるわけでしょう。彼は彼なりの方法で自立しているんですよ。その方法がいいか悪いかは別にしてね。

村上　僕も、パラサイト・シングルの本を読んだ後に考えて、さっきの結論を出したので、書いているときには、エロスとか異性とか、ウエハラが外に出るために自分をドライブしていく力として、そういうものがあるというのは、自覚できなかった。

ただ、自覚できたとしてもそれをまともに書いてしまうと、またアホっぽくなっちゃうので、ストッキングに包まれた女の足とかが繰り返し出てきて、雑木林でもちらっと見たりするのかな。

田口　また雑木林とあの亀裂というのがエロチックですね。雑木と亀裂ときたらあれっきゃないでしょう。

村上　それは全く考えなかったな。確かにそうだ。そういうことか。あそこに入っていくんだものね。なんか一言で『共生虫』の本質をいい当てられてしまったような（笑）。

僕ね、ラストシーンを書くとき、まだ覚えているんですが、デビュー作以来の、小説を通じて主人公が最後に何か変化しなきゃいけないような一種の制約みたいなものを感じていて。

田口　強迫観念みたいな？

村上　強迫観念でもないんだけれども、アメリカのレナード・シュレーダーという脚本家がいて、「タクシードライバー」とか書いているポール・シュレーダーと兄弟ですけれども、彼が、この世の中に物語の種類は二つしかないというんですよ。一つは、男が歩いてきて、穴に落ちて、その穴で死ぬ話だ。もう一つは、穴に落ちて、そこからはい上がっていく話だ。

その言葉は、小説を書くときに常にふっと浮かんできたりするんだけれども、実際は結構直観的に書いていくんで、そういうことを考えたのはウエハラの場合が初めてだったんですよ。新宿の地下道を歩かせながら、ウエハラ君、どうしようかなと思って。そのときに、絶対ウエハラに目立ったアクションとか、ある覚醒とか、知覚とかをさせちゃいけないという直観があって、だから、どうやっても終われないんですね。群衆に紛れていくというようなことしかできなかった。

穴に落ちて死ぬか、穴からはい上がるかということになると、今の場合、穴の様子もわからないというようなところがあって、ウエハラ君が落ちた穴は一体どうやってできたんだろうとか。だから、僕は、穴に落ちて死ぬとか穴からはい上がるというよりも、『共生虫』だけでなくて、この数年の仕事は、人々が物語の中で寓話的に落ちたという穴が一体どうなっているのかとか、どこでできたのかとかいうようなことばかりを中心に書いているような気がするんです。

田口　ウエハラ君が、最後、新宿の雑踏の中を歩いていってしまうというあのシーンは、私は、彼はそれでいいのだと、すごい納得して読んだんです。彼は彼なりの解決法をとりあえず見つけたじゃない、それのいい悪いを問うのは別に私の役目じゃないしというところがあって。

村上　それはベストに近い読み方だと思うんです。自分でも、もちろんこれしかないと思いながら書いたんですが、「あとがき」にも書きましたけれども、何か希望ないなと思ったんですよ。ただ、社会とか共同体に希望って要るのかなとも思って。考えていくと、希望というのは、結局、今よりも未来の方がよくなるはずだという期待とか、よくなるという確信とかで、たとえば難民キャンプには絶対希望が要るよなと。

田口　でも、作者がそういっている割には、この主人公は、おれには行くところもあるし、今は結構いいぜと思っている、それが現実なんじゃないですか。

村上　思っているんだけれども、警察に捕まるかもしれないし、勘違いをいっぱいしているわけで。

田口　もちろんそれはとてつもないフィルターのかけ違いをしているわけですが、とりあえず彼の中で現状をよしとしているところが、私は、すごい救いかなと思ったんです。そこから先は歩いてみないとわからないということかな。

精神分析的解釈の限界

田口　『共生虫』では、全篇を通して、精神分析的な解釈を一切差し挟んでいないですよね。私は、この世の中を悪くしているのは、カウンセラーという人たちだということを強く思っていて、カウンセリングというのはもうちょっとなくならないといけないというようなことをよくいって、嫌われているんです。

村上　それはカウンセリングの方法そのものに疑いがあるんですか。それともカウンセラーの質が低いということ？

田口　カウンセリングという行為そのものですね。たとえば引きこもりの人たちをもっとカウンセラーのところに連れていこうというような話が、今あるでしょう。だけど、カウンセリングというのはごく限られた室内で行われる。精神科医は閉鎖空間の中で戦っている人たちなんですよ。じゃ、カウンセリングルームを一歩出たら、そこは戦わなくていいのかといったら、全然そんなことはない。やっぱり出たところの方が勝負なんです。けれども、カウンセリングに期待をかけ過ぎる余りに、そこに押し込んでそこで戦わせれば、あとはオーケーみたいな感じで、みんなが責任転嫁をしてしまう傾向にあるような気がする。

カウンセラーがやろうとしている仕事は余りにも時間がかかり過ぎて、余りにも不毛であるという感じがします。現実には人はちょっとしたことでぐあいがよくなったり、明るくなったり、気持ちよくなったりできる。

村上　ただ、PTSDの明らかな原因がわかっていることがあって、それをいろんな方法でセラピーすると、そういうことはあってもいいわけでしょう。

田口　それはオーケーですね。

村上　カウンセラーが万能であると思う風潮が問題なんでしょうか。

田口　そうですね。精神分析という西洋から入れてきたものに、日本人はそれほど合っているとは私には思えなくて、また何でもかんでもトラウマというのも嫌な傾向だなと。

村上　それは『コンセント』にも書いてありましたね。

田口　相当書いています。何かをトラウマに帰着させるのはすごく嫌なんです。

村上　僕は、『ピアッシング』という小説を書いたときに、チャイルド・アビュースのことを大分調べて、大阪でカウンセリングをやっている人の書いた、非常にプラグマティックな、マニュアルみたいな本ですが、それを読んで会いに行ったんです。幼児虐待とか性的虐待にあった子供たちのことを聞いて、『ピアッシング』を書いたんだけれども、その三年後ぐらいに、『ライン』という小説を書いた。

田口　私、『ライン』がすごく好きなんです。

村上　ありがとうございます。『ピアッシング』を書くときは、結局、だれでもそういった性的虐待とか幼児虐待があればこうなる可能性がある、それは普遍的なものだということを知らせるために、トラウマに対してすごく慎重にある整合性をもって書いたんですね。

『ライン』のときは、その主人公が何か反社会的な、例えば暴力的なことをするときに、トラウマについてあえてバンバン書いたんです。僕は書くときは例によって自覚的じゃないから、何でかと今考えると、トラウマに縛られるわけじゃないということ。だから、逆にすごく乱暴にトラウマみたいなことを出し、彼女の現実を出すことによって、それは結びついていないんだということを書きたかったんじゃないかと思うんです。

田口　だから、私は『ピアッシング』は余り好きじゃないんですけれども（笑）、『ライン』はものすごく好きなんですよ。

何でもかんでもトラウマに、因果関係をつくってしまったら、生きている意味がない。シミュレーションとか予測のできるような狭い可能性でしか人間が生きられないはずがない。

村上　ただ、僕も『ピアッシング』を書いてなかったら、『ライン』は書けなかった。『ピアッシング』でトラウマとその本人の行為の連絡路みたいなものをとりあえず書いておかなければ、トラウマとその人の現実とは必ずしも直結していないというようなことはわからなかったかもしれない。

でも、『ライン』にしても『共生虫』にしても、田口さんの『コンセント』というタイトルにしても、やっぱり何かつなぐものですね。

田口　それは今意識しないでは生きられないです。すごい過渡期に自分が生きているという感じがして、怖いですね。つながるって何だろうなと、何か恐怖に近いものを感じるときがある。

村上　それは一口ではいえないですね。

ものすごくいろんなフェーズがあるような感じがする。引きこもりというのは、ラインとかコンセントとかいうものを一見拒否しているように見えるんだけれども、違ったりするでしょう。

田口　同じということはないけれども、大変近しいところにあるなという感じ。

村上　たとえば、総選挙が近いといって一日に五回ぐらいずつ講演をこなしている政治家は、いっぱいコミュニケーションとかラインとかしているようだけれども、ある目で見ると、何もしていない。ただ一人で裸で動き回っているようなもので、何もコンタクトをとっていないという感じがする。

僕も、導かれたり何かに接触したりするのはすごく怖いんだけれども、それがないと生きていけないというのも何となくわかるんです。ガイドとか、コミュニケーションとか、連結がないと生きていけないというのが強くなってくると、ある人は簡単にオウムとかに行って、こうしなさい、こうしないとあなたは破滅するとか、こうすればあなたの来世はどうというのに、あっという間にはまってしまう。

田口　今インターネットのコミュニケーションはちょっと危険だと。じゃあ、人とつながっていく上でのベストなつながり方は一体何だったのか、その歴史があるのかと聞かれると、うまく答えられない。

ただ、自分の中ですごく直観的に感じているのは、これは説明するのが難しいんだけれども、結構神がかり的なところに行っちゃうようなコンタクトの仕方も、突き詰めていくと、それなりにみんな共通項として持っているんじゃないかってことです。

村上さんもそういうところないですか。必要と思った相手と偶然最短距離でコンタクトとれることが、自分がとんがって生きているときに連続的に起こったりしませんか。

村上 それはありますね。

田口 そういうときのコミュニケーションとかコンタクトの方法を説明するロジックが何もないんだけれども、本来はそれをやれるととても気持ちいい。

村上 目をつぶって行ったら、通り抜けられたみたいな感じでしょう。でも、今の社会状況とそういった認識は余りにも乖離しているから、それを伝えるのは難しい。

田口 余りにも乖離しているけれども、例えばこの日本を動かしている人たちが、本当に日本の全人口の一％の上層部の人たちだとすると、その一％の人たちは、きっとそれを使ってコンタクトしている。私は直観的にそう思う。

下々の九九％だけが、そんなことはできないよといっていて、それができたらいいなと思うと、何％かがオウムに行ってしまう。

村上 大きいのはメディアの関わり方だと思う。メディアというのは、つなぐものでしょう。政治と大衆をつないだり、経済と国民をつないだり、科学と一般の人をつないだり、専門の知識のある人と何も知らない人をつなぐ役割がメディアにはあると思うけれども、そのメディアが情報を取って伝えるときに、現実で起こっているコミュニケーションとは違う、ひょっとしたら高度成長時代とか、あるいは戦争中とかの伝え方で物事をずっと伝え続けている。それもおそらく新聞とか雑誌とかテレビとか、旧来のメディアでしょう。

僕は見ないようにしているけれども、たとえばワイドショーとか、バラエティーとか、ドラマとかの文脈は、すべて今必要な文脈じゃない。だから乖離しているという印象を持つのかもしれないですね。

田口 次に書こうと思っているテーマが、そのテーマなんですよ。『コンセント』は実は三部作になっていて、ずっとつながっていくんですけれども、次は『アンテナ』というんです(笑)。

異物としての他人

村上 『コンセント』は、お世辞じゃなくて、僕がこの十年ぐらいで読んだ小説のなかでも最も上質なもののひとつでした。

田口 えっ、うそっ。そんな……。

村上 途中までは、こんなのいきなり書いちゃ困るなと思った。ただ、後半田口さんの中のロジカルな部分と、母性といっちゃいけない、非常に原初的なエロスの部分とが、書き分けられていないというか。そんなの難しいことで、技術的なものかもしれないけれども、ちょっと惜しいと思いつつ安心したんです（笑）。でも、相当なレベルにある小説だと思いました。

田口　ありがとうございます。とてもうれしい。客観的に読めなくて、自信なかったんです。

村上　小説のよしあしとか、よくいうじゃないですか。文体とか、完成度とか。僕はそういうのでなくて、その小説が本当に今の現実に必要かということで考える。

もちろん暖炉の前で、冬の夜長を二、三時間過ごすための小説も必要ですよ。そういうのは『鉄道員（ぽっぽや）』とか、エンターテインメントの人が書いてくれていて、それはすごく大事な仕事だと思うけれども、そうじゃなくて、読んだ後に自分が一瞬でも何か変わらなきゃいけないとか、何かしたくなってしまうとか、自分をドライブするものがその本に内包されているものが、いわゆる純文学とか文学といわれているものだと思う。そう考えると、ほとんどのものは必要ない。

それは今だけのことではなくて、どの時代もそうだった。昔は文学がすごくいっぱいあったというのは幻想で、それは漱石とか谷崎とか、少ししかないんです。そういう中で『コンセント』は僕は必要な小説だと思いましたよ。

田口　ありがとうございます。すごくうれしいです。

村上　田口さんのお兄さんが実際引きこもりで死んだということに関しても、両義性があるわけじゃないですか。それを知っているから情報量がある、でも、それを知っているから逆に不自由にもなる、そこはすごく難しいところだと思う。でも、なぜかわからないけれども、それはほとんどのところでクリアされていると思いました。

田口　兄のことは本当に小説に書いたままなんです。餓死したんですけれども、死ぬ前におもしろいことをたくさんいっていましたね。半年間ぐらい、引きこもっているところを無理やり引っ張り出してきて、自分がちょっとカウンセラーのまねごとみたいなことをやりながら話を聞いたんですが、本当に一生分のネタをもらったような、そんな感じもありましたね。

村上　細かい話ですが、お兄さんが聴いていたのがモーツァルトだったというのは、本当かどうかわからないけれども、すごいリアリティーがあったんです。

田口　本当です。どういうふうにリアリティーを感じましたか。

村上　僕もデビューして二年目ぐらいにちょっと不安神経症みたいになって、医者へ行ったらうつ病といわれた。そんなわけないよなと思ったんですが、今でも覚えているのは、バレンボイムのモーツァルトのピアノコンチェルトを聞いていたら、余りにも完璧な音楽だったのでものすごく気持ちよくなって、一瞬ですが、今こんな気持ちのいい瞬間に死ねば、もう苦しまなくて済むと思ったんです。これはやばい、バレンボイムのモーツァルトを聞くのはやめよう（笑）。余分なところがない、足りないところもないし、あれはやばかったです。

だから、ジャズでなくて、モーツァルトだったというのでまずビクッときて、あれでちょっと感情移入しちゃった。

田口　ジャズの好きな人だったのに、何でモーツァルトなのだろう。不思議だなと思いました。でも、そういう解けないなぞをたくさん残してくれた。彼の世界の中では、それが一つ一つ不思議なテーマ性を帯びているんです。だから、非常に内側に向かって閉じていたけれども、そこにある、ぐつぐつと煮えたぎっている無意識の物語のソースみたいなものを、きっと彼は持っていたんでしょう。それがたまたま外に出てきちゃうと、ちょっと変わった事件となって表出してしまうけれども、それは物を書くような人間にとっては、のどから手が出るほど欲しい原液みたいなものじゃないかと。

村上　何かなくなったなと思っても、そこにおりていって、水を汲んでくればいい場所ね。たとえばゲームで、命がありません、ハートの水が足りませんとかいったときに、どこかにおりていって汲んだりする。と、ピピピ……とレベルが上がって、また外へ出ていく。

だれだってすごく疲れたときは人に会いたくないわけだし、コンビニに行くのも面倒くさいし、ごはんを食べるのも面倒くさい。寝ていたりすることもあるでしょう。そのときにどこかからか何かエネルギーを持ってきて、また外へ出ていく。

僕の場合それは、やっぱり小説を書くことと、家族とのコミュニケーションとか友達とかですね。そういう中でセックスというのも非常に大きいわけで、引きこもりの人は、そこから自分をドライブしていく力を持ってきて、外に出ていくということが苦手な人なんですかね。

田口 私がいつも相談に乗ってもらっている精神分析医がいて、その人が以前にこんなことをいってたんです。ふつう、僕らは異物として世界からの刺激を取り込んで、それをエネルギーにしているんだけれども、妄想は、それができない人間が自家発電で起こす異物なんですよと。でも、自家発電はすごく電流が弱いし、すぐ切れるんです。だから、自分の中で自家発電をしながら、自分の中に異物をどんどんつくり出していくんだけれども、それは生きるという意味での力が本当に弱い。だから自閉は、生命力を持っていないパワーをつくる装置だというんです。

じゃ、人間にとっての生命力は何かというと、僕はそれはよくわからない。でも、とにかく人間には生きたいというパワーがあって、それを持っているから外のものも取り込めるんだけれども、自家発電することによって、そのパワーは弱くなるんですよということ。

村上 スパイラルになって、循環的になっていって、どんどん自分で消耗する。

田口 パワーはすごく出るんです。でも、それは生きる方向に向かわないパワーになっていくというようなことを説明されて。

村上　ちょっとデフレスパイラルみたいなものですね、どんどん縮小していく。

田口　その説明はすごく納得できた。

村上　それはおそらく正しいですね。

田口　そういう状況に入っちゃうと、かなりきつくなっていく。自家発電によって妄想が大きくなっていくから、殺したり、そういう力は出てくるんですって。けれども、それは生きる方向に向かわない。

村上　戦略的に考えて、こうした方がアドバンテージがあるとか、こうした方が自分がより自由になるとか、充実した人生があるとかというようなことに向かわないんですね。

田口　そう、ただ漏れ出してくる妄想の力なんです。

村上　引きこもりとかパラサイト・シングルの人に対して、平気で、そういう人は何か弱いんだという人がよくいますね。すると、何かドキッとするんだけれども、何が脆弱かわからなくて、今田口さんがいったことで、少しはっきり輪郭がつかめました。

　ただ、その人が弱いとか脆弱だとして、強くなるためにはとか、強さとは何かというと、やっぱりわからなくなってくる。

田口　わからないですね。脆弱であることが悪いとかいいとも決められないから。

村上　いい部分もいっぱいあるものね。

妄想的スパイラル

村上　ある海外の実験で、老人たちをこっそり五百人ずつのグループに分けて、こっちはたばこも酒も健康のためにやめなさい、ジョギングとかしなさい。セックスもよくない。不健康だしやめなさいといって、こっちの五百人には好きなように生きろ、何でも自由にやりなさい、酒、たばこ、女、何でもいいといって、十年後にどっちがたくさん死んだかといったら、圧倒的に健康のためといったグループが死んでいる（笑）。

免疫学者にいわせると、刺激があったり、セックスしたり、ドキドキしたり、笑ったり泣いたりすると、免疫力が上がる。免疫活性物質みたいなものが活性化する。それは本当らしいんです。それは一つあるんだけれども、免疫のせいばかりじゃないでしょうね。

田口　やっぱり全部異物ですね。だから、異物を取り込んだ方が、きっと人は長生きするんですよ。生命力も上がるし。

村上　人間を一つの生体として、バイオフィジカルに単純にとらえると悪に決まっているわけだけれども、そんなものはいつも僕らは薬と称して飲んでる。その薬が、ちょっと化学式が変わると毒ガスになったりするわけで、今の健康ブームはそういったものをやめようということでしょう。もちろん正しいものもいっぱいありますよ。ダイオキシンの検出をちゃんとやろうとか、そういうことは悪いことじゃないけれども、それが一種のブームというか、規制する力として、異物を取り込むのはよくないことだというふうになっていくのも、フェーズの一つかなと思う。

田口　たとえばオウム真理教も、この社会にとっては一つの異物だという認識もできると思うんです。異物はどうしたって必要になると思うし、それがないと、あらゆるシステムが枯渇するというか、脆弱になる。

村上　今オウム真理教に対する何とか村とか何とか町の対応を見ていると、結局、異物を異物として絶対取り込まないぞ、排除するんだということでしょう。

僕が本当に不思議なのは、教団の子供は学校に入れない、教育を受ける権利はあいつらにはないんだとかいうんですが、そういう子供は危険だから、学校に入れてまともな人間にするという強い意志がどうしてないのかなと思って。

田口　本当にそうですね。

村上　彼らを学校に入れないで教団の中に置いておくほうが、はるかに危険です。地下鉄にサリンをまかれるのがいちばん怖いわけだから、学校に受け入れて、彼らを変えていく。そういう意志が社会にも、メディアにもないですね。

田口　きっと余りにも長いこと変わらなかったので、異物に対する極度のアレルギー状態になっちゃっているんでしょうね。

村上　いろんなことがあると思う。もちろんそれが大きいし、昔だったら、差別的な空間にクローズドにして、かつ、そういう差別をするような主体は、守られていてどこからも脅かされなかった。だから、解答は一個じゃないし……。

田口　そういう意味ではダブルバインド状態というか、これもだめだけれども、これもだめみたいな、建前をいって、それをひっくり返すとだめになっちゃう。選択肢がとても限られている状態は、社会全般にストレスがたまりますね。

村上　いろんな局面で、本当に選択肢が限られている。

田口　村上さんがいつも小説を通じてやってこられたのは、きっといろんなことを異物化させることだったんじゃないですか。

村上　そういわれるとうれしいです。

田口　でも、私、作家の仕事は、世の中に異物を投げ込み続けることなんじゃないかなと思って。だから、トラウマ小説なんか書いていちゃだめなんだと。

村上　何かおさまるところにおさまって揺らぎがないんですね。

田口　もっと揺さぶってもらわないと。それでなくても安定しちゃいそうなのに。

村上　ものすごい安定と、その中でのスパイラル状態、自己循環というか自家発電みたいなことがパラレルに起こっているわけですね。

田口　本当にそうだと思う。とても怖い感じがします。

村上　インターネットや電子メールは、そういうものを加速するかもしれない。

田口　確実に加速すると思います。特に、今はまだ若い男の人たちが薬をやりとりしたり、そういうところで済んでいるけれども、いちばん影響が出てくるのは、パソコンがもっと広まって、一家に一台みたいになって、家庭の主婦があれにはまっていったときです。確実に子供にも影響が及んでくる。

村上　主婦は簡単にはまりますよ。ほかに話し相手がいないから。

田口　そうなんですよ。妄想的なお母さんがどんどんふえて……。

村上　お母さんの中でスパイラルが始まる。

田口　文京区で小さい子供を殺しちゃったお母さんの事件では、私も同い年の子供がいるのでよくコメントを求められるんですけれども、みんなやっぱりトラウマに話をもって行こうとするんですよ。彼女の生育歴とか環境とか。だけど、あんなことをする人間は一つなんです。スパイラルに入っている人間だけがあんなことができる。インタビューとか受けてても、それを説明できないんですよね。

村上　インタビューをする側に、まずそういった文脈がないので通じないんですよ。

トラウマがあるはずだ、原因があるはずだと思い込んで来ているから、そういう自己循環があるんだといっても、何のことかわからない。

田口　あの事件のお母さんの場合も、どこでスパイラルになっていったのかはちょっとわからないけれども、閉じられた中で妄想を自家発電していたんだと思います。インターネットを主婦が始めるようになると、割と簡単にあの状態に入る人がふえていくような気がして怖い。

村上　僕のファンの掲示板にも、主婦の読者がいて、その人が、インターネットがあって本当によかったですと書いてくる。今まで話し相手もいなかったし、公園でお母さんたちと話しても話が合わないと。その中でも、もちろん大丈夫な人はいます。大体文面でわかるんだけれども、大丈夫じゃない人の方がはるかに多い。

田口　そういう意味では、女は社会的に長いこと引きこもり状態だったとも言えるんです。だからああいう事件の報道でも、男のロジックでは、そのことがわかりにくい。入り込んでいったときに、女性の方が怖いですよ。スパイラルへの入り方は、女の人の方が男の人よりもきついのに、見えにくい。日常生活をきちんとこなしながら、ロボットになって淡々と入っていく。男の人の方が、やばくなったとすぐわかるような気がします。男の方が単純だからかな。

村上　全くそうですよ。

田口　女の方は、ぎりぎりまで行って、首を絞めているところを見ないとわからないくらい、普通に見えちゃうような感じがある。

村上　やっぱり、必要なのは出て行こうとする意志なのかな。昨日たまたまテレビドラマの再放送で、吉村昭さんの『破獄』というのに見入っちゃって、脱獄囚役の緒形拳がうまいというのもあるんだけれども、僕はもともと映画でいちばん好きなのが『大脱走』とか『パピヨン』とかなんです。ああやって何度でも懲りずに脱走しようという意志のみなぎったもの、あれが、生きていくために自分をドライブしていく力の原点なのかも知れない。

小熊英二

「日本」からのエクソダス

おぐま・えいじ
1962年東京生まれ。東京大学農学部卒業。出版社勤務を経て、東京大学大学院総合文化研究科国際社会科学専攻博士課程修了。現在、慶応義塾大学総合政策学部教員。95年、『単一民族神話の起源――〈日本人〉の自画像の系譜』でサントリー学芸賞受賞。著書に『〈日本人〉の境界――沖縄・アイヌ・台湾・朝鮮　植民地支配から復帰運動まで』『インド日記　牛とコンピュータの国から』など。

共同体に対する嫌悪

小熊　対談の前に、村上さんの本を集められるだけ集めて読みました。村上さんは今度の『希望の国のエクソダス』（文藝春秋刊）もそうですが、いつも多くの人たちにとって、ヒリヒリするようなテーマを選んで、それを小説というかたちにする作業をやられていますよね。そういう人の書いた物を読むというのは、現代の日本のあり方を考える上でとても面白いだろうと思いました。で、読んでみて、ほんとうにいろんなことを考えました。

村上　そうですか、それは嬉しいですね。僕も小熊さんの『単一民族神話の起源』（新曜社刊）と『〈日本人〉の境界』（同）の二冊の大著を読んでたいへん衝撃を受けて、お会いしていろいろお聞きしたかったんです。

『単一民族神話の起源』で小熊さんは、近代日本の知識人が、日本民族の定義や起源についてどういう言葉を残しているか、執拗に資料を渉猟して全部調べあげてしまったんですね。そして、ここで言っていることとここで言ってることにギャップがあるじゃないかということを、言い逃れできないような戦略で明らかにしたんですね。その作業を通して、ギャップを引き起こさせる権力組織そのもの、システムそのものを明らかにしちゃったところがありますよね。僕にはこの方法がすごく新鮮で、面白いというか恐ろしいくらいのリアリティを感じたんです。

小熊　ありがとうございます。

村上　僕は最近よく思うんですけど、なんかこう、日本の共同体というと曖昧かもしれないけど、マジョリティーに対して、物心ついたときから敵対心みたいなものがあったんです。恐怖心かもしれないんだけど。それはなんなんだろうということを考えるんです。

小熊　はい。

村上　『〈日本人〉の境界』の中に出てくる例では、たとえば沖縄の人同士でも、首里の士族と那覇の町人の間とか、本島と離島の間には支配と被支配の関係があるし、台湾でも漢民族と先住民族の間にはそういう関係がある。支配と被支配の関係というのはフラクタルに細分化しているんですね。そのときにエッジに位置する人にとって、共同体とか、マジョリティーは、常に恐怖の対象になりうるのかと、考えさせられたんです。

小熊 村上さんは河合隼雄さんとの対談の中で夢の話をして、自分が負けた側のゲリラの兵士で、政府軍から追われている夢をよく見るとおっしゃってましたが、とても面白いと思いました。みんなで盛り上がっているときに、一緒に盛り上がれるタイプの人と、もしかしたら俺はこの人たちから叩きのめされる側かもしれないと感じてしまうタイプの人がいると思うんですよね。

村上さんの作品を読んで、村上さんは「共同体からやられるかもしれない」と感じているのと同時に、「逃げなきゃ、動かなきゃ」ということをいつも考えている方なんだなということをとても感じました。常に動いていないと、弾に当たって死んでしまう、という強い不安感みたいなものがどの作品にも感じられました。『コインロッカー・ベイビーズ』の冒頭の方でも、主人公のキクが乳児院にじっとしていられずに乗物に乗って遠くへ行くのを繰り返していましたね。

村上 僕は小さい頃、床屋さんがだめだったんですよ。四歳とか五歳とかの頃、床屋さんに連れていかれても、じっと座ってられなかったんです。首筋とか触られるのがすごく怖くて、いつも逃げてたらしいんですよ。動けないという状態が嫌いだったと思うんですけど。『コインロッカー・ベイビーズ』も僕の幼児体験のことを書いたんです。

小熊 そうやって動き続けることによって、陳腐な言い方をすれば生きている実感を得ている。それ以外の生き方を知らない方なんだろうな、という感じもしました。

共通の敵を撃つ

村上　それでいろいろ移動しているうちに、キューバに出会ったんです。僕はキューバという国もキューバの人もキューバの音楽も大好きです。ただ、他にもキューバ好きの日本人はいるんですけど、彼らを見ていると、僕はほんとに好きなのかなあって考えることがよくあるんですよね。

小熊　それはよくわかります。でも、村上さんがキューバの共同体の中にずっと住み続けることになったら、やっぱり嫌になるんじゃないですか（笑）。

村上　うーん、そうかもしれないんですが。

小熊　いわゆる「アジア好き」の人の中には、日本ですでに失われた共同体の良さをアジアに発見してよろこぶというタイプの人がいますが、村上さんはそうではない気がするんです。村上さんにとってのキューバの良さは、あくまでも日本から逃れた瞬間にあるんじゃないかと感じるんです。

村上　そうかもしれないですね。

小熊　今度の『希望の国のエクソダス』だったら、ヘッジファンドに象徴される経済の動きとか、中学生の不登校とか、『愛と幻想のファシズム』ではファシズムとか、『五分後の世界』だったら旧日本軍とか、村上さんが作品で取り上げる題材はどんどん変わっていきますね。しかしたとえば、極端な聞き方をしますが『五分後の世界』でとりあげたような戦前の日本がほんとうにお好きなんですか？

村上　いいえ。一番嫌いですよ。

小熊　そうだと思いました。村上さんはとりあげる題材そのものが好きなのではなくて、今の日本のあり方を打ち壊してくれる異物として、そういう題材を次々探知してくるんじゃないでしょうか。そして一回書いてしまうと、異物の喚起力がなんとなく自分の中で終わっちゃうので、また次のものを探さざるを得ないんだろうなと、感じましたね。ある文芸評論家の書いた現代の小説を採点している本の中で、村上さんのことを、常に時代に三歩後れてテーマを追いかけていく田舎者、というふうに書いてあったんですけれども、そういう見方は違うのじゃないかと思うんです。

村上　あ、そんなことが書いてありましたか。

小熊　田舎者が流行を追いかけようとするのは、あるサークルというか、都会の共同体の仲間に入れてもらいたいからだと思うんですよ。ところが村上さんの小説を読んでも、そういう感じがしないんです。ブランド物を身につけるのも、ワインをちょっと飲んでみるのも、仲間に入れてもらいたいとか、女の子を捕まえたいからという下心的な動機だったら、女の子を捕まえた時点でブランド物を買ったり、ワインを飲んだりするのをやめると思うんですよね。

でも村上さんの場合は、女の子と仲良くなったあとも、ひたすらブランド物を買いつづけて、ついにそれがもとで仲を破綻させてもなお買いつづけるみたいな（笑）、そういう業の深さを感じるんです。異物を常に見つけ続けて、その異物を日本なり共同体に向かってぶつけ続けていかないと、死んでしまうという感じなんじゃないかなと感じました。

村上　僕は一九九五年にキューバで映画撮ったあとから、ものすごくたくさん小説を書いていて、ウイルスとか、援助交際とか、最近は引きこもりとか、中学生の不登校とか、インターネットビジネスとかをモチーフにしているんですが、べつに社会的問題になっているから取り上げているわけではないんですよね。僕の中でどういうモチベーションが働いているかというのは、自分でもなかなか自覚できないんです。

たとえば援助交際に注目するとき、女子高生がグッチの鞄のためにからだを売ってるとマスメディアで報道されてるのを見ると、僕も一応の衝撃はあるんですよ。ルーズソックスは日本の女性ファッションで最初に欧米の真似をしなかったファッションだと思うし、面白いなあとは思うんです。ただ、それだけでは小説を書くモチベーションにはならないんですよね。

最近少しわかったんですが、当時、メディアが伝える援助交際を見ていて、それと僕が直観的に捉えた援助交際にギャップがあったんですね。で、そのギャップはすごく本質的なものかもしれないと思った。そのときに、小説を書こうかなと思うみたいなんですね。

小熊 その場合はメディアが村上さんにとって、嫌悪すべきマジョリティーになるんでしょうか。

村上 そうかもしれないです。

小熊 たしか『ピアッシング』のあとがきに、言葉を失って喘いでいる人々の叫びを感知し、想像力によって翻訳するのが小説家の役割だと書いてらっしゃいますね。それは僕はとてもわかるんです。ただ、村上さんは彼らが可哀相だからという使命感からやっているのではなく、彼らが敵としているものが自分と同じだという感覚があって、彼らの言葉を何個も作ってあげることによって、共通の敵を撃つみたいな、そういう感じがしますね。

村上 義憤みたいなものもないことはないんです。特に幼児虐待とかはほんとにアンフェアだと思うし。でもたぶん小熊さんがおっしゃるように、共通の敵をみているようなところはあると思います。

想像力のベース

小熊 ただ、その敵を「日本」という言葉で表していいかどうかという点には留保があるんですよ。たとえば沖縄と北海道が好きだと『希望の国のエクソダス』の中で書かれていましたよね。なぜ好きかといえば沖縄と北海道の人間には「普通の日本人が持っているあるメンタリティ」が欠落していると。それは上の人にペコペコして下の人に威張り散らすようなメンタリティだと。

村上 はい。非常に乱暴ないいかたですけどね（笑）。

小熊 村上さんにとって、沖縄と北海道は敵としての「日本」じゃないのでしょう。では、お生まれになった九州はどうですか。

村上 そうですねえ。僕が生まれた長崎県の佐世保は明治にできた軍港なんです。もともと人口二千くらいの漁村だったのが、軍港ができて、いろんな場所から人が来ました。戦後アメリカ軍の基地になって、ぐちゃぐちゃになって、いい意味でも悪い意味でも、日本的な伝統から少し切れてるところがあります。基地の町では、大人たちが子どもに対して、偉そうにできないんですよ。上にアメリカ軍っていう強者がいるから。教師が学校で偉そうなこと言ってても、基地でアメリカ兵とパンパンがキスとかしてると、その方がだんぜんリアリティがあるんですよね。

小熊 村上さんの一番嫌いなものって、ひょっとして基地の町の大人みたいな存在じゃないんですか？

村上 うーん、ただ、基地の町の大人にもいいところがあるんです。それは大義に殉じるよりも、金儲けに走るところで、今のマネーゲームのヘッジファンドみたいなところがあるんですよ。商人的なエネルギーといったらいいのかな。柄谷行人さんは「動物性」と言っていましたが。僕がいま金融経済が好きなのは、いまの日本だと、強大な立法行政権を持っている政府与党に対して、マーケットだけがそれをストップさせる力を持っているからなんですね。ペイオフの延期を決めるときだって銀行株の動向にビクビクしながら決めたろうし、金融再生法案だって、マーケットが山一証券や拓銀を追い込まなければやってないだろうし。

そういう意味では一方で天皇制がどうの国体護持がどうのと言いながら、横で物資を横流しして儲けたりしている基地の大人の姿というのは、僕は大義に殉じて切腹するよりも、なんだか健康的な感じがするんですよね。

小熊 なるほど。でもそれは建前と本音がすごく分裂しているということでもありますよね。村上さんは、『五分後の世界』では、どちらかというと、大義に殉じて切腹した方にシンパシーを感じておられるように思ったのですが。

村上 それは違うんです。『五分後の世界』で書きたかったのは、大義のための戦いとかではなくて、サバイバルについてだったんです。

旧日本軍って、なんだか可哀相だなと思ったんです。第二次大戦の日本軍の兵隊は、日本の歴史上初めて大量に海外に出ていって何かを行った人間ですよね。いまのビジネスマンの比ではないですよね。そのときに彼らが、情報や兵站の重要性とか、コミュニケーションの方法とか、そういうサバイバルのための知識をなに一つ教えられぬまま前線へ送り込まれて、誰も知らないところで飢えて死んじゃったのは可哀相だなと思ったんです。それで、サバイバルしていくことがファースト・プライオリティーになってるような状態を書きたかったんです。

小熊　じゃあ大義に固執しているのは、『五分後の世界』でいえばアンダーグラウンドで戦っている兵士じゃなくて、「日本の伝統を守る」なんて言いながら国連軍に娘を売る非国民村の連中の方なんですね。そうか、後半を読めばそれはわかります。

村上　そうなんです。

小熊　ただ文学という方法で、日本の近代国家なり共同体を撃とうとするとき、別のアプローチの仕方もあると思うんです。たとえば中上健次さんが路地という場にこだわるとか、あるいは大江健三郎さんが四国の森にこだわるとか、そういう足場を築いて日本の近代の問題を考えていく人たちもいますよね。でも、村上さんはそういう固定された足場がないというか、少なくともないような書き方をなさっています。で、足場を援助交際やヘッジファンドや引きこもりへと、次々変えていく。でも、その足場そのものに対してもほんとうに足場だと思っているかどうかはわからない。次から次へ沈んでいく浮き輪を飛び跳ねながら池を渡っていくみたいな印象があります。

村上 忍者みたいですね（笑）。そのことを柄谷行人さんが以前「想像力のベース」という論考に書いて下さったんです。想像力のベースというのは、軍のベースという意味もあるし、基礎という意味もあるんだけど、村上は基地の町の生まれで、動物性を持っていて、日本的洗練と敵対しているというんです。それで中上さんが拠って立つ路地にしても、大江さんがよく書く四国の森の中にしても、そういう中産階級の市民社会に背立するベースを持っていることは彼らの作家としての強みなんだけど、どこかに天皇とか都みたいな求心力へのコンプレックス、あるいはその裏返しの愛の表現がある、ところが村上にはそれがないというんですよ。

小熊 なるほど。

村上 基地から京都に通じる道もないし、近代以前は人がいなかったから、どう遡ってもアイデンティティの持ちようもないし、国内のどこかに求心力があって、いつかそこに回帰したいみたいな願望は僕には無縁のものらしいんですね。逆に海軍のベースだったから、空母が出ていけばどこへ行くのかなと思ったり、向こうから入ってくれば何だろうと思ったり、好奇心も強いんです。その指摘はなかなか嬉しくもあり、なるほどと思ったんです。

小熊 いまのお話を聞いていると、深読みかもしれませんが、漁村から軍港へ変貌した基地の町のギャップそのものが、村上さんにとっての一番のもとになっていて、それが村上さんの足場も決めているし、また行動様式の原型になっているのかなという感じがしますね。つまり、ギャップそのものが足場であり、またギャップそのものを行動様式にしていくというか、移り変わっていくということ自体を行動様式にせざるを得ないというか。

さっきの話でたいへん面白いと思ったんですが、基地の町の大人の節操がないことが嫌いだという部分と、商人的なエネルギーがあってそれが好きだみたいな部分が、村上さんの中で矛盾している。人間は一番こだわっているものに対してアンビバレントになるものですから、なんかそれを感じましたね。

村上　商人的エネルギーとは、こっちに利益があったらすぐこっちに行くというようなインセンティブの設定の仕方ですね、それが僕が民族……民族は大袈裟すぎるけど、集団や個人をサバイブさせる力になるときもあると思うんです。

僕はチェチェン人ってすごく興味あるんですけど、あの人たちは、スターリンの時代に五十万人のチェチェン民族全部が中央アジアへ移住させられたんですね。スターリンはとにかくチェチェン人を滅ぼそうと思ったんだけど、チェチェン人は絶対に服従しないで、いつの日か母国に戻ると誓いを立てて、そのために戦い続けてサバイバルしてきたんですね。教典みたいなのがあって、そこには「民族の誇りのためには男の子も戦え」みたいなことが書いてあって、チェチェン人は絶対に服従しないし、降伏しないいんだというのを読んだことがあります。ただそういう規範が、民族を助ける場合もあるし、ひょっとしたら滅亡に追い込む場合もあるとは思います。

僕はあるマイノリティーの集団が、サバイバルのために有効だったら、節操のない手段を使ってもいいんじゃないかという思想を、それこそ節操なく小説の中に取り入れてきたような感じがしてるんです。

キューバではカストロは革命を起こしたあとに、アメリカに呼ばれてるんですよね。アメリカは第二のバティスタ政権にしようと思って、カストロにお金を持ってくるらしいんですよ。彼はまだ三十代くらいだったから、なんだ、この腐った連中はと思って、あまり真剣に考えてやったようなニュアンスじゃないんだけど、ユナイテッド・フルーツとか銅山とかを国有化しちゃったんですね。そしたらアメリカが怒って、もちろん断交してきたわけです。そこで初めてカストロはフルシチョフに連絡して、実はこうなってるんだけど、うちのほうも社会主義でやっていこうかと思ってると（笑）。だから、キューバへ行くと、レーニンの像もマルクスの像もないんですよ。ホセ・マルティというキューバ建国の父といわれてる詩人の銅像はいっぱいあるんですけども。僕はそういうの好きなんですよね。イデオロギーすら生きていくための手段として使っていくというような明るさが。

小熊　節操のなさそのものは、生き延びる手段として認めると。で、徹底して節操がないものというのは、逆に好きだったりするんですね。俺は死んでもどこにも落ち着かんぞ（笑）みたいなものがお好きなんですね。たぶん一番お嫌いなのは、ほんとうは節操がないくせに、昔からあるような顔をして権威をかぶっているものじゃないですか。

村上　ああ、それはフェアじゃないと思うんですね。

マーケットが価値観を変えた

小熊　そうか、それで少しわかったような気がします。ではそこでさらにお訊きしてみたいんですけれど、村上さんの中で「マーケット」と、「アメリカ」というのはどのくらい同じもので、どのくらい違うものなんですか。

村上　そうですねえ。そういうことを、僕自身考えてみたこともなかったんですが、ほとんど重なっているのかなあ。

小熊　日本的なものを止めるものがマーケットしかなくて、マーケットとアメリカがほとんど重なってくると、日本的なものを止めるのはアメリカだということになりませんか？

村上　それは違うと思いますね。マーケットは巨大すぎて、どう利用できるかわからないですけど、マーケットの声みたいなものはわりと民主的だから。

小熊　今回の『エクソダス』を読んでいて、面白いなという部分と、でも村上さんはほんとうにマーケットが好きなんだろうかという疑問と両方持ったんです。

村上　僕はヘッジファンド好きですよ。

小熊　好きなんですね。

村上　あのね、まぁジョージ・ソロスの個人的な人生も面白いなというのもあるんですけど、なんていうんだろう、もともと経済には共同体を解体していく作用があって、高度成長が田舎から都市への人口の集団移動をもたらし、労働人口の移動が田舎の大家族制を崩壊させて、都市の核家族を一般的なものにしたという過程がありますよね。

小熊　はい。

村上　ちょっと話が飛ぶんですけど、きのう市ヶ谷のフリースクールに取材にいったんです。で、そこに関西の大きな塾のチェーンの営業部長が来ていたんです。その人が、今年から福祉を始めます、なんて言うんですね。なぜなら、早ければあと三、四年で、いい幼稚園、いい小学校、いい中学校、いい高校、いい大学、いい企業や官庁という図式が親の側から崩れるっていうんですよ。塾産業を支えてるのは親の金ですから、親たちがそういうコンセンサスを持ったら、塾は潰れますよね。彼らはお金が掛かっているから価値観の変化にすごく敏感なんです。その彼らがあと三、四年しか保たないだろうと言う。

この変化をもたらしたのは何かというと、象徴的に言うとヘッジファンド、あるいはマーケットじゃないかと思うんです。日本の金融をずたずたにして、とりあえず長銀とか日債銀をダメにして、価値観の変化をもたらしたというのは、政府や与党はもちろん、野党にもできないことだったと思うんです。

ポンちゃんたちの新しい共同体

小熊　なるほど。大学に行ったことによって生涯に稼げる賃金が上昇する金額と、大学に行ったことで四年間稼げなかったり授業料に消えた金額を秤に掛けたときの収益率はどんどん落ちていて、もうそろそろ大学へ行かない方が生涯賃金が上になりつつあるということはみんな気づき始めていると思いますね。

あと、僕はマーケットやヘッジファンドを、共同体を破壊するものとしては考えないんです。というのは共同体は壊れるのではなくて、ある共同体のかたちから、違う共同体のかたちに変わるものだという気がするんです。

人間の活動の中で、経済と共同体のあり方は一体として展開してきた。狩猟採集社会には、狩猟採集に適した共同体があったし、農耕社会には農業経済に適した、製造業には製造業に適した共同体のあり方がある。で、僕は金融資本経済にもそれに適した共同体のあり方があると思うんですよ。だから僕は共同体を破壊するというよりも、ある共同体のあり方が、別の共同体のあり方にとって代わられるという表現のほうが感覚に合うんですね。『希望の国のエクソダス』で、村上さんはインターネットや金融マーケットを基盤にした新しい共同体のあり方を提示していると思うんです。実際にリーダーのポンちゃんをはじめとする不登校の中学生たちは、それぞれの家庭を捨てて、北海道に半独立国みたいな野幌市を築きますよね。そこでお聞きしてみたいのは、その共同体に対しては嫌悪感はないのかというか、そこからも自分はやられるかもしれないというふうには思われないんですか？

村上 これが難しかったんです(笑)。たとえば八七年に出した『愛と幻想のファシズム』では主人公の一人のゼロという人物が自殺して終わるんです。でも、今回の小説ではポンちゃんたちを挫折させたくなかったんですよ。ストーリーはいくつか考えていて、一つの選択肢としては、彼らの中から分派したUBASUTEというグループが老人たちと敵対して、一騒動起こるという案がありました。

小熊 なるほど。老人排斥をあからさまに主張するグループがいましたね。

村上 彼らが一種のコンフリクションを北海道で起こして、中学生たちの人生経験のなさが、ある混乱を招来するという物語の結末部分の選択も考えたんですが、なにか違う、なんとか彼らに成功させてあげたいと思ったんです。だからといって、彼らのインターネットによるマネーゲームや、エコ・ビジネスが完全に勝利してしまっても、どこか勘違いされる恐れがあった。結局、どうしようかなと思ってるうちに、ラストまで来て、それで、狂言回しの新聞記者が、中学生たちの街を訪れて、なんだか住むのにはちょっと躊躇するなあという感想を持つところで終わったんですけれども。

小熊　それは読んでいて感じましたね。ポンちゃんを中心とした中学生の共同体を、現在の「日本」という言葉で村上さんが表現しているものに、対峙する存在として持ち上げているんだけど、全面的に肩入れしているような感じがしないんですね。老人をどうするかとか、貧富の格差をどうするかとか、外から入ってくるものを制限せざるを得ないかとか、あの共同体を維持するにはいろいろ問題もありますよね。

村上　そうです。

小熊　あの中で問題を起こしたら排除される可能性だってあるわけですし、三十年、五十年経って、ポンちゃんたちが六十七歳になったらどうなっているんだろうということは、ほんとに思いました。僕はある共同体の形が別の共同体の形に入れ代わっていく過程では、そのどちらかに肩入れするのは危険であると考えているんですが、村上さんの小説は、その辺が揺れ動いているようで面白かったんですね。

村上　たとえていうと、日本の敗戦後に台湾に大陸から国民党軍が入ってきて、台湾の人たちは日本が出ていったと一応喜びましたよね。でもそのあと二・二八事件なんかで弾圧されるんですね。

別の例では一八世紀のイタリアでハプスブルク家がミラノの方を占領していた時に、ナポレオン軍が攻めて来て、オーストリアが大嫌いだったミラノの人は、解放軍だとナポレオン軍を迎えたら、大虐殺されたんですね。だから僕はヘッジファンドやマーケットに期待するあまり、そのときの台湾の人やミラノの人みたいになるのは嫌なんです。「グローバリゼーション万歳!」と旗を振るのは違うと直観で思うんです。とにかく、ナポレオン軍というか、マーケットは一体どんなものかというのを、輪郭だけでも摑んでおかないと、世界で起こっていることが理解できないと思って、調べ始めたんですよね。

「どこにも所属できない」感覚と小林よしのり

小熊 「寂しい国の殺人」(「文藝春秋」97年9月号)というエッセイを拝見したんですけれども、結局村上さんはどこに対しても距離をとりながら、これではない、これではないと考えている感じなんですね。『エクソダス』で、北海道の共同体がちっとも美しく描かれてないことを見てもそれは思いました。考えてみると、村上さんの全作品を通じて、「どこにも所属できない」という感覚がずっと保たれている気がして、面白いなあと思ったんです。

村上　そうですね。『〈日本人〉の境界』の中に、一九三〇年代に朝鮮生まれであることを公言して衆議院議員になったただ一人の例として、朴春琴という人のことが書かれていました。彼は日本の議会では「朝鮮人」と軽んぜられ、朝鮮側からは「民族の裏切り者」になってしまう。どちらにも帰属できないんですね。ああいう人にはなんだか共感できるんです。共感というか、わかるんですよね。

ある共同体が別の共同体に取り込まれて、いかに抵抗するかというときに、取り込まれた側にたとえ抵抗組織ができても、その組織の内部でいろんなコンフリクションが起こる、というのがすごくリアリティがありました。

小熊　ここでさらに突っ込んでお聞きしてみたいんですが、そういう村上さんの作品が、たくさん売れるということに関して、どう思ってらっしゃいますか。つまり世の中に、どこにも所属できないという感覚に共鳴する人が、そんなにたくさんいると思っていらっしゃるのか、それとも売れるわりには自分の真意は理解されてないと思ってらっしゃるのか。その辺はいかがですか。

村上　僕はね、所属できないという人が、特に九〇年代になって増えていると思いますよ。もちろんまだマジョリティーじゃないかもしれませんけど。その中には、強烈な共同体があったら、すぐそこにいっちゃうような人もいるかもしれないけれど、でも、どこにも帰属したくないし、できてないと思ってる人はすごく多いと思いますね。

小熊　そうですか。僕は自由主義史観のことを論文（「〈左〉を忌避するポピュリズム」「世界」98年12月号）に書いたことがあるんですけれども、参加している教員の発言を読むと、彼らは今の学校社会に自分の居場所がないと感じているんですね。それで自由主義史観のサークルに希望を見いだしたという人がけっこう多いんです。ところが参加してみたものの、違和感を持ってやめた人も多いんです。だから、一方でどこかに所属したい、でもどこにも所属できないという気分は、いろんなかたちで広がっていると思うんです。こういう言い方をするとお嫌かもしれませんが、あるとき自由主義史観に魅かれるような読者が、またあるときは村上さんの作品を愛読することはあるかもしれないと思うんです。

村上　それはね、たしかに周辺ではクロスしてるみたいですよ。僕のファンの掲示板でもそういうのありましたよ。

小熊　なるほど。

村上　『五分後の世界』を読んで、村上さんと小林よしのりは似てると思いました」とか書いてありました（笑）。「いや、そんなことあるか」っていうファンの反論もいっぱいありました。僕は掲示板はほったらかしにしてるからどうでもいいんですけど、そういうことで読んでる人も中にはいるみたいですね。

小熊　小林よしのりさんの著作もある程度読んでみたんですけれども、ものすごく孤立感を持っている人ですね。もともと学校社会に対する違和感をモチーフにしたマンガからデビューした人でもあるし。ただ小林さんには、やっぱり最終的にはどこかに足場を頼らざるを得ないという部分があると思うんですよね。ところが村上さんの場合には、ファシズムを取り上げ、戦前の日本を取り上げ、九〇年代の援助交際を取り上げ、映画を撮り、経済の専門家と座談会をしていくんですけれども、なんとなくこう、ここも仮の宿かもしれないという感覚を常にお持ちのような気がします。

村上　そういう感覚はありますね。ただ違和感を持ち続けると疲れるんですよね。

小熊　疲れるでしょうね。村上さんの作品を見ると、ほんとに疲れることをずーっと続けてらっしゃいますよね（笑）。あんなにたくさんセックスをして、外国にいって、ワインを飲んだり、サッカーを観たり、こういうふうにしてなきゃこの人はご自分の輪郭が確認できないんだろうかという、業の深さみたいなものを感じてしまいました。

村上　本人はけっこう軽い感じでやってるんですけどね。作家だからどこかに働きに出なくてもいいんで、よく寝るんですよ。睡眠時間はたっぷり取っているんです（笑）。

ジミ・ヘンのブルースコード

小熊　なるほど。それはともかく、村上さんの作品の中で、僕が一番面白いと思う部分は、たとえば戦闘シーンとか、セックスのシーンとか、物を食べているところとか、あるいは経済の話をえんえんとしているところとか、段落なしでかなりの分量の文章がバーッと続くところがありますよね。その場合、食べている料理とか、話の内容よりも、突風のような運動感の方が表現されているように感じる。あそこが一番存在感があって、他の人には真似できないという気がしたんですよ。

村上 たとえば『五分後の世界』の戦闘シーンは今でも覚えてるんですが、直感で、ここはボリュームがなきゃいけないと思ったんですね。そこに紙の白い空間があるのがいやな気がしたんです。そのボリュームの中で読者に、主人公の小田切が今いる場所に感情移入させなければいけない、と。べつに「そこはわけのわからない戦闘地帯だった」と一言で済ましても、ひょっとしたらいいのかもしれないです。昔の『宮本武蔵』なんかの書き方ってそうなってるんですよ（笑）。でも、そういう日本人が持ってる、共通理解っていうか、阿吽の呼吸っていうか、作者が「こういう感じだよ」っていったら、「ああ、なるほど」って読者も了解するというコードでは、小田切のいる場所は伝えられないと考えていたので、ある程度のボリュームは必要だっていうのがまずあるんです。

僕の性格上、文章は「感覚的」な文章ではなくてロジックで書いてるつもりなんですよ。でもそのうち、ロジックとか感覚とか経験とか、記憶とかがしみ出てきて、確信を持って書いてはいるんですが、フリー・インプロヴィゼーションに近いような状態になって、ああいう文章になるんです。書いてて何が興奮するかっていうとそこだけなんですよね。逆に、ストーリーを主人公たちに組み込んで、考えた通りの物語を読者に提供するっていう作業が、もう面倒くさくてしょうがないんですよ。それである細部にくると、計算してやってるわけじゃないんですけど、つい長くなったりするんです。

小熊　その感じはわかります。僕もいろいろ資料を読み込んで、衝迫力のあるゴロッとした言葉を集めているときがいちばん面白くて、まとめるために方向づけをするのは嫌いなんですよね。

だけど村上さんの小説には、そういうインプロヴィゼーション的というか、言葉の塊りみたいなシーンがある一方で、『エクソダス』で一人で日本からパキスタンへ向かおうとする中学生が、レポーターに理由を聞かれて、ひと言「イジメがないから」と答えるみたいな、すごくわかりやすい言葉がポッと入ったりしますね。これはたとえば、ジミー・ヘンドリックスがギャオーとか音の塊りみたいなアドリブをはじめちゃう一方で、でも一応観客に聴かせるんだから、やっぱりメロディーと歌詞はないといけないみたいな、そういう感じですか（笑）。

村上　ジミー・ヘンドリックスにたとえてもらうとすごく光栄です（笑）。尊敬してるから。「ブードゥー・チャイルド」の混沌みたいなのは、僕はやっぱり表現におけるすごく高いレベルだと思うんですよ。で、それが完全にフリージャズみたいになってしまうと、ちょっと僕と違うんですよね。

小熊　浅田彰さんとの対談でも、インプロヴィゼーション神話みたいなものは嫌いだとおっしゃっていましたね。そこがやっぱり村上さんの、フリージャズではなくてあくまでポップスなところですよね。

村上　ええ。なんだか、そこまで偉そうにしちゃいけないんじゃないかと思うんです。だから文学でも、アンチロマンとか、ポストモダンとかいって、ストーリーがなくて言葉の羅列だけみたいなのは、僕は好きじゃないんですよ。

ジミー・ヘンドリックスでも、初めて聴く人には騒音にしか聴こえないかもしれないし、ノイズ系かなと思う人もいるかもしれないけれど、よーく聴くとブルースコードを持ってたりするんですよね。あれがたまらなく好きなんです。

小熊　浅田さんとの対談では、恍惚と覚醒が同時にある状態がすごく好きだ、とおっしゃっていますね。たしかに、村上さんの文章は、先ほどもいわれたようにインプロ的な部分でも、確信をもって「こうでなくちゃいけない」と制御されていると思います。だけどそれだけではなくて、考えた通りの物語の形にととのえて、読者に提供するという面倒な作業もやっている。そこがフリージャズ的なものとのちがいになっていると思うんです。そこで思うんですが、村上さんにとっての「ポップス」というのは、自分の表現欲求も大切だけど、やっぱり他者とのコミュニケーションを図らねばならないという感じとつながってくるんでしょうか。

村上　かもしれないですね。

小熊　なんだか村上さんは、自分で風を起こして浮いている凧みたいな感じがするんです。その凧には「龍」とか書いてあったりするんですけど（笑）。誰も風を起こしてくれないから必死に動き回って自分で風を起こすことで浮いているみたいな感じがする。でもくるくる回ってしまわないように、舵取りのためのしっぽがついているんですね。村上さんが次から次へと探してくる題材は、しっぽの役目をしているような気がします。なんか変なたとえで恐縮ですけど。

村上　いえいえ。でも小熊さんはメタファーもお上手なのに、論文では一切そういうことを書いていない（笑）。

最小単位の共同体

小熊　では凧ついでにもう一つ聞いてみたかったのは、その凧が着地することがあるのかというか、村上さんにとって、安住できるような共同体は果たしてあるんでしょうか？

村上　うーむ。僕は好きな共同体って、あんまりないんですよね。キューバがほんとに好きかというとどうなんだろう。

キューバの好きなところは、たとえばキューバの人に、六二年のキューバ危機のときに何してたとか訊くと、「なんだそれは」って言うんですよ。「ほら、ソ連のミサイルが配備されてケネディが海上封鎖をしたときだよ」と説明すると、そういえばそういう事もあったなって言う（笑）。キューバ危機とか言われても、俺たちキューバ人はずーっと危機なんだと言うんですよ。食い物もないし、ソ連も崩壊して外貨も入ってこなくなったし。決して安定がないんですよ。でもみんなニコニコしている。そういうところはいいなぁと思うんですよね。

小熊　安定のない状態ですか。しかし『希望の国のエクソダス』でも、冒頭でアフガニスタン・パキスタン国境でイスラム原理主義勢力に参加している日本少年のナマムギが出てきて、「ここには家族愛と友情と尊敬と誇りがある」といった言い方をしていましたね。これを読むと村上さんはじつは共同体が好きなのかな、という感じがするわけですよ。日本のいまの共同体は嫌いだけど、たとえばイスラム圏とかにほんとにいい地域共同体とか、ほんとにいい家族共同体というものはあると思っているのかもしれないと。『五分後の世界』には地下世界の食堂で、家族連れが楽しそうに食事をしていて、小田切が涙を流しそうになるという場面も出てきますでしょう。それはどうですか。

村上　地下食堂のシーンは完全な郷愁ですね。六〇年代の僕の家庭を投影したのかな。僕はね、イタリアン・マフィアみたいな感じで、家族的なものはすごく大事にするんですよ。

小熊　村上さんはいろんな作品を書かれてきているんですけれども、家庭内ゲームみたいな、家族関係を題材にして、家族が崩壊したり再生したりする小説はお書きにならないですね。

村上　そうですね。僕は親子とか恋人同士とか夫婦とか友だちとかっていう、非常に小さい、一対一の関係は大事にしたいんですよ。そこが崩れると戦っていけないという思いがある。だから家族や、あるいは男女が、危機に直面していがみ合うような小説は、いまは書く気はしないですね。

小熊　実際に暮らしている家族共同体というのは、呪詛すべき共同体としては想定されないんですね。

村上　されないですね。

「ザ・システム」と「ザ・個人」

小熊　村上さんはいわゆる「日本」あるいは「共同体」という言葉で表現されるものを攻撃対象にしているんですけれども、実は共同体そのものを体現するような登場人物をあんまり描写されないという気もしたんです。たとえば『希望の国のエクソダス』では、山方という文部官僚が出てきますが、山方自身も省内では外れ者だったりする。これぞ「ザ・システム」みたいな人が、ほとんど村上さんの作品に出て来たことがないなと思うんです。

村上 一つには、どこにも就職したことがないからわからないということがあるかもしれません（笑）。たとえば刑事物の小説を読むときも、警察内部の人脈とか、本庁と所轄の軋轢とか、そういう話題はすごく面倒くさくて嫌いなんですよ。日本の経済小説はほとんどが企業小説ですよね。社長派と会長派が派閥抗争をして、主人公は会長派で、社長派の秘密を女を利用して聞き出すとか、みんな同じパターンなんですね。僕は、日本的な共同体内部でのコンフリクションには、意味なんかないと思ってるから、興味ないんですよ。

小熊 もう一つ感じたのは、まったく共同体的な心性と縁のない「ザ・個人」みたいな登場人物も出てこないということです。『エクソダス』でも、狂言回しの新聞記者は、女性との結びつきをクラシックなぐらいに求めているし、中学生の共同体も基本的には仲間同士の結びつきを大事にしていると思うんです。

村上 うん。それはそうかもしれないですね。政府の調査会や、経済戦略会議の答申などで「個人の確立」が盛んにいわれはじめたのはこの二、三年ですよね。『単一民族神話の起源』の中の言葉で、近代日本で流通した集団観においては「まず個人があり、それがあつまって集団ができるのではない。まず集団があり、そこからの疎外現象として〈個人〉が析出されるのである」とありますが、まさしくその通りだと思うんです。こんなに明確にすっと入って来た文章はないですね。「個人」という言葉にはもとから共同体と敵対してるニュアンスが含まれていると思うんですよ。スポーツで個人プレーという言葉が否定的に用いられるように。だから個人という言葉を使って、個人の確立とか、個人の尊重とか、個性とかいうことが非常に空疎だと思うんですよね。

小説の中でも、僕が一つのモチーフとして、「個人」という概念を輪郭づけようと思ったら、きっと今までとはまた違う小説を書かねばならないと思うんです。そういったモチベーションは今までの小説にはほとんどないですね。

小熊　日本での言葉の定着の仕方としては、なにか集団があって、そこから浮いちゃったものを「個人」という。またあるいは、浮いちゃったものが特定の人間でなくても、浮いちゃうような感情を持つときに、それを「個人的意見」とか言う。そういう感じはしますよね。

村上　ああ。

小熊　僕はそういう「個人」というものは、最終的にはあてにならないと思うんです。なぜなら、その「個人」は、集団や共同体が対抗相手として先に存在しての感情にすぎないわけですから。

村上 それはやはりずーっと資料を読まれて突き合わした上で、化学作用みたいに到達した考え方なんですか。

小熊 そこの部分に関しては、あまり実証的に書いていませんけどね。それを本気でやるんだったらやっぱり、近代日本において「個人」という言葉がどう使われてきたかの歴史を、全部調べる作業が必要になるでしょうね。

ただ、ヨーロッパやアメリカのナショナリズムの作られ方においては、個人とネーションが矛盾するものとは考えられていないということはあるんです。たとえばいわゆる近代フランスのナショナリズムの作り方っていうのは、古い村落共同体みたいなものから、個人として確立した人間がパリ中央政府と直接に結びつくというかたちで、国家と個人、ナショナリズムと個人が結びつくということになっています。村落共同体の中の教会組織とか、貴族を中心とした身分関係とか、そういった封建的諸関係から解き放たれた個人が、真のナショナリズムと民主主義を作るんだというのが、ヨーロッパのナショナリズム思想の建前ですよね。

アメリカの場合はそういう封建体制がもともとなかった国だから、移民として自由な個人としてやって来た人間が、開拓共同体を作って、それが連合して国家ができるんだという考え方があるはずなんです。そこにおいては、個人が国家と矛盾しないどころか、村とも矛盾しない。村というものが、村長が威張っていて、いろんなしきたりがあって、個人の意見がない世界とは想定されていない。それこそアメリカ映画のカウボーイの世界で、みんな個人として屹立してて、それが村の共同体を作っているように描かれますからね。ただし僕は、そういう欧米のナショナリズムの描かれ方は、ほんとうは半分以上がうそというか、実態からずれた建前だと思いますけど。

村上 日本の場合は、個人と共同体とか、個人と国家とか必ず二項対立で敵同士のように描かれますからね。

小熊 そうです。そういう言われ方をするんです。それは日本だけだとは僕は思わないけれども、ある国家の作られ方が行われたときにそういうかたちになるような気がする。たとえばの話、家族や地域共同体が国家と戦った歴史のある国だったら、問題の立て方は「個人と国家」ではなくて、「共同体と国家」になるはずなんです。

村上 ものすごく乱暴に言うと、ほとんどの日本人が、マイノリティーの体験がないっていうことは大きいですかね。

小熊 あると思いますね。みんな個人的にマイノリティーになった感覚は持ったことがある。とくに最近は、どうも馴染めないとか、こう感じているのに自分だけじゃないかとか、そういうのはあると思います。でも集団としてマイノリティーとしての行動を起こしたり、集団としてのマイノリティーのなかに受け入れられたという経験は持っていない。沖縄みたいな場合だと、共同体に受け入れられていながら、国家とは対立しているという状態が平気で成立し得るわけですが、ヤマトの人間にはそういう体験は少ない。

もし日本において、個人、あるいは「自立した市民」が結びついた政治組織が、いいかたちで作用して政治を変革するという経験を何度も積んでいたら、そういう感覚にはならなかったでしょう。人間が仕事や政治的関心といったあらゆる公のものから乖離して、消費活動をやっているときしか「個人」であると感じられない社会になっていることが大きいと思います。

村上　それはキーポイントのような気がします。たとえば学級崩壊の問題を考えるときに、ほとんどの人が、学級という単位で考えるんですよね。なんとか今までの文脈で、学級全体に秩序を回復し、ガバナンスをするかということを考えている。それは無理だと思うんですよ。学級を四十人なら四十人の子どもに分解して、家庭でも地域社会でも個人として、簡単な訓練を受けて来た子供が、集まってクラスを作れば、崩壊を防げるのかもしれないけど。

世界で国民単位の近代化の終了した九〇年代

村上　今年（平成十二年）の一月から二ヵ月間、インドの大学に招かれて講義をしてきたそうですね。インドはいかがでしたか。

小熊　インドは九一年頃から経済開放政策に転じて、個々人が成功を目指すようになり、ニューリッチと呼ばれる人たちが台頭しているそうです。テレビや携帯電話の普及率が急速に伸びているし、ケーブルＴＶが発達してアメリカや日本とまったく同じ番組やコマーシャルが見られるようになりました。その反面、植民地独立運動の誇りであるとか、貧しくても国の中でみんなが分け合って助け合おうという美点がすたれてきたと、嘆いている人もいました。

私が泊めてもらったのは上流階級の家庭で、ご主人は五十歳ちょっと過ぎで、ＮＧＯの専従の活動家なんです。ご主人の父親はＩＬＯの副議長までやったという労働運動関係のえらい人で、奥さんの父親はインド政府軍の将校だったんですね。で、息子たちは何をやっているかというと、みんなアメリカへ留学に行って、いまはアメリカ系の企業のインド支社に勤務している。最近の若い者は個人の成功ばかり求めてインドの内部の貧困には目をむけないと、ご主人はぼやいてました。

ロウアーの人たちのところにも行ったんですよ。十畳くらいの部屋に十七人の家族が住んでいて、あまり家具もないのにテレビとミニコンポはあって、コマーシャルがどんどん流れていた。ロウアーの人たちのところでさえ、核家族化というか、嫁と姑の対立が激しくなって息子夫婦が出ていっちゃったとか、そういう事態が進行していました。

とにかく古いものと新しいものがごちゃまぜになっていて、コンピュータ・カフェの門前に牛が昼寝をしているような状況でした。ほかにもいろんな地方に行ったり、NGOやフェミニストと会ったり、映画や美術を見たりして興味深かったです。毎日の観察を日記に書いていたのが、本になって出ました（『インド日記　牛とコンピュータの国から』新曜社刊）。

世界的に九〇年代は経済開放の流れが大きかった。インド、中国、ソ連・東欧圏、日本もそうですね。これらの国に共通していえるのは、第二次世界大戦直後に宗主国から独立したり、戦争で国の体制が変わったりしたことです。五十五年前の独立とか敗戦の具体的な記憶を国の基盤としてここまで来たんだけど、記憶が風化してきて、国のあり方が変わってきているんですね。中国でも抗日戦争の記念館を一生懸命建てたりしています。

村上　冷戦の終結はやっぱりどこの国にも影響しているんでしょうね。

小熊　冷戦の終わりというと、アメリカの勝利を意味しますが、そういう言い方よりは、一国社会主義みたいなものを含めて、国家を中心にして近代化を遂げていく過程が全世界的に頭打ちになったという言い方のほうがピンと来ます。

村上　まあ、経済の世界の人はよくアメリカの勝利じゃなくてマーケットの勝利だと言ってますけどね。

小熊　アメリカの人たちは、自分たちが勝ったと言うのも露骨だから、マーケットが勝ったと言っているところもあると思いますけれども。

村上　結局イデオロギーの勝利ではなくて、効率性の勝利という気がします。

小熊　アメリカでは、十九世紀から二十世紀はじめまでは、マーケットの論理というのは、政府の論理やエリートの論理に対抗するための庶民の論理だったと思います。そこでの「マーケット」というのは、庶民の集まる「市場（いちば）」というイメージだったはずなんです。だから近ごろのはやり言葉でもある「マーケットの判定」というのは、ほんらいは「民衆の判定」といった意味のはずだった。けれども、二十世紀初頭から大資本が台頭して、特に最近は一部の非常に大きな企業やヘッジファンドがマーケットを動かしている。それは別の意味でのエリートの支配になっていると思うんですが。

村上　よくいわれてるのは、九〇年代に冷戦が終わったと同時に、情報技術が発達して、為替も証券も債券も全部ひっくるめて、一括してトレーディングできるような大きな一つのマーケットができたということですね。

僕はそういう経済の体制の変化とか、ある体制の崩壊は、人間の精神に大きな影響を与えると思っていて、そのことに関心があるのですが、そういったことはいまのところあまり検証されていませんね。日本でも、高度経済成長が人間の精神に与えた影響があまり論議されてこなくて、そのしわ寄せが最近出てきていると思うんですね。「ＹＯＳＡＫＯＩソーラン祭り」でごみ袋に爆弾を仕掛ける事件があったり、和歌山で夏祭のカレーに毒を入れるという犯罪があったり、あるいは十七歳のバスジャックとか、画期的というと変ですが、非常に違う局面の犯罪が最近起こっているなという感じがしてしょうがないんです。その辺はどうお考えですか。

小熊 あまり簡単に答えられませんが、事件そのものよりも、事件に対してみんながあれほど一生懸命論じるということのほうが興味深いですね。それは人びとが事件を語ることを通じてある不安を表現しているんだと思います。

たとえば一九五〇年代に、お母さんが子供の学費を稼ぐために罪を犯す事件があったとしたら、大々的に新聞に載ると思うんですよ。でも、そういう事件はいまはたとえ起きていたとしても、新聞でも大きくは取り上げないのではないでしょうか。一方で十七歳の子供がバスジャックをやるという事件も、たとえば戦後の混乱期だったら注目を引かなかったと思うんですね。つまり、どういう事件が注目を集めるかは、社会の関心の動向によってちがう。事件の性質は報道からだけではよくわからないから論じられませんが、人々があいった事件を、いま自分たちが直面している問題を一番象徴していると思っているということが興味深いですね。

村上 ああいう事件に反応するコードができちゃってるんでしょうね、一般にね。

小熊 そうだと思います。何となくわかる気がするとか、うちの子だったらどうしようとか、そういう状態になってきたとはいえるでしょうね。そこのところには関心があります。

村上　テレビのスポーツやニュースを見ると、ニュース番組が持ってる文脈というのは高度成長の頃の物事の伝え方とあまり変わってないような気がするんですよ。それはフェアじゃないような気がして、僕は非常に腹が立つんです。

小熊　実際に起こっていることが前の社会のコードからは外れているのに、前の社会のコードで論じようとするから、どうしても「最近の子供はおかしい」という言い方しかできないんですね。おかしいとは具体的にどういうことかということになると、ほとんどの人はよくわかっていないというか、実態の変化に即したコードをもっていない。

労働形態の変化と家族形態の変遷

小熊　村上さんがおっしゃった、経済の変化が人間の精神にどういう変化をもたらすかということに関連していえば、産業形態の近代化によって、家族形態は変わっていくんですね。よく家族の崩壊ということがいわれますけれども、その家族が一体いついまの形になったのかといえば、たかだか明治以降なんです。

昔はやたらと大きな家族があって、たとえば日本における例では、飛驒地方には一家の平均人数が二十人以上という地帯があったんです。これは平均ですから、大きな家だと三十人とかが一つの家に住んでいたかもしれない。こうなると、いまわれわれがイメージする「家族」というより、むしろ農村における一種の労働組織です。労働組織ですから、血縁のない奉公人とかも一緒に住んでいたりする。これはちょっと極端な例ですが、千葉の方には「バカ養子」というものがあって、バカ貝、お寿司のアオヤギですね、これの採取期になると、働き手を養子にして雇って、家族が膨れ上がって、漁獲期が終わるとみんな養子を解消して、家族が小さくなるという習慣があったんです。

村上 養子縁組するんですかね。

小熊 縁組するんです。だから特定の時期になると、やたらと養子縁組届けが多くなる。柳田国男は、農村や漁村における家は「賃金の要らない労働組織」だったといっています。

社会学や歴史学などでは、そういう労働組織としての家族が、近代化の進展にともなって、愛情をもとにして結びつく、親子を中心とした家族に変わってきたとよくいわれています。いまは、お父さんが会社に働きにいって、お母さんは専業家族、いや専業主婦で、専業家族っていうのも面白い言葉かもしれないけど（笑）、お子さんは学校に行くという形が、最も典型的とされる家族形態ですね。この形はそもそも会社や学校がなかった明治以前には存在しなかったし、明治以降にもそんなにマジョリティーではなくて、農村などではお父さんもお母さんも働くのが普通だった。大家族で同居して近所の畑で総出で働くというのが農耕経済に適した家族形態で、会社で働くお父さんと専業主婦という家族は製造業やオフィスワークに適した形態だったわけです。ただ後者も日本で主流になるのは高度成長以降、とくに一九七〇年代なんです。女性労働力率が一番低い、つまりいうなれば専業主婦率が一番高いのは一九七五年です。

そして、専業主婦率が最高に達して、日本の近代の形が完成したときに、今にいたるいろんな問題はすでに噴出しはじめていたと思うんです。フェミニズムはその手前から起こっているし、いわゆる「荒れる学校」と呼ばれる現象も七〇年代後半から出てきますね。

日本の高校進学率は、一九六〇年にはまだ六割にも達していない。高度成長期にそれが急速に伸びて、七〇年代半ばに高校進学率が九〇パーセントを越して、高校に行くことが「希望」ではなくて「義務」になってしまったころから、学校に行けない人がいた時代には静かだった学校が荒れ始めたんです。逆にいうと、肉体的には大人である十五歳から十八歳までの人間がほぼ全員、静かに何の問題もなく学校に収容されていた時期というのは、存在しないんです。これはつまり、すべての中学生、すべての国民が受験による選別にさらされるようになったのはこの二十五年くらいの現象であり、子供たちがそういうストレスにさらされながら自殺にも不登校にも走らず、いじめも校内暴力もおきなかった時代というのは存在しないということです。もともと不可能なことだったといってもよいのじゃないでしょうか。

村上　マクロ経済では、七〇年代のどこかで高度成長が終わったというふうにいわれています。それにともなって、社会問題が七〇年代から顕在化してくるんですよね。コインロッカーに子供を捨てるという事件を七〇年代に新聞で見て、非常にショックで、『コインロッカー・ベイビーズ』を書いたんですけど、学校の問題や家庭内暴力やいじめも、ちょうどその頃から起こってるんですよね。

IT革命は引きこもりを解消するか

小熊　ところが、『希望の国のエクソダス』で村上さんがお書きになられたように、中学生がパソコンをいじって、金融工学を駆使してお父さんの生涯賃金よりも多いお金を一瞬にして稼げるようになったら、「会社で働くお父さん」を中核にした今の家族形態に意味があるのかということになりますね。そもそも一緒に住んでいる必然性があるのかどうかという新たな問いが出てきます。事実、農耕経済から製造業中心に変わったときに、それまでの大家族同居は意味を失って、いまの主流とされる核家族に分解したわけですから。

村上　十九世紀のヨーロッパではヒステリーが女性を中心に頻発したんですが、二十世紀になってなくなるんですね。フロイトの研究では、女性の社会進出への潜在的な願望が底にあった時代にヒステリーは多かったが、社会進出が当たり前になってくると、解消されたそうです。

そこでこれは仮説なんですけど、たとえばいま引きこもりが問題になっているけれど、これからスモール・オフィス、ホーム・オフィス（SOHO）が一般化すれば、自分一人で端末で世界と繋がってビジネスできるようになります。金融も含めて、クリエイティブな仕事もできるようになる。アニメーションの分野では実際にそうなっています。そういう社会になれば、引きこもりという現象も解消していくんじゃないかとも考えられるんです。

小熊　いまだったらお父さんは昼間会社に行っているのが普通ですね。お子さんは昼間は学校に行っているのが普通。平日の昼間に家にいたらおかしいという常識があるから、圧力が加わるわけですよね。だけど、村上さんが毎日家に籠もって小説を書いていても、引きこもりとは言われない。つまり引きこもりってことじたいが問題なのじゃなくて、そういう生活形態が社会的に認められてないから「問題」だとされるという部分もあると思うんです。やっぱり実態の方が先に変わっているのに、人びとの認識の枠組が変化についていっていない。

村上　いまのお父さんは、大企業に所属して自分を確認して、企業から庇護されて、大企業は官僚たちから庇護されて、自分は家族を庇護するという関係の中でいきていますが、情報技術の発達で労働形態が変化して、そういう関係が崩れると、いまコンフリクションを起こしていた人たちが解放される可能性はあると思うんです。

昔はみんな学校へ行かなかった

村上　さっき言ったフリースクールなんですけど、普通のおうちみたいなんですよ。教室も黒板もなくて、おうちのリビングにステレオとかピアノが置いてあって、いろんな年代の子供がごちゃ混ぜに遊んでるんですよね。最初すごく違和感があったんですよ。こんなところではたして子供を育てていいのかと。やっぱり五十人の学級とか五百人の学校で、ディシプリンが必要じゃないかと思ったんだけど、どうもそれは違うみたいです。

一つわかったのは、非常に悪質ないじめを受けてる子は、学校へ行ってはいけないらしいんですよね。最近十七歳の少年からメールをもらったんですよ。村上さんも大人の社会もいじめのことは何もわかってないと。その子は結構頭のいい子で、僕たちは相手に映る自分を見て、自分を確認しているということを書いていて、ところがシカトとは、ある日突然、たとえばD君がA君、B君、C君の誰からもここに存在しているということを認めてもらえなくなることだというんです。で、ここにいないように、手を伸ばしてものを取ったり、話しかけても返事しなかったりされるらしいんだけど、そういったいじめがいまは風景に溶け込むように存在しているらしいんですよ。それなのに、この前総務庁のアンケートでは、「あなたはいじめが行われているのを見たら見て見ぬふりをしますか」という設問をしてるんです。見て見ぬふりとかじゃなくて、風景になってるから、第三者が関与するのが難しいんです。そういったいじめを受けてる子は非常に危険で、自殺しやすいらしいんです。だから、シェルターみたいなフリースクールで安心を取り戻すというのが、まず第一に必要らしいんですよ。それは理解できました。

第二に、いま競争社会とか能力主義とかいわれてますが、子供が競争をどこで覚えればいいのかという問題があります。僕は高度成長の頃に育ったから、テストとか体育とか通して学校で競争を身につけたんですね。そういった競争は結局は、五百人とか千人とか一万人の、大企業の中でいかにして出世していくかとか、人間関係を損なわずにちゃんとやっていくかというディシプリンにはなるかもしれないけれども、部屋で一人で端末を操って、いろんな企画書を出したり、画像の処理したり、映画の編集したり、ネットバンキングしたりというときには役に立たないんですね。だから別に学校へ行く必要はないのかもしれないな、と考えるようになったんです。そういった問題はどうお考えですか？

小熊　いまおっしゃったことには二つの問題が含まれていたので、二つの面からいいます。

第一に、シカトが一番高度ないじめだというのは、すごくよくわかりますね。一神教の伝統がなく、おまけに宗教があまり大きな意味をもっていない現代の日本では、アイデンティティの確認が、他者から認めてもらうという形態で行われている。「誰も認めてくれなくても、神様が私を見ていて下さる」という回路が成立していないわけですから、「他人様」や「世間様」が「神様」にちかくなる。そうなると「他人に認めてもらえない」ことは「神に見捨てられる」というにも等しい。

一般に近代化された社会では、アイデンティティの確認が重要な問題として浮上してきますよね。たとえば江戸時代の日本で生きるには、アイデンティティなんていうものは必要ないんですよ。生まれたときから身分によってどんな人間になるかが決まっているんですから、「私は何者なんだろう、どんな人生を歩めばいいんだろう」なんて考える余地がない。

インドで人びとが「カースト社会」とよばれる状態のなかで生きているのをみて、なるほどと思いました。私はこの身分の者である、この村の出身である、親の仕事はこうである、それ以上のことを考える必要はないわけですね。

村上　それに対して、僕らがイメージするような葛藤もあまりないんでしょうね、きっと。

小熊　だけどインドでも最近は、近代化が進んで、競争社会になっていろんな葛藤が出てきているみたいです。いまインドでは新興の中産層やビジネスエリートのあいだで新興宗教が流行っているそうです。

それはさておき、身分制度や村落共同体の束縛から解放されて、人間が何になってもいい、またどこに移動してもいいという近代社会になると、どこに住むか、どこに就職するか、誰と結婚するかということを自分で決めなきゃならないわけです。だからアイデンティティが重要になって、「自分はこういう人間です」と他者から認知してもらわなければならなくなる。現代日本の学校だと、教師はあてにならないので、自分を確認するための他者は友達しかいませんから、友達に無視されることは自分のアイデンティティを確認できない、自分が無に等しくなったということで、いちばん辛いんだろうなということはよくわかります。

そこで二番目の問題に入るんですけれども、どんなにストレスがあろうが何がなんでも学校へ行かなければいけないという常識が形成されたのは、ある社会のあり方の反映に過ぎないという気がするんですね。明治政府が学校を作ったときは、就学率を上げるのにすごく苦労したんです。「どうせお前は百姓になるんだから、学校なんか行かずに、うちで稲の刈り取りをやれ」という親が、すごく多かったんですね。それが生徒を駆り集めるのに成功するのは、経済成長が軌道に乗り始めて、いい学校に行けばいい職につけて、いい給料がもらえるという回路が発動し始めたからなんです。

村上　インセンティブが発生したんですね。

小熊　そうです。一方で、明治時代の富裕な人たちの中には、「うちの子供はそんなに有象無象の連中と一緒にさせないで家庭教師をつけます。学校には行かせません」というのがいたわけですよね。実際に植物学者の牧野富太郎は学校が嫌いで小学校中退ですけれども、ちゃんと教育はおうちで受けているわけですよ。インドでも、ほんとのエリートの人たちは子供を政府の公立学校になんかやらないんですね。

日本はそういう意味での近代化がほんとにうまくいった社会で、学校制度から外れた教育回路は、人びとが思いうかべることもできないぐらいに消されてしまった社会でもあるわけです。

　そのため、学校に行かないということが、あたかも人間としての存在そのものが否定されたように、親も子供自身も思ってしまう状態が生じてしまったと思うんですね。でも、勉強するだけだったら、べつに学校に一切行かないで家庭教師や通信教育でやっても、それはそれでもいいわけですよ。それじゃいけないという理由は一体どこにあるのかというと、せいぜい集団に馴染めないとか、規律が身につけられないとか、そういう理由だと思います。本当に学校でしか集団性が身につけられないのかという点はひとまず置くとしても、それでは集団に馴染んだり、規律を身につけたりすることがそれほど大切なことなのか。こんなに膨大に不登校やいじめが起こっても、集団に馴染むことを全国民に教えるのがそんなに大切なのかということは、問われていいと思います。

現在の形態の学校教育は、高度成長までの労働形態には、ある程度必要だったでしょう。さかのぼれば明治政府が国民を軍隊に組織していく場合には必要だったでしょう。でも、社会や労働の形態が変わってきているいま、ほんとに必要なのかどうか問われていいと思います。

村上　僕の感覚では、小学校の高学年から中学の頃、家族というものがほんとに疎ましく思える時期があったんですね。で、家族的雰囲気から逃れるために、学校に行って友達と遊ぶのが楽しかったんです。それはコスト・アンド・ベネフィットですよね。いま子供たちにとって、学校に行くコストがあまりにも高すぎると思うんですね。

小熊　いま聞いて面白かったんですが、近代日本で子供が学校に行くようになった動機の一つは、家の仕事を手伝わなくてもよくなるというのが大きいんですね。家で農作業をやらされるよりは学校に行ったほうが楽だし、友達にも会えるというのが、子供の側のインセンティブだったわけです。でも、少なくとも高度成長期以降、子供が働かなくてもいいようになった社会が出現したら、子供にとって学校が牢獄になってしまったという側面はあると思いますね。

もう一ついえば、最近の日本では、苦労して受験勉強をして偏差値の高い学校に行っても、大企業に入れて終身雇用してくれるという保証がなくなってきた。しかもアメリカみたいに、学位や資格をとれば専門職で高給がとれるというシステムにもなっていない。だったら、高い学費を払ったり、がまんして勉強をするということに、いったいどういう意味があるのかということを、親も子供もうすうす感じはじめていると思うんです。さきほど塾産業が親の意識変化に危機感をもちはじめているというお話がありましたが、現在の学級崩壊とよばれる現象の背景にも、こうした社会全体の変化があると思います。

日本近代文学の次の段階

小熊　話は変わりますが、村上さんは七月号のインタビュー(「芥川賞と文学の未来形」「文學界」平成十二年七月号)で、日本の近代文学は、国家のドライブする力と個人とのあいだの葛藤や軋轢をテーマにしてきたとおっしゃっていましたね。少し前までは日本近代文学が誰にでも訴えかけられる普遍の言葉として成立していたけれども、いまやそれが限界に来ているともおっしゃってました。

それでは、『エクソダス』の中のポンちゃんのセリフのように、八十万人の不登校の中学生がいたら八十万種類の悩みがあるという時代になったときに、文学って果たして成立するんだろうか? あなたの悩みと私の悩みは同じではないということになったときに、共通の言葉は成立するんだろうか? そういうことについてお聞きしてみたいんです。

村上　僕が、文学の危機というか、文学は必要じゃないんじゃないかと思ったのは、九六年に女子高生の小説を書いたときだったんです。さいしょ取材で女子高生に会ったときに、この小説を書いても意味がないんじゃないかなと思ったんですね。彼女たちには葛藤もなにもなくて、非常に洗練されてて、助平なおじさんの寂しさを利用して確実にお金もらって、賢く使っていたんですね。

ただね、なんか彼女たちの話す言葉の端々に、他人に出会いたい心があるんじゃないかと感じたんです。これは僕の仮説なんですけど、人間は絶えず他者に晒されたり、出会ったり、交信したりしてないと、自己循環に陥って、ちょうど経済のデフレスパイラルみたいに衰弱してしまうと考えているんです。それを防ぐために、女子高生たちは、友達でもお父さんでも先生でもない他者に出会って、そこで認められたり、認めたりということをやりたいんじゃないかなと思った。で、取材した子のひとりに、「援助交際ってのはお金とかブランド品とかじゃなくて、なんか知らない人に出会うってドキドキしたいからするんじゃない？」と聞いたら、すごく簡単に「ありますよ」と言われて、それで小説を書き始めたんですよね。

だから、国家や家族と個人の間の葛藤とか軋轢とかあるいはそれによって得られるプライドがなくなっても、ひょっとして人間には普遍的に他者が必要で、コミュニケーションの中から生きるエネルギーをもらったり奪われたり、一種の経済活動のように行われているのだったら、小説を書き続けることは可能じゃないかと、考えているんですけどね。

小熊 いまのお話を伺っていると、八十万人に八十万種類の悩みがあっても、共通の部分というのはやっぱり存在するんじゃないかと村上さんは考えてらっしゃる気がしました。

村上 たしかにそうです。

小熊 いまのお話は、援助交際と呼ばれた現象の中でも一番小説になりやすい部分だと思うんです。

たとえば近代日本の小説の中で、いわゆる娼婦を描いたものというのはたくさんあると思うんですけど、それも娼婦の中で一番小説になる部分を取り出していると思うんですね。それは娼婦だけに存在しているものではなくて、村上さんが題材にとりあげた女子高生にも、あるいはアメリカから来た犯罪者にも存在していて、われわれすべてが共通の問題としているものと触れ合っているはずだという確信が、どこかでおありになるから小説が書けるという気がするんです。それが、これからも本当に成立していくとお考えなんでしょうか。

村上 うーん。

共同体をめぐるフィクション

村上　僕は小熊さんの著作を読んで、一番大事だと自戒の意味を込めて思ったのは、僕たちはいま自分が持ってるイメージとか先入観で過去を見ることが多いですけれども、それは非常に危険なことなのだということでしたね。

いま僕らがすでに知っている情報とか先入観で、昔の人もそうだったと考えてしまうことが非常に多いから、それはよくないな、小熊さんみたいに先入観を疑ってひとつひとつのリアリティに向き合うことはとても大切だなと思ってるところなんです。

小熊　たとえば、最近昔にくらべて公共のモラルが落ちてきたとか、電車の中で他人を突き飛ばしても平気だとか言われますが、ほんとうに昔のほうがモラルが高かったんだろうか。それは大嘘なんです。明治期や大正期の記事を読んでみると、たしかにみんな顔見知りの村の中では、へんなことをするとあとで大変だから、モラルを守っているんです。けれども、村を一歩出れば何をやってもいいというところがあって、一九二〇年代の東京なんてひどいもので、電車の中で立っている人が大勢いるところで、座席に横に寝そべってタヌキ寝入りしてるんですね（笑）。それで席を譲れというと、「何を、この野郎」とどなり返してくるという、そういう状態だったそうです。それがまだお互いに席を詰めて坐るようになったというだけでも、いまのほうがよっぽどましだと思いますけれど（笑）。

村上　そういう倒錯というのは到る所で起こってるような気がするんですよ。みんな「日本」という概念が昔からあったように思っているけど、江戸時代は長州人とか薩摩人だったのが、黒船の来航によって日本人を発見したということですね。それからヨーロッパ人もアジア人とかアフリカ人、アメリカ・インディアンに出会うことによって、白人という概念を自分たちの中に発見したんですね。その概念が大前提的にあるところから出発してしまうと、過去にもあったように倒錯してしまうんですよね。それがいま非常に多いと思います。

小熊　倒錯した認識を前提にして、押しつけてくる例が非常に多いということですね。

村上　たとえば「神の国」発言みたいに、日本には古代からずっと、天皇を求心力とする強固な共同体があったかのようにいわれることが、多いですよね。

小熊　それはフィクションに決まっていますよ。江戸時代には天皇を知らない人がたくさんいたわけですし、明治の初期もそうでした。戦争中だって僕はほんとうは怪しいと思っているんです。というのは、一九五〇年に朝日新聞の行った「日の丸を持っていますか」というアンケート調査があるんですね。戦中は揚げていないと非国民として袋叩きにされましたから、どこの家庭も持っていたわけです。ところがその調査では、持っていない家庭が相当多数に上っている。その理由は、戦災で焼けたというのも多かったんですが、「もういらないと思って処分した」というのが多いんですね。その処分も、ハチマキにしたとか、オシメにしたとかいっている。要するに天皇を中心としてみんな一丸になっていたのかというと、そういうものではなくて、みんな他人の目が怖いからとりあえず日の丸を揚げていたという部分が、かなり多かっただろうと思うんですね。

村上　だから、国家のような大きな共同体も家族みたいな共同体も、それが必要だったからできたのであって、必要性がなくなると崩れていくということですよね。

小熊　そうですね。別の形態に変わっていくんだと思います。

村上　ところが、共同体が確固としてあったと思い込んでいる人びとがいて、その人たちはいま非常に危機感を持って、あたかも日本民族の二千六百五十年の歴史の基礎が崩壊しようとしていると言っていますよね。

小熊　そうですね。学校にしても、べつに明治の半ばすぎまでは行かない方が当たり前だったわけだし、みんな揃って学校に行くのは、日本に二千六百年の歴史があるとすれば、せいぜいここ百年の歴史にすぎないわけですよ。わけても十六、七歳の体があんなにでっかくなった人間が、毎日そろってあの状態に縛りつけられるようになったのは、高校進学率が上昇したここ二十年か、三十年間の現象にすぎません。それがあたかも何万年も前から続いているかのように前提して、不登校の増加に対して世の終わりみたいな反応をするのは、やっぱりちょっとおかしいですよね。

村上 そうですね。

小熊 ただ、それを不安に思う気持ちが人々の間に多分にあるということは事実で、何か適切な言葉や思考の回路を提示するという仕事が、学者や作家には求められると思うんですよ。

村上 そうですね。僕、いつもアナウンスという言葉を使うんですけど、面と向かって説教するんじゃなくて、よく虐待を受けた子供のセラピーのときに、子供にクマさんの縫いぐるみを持たせて、クマさんを介して話しかけるという方法を取るんですが、僕の書いた小説なんかも含めて、こういうアナウンスがずーっと繰り返し繰り返し続けられる以外にはないんじゃないかなと、いつも思っているんですけど。

小熊 つまり、『希望の国のエクソダス』を不登校の子供が読んだら、「あ、そうか、べつに学校に行かなくても人間のクズではないんだ」と思えるかもしれない。それは村上さんの小説がひとつの言葉の回路を作って、彼らを救ったことになると思います。また私がさっき言ったように、日本の歴史の中で、みんなが高校に行っているのはせいぜいここ三十年だみたいな話を聞いて、結構救われたような気になる人だっていると思うんですね。

村上 それは最近感じています。社会的責任とかじゃなくて、自分の持ってる文脈とか言葉というものを、外に出さないといけないのではないかということを、最近よく考えているんです。でもみんな、すぐにソリューションを求めるんですね。現状は高度成長が終わってからこうなってしまってますと言うと、「じゃ、どうするんですか」と。じゃ、どうするんですかじゃなくて、こうなってるということをみんな知ったほうがいいんじゃないですか、と言ってるのに、不安感が先に立っているせいだと思うんですけど、「じゃ、どうするんですか」と。百二十年かかってこうなったいまの近代日本をどうするかって聞かれてもわかりません。僕らがやるべきことは、こういう要因で、いまある共同体や諸制度は崩れ始めてるんですよといった、現状の正確な報告みたいなことだと思うんですよね。

「日本はダメになっている」という言説の瀰漫

小熊　いまのお話、おっしゃることは良く分かるんですが、「崩れ始めている」という言い方はちょっと違うと思うんです。

村上　ああ、そうですね。

小熊　現在起きていることは、けっしてあるものが崩れて、「だめ」になってきたのではなくて、変化しているだけだと思うんですね。それは特定の価値観から見ると、崩壊して、だめになりつつあると考えると思うんですけれども、そう考えてしまうと話は終わってしまう。

すぐに「どうすればいいんですか」と、ソリューションを求める人たちは、彼らの理解可能な文脈の中での解決法を求めていると思うんです。もっとはっきりいえば、彼らがとらわれている歴史的にみれば一時的な文脈を永遠のものだと思いこんで、その文脈がもう実態の変化に合わなくなっているのに、自分の文脈に合わせて社会の方を「再建」する方法を求めているのだろうと思います。でも、問題はそういうことではなくて、崩れているのではなくて変わっているのだから、好むと好まざるとにかかわらずそれを認めた上で、実態に即して前のコードとは違うコードを組み立て直していく作業が重要だと思うんです。

村上　そうですね。僕がつい「崩れた」と言いたがるのは、変化する前の共同体が嫌いだからだと思うんですね。でも、戦略的にも崩れたと言わないほうがいいですね。

小熊　気になっているのは、「日本はだめになりつつある」という雰囲気がいますごく瀰漫(びまん)していることです。それを僕は気持ちが悪いなと思っているんです。これは苦言を呈することになるんですが、『希望の国のエクソダス』にもそれはちょっと感じます。問題点を指摘するのは大切なことだし、また現在人々が持っている不安感や危機感を映し出すのは、ポピュラリティーを引き受ける小説家の仕事としては必要なことであると思うんですけれども、あんまり煽りすぎるのはどうかなということも感じています。というのは、それに刺激されてソリューションを求めた村上さんの読者が、自由主義史観に共鳴する人たちと重なってきてしまうということを、ちょっと危惧しているんです。

村上 ただ、そこで、日本の変化のいい部分を前面に出しちゃうと、ちょっと輪郭が曖昧になるんですよ。

小熊 たしかにそれはそうだ。やはり物を書くときは、ある形をもたせて描かなきゃなりませんから。私も自分が著作を書くときには、そのへんは苦労しました。

村上 アメリカのハリウッドの悪役が簡潔なように。

小熊 たしかにそれは難しいところですね。先程の話でいえば、音の塊りだけじゃだめで、どうしても背後にブルースコードを入れないといけない(笑)。

村上 ただ、誰に向かって言うかということで違ってくると思うんですよね。日本はだめになってるというアナウンスは、既得権益があって、絶対に変わりたくないと思ってる人たちにとっては、デメリットがあると思うんですよね。

ただ、ひょっとしたら、いま居心地が悪いと感じている人にとっては、日本はいまどんどんだめになってるというアナウンスは、有効だと思うんですよ。僕がもしいま中学生や高校生だったら、そう聞いたら「最高じゃん」と思うだろうな(笑)。そういう戦略性は僕の中にあると思います。

小熊 それはすごくよくわかります。ただね、そのときに、「日本がだめになっている」という言い方でいいかどうかということなんです。つまり、いま行っている会社がだめになっているとか、通っている学校がだめになっているというのは、まだ具体的でいいと思うんですが、「日本がだめになっている」という言い方が適切かということなんです。少年犯罪が起きていますとか、景気が悪くなってきましたとか、官僚の不祥事が起きていますとか、そういったことを何とはなしに全部繋げて、「日本がだめになっている」という言い方をするというのは適切ではないと思うんですよ。それでは個々の問題に対して適切な処方箋も出せないと思うんです。

僕が気になっているのは、そういう気分が瀰漫したあげくに、とんでもないところに飛躍して、ではとりあえず憲法が国の根本だから憲法を変えましょうなどという方向につながる恐れがないかということです。憲法改正論にどんな感想を持ちますかとときどき聞かれますけれども、一つだけ確かなことは、憲法九条をやめても景気がよくなるわけでも、いじめが減るわけでもないということです(笑)。これは歴史教科書の話でもそうで、「若者のモラルがだめになっているのは自虐史観のせいだ」なんて思っている人は、渋谷の街頭で日本史の講義をしてみれば、そういう問題ではないんだとわかるはずです。社会の方は会社とか学校とか具体的な場として変わり始めているのに、それを「日本」というタームで考えるという枠組みが変わっていないものだから、そういう発想が瀰漫するのだと思います。

日本というタームからの脱却

村上　僕も、わりと注意して、エッセイに「日本は」と書かないようにしてるんですけど、そうすると主語を選ぶのに手間がかかるんですよね。

小熊　それはそうですよ。僕も出版社で働いていたことがあるんですけれども、結局、ニュースなども複雑な事実を短くしようとするために「日本は」とか大きな話になるんですね。そうすると、一つひとつの言葉が、衝迫力を失った状態で、ツルツルと流れていっちゃうんですよ。そうではなくて、僕はひとつひとつの細かいリアリティが見たいんです。たとえば「日本」といった場合に括られないものがある。あるいは「沖縄」といった場合に括られないものがある。「日本ってこうですね」あるいは「日本人はこうですね」と言った場合には、村上さんとか小熊とかそういう固有名詞としての存在はすべて消されてしまうんですよ。僕は個々のリアリティをもう少し大事にしたいという感じがあるんです。……それで一つ一つのリアリティを積み上げていったら、あんなに厚い本を書いてしまったんですが（笑）。（『単一民族神話の起源』は四百五十六ページ、『〈日本人〉の境界』は八百ページ）

いま起きている問題は、「日本がおかしい」とか「日本はどうなる」というタームで考えるという発想そのものが、立ち行かない状態になっていることを示しているんですね。けれどもこのターム以外、開発していないものだから、みんなそれに頼ってしまっている。

村上 「二十一世紀、日本人はどう生きていくべきか」とかいう見出しは、たぶん来年（二〇〇一年）のお正月の新聞に百個ぐらい出てくるでしょうね。でもフランス人はきっと、二十一世紀にフランス人はどう生きるべきかとか言わないでしょうね。

小熊 江戸時代の人も絶対に言わなかったですよ。世紀という観念もなければ、本居宣長みたいな知識人はべつとして、水戸人や長州人ではあっても「日本人」という観念はないわけですから。

しかし一方で、みんなそういう「二十一世紀に日本人は」みたいな言い方がほんとは空虚だということもわかっていると思うんです。大きな話をしてても、自分の働いている職場や通っている学校の問題のほうが、ほんとうはリアリティがあるわけですよ。

それこそ援助交際みたいなことに関してだって、女子高生が八十万人いれば八十万通りの理由があるはずなのに、一様に語ってしまっている。八十万通りを語る言葉の回路が見つかっていないと思うんですよ。

村上 そうやって万能のソリューションを立てようとするから、逆に一人に届く言葉も見つけられないんですね。援助交際をめぐる『朝まで生テレビ』とか見てても、偉そうに、親が悪いとか、戦後教育が悪いと言ってたけれど、じゃ、あなたの娘さんとか孫がやってると仮定したときに、どうやってやめさせますか、と聞いても言葉がないんですよね。

小熊　そうでしょうね。

村上　僕も「日本は」とか「日本人は」という括り方でものを喋ることの弊害がいまほど大きいときはないと思いますよ。ただ、なかなかそれに代わる主語というのが見つけられなくて、でも、それは丁寧に少しずつやっていくしかないんですね。

小熊　結局、みんな忙しいから、簡単に語りたがるんですね。そして、簡単な物語に対して、需要がものすごくあるということも事実だと思うんですよ。自分の日常的な不満みたいなものを表現する回路がない、俺はなんでこんなに不満なんだろうと思ったときに、国の誇りを見失っていたからだ、歴史の教え方が悪かったんだというふうに答えが見つかれば簡単だし、そういう答えにとびつきたい気持ちもわかります。しかし物書きというのは、言葉の回路を考えるべき職業なんですから、それがそういう需要にほいほい応じていたら、それは麻薬がほしいといっている人に対してヘロインを売るみたいな行為であって、僕は社会的責任からしてよくないと思うんですね。

村上　非常に不健康ですし、無理がありますよね。

小熊　ええ。学者とか作家は会社へ行っていないから、考える時間がありますよね。そういう人間がやるべきことって、やっぱりあると思うんです。忙しいから簡単な物語を求める人々がいるのはしかたないとして、時間が与えられて考えることが仕事になっている人間は、人より丁寧に考えることで役割を果たしてゆくしかない。

村上 言葉をきちんと定義づけしたり、議論の前提になるような文脈をつくったりということだと思いますね。

小熊 そうですよ。ですから不登校という言葉を吟味するために、それこそ村上さんが『希望の国のエクソダス』を書くというような作業が必要になってくることだってあるじゃないですか。そしてその物語を読んで通過したあとでは、読者が日常使っている言葉が、違う意味と輝きを持ってくるような仕事が、作家にはできると思うんですね。

なんか、すいません、説教しているみたいで（笑）。

村上 いやいや、作家は物語というのを使うわけですから。そのときにはほんとに丁寧な言葉遣いをする以外にないんですよ。

共通する違和感という最後の足場

村上 僕は来年でデビューして二十五年になるんです。で、最近、この四半世紀、誰に向かって書いてきたんだろうと思うんです。インタビューではカッコよく、世界に向かって書きましたとか言ってますけど、たまに日本の地方都市に行って、そこの大人たちを見ると、僕はこの人たちに向かっては書いてきてないなというのがわかるんですね。

その代わり、田舎の家で、お前みたいなのはうちの子じゃないと言われたり、学校で、お前みたいなやつがいるから学校の和が乱れるんだとか、お前は人間として壊れてるとか言われてる人たちがいて、いまだからこうやって言えるのかもしれないけれど、そういう人たちを暗黙のターゲットとして書いてきたんじゃないかと思うんですね。それはきっと僕が中学、高校生のときずっとそうだったからだと思うんです。その人たちに向かって、きみは今いる村や町では一人かもしれないけど、もっと世界を広げて見ると、きみみたいなやつはいっぱいいるんだよ、というような物語を書いてきた気がするんですよ。まあ、何十万部も本が売れれば嬉しいですけど、あまりにもたくさん売れすぎると、なんか自分の読者層と違う感じがするんですよね。

小熊 そういう違和感をモチーフにしたものが何十万部も売れるというのは、ある意味で奇妙なことですよね。

村上 ええ、そうですね。

小熊 で、それはやっぱり村上さんが持っているある種の違和感の核みたいなものが、特にこの十年くらい、村上さんが想定する人以外にも広範に、広がっていることの表れなんでしょうね。

村上 あ、そうかもしれないです。

小熊 一つの文学の方向としては、村上さんみたいにある共通の違和感を描いていくというあり方があると思うんです。つまり、村上さんは今回「八十万人には八十万通りの事情があるんだ」ということを書いたけれども、「八十万通りの事情があって、私には私の事情があるのに、それがないがしろにされている」とみんなが思っていることそのものは、今の人びとに共通しているんですよね。そこのところを書いているという気がするんです。で、現時点で文学はそこの共通性には依拠できるだろう。それが、ほんとうに八十万通りになっちゃったとき、共通の言葉がなくなってしまうわけですから、文学はどうするのかということを、お聞きしたかったんですが。

村上 うーん、ちょっとそこのところは考える余裕がないですねえ。

小熊 僕もときどきそういうことを考えているんですがわからないんです。

村上 小熊さんはこういう仕事に入る前は、小説を書こうという選択肢はなかったんですか。

小熊 いま通用している言葉のコードなり世界なりを揺るがす言葉みたいなものを、自分でつくれる人が作家になると思うんですけど、僕は自分でつくれないから、歴史的な資料から力のある言葉を探して来て書くしかないんだと思います。高く跳ぶにあたって、ジャンプ力のある人は自分で跳ねればいいんですよ。でもジャンプ力がないから、石でも探してきて積んで足場にするみたいな（笑）ものです。

村上 でも僕にとって小熊さんの二冊の書物は、一種のできれば見たくなかったリアリティでしたよ。

世代論をいうのは好きではないですが、僕はおそらく小熊さんより十年ぐらい年上だと思うんですけど、小熊さんのジェネレーションでは、物語という枠を使ってある問題を追求していくということが、すでに不可能になってるようなことも感じたんですよ。

小熊　それはあるかもしれませんね。

村上　だから、こう言うと傲慢みたいですけど、僕のあとに出てきた作家で怖い人がいないんですよ。逆にいえば、あ、この人がいるんだったら自分はいつでも引退できると思えるような人がいないんですよね。もちろんみんなちゃんとした仕事をやってるけど、脅かされるということがないですね。

小熊　もし村上さんの手法というか、描いてきているものが、さっき私が整理したような、八十万人には八十万通りの違和感があるんですという、その最後の共通性を人びととつながるコミュニケーションの足場にして、違和感を表現する土台になるようなものを、次々と題材として持ってきて、その細部を描きながら走っていくようなものだとしたら、これはたぶん近代文学最後の形態ですよね。その次はない気がする。みんなが共通に違和感を持っているという状態だけを最後の共通性にするのであれば。

村上　ああ、そうか。じゃ、「最後の日本近代文学者」は中上健次じゃなかったんだ（笑）。

小熊　中上さんの場合はやっぱり路地という足場がありますでしょう。でも、村上さんの場合にはそれがないとするならば、そうなっちゃいますよね。その次の展開は一体何があるんだろうと考えたときに、たとえば日本の中ではある一定数の人たちしか共鳴しないけれども、世界的に同じ共鳴をする人たちがグローバルに存在している場所へ出ていくみたいな、そういう形に移っていく可能性はありますね。

村上　世界進出ですね（笑）。そういう方法はありますね。

小熊　翻訳の問題ということが絡みますが。要するに、国家を単位として、国民共通の問題意識とかを足場に文学が成立していく時代がここ二百年ほど続いてきたんですが、それが変わってきているのでしょうね。

村上　それはあります、たしかにね。

小熊　まあ、そうなってくると、次の展開はあるのかということになるとするならば、たいへん難しい。むしろ翻訳がむずかしい言語よりも、ゲームのほうがいいのかとか、あるいは音楽や映画の方がいいのかということも出てくるだろうし。文学でかつ日本語で書くことにこだわるということであれば、どういうやり方があるのかということは大きな問題ですね。

村上　ないのかもしれないですけどね。

小熊　そういってしまうと寂しいですが、いっそたとえば、小説を書くときに英語で一度書いてみるというのはどうでしょうか。

村上　僕、そんなに英語力はないですよ。

小熊　二葉亭四迷が、当時はまったく新しいものだった言文一致の文体をつくり出そうとしたとき、どうしても日本語が思い浮かばない。それで仕方がないから、いったんロシア語で自分の考えていることを書いて日本語に翻訳したといいますよね。そういう自分が自由に使いこなせない、ものすごく不器用にしか使えない言葉を一度使ってみたというのが、一つの手だったわけですよね。だから、いったん英語で書いてみると、高級なレトリックが使えない分だけ、ものすごくストレートな書き方になって、日本語に訳してみたら、恐ろしく生々しい小説になったりする可能性ってないですかね。

村上　あるかもしれないですね。

小熊　あるいはもしかしたら、移民の人たちがヴィヴィッドな小説が書けるというのは、母語じゃないから、ものすごくゴッゴツした言葉を書いちゃったみたいなことはありませんか。言葉の体系に対する強烈な違和感みたいなものがないと、そこを拡大していくということがなかなかできないと思いますよ。

村上　僕は、『トパーズ』を書いた頃から、明治以来確立されてきた日本語による小説の約束ごと、たとえばカギ括弧による会話なんかを踏襲するのがすごくつまらなくて、精神分裂病の人から来た手紙をもとにして文体をつくったりしたんですけど、そういったことはこれからもやっていきたいなと思ってるんですよね。あと、日本語のもっている曖昧さを、利用できる余地はあるかもしれないとは思ってるんですよ。

パーソナルな回路を開く

小熊 すいません、さっき「日本」というタームは有効でないといいながら、日本文学について、あまりに大きな枠組みで整理しすぎたかもしれません。でも大きな枠組みで考えてどん詰まりに見えるようなときでも、ひとりひとりの現場とか、ひとりひとりのパーソナルなリアリティの場に立ってみれば、いくらでも回路は開けていると僕は思っていて、それが一つの発想の元になっています。反対に、作家の人がこれから出てこようというときに、この手法は中上健次がやっちゃった、この手法は村上龍がやっちゃった、しょうがないから、ヨーロッパで最近この手法が出てきたから、これでやるかみたいなやり方だと、どんどん先細りでしょうからね。

村上 元気が出ないですよね。

小熊 元気が出ない上に、市場としても先細りだと思うんです。その手法や文脈を踏まえている人でないと喜べないという作品になってくるから。それぐらいならば、自分の学校やら会社やらがなんでこんなにつまんないのかみたいなところから小説を書いて、違う回路を開いていくという可能性はまだまだあると思いますけど。

村上　ええ、そうです。小説を書くのもパーソナルな仕事ですね。たとえばインターネット上に作品を発表すると、印税が百パーセントもらえるらしいですけれども、どうしても最初の読者を想定しないと、書きにくいんですよ、火星で書いてるような感じがして。まあ想定するっていうと、編集者になりますけど。

小熊　表現における「パーソナル」というのは、私小説的なものを書けばいいということじゃなくて、支配的な言葉の体系に対する自分の違和感みたいなものを手放さないで、表現の回路が作れないかということだと思うんです。だから、いわゆる「天下国家」の問題でも、「パーソナル」な表現のしかたがある。

逆に、私小説的なものでつまらないのは、日常や身辺のことを支配的な言葉で語ってしまった場合だと思うんです。たとえば「最近うちの子どもが」といった日常のリアリティも、「戦後教育が悪いんだ」とかいったマスメディアの言葉でしか語れなくなってきたことがあると思うんですね。たぶん日常の手触りみたいな部分のものまでも、マスメディアで流通してる言葉でしか処理できなくなってきたという。みんな本当はその苛立ちはあるんだけど、どうしたらいいのかわからない。

村上　特に若い人に多いんじゃないですかね。だから逆に「ダッセェ」とか「うっせぇ」という言葉しか喋らないというのは、マスメディアの言葉を拒否してるのかもしれないですね。

小熊 そうですね。これは日本の識字率がこんなに高いこととパラレルだと思いますけれども、いま学生を見てても、すごく高級な概念を使って話すんですね。頭いいですよ。ただ、不器用な言葉というのがかえって少なくなっているのかもしれない気はしますよね。

村上 そういう言葉はパーソナルな場面でしかほんとうは発生しないのかもしれないですよね。

小熊 ええ。パーソナルなはずのものまで大状況の言葉で語っちゃうみたいなことがありますね。それは万人向けの言葉のようでいて、実は誰も自分に向けて発せられた言葉とは受けとっていない。それがマスメディアや学者に対する不信という形にもなっていると思いますね。

村上 ありがとうございました。

あとがき

この対談集のタイトルに、故中上健次との最後の対談のタイトルをそのまま使った。故人を偲び感傷的になったわけではない。中上健次はわたしにとって特別な作家なのだ。

ずっとわたしは彼からバトンを手渡されたような気がしている。何かを受け取ったのだが、それは単純な「継承」ということではない。わたしたちは前後して芥川賞を取ったが作風もテーマも文体もまったく違っていた。

一九七〇年代半ばというのはどういう時代だったのだろうか。ニクソン・ショックと第一次石油ショックを何とか乗り越え、高度経済成長が一応終わり、日本社会の成熟期の始まりの時期だったのではないかと思う。日本は「近代化」を終えつつあったのだ。近代化途上にある国には、その国独自の近代文学がある。その国の文化と、近代といういわゆるグローバリズムとの衝突を描き、その内部に生きる人間の葛藤と確執を表現するのが近代文学であるとわたしは思っている。

当時わたしのデビュー作は、極めてスキャンダラスに迎えられた。こんなものは文学ではないという声も多かった。こんなものは文学ではない、という批評をした人びとは微妙に間違っていたと思う。「こんなものは日本近代文学ではない」と批評するべきだったのだ。

わたしが日本近代文学に属するのかどうか、実のところそんなことはどうでもいい。それは歴史が決めることだ（もっともこれからこの国に「過去」ではなく「歴史」が存在すればだが）。ただ、確かなのは、中上健次が最後の日本近代文学の書き手だったということだ。デビューからずっとわたしの前に中上健次はいて、その死後も彼から監視されているような気がしてならない。

ここに収められた対談は多かれ少なかれ日本の近代化の終焉を巡る様々な問題についてなされている。単行本への収録を快く了解していただいた方々にはここで感謝の意を表したい。そして、もう二度と対談することができない中上健次、また彼が象徴するもの、その両者に見張られながら、わたしはこれからも小説を書いていくことをここで明らかにしたいと思う。

村上龍

文庫版あとがき

故中上健次との対談のタイトルを付けた対談集の文庫化に際して、小熊英二、田口ランディ両氏の対談を追加した。少数ではあるが豊かな才能が、既成の学問や小説の枠外から現れている。わたしは五十歳を目前にした年齢になった。四半世紀の間、小説を書き続けてきたが、感慨のようなものは別にない。

現代はどういう時代なのだろうかということを考えるとき、充実した仕事をしている表現者と話すことは有効だと思う。他人と話すのは基本的に疲れるが、生きる力のようなものを得る場合もある。現代はどういう時代かという問いに正確に答えられる人はたぶんいないだろうが、変化に適応しようとする層と、そうではない層に分化しようとしているのではないかとわたしは個人的に思っている。

近代化の途上では、近代化のあとにどういう問題が噴出するのか誰もイメージできない。わたしは日本の近代化の終焉について、もうしばらく考え続けたいと思う。

村上龍

初出誌

存在の耐えがたきサルサ　「國文學」平成2年2月号
キューバ　エイズ　六〇年代　映画　文芸雑誌　「國文學」平成5年3月号
『五分後の世界』をめぐって　「文學界」平成6年6月号
映画とモダニズム　「群像」平成8年4月号
ウイルスと文学　「文學界」平成8年7月号
描写こそ国家的捕獲性から自由たりうる　「海燕」平成8年8月号
国家・家族・身体　「ユリイカ」臨時増刊
　「総特集　村上龍」平成9年6月刊
ヴァーチャルな恋愛と鎖国化のシステム　「ユリイカ」臨時増刊
　「総特集　村上龍」平成9年6月刊
残酷な視線を獲得するために　「ユリイカ」臨時増刊
　「総特集　村上龍」平成9年6月刊
女子高生と文学の危機　「文學界」平成9年1月号
何処にも行けない　「文學界」平成10年2月号
心の闇と戦争の夢　「文學界」平成10年6月号
日本崩壊　「文學界」平成10年12月号
引きこもりと狂気　「群像」平成12年5月号
「日本」からのエクソダス　「文學界」平成12年8月号

●単行本　平成十一年六月　文藝春秋刊

文春文庫

村上龍対談集
存在の耐えがたきサルサ

定価はカバーに
表示してあります

2001年6月10日　第1刷

著　者　村上　龍

発行者　白川浩司

発行所　株式会社　文藝春秋

東京都千代田区紀尾井町 3-23　〒102-8008
TEL 03・3265・1211
文藝春秋ホームページ　http://www.bunshun.co.jp
文春ウェブ文庫　http://www.bunshunplaza.com

落丁、乱丁本は、お手数ですが小社営業部宛お送り下さい。送料小社負担でお取替致します。

印刷・凸版印刷　製本・加藤製本

Printed in Japan
ISBN4-16-719004-4

（　）内は解説者

ハラスのいた日々 増補版
中野孝次

一匹の柴犬を〝もうひとりの家族〟として、惜しみなく愛を注ぐ夫婦がいた。愛することの尊さと生きる歓びを、小さな生きものに教えられる、新田次郎文学賞に輝く感動の愛犬物語。

な-21-1

生きたしるし
中野孝次

犬、囲碁、酒を心の友とする日々の思い。戦時下の、死と隣り合わせゆえに美しかった青春への追想……。『清貧の思想』の著者が、喧騒な世間を横目に、静かに紡ぎ出した充実の随想集。

な-21-2

清貧の思想
中野孝次

日本はこれでいいのか？　豊かさの内実も問わず、経済第一とばかりひた走る日本人を立ち止まらせ、共感させた平成のベストセラー。富よりも価値の高いものとは何か？（内橋克人）

な-21-3

贅沢なる人生
中野孝次

気のすすまぬことはしない、自分らしく生きたい……だれもが願望するそんな人生を、見事に貫いた文士たちがいた。大岡昇平、尾崎一雄、藤枝静男、三人の苛烈な生き方。（近藤信行）

な-21-4

人生のこみち
中野孝次

気の進まぬことはやらぬだけが座右の銘。自分らしく生き、死ぬために長年の経験から編み出した自己流の生活信条を披露。「老いと性」「理想の寝具」など二十六篇。（濱田隆士）

な-21-5

五十年目の日章旗
中野孝次

インパール作戦で無残な死を遂げた兄。その兄の名を記した日章旗が戦後五十年目の夏、偶然に見つかった……。表題作の随想と、同じテーマによる小説「スタンド」を併録。（大石芳野）

な-21-6

（　）内は解説者

私の梅原龍三郎
高峰秀子

大芸術家にして大きな赤ん坊。四十年近くも親しく付き合った洋画の巨匠梅原龍三郎の思い出をエピソード豊かに綴ったエッセイ集。梅原描く高峰像等カラー図版・写真多数。（川本三郎）

た-37-1

わたしの渡世日記（上下）
高峰秀子

複雑な家庭環境、義母との確執、映画デビュー、青年・黒澤明との初恋など、波瀾の半生を常に明るく前向きに生きた著者が、ユーモアあふれる筆で綴った傑作自叙エッセイ。（沢木耕太郎）

た-37-2

にんげん蚤の市
高峰秀子

忘れえぬ人がいる。かけがえのない思い出がある。司馬遼太郎、三船敏郎、乙羽信子、木村伊兵衛、中島誠之助……大好きな人とのとっておきのエピソードを粋な筆づかいで綴る名随筆集。

た-37-4

私の東京物語
吉行淳之介

東京で育ち、東京を描いた、「東京の作家」吉行淳之介。終戦の混乱からバブルの時代まで、鮮烈にこの大都会を描いた短篇やエッセイを収録する、魅力のアンソロジー。山本容朗編集。

よ-10-2

ややのはなし
吉行淳之介

からだの話、酒の話、美人の話、男の持ち物の話、子供の頃の話、町の話、そして友人知人の話——身のまわりの話のくさぐさをユーモラスにイキに綴った、ぜんぶ「ややや！」のはなし。

よ-10-3

梅桃（ゆすらうめ）が実るとき
吉行あぐり

岡山の名士の家でのびのびと育った娘が十五で結婚、苦難を乗り越え、美容師の草分けとして活躍する。作家・吉行エイスケの妻であり、淳之介・和子・理恵三兄妹の母でもある女性の半生。

よ-17-1

（　）内は解説者

旅行鞄のなか
吉村昭

綿密な取材ぶりで知られる著者が、それらの旅で掘り起こした意外な史実の数々、出会ったすばらしい人々、そしてその土地のおいしい食物と酒の話など滋味豊かなエッセイ集。

よ-1-24

私の引出し
吉村昭

歴史や自作の裏話、さまざまな人たちとの出会い、心に残る出来事、旅の話から、お酒や食べ物のこと、身近に経験したエピソードなど感動的な話、意外な話、ユーモアたっぷりの話が一杯。

よ-1-30

街のはなし
吉村昭

食事の仕方と結婚生活、茶色を好む女性の共通点、街ですれ違う気になる人、旅先でよい料理屋を見つける秘訣……。温かく、時に厳しく人間を見つめる極上エッセイ79篇。（阿川佐和子）

よ-1-34

涼しい脳味噌
養老孟司

養老氏は有名人が大好き。山本夏彦、黒柳徹子、林真理子……。別にミーハーだからではない。あわよくば脳ミソを貫いたいのだ！　好奇心と警句に満ちた必見の〝社会解剖学〟。（布施英利）

よ-14-1

続・涼しい脳味噌
養老孟司

「身体から見た社会」への関心を軸に語るヒトの世の森羅万象。女・金・戦争・エイズ……、東大「自己」定年に至る時期の思考の跡を示す、驚きと発見に満ちたエッセイ集。（中野翠）

よ-14-2

風が吹いたら
池部良

「青い山脈」「暁の脱走」「雪国」などで知られる永遠の二枚目スターの自伝エッセイ。生い立ちから、学生、兵役、映画、女優、監督、作家など素晴しい人々の想い出をつづる。（山本夏彦）

い-31-1

随筆とエッセイ

（　）内は解説者

我が老後
佐藤愛子

妊娠中の娘から二羽のインコを預かったのが受難の始まり。さらに仔犬、孫の面倒まで押しつけられ、平穏な生活はぶちこわし。ああ、我が老後は日々これ闘いなのだ。痛快抱腹エッセイ。

さ-18-2

なんでこうなるの　我が老後
佐藤愛子

「この家をぶッ壊そう！」精神の停滞を打ち破らんと古稀を目前に一大決心。はてさて、こたびのヤケクソの吉凶やいかに？抱腹絶倒、読めば勇気がわく好評シリーズ第二弾。（池上永一）

さ-18-3

女の幕ノ内弁当
田辺聖子

幕ノ内弁当は、甘辛、酸っぱいの、苦いの、しょっぱいのとさまざまである。浮世のさまざまをつめた幕ノ内弁当ふうエッセイを車中じっくりとお味わいください。（辻和子）

た-3-30

死なないで
田辺聖子

中年の人を見かけると「死なんときましょうねえ」といわずにいられない著者が、死について考えた表題作のほか、生きのびるチエや手だてについて真剣に取り組んだ異色エッセイ。

た-3-33

浪花ままごと
田辺聖子

宝塚、漫才、新喜劇、赤提灯、阪神ファンなど、大阪、神戸、京都の話題を満載。関西に住む著者が、食べて、見て、歩いて関西の魅力を紹介する、「女の長風呂」シリーズ十四冊目。

た-3-34

女のとおせんぼ
田辺聖子

あらゆる題材を俎上にのせて、時に鋭く、時にやんわりと料理し、ユーモアに富んで幅広い読者の支持を得て十五年。週刊文春連載最後のエッセイ。「女の長風呂」シリーズ十五冊目。

た-3-35

随筆とエッセイ

（　）内は解説者

父の詫び状
向田邦子

怒鳴る父、殴る父、そして陰ではやさしい心遣いをする父、誰でも思い当たる父親のいる情景を爽やかなユーモアを交えて描いて絶賛された著者の第一エッセイ集。（沢木耕太郎）

む-1-1

無名仮名人名簿
向田邦子

われわれの何気ない日常のなかでめぐり合いすれ違う親しい人、ゆきずりの人のささやかなドラマを、著者持前のさわやかな感性とほのぼのとしたユーモアで描き出した大人の読物。

む-1-3

霊長類ヒト科動物図鑑
向田邦子

すぐれた人間観察をやわらかな筆にのせて、あなた自身やあなたを取りまく人々の素顔をとらえて絶賛を博した著者が、もっとも脂ののりきった時期に遺した傑作ぞろいの第三作。

む-1-5

女の人差し指
向田邦子

表題のエッセイを週刊文春で連載中に突如航空機事故に遭遇した著者の遺作集。ドラマ裏ばなし、おいしいものに目がなかった著者の食べものの話、一番のたのしみの旅の話を収録。

む-1-6

コルシア書店の仲間たち
須賀敦子

かつてミラノに、懐かしくも奇妙な一軒の本屋があった。そこに出入りするのもまた、懐かしくも奇妙な人びとだった。女流文学賞受賞の筆者が流麗に描くイタリアの人と町。（松山巖）

す-8-1

ヴェネツィアの宿
須賀敦子

父や母、人生の途上に現れては消えていった人々が織りなす様々なドラマ。「ヴェネツィアの宿」「夏のおわり」「寄宿学校」「カティアが歩いた道」等、美しい文章で綴られた十二篇。（関川夏央）

す-8-2

（　）内は解説者

医者が癌にかかったとき
竹中文良

大腸癌で手術を受ける側に立たされた日赤病院の現役外科部長が、自らの患者体験と、それをふまえて医のあり方、癌告知の是非、死の問題を考えて綴った感動のエッセイ集。（保阪正康）

た-35-1

癌になって考えたこと
竹中文良

「望ましいインフォームド・コンセント」「謝礼問題の根源にあるもの」「在宅医療のこれから」など、大腸癌手術を受けた医者である著者が、予後に遭遇した問題を冷静に考察。

た-35-2

心筋梗塞の前後
水上勉

一九八九年六月、北京を訪れた著者は天安門事件に遭遇、救援機で帰国して程なく心筋梗塞に襲われた。死の淵から生還し、二年間の入退院の日々に生起した大事小事を克明に写した記録。

み-1-12

やぶ医者のほんね
森田功

小さな町の診療所の医者と患者のドラマを、あたたかいユーモアとほろ苦いペーソスで描いた滋味豊かなエッセイ集。楽しく読めて、自然に医療の知識も身につきます。（大河内昭爾）

も-9-2

やぶ医者のなみだ
森田功

やせ細った老女の手をとって、やぶ医者先生は泣いた。医者とはなんとかなしい仕事なのだろうか……小さな診療所の生と死のドラマをあたたかな筆で綴った医学エッセイ集。（立川昭二）

も-9-3

やぶ医者のねがい
森田功

「今がいちばん幸せ」イト老が、枕もとのやぶ医者先生に笑いかけた。自ら喘息に悩まされながら、外来に往診にと奔走する町医者の日常と哀歓を描いた傑作エッセイ集。（吉村昭）

も-9-4